历史小说

文武双全

刘乐土◎著

刘秀

（上册）

中国铁道出版社有限公司

CHINA RAILWAY PUBLISHING HOUSE CO., LTD.

图书在版编目（CIP）数据

文武双全：刘秀：上下册 / 刘乐土著 . —北京：中国
铁道出版社有限公司，2024.8
ISBN 978-7-113-31271-8

Ⅰ.①文… Ⅱ.①刘… Ⅲ.①汉光武帝（前6-57）—
传记 Ⅳ.① K827=342

中国国家版本馆 CIP 数据核字 (2024) 第 103079 号

书　　名：**文武双全：刘秀**
　　　　　WENWU-SHUANGQUAN：LIU XIU
作　　者：**刘乐土**

责任编辑：马慧君　　　　　电　　话：（010）51873457
编辑助理：韩振飞
封面设计：尚明龙
责任校对：刘　畅
责任印制：赵星辰

出版发行：中国铁道出版社有限公司（北京市西城区右安门西街 8 号，100054）
网　　址：http://www.tdpress.com
印　　刷：三河市宏盛印务有限公司
版　　次：2024 年 8 月第 1 版　2024 年 8 月第 1 次印刷
开　　本：710 mm×1 000 mm 1/16　印张：34　字数：648 千字
书　　号：ISBN 978-7-113-31271-8
定　　价：158.00 元（上下册）

目录

【第一回】

南顿令病故遗恨，刘家子继志归乡

正午，闷热的空气笼罩着汝南郡治所南顿的街头巷尾，压得人透不过气来。南顿县衙署尽管宽敞，也少有人走动，但后衙庭院中却传来阵阵刀枪碰击声。

后衙演武场上，南顿令刘钦的长子刘𬘓、次子刘仲、族侄刘嘉正舞刀弄戈打在一起。体格魁梧的刘𬘓手使长矛，刘仲、刘嘉一个操戈一个持刀合力攻击刘𬘓。纵使他两个使出浑身的本领也难占上风。刘𬘓一条长矛出神入化般左拨右挡，上刺下挑，不但挡住敌方的攻势，还时不时攻上一矛，慌得刘仲、刘嘉一阵手忙脚乱。

刘仲浑身早已被汗水湿透，渐渐地支持不住，便率先跳出圈外，把长戈一扔，一屁股坐在地上。刘嘉也是浑身如洗，支持不住，趁机也把大刀一丢，跌坐在地，有气无力地道："伯升，我……我也不行了！"

伯升是刘𬘓的字，刘嘉长他三岁，故如此称呼。刘𬘓只得收势，用长矛指着二人，厉声道："不行，凭你们这点儿功夫，以后如何驰骋疆场，如何恢复高祖帝业？"

刘嘉不太明白刘𬘓的话，问道："伯升，这汉室江山不还是我们刘家的吗？何来'恢复高祖帝业'之说。"

刘𬘓愤愤地说道："你们何曾关心国家大事。如今这汉室江山已被那王莽篡去。"

刘嘉略吃一惊。刘仲歇息了一会儿，有了点儿精神，便插话道："我才不管这江山是姓刘还是姓王呢，姓刘又怎么样，咱爹还不是做个小小的县令。"

"胡说八道！"刘𬘓突然大怒，吼道："起来，今天不练两个时辰的功夫，你休想歇息。"

刘仲无可奈何地拿起长戈，退到一边的刘嘉突然叫道："看，要下雨了！"

众人这才发现天已阴云密布。刘仲大喜，边往自己房中跑边喊："大哥，大雨来了，别练了。"

说话的工夫，雨已哗哗地下了起来。刘嘉跑进自己房内，刘縯只好收起兵器。

南顿县衙的侧房内，夫人樊娴都正在跟大女儿刘黄解读《诗》。五岁的小女儿伯姬小手托腮，依偎在母亲膝前，静静地听着母亲的讲解，似懂非懂。樊娴都是南阳郡豪族樊重的女儿，性情婉顺，知书识礼。六个儿女和刘嘉的礼仪诗书，都是她亲自教导。

樊夫人看窗外雨下得急，放下书简，向侍女道："绮儿，去演武场看看大公子他们回来没有。"

侍女绮儿正要出去，忽见刘縯戴着斗笠，正走进门来，忙止住脚步。刘縯摘下斗笠，给樊夫人施了礼，便迫不及待地问道："娘，三弟呢？"

樊夫人一愣，问道："秀儿没去跟你们一起习武？"

"孩儿根本没看见他，还以为他在跟母亲读诗书呢。"

樊夫人一听，有些着急了，忙问道："黄儿、绮儿，你们看见秀儿没有？"

刘黄和绮儿一齐摇摇头，小伯姬也歪着脑袋道："我也没看见三哥。"

"这孩子，外面下这么大的雨，会跑到哪儿去？"樊夫人有点沉不住气了。

刘黄看着刘縯眨眨眼睛，突然说道："娘，您不用担心，我知道三弟去哪儿了。"

刘縯恍然大悟，气恼地道："三弟肯定又去稻香园了，我去找他。"说完，抓起斗笠就往外走。

刘黄一见，一下子从座上跳到门口，挡住了刘縯的去路，道："大哥，还是我去找三弟。"

刘縯不吃这一套，右手把她拨拉到一边道："不行，我非去不可。"

"縯儿，"樊夫人突然叫道，"你性情暴躁，还是让黄儿去吧！"

母亲发话，刘縯不敢不听，只得停住。刘黄得意地一笑，从大哥手中夺过斗笠，冲进雨中。

府衙后院外有一块肥沃的田地，南顿令刘钦公务之余便常来侍弄它，他给这块田园取了个高雅的名字：稻香园，并亲书匾额，悬在田园入口处。

刘黄冒雨走出府门的时候，稻香园里，一个九岁的少年，头顶着斗笠，正蹲在一小块田边用手指拨拉着泥土，察看着土里的种子是否发芽了。雨下得正急，斗笠并不能完全挡住雨水，水珠湿透少年浓密黑亮的鬓角，滚落在红润润的脸蛋上，可他完全感觉不到，仍细心地察看着土里的种子，终于他发现有一颗种子鼓出嫩黄的胚芽。

"三弟！"刘黄来到稻香园门口，远远看见田里的人影，大声喊道。

少年听到姐姐的喊声，高兴地招招手叫道："大姐，快来看呀！我种的麦子发芽了。"

"三弟，"刘黄走到少年身边，拉起他潮湿的衣袖，责怪道，"这样大的雨，你还跑出来，会淋出病来的，快回家去。"

少年好像没听见她的话，又用手指着身后一大块田，说："那是爹种下的麦子。我要跟爹比一比，看谁的麦子长得好。"

刘黄拉着他往田外走："三弟，快回去。大哥又要发火了。"

少年边走边把脖子一梗，哼了一声道："又是大哥，我才不怕他呢！"

姐弟俩走出稻香园，雨渐渐停了。刘黄拉着三弟的手，在路边的积水里洗干净。这个少年就是南顿令刘钦的三公子刘秀，字文叔。刘秀是刘钦为济阳令时，樊夫人在济阳任所所生。当年风调雨顺，济阳获得了空前的好收成。百姓在收谷子时，竟发现一棵一株九穗的谷子。亭长飞马送到济阳府。刘钦掂量着沉甸甸的谷穗，眼光一亮，道："小儿名秀，字文叔。"

刘黄、刘秀刚到府门口，就见刘𬙩虎着脸站在那里。

"三弟，小心点！"刘黄低声告诉三弟，刘秀却像没事人一样，拎着斗笠只管往府里走。

"小三，站住。"刘𬙩用威严的声音叫道。

刘秀好像没听见，照旧往里走。刘𬙩急了，伸出大手就要去抓他。刘黄一见不妙，赶紧上前挡住刘𬙩，叫道："三弟，快跑！到娘屋里去。"

刘秀绝顶聪明，见机撒腿就跑，一口气跑到樊夫人房中。

刘𬙩急步走进来，大声嚷嚷道："小三，你往哪里跑，快给我过来。"

刘秀赶紧躲到母亲身后，嬉皮笑脸道："大哥，我在这儿呢，你有什么事啊？"

刘𬙩板着脸怒道："你不好好习武，又去侍弄田园，看我今天不揍你。"边说边要去抓刘秀。

樊夫人忙伸手挡住，道："𬙩儿，秀儿还小，你要慢慢劝说，切不可动粗。"

"娘！"刘𬙩只得罢手，埋怨道，"孩儿劝说过多少次，可是他哪一次听孩儿的话。您这样老护着他，将来他凭什么驰骋疆场，干一番事业。"

樊夫人何尝不明白儿子讲的道理，只是太偏爱小儿子而已，便对刘秀道："秀儿，你大哥说得在理，你要好好地跟他习武。"

这次该刘𬙩得意了，他对刘秀招手道："三弟，要我不揍你也可以。你只要当着娘的面，跟大哥说一声，'以后再不近稼穑。'大哥就放过你。"

这个条件够宽大的，樊夫人以为刘秀肯定会答应。谁知刘秀把小嘴儿一撇，摇头晃脑道："诗曰，'不稼不穑，胡取禾三百廛兮？'大哥，你天天只知道习文练武，结交宾客，从来没种过田，凭什么吃饭？只要大哥答应我从此不再吃饭，我就答应你从此不近稼穑。"

刘縯不屑一顾道："武能安邦，文能治国，将来大哥疆场立功，拜将封王。你呢？耍耍嘴皮子，著书立说，顶多做个经学博士。"

"经学博士好，能种好田，多打粮食。打仗的时候，兵马未动，粮草先行。没有粮食，把你饿扁了，看你怎么打仗。"

刘縯知道嘴皮上自己斗不过三弟，便没好气地说道："少废话，大哥昨天教你的招数学会没有？"

刘秀却毫不含糊地答道："早学会了。"

刘縯知道，有母亲护着，自己没法教训他，便趁机道："走，去演武场练一遍给大哥看看。"

"去就去！"刘秀起身就往外走。

樊夫人担心这弟兄二人再闹翻脸，忙拉过大女儿，刘黄心知其意，道："娘，我去看住大哥。"

来到演武场，刘秀伸手抓起自己的长刀。他持刀往当中一站，先做了个力劈华山势，然后把大刀使开，挑、砍、搂、剁，将刘縯所授的招法尽数施展开。居然像模像样，满是那么回事。

刘縯看了，心里也暗叹三弟聪明过人。其实他内心深处也非常喜欢刘秀，只是性情刚毅、志向远大的他对三弟的期望过高。当发现刘秀勤于稼穑时，他无法容小弟就这样发展下去。

刘秀刀法使完，收势站稳，自得地一笑，道："大哥，怎么样？"

"不怎么样，"刘縯完全一副看不上的神色，"虽说你练会了招式，可是你的刀上没有功夫根本无法与人对阵。"说完，伸手抓起长矛，一招手道："不信你攻我试试。"

刘秀哼了一声，双手抡起长刀，向刘縯砍去，刘縯根本没当回事，等他刀头落下时，才用长矛轻轻一挑。刘秀站立不稳，摔倒在地。刘縯哈哈一笑道："三弟，这次服了吧？"

"不服！"刘秀捂着屁股，不服气地说，"你赖皮，我还小呢，等我长大了，一定会超过你。"

刘縯故意激他，道："想超过我？哼，你天天就知道往稻香园跑，什么时候能超过我。"

刘秀小脸儿涨得通红，一咬牙道："练就练，总有一天，我要超过你。"说完抓起了大刀。

刘縯转过身去，偷偷地笑了。

南顿令刘钦直到晚上亥时才回到府上，樊夫人已用过晚饭，正在书房里看书。刘缤、刘黄等公子、小姐也各自回房歇息去了。刘钦勤于政务，往常很晚才回府，府中上下早已习以为常。

樊娴都听见房外的动静，忙从书房中走出，看见丈夫正迎面走来，家人刘宽跟在后面。"老爷回来了。"

刘钦点点头，径直走进书房，在书案前坐下。

樊娴都看刘钦今天有点不对劲便把刘宽叫到院子里问话。刘宽说今天安汉公王莽派绣衣使者来汝南郡巡视。太守大人和各属县的县令来陪使者饮宴。宴席结束后，老爷的心情就不太好了。

樊娴都听完，叹了口气道："老爷日夜忧虑国事，恐怕会伤着身子。"

"小人也为老爷担心啊！"刘宽若有所思，突然他惊喜地说道："我有办法了，可让老爷开心。"

樊娴都正在惊异，刘宽同她向书房走去。书房里，刘钦正靠在躺椅上闭目养神，不时发出一两声叹息。刘宽脸上带笑，轻轻走到跟前，喊道："老爷！"

刘钦听出他的声音，眼皮也没抬，问道："什么事？"

"大喜事！"刘宽故作夸张地说，"小人的贱内昨晚生了，是个男孩。"

"真的？"刘钦一下坐直了身子，但又怀疑地问道："你不是说，你娘子要赶在年底才生吗？"

刘宽忙支吾道："老爷可能听错了。哎，对了，老爷满腹经纶，就给孩子取个名字吧！"

樊娴都明白刘宽是在瞎扯，逗老爷开心，但看见丈夫脸上有了笑容，她也放心了，便也上前凑热闹道："是啊！老爷才高八斗，取的名字一定又好听，又有意义。"

"嗯。"刘钦皱皱眉头，郑重其事地动开了脑筋。刘宽是他的贴心家人，从小就跟着他，忠心耿耿，他也从不把刘宽当成下人看待。

"秩秩斯干，幽幽南山，"刘钦轻声吟道，猛地一掌击在书案上，"就取名刘斯干！"

"刘斯干？"刘宽念叨着，皱起了眉头。

樊娴都知道刘宽不解其意，忙解释道："'秩秩斯干，幽幽南山'，是《诗经·小雅·斯干》的诗句。老爷的意思是老仆忠于我刘府，其子生在刘府，接替父职，犹如曲折的深涧水，依附、环绕主人这座大山。"

刘宽明白了名字的意义，满心欢喜，高兴地给刘钦磕了个头。

刘钦满面含笑，俯身把他扶起。樊娴都故意说道："老爷您看，刘宽虽是个下人，但他有娇妻爱子，一家人和和美美，何等快乐。世间的幸福，莫过于此。"

刘钦何尝不明白夫人话中的深意，便苦笑道："有时我也想辞去这出力不讨好的差事，回春陵老家种那几亩薄田。可是如今我刘汉江山朝夕不保，如果就此遁去，怎对得起列祖列宗。"

原来刘家本是高祖九世之孙，汉景帝嫡派。景帝生长沙王刘发，刘发生春陵侯刘买，刘买生郁林太守刘外，刘外生巨鹿都尉刘回，刘回生南顿令刘钦。排排家谱，以王位降至侯爵，再至太守、都尉，以至小小的南顿令，真是一辈不如一辈，犹如刘汉江山一天天走向衰败。

樊娴都本想劝慰丈夫，没想又勾起他的伤心事，她不敢再多说话，焦虑地望着丈夫。刘钦理解妻子的关爱，忙换上笑脸道："夫人不必为我担忧，今天不妨明白地告诉夫人。安汉公王莽的女儿已被陛下聘为皇后，不日就要举行大婚。这汉室江山不一定哪一天就改姓王。今日来汝南郡巡视的王莽使者就是来要献仪的。"

樊娴都听了，大吃一惊。她平素相夫教子，从不过问丈夫的公务，刘钦也不肯谈朝廷上的事。但朝政败坏到如此地步，她不能不为丈夫和已经成人的儿子们担忧："老爷，依我看您也不必为朝廷忧虑，您也管不了朝廷的事。不如带着儿女们回春陵，种家中的几亩薄田算了。"

刘钦点点头，却又摇摇头，道："我也早有此念，只是觉得愧对列祖列宗。况且孩子们以后会怎么样？尤其缜儿，他的性情实在令人放心不下。"

"老爷放心，缜儿性情刚毅，慷慨而有大节，有高祖遗风，将来必成大事。"

"我最担心的就是这个，"刘钦忧虑地说，"缜儿性情豁达，固然能成大事。但似乎不够柔韧，恐招致祸患。倒是秀儿机警过人，性情柔韧，让人放心。"

樊娴都点点头，丈夫说得一点儿不错。她想起白日里刘缜和刘秀斗嘴的事儿，也觉得刘秀虽小，却有着刘缜所不及的过人之处。

"老爷，天太晚了，咱们歇息吧！"樊娴都柔声说。

不料，天刚蒙蒙亮时，刘钦突然发起高烧，樊娴都用手摸着丈夫的额头，吓了一跳。她慌忙一边穿衣，一边叫人。刘宽、绮儿和几个家人听到夫人的喊声，一齐跑进来。樊娴都忙吩咐道："刘宽，快去请郎中来，要最好的郎中！绮儿，快帮我伺候老爷。"

刘宽也吓了一跳，来不及答应，转身就往外跑。绮儿则打了热水来，把热毛巾敷在老爷头上。

早起练功的刘缜、刘嘉、刘仲、刘秀弟兄四人听说父亲病了，慌忙跑来，跪在刘钦床头。不多时，刘宽就领着郎中进来了。这位是南顿最有名的郎中万复生。樊娴都一见，慌忙命人看座、上茶，道："万先生，快看看我家老爷，怎么病得这么重？"

万复生点点头，在刘钦床前坐下，先摸了摸额头，又摸了一会儿脉息，道：

"大人偶感风寒，发起高烧，这倒是不难治愈。"

众人放下心来，不料，郎中又道："只是小人看大人脉息，忧郁之疾已入膏肓，恐不易治啊！"

樊娴都大惊，道："先生说什么？"

"大人的伤寒高烧，一剂药便可治愈。只是大人积郁成疾，已入脾肺，小人没有十分的把握。"

樊娴都脸色蜡黄，刘秀、刘黄、刘元、伯姬吓得大哭。

万复生看了，也觉心酸，站起来道："大人的病也不是完全没有希望，小人一定尽力而为。"

刘钦故作轻松地道："好了，好了，孩子们都不要哭，你爹哪能这么轻易就抛下你们啊！"

万复生开了药方，樊娴都忙命人去药铺抓药，煎好后给刘钦服下，只一顿饭的工夫，刘钦出了一身透汗，热退下去了，精神也好多了。全家人稍微放宽了心。

但一晃十几天过去，刘钦还是不能起床，而且日渐消瘦，面容憔悴。万复生每天都来诊治，总是不见好转。樊娴都忧心如焚，暗中饮泣，刘府上下也听不见一声欢笑。

一天，万复生把樊娴都、刘縯叫到一边说："老夫人、大公子，小人惭愧，不能治愈大人。"

樊娴都大惊失色，惶然道："你是说，老爷的病没救了？"

刘縯急道："先生请说，到底怎样方能治好家父的病，花多少钱都成。"

万复生忙说："不是钱的问题，大人的病也许有救，但小人已经无能为力。小人可推荐一名神医，这人有祖传专治忧郁之疾的妙方。只是此人医德欠佳，架子特别大，恐怕不容易请到。"

樊娴都仿佛抓住一根救命草，忙说："先生请讲，此人是谁，我多与他银两就是。"

"就是南阳名医申徒文的后人申徒臣。申徒家是南阳的豪族，家财万贯。即使官宦之家，也比不上。多给他银两，怕是也请不来。"

樊娴都的母家就是南阳豪族，申徒文的名字她当然听说过。只是申徒文已死去十多年，想不到他的后人也有妙方。

刘縯一听有希望，便说道："先生放心，只要能把这申徒臣请来，叫我给他磕十个响头都行。"

计议已定，刘縯便准备动身去南阳请申徒臣。樊娴都嘱咐道："縯儿，你是求人家救你爹的命，一定要多说好话，多求人家。万万不可使性动粗，惹恼了人家，误了你爹的病。"

万复生也叮嘱道："老爷已病入膏肓。大公子一定速去速回，不可耽搁时日，误了老爷的病。"

刘缜一一记在心上，然后飞身上马，快马加鞭，直奔南阳。第二天辰时，他赶到南阳郡治宛城。进了城，街上的车马行人多起来。刘缜只好下马，一路打听申徒臣的地址，一路寻来。

刘缜依着行人所指，不多长时间就来到一处高大的宅院前。他把马拴好，径直走到门口，只见台阶前已有很多人。人们大多衣冠齐整，一看便知是殷实人家。只有一对衣衫破旧的母女，像是穷困人家，那少女一边搀扶着生病的老母，一边可怜巴巴地望着紧闭的申徒府大门。

刘缜正要上前打门，忽然那朱漆大门自动打开了。人们一阵欣喜，争相往里挤。忽见一个家仆打扮的人走到门口，大声道："别挤！都听着，我家老爷今天出诊去了。各位改天再来吧！"

人们一听，全愣住了。半天，才有人大声问道："我们天没亮就来了，怎么没看见先生出去？"

那家仆笑道："老爷是从后门出去的，从这儿出去，还不被你们堵个正着。"

刘缜强压着怒火，道："请问，你家老爷出诊瞧的是什么人，竟让他弃这么多的病人于不顾。"

家仆道："告诉你又怎样，她是宛城鼎鼎有名的马美人。"说完，转身进府，把门关上了。

"真是造孽啊！"人们一边骂，一边无可奈何地扶着病人往回走。那名少女眼泪汪汪地说："娘，回客店吧，今天又看不上先生了。"

病得直打战的母亲摇头有气无力道："住店的钱都没有了，别回去了。"

刘缜就站在母女身边，听得一清二楚，心中一酸，忙从身上摸出一把五铢钱，送到少女的眼前，说："小妹妹，拿去吧！"

"这……"少女拘谨地推辞着。刘缜把钱放在她跟前的台阶上，转身就走。

"公子请留步。"少女突然喊道。

刘缜转过身来。少女道："大哥，这钱我收下了。公子也是来请郎中的吧，哪能就这样走掉？"

刘缜见不着申徒臣，正心急呢，听了少女的话，忙问："小妹妹有办法让我见到那申徒臣？"

"我哪有办法。"少女脸上一红，不好意思地说，"只好等申徒先生回来。申徒臣先生的祖传秘方，药到病除，只要吃上他的一剂药，病人就好了。多等几日又何妨？"

"唉！"刘缤叹息道，"只是家父要比这位老妈妈病得重，耽搁了时日，恐怕……"

少女听了，也无能为力。"愿上苍保佑那位老爷。"少女轻声念叨着，弯下腰来想背母亲。

刘缤见这母女行动艰难，忙上前道："小妹妹，还是我来背吧！"

"多谢公子！"

她们俩就住在前边不远的客栈，不多一会儿便到了。刘缤见客栈还算干净，就住在了那。

刘缤把老妇背进客房内，安顿好。少女感激地道："公子，真是太谢谢你了，快请坐。"

刘缤拘谨地在床边坐下。少女红着脸问道："请问公子尊姓大名，小女也好心存感谢。"

"姓刘。"刘缤很随便地答应着，他并不图人家的感谢，便故意岔开话题问道，"小妹妹你家远吗？怎么来这儿的？"

"不远，就在城南十里的庄子上，姓王。我唯一的哥哥出外做买卖，一去五六年没有音讯，娘思虑成疾，就病成这样子。家中只有小女子一人，只好一步步把娘背来看病。"

刘缤听了，鼻子一阵发酸，便又从行李中取出一大块银锭，放在床头道："小妹妹，老人家看病肯定要用不少钱，这点银子你就留下吧！"

"不，不，"王姑娘把银锭送到刘缤手上，连声道，"公子，小女子再也不能收你的银子了。"

"小妹妹，救人要紧。那申徒臣医术虽高却不是善类，钱太少，他不会给老人家治病。"刘缤坚持着，又把银锭放下。

"不，公子，"姑娘的脸蛋涨得通红，"公子不知，只有银子，那申徒臣也未必就给娘治病。"

"他还要什么？"刘缤大惑不解。

"公子别问了，反正这银子小女子不能收！"王姑娘突然变得又羞又怒。

刘缤丈二和尚摸不着头脑，但不敢再坚持，忙收起银锭告辞。

刘缤在店里随便叫了几个菜吃了。然后回房躺了一会儿，又待不住了。那申徒臣没见着，父亲还躺在病床上，不知怎样，叫他如何不心急如火？

"不行，一定等到他回来。"刘缤下定决心，便走出客房，来到申徒臣府门口，用力拍打门环。

不多会儿，里边有人问道："谁呀？"

刘缤尽量恭敬地问道："请问，申徒老爷回府没有？"

"还没呢。"里面的声音只答了三个字，便是脚步离去的声音。

刘缤只得作罢，坐在台阶上等。到了天黑，吃过晚饭的时候里边的人回道："老爷回来了！"

刘缤一阵惊喜，忙说道："请开门，我要见申徒老爷。"

"是看病吧？老爷说了，他今天累了，明天再来吧！"

"我家中有病人，奄奄一息，求你们行行好吧！"刘缤几乎是哭着说。

"少啰唆，惹恼了老爷，你明天就是来了也不给治。"话音刚落，便是脚步离去的声音。

"唉！"刘缤用拳头狠狠砸在门上。

"怎么办？"他在心里反复问自己，恨不能翻墙而入，把那申徒臣抢出来，可是母亲临行前反复叮嘱，不准他动粗，而且这样做也不是君子所为，惹恼了郎中，他更不会去给父亲治病。

刘缤呆呆地坐了半天，只好回客房。第二天一早，刘缤见王姑娘正背着母亲去申徒臣家，看她艰难的样子着实可怜，便帮她背着母亲。

不多时，他们便来到申徒臣的府邸门口，王姑娘慌忙拿出一个棉褥子，铺在台阶上，帮着刘缤把母亲放下。这时，天已大亮，已有十多个病人等候在门口，其中有三四个年轻的姑娘和少女。申徒臣的大门仍紧闭着。

众人大约等了半个时辰，那扇门才"吱呀"一声打开，众人慌忙站起身，争相往里挤，王姑娘和刘缤一边一个搀扶着老人往里走。

申徒臣的诊病地点就在院子当中的大厅上，两旁是耳房，窗户全用帘子遮得严严实实。当众人走进大厅的时候，申徒臣已经坐在正中的桌子后面，挨个打量走进来的人。

刘缤一看那申徒臣，三十多岁的年纪，粉嘟嘟一张脸，眼角发青，嘴唇发紫，怎么看怎么让人不舒服。就是这种人，凭着祖上传下来的秘方，居然能治病救人，老天爷也太不公道了。

申徒臣却不知道刘缤怎么想，他像往常一样把所有病人和家属扫视一遍，目光落在几个年轻的姑娘和少妇的身上，然后把眼皮一翻，目光定格在王姑娘身上。

王姑娘像是被针刺似的哆嗦了一下，但是为了给母亲尽快治好病，她还是往前挪了挪，希望郎中能先为母亲看。

"这位姑娘，你看什么病？"申徒臣从桌子后面走过来，眼睛笑得眯成一条缝。

"先生，不是小女子看病，是我母亲。"王姑娘尽量躲开他的目光，回答道。

申徒臣仔细地看看老人的口、舌、眼，又摸了一下脉，目光又落到王姑娘胸前："这是忧郁之疾，已病入膏肓，除了我的祖传秘方，无人能治好。不过，治好病，姑娘如何酬谢我呢？"

王姑娘强忍泪水答道："小女子明白先生的规矩，只要您能救娘的命，想要怎样都可以。"

刘缜一听，这叫什么话，他忍不住大声说道："先生，治好了老人的病，您要多少酬金，在下付给你就是。"

申徒臣吓了一跳，眼皮一翻，问道："你是什么人？"

"我是来请先生给家父治病的。"

申徒臣鼻子里哼了一声道："你就是这样请郎中吗？告诉你，你的银子在这里不顶用，老子今天不干了。"说完，转身就往外走。

刘缜怒道："为人医者，有你这样的吗？"

王姑娘慌忙一把拉住申徒臣的衣袖，跪倒在地，哭道："求求您了，先生救我娘一命吧！"一边又转脸瞪着刘缜道："刘公子，治病救人要紧，少说一句吧！"

刘缜没再说话。申徒臣赚足了面子，才转过身来说道："姑娘请把病人带到内室诊治。"

"不，先生，"王姑娘忙用手一指刘缜道，"这位公子是远道而来，家中有病得奄奄一息的父亲。"

刘缜慌忙一揖道："在下恳请先生给大家诊治后辛苦一趟，救家父一命。在下一定多付酬金。"

"不去，不去！"申徒臣不等刘缜说完便摇着头说，"你没瞧见这么多的病人吗？"

"在下是说，等先生诊治完病人。"

"那也不去。老子不缺钱花，别拿银子压我！"

刘缜再也忍不住，大声斥骂道："申徒臣，你还算人吗？"

王姑娘一见，慌忙劝住刘缜道："公子别急，小女子有办法让先生随你去。"

申徒臣家财万贯，何曾受人责骂过，粉脸一变，叫道："来人，把这个撒野的东西赶出去！"

大门外的家奴立刻跑进大厅。

"先生，且慢！"王姑娘突然喊道，先低声对刘缜道，"先照顾好我娘。"说完，径直走到申徒臣跟前，伏在他耳根低语几句。申徒臣立刻眉开眼笑，连声说："好，就依着姑娘。"

王姑娘走回来，搀扶着老娘，向刘缜凄然一笑道："公子稍候，小女子带娘进去诊治。"

刘缜只得耐心地等候。他的心里有着种种解不开的疑团，王姑娘的许多言行令人难以理解。还有父亲的病现在怎么样了，家中没有了自己和爹的照顾，会怎么样？他一边胡思乱想着，一边焦急地看着那扇内室的门。

一个多时辰过去了，王姑娘才扶着母亲走出来，她脸色绯红，头发也有些凌乱，低垂着头，似乎不敢看每一个人。申徒臣则是一副志得意满的样子。

刘缤发现王姑娘只顾低头扶着老人往门外走，忙迎过来，帮她扶着老人，着急地问道："王姑娘，老人家的病治得怎么样？"

王姑娘一言不发，只往前走。刘缤心知有异，只得跟着往前走。到了门外，他知道王姑娘肯定要回客栈，便不由分说，背起老人就走。

到了客栈，刘缤刚跨进门里，老人就能说话了，看来申徒臣的药还真的管用。

把老人安顿好之后，王姑娘忙拉起刘缤出了房门，往楼上走去，边走边说道："公子，赶快收拾行李，带申徒臣去救你家那位老爷。"

刘缤不解地道："申徒臣答应去给我爹治病？"

王姑娘点点头。说话间两人已走进刘缤的客房内。刘缤不解地问道："王姑娘，你用什么办法使他答应的？"

王姑娘脸色陡变，喜悦之色一扫而去，羞愤委屈一齐涌上心头，她扑到刘缤肩上，痛哭起来。

刘缤心头一惊，联想到她走出申徒臣内室时失魂落魄的样子，他仿佛一下子明白过来。

"你……你用自己的清白之身……你怎么这么傻？"

王姑娘摇着头泣道："小女子又能怎样，他一贯如此，宛城人谁不知晓，又能怎样？"

"我一定要杀了他。"刘缤再也忍不住，推开王姑娘就往外走。

王姑娘慌忙拉住他道："公子，千万不可鲁莽行事，公子还要靠他治那位老爷的病呢！他此刻恐怕已诊治完病人，公子速带他去府上救人，勿以小女子为念。"王姑娘一边流泪说着，一边把刘缤往外推。

"唉！我怎么这么笨呢？"刘缤懊恼地用拳头敲着自己的脑袋。

"姑娘，大恩大德我刘家永世不忘。"刘缤躬身一揖，从不流泪的他今天第一次落了泪，然后毅然转身走出去。

申徒臣不愧名医之后，不到一个时辰，便把所有的病人诊治一遍，打发走了。刘缤赶到的时候，他正在洗手，一见刘缤进来，便似笑非笑地说道："你就是那位刘公子？姑娘的面子我总是要给的，姑且随她走一遭，不过这诊费……"

刘缤双目如电盯住那张粉嘟嘟的脸，恨不能把他撕成碎片，但是为了父亲，他还是忍着。他面无表情地答道："在下府中还有些积蓄，只要能治好家父的病，诊费任由先生说了算。但必须请先生骑快马随在下马上上路。"

"好说，那些姑娘都说过的。"申徒臣满意地一笑。

刘缜慌忙转过身去，怒火又在心头直蹿，他真怕按捺不住自己。

申徒臣果然吩咐人备好快马，带上出诊的工具，单人独骑跟着刘缜上路了。

刘缜不知父亲病情如何，心急如火，一上路就快马加鞭。申徒臣起初还跃马扬鞭紧紧跟随。但五十里地之后，他便渐渐落在后头，刘缜不得不停下等他，就这样时快时慢，天黑之前还没走出一百里地。申徒臣一贯养尊处优，何曾受过这种罪，胯下早被硌得发痛，远远看见前边有个镇子，便道："天太晚了，我也走不动了，干脆就在前边歇息一晚，明天再赶路吧！"

刘缜还不知父亲是死是活，心如火焚，断然道："不行，家父命在旦夕，必须连夜赶路。"

申徒臣何曾受人呵斥过，当即勒马怒道："大爷走不动了，非住下不可！"

刘缜一夹马蹄到他跟前，抽出防身短刀，往他脖子上一架，说道："你走不走？"

申徒臣一见他变了脸，顿时像泄了气的皮球似的软了下来，连声道："好汉息怒，我走！"

两人正往前走，忽听前面传来一阵急促的马蹄声，刘缜抬头一看，只见前面山路转弯处一个白影急驰而来，他慌忙闪到路边，想先让对方过去。白影近了，是一个穿白衣的人骑在马上，因为跑得太快，刘缜没看清马上的人。不料，那人到了刘缜跟前，突然大叫："大公子！"

刘缜听出是刘宽的声音，慌忙停住。却见那匹马又奔出十几步远才站住，刘宽穿着一身重孝。

"刘宽！"刘缜大吃一惊，顿时呆住了。

刘宽跳下马连滚带爬到了刘缜马前，跪地大哭道："大公子，你怎么才来？老爷……没了。"

"啊！"刘缜大叫一声，眼前直冒金星，差点摔下马来。

刘宽慌忙上前来扶住他，叫道："大公子，千万要节哀顺变，府中还等着你料理老爷的后事呢！"

"爹！"刘缜半天才缓过气来，放声大哭。刘宽劝慰了他半天，他才止住悲声。

"大公子，你没请来郎中？"刘宽突然问道。

刘缜这才想起申徒臣，四周一看，哪里还有申徒臣的影子。

"这个申徒臣，污了王姑娘清白，误了我爹的性命。我岂能饶他！"刘缜拨转马头就追。

刘宽听不明白他的话，愣了半天才上马去追他，还没走出十几步远，却见刘缜手里拎着一颗血淋淋的人头回来了。刘宽大惊失色，叫道："大公子，你杀人了？官府追究下来可怎么办？"

刘缤看了那面色恐怖的人头一眼，随手将人头往路边一扔道："他哪里是郎中！不杀他难消我心头之恨。"

"大公子，人命关天，如今老爷尸骨未寒，你又添人命，如果被老夫人知道，她非气死不可！"刘宽忧心忡忡地道。

"千万不可告诉我娘，只说没请到郎中。"

两人商量好对答之辞，便悲悲凄凄连夜往家里赶。

天色微明，两人进了南顿城里，远远就听见府里哭声一片。刘钦病逝，樊娴都悲伤过度也病倒，刘府一下子像失去了顶梁柱，幸亏有刘嘉、刘黄内外照应，总算没出差错。听说刘缤回来了，刘嘉、刘仲、刘秀和刘黄三姐妹一齐哭叫着迎出来。刘缤一见身穿重孝的弟弟、妹妹，更是悲愤交加，一手拉着刘秀、一手拉着伯姬，大放悲声，兄弟姐妹相拥着先去拜祭父亲，然后才去见母亲。刘缤一见母亲形容枯槁，病卧在床，一下子哭倒在地道："娘，孩儿无能，没能请来郎中。孩儿对不起爹，对不起娘啊……"

樊娴都由刘黄、绮儿扶着坐起来，叹息道："缤儿，别说了，你爹不会怪你，娘也不会怪你。你爹命该如此。可是你要记住他是为国事忧心而死。你爹临去前说这汉室江山不久就变成姓王的了，你要以复兴汉室为己任，才能对得起他的在天之灵，嘉儿、仲儿、秀儿，你们要辅佐缤儿完成你爹的遗愿。"

"娘，孩儿记住了。"刘缤坚决地答道。

刘嘉泣道："伯父待我如同亲生，我一定辅佐伯升成就一番事业，完成他老人家的遗愿。"

刘仲也哭道："娘，我平时太不懂事，不太把爹和大哥的教导当回事，以后，我一定好好跟大哥练武，帮他做大事。"

九岁的刘秀也仿佛一夜之间长大了，脸上不见了平日的顽皮，哭哭啼啼地道："娘，以后我一定听您的话，帮着大哥做事。"

望着一群可怜又可爱的孩子，樊娴都的脸上终于绽出一丝笑容，道："那娘就放心了。缤儿，娘的身体不行，你爹的丧事全由你料理。嘉儿、仲儿、黄儿你们要好好帮助缤儿，不能出差错。"

刘缤三人齐声应道："娘，您放心吧！我们一定会做得很好。"

刘嘉也道："请伯母放心。"

父亲病逝，身为长子的刘缤仿佛一下子成熟了很多，他遵从母亲的吩咐，指派吏属，封闭库府，接待宾客，安排父亲的丧事。内务女眷，则交由妹妹刘黄掌管。刘嘉、刘仲、刘秀前后帮衬着，府中上下，虽被悲哀的气氛笼罩着，却忙而不乱，井井有条。吏属宾客见了，私下议论，南顿令诸子侄果然不是等闲之辈。樊娴都看到孩子们真的长大成人了，欣喜不已，丧夫的痛苦减轻了许多，病情也好多了。

南顿令病逝，刘缤弟兄又无一官半职，刘家在南顿再也无事可做。刘钦死前，曾跟樊夫人说过，让他们回南阳春陵的老家，老家尚有一部分田产，尚且可以经营度日，况且还有弟弟刘良等族人相助，应该不会有什么问题。于是樊娴都便把孩子们召到跟前，讲了丈夫生前的嘱咐，决定举家迁回南阳春陵老家。

儿女们都没有意见，樊娴都便决定举家迁回春陵老家。但说走就走，哪能这么容易。府中田产该变卖的变卖，能带走的带走。收拾车辆，捆绑细软，阖府上下，大人忙得脚不着地。

刘缤带着刘嘉、刘仲和几个家人正在收拾兵器，这些东西比他的命根子还重要，哪一件都舍不得扔掉。他命人擦拭干净，小心捆绑起来。

正忙活着，刘宽突然面色慌张地跑过来，伏在刘缤耳边低声说道："大公子，不……不好了。寻仇的来了，就在门外。"

刘缤心里一惊，知道肯定是为申徒臣而来，虽说他早有心理准备，但没想到对方来得这么巧，母亲的病还没好，如果被她知道就糟了。因此，忙对刘宽道："先不要惊动老夫人，我先去看看。"说完，丢下手中捆好的兵器，大步往门口走去。

到了门口一看，他就是一愣。只见门外站着两个小男孩，最大的顶多十一二岁，小的只有八九岁，长得好看，特别有精神，全是玄色短靠小打扮，每个人的手里攥着把短把钢刀。身后的小树上拴着一匹白马，看来他俩乘的是一匹马。刘缤一看是两个孩子，把心装到肚子里去了，一改往日的威严，脸上带笑，问道："两位小兄弟尊姓大名？来寒舍有何贵干？"

只见那大小孩双手一叉腰，晃着小肩膀答道："行不更名，坐不改姓，小爷叫李通，他叫李轶。哎，你还没说你是谁呢？是这府里当家的吗？"

刘缤一看两个孩子长相相似，便知道他们是一母同胞，但还是不明白，姓李的孩子跟申徒臣有什么关系，于是便道："小兄弟，我叫刘缤，是这府里主事儿的，你们有什么事尽管说吧！"

那叫李通的哥哥正要开口说话，他身后的李轶忍不住，往前迈进一步，用手中的小钢刀指着刘缤，咬着白嫩的玉牙叫道："你装什么蒜，你说，是不是你家里的人杀了我姨丈，今儿个小爷就是为我姨丈报仇来的！"

刘缤一听，明白了。原来这申徒臣是他们的姨丈，申徒臣家里怎么会让两个孩子来寻仇呢，肯定是他们偷着跑来的。看来申府和官府的人很快就会来找上门来。面对两个孩子他真感到为难了。他原本打算和来人过上几招，制服对方，让对方知难而退算了。没想到来的却是两个孩子，他刘缤说什么也不能跟孩子动手。

李通见刘缤半天沉默不语，怒骂道："你们刘家一个个都是缩头乌龟，杀了人也不敢承认。"

刘缤被他骂得脸上再也挂不住了，两眼一瞪，斥道："混账，哪个不敢承认，申徒臣就是我刘缤杀的，你们两个毛孩子能干什么，快去叫你们家里人来，真刀真枪跟我见个高低。"

李通一听他看不起自己，晃着小钢刀叫道："今儿个就让你见识小爷的本事。"说着，小小的身躯往前一蹿，抢刀就砍刘缤。刘缤根本没拿他当回事，闪身躲过。哪知小李通一刀走空，就势侧身左旋，手中小钢刀连攻五六刀奔向刘缤的下盘。刀法之快竟迫得刘缤一时无还手之机。刘缤这才意识到这孩子的确有点功夫，而且受过高人指点，看来他还真得当回事了。

刘缤正要还手，忽听身后母亲樊娴都大声斥道："缤儿，不得伤害人家的孩子。"

他慌忙跳出圈外，回头见樊娴都正由绮儿搀扶着来到门口，身后跟着刘仲、刘秀、刘黄等弟弟妹妹和刘宽，刘缤不敢正视母亲，嗫嚅着说道："娘，都是孩儿不对。可是那申徒臣……"

"别说了。娘都知道了。"樊夫人叹息一声道，"不管怎么说，你杀了人。如今人家找到门上来，总得给人家一个交代吧！"

刘缤无话可说，一抬头看见刘宽躲在刘仲的身后，知道肯定是他告诉了母亲，不由得狠狠瞪了他一眼。刘宽吓得一低头。

李通、李轶一看刘缤不打了，齐声叫道："缩头乌龟，给我姨丈偿命！"

樊娴都推开绮儿，硬撑着病体往前走了几步，到了两个孩子跟前，和蔼地说道："孩子，老身管教不严，让缤儿杀了你们的人。今天老身就给你们一个交代：杀人偿命，自古一例，老身这条命就交给你们了。动手吧！"说完，把头一低，引颈就戮。

李通、李轶兄弟一见樊夫人这架势，一时竟不知所措，刚来时那副凶巴巴的样子全没有影了。好半天，李轶才一咬牙道："哥，管他呢，反正是他们先杀了姨丈的，今儿个就杀了老太婆，也好让姨娘高兴。"说着，就要抢起他那柄小钢刀。

李通却拦住他，俨然一副大侠的口气道："小弟，咱们行侠仗义，怎么能对手无寸铁的老太婆动手呢！要杀就杀那个叫刘缤的大块头。"

刘缤一听这两个小孩一问一答，差点笑出声来，正想走过去说话，身后传来刘秀的讥笑声。

李通、李轶最讨厌人家讥笑他们，气得大声叫道："谁在笑俺？有种的站出来！"

"我！"两人的话音刚落，一个八九岁的小孩从人堆里挤出来，跑到跟前，这孩子正是刘秀。

　　李通、李轶一见对方和自己年龄相仿，仿佛一下子找到对手，丢开樊夫人，走到刘秀跟前，李通把头一扬怒道："你笑什么？"

　　刘秀把嘴一撇道："笑你们吹牛。你们也算是行侠仗义。我大哥才是行侠仗义，才算是真正的大侠。你们那个姨丈，不好好地给人家看病，干尽坏事。我爹病得快死，大哥去请他他还不愿来，我爹就……我大哥才杀他的。"说到伤心处，竟涕泪交流，泣不成声。樊夫人、刘缤等人被他说到痛处，忍不住哭声一片。

　　李通、李轶一下子怔住了，这才注意到这家人都还穿着孝呢。愣了半天，李轶方仰着脸儿问李通道："哥，他说的是真的吗？"

　　李通也是孩子，心里也不知是真是假，只好又是摇头，又是点头，不知说什么好。

　　樊夫人看出了两个孩子的矛盾心理，便趁机说道："孩子，刚才小儿说的句句是实，先夫的灵柩还在堂前，你们进去一看便知。"

　　李通一听，便一拉弟弟的手道："走，小弟，咱们进去看看。"

　　樊婳都看出两个孩子心地不坏，心里一块石头落了地，便引领他们走进府中正堂丈夫的灵柩前。李通、李轶一见灵柩、灵牌，便默不作声出府去了。樊婳都知道他们相信了，送出府外时，关切问道："你们是南阳谁家的孩子？大老远地跑来，父母不知会急成什么样子呢！"

　　李通看着她面容憔悴的样子，口气缓和了很多，答道："我爹李守，在长安做官。"

　　南阳李守的名声樊夫人听说过，只是没见其人。李守以谶纬之学名响南阳，也算得地方上的知名人物。樊婳都点点头道："孩子，你们能明白事理就好。不管怎么说这件事缤儿罪责难逃。老身一定要让他亲到你们府上谢罪。你们先回去，免得家中忧虑。"

　　李通、李轶早已淡了为姨丈复仇之心，见樊夫人言语入情入理，颇为感动，两人上了马，向老夫人一拱手，打马而去。

　　刘缤等人见李通、李轶走远，才松了一口气，刘仲道："娘，他们走了，没事了吧！"

　　"没事？"樊夫人叹息一声道，"这是人命关天的大事，岂能说没事就没事。娘马上写信给你们的舅父，他跟新野县令潘临交情甚笃，请他在官府里从中斡旋，但愿缤儿没事。"

　　第二天，樊婳都夫人带着三儿、三女、族侄刘嘉以及家佣仆役，扶着刘钦的灵柩，踏上返归故土舂陵的官道，驿路茫茫，前程谁知晓……

　　南阳郡蔡阳白水乡原本不是舂陵侯封地。刘秀先祖刘买被汉武帝封为舂陵侯时，春陵乡本在零陵郡冷道县，那里地势低而潮湿，山林之中多有毒气。刘买之孙考侯刘仁在汉元帝初元四年上书，情愿减户请求将封地内迁南阳郡蔡阳的白水乡。元帝允准，仍以春陵为国名。于是刘仁偕同整个宗族来到这里，安居下来，这里就成了刘钦的故乡。南顿令就安葬在这里。

隆冬时节，平日孤寂荒落的白水堤上多出了一块松柏苍郁之地。一座精心修建的墓冢掩映在苍松翠柏之中，"南顿君之墓"的墓碑旁，背水倚树地搭起几处简陋的草屋，晨起时，墓碑前早已摆放好供奉之物，凛冽的寒风中，刘縯、刘仲、刘秀和刘嘉依次涕泣跪祭，脸冻得发青。

依从古礼，为人子者应为丧父守孝三年。但当时能做到的人很少。如果遇着寒冬时节，孤寂旷野，寒风彻骨，更没有人能够真正守在墓地旁。但刘縯兄弟不畏严寒，着素衣、吃素食，虔诚地为南顿令扫墓守灵，从无间断。宗族乡里听说后，都称赞刘縯弟兄至孝。

祭扫完毕，刘縯便叫人从茅屋中取出兵器，在墓地旁的空地上领着兄弟习练武功。似乎是父亲的眼睛在看着他们，兄弟们习武起来特别认真、投入，仿佛在向父亲表明他们的决心，连一向最怕吃苦的刘仲也从没有发一句怨言，年龄最小的刘秀也再没跟大哥顶过嘴。

大家正练得卖力，忽见刘宽走过来，老远就叫道："大公子，别练了。"

刘縯收了势，等他到了跟前才问道："刘宽，什么事儿？"

"老夫人叫你们都回去，有话跟你们说。"

刘縯想起因思念父亲而面容憔悴的母亲，心中一阵发痛，忙招呼兄弟们一齐向家中走去。

春陵地方上居住着刘钦之弟刘良一家和族人。当樊娴都和儿女们扶着丈夫的灵柩回来时，刘良带领着族人哭泣着迎出春陵，并早已派人把哥嫂原来的住宅打扫干净，安顿嫂子一家住下。然后他又亲自选择松柏苍郁之地，隆重地安葬了哥哥刘钦。

刘縯弟兄到了家里，樊娴都正由刘黄、刘元陪着说话。刘縯一见母亲，立刻跪地磕头，刘仲、刘秀也慌忙跪下："娘，您召孩儿来，有什么吩咐？"

樊娴都坐直身子，逐一打量着自己的儿子，心疼地说："娘召你们来，也没有什么大事，就是怕你们冻坏了。反正，你爹也是去了的人，没有必要非守孝三年不可。这寒天冻地的，风寒极易侵蚀肌体，若是有个三长两短的，你爹九泉之下，也会不安的。儿，听娘的话，就搬回来住吧！"

"不，"刘縯涕泣跪拜道，"娘，爹是为国事忧愤而去，他老人家的遗愿是要孩儿将来匡复汉室。如今孩子不经历些磨炼，如何能成就一番事业。为爹守陵，这点儿风寒又算得什么。"

刘仲、刘秀也齐声泣道："娘，孩儿不怕寒冷，愿为爹守灵。"

樊娴都看着三个儿子，心中顿感欣慰，但她实在是心疼他们，于是努力寻找说服他们的理由。

正在这时，守门的家人来报，叔叔刘良来见。樊夫人一听，似乎有了办法。刘良，字次伯，乃刘钦胞弟，举为孝廉，被朝廷荐为萧城县令。因见汉室颓败、厌恶政事，遂托病上书，辞官归隐。刘钦灵枢到春陵，刘良隆重安葬兄长，并悉心照顾嫂侄全家。刘缤等子侄都非常敬重他，由他劝说，刘缤弟兄不会不依。

樊夫人忙命人请入，刘缤、刘仲、刘秀一齐到门外迎接。刘良进来，先给嫂子施过礼，坐下便说道："缤儿他们也在。"

"是我召他们来的。"樊娴都乘机引入正题，"孩子们坚持依着古礼为夫君守孝三年，但如今隆冬季节，我只怕他们耐不住风寒，伤了身体。请叔叔帮着劝说他们，搬回家里住。"

刘良听了点点头，嫂子樊夫人放心了。不料刘良却开口说道："嫂子心疼孩子们，自是情理之中。可是如今我汉室不振，世事艰难，孩子们若想成大器，免不了要经历千难万险。嫂子想让他们生活在安乐窝中，可能吗？依小弟之见，孩子们既有诚孝之心，就应该成全他们，白水河边的寒风算得了什么，权当是对他们的磨炼。"

樊娴都这时无话可说了，她也是有见识的女人，刘良说的道理她不会不明白，只是爱子心切，尤其是对小儿刘秀，总怕他受了苦，吃不消。

刘缤一看母亲有松口的可能，忙说道："娘，既然叔父都这样说，您还有什么不放心的呢？"

樊娴都叹息一声，只好点点头。刘良一见便道："缤儿，你娘答应了。没有别的事，你们就回去习武去吧！我陪嫂子说说话。"

"是，叔父，孩儿告辞！"刘缤弟兄起身向母亲和叔父告别，走出府门。

刘良望着他们远去的背影，叹息道："我们刘家虽是国姓皇族，却一辈比一辈衰弱，如今朝廷萎弱，汉室江山不久恐易手他姓。我刘室命运更难预料。看我宗室子弟已成人者唯缤儿可成大事，将来匡复汉室，振兴宗室，唯有缤儿。你们没来之前，我宗室子侄辈刘赐、刘玄、刘谡、刘社皆闲居家中，不事稼穑，无所事事。小弟担心日子久了他们耐不住寂寞，不务正业，坏了我宗族名声。如今，你们来了，可以让他们跟着缤儿一起习学武功。小弟想聘师父教授他们学业，也算咱们为光耀宗室作点努力。"

樊夫人想不到这位小叔竟有如此非凡见识，心中颇为感动，当下便道："兄弟难得有此襟怀，我支持你，就由你担此重任吧！"

凌晨，尽管白水河边寒风彻骨，刘嘉、刘缤弟兄仍像往日一样在父亲墓地前的空地上苦练不止。还是刘嘉、刘仲合攻刘縯。刘縯将手中长矛施展开，上护其身，下护其马，寻着刘嘉、刘仲的破绽便抢攻一招，竟逼得二人连连后退。旁边正练臂力的刘秀见了，一时兴起，抓起自己的长刀，也来为两位兄长助战。刘縯独战三人，仍绰绰有余。

弟兄四人正练到紧处，忽听有人高声叫道："好功夫！"

四人听出是叔父刘良的声音，慌忙收势细看，只见刘良正领着一帮宗室兄弟走上河堤。当中年龄最长的刘赐仅比刘縯小一岁，最小的则比刘秀还小三岁。这帮人走到空地上站住。刘縯仔细一看，除了叔父刘良之外，这帮宗室兄弟大多耷拉着脑袋，一脸的苦相。他不知道怎么回事，给刘良施完礼，正要发问，却听叔父说道："縯儿，你的这帮兄弟今后就由你来管教，教他们习学武功，将来他们可帮你做成一番事业。"

刘縯一听，高兴得不得了，连声应道："请叔父放心，孩儿一定尽心尽力教他们。"

"那就好！"刘良满意地笑了，又转身对那帮宗室子弟说道，"今后就由縯儿教授你们武功，再不许游手好闲，坏了宗族的名声。振兴汉室，光宗耀祖就靠你们了。听见没有？"

刘赐一行人看来都有些惧怕这位长辈，虽然个个面带苦相，却齐声答道："听见了！"

从此，孤寂的旷野墓地再不孤寂，每天都是一片战马嘶鸣、刀枪碰撞声。初始几日，那班宗室子弟因为新奇，练得还算起劲。但十天之后，除了一个黑脸的大小子刘谡之外，便一个个叫苦叫累，很有些吃不消。刘縯要求十分严格，一个个拧着耳朵拉起来，要他们坚持练功。这样一来，他便顾及不到刘秀了。刘秀本来对弓马骑射没有多大兴趣，只是父亲的死多少刺激了他幼小的心灵，他才依着大哥心愿专心练武。但这几日，大哥为着这帮宗室弟兄，又把那些他早已练熟的招数传授出来，他就有些耐不住了。

一天，刘縯正专心致志、一招一式教刘赐等人刀法。刘秀趁他不注意，一转身跑到松树丛中，顺着树丛跑到河边。这时，河里结着厚厚一层冰。对岸的河堤下是一大片荒地，不知是农人遗落，还是野风吹来的种子，有几株麦苗在寒风中瑟瑟发抖，艰难地生长着。他蹲下身来，爱怜地用手抚摸着幼苗，嘟囔着："小苗啊，小苗，你好可怜，这么冷的天会冻坏你的。"他嘴里说着，又捡来几片树叶，盖在小苗上面。

刘秀相中了白水河对岸的那块荒地，便瞒着大哥刘縯恳请母亲开垦出来。樊夫人免不了劝诫他要以习文练武为要，切勿近稼穑，但还是答应了，她心里其实并不完全反对刘秀近稼穑。丈夫死后，儿子们都在为父守孝，家中除了田租收入，再无其他经济收入，这样坐吃山空总不是办法。况且刘縯喜欢行侠和收养宾客，不问家庭产业经营情况。刘仲更是诸事不问。当年高祖刘邦创业打天下，家中尚有善治产业的哥哥刘仲（刘邦兄）照顾，如果把刘縯比作是高祖，那么刘秀则是刘仲式的人物。

刘秀得了母亲的许可，便不顾大哥的反对，和刘宽一起，一个牵牛，一个扶铧，把那荒地开垦出来，种上谷物。为了方便，他还叫人在白水河上修了座木桥，便于来往耕种。

寒来暑往，日月如梭。刘秀的田里收了一季又一季，白水河边的野花开了一次又一次。三年的守孝期转瞬间满了。刘縯等人的武艺日臻神境，就连最浮滑的刘玄也练就了一身的武艺，寻常三五十人近身不得。刘秀天资聪颖，虽然忙中偷闲去侍弄那块田地，也没耽搁武艺。论武艺，除刘縯之外无人能及，论文才，则包括刘縯在内无人可及。

胸怀大志的刘縯时刻关注着天下的变化。但是历史老人按着既定的轨迹缓慢地行进着。公元6年，年仅十四岁的汉平帝病死。安汉公王莽为把持朝政，在姑母王太后的支持下，扶立年仅两岁的宣帝玄孙、广戚侯刘显的儿子刘婴为帝。王莽则仿效当年周公辅佐周成王，居位摄政，称摄皇帝，改年号为居摄。正如南顿令刘钦所料，王莽篡汉已是步步紧逼。刘縯一次次为刘汉江山痛心疾首，对王莽恨之入骨，但是苦于人微言轻，无以发难，只好静静等待时机。

孝期虽满，但刘縯白天仍喜欢领着众兄弟在墓地前的草地上操练武艺。这一天，大家刚练完一阵，正坐在地上歇息。忽听一阵马蹄声响，只见一匹快马飞驰而来，在白水河对岸停住。马上跳下来一个衣着整齐的中年汉子，那人下了马，快步走上木桥，向刘縯他们走来。

刘氏兄弟老远就看见了。刘玄叫道："你们看，那人是干什么的？"

"我知道，"刘秀抢先答道，"肯定是来找大哥比武的。弄不好又被大哥打个落花流水。"

刘秀说话很有根据。刘縯功夫了得，在南阳就有了名气，一些江湖侠客、武林中人不服气，常隔三岔五地来找他比武。刘縯待人谦恭有礼从不恃强自傲，即使迫不得已与人动手，也是点到为止，只要对方认输就成。败在他手下的武林高手不知有多少，他还从未遇到过对手。

刘秀的话音刚落，刘玄扫视了众兄弟们一眼，一本正经地道："文叔说得不错，这人肯定是找縯哥比武的。哎，我说你们哪位过去把他收拾了，用得着縯哥动手吗？"

刘縯这时已回家去了。他经常趁大家歇息的时候，去看看母亲。

刘玄的话引得一个人心里痒得慌。这人就是刘谡，他也是刘氏族人，可惜父母早亡，成了孤儿，亏得刘良的悉心照料，才长大成人。所以他比这班不愁吃穿的刘氏子弟懂事得多，练武也最下功夫，三年的时间，学成了一身好武艺。艺高人胆大，一听说比武，便来了劲。反正刘縯也不在，他从地上一蹦多高，站起来道："我来收拾他，不劳大哥了。"

"对，揍他！"刘赐、刘嘉、刘仲也一齐叫道。

说话的工夫，中年汉子已过了木桥，来到大家跟前。刘谡一看，这人虽然穿着便衣，但走起路来却孔武有力，应该是个练家。他一步跨到跟前，正色问道："这位兄台，有何贵干？"

中年汉子见有人答话，忙客气地答道："在下来找春陵刘伯升。"

伯升是刘縯的字。刘谡一听果然是找刘縯的，便轻轻一笑道："刘伯升是我大哥，你恐怕不够格见他，找我也是一样。"

中年汉子听不明白，不解地问："这位兄弟，你想干什么？"

"装什么蒜，要找我大哥比武，先得胜了我。"

刘氏兄弟也在一旁起哄，七嘴八舌地叫道："对，先打赢他，才能见大哥！"

中年汉子急了，涨红着脸道："对不住，在下要见刘伯升。"

刘谡技痒难熬，口里叫道："老兄，别托大。"说着，一记直拳黑虎掏心直对中年汉子胸前打来。中年汉子一看说也无用，没办法。只好一侧身，横掌接住。刘谡不跟他客气，迅速抽招换式，步步紧逼。中年汉子竟被他逼得连连后退，只得沉稳心神全力应战。两人拳来脚往，打在一起。

刘谡原以为自己功夫不错，三下五除二将对方制服，也好在兄弟们面前露露脸。没想到遇到个货真价实的对手，照这样下去，即使自己百招之内打赢对方，也没有多大意思了。他越想越急，恨不能一拳将对手打倒在地。可是那中年汉子似乎久经战阵，实战经验丰富。他也看出了刘谡求胜的心理。见对方招招紧逼，便全力防守，而且故意露出落败的迹象。刘谡一见大喜，攻之更急，全无防范意识。中年汉子见时机已到，双拳封住对方招式，下盘双腿突然攻出。刘谡猝不及防，身子失去重心，"扑通"一声，重重地摔倒在地。

"唉！"刘氏子弟一看，懊丧极了，刘谡是他们当中武功最好的一个，他一落败，恐怕除刘縯之外，无人能敌了。

刘谡满脸通红，狼狈不堪地站起来，躲到众人后头，再没抬起头。中年汉子一见，颇有些得意，笑道："各位兄弟，在下可以见刘伯升了吧！"

"不可以，"话音刚落，一个清脆的声音叫道，"你还没打赢我呢！"中年汉子一看，只见一个十二三岁的英俊少年从地上跳起来，不慌不忙地走到自己跟前。

中年汉子一看是个孩子，忙温和地一笑，道："小兄弟，我有要紧的事要见刘伯升，咱们别比了，就算我输了，成吗？"

"不成！"刘秀异常坚决地说道。中年汉子一看不打还不行。他心中有事，哪有闲心陪小孩玩，便暗忖三招两式让孩子认输就成。于是他再也不顾及自己的身份，竟抢先向孩子进招。

刘秀刚才看他们两个打斗，知道中年汉子有真本事，若被他一招击中，自己肯定半天也别想爬起来。他早有应变之术，凭借自己身材小巧玲珑、身法灵活的长处，在中年汉子身旁忽前忽后，转来转去。中年汉子哪及他身法灵活，斗了半天，急得头上冒汗，也没抓不住刘秀的一根头发。

刘秀故意气他，边打边说："大块头，你功夫不行，赢不了我，怎么跟我大哥比试。"

中年汉子本来心中有事，这时更被他激得眼睛冒火，便不管三七二十一，双拳施展开，拼命进攻。他也犯了刘谡刚犯过的错误，只顾进攻，忘记了防守。

刘秀天资聪颖，等待的就是这个时刻。趁对方一意急攻的时候，冷不丁地蹿到对方身后。他也没什么新招，仍用中年汉子赢刘谡的方法，右腿突然攻击敌方下盘。只不过，他选择的进攻目标是对方的阴部。

中年汉子毫无防备，被刘秀一脚踹中阴部，疼得他"哎呀"一声，双手捂住两腿之间，蹲在地上，大呼小叫起来。

刘氏子弟看得清楚，齐声欢呼，忽听身后有人大声怒斥道："三弟，你出手太狠了。"

大家回头一看，只见刘縯不知何时来到了身后，正怒视着得意忘形的刘秀，便慌忙止住欢呼声，各自去拿自己的兵器，装作没事似的练功去了。刘秀也慌忙跟在众人后头。

刘縯快步走到那中年汉子跟前，扶起他，抱歉地道："这位兄台，真对不起，伤到哪里没有？"

中年汉子好久才站起身，脸涨得更红。刘秀并没用全力，但这种娇嫩的部位，轻轻一脚也够他受的了。堂堂七尺武夫竟被一个十二三岁的孩子打败了，脸面何在。因此他羞愧得一语不发。

刘縯自然明白他的难堪，便故意为对方找台阶，道："兄台武功了得，若不是三弟使诈，谅他再学十年的功夫，也不是兄台的对手。"

中年汉子一听这话，心里舒服多了，又听对方称刘秀为三弟，忽然想起此行的目的忙问道："请问兄弟，可知刘縯刘伯升其人？"

刘縯一怔，忙笑道："在下就是刘伯升，兄台有何指教？"

"你是刘伯升？"中年汉子早已猜测到面前的人就是自己要找的刘伯升，但仍惊喜不已道，"在下是安众侯刘崇族人刘德安。"

刘縯又是一怔，安众侯刘崇他当然知道，刘崇是景帝八世孙，袭安众侯，论辈分还叫刘縯为叔父。但刘崇家族世代显贵，与地位卑微的刘縯家族，形成鲜明的对比。所以，尽管刘崇的封地在南阳，两个家族却互不往来。今天，刘崇的族侄突然到此，肯定有重要的事情。

果然，刘德安扫视了一下四周，确信无人注意他们，才低声说道："伯升祖父，安众侯差晚辈来，是有要紧的事跟您商量。"

刘縯道："安众侯有何指教？尽管说。"

刘德安咽了一口唾沫，努力使自己的话说得有条理："伯升祖父可曾知朝廷上发生了大事？外戚王莽鸩杀平帝，拥立年幼的刘婴为帝，仿效古时周公辅位周成王的故事，自立为摄皇帝。今日为摄皇帝，明日便是真皇帝。王莽乾纲专断，我刘汉江山危在旦夕，我刘氏皇族自此永无太平之日。如今，天下人都不满王莽专权，但却没有人敢率先起事，这是我们皇族的耻辱。安众侯决心率同族首先起事，天下必然响应，王莽必死无葬身之地。安众侯素闻伯升贤名，特差晚辈来约请祖父率同族人一同起事，杀莽贼，扶社稷，不世之功也。"

刘縯一听，又惊又喜。他平日关心时政，只听说平帝因病而死，想不到竟是被莽贼毒死。慷慨而有大节的他，如何不义愤填膺？三年前，父亲死前曾言，王氏外戚必篡汉，想不到真的一步步变为现实。以匡扶汉室为己任，他岂能无动于衷？如今安众侯愿为天下先，率先起事，这正是天赐良机。大鹏一日腾风起，扶摇直上九万里，此时的刘縯，正如大鹏振翅欲飞一样激动，他慨然道："刘伯升是刘汉子孙，绝不会任王莽老贼胡作非为。"

"好！"刘德安也高兴，看来此行的目的已经达到，便道，"请伯升祖父早定大计。安众侯最近就要起事，袭取宛城，千万不可误了大事。"

刘縯没想到他催得这么急，迟疑了一下道："此等大事，容我禀明母亲和叔父后再作定夺。"

刘德安素闻刘縯至孝，这样的大事，不先禀明母亲，他不会自作主张的，只好说道："晚辈暂且住在尊府，两日内速作决断。"

"好吧！"刘縯谦恭而热情地道，"请往寒舍一叙。"

回到家中，刘縯命人安排刘德安歇息，并准备宴席，好生招待。自己则赶紧把叔父刘良找来，同母亲一起商量，樊娴都一听他要造反大吃一惊，道："縯儿，这可是掉脑袋、灭族的罪，千万要谨慎从事，你爹遗愿让你匡复社稷，建功立业，光耀门楣。娘知道无法阻拦你们，可是娘觉得还是慎重一些，选择有利时机，一举成功为好。"说着，期待地望着刘良道："兄弟，你是读过书、见过世面的人，依你看，縯儿如果起事，能有多大的成功机会？"

刘良一听刘縯要跟着安众侯刘崇一起起事反莽，脑海早已翻腾开了，闻听嫂子问到自己，便道："当年周公辅佐周成王，传为一代佳话，如今王莽仿效周公辅佐孺子皇帝，似乎也无懈可击。至于说王莽篡汉，还只是人们的猜测，天下毕竟还是姓刘的。安众侯起事，师出无名，恐怕天下应者寥寥无几。成功的可能性当然很小。"

刘縯以为一向疾恶如仇的叔父会坚决支持他，没想到刘良反而说出这种话，不由得有些气恼道："依着叔父的意思，我刘氏皇族就只有眼睁睁看着王莽老贼夺了汉室江山，才可起兵反莽。孩儿以为到那时，恐怕亡羊补牢，悔之晚矣！"

樊娴都听出儿子有不满之意，斥道："縯儿，不能对叔父无礼。"

"是，孩儿知罪！"刘縯知道自己不对，忙给刘良赔礼。

刘良宽容地一笑道："不妨，縯儿一心为国，言辞过激，情有可原。为叔的意思，并非要等王莽篡汉后再举义兵，而是为了慎重起见。你娘的意思就是怕你反莽不成，反而丢掉自己的性命。"

刘縯明白母亲和叔父是为他担忧，但举事哪有不流血牺牲的，因此他坚决地说："娘、叔父，顾不得那么多了。只要能灭掉莽贼，振兴我刘汉江山，孩子就是舍掉身家性命，也在所不惜。"

樊娴都听了，为能有这样一个有志气的儿子而感到高兴，但面上却冷冷地道："你自己性命算什么。一旦事败我们全家几十条性命，还有成千上万刘氏宗族的性命，将化为孤魂野鬼，永世不得安宁，你知道吗？"

刘縯站在墙角，一声不吭。樊娴都了解儿子的秉性，便缓和了一下口气道："此事为娘也难做决断，你舅父樊宏乃南阳豪强，与官府交往甚多，对那刘崇也知之甚多。天下时势，他知之甚详，縯儿可连夜去湖阳请你舅父来，由他决断。"

刘縯一听母亲提到舅父，马上心平气和了，他最钦佩舅父樊宏。上次他杀申徒臣一事就是樊宏和新野宰潘临与官府斡旋，终于没有追究下来。这一次，一定要请舅父来一起举大事。

刘良也同意请樊宏。于是刘縯派人好生招待刘德安，不让他起疑，夜奔湖阳请舅父樊宏。

湖阳距春陵不过一百多里地，第二天中午刘縯便同樊宏一道返回。四十多岁的樊宏风尘仆仆，见了姐姐和刘良，施礼已毕，便道："縯儿起事万万不可。安众侯此举乃为一己之私，非为天下人也。刘崇编造谣言，说王莽鸠杀平帝，更不可信。王莽并非鲁莽之辈，鸠杀皇帝，岂不是引火烧身？他既然可把持朝政，怎么会在乎一个有名无实的小皇帝的存在呢！"

刘縯忍耐不住。他一到湖阳就把事情原原本本地告诉了舅父，急切想听听舅父的看法，可是樊宏只是笑而不答。这时候却说出一番他最不爱听的话，他如何不急，便气恼地说道："舅父说话，全是凭空猜测，有什么根据？"

"根据自然会有。"樊宏温和地一笑道，"南阳李守如今在长安为王莽宗卿师，朝廷上的事，不会不知道。李守回乡省亲，与愚舅私下说，皇帝有肝厥之疾，无医可治，遇冬季寒冷愈加严重。皇帝正是死于肝厥之疾。"

肝厥之疾就是现在所说的"羊羔风"，即癫痫，当时称为"妖病"。事关皇室脸面，当然不能把皇帝得这种病的消息公布于天下。

樊娴都眉头不展，自语道："李守？这人名字好耳熟。"

"姐姐真是健忘。李守就是当年来找缤儿寻仇的李通、李轶之父。此人精于谶纬之学，因而被举为安汉公宗卿师。"

刘缤一听，面露义愤之色道："李守甘心做王莽走狗，必不是什么好东西。"

樊宏面露不悦之色道："你们是刘汉宗室，我说句你们不爱听的话。你们总以为这江山社稷非你们刘姓莫属，岂知天下人并不如你们一样想，日出而作，日落而息的穷苦百姓更不会这样想。只要能让他们种田吃饭，他们就会安安稳稳地过日子。如果衣食无着，生存无路，不管这天下姓刘还是姓王，他们都会起而造反。"

刘良听了，心里很不是滋味，虽说他们在皇族中是最卑微的一支，但虚荣心作祟，总觉得还高人一等。樊宏这话他当然不爱听，于是不亢不卑地反问道："依您之意，天下再没有道义可言？"

"道义自然会有的。"樊宏异常肯定地说，"如果王莽篡汉，老百姓自然也会谴责，但仅此而已。除非王莽施暴政，苛酷天下，老百姓没有了活路，才会造反。如果王莽略施仁政，使老百姓安居乐业，谁还会拎着脑袋去反莽扶汉、匡复道义呢？"

樊宏的一番话，掷地有声。刘良、刘缤叔侄也觉得有道理，但作为刘汉后人，心里实在难以接受。樊娴都觉得弟弟的话颇有见地，于是鼓励道："兄弟，说下去，也让他们听听百家之言。"

樊宏得到姐姐的首肯，再无顾忌，他接过绮儿献上的香茶，呷了一口，润润嗓子，继续说道："王氏显贵，始于成帝，王莽姑母王政君被尊为皇太后。王太后假成帝之名，一日之内敕封王氏五人为侯，世称王侯。可是这帮王氏子弟广搜珍宝，遍置姬妾，玩赏新奇，互相媲美，受到朝野臣民的猛烈抨击。王莽在王氏家族中因出身卑微，并不显贵，可是他工于心计、长于智谋。当王氏子弟一个个争相奢靡，食鲜美，坐香车，策肥马之时，独王莽反其道而行之。他穿着布衣，如同贫寒的士子一样，求学读经好问不倦，俨然一个仁义礼智信的贤良才子，以此博取朝野赞言。伯父王凤为大司马，病危之时，他衣不解带，发不梳理，日夜侍候在床前。王凤弥留之际，向太后力荐王莽可堪大用。被廷臣、士子的抨击搞得焦头烂额的王太后正巴不得有一个贤良的王氏子弟来堵塞朝野非议。王莽从此显贵。

"也许有着不可告人的目的，王莽封侯之后，依旧夹着尾巴做人。他越发谦谨折节下交，所得俸禄，尽数分给幕僚宾客，府无余财，声名鹊起。王太后愈加倚重于他，先封他为大司马、领尚书事，次封安汉公。及至平帝病逝，孺子刘婴被立为太子，竟准其堂而皇之穿衮衣，戴冕旒，南面居摄，称摄皇帝。"

樊娴都、刘良、刘縯一个个听得目瞪口呆。三人平日虽然关心时事，但都是道听途说的居多。王莽如何发迹，更是知之不详。刘縯愤然道："王莽老贼以外戚辅政，竟敢穿衮衣，戴冕旒，乱纲常大义，神人共愤，天下共诛之。"

樊宏看着外甥一腔义愤，只是摇头轻笑，道："王莽饱读诗书，熟知纲常伦理，岂肯轻易被人扣上悖乱纲常之罪名。古有周公辅政幼少成王之佳话。王莽以周公自居，辅佐幼主，则名正而言顺。况且，王莽执政以来，被外戚、官宦搅得一团糟的朝廷，为之焕然一新，他因此赢得一片喝彩声。朝野内外拥戴者甚众。即便是刘氏宗族，因王莽为他们复侯爵、重封地、增俸禄，拥戴者也不少。刘崇为一己之私举旗反莽，必不能得到宗族的响应，败势已定。"

刘縯年少气盛，还是不服气，反问道："这么说，王莽篡汉，无人能推倒他了？"

"如果王莽继续施善政，顺人心，恐怕很难推倒他。可是，俗话说月盈则亏。王莽步步成功，易生骄横之心。如今他仿效周公辅政竟以摄皇帝自居，已有悖乱纲常之兆。如果继续做真皇帝的美梦，一旦失政，必遭天下人唾骂。甥儿到那时若起兵反莽，必然应者如云，大业可成。"

樊宏不是刘汉皇族，看问题不偏不倚，分析得颇为精辟。樊娴都非常赞同，刘縯也感到自己太主观了，反莽绝不是自己一厢情愿的事。刘良听了半天，终于明白樊宏之意："樊兄之意是说，縯儿现在起事反莽，时机尚未成熟，还需耐心等待，相机而动。"

樊宏点点头，笑道："我不是王莽说客，说了大半天，就是这个意思。縯儿，你看呢？"

刘縯此时对舅父佩服得五体投地，完全改变了原来的态度，惭愧地说道："听舅父一席话，胜读十年书。甥儿太无知。"

樊宏哈哈一笑道："人贵在有自知之明。縯儿，武艺再高也只是一介武夫，要成大器，必得文韬武略兼备。如今，你武功已至化境，依舅父之见，舂陵小河水浅，容不下你这条蛟龙，不如去京都游学，长长学识，历练世事，对以后成就大事必有大用。"

樊娴都、刘良一听，都很赞同。刘縯认识到自身的不足，当然也愿意，可是却犹豫着："母亲身体欠佳，弟弟妹妹年少不懂事，我若离家，家中怎么办？"

樊娴都脸上含笑，嗔怪道："好儿子，你在家又怎样，天天只知道练武，想你的大事业，何曾过问家庭产业经营如何？"

刘良也劝道："大行不拘细节，縯儿，你就放心去吧。家里还有叔父在呢。"

刘縯终于点头同意，却说道："眼下如何打发安众侯使者？"

"这还不容易，"刘良轻松地一笑道，"你就推辞说母亲不允，族人不应。保证不向朝廷告密，安众侯尽可自己起事。"

刘縯依计而行，当即命人备办酒宴，樊娴都、樊宏、刘良、刘縯四人作陪，盛情款待安众侯使者。席间，由樊夫人亲口说出无心参与反莽之意，但保证不会向朝廷告密。刘德安想不到一夜之间，自己的努力变成一场空，心里很是恼怒。但见刘家众口一词，没有转变的余地，再多说也无用，只得丢下手中酒杯，悻悻而去。

打发走安众侯使者，刘縯便准备去长安游学，消息传出，刘嘉、刘仲也要一同去。樊夫人一寻思，都去也好，在外面兄弟间也有个照应。派谁伺候他们三个呢？樊夫人犯难了。最佳人选当然是刘宽，可是，府中上下，全靠刘宽支应着，刘家离不开他。

正在这时，听到消息的刘谡直奔樊夫人房中，毛遂自荐道："伯母，让侄儿伺候三位哥哥吧！"

樊娴都一阵心酸，她明白这个可怜的孤儿是想借这个机会去京都游学。她一把拉起刘谡满口应承道："谡儿，伯母答应你，你就跟着三位哥哥一道去长安求学，所花费用都由我家承担。愿你以后能有出息，为祖上争光。"

刘谡感动得热泪盈眶，连着给伯母磕了三个响头，脆生生地答道："请伯母放心，侄儿一定不负厚望，学着真本领回来见您。"

计议已定，刘縯、刘嘉、刘仲、刘谡四人打点行装。樊宏这几天也在府中，千叮咛，万嘱咐，遇事要三思，不可莽撞。樊夫人、刘良更是语重心长，嘱咐了一遍又一遍。刘縯四人谨记在心。

眼见就到动身的这一天，刘縯突然发现少了三弟刘秀的身影。这几天，府中上下为他们团团转，宾客亲友也是你来我往前来饯行。刘縯自己也忙得脚不着地，哪里顾及三弟刘秀，但毕竟刘秀是他最放心不下的人，临到动身这一天，还是要见见他。

"三位兄弟，你们谁看见三弟没有？"刘縯有些焦急，左顾右盼地问道。

"大哥，我……我知道三弟在哪儿。"刘黄一脸慌张，急忙答道。

刘縯一看大妹的惊慌之色，一下子明白刘秀干什么去了，顿时，心生怒火。但今天是为他们四人送行的日子，千万不能发火。否则，心疼三弟的母亲、叔父、大妹都会不高兴的。

刘黄一见大哥面露怒容，低头不语，急忙讨好地说："大哥，你别急，小妹去把三弟叫来。"

不料刘縯脸上怒容顿失，只是平静地说道："你就说大哥临行前想见他一面。"

"哎。"刘黄答应着，转身出去，直奔白水河边，过了木桥，就见刘秀正在田里除草。刘黄二话没说，拉起小弟就走，一口气把刘秀拉到刘縯面前。

此时，刘府上下及宾客亲友都来为刘縯送行了。樊娴都知道大儿子又要因小儿子近稼穑而发火，想要上前规劝，却被弟弟樊宏劝阻住。刘秀木然站在大哥面前，搓着沾满泥土的双手，他知道，大哥又要因自己近稼穑大光其火。若在平日，凭自己的伶牙俐齿肯定不会轻易服他，但今天不行，这么多人来为他送行，总得给大哥留点面子。因此，他把眼皮一耷拉专等刘縯训话。

不料，刘縯却异常温和地说道："三弟，大哥今天要出外求学去了，大哥要学真本领，光会武艺不行。成大事者，文韬武略兼备，说到文韬，大哥自愧不如你，所以才要外出求学。"

刘秀很少听他说话这么温和，一时激动不已，抓住刘縯的手道："大哥，我跟你们一道去。"

刘縯总算听到一句他最高兴的话，脸上有了笑容，道："三弟，你愿意上进，大哥很高兴。可是你还小，等大哥游学回来，你再去，行吗？"

"行！大哥。"刘秀爽快地答应道。

大哥今天好像换了个人似的，今天这顿训斥肯定逃掉了。正当他暗自得意的时候，忽听刘縯叫道："三弟，把你用的农具全拿过来。"

刘秀愣住了，大哥要农具做什么？难道他也要干农活。

"快呀！全给我拿过来。"刘縯再一次催促道。

刘秀望着他阴沉的脸，不敢怠慢，慌忙跑到府里拐角处，把那些耒耜等工具全抱了出来，放在大哥面前。刘縯看着地上的农具，眉角跳动了一下，伏身拿起一把耒，手上稍一用力，那把耒"啪"的一声，拦腰被折断。然后，如法炮制，将那堆农具当着刘秀的面一件件地毁掉。

刘秀亲眼看见这些心爱的工具被一件一件地毁掉，他难过极了，委屈地掉下了眼泪。他喜欢种田，喜欢春种秋收，如同他喜爱读书一样。

刘縯看着他，也有些不忍，但还是用温和的口气说道："三弟，你就要长大了，大哥不可能天天叮嘱你。可是，不管什么时候你切记，要成大事，有出息，切不可近稼穑。"

也许是当着这么多人的面，该给大哥一个面子。这一次，刘秀什么也没说，郑重地点点头。

交代完毕，刘縯四人与送别的亲人一一道别，然后，洒泪而别。儿子第一次离开自己身边，樊娴都顿觉心里空荡荡的。

刘縯弟兄四人走后没几天，安众侯刘崇起兵反莽，进攻宛城。可是正如樊宏所料，响应者寥寥无几。刘崇的远房叔伯刘竦还跑到长安，向朝廷自首。结果，刘崇没攻进宛城就失败了。王莽得意忘形，感到那尊贵的天子宝座离自己更近了。

秋天，本是收获的季节，每年这个时候，田间地头早已飘荡着醉人的谷香。但是，今年的天气不作美，临谷子收割时，遇上了连阴雨。白水河两岸的庄稼地里，不是稻谷零落，就是杂草丛生，一派荒芜的景象。当然也不尽然，刘秀的那块田就是例外。谷穗饱满，金浪翻滚，似乎故意向路人炫耀主人的耕作本领。

田野里，大小姐刘黄亲自挥未收割成熟的稻谷。她已出落成一个漂亮的大姑娘，但却没有半点富家小姐的娇柔之美，浑身上下洋溢着庄户姑娘特有的健美之气。随着她手中镰刀的挥动，成片的金浪被割倒，整齐地摆放在田埂上，在她身旁，挥镰刀收割的还有刘秀和刘宽。十四岁的刘秀已长成翩翩少年。他收割的速度没有大姐快，但分外谨慎，生怕撒落一粒谷子。是啊，这些成熟的谷子是他亲手耕种出来的，粒粒皆辛苦，他怎么舍得浪费一粒呢。

刘黄望着饱满的稻谷，不由自主地赞叹道："三弟，方圆百里，只有你方称得上种田能手。"

"那是自然，"刘秀毫无谦虚之意，边干活边得意地说，"姐，一分耕耘，一分收获，皇天怎么会忍心辜负我呢！"

刘黄笑了，用镰刀一指两边的田地，道："庄户人家，哪个不是辛勤耕种？为什么别家的稻谷收成不好？"

刘秀没有答话，不知是一心收割，还是在想别的事情，半天才开口道："姐，今年收成不好，谷子一定很贵。咱们把谷子打下来，拉到新野去，肯定能卖个好价钱。"

刘秀旁边的刘宽也赞同道："三公子说得对。反正府里谷子够吃两年的。不如卖掉新谷子，也好补贴用度。"

刘縯弟兄四人外出游学，家中刘黄代替母亲掌管家事。她略一思忖，便答应道："三弟，姐就依你。打下谷子，由你去卖。"

第二天，稻谷便打下来了。刘黄把三弟要去新野卖谷的事禀明母亲。樊娴都有些不放心，但儿子大了，总得飞出去，便让刘宽陪刘秀一起去。

刘秀得了母亲准允，便和刘宽一起备好牛车，装上稻谷，准备动身。这时，正巧刘玄来到。听说刘秀要去新野卖谷，高兴万分，也要一道去。刘秀笑道："玄哥，小弟是去新野卖谷，不是游山玩水，你去做啥？"

"卖谷？"刘玄忽然脸上带笑道，"对，你去卖谷，我也去卖谷。反正我家的谷子也吃不完。"

刘宽一听这位浪荡公子哥也知道为家里卖谷子，便道："刘公子，这买卖上的事可是我们下人做的，你不怕丢了身份。况且，你父亲答应了吗？"

刘玄脸色一正，斥骂道："你懂什么，吃得苦中苦，方为人上人。我刘玄今天就去吃一趟苦，明天说不定就能当上皇帝呢。文叔，等一下，我去跟我爹商量一下。"

刘玄之父刘子张与南顿令刘钦是同一曾祖父。其父刘利曾被荐为苍梧太守，但到了刘子张这一代，竟没能博得一官半职。所幸苍梧太守置下万贯家产，他们也能过富足悠闲的生活。

刘子张听儿子说要去新野卖谷，心中又惊又喜。儿子一向游手好闲，从不过问家中产业经营如何，今天突然变了个人似的，也许是长大了，知道为父分忧了吧。于是，他赶紧答应，吩咐人备车装谷。刘玄却阻止道："爹，反正文叔也要去，不如就把谷子放在他家的牛车上，我一个人去就成了。"

刘子张一想，这样更省事，又有忠厚老实的刘宽、刘秀做伴，他也放心，便满口答应。

其实刘玄哪里想着去卖谷，他不过是找个借口去新野城里游玩。自刘縯走后，刘子张怕儿子在外惹是生非，对他严加看管，除了刘縯家，哪儿也不准他去。可真把刘玄憋坏了，这次总算找到一个机会。

刘秀看刘玄真的要去卖谷，便叫刘宽换辆大车，把两家的谷子一同装车，用牛拉，上了路。

春陵距新野不过几十里地，尽管牛车行走缓慢，还是赶在正午前，进了新野县城。来到谷市，刘秀、刘宽便把牛车停在路边，等着人来买谷。刘玄一心只在玩乐上，根本无心卖谷。没多大一会儿，便耐不住了，用手一拉刘秀道："文叔，谷子就让刘宽看着，有人来买，卖了就是。咱们不如去街上看看，有没有好玩的去处。"

刘秀也是童心未泯，好容易来一趟县城，当然想游玩一番，便对刘宽道："我跟玄哥出去转转，谷子你看着。今年收成不好，有穷苦人家来买，尽量便宜些。"

"放心吧！三公子。"刘宽答应着，却对刘玄一翻眼道，"我说花花公子，你家谷子我不卖。"

刘玄慌忙赔着笑脸，又是打躬，又是作揖求道："老兄，拜托，拜托。只要能卖出去，贵贱都成。回来我还给你赏钱。"说完，也不管刘宽乐意不乐意，拉起刘秀就跑。

"花花公子，谁稀罕你的钱！"刘宽对着他的背影道。

新野小城，除了做买卖的以外，实在没有可游玩之处，不过一顿饭的工夫，两人就把城里转了个遍。刘秀没有了兴趣。刘玄却兴趣不减，东一头，西一头地想找点刺激的事儿做。

两人不知不觉转到南城门。刘秀正玩得没劲，忽听刘玄叫道："文叔，那些人在做什么？"

刘秀顺着手指的方向一看，果然，城墙根下聚集了不少人，正伸长脖子看着墙上的告示。

"可能是官府张贴的告示，有什么可看的。"刘秀反应冷淡。刚进城时，他就看见城门口围着好多人在看墙上的告示。当时赶着进城卖谷，就没有停下细看。

"走，看看去。"刘玄总算找着个热闹去处，岂肯放过，拉着刘秀快步走到人群跟前。但见人们议论纷纷，有的交头接耳，有的低声谩骂，有的唉声叹气，两人不知道怎么回事，心中奇怪。因为人多，离得太远，他们看不清告示上写的是什么。正着急只见一个须发皆白的老汉气得胡子直翘，骂道："这分明是掠夺民财嘛！唉，世道真的要变了。"

刘秀赶紧上前，恭敬地问道："老人家，告示上写的什么？"

白发老汉一见跟前的体面青年不像不识字的人，不耐烦地说道："告示上写着呢，自个儿看去。"

刘秀讨了个没趣，更迫切想看个究竟，刘玄也受不住这闷葫芦。于是两人再顾不得礼仪只管用力往人堆里挤。终于给他们挤到了告示前，刘秀仔细一看，只见那告示上赫然写着："奉天承运，皇帝谕旨：观天下币制紊乱，无宜货殖。今废止正月刚颁行的契刀币和银刀币，现存大钱、五铢钱姑且流通，待新币铸出，另颁钧旨诏告天下。为防止私铸和抢换货币，诏令列侯以下不得私藏黄金，送交御府，可得等值。特谕。"

刘秀看完，吃了一惊，拉起刘玄就往回跑。刘玄还没看明白，边跑边问："文叔，到底怎么了？"

"赶快去找刘宽。"刘秀顾不上解释，只是往回飞跑。没多时，两人就回到谷市。老远就看见刘宽笑容满面地迎上来。他身后的牛车上，空空如也，谷子全卖完了。

刘宽一见他们回来，就高兴地说："两位公子，今天的谷子卖得特别顺手，价钱也高，人家根本不还价就全买去了。"

刘秀顿时泄了气，还强打精神问道："钱呢？"

"在这儿呢，"刘宽欣喜地掏出一堆契刀币和银刀币，说道，"一共卖了三百八十多个钱，刘公子一百六十钱。"

"全完了！"刘秀叹息一声，一屁股坐在地上。

刘玄、刘宽不知道怎么回事，齐声问道："出了什么事？"

"你们还不知道，摄皇帝王莽颁旨废止了契刀币和银刀币，这些钱没多大用处了。"

刘宽恍然大悟，怪不得今天的谷子卖得这么顺手，原来人家早得了消息，故意出高价买下的。刘玄这时候才明白刘秀急急赶回来的原因。但告示上最后一句话，他还记得，于是还抱着最后一线希望道："文叔，告示上还说，废止的刀币还可以等值兑换。"

"兑换？"刘秀苦笑道，"恐怕换得不值一文了。"

刘宽恼恨自己没用，却无可奈何，只得劝慰道："三公子，不管兑换多少，总比不得一个强。"

刘秀当然明白这个道理，只得无精打采地站起来，打算去官府兑换。正在这时，忽听一阵女人的哭声传来，三人循声望去，只见一个衣衫破旧的农妇哭着从对面走来。那农妇手里拿着一把刀币，边哭边撒落在地上。刘秀心知有异，慌忙迎上前去，施礼问道："这位大嫂，因何啼哭？为什么把钱丢弃？"

农妇见有人问她，恨不得把满腹的苦水都倾倒出来，便止住哭声，说道："这是什么世道，刚刚卖谷的钱怎么就一钱不值了呢？"

刘秀忙道："告示上不是说可以等值兑换五铢钱吗？"

"小兄弟，告示上说得好听，可是官府根本就不给兑换。这些刀币还不就是废铜烂铁？我相公病卧在床，正等着卖谷的钱治病呢。这可叫我们怎么活呢！"说着说着，农妇又大放悲声。

刘秀听着觉得她真是可怜，不由得掏出自己身上所有的钱。可惜不是契刀币就是银刀币，刘秀搜遍全身，才找出五枚五铢钱，双手捧到农妇面前，诚恳地说："大嫂，这点钱权且为你家相公治病，请收下吧！"

农妇想不到眼前的翩翩少年如此慷慨，一时愣住了。刘秀把钱塞到她手里，对刘玄、刘宽说道："咱们走吧！"

刘宽立即赶着牛车，刘秀、刘玄上了牛车，缓缓地行进在大街上。此时，天已过午，三人都已饿得饥肠辘辘。刘秀、刘宽因为白白丢了一车的谷钱，心里闷闷不乐，倒不觉得。刘玄根本没当回事，他从来没挨过饿，早饿得受不了，没走多远就叫道："文叔，停车吃饭。照这样赶到家里，非饿扁不可。"

刘秀当然也想吃点东西再走，可是三个人身上的钱全是刀币，一钱不值，拿什么去吃。刘玄明白他的意思，笑道："放心吧！一切全包在哥哥身上。"

刘秀想不出他有什么妙计，对刘宽说："我们不能用这种废币去坑人，把那些刀币全扔了。"

刘宽把身上的刀币全拿出来，在手上掂了掂，总有些舍不得。但还是一狠心扔下车去，立刻引起路上一群孩子的哄抢。

牛车在一家酒馆门前停下，刘秀、刘玄跳下车。店小二一看来了两位衣饰整齐的年轻公子，慌忙迎上去，热情地道："两位要吃酒吗？楼上请！"

刘玄一拉刘秀道："走，先上去看看。"

刘秀兜里没钱，心里犯怵，忙去拉刘宽。刘宽却说："我在这儿看着牛车。你们进去吧！"其实他是怕吃完饭没钱，丢不起这个面子。

刘玄却不管三七二十一，拉着刘秀就上楼去了。到了楼上，刘玄并不急着落座，站在门口仔细打量着四周。他是在寻思，万一身上的刀币唬不过去，如何脱身。

墙角处，一个年轻貌美的女子吸引了刘玄的目光。这女子面带忧愁，独自一人自斟自饮。令人惊叹的是，她用的是特大号的酒杯，而且喝起酒来，一口一杯。刘玄打量她的一瞬间，已是三杯酒下肚。如此豪饮的女子，世间少有。刘玄感到新奇，忍不住笑出声来。

笑声惊动了饮酒的女子，她抬头一看，见是一个白净英俊的年轻公子，不由柳眉倒竖，娇声斥道："何方狂生，竟敢取笑本姑娘！"

刘秀一看这位小姐要生气，慌忙用手一扯刘玄的衣襟，见他不动，自己慌忙抢在前面，躬身赔礼道："这位姐姐，我兄长失礼，请多包涵。"

谁知那女子根本不吃这一套，愠怒道："小兄弟，这儿没你的事，我是在跟那个狂生说话。"

这一下，刘玄脸上挂不住了，但面对如此美貌女子，他也生不出气来，便轻松一笑道："恕在下直言，姑娘恐怕心有烦恼，要把怨气撒到在下身上。在下七尺男儿，不会在意的。倒是想陪姑娘饮几杯，化解烦恼，岂不胜过姑娘自斟自饮。"说话间，他已走到姑娘桌前坐下。

"你是说要陪本姑娘饮酒？"女子似乎感到意外。

刘玄认真地点点头，能和这样美貌的女子对饮，他求之不得。

"哈，哈哈……"女子突然大笑道，"你有多大的酒量，敢陪本姑娘饮酒？"

刘玄没想到她会这样问话，但他自恃酒量过人，连刘縯也不在话下，便慨然道："在下酒量还行，不会败在姑娘手下。"

"好大的口气。"女子似乎来了兴趣，刚才的忧郁之色一扫而去，欣然道："咱们打赌，就赌这桌酒钱，谁先喝醉就由谁来付账，行吗？"

刘玄一听，暗自高兴，不花钱的酒菜就在眼前，还有美人作陪，何乐而不为。他对自己的酒量充满信心。

"小兄弟，你也过来吧！"女子还没忘刘秀，招呼道。

刘秀一直站在旁边看着，暗暗佩服族兄。听见女子招呼，立刻跑过来，坐在刘玄身边。他早已饿坏了，抓起筷子就夹菜吃，边吃边说道："玄哥，空腹难下酒。先吃一点，方好赢了这位姐姐。"

刘玄的肚子也在咕咕叫，便不再客气，抓起筷子夹菜吃。

女子趁他们吃菜的时候，对门外一招手道："小二，斟酒！"

刘秀一听，放下筷子，笑道："这酒就由小弟来斟。"说完，取过一只硕大的酒杯放在刘玄面前，先给女子杯中斟满，再给刘玄斟满。

刘玄自恃酒量过人，把竹筷一放，先举起酒杯，道："小姐，请吧！"

女子嫣然一笑，也把酒杯举起，豪爽地说道："狂生，请！"

她仍称呼刘玄为狂生，但这时全无敌意。刘玄轻笑一声，先把酒喝干。女子也是"吱"的一声，酒杯底儿朝天。

刘秀又把酒杯斟满，两人不再说话，相视一笑，又全喝干了。就这样，你一杯，我一杯，不多会儿，坛中酒已被喝干。

"店家，拿酒来。"

刘秀大声叫道，惊奇万分。他不是惊奇刘玄，这位族兄的酒量，他是知道的。他惊奇的是这位豪饮的女子果真是巾帼不让须眉，喝了这么多的酒，竟毫无醉意，神态如常。

店家又抱过一坛酒来，刘秀又一一斟满。女子对刘玄道："狂生，能说说为什么要陪本姑娘饮酒吗？不会仅仅为了赔礼吧！"

刘玄被她如花的笑靥诱得心荡神摇，又借着酒胆，直抒胸臆："如此美貌女子在此自斟自饮，必心有烦恼，狂生顿生怜香惜玉之情。"

"好，爽快。"女子不但没动怒，反而赞赏道，"不愧为狂生，敢说真心话。小女子为狂生喝了这一杯。"说着举起酒杯就喝。

刘玄却伸手拦住道："不成，怎好让小姐独饮此杯，要喝就一齐喝。"

"对，一齐喝！"这一男一女越说越投机，越喝越高兴，刘秀忙得不停地斟酒。一坛酒没多长时间又喝完了。

"店家，再拿酒来！"

此时，整个酒馆的客人全都不吃饭，专门观看这对男女对饮。连楼上的客人和伙计也跑过来，挤满了楼道。

刘玄喝得高兴，酒量比平时高出一倍，但两坛酒喝完，眼前的人影开始摇晃不定。不过心里还明白，见那女子还是谈笑自若，毫无醉意，有些怯了。看来这场酒要输，自己身上全是刀币，怎么付酒账？万一喝得烂醉如泥，想跑也跑不掉。

刘秀也看出来了，不好，这场酒要输。他见店家还没把酒送来，灵机一动，有了主意，便站起身来，道："两位稍候，小弟去拿酒来。"

说完，起身离座，拨开楼道的人群，下楼去了。刚到楼下，见店家正抱着一坛酒迎面走来，忙上前接过酒坛，道："店家，这坛酒还是不够，再取一坛来。"

店家一听，忙转身又去后院取酒。刘秀见无人注意，忙抱着酒坛钻进厨房。里面没人，厨师、伙计全跑楼上看热闹去了。他赶紧把酒倒掉，灌满凉水，再把坛口封好，这才不慌不忙地抱着酒坛走出来。刚到楼梯口，正遇着店家取酒回来。刘秀接过酒坛，双手抱着两只坛子，走上楼来。

女子正等得着急，见酒来了，忙叫刘秀斟酒。刘秀把两个酒坛放在桌上，脸上一笑道："这位姐姐，照你们这种喝法，何时能见分晓。我们哥俩还要赶着回家呢。依小弟之见，你们一人一坛酒，谁先醉倒就算输。"说完，也不管她同意不同意，便把一坛酒放在她面前。

谁知，那女子满不在乎地道："小女子无所谓，但不知你这位兄长敢么？"

刘玄一看那两坛酒，脑袋更大了，暗暗埋怨他怎么想出这么损的招儿。但是，当着这么多人的面，怎能输给一个女子呢。他左右为难，半晌没说话。

刘秀却把另一坛酒往他面前一放，脆声道："玄哥，喝！怕什么，你一个大老爷们还能输给一个女子。"

楼道上看热闹的人也跟着起哄："对！喝呀，不能输给女人！"

刘玄也急了，把心一横，豁出去了。他双手抱起酒坛，大有"壮士一去兮不复还"的架势，慨然道："小姐，请！"

女子也抱起酒坛，道："狂生，请！"

刘玄抱起酒坛就喝，酒入口中，全无酒味，他才恍然大悟，心知刘秀捣了鬼，便装模作样地大口吞酒，一气喝干，把酒坛一放，爽声道："好酒！"

那女子虽是海量，但喝的是真酒，当然没有他喝得快。好半天才把一坛酒喝干，依然是脸色娇艳，谈笑风生。众人惊得目瞪口呆。

两人刚喝完，忽听店家高声喊道："二位接着喝，酒又来了。"

只见他身后两个伙计，一人抱着一坛酒，上得楼来。刘秀一看，糟了，人家把真酒送上来了。这一回，族兄非喝醉不可。

原来店家看这对男女如此豪饮，恐怕这两坛酒还不够，便老早打发伙计去后院把酒取来。

两个伙计把酒坛放在桌上，那女子不待刘秀动手，便把一坛酒推到刘玄面前，自己抱过一坛来，笑道："狂生好酒量。今天也算小女子遇到了对手。请！"说完，举起酒坛又要喝。

刘玄虽然喝的不是酒，但一坛凉水下肚，也胀得难受。明知这一坛是真酒，也豁出去了，他二话没说，也双手举起酒坛。

两人正要喝酒，忽然楼下传来一阵沉重的脚步声，一个衣冠楚楚的男子冲上楼来，推开众人，直奔刘玄他们桌前。女子一见，登时吓得变了脸色，酒坛也放在桌子上。

那男子到了桌前，用手一指女子，骂道："死丫头，找了半天，原来你在这里灌黄汤，看我回家怎么教训你。"

女子似乎很委屈，眼泪唰地流了下来，恨声道："哥，你就是打死小妹，小妹也不依你。"

那男子更加气恼，用手一拍桌子吼道："死丫头，放着游徼大人你不嫁，偏偏和这些豕犬之辈混在一起，哥哥的脸面都让你丢尽了。"

刘秀看那桌面，被那男子一掌拍下去，竟留下深深的凹痕，心知此人武功极高，暗忖今天恐怕要有麻烦。

刘玄还不知深浅，他见陌生男人搅了酒兴本来就心生怨恨，听他又拐带着骂自己是猪狗如何忍得下，便冷冷地道："这位兄台，缘何对一弱女子如此蛮横无理？"

那男子见他是个白净小生，顿感腻味，怒道："你是何人？竟敢在光天化日之下勾引我小妹。"

刘玄听他问起自己，便把头一扬，高傲地道："我乃高祖九世孙刘玄刘圣公！"

他以为把自己尊贵的皇族家世一报出，对方准吓得给自己赔礼道歉。谁知那男子一听，哈哈大笑道："姓刘的，你还以为高人一等吗？这天下要变了。大爷今天就是要教训教训你这个皇室子孙，看你还敢勾引我妹妹。"说着，不由分说，伸手就去抓刘玄脖领。

刘玄没想到有人敢对他这个皇族子孙无礼，毫无防备，被抓个正着。那只有力的大手紧紧勒住他的脖子，憋得他喘不过气来，哪里还有还手之力。

刘秀一看族兄要吃亏了，忙抓起身边的板凳，往那男子肩膀砸来。他不敢砸头怕闹出人命来。

那男子反应极快，听到身后风声，立刻丢开刘玄，用手臂来迎。刘秀用力也大，那板凳砸在男子手臂上，"咔嚓"一声，断为两截。可是那男子活动一下手臂，没事人似的。

刘秀、刘玄情知两人捆在一起也不是人家的对手，吓得转身就跑，那男子岂肯放过，抬步就要追。这时，那名女子一下子挡在他面前，求道："哥，不关他们的事儿。"

刘玄跑到楼道口，见人家没追上来，又停下了，回头一看，见女子挡住了男子，他胆子又壮了，硬邦邦地叫道："好小子，你等着，回头找你算账。"

女子见他还敢啰唆，急得连声叫道："刘公子，还不快走？"美目之中，竟有万般柔情。

刘玄天性风流，怎会看不懂女子美目中的情意。心灵不禁一颤，不由自主地多看了女子一眼。这时，刘秀慌忙一拉他的衣袖叫道："玄哥，走吧！"

两人跑到楼下，却听见那男子大声叫道："姓刘的记住，在下韩虎。有胆量，再打一回。"

花开花落，春去秋来。转瞬又到一年一度的中秋佳节，玉盘似的明月高悬夜空，皎洁的月光倾洒下来，给万物镀上一层银色。后花园里，刘秀和刘黄、刘元、伯姬三姐妹一起围坐在母亲周围，陪母亲赏月谈心。儿女聚欢膝前，樊夫人似乎很高兴。但细心的刘黄却发现母亲的高兴之中还夹杂着淡淡的忧思，孝顺的女儿当然知道母亲在担忧什么。

"娘，您又在想大哥他们了？"

樊娴都再也掩饰不住思儿之情，叹息道："中秋月圆人难圆。今天是家家团圆的日子，可是缤儿他们求学在外，我们全家难享这天伦之乐。"

"娘，您放心，家里还有我们陪伴您。"刘秀轻松地一笑。大哥、二哥、嘉哥走后，他就成了家中唯一的男性，当然也是大家的主心骨，此刻他又安慰母亲道："大哥他们外出求学，为了日后能成大器，暂且离开母亲。几年以后，学成归来，就会回家团圆，娘还在乎这一时吗？"

樊夫人依然忧思不减，道："娘当然不在乎这一时的天伦之乐，娘是为他们担心。你们知道，刀币被摄皇帝废止，你大哥他们身上带的银两和五铢钱又不多。日间，娘和你叔父盘算过，即便他们省吃俭用，恐怕也所剩无几。你大哥性情刚烈，娘真怕他们出事啊！"

母亲的担忧不是多余，刘秀也想到过，知道再劝慰也没用，便慨然道："娘，不如就让孩儿带些银两，去长安找大哥他们，也好让娘放心。"

"使不得，使不得！"樊娴都连连摇着手道，"你叔父和娘也这样想过，可是这兵荒马乱的，你一个人去长安，娘不是更担心吗？"

安众侯刘崇起兵反莽，攻宛失败后，不到一年，又有东郡太守翟义举兵反莽，拥立汉宗室刘信为皇帝。王莽官军与翟义叛军战于蓄城，京师骚乱，三辅震动。樊夫人才有兵荒马乱之说。

刘秀没法安慰母亲，心里焦急，樊夫人理解儿子的孝心，故作轻松地说："也许，要不了几天，你大哥他们就会回来。"

果如樊娴都所言，第二天天刚亮，守门的家人报道："老夫人，大公子回来了！"

"真的？"樊娴都惊喜交加，绮儿慌忙伺候着穿戴整齐，扶着她走出房门。

院子里，刘縯、刘谡衣衫破旧，满面灰尘，两人身后还站着一个与刘谡年纪相仿的年轻人。刘縯一见母亲，悲从心生，扑通一声跪倒在地，哽噎道："娘！"

刘谡和那年轻人也一齐跪倒，齐声叫道："伯母！"

樊娴都见他三人一副狼狈相，又不见刘嘉、刘仲，吓了一大跳，慌忙问道："你们这是怎么了？出了什么事？嘉侄呢？仲儿呢？怎么没跟你们一起回来？"

刘縯唏嘘半天，也没有说出话来。樊夫人更加着急。这时，刘黄、刘秀闻讯赶来，一见他们这般光景，也吃了一惊。刘黄颤声问道："大哥，求得功名了吗？怎么如此狼狈？"

刘縯面对弟、妹，更是气愤难平，好半天，才说道："一言难尽……"

原来，刘縯四人到了长安，进太学，习学《尚书》《春秋》。他们在家时，已得母亲和叔父刘良的教授，故而学起来毫不费力，很快掌握了书中要义精髓。同舍的太学生都很钦佩四人的才华。尤其刘縯，主讲师傅们也经常夸赞他。主讲《尚书》的太傅许子威还征求他的意见，打算推荐他入朝为官。刘縯入太学的原意不是入王莽朝中为官。但转念一想，为了了解王莽发迹史，为了抓住更多的反莽时机，他便答应许子威，愿意入朝为官。

就在他们苦读经书的时候，王莽突然大改货币，罢契刀、银刀。一夜之间，刘縯带去的金银钱币，或贬值，或作废。四人的生活顿显拮据，难以继续求学。恰在此时，许子威把刘縯推荐给朝廷，此时的安汉公王莽虽然还没有对刘室皇族进行大规模打击，但安众侯刘崇起兵攻宛，翟义拥刘信叛乱，都使他对刘室皇族心生厌恶。一见许子威举荐的又是姓刘的，二话没说，不用此人。

刘縯入仕无望，求学不得。四人愁肠难解，上街游荡。大街上，征讨翟义叛军的官兵横冲直撞，蛮不讲理。路两旁、店铺内，因罢刀币而破产的人们在伤心地哭泣。性情刚毅的刘縯眼睛里揉不得沙子，见此情景，忍不住口出微言，当街斥责王莽无道，不料被密探听到，招来祸患。官兵顿时出击，上前捉拿。刘縯四人只好各自为战，混乱中刘嘉、刘仲失散。刘縯、刘谡亏得同邑太学生朱祐帮助，才逃出长安，辗转回到家里。

刘縯却说越气，说到悲愤处，捶胸顿足，连声怒吼："王莽鼠辈，夺我刘姓天下，我必复高祖帝业，食其肉，寝其皮……"

刘秀深受感染，他那辛勤劳作一年收获的谷子，因王莽改币只换了一把废铜烂铁，如何不愤恨。因此，他扶起大哥道："大哥放心，从此以后小弟帮你匡复汉室，让那莽贼死无葬身之地。"

樊娴都听完刘縯的叙说，更加担心刘仲、刘嘉的安危，但为了不让刘縯三人更加难过，只得强忍悲愤，挨个拉起他们，安慰道："孩子，你们受苦了！"

当她扶起那年轻人时，刘縯忙着介绍道："娘，这位就是朱祐兄弟，亏得他我们才逃出京都。"

樊娴都忙道："孩子，难为你了。老身谢谢你。"

朱祐忙又施礼，谦恭地道："伯母言重了，晚辈实不敢当，伯升兄慷慨有大义，豪杰人物，朱祐愿追随左右，终生无憾。"

刘秀也赶紧过来见礼，然后对母亲道："娘，大哥他们多日奔波，又一宿没睡，一定又困又饿又乏，还是先让他们吃点东西，歇息一下吧！"

樊娴都一听，连声道："对对对，縯儿，快带他们去盥洗一下，换身衣服，然后吃点东西。"

刘縯早就困乏极了，忙招呼刘谡、朱祐二人，告别母亲，往后院走去。

刘秀心知母亲必为二哥、嘉哥担心，忙扶她入房中计议。这时，刘良闻讯赶来，询问刘縯等人情况。樊娴都难过地说："仲儿、嘉侄生死未卜，怎么办？好兄弟，你给拿个主意吧！"

刘良沉思良久，方说道："嫂子，此事着急不得，现在官府追捕正紧，縯儿刚刚逃回，如果我们派人到处寻找仲儿、嘉侄，更容易让官府得了消息，不利于縯儿。况且，仲儿、嘉侄正遭追捕，必然昼伏夜行，藏形敛迹。即使派人寻找，也是白费力气。"

刘秀也道："娘，叔父说得有道理。况且，嘉哥行事稳重，两人又有武艺在身，不会轻易落入官兵之手。您耐心等待，也许不几天，他们就回来了。"

樊娴都心中稍安，但家里发生了这样的大事，心里总是不踏实，便对刘秀道："秀儿，去把你舅父请来，再让他想想办法。"

刘秀遵命，当天便骑马去湖阳，第二天辰时，樊宏随他一同来到春陵。

樊宏得知事情经过，也赞同刘良的意见。因为事情尚未明朗，南阳地方官府尚不知长安追捕的逃犯就是刘縯弟兄。如果贸然妄动，反而引起官府怀疑。为慎重起见，樊宏还叫刘家结交地方亭长，以备官府查问。

众人正在计议，守门的家人又报道："老夫人，大喜了，二公子和刘嘉公子回来了。"

樊夫人一听，心中一块石头落地，高兴地叫道："在哪儿呢，仲儿、嘉侄？"

众人也是满心欢喜，慌忙拥着老夫人走出房门。却见刘嘉、刘仲已走进院内。两人衣衫褴褛，满面尘土，与刘縯三人初来时一样的狼狈。二人一见樊夫人，跪倒痛哭。刘縯慌忙上前拉起他们，关切地问道："嘉哥、二弟，你们怎么到这时候才回来？"

刘嘉用衣袖擦擦脸上的尘土，叹了一口气道："别提了，我们被官兵冲散后，不敢再和官兵纠缠，就跳上了民房，甩掉了追兵。原想逃出城去，谁知长安四门都被官兵封锁，盘查甚紧，许进不许出。没办法，我们只好在城里跟官兵磨转转。过了几天，风声渐松，才寻个机会，潜出京来。"

樊娴都一见儿子、侄儿这副模样，又是一阵难过，忙命人带两人下去盥洗、歇息。众人重回客厅叙话，樊宏笑道："姐姐，您该放心了吧？"

樊娴都点点头，却又道："他们都平安回来，我当然放心了。可是以后的日子怎么办？我最不放心的就是缤儿，他性情刚烈，不知何时又会得罪朝廷，为我刘家招来祸患。"

樊宏听了，忽然眉头一扬，道："姐，缤儿年岁不小了，早该娶妻生子了。没成家的男人算不上成熟的男人，给他娶妻，可以拴住他的心，性情也会稳重些。"

樊夫人一听，当然赞同，可是，一时之间哪里去找合适人家的女儿。樊宏却轻松地一笑道："姐姐放心，缤儿性情刚毅，有男儿本色，仰慕他的女子多的是。小弟就知道一个。"

"快说，是哪家的女儿？"

"新野令潘临的侄女，少时丧双亲，被潘临收养在府中，视同亲生。潘小姐不但生得容貌姣好，而且知书识礼，颇有大家风范。前次缤儿怒杀申徒臣，潘小姐就有赞誉。守孝三年，传誉乡里，潘小姐更有仰慕之心。小弟只要去潘府做媒，必定马到成功。"

樊夫人闻言大喜，道："兄弟，那就有烦你辛苦一趟。"

樊宏却有些不放心刘缤，道："缤儿胸怀大志，恐怕还不愿意娶妻吧？"

樊夫人大包大揽道："你放心，缤儿至孝，只要我以死相逼，他不敢不答应。"

计议已定，樊夫人选了良辰吉日，置下彩礼，叫樊宏去新野提亲。刘缤听说母亲要为他娶妻，一百二十个不乐意，说道："娘，孩儿大业未成，不宜谈婚娶之事……"

樊娴都不由分说，训斥道："我儿胸怀大志，诚然可敬。可是，不孝有三，无后为大。娶妻生子，也是为刘家应尽的责任。况且潘小姐明大义，识大体，只会助你建功立业，又有什么不宜之事？娘已是快入土的人了，怎么着也得看到刘家有后，方能瞑目九泉，你身为长子，难道不体谅娘的苦心？你若不答应这门亲事，娘也就追随你爹去了……"她连说带哭，假意寻死，吓得刘缤慌忙跪倒磕头，连声说："娘，孩儿应下就是！"

樊宏去潘府提亲，果然一帆风顺，潘小姐早就听说刘缤贤名，曾在樊宏面前暗示仰慕之情。听说樊宏前来提亲，满心欢喜。潘临与樊宏私交甚厚，经常听他赞誉自己的贤外甥，这时见他果真前来做媒，也是高兴万分，当即收下彩礼，应下亲事。

三个月后，刘縯迎娶潘氏，刘府上下，张灯结彩，喜气洋洋。潘氏过门后，待人谦和，伺候婆母更是细心周到，连刘黄、刘元也自愧不如。尤其是特别爱笑，一天到晚，笑口常开，似乎有说不完的高兴事，府中上下，没有不喜欢新夫人的。刘元跟嫂子打趣道："嫂子找了个如意郎君，所以天天乐得合不拢嘴儿。"

潘氏毫不掩饰自己的满意之情，得意地道："二妹算是说对了。伯升胸怀大志，男儿本色，世间女子谁不仰慕这样的男子。哎，二妹，你要找一个什么样的如意郎君呢？"

刘元以为她要取笑自己，佯怒道："嫂子真坏，刚过门儿就欺负人。"

潘氏又是一阵大笑，突然正色地道："二妹，你也不小，该考虑自己的婚事了，想找个什么样的郎君，说出来嫂子也帮你参谋一下。"

刘元见她真的关心自己，非常感动，脸上一红，道："天下像大哥这样的英雄男儿能有几人，小妹不如嫂子命好，恐怕难以找到称心如意的郎君。"说完，转身一声不响地走了。

心细如发的潘氏当晚便把刘元的话讲给丈夫听，刘縯从来没想过这些事，不以为然地说道："二妹尚小，怎么会考虑婚嫁之事呢？我现在的心思都放在二弟、三弟身上呢，他们不下苦功习武，日后怎么帮我做大事？"

潘氏用指头一点他的额头，嗔怪道："你就知道你的大事业，大事业是一朝一夕就能做的吗？二弟、三弟能帮你做大事业，可是大妹、二妹是女流之辈，嫁人就是她们一生最大的事，长兄如父，你不操心谁操心？"

刘縯被说得哑口无言，把潘氏搂在怀中，喃喃地道："我听你的！"

第二天，刘縯夫妇趁着给母亲问早安的机会，把给妹妹们找婆家的事说了。最后他们夫妇提议道："棘阳田牧、新野邓晨都是胸怀大志、宁折不弯的义士，而且年少英俊，家境殷实，大妹、二妹也曾见过面。不知她们中意不中意？"

樊娴都瞟了潘氏一眼，笑道："既如此，就有劳儿媳探听一下她们的心思。"

"娘，您等着。"潘氏满面带笑，走路一阵风似的，去找刘黄、刘元二姐妹。

刘黄、刘元听了嫂子的话，立刻低下了头，羞涩不能言。可是，经不住潘氏巧舌如簧地劝说，终于亲口说出各自的心上人。刘黄钟情于田牧，刘元则有意于邓晨。

潘氏大喜，一路笑着跑去禀明婆母。樊夫人明白了女儿们的心思，便分别选择吉日，托媒人去棘阳、新野提亲。那田牧、邓晨素来敬仰刘縯，又亲眼看见过刘黄、刘元美貌，正求之不得，当即应下亲事，并送来彩礼。

三个月后，刘黄出嫁，其后三个月，刘元也嫁到新野邓晨家。

【第二回】

得玉玺王莽篡汉，去游学刘秀遭劫

居摄三年（公元8年），长安大街上，突然有人高声喊道："行人闪开，巴郡石牛、扶风雍石进京了。"

但见街上行人慌忙往两边躲闪，紧接着一队禁军官兵驰来。禁军之后，紧跟着两辆六匹马拉的马车。

车上拉的不是贵重的东西。前面车上是一个直径约十尺长的巨大的石蛋，后面的车上则是一个巨大的石牛，少说也有几千斤。两旁的行人争相观看，指指点点，议论纷纷。

在行人中，有一个人笑道："就这么两个石头玩意儿，用得着这么多官兵押送吗？小题大做！"

另外一人一撇嘴道："不就是巴郡石牛、扶风雍石吗？如今运到京师来了。"

那人问道："这石牛、雍石运来京师有何用？"

"巴郡石牛、扶风雍石都是祥瑞之物，大有用场。前几日有广饶侯刘京、车骑将军扈云、太保属官臧鸿争向摄皇帝呈奏符命。刘京奏齐郡新井，扈云奏河现石牛，臧鸿奏天降雍石，皆祥瑞之物。兆示摄皇帝顺天承命，恩德如山。摄皇帝一高兴，便命扈云、臧鸿把石牛、雍石运抵京师。只是可惜那齐郡新井没有办法弄来。"

那人明白了，冷笑道："不过是假造符瑞，欺瞒天下而已，王莽必有不轨之心。"

运送石牛、雍石的队伍穿过朱雀大街，直驶皇宫大内,没过多久便来到明光宫光明殿前停下。负责押送的车骑将军扈云、太保属官臧鸿赶紧在殿门前跪下候旨。小黄门早已飞报进去。工夫不大，司礼黄门尖着嗓子高叫道："摄皇帝有旨，宣车骑将军扈云、太保属官臧鸿觐见。"

"臣遵旨！"

扈云、臧鸿磕头谢恩，撩衣站起，躬着腰走进殿门。

光明殿内，正值朝会。金阶之上，摄皇帝王莽穿衮衣，戴冕旒，面南背北端坐在尊贵的御座之中。也许是因为这身尊贵的装束，也许是因为志得意满，五十三岁的他显得非常年轻，精力充沛。一双炯炯有神的眼睛威严地扫视着金阶下跪在两旁的文武大臣。

御座左下方的金阶之上，摆放着一个小御座，年仅四岁的孺子皇帝刘婴穿戴着小龙袍和皇冠坐在上面，瞪着一双害怕的眼睛，不敢发出一点儿声音。两名漂亮的宫女侍立在刘婴的御座旁。

扈云、臧鸿走到金阶前，先给摄皇帝撩衣跪倒，行三跪九叩首之礼。

"臣车骑将军扈云叩见摄皇帝陛下！"

"臣太保属官臧鸿叩见摄皇帝陛下！"

王莽和蔼地双手一平，道："你们辛苦了，平身吧！"

"谢摄皇帝陛下！"

两人起身，又给孺子皇帝行君臣大礼。王莽待他们礼毕，才开口说道："两位爱卿不远千里，运送祥瑞二物进京，辛苦了。"

扈云、臧鸿忙齐声道："摄皇帝恩泽天下，顺天应人，才有祥瑞显现。微臣能运送祥瑞进京，心中自豪，虽苦犹乐。"

阶下群臣听了，也齐声奏道："摄皇帝治世得道，天降祥瑞，以示褒奖。"

王莽谦和地一笑，道："治世之功，功在众臣，摄朕只是集思广益罢了。岂敢贪臣之功。好了，不说这些。大家陪皇上看看那些祥瑞之物吧！"

众臣齐称："遵旨！"王莽于是起身，抱起孺子皇帝，在黄门、宫女的簇拥下，走出光明殿。

光明殿外，一百多名身强力壮的禁军官兵费了九牛二虎之力才把石牛和雍石从马车上卸下来，并披上红色绸布，以示祥瑞。王莽走到石牛跟前，万分虔诚地深施一礼。

他怀中的孺子皇帝看见披着红绸的石牛，颇觉好玩，忘记了害怕，竟要挣开王莽的搂抱。王莽在众臣面前无法对皇帝用强，只得由他挣开。

这四岁的孩子一时淘气起来，竟蹬着两条小腿爬到石牛的背上，扯拉着红绸玩耍，不管其他人是否存在。

围观的文武群臣啧啧称叹，交口称颂摄皇帝恩德。王莽满意的目光逐一扫视着几个心腹臣子，期待着他们说出自己最需要的话。可是，不知道他们是有心还是无心，只是附和着众人称颂摄皇帝恩德。

王莽有些不快，低头的时候，忽然看见石牛身下的地上湿了一片。仔细一看，原来是孺子皇帝撒的尿。

神圣的祥瑞之物竟被小皇帝撒了尿，岂不贻笑天下。围观的众臣中也有不少人发现了，一时面面相觑。

王莽原本有点懊恼，此时更加愤怒，脸色一沉，对身边宫女命道："皇上该用膳了，侍奉圣驾回后宫。"

宫女遵命，走到石牛前，把小皇帝抱了下来。刘婴正玩耍得高兴，立刻大哭起来。宫女忙连哄带抱地把他带走了。

摄皇帝不高兴了。善于揣摩圣意的臣子此时一定会站出来，说些主子最爱听的话，讨主子的欢心。骑都尉崔发就是这样的人，他立刻近前奏道："前次广饶侯刘京奏齐郡新井的符命，天命摄皇帝应当做真皇帝。今日又有巴郡石牛、扶风雍石出现。上天屡降祥瑞，昭示符命，臣以为摄皇帝应早日顺天承命称帝，以正天下之心。"

心腹臣子终于说出自己最需要的话，王莽心中窃喜，面上却佯怒道："休得胡说。摄朕当然也看见上天屡现祥瑞，昭示符命，当然也知道天命不可违。奈何汉室积弱，孺子尚幼，摄朕一心仿效周公辅政，振兴汉室，岂敢有取而代之之心！"

骑都尉崔发一开口，善察圣意的臣子不顾摄皇帝的怒容，一个个"犯颜直谏"。少傅平晏直言道："摄皇帝忠心事汉，天日可鉴。奈何汉室倾颓不振，以臣愚见，摄皇帝当以天下为念，顺天承命。何况成帝时，朝臣中如谷永、甘忠可、夏贺良等人就已发出'易姓授命'的倡议，可见，摄皇帝为真皇帝，正是顺天命、应民心，有什么值得担忧的呢？"

平晏刚说完，一直在窥测动向的国师公刘歆也近前劝奏道："孔圣曾言，畏惧天命，畏惧大人，畏惧圣人之言，上天屡降符命，摄皇帝如不顺承天命，恐怕会招致天怒人怨，祸患天下。"

王莽似乎无可奈何，好半天才道："摄朕何尝不畏惧天命，忧及天下？可是摄朕才德浅薄，诚恐诚惶，此事容摄朕再认真想一想。"

众臣见王莽松了口，都舒了一口气。王莽回到金殿，和大家又商议了半天的国事，才罢了朝会。

春月皎洁，虫鸣啾啾，皇宫大内，二更过后，很多宫殿的灯光已经熄了。但未央宫摄皇帝的寝宫依然灯火通明，值夜的黄门连声打着呵欠，无可奈何地望着窗口下来回踱步的摄皇帝的身影。

王莽居摄三年，为扶持汉室，不知熬过多少个不眠之夜。宫女、黄门最熟悉摄皇帝日夜勤政的身影。

但是，今晚却有些不同，堆积在案头的文书一点也没有动。摄皇帝被一种兴奋之情刺激着，再也静不下心来处理众多的政事，是代汉自立，还是继续做辅政的摄皇帝，这个问题不知在他脑海里翻转过多少遍，而且答案已经越来越明确了。

是的，跨前一步，王氏家族的荣耀，个人抱负的施展都会得以实现。王莽不是怯懦者，此时此刻他只会选择前进，不会选择后退。

鼓楼上三更敲响的时候，一个小黄门轻手轻脚地走进门来，迟疑地看了王莽一眼，欲言又止，恰巧王莽转身时看见了他，遂止步问道："有事吗？"

小黄门忙施礼道："安阳侯夤夜入宫求见，小人怕扰了摄皇帝歇息，不敢回禀。"

王莽听了一愣，安阳侯王舜是他族兄，博学多才，很有见识，是王氏宗族中除王莽之外最有才识的一个。他半夜求见，一定有非常重要的事。

"快，请安阳侯进来。"王莽不假思索，立刻命道。

"遵旨！"小黄门答应着出去。

不多时，小黄门引领着身穿便服的安阳侯王舜走进来。王舜一见摄皇帝，立刻跪行大礼。王莽忙扶起道："兄长，这里是后宫，又值夜半，何必多礼。"

王舜起身，在王莽下首坐下。王莽直率地问道："兄长，你深夜进宫，一定有要事，快说吧！"

王舜扫了一眼门口的黄门，道："愚兄当然有话要说，可是……"

王莽立刻支开黄门，王舜才道："日间群臣上奏，天降符命，摄皇帝应当做真皇帝。不知贤弟是否也有代汉自立之心？"

王莽轻轻一笑，没有作正面回答，却反问道："如果我真的代汉自立，兄长觉得这样可行吗？"

"贤弟，万万不可。"王舜连连摇头道，"日间为兄不便当庭劝谏，又恐明日贤弟作出决断，因此深夜进宫，前来劝说。"

王莽见他深夜入宫，只为劝谏，深为所动，便谦和地道："你说说看，我为什么不可以代汉自立？"

王舜道："《周礼》云，君君、臣臣、父父、子子，纲常之道也。兄长为汉臣，仿效周公辅政。如果代汉而立，先坏了纲常之义，天下人会怎么看？况且我们王氏是外戚。前朝霍光专权、丁傅用事，这些外戚的结局都非常可悲，可见天下人怎样看待外戚。再者，汉室虽颓，但刘氏宗族都是天下豪强，有财有势，干预朝廷。贤弟废汉自立，刘姓岂能甘心？"

王莽却笑道："非也。上天屡降祥瑞，昭示符命，摄皇帝做真皇帝，正是顺应天命。刘汉气数已尽。我会封孺子刘婴为王，也不会为难刘氏宗族。说到外戚，我与霍光、丁傅不可等同。居摄三年，臣民归心，天下称道。我很少用强权逼迫哪一人。刘崇作乱，翟义起兵，我还没有布置平叛，他们内部就有人主动站出来自首，揭发他们，就连刘氏宗族的人也不支持。可见天下归心，并不是我让下边的人吹捧出来的。自古以来，天子之位，德者居之。秦朝苛酷，汉朝取而代之，如今汉朝倾颓不振，我应当取之。刘氏宗族虽盛，但只要不触动他们，谁愿意提着脑袋管这天下姓王还是姓刘！"

"世事并非尽如贤弟之意。而今天下谶纬泛滥，真伪莫辨。有人为迎合圣意，假报祥瑞，也不可知。贤弟需要明辨才是。"

王莽一听他竟怀疑符命是假的，不由得心中恼怒，但仍抑住怒气道："那巴郡石牛、扶风雍石岂是随便造出来的吗？"

王舜却道："为兄不想跟贤弟争论祥瑞的真假，为兄只想告诉贤弟，我王氏宗族荣盛至极，贤弟也已位极至尊，就差没有取代汉家名号，何必非冒天下之大不韪去争那虚号呢！"

王莽闻言，起身慨然道："我自幼苦读圣贤书，旨在修身、齐家、治国、平天下。而今正是成就平生之志的良机，我岂肯失之交臂。刘氏羸弱，汉室气数已尽，天命新朝取而代之。我主天下，非为一己之私欲，而为天下万民。豪强兼并是天下万恶之源，我主天下，必堵塞豪强兼并土地的道路，恢复古时圣人的井田制度。残酷的奴婢买卖也必须禁止，'天地之性人为贵'。我要让我的每一个子民都享受君王对他们的仁爱。"

王舜认真地听着，心里有些激动，想不到王莽竟有如此大志。但是直觉告诉他，王莽不像一个开创万世基业的一代英主，更像一个儒生。王舜明白，现在的王莽正处在狂热之中，任何人的劝说也不能使他回头。但是，自己还要作最后的努力，他打算从另一条途径上说服他，于是道："贤弟执意代汉而立，将置太皇太后于何地？"

王莽果然愣住了，半天没有说话。太皇太后就是王莽的姑母，年已七十多岁的汉元帝皇后王政君。

王氏显贵就是从王政君被汉元帝立为皇后开始的。王莽从一个出身卑微的王氏子弟成为位极至尊的摄皇帝，完全仰仗王政君的重用和提携。

他们姑侄之间情同母子，王莽篡汉，作为汉室太皇太后的王政君会答应吗？

王舜见他一言不发，知道自己的话起了作用，便进一步劝道："太皇太后对我王氏宗族恩重如山，贤弟想必不愿伤害她吧！"

王莽凝思半天，才坚决地说道："任何人也改变不了我的初衷，可是我会等待时机的。"

也许是合该王莽当兴，说时机，时机竟真的来到。第二天早朝，摄皇帝御光明殿，刚刚接受完群臣朝拜礼，太仆就出班奏道："臣奏摄皇帝陛下，今早有一穿黄衣的儒生，将一古式铜匣和两张金策书，送到高帝庙，交给仆射，自称昨夜梦见一金甲神人将铜匣和金策书托他上交摄皇帝。天明醒来，果见床前有铜匣和两张金策书。"

殿前众臣一听又是今文图谶一类的事，都有厌倦之意。就连王莽也没有多少兴趣，但是，这一次似乎有些例外，进献符命的人，不是自己的心腹臣子，也不朝廷官员，而是一个没有功名的儒生。

如果如王舜所说，朝臣争献祥瑞，是为媚宠摄皇帝，所奏符命多为不实。那么儒生所献符命也许是真正的天命，王莽有些诚惶诚恐，谨慎地问道："那金策书上可有符命文字？"

"回摄皇帝，那金策书和铜匣用神符赦封，儒生说神人有约，必面呈摄皇帝开启。"

王莽听了，心里怦怦直跳，前几次心腹臣子呈献祥瑞，是自己多次暗示的结果，当然不能全信，这次儒生呈上真正的上天符命，关乎他未来的命运，他能不紧张吗？

"那儒生现在何处？叫他带上铜匣、金策，进殿见摄朕。"摄皇帝传出旨意。

文武群臣分列两边，一个个伸长脖子往殿门口看，都想早点目睹那位深谙今文谶纬的儒生的尊容。

御前黄门宣完旨意没多长时间，殿门外小黄门引着一个穿黄衣衫的矮个子儒生走了进来，儒生胸前，双手捧着一个用红绸包裹得方方正正的东西，红绸的上面放着两只用黄色丝带捆扎的帛卷。

大家一看他虔诚而谨慎的样子，便知他手上肯定是那神秘的铜匣和金策书。

儒生来到金阶前，双膝跪地，双手上举，施叩拜之礼："小民蜀郡儒生哀章参拜摄皇帝陛下，愿摄皇帝陛下万岁、万万岁！"

阶前众臣一听，便知此人绝顶精明，一句话便把出生地、身份、姓名全告诉了摄皇帝，王莽果然高兴，含笑道："蜀郡儒生哀章，摄朕知道了。来人呀，把神命之物呈上御案来。"

御前黄门遵旨，从哀章手上接过铜匣、策书，双手送到御案上。王莽起身离座，对着铜匣、金书拜了三拜，方才小心翼翼取过一只金帛卷，解开丝带，慢慢展开。他不由得大吃一惊，只见金帛内全是一行行的梵文。

王莽饱读诗书，对梵文却是知之不多，仅仅知道上面是梵文文字，看了半天也不懂其中之意，只得喊道："国师公刘歆！"

刘歆就在殿上，正猜测哀章的来意，忽听王莽喊到自己，慌忙来到阶前跪倒："臣在！"

王莽一向尊敬刘歆，便道："国师公请起。赐座。"

小黄门搬过软凳，放在御案旁。刘歆谢过圣恩站起来，走上金阶，在软凳上坐下。王莽拿起那份金书，谦恭地道："说来惭愧，摄朕孤陋寡闻，竟识不得梵文，请国师公赐教。"

刘歆一怔，他是谶纬名家，不知道见识过多少图谶符命，还是第一次听说梵文的。于是他忙谦逊几句，双手接过，仔细一看，大吃一惊，道："摄皇帝陛下，这上面写着天帝行玺金匮图，其细文还有解说。"

王莽也是大吃一惊，慌忙问道："如何解说？"

"大意是，摄皇帝乃黄帝嫡后，恩德齐天。汉室气尽，天帝命摄皇帝做真皇帝。故降下符命。"

王莽闻听大喜，面上却平静如常。他又取过另一支金帛打开，送给刘歆。刘歆细看，心中突突直跳，惊喜道："此为赤帝行玺传予黄帝金策书。"

王莽心里一阵狂喜，真是踏破铁鞋无觅处，得来全不费功夫。如果前几次的符命是朝臣有意迎合自己，有造假的可能，那么这一次哀章所献符命足以令天下信服。天命如此，代汉自立，还有什么可犹豫的呢？

但是，为了让殿下的文武大臣明白天意，他竭力掩饰住内心的兴奋，佯装不解地问刘歆道："赤帝行玺传予黄帝，是何意思？"

刘歆见他故作姿态，心知其意，便面向群臣，大声解释道："赤帝即驭天的高祖皇帝，摄皇帝乃黄帝转世，金策书之意，再明白不过——高祖将汉室江山禅让给摄皇帝，摄皇帝承命当成真皇帝。"

群臣中王莽心腹之臣崔发、平晏、甄邯、王寻、王邑、甄丰等人闻言大喜，一齐跪倒奏道："天意如此，摄皇帝当顺承天命，早登大位。"

群臣一见，呼啦啦全跪伏在地，乱糟糟地奏道："上天屡降符命，请摄皇帝勿再推辞！"

摄皇帝御座下首，四岁的孺子皇帝见众人乱糟糟的一片，吓得哇哇大哭，宫女们上前哄他也无济于事，几位老臣心酸地低下头去。

王莽心里也咯噔一下失去了兴奋之情，顾不得众臣的恳请，立即起身离座，把刘婴抱在怀中，像一位慈父一样哄逗着。说来也怪，刘婴一到他怀中，哭声竟戛然而止，挂满泪水的小脸上露出了笑意。王莽在孩子脸上亲了一下，才把他放回小御座上。

然后王莽回到御案前坐下，面无表情地揭去那只铜匣上的黄色封条，打开铜匣，里面又是一张写满梵文的金帛。他双手取出，庄重地交给刘歆。刘歆躬身接过，细看之后，才郑重地说道："这是天命辅政之臣的符命。上天指定辅佐新君的十人名单是：王舜、平晏、刘歆、甄邯、王寻、王邑、甄丰、哀章、王兴、王盛。"

没等刘歆说完，阶下群臣中已是一阵骚动，有人小声嘀咕，有人轻声叹息，有人洋洋得意。进献符命的哀章也听到了自己的名字，却面无欣喜之情，依旧漠然地跪在原地，一动不动。

刘歆念完，将铜匣和金策书重新包裹好，小心地放在御案，然后谢过圣恩，回到群臣班首跪下。

王莽站起身，走到金阶前，神情庄重地扫视一遍群臣，声音沙哑道："上天屡降符命，旨意一次比一次明显，可是摄朕怜惜汉室，不敢仰承天命。如今又有赤帝行玺黄帝金策书，汉祖禅让天下于摄朕。孔子云，畏惧天命。摄朕也不敢违逆上天。仰承天命，摄朕不日废去汉室名号，拟立新朝，筹备即位事宜交与国师公刘歆。哀章！"

一直跪在阶前没说一句话的哀章听见摄皇帝突然喊到自己的名字，慌忙伏身应道："小民在！"

"你名列金策书中，将是新朝辅政之臣。可是，朝臣中并无王兴、王盛二人。摄朕暂封你为越骑校尉，代朕访寻王兴、王盛，邀请入宫，拟将入仕新朝。"

哀章抑制不住内心狂喜，激动得涕泪交流，多日的精心谋划，今日终于如愿以偿，他把头磕得山响，语不成声地答道："谢摄皇帝隆恩，谨遵钧旨。"

摄皇帝王莽废汉自立的消息正式从明光宫内发出，迅速传遍皇城大内乃至整个长安。皇城内外的人们尽管早已预料到这样的结果，但一经成为事实，内心仍有些震动，反应最为强烈的是长乐宫中王莽族姑、太皇太后王政君。

年近八十的王政君已有数月没走出长乐宫一步，当然不是年纪的原因。王莽居摄以来朝野就不断有人进献祥瑞，称颂摄皇帝德泽。

初时，王政君没当一回事，非常欣赏侄儿治世有道，天下归心，庆幸自己从家族子弟中选出这样德才兼备的权力执行者。但是，后来朝廷上谶纬越来越泛滥，符命越来越露骨，齐郡新井、巴郡石牛、扶风雍石则明白地暗示王莽代汉自立，摄皇帝当成真皇帝，王政君开始不安起来。

尽管王莽待她依旧殷勤备至，事亲至孝，政治嗅觉极为灵敏的王太后还是有一种预感。首先是自己的耳目不再灵通，朝廷大事都是侄儿亲口告诉她之后才知道。

其次是她作为太皇太后对摄皇帝的威慑力越来越微不足道。摄皇帝的贤名则日益远播，赢得越来越多朝臣的拥戴。人们只知道有摄皇帝，对她这个曾经煊赫一时的王太后渐渐地淡忘了。

最后，王政君决定向侄儿摊牌，要求王莽明令禁止朝野进献有僭越汉室之意的祥瑞符命。但是王莽在姑母面前一面诚惶诚恐表示不敢拂逆太皇太后圣意，一面却以畏惧天命为辞，婉言拒绝。

王政君气得大哭，王莽却跪在她面前不起来，请太皇太后颁诏废去他这个摄皇帝。这是有意将王政君的军，王莽声名日隆，朝野拥戴，而且大权在手，一个汉室老寡妇有力量罢去他吗？

姑侄之间从此有了嫌隙，王政君气得大病了一场。王莽于日理万机之际，衣不解带，发不梳洗，日夕侍疾病榻前，药必先尝，直到姑母病体痊愈，才不再常来。

王政君最担心的事情终于发生了。当王莽宣布废汉号自立的消息传入长乐宫的时候，这位操纵汉室四十余年，有着强烈的权力欲望的老太太一下子晕厥过去。宫中的黄门侍女吓得大呼小叫，忙着上前捶后背、掐人中、翻眼皮，折腾了半天，王政君才悠悠醒转来。

一阵哀号痛哭之后，王政君命人请出汉传国玺，她把玉玺紧紧抱在怀中，哭道："当年高祖皇帝从秦子婴手中夺得这块传国玉玺，创下汉室基业，历经惠、文、景、武、昭、宣、元、成、哀、平十帝，传至今日孺子皇帝，已二百多年，想不到竟要落到篡汉的野心家之手。我为汉妇，誓死保护玉玺，也算是为自己的过失赎罪。莽贼要篡汉，让他跟我来取玉玺好了。"

身边的侍女、黄门听了也跟着号哭不止。

"哭什么！"王政君突然擦干眼泪，大声道，"你们是汉家的奴才，如今汉室被奸贼废掉你们也有忠君报国之责。听本宫号令，去宫门，搭建灵棚，设置高祖灵位，宫中男女，一律穿戴孝衣，随本宫哭祭汉室。"

黄门侍女们一听，吓了一跳，摄皇帝要废汉，老太太却要祭汉，这可不是好玩的，弄不好要掉脑袋。因此，他们一个个干答应着，却没有一个人动弹。

王政君大怒，颤巍巍站起身来，顿足大骂道："你们这些天杀的奴才，吃汉家的饭，穿汉家的衣，如今眼看汉室将尽，竟敢不听太皇太后懿旨，真是狼心狗肺。"

奴仆见老太太发怒，吓得一个个变了脸色，"扑通"一声全跪了下来，齐声哀求太皇太后恕罪。

正闹得不可开交，忽听宫门外有人大声斥道："谁敢不听太皇太后旨意？"

众人闻声回头一看，只见摄皇帝王莽带着几个黄门侍卫走进来。大家心中窃喜，有摄皇帝在，老太太奈何他们不得，便一齐转过身来迎着王莽叩拜。

"奴才叩见摄皇帝陛下。"

"奴婢给摄皇帝陛下请安。"

王莽看也不看他们一眼，径直走到王政君面前，行跪叩大礼："儿臣叩拜太皇太后金安！"

王政君斜躺在软椅上，怀中紧紧搂抱那块汉传玉玺，干瘪的眼皮低垂着，冷笑道："你如今是新朝皇帝，跪拜一个亡国之妇，本宫担当不起啊！"

王莽知道她痛恨自己代汉自立，仍谦恭地道："请太皇太后放心，不管何时您都是儿臣的太皇太后。"

王政君依旧不抬眼皮，冷哼一声道："说得好听，本宫还是太皇太后吗？连这班狗奴才都敢抗命不遵。"

王莽一听，顿时大怒，回头扫视一遍跪倒一片的宫女、黄门，呵斥道："大胆的奴才，竟敢违抗太皇太后懿旨，来人，给我拉出宫门，乱棍打死。"

侍卫应声："遵旨！"慌忙跑到宫门外，一招手，立刻有几十名宫中侍卫冲进来，不由分说，拉起跪在地上宫女、黄门往外就拖。

那帮奴才原以为摄皇帝会救他们，做梦也没想到会是这种结果，一个个吓得面如土色，体似筛糠。王政君正在气头上，也不阻拦，一任自己的奴才号哭着被拖出宫去。

王莽听着宫外传来的惨叫声，万分恭敬地说道："请太皇太后放心，今后如果谁敢不遵懿旨，顶撞您，儿臣一样不会轻饶。"

王政君见自己一向最喜爱的侄儿居然还要表演下去，再也忍不住满腹的怨恨，忽然挺直了身子，瞪着昏花的双眼，厉声骂道："奸佞小人，居然还敢在此假仁假义。想一想，我王家世受皇恩，几代显贵，你王莽也是位极至尊。可是你丧尽天良，恩将仇报，乘孤儿受托之时篡夺汉室天下。你说，你是人吗？本宫生为汉妇，死为汉鬼，王莽小儿，你今天不就是为了这块玉玺吗？"说着，把怀中的玉玺从匣中取出，双手托着举过头顶。

玉玺闪烁的光刺激着王莽的眼睛，他顿觉一阵眩晕，浑身的血液沸腾起来。是啊，玉玺是权力的象征，谁得到了它，就等于得到了天下。

平心而论，自己争夺它，并非完全为了满足个人的权力欲望，更多的是为了施展抱负，实现自己的人生理想。

可是，自古以来为了争夺它，不知有多少人付出了血的代价。时来运转，今天，它该投入自己的怀抱了。

他尽量采用温和的手段，不使太多的人流血。可是，眼前的老人，既是汉室的太皇太后，又是自己的姑母。要想既不伤害她，又能得到的玉玺，王莽还要用点心思。

王政君见他低头不语，得意地说："本宫是汉家的老寡妇，反正也没有几天好活。这汉传玉玺就是本宫的陪葬品。你要得到它，就先杀了本宫。"

"太皇太后何出此言，"王莽抬起头，面色平静如常，谦恭地道，"儿臣并非为玉玺而来，太皇太后要把它放在身边，没有人敢有非分之想。可是，儿臣要禀明太皇太后，儿臣废汉立新，是顺承天命。太皇太后能留得玉玺，却不能阻止天命。"

王政君把玉玺放回怀中讥讽道："什么天命，你自己之命吧。小人伎俩，骗得天下，哄不得本宫。"

这时，王莽的侍卫回来复命，禀道："回摄皇帝陛下，长乐宫的宫女、黄门全部乱棍打死，无一遗漏。"

王莽满意地点点头道："传摄朕旨意，着内务官员另派宫女、黄门来长乐宫侍候太皇太后。"

"遵旨！"

王政君这时后悔起来，不管怎么说，那些屈死的奴才侍候自己多年，总还有点忠孝之心。如今被王莽全部打死，换上一班新奴才，自己还不是被他牢牢控制在手中？王莽奸贼，你太阴险了。

王莽交代完毕，仰脸对王政君恭敬地道："儿臣刚来时，听见太皇太后说，要在宫中搭灵棚，设汉祖灵位，哭祭汉室，是吗？"

"是又怎样？本宫身为汉妇，难道不可以哭祭汉室！新皇帝不肯恩准吗？"

"儿臣岂敢拂逆太皇太后圣意。汉室将亡，儿臣心里也难过，愿陪太皇太后一起哭祭汉室。来人，速命内府搭建灵棚，设置灵位。明日吉时，摄朕要陪太皇太后一起哭祭汉室。"

"遵旨！"

王政君一愣，这一刻，她才发觉，这么多年自己对王莽竟知之甚少。作为实际操纵汉室四十余年的王太后对宫廷内的权力斗争再熟悉不过。可是，王莽的言行常使她揣摩不透。在她的记忆中，谦恭的王莽似乎很少违逆自己的意旨，可是，在不知不觉中自己做事总是符合他的意愿。王莽简直有些神了。

此后的日子里，王莽果然陪王政君在长乐宫里哭祭汉室，并率孺子刘婴和百官去高帝庙哭祭，同时向天下公布哀章所献铜匦金策书符命，表示汉室气尽，天命王莽立新朝。于是王莽决定以"新"作为新朝廷国名。

为拟建新朝开国大典，王莽与朝臣日夜忙碌，但每天仍抽出时间去长乐宫问安，只是从没提到玉玺的事。

日子久了，王政君反倒不安起来，她本不是汉家节妇，也犯不上以身殉汉。她不愿意王莽篡汉自立的真正原因，一是怕落下助莽窃汉的恶名；二是怕失去太皇太后的权力。

如今眼见王莽立新，臣民拥戴，大势已再无扭转的可能，她自己抱着个冰冷的玉玺又有何用。

正当她心灰意冷的时候，安阳侯王舜来到长乐宫。在王氏子侄中，王政君喜爱王舜仅次于王莽。

王莽居摄后，她则最喜爱王舜。这其中当然是因为王莽声名日隆，越来越难以控制，而王舜一直不赞成王莽废汉自立，始终与王政君政见一致，自然成了她最信得过的娘家人。

老太太听说王舜来了，激动得让侍女搀扶着，到门外迎接。王舜见了，感动得直掉眼泪，纳头便拜："儿臣给太皇太后请安，愿太皇太后玉体康泰，福寿齐天！"

王政君一听，又是高兴，又是难过，叹息道："舜儿，如今要变天了，姑母这太皇太后也算做到头了。快起来吧，别讲究这么多礼节了。进屋去，咱姑侄俩好好叙叙。"

"谢姑母。"王舜改了称呼，站起身来，搀扶着王政君走进客厅。

两人落座，宫女献上茶水、糕点，老太太扫了一眼周围的奴才，冷冷地说："这里用不着你们伺候了，都退下吧！"

"是！"

待奴才们全退出门外，她才低声说道："这帮奴才全是莽贼的耳目，咱娘儿俩说话他们说不定就去打小报告。"

王舜觉得好笑，坦诚地说道："姑母怕什么。咱们没有什么见不得人的话，有什么可回避的。"

"还是小心点好，姑母知道你一向反对王莽篡汉称尊，万一哪一句话不慎被新君听到，恐怕要有麻烦的。"

王舜轻松地一笑道："姑母太过小心了。侄儿虽然不赞成摄皇帝称尊，可是，如今废汉立新已成定局，侄儿只能是艄公跟着风浪走，生死捆在船上了。"

王政君愕然，但也觉得他说得有点道理，不由陷入沉思。

王舜知道她在想什么，接着说道："巨君（王莽字巨君）废汉立新，便把我们王氏家族捆到新朝这条大船上。侄儿苦谏无效，姑母您以死相逼也无济于事。如今这条大船已驶离口岸，断无回头之理。尽管侄儿和姑母都不乐意，还是和巨君一起被捆在同一条船，前程艰险，凶多吉少。可是，我们再无回首的希望，唯有同舟共济，通力涉险，也许还有一线生机。"

王政君听得心惊肉跳，布满皱纹的脸上也显现惊慌的神色，她不能不承认王舜说的是事实。不管自己怎么做，都难逃汉室罪人的恶名。王莽贼子！自己一生谨慎，没想到身后声名竟毁在你的手上。可是，诅咒、痛恨都毫无意义，目前，自己该怎么办？

她看了王舜一眼，忽有所悟，怀疑地问道："舜儿，你是奉王莽之命……"

王舜毫无隐瞒，直率地说道："侄儿身在船上，也须奋力一搏，为我王氏宗族求得一线生机，况且，新君的旨意，侄儿不得不听。"

"王莽命你来取玉玺？"

王舜又点点头，声音沙哑着道："侄儿虽然是奉旨行事，可是这玉玺交与不交，全在姑母之意，侄儿绝不敢勉强姑母。至于新君那里如何交差，不劳姑母挂心。侄儿自登上新君的大船，早将生死置之度外。"

王政君听了，更加难过，仰天长叹道："王莽害我，亦害我王氏宗族！"

王舜怕她太难过，忙着劝慰道："姑母也不必太担心，也许我等同舟共济能够安然无恙。新君还说，拟将姑母汉太皇太后名号改为新室文母太皇太后，孺子皇帝改封定安公，皇后称定安太后。"

"姑母还在意这些嘛！"王政君嘴里虽然这么说，心里多少得到点安慰，不管怎样，她还是太皇太后。这倒出乎她最初的意料。

她的心情开始平静下来，含泪道："舜儿，本来姑母要和这玉玺共生死的，可是，姑母不想看到你为难，今天就把玉玺交给你。"说着，哆哆嗦嗦地站起来。

王舜慌忙上前扶着她，一步一挪地走向寝宫。

王政君亲手打开金匣，双手捧出玉玺。在金光的照耀下，这位权力欲极强烈的老太太又激动起来。昏花的双眼紧盯着玉玺，一时间，她又有些不甘心就这样把它交出去。突然，她双手高高举起玉玺，猛地摔在地上。

王舜大惊，慌忙丢开姑母，俯身去接。可是迟了，玉玺落地，正巧碰在一块石头上。所幸玉玺只是一只角上碰出黄豆大小的豁儿。

长安城里，西市大街和东市大街交叉的十字路口最为热闹，坐落在路口东北角的兴盛客栈得地之便，一向生意兴隆，南来北往的客商行旅都喜欢在此落脚。

经营此店的王兴、王盛弟兄二人腿脚勤快、待客热情，住店的客人更是交口称赞。

这两天，兴盛客栈的客人特别多，而且客人们大多喜欢在楼下围坐在一起，或吃酒，或品茶，但真正的兴趣却是相互打听皇城大内传出的最新消息。

这些天，摄皇帝废汉立新，将要做真皇帝的消息，早已传遍京师内外街衢胡同，人们都在密切关注着新皇帝、新朝廷会给充满罪恶的混沌世界带来什么。

两名禁军走进兴盛客栈，大喊道："谁是王兴、王盛？"

王兴一见是官兵，心里就有些紧张，但这些年自己安分守己，再没做过犯法事，也没有必要害怕，便起身施礼赔笑道："小人就是王兴，王盛是小人胞弟，有事出去了。两位军爷有何公干？"

那士兵面无表情，道："请二位跟我们去越骑校尉衙署走一遭。"

王兴吓了一跳，越骑校尉衙署是他这种人去的地方吗？长安衙署他倒是去过多次，可那是年少时被官府抓去受审的，现在回想起来都害怕。他脸色灰白，不安地问道："两位军爷，小人兄弟究竟犯了何事，求您给个明白话。"

"谁说你们犯事了！我们只是奉命寻访叫王兴、王盛的人。你叫王兴，就跟我们走吧。待王盛回来，让伙计告诉他，自己去校尉衙署得了。放心吧，反正是好事。"

王兴哪里相信他们的话，以为是官府还揪住他以前的事儿不放，两条腿像是灌铅一样难以挪动半步。

就在这时，哀章出现在客栈里，两名禁军立刻跪倒在他面前。哀章对王兴道："王兴，你兄弟二人不是犯事，而是祖上积德，该你们走运。新皇帝要召你们进宫。新君登基之后，你们就是新朝的辅佐之臣。这样的大好事，你还害怕什么？"

王兴在旁边听得清清楚楚，惊喜不已，一步跃到哀章面前，纳头便拜，感激涕零地道："大人恩德，小人全家永世不忘。"

时光如白驹过隙，转眼又是几年过去。这几年，刘府大事更迭，刘縯虽然事事操心，却念念不忘匡复汉室的壮志，时刻关注天下时势的变化。

而刘秀虽然天天习文练武，却时刻不忘白水河岸边那块他亲自开垦的田园，每天都要抽出时间去田间劳作。

刘縯为他焦虑、叹息，难道三弟真的会变成舅父说的那种小民：只管填饱肚皮，不管天下姓刘还是姓王。

他不甘心三弟就这样默默无闻地度过一生，但怎样说服弟弟，是他最感头痛的事。论文才，他知道自己不及刘秀。刘秀酷爱读书，而且博览群书，读起书来经常通宵达旦而不知疲倦。

刘秀与人论辩，总是引经据典，摘章取义，娓娓道来。刘縯每次都劝说他，最后总要听他劝说。自己常常是满腹理由，却言不由衷。

不过，这时刘縯娶了个聪明的妻子，他把自己想说服刘秀的想法告诉了妻子。

潘氏一听，又用指头一点他的额头，嘻嘻一笑说道："你呀，笨鸟一个。三弟才是个真正的豪杰人物，不鸣则已，一鸣惊人。"

刘縯却把头摇，不以为然地道："他是我看着长大的，有多大的能耐，我还不清楚。"

"你不信？好，你不是想说服他上进吗，我给你想个办法，劝将不如激将……"

刘縯一听，佩服得五体投地，高兴得双手一揖道："夫人，果然高明！"

秋阳高照，白水河边，刘秀挥汗如雨荷锄除草。墨青的禾苗已有齐脚深，稍有不慎，便会被碰折。刘秀躬身俯首，除起草来既干净又谨慎。

河对岸，南顿令墓地旁，刘縯、朱祐和一班宗室子弟，挥戈跃马，习练武艺。战马的嘶鸣声、兵器的碰撞声传过对岸，在刘秀的耳际鸣响，可是，他充耳不闻，依旧谨慎地除着草。

不知何时，战马的嘶鸣声、刀枪碰击声消失了。刘縯、朱祐和一大群宗族子弟出现在刘秀的身后。

刘縯一反常态，先啧啧赞叹一番禾苗长势良好之后，手指刘秀，向众人道："我三弟是方圆百里的种田能手，填饱肚子不成问题，比得上高祖皇帝之兄刘仲吗？"

汉高祖刘邦之兄也叫刘仲，是种田行家，但一生无所作为，刘縯是以高祖自比，嘲讽刘秀，众人自然明白，顿时哄然大笑。朱祐笑道："我看文叔行事，真像高祖之兄，恐怕要老死田头了。"

刘秀回过身来，不解地看着大家，问道："诸兄，不去好好习武，来我田间做什么？"

众人只是嘲笑，没人理睬他。刘縯叹息道："可惜啊，我的小弟。各位都是胸怀大志能成大事的人，封侯拜相之日勿忘提携我这位可怜的小弟，大哥就感激不尽了。"

朱祐忙双手一揖，正色道："伯升兄请放心，兄弟发达之日，一定请文叔管理庄园。看天下那些贪官恶霸谁敢欺负他。"

刘秀一听，这不是寒碜我吗？立刻停止除草，怒目而视。忽听二哥刘仲又道："大哥放心。不管怎么说，咱们是亲手足，爹临去前交代过，要咱们弟兄三人合力并肩，共复汉室。虽然三弟无心政事，可是，功成之日，咱们还是要拉他一起到爹的灵前祭告。"

一听提到爹，刘秀悲怆之感顿生，双目盈满泪水。

刘仲话音未落，刘赐又接上了火，他叹息一声道："真想不到，文叔聪慧过人，饱读经书，竟专事稼穑。我一生最恨蝇营狗苟之事，将来小弟封侯之日，如果凭空提携一介村夫，岂不是等同于那班蝇营狗苟之辈？"

刘秀从小聪明伶俐，听惯了褒扬之词，何曾受人如此嘲讽。登时他脸涨得通红，将手中锄一扔，勃然变色道："大丈夫生于天地之间，你们能封侯拜相，难道我刘文叔就不能彪炳千古！"说完，再也不爱惜那些禾苗，迈开大步就走，身后留下一长串被踩倒的禾苗。

刘縯、朱祐等人看他走远，才相视大笑。

刘秀一口气冲过木桥，来到刘縯等人演武的空地上，抓起一柄长刀，跳上大哥的青骊马，舞起刀来，只见刀光闪闪，战马腾跃。河对岸的刘縯看了，也暗暗惊叹他武艺不错。

八八六十四路刀法使完，刘秀拄刀深思："舂陵偏僻乡村，经见有限。学文，只能师从母亲和叔父；习武则只有师从大哥。鸿鹄凌高才能望远，大鹏振翅才能高飞。"他顿时醒悟，于是，下马弃刀，快步回府。

刘府正堂大厅里，樊娴都正和小女儿刘伯姬一起计算田租收入。一个十二岁的小男孩不停地跑前跑后，递送账簿。他是刘宽的儿子刘斯干，两天前才被刘宽接来。

刘秀大步走进大厅，来到母亲跟前，双膝跪倒，樊娴都一见，不知发生了什么事，竟怔在座椅上。伯姬忙问道："三哥，你怎么啦？这不早不晚，不年不节的，你为什么给娘行此大礼呢？"

刘秀给母亲磕了个头，脸色严正，道："娘，孩儿也要去长安游学。请您恩准！"

樊娴都一听，原来是为的这事，放下心来，满心欢喜地问道："秀儿，你不是很喜欢种田吗？怎么突然想去京都求学呢？"

刘秀慨然道："辛勤稼穑，仅能饱一人之肚腹，孩儿也要效法大哥，将来建功立业，光耀门庭。"

樊夫人激动得老泪纵横。南顿令生前曾说过，船到桥头自然直。秀儿旦夕之间，竟有这么大的变化，莫非是夫君的在天之灵保佑刘家。她连连点头道："娘高兴还来不及，岂有不准之理。"

听说刘秀要去长安求学，刘府上下都很高兴，刘良也过来劝勉一番。

但最高兴的还是刘縯，他多年来对三弟的殷切期望今天总算变为现实，三弟终于开始按照他设想的人生道路走下去了。他一边为刘秀打点行李，一边絮絮叨叨像个妇人似的交代个没完。

刘秀要去游学，樊娴都虽说心里高兴，却又忧虑不安。刘縯四人在长安的遭遇还历历在目，刘秀孤身在外，她如何能放心？

她把庭中上下的下人掂量一遍，也找不出一个侍奉刘秀的合适人选。刘宽得知老夫人的心思，试探着问道："老夫人，犬子斯干能服侍少主人吗？"

樊娴都一怔，她身旁的刘秀立刻连连摇头道："不成，不成。斯干是你唯一的儿子，你如何舍得？再说，他才十二岁，如何耐得住旅途寂寞。"

"有道是穷人家的孩子早当家。老奴最初侍奉老爷时才八岁。斯干的名字还是老爷给取的，意思是要斯干也像老奴一样忠心伺候少主子……"刘宽说着，眼圈发红。

一提起往事，樊娴都心里一阵难过，仿佛夫君为斯干取名的情景就在眼前，她长叹一声对刘秀道："秀儿，难为刘宽一片赤诚之心，你就让小斯干随身侍奉吧。"

母亲发话，刘秀不能不听。正在这时，小斯干蹦蹦跳跳跑进来，先懂事地给樊夫人、刘秀和他爹施了礼，才仰着脸儿问道："老主子，您老人家就让小奴服侍少主人吧，您放心，我一定不惹少主人生气。"

刘秀一听他稚气未脱的声音，已从心里喜欢上这个孩子了，便故意板着脸道："小斯干，你要是不听话，我会打你屁股的。"

小斯干聪明伶俐，一听刘秀的话便知道主子同意了，高兴得一蹦老高，拍手叫道："主子答应了，主子答应了！"

冬去春来，白水河畔，莺飞草长，杨柳依依。刘秀白衣长衫，腰系宝剑，踌躇而行。刘縯、伯姬兄妹，送了一程又一程，依依难舍。

刘縯叮嘱着不知重复了多少遍的话："三弟，此去京都游学，旨在学得安邦治国的真本领。将来跟大哥一起建功立业，恢复我刘汉天下。如今汉室易姓，三弟学成之日，切勿醉心王莽仕途。求学三载，务要保重自己。"

"大哥放心，小弟记下了。"刘秀郑重地点点头，其实大哥说些什么，他根本没有听进去。但是长兄一改往日的严厉之色，临别时的殷殷亲情着实让他感动不已，他不忍心让大哥失望，才郑重其事地答应着。

伯姬也难舍难分，哽噎着道："三哥孤身在外，一定要小心谨慎，保重自己。"

白水尽头，驿路道口，兄弟、兄妹洒泪而别。刘秀接过小斯干手中的缰绳，翻身上马。小斯干也骑上那匹驮着行李的小骊马。刘縯、伯姬的身影渐渐有些模糊了，但还能看出挥动的两只手。

白水河渐渐地离他而去了，但那块辛勤劳作的土地，那盏秋冬夜读的灯光却像磁石般吸引着刘秀，使他每走一步，都很艰难。

转念之间，他也曾产生过毁去誓言，转辔归乡的念头，但是宗室子弟的嘲讽笑声又在耳际回响，泼水难收，男子汉大丈夫岂能再让别人嗤笑。

已长大成人的刘秀始终不理解父亲和大哥对王莽的仇恨。从南顿到舂陵，平平静静的生活使他只喜欢读书和种田，皇族的责任感和荣誉感在他心里一点儿痕迹也没有。

他只知道自己是个平民百姓，刘汉皇帝对他来说是那么遥远和陌生，跟他一点儿关系也没有。

王莽篡汉，刘縯每每提起，总是捶胸顿足，悲愤难抑。刘秀则完全是一副麻木不仁的神态。如果说他仇恨王莽的话，仅仅是因为王莽改币，使他辛勤一年的收获变成一把废铜烂铁。

刘斯干完全不知道主人的心情，他第一次出远门，看什么都新鲜，骑在马上叽叽喳喳，说个没完。遇着不明白的事，还要问个不停。

刘秀被他问得心烦，便没好气地道："你烦不烦，非把主人气死不可。记住，闭上嘴巴，赶路！"

刘斯干讨了个没趣，嘟囔道："闭嘴就闭嘴，干吗这么凶？我爹老说少主子好伺候，看来是白夸你。"

刘秀听了，忍俊不禁，慌忙转过脸去。可是走了没一顿饭工夫，刘斯干又忘了主子的训诫，嘻嘻一笑道："三公子，前面就到新野城了。听说城里很好玩，要不要歇歇脚再走？"

"不行。"刘秀不等他说完，一口回绝。

可是话一出口，他就后悔了。新野，他来过好多次，这一离去，还真是依依难舍，况且，如今新野城里还有他的二姐刘元。反正，故乡难返，在新野见见二姐和二姐夫，多少也能平抑一下对故乡春陵的依恋之情。

刘斯干被主子拒绝，一脸的不高兴，闷声不响地跟在刘秀马后。主仆二人再不说话，只管低头赶路。

天刚半晌，就到了新野。街上人来人往，车水马龙。两旁做买卖的，变戏法的、玩猴的，一个比一个叫得欢。刘斯干第一次进城，眼睛哪够用，走着走着就落在后面了，刘秀只好勒马等着他。

刘斯干赶上主子，忙堆着笑脸哀求道："三公子，您瞧这儿多热闹，咱们那块儿可没有。小人求您了，歇歇脚，吃点东西再走行吗？"

刘秀也舍不得这熟悉的街景。况且，他只是心情不好，并不想存心为难一个十二岁的孩子。于是点头道："姑且答应你。不过，这儿还不是最热闹的去处，我带你去最热闹的地方。"

"谢三公子！"

主仆二人顺着大街往前走，越往前走人越多，两人只好牵马步行。

到了一个丁字路口往北一拐弯，街道陡然宽了一倍，行人虽然很多，但并不显得拥挤。街道两旁，高宅大院，石狮守门，一看就知道这条街住的都是本地的豪族巨富。

刘秀一路打听着二姐夫邓晨的住址一路寻来。他还是第一次来邓晨家，只知道邓家是新野富户。不多时，两人在一处镶着飞檐琉璃瓦的宅院前停下，刘秀报上自己的来历。

这里正是邓晨府邸，守门的家人一听是舅爷驾到，慌忙接过马匹、行李，一边请二人进府，一边说道："刘公子，是否让小人先禀明主母，前来迎接舅爷？"

刘秀很随便地说："骨肉至亲，何必拘礼。你只需带我去见二姐好了。"

　　邓府后花园内，春光明媚，绿草如茵。已为人妇的刘元正同一个十二三岁的少女在草坪上嬉戏。那少女一边追逐着刘元一边叫道："嫂子，你好坏，看我不告诉邓大哥说你欺负我。"

　　刘元停住脚佯装成害怕的样子，笑道："好妹妹，饶了我吧，你要我怎么样都成。"

　　"真的？"少女露出女孩特有的得意之色，略一沉思，说道，"小妹最喜欢听英雄豪杰的故事，嫂子家里就有一个现成的大英雄，不如讲来听听。"

　　刘元一听就明白了，她指的不是自己的丈夫邓晨，而是大哥刘縯，于是笑道："好妹妹，你不是听过好多遍了吗？"

　　"我就是要听，"少女执拗地道，"怎么，嫂子不高兴讲，那我就……"

　　"别……"刘元忙举手表示屈服，笑道，"嫂子讲给你听。"

　　于是她又把刘縯怒杀申徒臣，为爹守孝三年，长安求学，当街斥责王莽大逆不道的经历添油加醋地讲了一遍。

　　讲完之后，见少女还在凝神聆听，她便取笑道："我大哥可算得上真正的英雄豪杰，可惜他有了夫人，好妹妹，你要不要嫁给他做妾？"

　　少女还是孩子心理，不谙男女之事，不但不知羞怯，反而笑道："谁稀罕，我将来要嫁个大将军呢。"

　　"好没羞，好没羞！"刘元一边嬉笑着，一边用指头刮着脸，迈步就逃。

　　少女哪容她取笑，一边笑骂着，一边追过去。刘元刚跑到园门口，忽见一个家人快步走来，禀道："少夫人，舅爷来了，正在客厅里等着呢。"

　　刘元一听娘家来人，立刻停住脚，这时少女追上来，一把抓住她的衣襟，叫道："嫂子，看你还跑嘛！"

　　刘元忙笑道："好妹妹，别闹了，我大哥来了，你不想见见？"

　　少女一听英雄就在眼前，高兴极了，忙道："人在哪儿呢？快带小妹见识见识。"

　　刘元忽然想起来，家人只说是舅爷，还不一定是大哥，便有些后悔，但话已出口，无法更改，只得带着她往前院走去。

　　刘秀、斯干被家人引进客厅，正在品茶等候，忽听门外传来一阵女子的银铃般的笑声，只见二姐刘元领着一个美貌少女走进门来。

　　刘秀慌忙起身，给二姐施礼，却见那少女面带微笑，一双美丽的大眼睛一眨不眨地打量着自己，不由得怦然心动。

　　刘元一看，果然不是大哥，言不由衷地说道："三弟，原来是你。"

　　少女一听，眼睛瞪得更大，扫了刘元一眼，道："他不是你说的大英雄刘縯刘伯升？"

刘元只是看着弟弟窃笑，默不作声。刘秀莫名其妙，忙给少女深施一礼，自我介绍道："在下刘秀刘文叔！"

"刘秀刘文叔？"少女轻声念叨着，脸上笑容尽失，顿显失望之色，连给刘秀还礼都忘了。刘秀难堪极了，红着脸回到座上。

小斯干一看主人尴尬的样子，不高兴了，故意摇头晃脑地说道："我家三公子是去长安游学的，将来做了将军丞相也指不定，看谁还敢小瞧了他！"

少女一听，忍俊不禁，"扑哧"一声笑了起来，忙给刘秀福了一福，说："文叔哥哥，小妹失礼了。您要是真的做了丞相或是将军，千万不要记恨哟！"

刘秀见她纯真可爱，拘谨顿失，轻轻地一笑道："奴才缺少管教，小姐不要见怪。斯干，快给小姐赔罪。"

"是，三公子。"小斯干极机灵，立刻走到少女跟前，深深施一礼。少女一见，又嬉笑起来。

刘元见他们又说笑起来，便笑着介绍道："三弟，她是你姐夫的朋友阴识的妹妹阴丽华，年纪虽小，却是新野城里有名的美女，登门求聘的人排起了长队，可是人家心比天高，非要嫁个将军不可。"

刘秀一听，心里如针刺一般疼痛，怪不得阴丽华初见自己时会有那种失望之色，自己远不及大哥那样英名远播。对，进京求学，将来也能当上大将军，绝不能让一个美貌女子小看自己。瞬息之间，他的心弦重又振奋起来。

阴丽华当然不会知道跟前的英俊青年在想什么，她一听到刘元在陌生男子面前胡说一气，气得鼓着嘴儿道："嫂子真坏，小妹非告诉邓大哥不可。"

刘秀回过神来，听阴丽华说到邓晨，忙问道："二姐，姐夫不在府中吗？"

刘元忙笑道："瞧，姐姐忘了告诉你，你姐夫和丽华的兄长阴识一大早就出去了，为着买卖上的事儿。这会儿，快要回来了。"

话音未落，一个童髻丫头进来禀道："禀少夫人，公子爷和阴公子回来了。"

刘元笑道："瞧，这不是回来了。丽华，可不许告我的刁状。"

三人说笑着迎出客厅，刚走出大厅，却见一高一矮两个身穿青衫的青年男子走进院内。刘秀一看，那个高的正是二姐夫邓晨，矮个的当然是阴丽华的哥哥阴识。

"是文叔来了吗？"邓晨老远就打着招呼，并把阴识介绍给刘秀认识。刘秀忙给姐夫行礼，又给阴识施礼，阴识待人谦恭，忙迎礼问候。众人重回客厅落座。

叙了一会儿闲话，阴识给妹妹使了个眼色起身，道："邓兄、刘兄，小弟府上还有事要办理，先告辞了。"

邓晨知道他是因刘秀在此不便才要走的，便诚心挽留，道："文叔又不是外人，何必客气，用过午餐回府不迟。"刘元、刘秀也起身挽留。

"谢邓兄盛情，只是我兄妹三天没回府了，也该回去看看。"

邓晨见他执意要走，也不强留，便和刘元、刘秀一起，送他兄妹出府。到了府门外，阴氏兄妹挥手告别。刘秀心系阴丽华，怅然若失地望着他们上了马车。

马车驶动了，刘秀的目光还舍不得移开，他盼着那华丽帘子突然卷开，露出他渴望的面庞。

马车越走越远，刘秀彻底失望了。可是这时那帘子真的卷开了，阴丽华伸出头来，美目留眄，分明有一丝淡淡的依恋之意。刘秀的心灵被深深地打动了。

邓晨得知刘秀要去长安游学，非常赞赏和支持，况且又是小舅子第一次登门，能不殷勤招待吗？立刻命人备办丰盛的酒席，亲自为刘秀把盏钱行。

刘秀面对满桌的山珍海味和姐夫的浓浓盛情，却全无食欲，只勉强地吃下几杯水酒。刚才，他还想着在姐夫家里多逗留几日。但此刻，他却想早点离开邓家，早一天赶到长安，入太学，习经书，考甲科，入仕朝廷，名列公卿。

邓晨发觉小舅子心绪不宁，以为他是第一次离家外出，少不了有些离愁别绪，便劝慰道："文叔，男儿志在四方，总不能守住故乡这一块土地默默无闻一辈子。你选择游学之路正是明智之举。几年之后，当你建功立业，荣归故里时，就会感到今日之行的必要。"

"建功立业，荣归故里。"刘秀轻声念叨着默默地点点头。他在想，到了那一天，他就可以堂堂正正去阴府求聘，阴丽华一定会兴高采烈地嫁给他。想到这儿，他的脸上浮现出得意的笑容。

邓晨以为自己的话起了作用，便又斟满杯酒，亲手送到刘秀面前道："文叔，再满饮此杯。"

刘秀见姐夫为自己斟酒，慌忙起身还礼，道："姐夫切莫折煞小弟，小弟饮下此杯，就要动身赶路，实在不敢贪杯。"

邓晨没想到他会走得这么急，不解地道："贤弟求学似渴，可以理解，但也不必急在一时。"

刘秀怎好把自己的心情说明，只得说道："小弟只是想早一天赶到长安。"

刘元一直一声不响地观察着三弟，今天刘秀的种种反常举动引起她的注意。他们是同胞姐弟，刘元当然最了解三弟，三弟的异常表现使她联想到刘秀送别阴丽华时那种痴迷的目光。对，三弟喜欢上了阴小妹，刘元几乎敢百分之百地肯定。

但是当着生性腼腆的三弟的面，绝对不能说出来，否则，三弟真的无地自容了。因此，她只是语意双关地笑道："三弟说得对，早到长安，习学经书，功成名就之后，想做自己最想做的事，就不会有困难了。"

邓晨一听，气得瞪了妻子一眼，对刘秀道："文叔，不要听你姐的话，我也不想强留你。只是我家左邻有一个本家弟弟，名叫邓禹，字仲华，虽年仅十二，却能诵诗书，常有惊人之语。邓禹一心想去长安游学，无奈他年纪太小，又无人做伴，家中老人怎能放心让他独自一人前去。贤弟不妨与他同行，既有了旅伴，也可相互照应。"

刘秀一听姐夫就是为了这个邓禹，便爽快地一笑道："既然这位邓兄弟一心向学，小弟能不帮这个忙吗，邓兄弟何在？烦请姐夫请来一叙。"

"三弟稍候。"邓晨说道，也不招呼下人，而是起身离座去寻邓禹。不多时，便引领一个清秀的端庄少年来。邓晨立刻给邓禹引见："这位是春陵刘秀刘文叔。"

邓禹年纪虽小，却举止端正，俨然如成人立刻上前给刘秀施礼："刘公子，小弟邓禹，字仲华，这厢有礼了。"

刘秀观其举止言谈，便知邓禹饱读诗书，他自幼就喜好读书，所以一见面就喜欢上这位举止文雅的翩翩少年，立刻起身还礼，道："小兄弟免礼，请坐下叙话。"

邓禹告座，谦恭地道："听邓大哥说，刘兄要去京都游学，小弟真是钦佩得很。"

"在下虚度二十几载，一朝闻道，亡羊补牢罢了。"

"刘兄真是谦恭有加，但不知刘兄将主攻哪一门经术？"

刘秀听他并不赞言虚应，而是问得直接，便也回答得爽快，回道："在下主修《尚书》，欲拜中大夫许子威为师。小兄弟，你欲修何学？"

邓禹道："小弟最喜《诗经》，也曾闭门自读。只是没有名师指点，只能浅尝辄止，不得精髓。素闻博士江翁对《诗》学造诣颇深，小弟欲拜江翁为师，专攻《诗经》。"

他们两个不愧都是读书人，一见如故，谈诗论文，讲经说道，越说越投机，越聊越有缘，不过一顿饭的工夫，两人已如故人。

刘秀道："邓贤弟既有向学之心，何不禀明高堂，随愚兄一道去长安游学，将来也可奔个前程。"

邓禹应道："小弟正有此意，稍后就去禀明双亲。有刘兄做伴，双亲大人也会放心，定会依允。"

邓晨见两人如此投缘，也非常高兴，便以东道主的身份举起酒杯，笑道："文叔、仲华，为你们今日相识，也为你们明日的腾飞，满饮此杯。"

"谢姐夫吉言！"

"谢邓兄深情高义！"

两人举起酒杯，一饮而尽，相视欢笑。

酒宴罢了，邓禹回府禀明二老，父、母大人闻听有春陵皇族子弟做伴，完全放心了，当即为儿子打点行装。

邓禹返回邓晨家，言明次日动身。刘秀有了新伴，心里不再浮躁不安，也不急在一时，便决定明日起程。

当晚，邓禹也宿在邓晨家，与刘秀共寝，两人移灯一处，共读诗书，谈论心得，彻夜不知疲倦。

第二日，两人动身，邓晨送别之时，各赠两人盘资银一百两。两人推辞不过，只得收下，感激之情，难以言表。

刘秀、邓禹结伴，执辔而行。汉时儒生求学，并不仅局限于经史子集，也包括游历天下，开阔视野，增长阅历，故而又有游学之称。在今天看来也是一种务实的求学作风。

因此，两人一路上游山玩水，览阅名胜。逢高必登，把酒临风，都有飘飘欲仙之感。奇峻的翠峰，奔腾的山河，呼啸的丛林，都使刘秀有见识恨晚之感。春陵太小，天下何其大、何其美哉。

刘斯干一路也不寂寞，邓禹随行带着一个十二三岁的书童，叫小顺子。小顺子也是少年天性，与小斯干一路说笑玩耍，成了一对难舍难分的小伙伴。

两个童儿嬉戏起来，没完没了，连主人的吩咐都忘了。好在刘秀、邓禹都是宽容仁厚的主子，也不责备他们。

四人不知不觉已出南阳郡界，入了弘农郡。举目远望，又一座郁郁苍苍的翠峰矗立眼前。刘秀高兴地用手前指："仲华，前方必定又是一处人间仙境，你我又可一饱眼福。"

邓禹笑道："天下美景看不完。何况此时正是三月三，风和日丽，景色旖旎。胜景佳处，随处可见，刘兄可不许贪心哟！"话虽是这么说，他已策马前行。

转眼之间，已到山口，那山两边有几十名官兵驻守。刘秀、邓禹也不以为意，打马就要进山。不料，一名小头目模样的兵卒走到路中间，拦住马头道："两位公子，请留步。"

刘秀见他说话挺客气，便勒马问道："这位军爷，有何贵干？"

小头目一看他们是有钱人打扮，更加谦恭道："前面山中藏匿一名杀人逃犯。我等正是在此守候，等大队官兵来到，便进山搜捕。在下为两位安全着想，劝你们先不要进山。"

刘秀一听，原来是这么回事，便道："多谢军爷提醒，不过，我们等着赶路，耽搁不得，还请军爷放行。"

邓禹却有些犯怵，劝道："刘兄，赶路也不急在一时，还是等官兵抓住逃犯，再走不迟。"

"怕什么，仲华。"刘秀自恃有武艺在身，区区一名杀人犯，当然不会放在心上。

那小头目又进一步劝阻道："那逃犯武艺高强，连伤三条人命。公子还是不要冒险。"

刘秀笑道："军爷放心，逃犯不遇着我们，算他走运，若是遇着，我必把他生擒活捉，交到军爷手上，军爷也可领功请赏。"

小头目一听他口气这么大，心里道，又是一个不怕死的。得，反正上边只说许进不许出，自己何必硬拦住他们。他往路边一闪身，冷笑道："公子既有此本领，请吧！"

刘秀马上拱手，道："谢军爷！"一行四人打马进山。

那小头目在后面嘟囔着道："今天真是邪门了。刚进去一个不怕死的，又来一个吹破天的家伙。"

刘秀、邓禹顺着山路盘旋而上。两旁青山苍翠，树木葱茏，花草茂盛，蝶飞鸟鸣，果然好一处自然美景。

两个人一边欣赏山林景色，一边说着闲话，不知不觉走到下山的路。刘秀笑道："瞧，这不没遇着杀人逃犯吗，我就说偌大的一座山，哪有这么巧就让我们遇上。"

邓禹却道："刘兄，咱们出门在外，时时都要小心，没有必要冒险的。"

刘斯干正好在他身旁，笑道："邓公子，你这么小的胆儿，还是不要出门，待在家里好了。"

邓禹被他嘲笑，脸儿气得通红，却不好跟一个奴才计较，只得干瞪眼儿。

刘秀怒道："斯干，不得无礼。你知道什么，邓公子这不叫胆小，而是遇事谨慎，不作无谓的冒险。他虽是少年却有成人的老练沉稳，不像你，活到一百岁还是如少年一样幼稚。"

邓禹转怒为喜，笑道："知我者，刘兄也。"

四人正说着话，忽听前边有一人喊叫："有强盗，抓强盗呀！"

刘秀一惊，慌忙勒马停住，邓禹也听到了，吃惊地看了他一眼，意思是说，这不遇着强盗了，看你怎么办。

刘秀虽有武艺在身，但他怕惊了邓禹三人，便先跳下马道："先看看情况再说。"

邓禹、刘斯干、小顺子都跳下了马，一齐看着刘秀，他们都还是半大的孩子，从没遇过这种事，都有点紧张。

刘秀把缰绳丢给刘斯干，抽出宝剑，快步跑到前面的一块山石后。喊叫声分明是从转弯处传来了，奇怪的是，这时候喊叫声又没有了。

难道喊叫的人被强盗杀了？刘秀心里也是七上八下，他小心翼翼地伸出头来，往转弯处看，不由大吃一惊。

只见前面五十多步远的山路上，一个手持钢刀的蒙面人正截住一个骑马的年轻人。年轻人身穿长衫，马身上驮着不少行李。他左冲右突想冲过去，可是都没有成功。

奇怪的是，蒙面人手持利刃，却迟迟不动手，只是忽左忽右地拦住白衣儒生的去路，嘴里好像还不停地说着什么。

那白衣儒生似乎全无惧色，说话的声音很大。刘秀听得非常清晰，只听他斥道：“大胆强盗，光天化日之下，竟敢抢劫，难道不怕王法吗？”

蒙面人似乎很无奈，又是作揖又是打躬，嘴里说的肯定是讨好的话。却听白衣儒生又大声道：“岂有此理！这身衣衫事关小生体面，给了你，岂不有辱斯文？”

刘秀听了，明白那蒙面人只是想要人家身上的衣衫，无意取他性命，心中百思不得其解。忽听耳边有人说道：“天下真是无奇不有，劫道的还向被劫的人求情。”

刘秀一听是邓禹的声音，回头一看，果然是他。正要叫他小心，忽听前面蒙面人大声说道：“兄台既不肯脱，在下只有得罪了。”说完把钢刀往腰间一挂，赤手空拳，将身轻轻一纵，便跳到白衣儒生的马前，也没见他动手，白衣儒生便被拉下马来。

刘秀是练过武艺的人，一看就知道蒙面人身上有真功夫。对付那儒生根本不成问题，看来他刚才是故意猫戏老鼠，这会儿玩够了，要捕食了。

不行，自己总不能见死不救。刘秀用力握紧手中宝剑，就要跳出。忽见邓禹也抽出防身的腰刀，一拉他的衣袖叫道：“刘兄，那人要遭殃，咱们过去救他。”

刘秀见他此时竟全无惧色，一副慷慨救人的神态，顿生钦敬之情，便道：“仲华，你在此等候，愚兄一人就行了。”

邓禹不知他会武功，着急地说：“快，咱们一起上，迟了人家就没命了。”

刘秀却不慌不忙，他始终盯住蒙面人那把钢刀，见蒙面人没有抽刀，知道儒生尚无生命之忧，便笑道：“放心吧，包在愚兄身上。”

说完，刘秀已从山石后跳出，快步冲向蒙面人，口中喊道：“大胆强盗，还不住手。”

蒙面人正要去剥儒生身上的衣衫，听到喊声，吓了一跳，慌忙丢下儒生，绰刀在手。等他看见来的也是一个穿长衫的儒生时，放心了。

　　因为汉时游学的儒生都喜欢背刀带剑，虽说绝大部分人根本不会武功，也以佩刀带剑为时髦，何况多少还有点防身作用。

　　所以蒙面人一见刘秀，根本没把他放在心上，只是冷笑一声道："小兄弟，走你的路好了，少管闲事。"

　　刘秀斥道："你白日行劫，我岂能不管？"

　　蒙面人大怒，道："是你多事，休怪我不客气。"说完，也不用刀，往前一近身，挥掌就打。刘秀一见，也不用剑，忙用左拳迎击。两人你来我往，斗将起来。

　　邓禹为刘秀担心，拎着刀也从大石头后面跑过来，准备帮忙。一见两人你来我往打起来了，真是又惊又喜。

　　想不到刘兄也会武功，看那一招一式，完全是行家里手。自己这个门外汉，过去只能帮倒忙。

　　因此，他一转身来到白衣儒生跟前，将他扶起，关切地问道："兄台，伤着没有？"

　　白衣儒生站起身来，来不及掸身上的尘土，忙道："小兄弟，快去帮那位兄台的忙，要不，他要吃亏的。"

　　他见邓禹手里拿着钢刀，以为他也会武功，因此催促。

　　邓禹正犹豫不定，忽听身后有人笑道："你们保重自己吧，我家三公子用不着别人操心。"

　　邓禹回头一看，不知何时，两个小书童跑了过来。刘斯干笑吟吟地看着自己，眉眼之间，全是得意之色。

　　果然如小斯干所说，十几招过后，那蒙面人便感到刘秀并非庸手，胜之不易。他做贼心虚，不敢拖延下去，再也顾不得体面，只好抽刀猛攻。刘秀也不敢大意，忙提剑招架。两人由徒手搏击改为刀剑相拼。

　　两人刀来剑往又打了半天，却是半斤对八两，谁也没占着上风。

　　邓禹、白衣儒生都为刘秀着急，有心上前帮忙，可是都不懂武功，怕帮了倒忙。最着急的是刘斯干，他一心想着主子三招两式赢了贼人，好露脸，在小顺子跟前也有吹嘘的资本。现在一看主子要赢人家，还真不容易，他急得直跺脚，却毫无办法。

　　忽然他脚下一滑，险些摔倒。低头一看，原来是衣服内的山核桃抖搂出来几个，正巧被踩在脚下，差点儿把他滑倒在地。

　　"有了！"刘斯干高兴得一蹦老高，慌忙把衣内的山核桃全拿出来，捧在手中，忙忙转到蒙面人身后，趁他只顾与刘秀打斗之际，突然将山核桃扔到他脚下。蒙面人招架之际，一脚踩在山核桃上，突然一滑，身体顿时失去重心，"扑通”一声摔倒在地。刘秀趁机攻上，宝剑抵在贼人胸前，却听身后白衣儒生叫道：“大侠勿伤他性命！”

刘秀本无杀人的念头，但这贼人功夫不错，不可不防，于是仍将剑抵在贼人胸前，高声道：“斯干，取绳子来。”

刘斯干正得意呢，闻听主人呼唤，忙去马上把捆行李的绳子解下来，与小顺子一起上前，把贼人的双手、双脚牢牢地捆上。刘秀这才收剑入鞘。

却见邓禹、白衣儒生一齐上前，白衣儒生谦恭地一揖道：“多谢大侠出手相救，才使小弟免受贼人之辱。”

刘秀听他称自己为大侠，颇觉好笑，便还礼道：“大侠之名，实不敢当。刘某只是做了常人应做之事。”

白衣儒生见他谦恭有礼，更加钦佩，便不再言谢，笑问道：“看两位装扮，莫非也是进京求学？敢问兄台尊姓大名？”

刘秀道：“在下南阳春陵刘秀刘文叔，正是进京求学。兄台也是进京求学吧，请问怎么称呼？”

“小弟严光，字子陵，会稽余姚人。不远千里，进京游学，不想竟遇贼人，多蒙兄台相救。”

刘秀看他举止言谈很是儒雅得体，已有几分投缘，便道：“既是同路，我们结伴而行，如何？”

严光一听，喜道：“小弟求之不得，有兄台做伴，山贼草寇谁敢欺负我们。”当下又与邓禹相互见礼。

计议已定，准备结伴同行。刘秀看看被捆绑起来的贼人，走到跟前，伸手撕去蒙面的黑布，眼前却是一个眉清目秀的青年男子。

贼人似乎很沮丧，低垂着脑袋，一句话也不说。刘秀怒问道：“你就是官兵追捕的杀人逃犯？”

那男子抬起头，眉头一扬道：“是又怎样？你去向官兵邀功领赏好了。老子皱皱眉头，就不算汉子。”

刘秀冷笑道：“光天化日，公然劫掠，还如此张狂。王法加身，看你还嘴硬。”

邓禹近前道：“刘兄，甭跟这种贼人啰唆，交给官兵算了。”

不料，严光却劝阻道：“两位且慢。我想问问这位兄弟。”说着，走到青年男子跟前，语气平和地问道：“小兄弟，你为什么年纪轻轻甘心做贼？又因何杀人，被官兵追捕？”

刘秀、邓禹见他对贼人竟有同情之心，都感大惑不解，一齐定定看着他。那青年脸上闪过一丝悲愤之色，但仍倔强地道：“休要多问，今日遭擒，命该如此。请便吧！"

刘秀、邓禹见他依然顽固，顿生怒气，齐声道："你以为我们不敢，纵使你同党再多，朝廷还有王法呢！"

严光依然气和心平，道："小兄弟，你既是不肯说，我们也不勉强。"

说完，他又转向刘秀、邓禹，深深地一揖，道："刘兄、邓贤弟，在下有一个不情之请，请两位高抬贵手，放了这位兄弟。"

"什么？放了他？"小斯干、小顺子虽然距离他们几步远，却听得一清二楚，齐声惊叫道。

刘秀、邓禹也很惊奇，含笑问道："严兄险些遭劫，缘何反为贼人求情？"

严光解释道："此人绝非贼类。初时只是求我一身衣衫，我不与，他才行抢。而且以他的武功，杀人劫财，并非难事。但是他没有这么做，没有妄杀人命。以我看，他必是为事所迫，不得已才行劫的。"

刘秀觉得有理，其实他也觉得这个人怎么看也不像杀人不眨眼的贼人。既然严光这么说，自己何苦为难他。

于是，他上前亲手解开绳子，正色道："兄弟，不管你是不是贼人，姑且放了你。以后遇事三思而后行，再敢为非作歹，犯到我手里，不会再饶你的。"

那青年男子听到严光为自己求情，见刘秀真的放了他，顿生感激之情，来不及活动一下被捆麻的手脚，便一下子跪到严光面前，感激涕零道："小人无知，竟以小人之心，度君子之腹，请恩人受我一拜。"

严光忙双手来扶，道："快请起来说话，不必行此大礼。"

那青年男子执意不肯，硬是给严光磕了三个响头，才站起身来。刘秀、邓禹见他情真意切，也颇为动容。

严光扶青年男子在山石上坐下，青年男子才道："小人有眼无珠，竟不识眼前真君子。方才小人见三位是进京求学的儒生，便心生恶感，以为你们这样的官宦、富家子弟入太学、求做官，将来也大多是不问民生疾苦的贪官污吏。因而不愿以真情相告。"

严光笑道："进京求学也并非都为做官。刘兄、邓贤弟，你们说，是吗？"

刘秀见问，一时无法回答。他这次求学，就是为做官。当然不是为了盘剥、鱼肉百姓而做官，而是为了光耀门庭。

不，确切地说，最强烈的愿望是为着阴丽华而做官。可是这种话如何说出口呢？因而他只是答非所问地点点头。

邓禹回答得非常利索："小弟求学也想做官，但做官的目的是修身、齐家、治国、平天下。当然，良禽择木而栖，贤臣择主而事。天下如无明主降世，邓禹宁肯老死穷庐，绝不出仕。"

严光见他小小年纪，竟有如此抱负，禁不住赞叹道："邓贤弟，说得好。正与愚兄不谋而合。愚兄也是抱定此旨，进京求学，并非为做官而来。如不遇明主，也愿和邓贤弟一样，老死穷庐绝不出仕。"

青年男子听了，感慨万千，又是一揖到地道："小人今生有幸，得遇三位真君子。小人王常，字颜卿，颍州舞阳人。家中尚有几亩薄田。小人也有志像诸位一样进京求学，博个封妻荫子，可恨当地豪强勾结官府，强占我家田地，气死我爹我娘。小人一怒之下，夜入豪强府中，手刃仇人，因此被官府追捕，避祸此熊耳山中。见这位严公子路过，便想借他衣衫，改变装束，蒙混出山，不想竟冲撞了恩公。"

严光三人听到这儿，总算明白他为何专劫人衣衫。刘秀显得心情沉重，道："王兄弟，你既有此深仇大恨，为何不告官？如今反落得被官府通缉，有家难回，有国难投。"

王常摇头苦笑道："这位公子恐怕还不知天下黑暗，已经没有穷人说理的地方了。我要报仇只有靠自己，我要说理，只有毁掉这个黑暗的天下。"

"王兄弟是说，只有造反才是唯一的出路？"

"不造反，又能怎样！"王常郑重地点点头。

刘秀有些惊异，在家时，他就经常听大哥说要起兵反莽。如今穷苦已极的百姓也有反叛之心，莫非王莽的气数真的尽了。

他竭力搜集着脑海中的史籍知识，总觉得王莽尚未走到穷途末路的时候，此时反莽，必不能成功。

严光却与王常有同感，叹息道："朝政黑暗，缘为奸诈邪，民不聊生。天下将有大乱。"

说完，他回身去马上取出行李中的一套衣衫，双手捧到王常跟前道："王兄弟，你既然用得着，这身衣衫就送给你吧！"

"这……"王常感激涕零，双手接过道："公子高义，小人不敢言谢，容当后报。"

刘秀也深为严光所感动，便关切地向王常道："王兄弟意欲何往？山外已有官兵把守，恐不易通过。"

王常感激地道："谢恩公厚意，小人已有去处。闻听新市人王匡、王凤兄弟英雄，结交豪俊，待机而起，小人正是去绿林山投他们，也许有条生路。至于山外那些官兵，不足为虑。小人只是不想多伤人命，才借衣衫，改装束，蒙混出山。如果真被他们识破，小人只好刀下无情了。"

刘秀见识过他的武艺，知道他说的是实话，便放了心。忙命刘斯干取过一锭银子，自己亲手捧上，送到王常手中道："王兄弟，此去绿林山，路途遥远，山水阻隔。这些银两权作途中花费，请收下吧！"

王常双手直摆，着急地道："恩公，这如何使得，小人怎好收你的银子？"

刘秀笑道："王兄弟，山不转水转，你我还有相逢的时候。权且算是借的，到时候再归还在下就是。在下南阳春陵刘秀刘文叔。"

严光也笑道："王兄弟，人家连名姓都报了，收下吧，大不了，多还些利息于他。"

王常感恩不尽，只得收下，道："刘公子，小人失敬了。"

四人重又叙礼，互道珍重。王常换上严光的那套儒生衣衫，藏起短刀，和三人告别之后出山而去。

严光、刘秀、邓禹结伴而行，一路上，由王常而论起天下时势，俱是忧心忡忡。阳春三月的天，不再娇艳无比。驿路征尘弥漫了天空，前程茫茫，何处是归宿？

京师长安不仅是天下的政治中心，也是手工业、商业中心，仅城墙就有六十多里长。城中商贾云集、店铺林立，热闹非凡。

刘秀、严光、邓禹等人一入城门，便为这座宏伟的城池惊叹不止。高耸的城墙、雄伟的城门、如水的人流，似乎都在炫耀着京城的尊贵。

一行五人进了城，城里更热闹了，一路走一路看，街道上人来人往，车水马龙，两旁的店铺一家挨着一家，卖什么的都有，粮食、薪炭、车辆、铜器、铁器、食品、牲畜、布帛、漆器、颜料。而且还有人市——专卖奴婢的市场。

这些还算不上新奇，新奇的是那些穿着奇装异服的西域的商贾或使节。刘秀等人也弄不清谁是哪国人，反正一听有人叽里呱啦地说话，就知道不是中原人。

刘斯干自作聪明，以为人家也听不懂他说话，便故意骂了几句，不料竟有几个西域人懂汉话，瞪着蓝眼珠子追过来，亏他跑得快，才没惹出麻烦来。

几个人边走边看，不知不觉来到西市大街口。街口的西北角有家酒楼，客人们进进出出，生意兴隆。

一阵酒香飘来，众人才感到肚子饿了，严光手指酒楼道："反正已到京城，不必着急，咱们何不在此小酌一杯。"

刘秀、邓禹同时点头。一路上，三人已成莫逆之交，可惜还没有一块真正开心畅饮过，这正好是机会，岂可错过。

五个人向酒楼走来，店伙计一看又有生意来了，热情地上前接待。先把马匹、行李安置好，然后把他们安排到楼上临窗的雅座。

大家一看周围的客人，多是儒生和富家人，知道是一家档次较高的酒馆，非常满意，当即叫上酒菜，严光、邓禹、刘秀边喝酒边叙话。

刘斯干、小顺子早饿坏了，反正主子宽容，这会儿甩开腮帮子，只管吃。

酒过三巡，严光放下酒杯道："如今已到京城，不管天下时势如何变化，求得真学问才是治世济民的根本。酒后，咱们就去太学报到吧！"

邓禹道："刘兄是皇族子弟，跟你我不一样。"

严光有些惊讶，结识刘秀这些日子，还不知道他是汉室子弟，也难怪，刘秀从不以皇族的身份自傲于人。

按照当时的规定，入太学的儒生一则是当朝廷臣的子弟，二则是各郡县举荐的官宦子弟。严光、邓禹就是后者。但刘汉皇室子弟享有特权，不必由地方举荐，只需向朝廷注明宗室即可。

刘秀见严光的目光有些特别，也有些不自在，忙谦恭地道："两位可先去太学注册，小弟去国师府刘歆处投书注名，就可入学。我们仍是同窗学友，岂不美哉？"

尽管他谦恭备至，但严光、邓禹一听到刘歆的名字，还是吃了一惊。刘歆不仅是摄皇帝王莽的国师，而且和其父刘向都是当世盛学古文经的鼻祖。天下儒生谁不知道刘歆的盛名。到底是皇族子弟，一到京城就攀上了这样的后台，寻常官宦子弟是可望而不可即的。

说话之间，已是酒足饭饱。三人结账下楼，到了楼下，互道珍重，分手而去。严兴、邓禹去太学报到，刘秀带着小斯干奔国师府。

刘秀第一次来长安，还不知道国师府在哪儿呢。但这不难，刘歆的名字，京城无人不知，一问就知道。

刘歆虽然是王莽的倚力重臣，但出于自身的考虑，一向厚待宗室。他曾请求王莽给宗室复侯爵，重封地，增俸禄，也被王莽依允。

因此一听说是宗室子弟投书，他忙伸手接过边展开边道："大头，吩咐下去，好生招待，不可慢待人家。"

刘大头恭敬地道："不劳老爷吩咐，小人已把他们安排妥了。"

刘歆飞快地扫了帛书一眼，然后取出国师公印信，正要按下，忽然看见帛书右上投书者的签名，登时停住了手，问道："大头，投书者叫什么？"

"叫刘……"大头用指头敲敲脑子，慌张地回答道："他只说一遍，小人给忘了。"

"是不是叫刘秀？"刘歆双目闪着寒光，厉声问道。

"对对对，是叫刘秀刘文叔。"

"刘秀？"刘歆站起身来，皱着眉头，来回踱着步，反复念叨着。好半天，他才吩咐道："大头，把刘秀请到客厅等候，我要见见他。"

"是，老爷！"大头答应着，慌忙退下去。

周氏在旁边不解地问道："老爷，这个刘秀不就是个宗室子弟吗，您就是厚待他，也用不着亲自见他。"

"夫人有所不知。"刘歆一指书案，周氏近前一看，却见一块帛上写着：刘秀发兵捕不道，四七之际火为主。

"老爷，这是何意？"周氏不解。

刘歆正色道："京师近日有人暗传这一句谶语，意即刘秀要做皇帝，汉室还有复兴的那一天。今日投书之人正巧叫刘秀，难道是天意如此？"

刘歆自己也吃不准这句谶文是不是真的符命，他只是出于谨慎而已，便道："如果这刘秀真有天子之命，凭我的眼力，不会看不出来。来人，更衣。"

客厅里，等候国师公接见的正是刘秀。刘歆衣带端正走进客厅，坐在客厅末位的刘秀一看来人装束便知是国师公到了。他慌忙起身出迎，上前磕头施礼："晚辈刘秀刘文叔拜见国师公大人！"

"不必多礼！"刘歆一边双手相扶，一边细心打量着刘秀。见他虽然生得英俊威武，但仔细观其五官，却无一处与相书图谶上相符，稍微放了心。

刘秀站起，侍立一旁。刘歆有心再试探一番，便叹息道："可怜我宗室子弟还一心向学，可我刘姓天下已经易手他人。即便入了太学，前程又能怎样！"

刘秀一听，大吃一惊，想不到堂堂国师公竟说出这种话，如果被王莽知道，肯定是灭族之罪。难道仅仅因为自己是宗室子弟，刘歆就相信自己？

于是，他小心翼翼地答道："晚辈虽是汉朝皇族子弟，但家道清苦，只知读书入仕，光耀门楣。"

"胸无大志，难成大器！"刘歆故意嗔怒道，"身为宗室子弟，难道就没想到将来要复兴汉室？"

刘秀卑怯地答道："晚辈一介书生，无德无能，怎能担此天下重任。复兴汉室者非德高望重的国师公莫属。"

刘歆听了，心里得意，天下人谁不知道国师公刘歆的名声。将来即使汉室复兴，能做皇帝的也只能是他刘歆，怎么可能是跟前这个胸无大志、乳臭未干的后生小子呢。可是那条谶文却明白写着刘秀的名字……

国师公思谋良久，终于打定主意，忽然向刘秀道："你姓甚名谁？"

刘秀一愣，不是报过出身了吗，他怎么忘了？但国师公既问，只得答道："晚辈是南阳舂陵刘秀刘文叔。"

"大胆，"刘歆忽然抬手一拍几案，怒道，"后生小子，竟敢不避老夫名讳，岂不是犯上之罪？"

刘秀惊疑地道："国师公的大名，天下谁人不知，晚辈名讳与国师名讳无干，怎说不避大人名讳？"

"还敢狡辩，老夫名秀，你还敢取名刘秀，岂不是犯上之罪。"

刘歆一语既出，不但刘秀愕然愣住，连刘大头也愣住了。他跟随国师公身边多年，怎么从来没听说过国师公叫这个名字。但国师公这么说，他敢多嘴吗，仍像闷葫芦似的，伺候在一旁。

刘秀不解地问道："国师公的名声，天下尽知，晚辈当然也知道，怎么没听说大人取过这个名字？"

刘歆怒道："老夫更名，难道还要你知道！念你是宗室子弟，不加罪于你。只要你改了名字，老夫便让你入太学。"

刘秀心中愤懑，这不是以大欺小，以强凌弱吗？无论如何，他不甘心屈服于对方的淫威，于是硬生生道："请恕晚辈无礼，刘秀的名字是先考所命，改之不孝，实难从命。"

"不改名字，就不准你入太学！"

刘秀冷笑道："晚辈就是不入太学，也不会改名。请恕罪！"说着，转过身来，昂然走出大厅。

刘大头见他如此无礼，恼怒道："老爷，小人把这小子抓回来。"

刘歆望着刘秀远去的背影，恍惚觉得他又有些像真命天子，心里一阵发虚，对刘大头斥道："胡说，让他走。"

刘大头讨了个没趣，只得低下头来。国师公心中惆怅，走出大厅，又把自己关进书房，研究起那些令人烦躁不安的天文图谶。

"上天，给我一双慧眼吧，真命天子到底是刘秀，还是我刘歆呢？"

刘斯干被刘府家人安置在侧房一间干净的房子里歇息，虽然招待得非常周到，却不能到处乱走，更不用说去见国师公了。刘斯干正等得着急，眼巴巴地望着门外。

刘秀面带怒容，一言不发，径直走到刘斯干跟前，厉声道："斯干，咱们走！"

刘斯干一看主人的神色，不敢多问，慌忙跑出屋来。院子里，刘府家人已把他们的马匹、行李扔了出来。二人狼狈地出了国师府的大门，刘斯干可怜巴巴地问道："三公子，咱们去哪儿？"

是啊，进不了太学，往哪儿去。心中愤懑的刘秀惶然不知归路，只是说道："跟着我走。"便茫无目的地顺着府前大街往前走。

二人找了一家客栈住了下来。刘秀在床上翻了一夜的烙饼，临天明时才渐渐有了困意，朦胧中，忽见一个十二三岁的美丽少女飘然而至，刘秀惊喜极了，急忙叫道："丽华、丽华！"

少女娇羞地一笑，柔声道："刘三公子，小妹总算见到你了，你还好吗？"

刘秀一时语塞，长安落魄，如何告知心上人。少女上下打量着他，不安地问："难道公子没求得功名？"

刘秀艰难地点点头。少女脸上的笑容顿时不见了，她难过地说道："公子，你太让小妹失望了。"

刘秀忘情地抓起她柔嫩的小手，哀求道："丽华，不是我不能求得功名，是上天不给我机会。嫁给我吧，我是真心喜欢你的。"

"对不起，刘三公子。"少女用力抽出自己的小手，声音冰冷到极点，"整个新野的人都知道，阴府不招白衣女婿。"说完，突然不见。

"丽华，丽华！"刘秀凄切地呼唤着。

"三公子，快醒醒。"是小斯干的声音。

刘秀睁开眼睛一看，果然是斯干站在床前，慌忙坐起身，问道："什么时辰了？你今天怎么没贪睡？"

刘斯干咧开小嘴取笑道："我的公子爷，都辰时了。又梦见阴小姐了吧？"

刘秀一看东边的窗户，果然太阳升起老高，但转念一想，反正进不了太学，也没有要紧的事做。于是，他随手抄起一卷书，读了起来。

刘斯干叫道："三公子，邓公子、严公子来了，正在楼下等您呢。"

刘秀脸色一沉，斥骂道："小鬼头，敢哄骗主子，看把你宠的。"

刘斯干急了，一本正经地道："奴才没骗您。公子几夜没睡好觉了，这会儿好容易睡着了，还梦着阴小姐，奴才怎么忍心打扰呢？"

刘秀这才相信他的话，一下子从床上跳下来，刘斯干忙伺候着穿好衣服。刘秀顾不得梳洗，两人便往房外跑。到了楼下一看，果然见邓禹、严光坐在一张桌子旁。

刘秀慌忙整理一下衣服、头发，疾步走上前去。邓禹他们也看见了刘秀，慌忙起身相迎。刘秀拉着两人的手，悲从心生，脸色黯然道："仲华、严兄，你们怎么知道我在这儿？"

严光也是眼角发红，责怪道："文叔，你进不了太学，也该去找我们，帮你出出主意，哪能一个人躲在客栈里。"

刘秀沮丧地道："小弟时运不济，连太学也进不了，实在没有脸面见故人。"

邓禹突然转忧为喜，笑道："刘兄，你时运来了。我们来就是请你入太学的。"

刘秀摇头叹息道："你们的心意我知道，可是刘歆老贼不同意，我这刘汉子弟也进不了太学。"

严光笑道："好兄弟，我们是奉了太学许子威师傅之命来请你去太学的。"

刘秀听后高兴极了，三人欢呼起来。

刘秀拜许子威为师傅，习学《尚书》，邓禹拜江翁为师，习学《诗经》，严光钻研《春秋左传》。

太学是当时天下的最高学府，汇集着天下有益的经书，不仅经典众多，而且课业也是五花八门，每一门都有名师讲授，什么《诗》《书》《礼》《乐》，天文图谶等，而尤其以董仲舒的《春秋繁露》最为时兴。

刘秀从小酷爱读书，而且博闻强记，学识已有根基。如今进了太学，更如一只飞进百花园的蜜蜂，不知疲倦地采撷着芬芳的花蜜，他以攻读《尚书》为主，对其他课业也锲而不舍。

太学生的课余生活非常丰富，除逛街外，在学宫里可以投壶、格五、六博，也可以弈棋、书画。但是在这些地方，几乎看不到刘秀的身影。他每天忙于听课、问师、读经，常常废寝忘食。

但是，寒窗之外，风云变幻，一心只读圣贤书的刘秀能不受侵扰吗？

太学学宫，庭院深深，绿荫掩映，花木交错，丛林间错落着象征孔子弟子七十二贤人的各具形态的石狮子。

刘秀像往常一样，漫步林荫道中，揣摩着经书精义。在这里思路格外敏捷，不消片刻，他就领悟了。于是他便卷起经书，一任思想的野马自由地驰骋。

蓦地，一个熟悉的少女的倩影闪现在脑海之中。丽华，他心底轻轻呼唤着这个深情的名字，思恋的情愫迅速传遍全身每一根神经。他情不自禁地低声吟道：

"关关雎鸠，在河之洲。窈窕淑女，君子好逑。

参差荇菜，左右流之；窈窕淑女，寤寐求之。

求之不得，寤寐思服；悠哉悠哉，辗转反侧。

参差荇菜，左右采之；窈窕淑女，琴瑟友之。

参差荇菜，左右芼之；窈窕淑女，钟鼓乐之。"

刘秀刚吟完这首《诗经·关雎》，忽听林荫道口传来一阵急促的脚步声，忙转身一看，只见五六个衣衫华贵的太学生正往自己这边奔来，身后还跟着五六个书童、侍从。

他吃了一惊，这几个人都是王氏子弟，有一个还是王莽的孙子，平时在太学里不习诗书，专门倚仗权势，欺凌弱小，横行霸道，连师傅们也让他们三分。刘秀一向对其敬而远之，一见是他们，赶紧向林外走去。

可是，这伙人似乎是专门冲着他来的，不等他迈步，已有两名护卫打扮的人，快步赶到跟前，拦住去路，冷笑道："姓刘的，哪里走！"

刘秀只好止住脚步，转身一看，几个王氏子弟已站在身后，当中白脸的年轻公子正是王莽之孙，王临之子王吉。刘秀只好含笑施礼道："小人不知是王公子驾到，恕罪，恕罪。"

王吉的一个侍卫一听，眼睛一瞪，怒道："王公子是你随便叫的吗？还不跪下磕头求饶。"

刘秀眉头一挑，不卑不亢地道："王公子，我们一起求学，本是同窗之谊，何故行此大礼？"

王吉把嘴一撇，冷笑道："姓刘的，你以为还是你们姓刘的天下，敢与小王爷我论同窗之谊。家父被立为皇太子，小爷出了太学就被封为上公。实话告诉你，今天找你，就是要让姓刘的子弟跪倒在小爷的脚下。"

刘秀一听，脑袋里"嗡"了一声，屈辱使他全身的血液沸腾起来。可是，除了内心有些仇恨之外，他这个破落的皇族子弟并没有什么强烈的反应。他和其他太学生一样，只管读书，将来入仕朝廷。可是，即便如此，王代子弟却不放过他，故意折辱他。刘秀不是没有骨气，他不会轻易受辱，面对王吉，昂首正色道："可是，公子尚在太学求学不在王公之列，没有理由让小人下跪。"

王吉白脸一下子气成青脸，咬牙道："姓刘的，你想造反不成？再不跪下，休怪小王爷不客气。"

"同是太学生，岂有下跪之理！"

"好小子，够狂妄，小子们，给我打！"

王吉的侍卫早就手痒了，得了主子指令，立刻挥拳蹬腿，一拥而上，来扑刘秀。刘秀一见不妙，慌忙钻进了小树林中，在树木之间躲闪。侍卫们一时之间，竟抓不住他一根毛。

按说，刘秀跟随大哥刘縯习武多年，虽然算不上武林高手，但是，对付这几个侍卫，还是绰绰有余。

可是他有自己的考虑，虽然对王吉恨之入骨，却不能凭一时之气惹出事端来因小失大。因为自己好不容易进太学，无论如何不能失去大好的求学机会。

王吉见几个侍卫竟抓不住刘秀，气得直跺脚，骂道："全是饭桶，你们全给我上。抓住姓刘的，重重有赏。"

另几名侍卫听说有赏，一齐冲上去。刘秀躲闪着众人，不敢还手，怕王吉看出自己身上有武功。时间久了，躲闪不及，脸上身上挨了几拳几脚。

王吉一看，高兴得直拍手，叫道："打得好，给我狠狠地打。踢一脚，赏银十两，打一拳，赏银二十两。"

侍卫们更起劲了。刘秀却累得气喘吁吁，鼻子也青了，脸也肿了，额上也被树枝刮破了，血流满面。

照这样下去，自己非被活活打死不可。怒火在心里奔突，但是，不到万不得已，他还不愿施展武功还手。

两下正追逐得不可开交，忽听林外有人喊道："住手！"

侍卫不知道谁喊，一齐停下了。刘秀却听出是严光的声音，趁机蹿到林子外，却见严光、邓禹、刘斯干和一个同舍太学生强华正往这边走来。

四个人远远看见刘秀血流满面，吓了一跳，慌忙迎上前去。邓禹忙用衣袖拭去刘秀脸上的血迹，吃惊地道："刘兄，你受伤了？"

严光用手握住刘秀的手，安慰道："文叔，有我们在，谁也不能欺负你。"

刘斯干从没见过主子受人家欺负，拉着刘秀衣衫哭喊道："三公子，您怎么会吃亏的呀？"

强华也一面安慰刘秀，一面怒视王吉等人。

王吉一看突然来了三名太学生，吓了一跳。因为汉时的太学生虽无官衔，但经常议论朝政弹劾权臣，连皇上也怵他们三分。

王莽显贵，不仅是王政君提携重用的结果，也是他依靠儒生（当然包括太学生）的支持，扩大自己的威望的结果。称帝以来，王莽更加看重儒生，尤其是太学生的作用，而他本身就以儒生自居，崇尚以儒治国。

因此王吉一看严光三人，就先害怕了，但是，当着众人，岂肯丢了面子，便色厉内在地叫道："这是本公子与姓刘的之间的事，与你们无干，三位同窗不要自讨没趣。"

邓禹一听，气愤难平，一指刘秀脸上的伤痕，怒道："你仗势欺人，把刘兄打成这样，怎说与我们无干。"

王吉的一个侍卫想讨主子的欢心，把拳头一挥，叫道："公子说得明白，姓刘的只要跪地求饶，啥事没有。不然，连你们一块儿揍。"

严光一听，怒道："姓刘的怎么了？新朝自建立以来，尚且厚待刘姓，你身为新朝皇帝子弟，竟胡作非为。难道不怕王法吗？而且天下太学生是你们能唬倒的吗？若是苦苦相逼，休怪我们不给新朝留点面子。"

强华也冷笑道："新朝总想以贤德之名闻于天下，我们如果联名将此事上奏朝廷，新皇帝说不定也会大义灭亲的。"

王吉晓得太学生的厉害。可是，身为新朝皇孙、未来的王公，就这样栽在几个名不见经传的太学生的手里，以后如何在下人前发号施令。他骑虎难下，只得道："大胆狂生，再敢对小爷无礼，休怪小爷不客气。"

王吉的侍卫哪里理解主子的苦处，以为是要他们动手，于是，又一齐围了上来。刘秀一看，不行，他们几个要吃亏。

这一回，他顾不得那么多了，说什么也不能让邓禹、严光吃亏。因此，他忙把站在跟前的严光、强华往身后一推，自己挺身挡在前面，双眼紧紧盯住围上来的王吉侍卫，只要对方先动手，他就会施展出武功，毫不客气地给他们一个下马威。

两下眼见着又要动手，忽然，林子路口又传来一声威严的呵斥声："住手！"

　　刘秀等人顺着声音一看，心中大喜，原来是师傅许子威来了。许子威是一代儒学名家，连王莽也非常尊敬他。因此，王吉的侍卫们一看见他来了，慌忙收身退到主子身边。刘秀、王吉等太学生则慌忙行师徒之礼。

　　许子威走到双方正中站定，脸色愠怒道："太学圣地，岂是争强斗胜的地方，真是有辱斯文。"

　　王吉恶人先告状，抢先说道："师傅，不是学生的错，姓刘的目无尊卑折辱学生，奴才们看不下去，上前理论，他们反而愈加蛮横无理。"

　　"不，是他仗势欺人，侮辱学生，还命手下奴才殴打学生，学生身上的伤就是他们打的。"刘秀反驳道。

　　许子威打断了他们的争执，生气地道："你们都不要说了。王公子，你是新朝皇室子弟，皇帝和太子都曾亲口嘱托老朽对你严加管束，悉心传授学识。老朽无心迎合圣意却想把你平安送出太学，以备新朝征用。今日之事，就此了结，若再发生，休怪老朽上奏新君；刘文叔，你目无尊卑，顶撞王公子，为师今天要罚你三十戒尺。"

　　王吉一听，许子威无意上奏，心中得意，冷笑着看了刘秀等人一眼，那班王氏子弟和侍卫书童也是洋洋得意。

　　刘秀气不过，还想争辩，这时却听许子威威严的声音命道："刘文叔，跟为师走！"

　　刘秀只好跟在师傅身后，邓禹、严光、强华、斯干心里不服，可是他们不敢顶撞师傅，也一齐跟在后面，想找个机会给刘秀求情，几个人刚走出几步，身后就传来王吉等人得意的笑声。

　　许子威带着刘秀出了小丛林，转了个弯，走过一片青草地，前面就是督学处。

　　刘秀的心里真不是滋味，他倒不是怕挨那三十戒尺，他是为自己感到难过、委屈，明明是对方仗势欺人，师傅偏要惩罚自己。天下难道就没有公理了吗？

　　也许，师傅也有难处吧。这样一想，他心里反倒好受些，不由得揉揉双手，准备接受那三十戒尺的惩罚。

　　眼看快到督学处门口了，许子威突然站住了，目光变得非常慈祥，声音和蔼地说道："文叔，你走吧！"

　　刘秀一怔："师傅，您还没惩罚我呢！"

　　许子威叹息一声，怜惜地道："你有什么错，为师凭什么惩罚你？王吉是皇帝的孙子，当朝显贵，为师不得不给他点面子。你明白师傅的用心了？"

　　刘秀激动得热泪盈眶，"扑通"一声跪倒给师傅磕头，连声道："学生明白。"

"明白就好。为师观你才志，必不会久为人下。孟子云，'天将降大任于是人也，必先苦其心志，劳其筋骨，饿其体肤。'你是个聪明人，该怎么做人，不需为师教你！好了，你下去吧！"

"谢师傅教诲！"

刘秀起身离去，正迎着邓禹、严光等人。斯干一看他这么快就回来，忙上前拉着他的双手问道："三公子，师傅打得重吗？怎么没肿呢？"

邓禹等人也关切地询问。

"师傅根本没有打我。"刘秀满面笑容，把经过说了一遍。大家听了非常高兴。斯干高兴之余，突然问道："三公子，你这么好的武功，怎么会被那几个小子打伤呢？"

强华还不知道刘秀会武功，闻听惊羡不已："怎么，刘兄还懂武功？"

邓禹笑道："以刘兄的功夫，做个将军也算是屈才，可是在这种时候，刘兄不会滥用武功的。"

严光点头道："仲华说的是，文叔胸有大志，岂能因小失大。"

刘秀闻言，自嘲地一笑道："严兄之言，不过取笑小弟罢了。刘秀庸碌之辈，有何大志可言。"

严光正色道："大志自在君心中，何须咄咄逼人。"

刘秀默然了，心中是否有大志，他自己也模糊不清。也许，为了赢得阴丽华的爱，一心求学求仕，就是自己的大志。

也许，内心郁积的对王莽新朝越来越深的仇恨与大哥刘縯一心复高祖之业的理想发生了共鸣，是他的大志。

可是，这些在他脑海中还只是些散碎、模糊的东西，不是具体可触，还不足以使他全身心都激动起来。

也许是太高兴了，刘秀忽然提议道："诸位同窗，何不上街一游，遍观长安胜景？"

严光、强华笑道："文叔不读圣贤书，遍观京师真难得，岂有不去之理！"四人结伴而行。太学学宫门前就是京城最热闹繁华的长安街。

刘秀四人沿着林荫路边走边看，不时相互交谈，谈的大多是长安的灿烂文化、历史的变迁，间或也谈到汉室的衰败、新朝的兴起，但说到新朝时，四人都是低声耳语，唯恐被路人听到，招来麻烦。

四人正说笑得高兴，忽然，他们听到前面锣声响过，有人高喊："行人闪开喽！执金吾大人到！"

强华忙道："瞧，新朝当官的来了，咱们回避吧！"

刘秀大为不满，叹息道："老天爷真是不公平，凭什么要我等让道？"

邓禹笑道："刘兄，日后你位到公卿，自然也会有人给你让道。"

牢骚归牢骚，四人还是退到路边。街上的行人早已让开道路。只见一队执戟卫士走在最前面，专门驱逐路上的行人或障碍物，后面是全副武装的羽林军，簇拥着甲胄鲜明的执金吾大将军。

那执金吾端坐在彪悍的马上，一双虎目高傲地扫视着路旁的行人。他的职责就是巡视京师的治安，确保新朝的每一天不发生不利于新朝的事。如果谁敢在他面前说新朝一个"不"字，立刻就会脑袋搬家。

路边的刘秀眼睛不眨地注视着威风凛凛的执金吾大将军。这一刻，他突然觉得自己是那么渺小，不为人注意。

同样是男儿，自己为什么就不能像执金吾一样，俯视众人，反倒受王吉之辈的欺辱。况且，美丽温柔的阴丽华小姐非将军不嫁，如果自己不能做将军，如何能娶心爱的阴丽华。

"不，我刘秀一定要做大将军，一定要娶阴丽华。"刘秀暗暗下着决心，口中情不自禁地吟道，"仕宦当做执金吾，娶妻当得阴丽华。"

严光就在他身边，听得清清楚楚，不禁笑问道："文叔，阴丽华是哪里的女子？"

刘秀从沉思中惊醒，忙红着脸矢口否认道："不，小弟不认识阴丽华。"

邓禹听见两人的话，哈哈一笑道："想不到刘兄还是个多情的男儿。严兄，阴丽华是我们新野有名的美女，也是才女，刘兄艳福不浅哟！"

严光啧啧赞叹道："无情未必真丈夫。严某今日对文叔又多一层了解。"

刘秀不顾他们取笑，忽然脸色一正，道："严兄不是曾夸小弟胸有大志吗，'仕宦当做执金吾，娶妻当得阴丽华'，这就是小弟的大志。"

严光也正色道："人生无志，便没有追求的目标，正如鸟儿没有双翅就不能翱翔天空。仕宦与娶妻就是你的双翅，愚兄愿你越飞越高。"

说话间，执金吾的仪仗已经渐渐远去。四人游兴正浓，于是依旧结伴而行，观赏京都长安的美景。

又是一个醉人的阳春来到，长安城外，飞花喷绿，燕语莺啼。阳春三月，绿肥红瘦，芳草萋萋，正是踏春郊游的最佳时节。可是，食不果腹的人们只顾在田野里辛勤劳作，无心欣赏这天赐的美景。

当然，对于衣食不愁的人们来说，错过这一年一季的美景实在可惜了。瞧，灞水岸边的驿道上缓缓驰来四匹马，马上四人是太学生刘秀、严光、邓禹和强华。良朋益友相伴品味良辰美景，这是所有文人最高的享受。

四个最好的朋友走走停停，停停走走，时而高声谈笑，时而低语品评，时而赋诗山水，长安城渐渐落在后面。当然他们全骑着马，有备而来，再远的路程也不在乎。

下了驿道，踏上田间小道，灞水尽处揭水坡上，不见了莺飞草长，却是一排排绿叶叠翠的桑树。穿着绿衣红裙的采桑女穿梭其间，又是一幅别具风情的图画。严光心灵一动，脱口而出道："万绿丛中一点红！"

"妙极，恭喜严兄又得佳句。"刘秀、邓禹钦佩地赞叹道。

严光却叹息道："佳句偶得又如何，愚兄并不想做什么文人墨客，今日郊游只为涤化心性，去除身上的污浊之气。"

邓禹深有同感，赞同地道："世事污浊，天地独清，怪不得古来高士多归隐山林。"

刘秀笑道："二位高士要归隐，先选一个优美之地做栖身之所吧！"

强华走在最前面，只顾欣赏春景，没听到三人说话。忽然他回头喊道："诸位同窗，你们听！"

严光三人勒马停步，侧耳细听，隐约听见前面传来女子的歌声。邓禹惊喜地道："山间俗曲，粗犷豪放，不事雕琢，难得一闻，诸兄，快走！"

四人执缰急走，那歌声渐渐清晰，是那桑林中采桑女所唱。

严光顿觉耳目一新，啧啧叹道："此曲只应天上有，人间能得几回闻。"

刘秀笑道："严兄差矣，应该是'此歌只是民间有，长安城内几回闻。'"

邓禹又驳刘秀，道："刘兄又差矣，小弟在长安就听到过此歌，也听说过长安城南有个美女叫罗敷，不知是真是假？"

强华不与他们争论，却感叹道："世间如果真的有如此美女，我等若能一睹芳容，今生足矣！"

"强兄莫不是春心动荡了吧！"邓禹取笑道。

"诗曰：窈窕淑女，君子好逑。"

四人正在说笑，歌声忽然戛然而止，林中传来女子的斥骂声："哪里来的野男人，在此乱嚼舌头？"

四人顺声看去，才见一棵高大的桑树上站立着两个年轻女子，绿衣红裙映衬在绿叶之中，别有一番风味。强华第一个下了马，对她们深施一礼，温文尔雅地道："两位大姐，小生有礼了。"

那两名女子嘻嘻一笑嘲讽道："还是个读书人呢，咋像妇人一般乱嚼舌头。"

强华愈加有礼，正容道："小生是长安城里的太学生，刚才所言是出于仰慕罗敷小姐的肺腑之言，请两位大姐不要生气。"

邓禹也笑着帮他解释道："不错，我的这位学兄对罗敷小姐早生仰慕之心，请两位大姐帮他与罗敷小姐引见，我等感激不尽。"

两名女子突然哈哈大笑起来，好半天一个女子才道："就凭你们几个太学生，也想向罗敷求亲？去年这个时候，有个朝廷使臣路过这儿，听说罗敷美貌，也想求亲。"

强华颇有些紧张，忙问道："结果怎么样呢？"

那女子既不答也不语，却突然唱道："使君从南来，五马立踟蹰。使君遣吏往，问是谁家姝？"

另一女子对唱道："秦氏有好女，自名为罗敷。"

两女子一唱一和，对唱起来。

"罗敷年几何？"

"二十尚不足，十五颇有余。"

"使君谢罗敷：宁可共载不？"

"罗敷前置辞：使君一何愚？使君自有妇，罗敷自有夫！"

"东方千余骑，夫婿居上头。

何用识夫婿？白马从骊驹；

青丝系马尾，黄金络马头；

腰中鹿卢剑，可值千万余。

十五府小吏，二十朝大夫，

三十侍中郎，四十专城居。

为人洁白皙，鬑鬑颇有须。

盈盈公府步，冉冉府中趋。

座中数千人，皆言夫婿殊。"

一曲歌罢，严光、刘秀、邓禹齐声拍手叫好。强华却有些沮丧，仰脸问道："如此说来，罗敷小姐已是名花有主了？"

两女子听了，又是嘻嘻一笑。一女子用手一指，笑骂道："真是个呆头鹅，那是罗敷姐姐故意吓唬使君的。"

强华转忧为喜，慌忙道："两位大姐，可否把小生引荐给罗敷小姐。"

"对不住，太学生。民女也是只听说罗敷名儿，从来没见过。你要想见她，去罗敷的家里吧。"

强华正想问个明白，忽听桑林中传出一个破锣似的声音骂道："干什么，干什么，不好好干活，看老娘回去怎么整治你们！"

两名女子脸色刷白，立刻消失在绿叶丛中。这时，从桑树林中走出一个矮胖妇人，一脸的嘟囔肉，手里拿着一根藤条。强华一看就知道刚才的骂声肯定出自这妇人之口，便有些恼怒道："老妈妈何必对女儿们这么凶呢？"

那妇人走到四人近前，斜着眼睛，冷笑道："女儿？她们是奴婢，全都是我们老爷的奴婢。老娘不过是看着她们为主子干活，也没把她们怎么样。哎，你们是什么人？来这儿干什么？"

严光忙施礼道："我们是城里的太学生，来此郊游的。"

"太学生！"妇人说话的口气客气多了，却又摇头道，"太学生不错，出去大小也能做个官。可是做官又怎样，还不如人家一个做奴才的。"

刘秀听了，心中疑惑不解，天下还有羡慕做奴才，而不羡慕做官的，于是忙问道："此话怎讲？"

妇人看来是个饶舌的主儿，一听他们感兴趣，便滔滔不绝地说道："你们这些太学生，就算出去做个县令小吏又有啥意思。瞧我们老爷，虽说是做奴才的，可那是太师爷跟前的红人，哪个当官的想找太师办点事儿，不得先从他手下过。那实惠给个太守也不换。如今，这方圆几百里全是我们老爷的田产，谁不知道冯八女的名头。"

"冯八女？"邓禹觉得好笑，"怎么像个女人的名字？"

"那是因为太老夫人生老爷之前，连着生了七个女儿，太老爷盘算着这第八个恐怕也多半是个女儿，谁知生下来竟是个男的。太老爷欣喜万分就取了这么个名字——冯八女。"

强华对这些不感兴趣，趁着妇人高兴，忙问道："老妈妈可否告知秦罗敷家居何处？"

"你是说秦家吗，哎哟，可别再提起秦家！"

四人都是一惊，强华惊奇地问道："秦家怎么啦？"

老妇人突然脸色一怔，改口道："对不住，老娘啥也不知道。告诉你们，这儿可是冯老爷的地盘儿，可别管闲事儿。我看你们也别游什么春了，一不小心，脑袋搬家还不知道咋回事，趁早回城去吧！"说完，也不管他们，自顾进桑林里去了。

几句话说得几个人心里像装个闷葫芦。强华皱眉道："莫非罗敷姑娘家里出事了？"

邓禹取笑道："多情公子，你还没跟罗敷见过面呢，一曲山歌就把你迷到这种地步了。"

严光却有点愤懑地道："一个奴才，居然占有这么多田地，怪不得天下百姓穷得再无立锥之地，王莽的王田令不过一纸空文而已。"

刘秀赶紧提醒道："严兄，说话小心点。你没听那妇人刚说过的话，弄不好，真能把咱们脑袋丢掉了。"

严光却一转马头，懊恼地道："不是严某怕掉脑袋，实在是没有了兴致，还是回城算了。"

刘秀忙一拨马头，拦在回路，劝慰道："严兄，何必想那么多呢！大老远地跑来，不尽兴而归，岂不遗憾！"

邓禹、强华也游兴正浓，忙一起拦在马前劝解一番。严光不忍扫了大家的兴，只好转过马头。强华、邓禹上马，四人四骑顺桑林边小道缓步而行。

放眼远眺，光这片桑林也有十多里长。一路边走边看，走了小半个时辰，才到桑林尽头。桑林尽处，是一片长约数十里的庄院，虽然离庄园还有几里地远，却能清楚地看到绿树掩映下参差的长廊列舍，高高挺立的坞壁，场院门口停放的车辆，庄头老树下，有几个持矛的护院来回走动。

四人一看，不用问便知这是豪族人家的庄院，自然是那冯八女的。

刘秀、严光扫视着四周，正考虑着往哪边走，强华突然叫道："诸兄，请稍等片刻，小弟方便一下。"说着，已跳下马来，朝桑树林里奔去。

刘秀、严光一看，除了这片桑林，四周全是高不及膝的庄稼，再无方便之地，便同邓禹一齐下马，也往树林奔去。刚到桑林边，忽听强华的声音惊叫道："严兄、刘兄，快来呀！"

三个一听，吓了一跳，不知道发生了什么事，慌忙往里跑，走不到几步，就看见一颗老桑树的枝杈下吊着一个女子，强华正手忙脚乱地去解女子脖子上的绳子。

原来是有人上吊寻短见，严光毕竟年长一岁，忙跑到跟前，将女子抱住，一边叫道："强贤弟，割断绳子！"

强华这才想起自己还带着刀呢，名为防身，却从未用过，情急之下竟给忘了，忙去抽刀，那绳子却突然断了。仔细一看，却是刘秀一步赶到，挥刀割断了绳子。

严光抱着女子，找了块平坦之地，轻轻放下，刘秀忙把女子脖子上的绳套取下，用手一摸鼻息，还热乎着呢，忙惊喜地道："还有救呢！"

可是，怎么救？四个人都只读过书，哪里救过人？一时不知所措，可是救人心切，不管三七二十一，又是掐人中，又是揉后背，一阵乱忙活。

也许是这女子命不该绝，也许是这一阵折腾起了点作用，一顿饭的工夫，那女子喉咙里发出"咕噜"的声响，不一会儿，竟睁开了眼睛。严光忙扶她坐起，轻声呼唤道："姑娘！"

女子一睁开眼睛，便显出惊恐之色，可是当她把四个人打量一遍后，惊恐之色不见，双目之中竟滴落两颗晶莹的泪珠。

女子总算活过来了，四人高兴万分，这才注意到她竟是个绝色女子，瓜子脸，一字眉，大眼睛，一口细牙，看她穿戴，绿衣红裙，不算华贵，却也整洁簇新，不像是贫家女子。

女子终于能说话了，第一句话便让严光等人难过至极。女子埋怨道："你们为何要救小女子，让小女子多活一天又有何益？"

严光忙问道："姑娘正值豆蔻年华，为何弃世轻生，可否告知，也许在下能帮你一帮。"

女子艰难地坐起身，她现在已经清醒了，发现自己被四个陌生男子关注着，顿时羞愧不安，半晌才道："不是小女子不愿意告诉恩公，实在是恩公帮不了小女子。所以还是请恩公们走吧，不用管小女子。"说着，已是泪如雨下。

四人面面相觑，人家不肯说，他们也不好再问。可是，如果就这样走了，瞧这姑娘悲痛欲绝的样子，非得第二次寻死不可，真要是这样还不如不救呢。

刘秀寻思半天，终于有了主意，于是，非常郑重地对女子道："姑娘，我等都是京师来的太学生，平日读圣贤书，晓圣人义。今日郊游，偶遇姑娘寻短，怎可见死不救。如果姑娘执意寻死，我等也无可奈何，可是请姑娘不要陷我等于不义。"

女子大惑不解，止泪问道："小女子又没做什么，怎会陷恩公于不义呢？"

"姑娘请想，我等若是见死不救，便是不义之人。"

"恩公救了小女子，怎说是不义呢？"

"可是姑娘被救后却还心存寻死之心，而且明白地告诉了我等。我等明知姑娘还会再次寻死，若是就这样弃姑娘而去，岂不是不义之徒吗？"

女子急得捶地泣道："恩公说的是，这叫小女子如何是好？"

严光已明了刘秀的用意，忙劝慰道："姑娘死且不惧，又有何事不能说出来的，说吧，因何寻死。我等能帮则帮，不能帮则走人，不会再过问姑娘死活。"

女子无奈，只得悲叹道："小女子是离此五十里地的秦家湾人，姓秦名罗敷。"

女子一语既出，惊得四个男子你看看我，我看看你。强华打断女子的话，惊叹道："姑娘就是名满长安内外的罗敷姑娘？"

女子对他们的惊讶之色并不觉得奇怪，反而哀怨地说道："小女子的名声是人家给吹捧出来的。而小女子本人却被这名声所害，若小女子是寻常人家的女儿，我秦家又怎会遭此厄运呢？"

刘秀插言道："姑娘的确貌美如花，并非人们有意吹捧，可是貌美便可寻个好夫婿、好人家，怎说不是好事呢？"

"唉，自古红颜多薄命，小女子便是例证。我秦家原本也有些田产、家业，算得上小康人家。可是，自从小女子长大之后，我秦家便没有了安宁的日子。先是一些慕名而来的富家子弟争相登门求亲，小女子最看不上的就是这种纨绔子弟。后来则是本地赫赫有名的豪族冯八女登门求亲，要纳小女子为妾。小女子执意不从，冯八女便使出奸计，假意宴请我爹，却用蒙汗药将我爹麻

倒，之后，在早已准备好的田契上强行按上爹的指印，我秦家田产就这样落入
恶棍之手。我爹我娘气得双双一命归阴，哥哥一气之下，去冯家论理，却是一
去无回。小女子忧心如焚，无奈只好去冯家找哥哥，不料，冯家又拿出一份卖
身契约，说我哥哥和小女子都成了冯家奴婢。小女子一个好端端的家就这样家
破人亡。"

　　姑娘如泣如诉，说得四个男子也泪洒衣襟。严光眼含怒火，沉默不语；刘
秀、邓禹以拳击石，咬牙唾骂；强华最是难过，却埋怨道："冯家是虎狼窝，姑
娘既已逃出，为何不远走高飞，却要在此寻死。"

　　罗敷摇头叹道："小女子如果能逃脱，当然不愿在此寻死，冯家根本不用
关押，小女子也逃不出。因为这方圆几百里全是冯家霸占的田地，我秦家就是
最后被霸占去的人家。到处都有冯八女的护院庄兵。小女子明知逃脱无指望，
才来到这片桑林里，想那冯八女早对小女子心存歹念，只因不在家，小女子才
得以保全冰清玉洁之躯，如果那恶贼回来，恐怕再也难逃其辱，想想后怕，不
如一死了之。"

　　强华顿足叹道："姑娘差矣，有一线生机，又何必寻死？再说，你爹娘难道
就白死了吗，你哥哥又怎么办？依小生之见，还是随我们逃生去吧，日后再想办
法报仇。"

　　"不，小女子不但逃不出来，反倒害了恩公性命。"

　　严光、邓禹见罗敷身处此境，还为他们着想，心生感动，慨然应道："姑娘
放心，我们就是丢了性命也要救姑娘出去。"

　　刘秀却笑道："有刘秀在，何必要诸位同窗拿性命一搏，罗敷姑娘请放心，
我们一定能平安逃脱的。"

　　严光、邓禹、强华知道他会武功，更加放心，正要再劝说罗敷，忽听林子外
面有人说话："喂，这是谁的马？"

　　"总共四匹呢，人到哪儿去了？"

　　"可能躲树林里去了，恐怕不是好人，小心点。"

　　"喂，里面有人吗，快出来。"

　　罗敷吓得变了脸色，颤声道："不好了，被他们发现了。"

　　刘秀对严光三人一使眼色，低声安慰道："姑娘别怕，有我们呢，请姑娘待
在这儿别出声。"说完，又故意大声斥说道："喊什么，正方便呢。"

　　又等了一会儿，四个人才大摇大摆地走出桑林，一看，果然是两个手持长矛
的庄兵。那两个庄兵一看是四个读书人，放心了，但还是盘问道："你们是干什
么的？"

　　刘秀故意爱理不理地怪道："京师来的太学生，踏青春游，不可以吗？"

一听说是太学生，两个庄兵客气多了，恭敬地道："小人是奉命巡逻。这一带全是冯老爷的田地，几位小心点，别闹事。对不住，打扰了。"说完，扛着长矛走了。

待两个庄兵走远，强华忙去林中拉了罗敷出来。刘秀上前要扶姑娘上马，罗敷还在犹豫："不行，小女子不能害了诸位恩公。"

刘秀急道："快别说了，晚了就来不及了。"

"可是，哥哥呢？"

强华急道："以后再说吧，快走。"不由分说，硬是把罗敷拉到自己马上。刘秀忙脱下外罩长衫扔给姑娘，吩咐道："快，穿上！"

四人慌忙上马，拨转马头往长安方向跑，因为往东、西、南全是冯八女的田地。还没跑出一里地远，忽然前面跑过来十几匹马来，马上全是提刀背箭的庄兵。

罗敷一见，惊吓道："不好，他们准是来找小女子的。恩公，快让小女子下来，你们不会有麻烦的。"

强华紧紧拉住她，咬牙道："不行，说什么也不能让姑娘再落入狼窝。严兄、刘兄，怎么办？"

严光忙道："趁他们还没有发现，咱们绕着他们走，快！"

四匹马转头向东，急驰而去。可是，从他们身后的左侧却传来了叫喊声："站住，干什么的？"

可能是他们这么一跑，反倒引起了人家的怀疑。后面的十几骑一阵叫喊之后，便追了过来。五个人更是拼命奔跑，还没跑出二里地远，忽听左右的庄子里锣声响起。

转脸一看，两边又冲出十几骑庄兵。严光、邓禹、强华都有些害怕了，这哪里是田庄，简直就是一座布置好的人阵，一有警报，庄兵四出，照这样看来，几个人准跑不出。罗敷的担心一点儿也不过分。

刘秀艺高人胆大，比他们几个镇静得多，一看三面的庄兵全出动了，只有前面可能还没有接到警报，不见动静，忙叫道："你们只管往前奔，不要管后面。"说着举起马鞭，瞄准落在后面的强华的马屁股上就是两鞭。

那马驮着两个人自然跑得慢，被这两鞭抽得发起疯来，没命地往前奔，强华吓得紧紧抱住罗敷伏在马背上。

刘秀却勒住马缰，跳下马来，把旁边一棵小腿粗的松树砍断，削去枝叶，拿在手中，重新跳上马。后面的庄兵越追越近，来到跟前，把刘秀团团围住。

一个教师爷模样的人用马鞭一指，骂道："小子，胆敢拐走老爷的心肝宝贝，活得不耐烦了，给我上。"

众庄兵一看是个读书人，根本没当回事，也不托刀，赤手空拳就往上扑。刘秀冷笑一声叫道："全给我下来吧！"

话音未落，手中的树棍突然飞舞起来，那帮庄兵真听话，"扑通""扑通"全跌下马来。教师爷一看是个硬茬子，挥刀跃马就要上来。

刘秀的树棍已冲他扫来，吓得他一抖马缰。马往后退，人躲过去，可是马没躲过去。那树棍正打在马头上，那匹马扑通一声，栽倒在地，教师爷被摔出多远。刘秀也不愿弄出人命，一拨马头，去追严光、罗敷等人去了。

冯八女的田地方圆几百里，几乎每一个田庄都有庄兵看护，一有警报，四周的田庄全知道，纵使严光、邓禹四人跑了半天，还是甩不掉追赶的庄兵。

刘秀殿后，又抵挡了几阵，也有些累了，照这样下去，根本无法甩掉追兵，更别说救罗敷出去了。

他心里着急，边跑边四下张望，忽然看见前面不远处有一队人马正从南面奔驰而来。

"前面是官道。"刘秀高兴，只要上了官道避开周围的田庄，他们就追不上。想到这儿，立刻对跑在最前面的严光喊道："严兄，快上官道！"

严光也发现了官道，听到刘秀的喊声，立刻一转马头，往官道奔去。后面的庄兵也往这边追过来。刘秀一看严光三匹马上了官道，不是往北奔，反往南奔。

刘秀心里咯噔一下子，前方是一队官兵，万一是冯八女的故旧，他们能不拦截吗？但是现在再喊也晚了，后面的庄兵全追上来了，只有硬着头皮碰运气了。

还真让刘秀给猜着了，官道上的这支人马正是新朝太师王舜。他刚从齐郡巡视回来，总管冯八女、宗卿师李守一左一右跟随在太师的马车后面，少年将军严尤手拿方天戟，端坐在高头大马上，巡视着周围，威风凛凛。

因为距离远，刘秀他们看不清龙、凤、日、月四面新皇室旗号，等到一看清是新朝太师的仪仗，想躲也来不及了。

冯八女早就看见他们几个了，因为官道两边全是他的田产，庄兵们拼命追赶，他能不留意吗？所以，一看刘秀他们四匹马冲上官道奔这边来了，冯八女赶紧一提马缰，赶上少年将军严尤身旁，用手往前一指道："严将军，前面几个非匪即盗，千万不能让他们跑了。"

严尤也看见几匹马急驰而来，早有戒备之心，便笑道："总管放心，区区几个毛贼，严某还能对付。"说完，两腿一夹，战马迎着刘秀等人冲上前去。

严光、刘秀等人一看见是新朝皇室的仪仗，不敢莽撞，放慢了速度缓缓前行，后面的庄兵也追上来了。

刘秀只好断后，用手中树棍左右扫荡，庄兵们见识过他的武艺，也不敢愣往前闯只是紧紧追逼。就这样，两方僵持着离王舜的队伍越来越近。

严尤冲到严光等人跟前一看，愣住了。这几个全是书生装扮，一身的文弱之气，怎么会是贼人呢？难道他们故意装扮成这样？

少年将军疑惑不解，没摸兵器，高声喝道："何方贼人，胆敢冲撞太师，快些下马受缚。"

严光、邓禹、强华一看这是正儿八经的新朝羽林军，赶紧翻身下马，跪地施礼道："回禀将军，我等不是贼人，是京城太学生。"

严尤又是一愣，口气不再严厉，和气地问道："既是太学生，怎会被人家追赶？"

"回大人，我等本是去郊外踏青春游，不想遇着被人霸去田产的弱女子自缢寻死，我等为救这女子才被庄兵追赶。"

这时，骑在强华马上的罗敷慌忙下了马，伏地泣道："大人，这几位相公说的句句是实，民女就是那苦命的弱女子。"

严尤一听，大怒，对围住刘秀跃跃欲试的庄兵喝道："大胆的奴才，见了太师仪仗还不下跪，要造反吗？"

庄兵哪敢顶撞，一个个慌忙扔了兵器，跪满了官道。刘秀也扔了树棍，来到严光身边跪下。

这时，冯八女突然来到跟前，一眼就认出乔装的罗敷姑娘，三角眼一瞪，要多可怕有多可怕，用手一指，骂道："不知羞耻的奴婢，竟敢勾引四个男子，图谋不轨，看老爷能不能剥你的皮！"

罗敷一看，正是仇人冯八女，霎时千仇万恨涌上了心头，指着骂道："冯八女，你这条恶狼。"

她话没说完，人就气晕过去，慌得强华一阵大呼小叫。严尤糊涂了，问道："冯总管，这是怎么回事？"

冯八女一副愤怒的样子，道："将军有所不知，这女子是我老奴府中奴婢，被这四名男子拐带出来，那些庄兵也是老奴府上的。请将军速将这四名男子拿下，送交官府治罪，至于这个奴婢，就让老奴带回府中处治吧！"

严尤还是半信半疑，正在迟疑不决，跟前跪着的严光突然站起来，一指冯八女，凛然道："我等皆是堂堂正正的太学生，岂是鸡鸣狗盗之徒？你一个太师府上的奴才，竟敢血口喷人，难道不怕王法吗？"

冯八女万万没有想到有人竟敢当面指斥他这个威赫朝野的太师总管，他一时竟气得说不出话来。

这时，刘秀也愤然站起，怒斥道："新朝立国就颁布王田令，严禁豪强兼占田地，逼民为奴。你一个奴才，广占田产，方圆数百里，还逼死人命、逼民为奴。该当何罪？"

"罪当灭族！"邓禹也站了起来，气愤地道，"似你这种奴才，敢在新朝初上之际，违法犯制，就是目无新朝，目无新皇，目无太师。太师一生清誉就是被你这种奴才给毁了。"他绝顶聪明，故意大声喊叫，想让后边轿车中的王舜听见。

此时，罗敷姑娘已悠悠转醒，在强华的搀扶下站起身来，手指冯八女，控诉自己满腔的仇恨。

冯八女暴跳如雷，眼看着这四男一女的演说对自己越来越不利，严尤却没有动手的意思。他把马鞭一挥，号叫道："小子们，给我把这五个狗男女剁成肉酱！"

那伙庄兵平日受冯八女好处甚多，闻听主子发话，全爬了起来，抓起兵器就要扑上来。严尤虽然明知冯八女做了恶事，但慑于他的权势也不便阻拦，眼见着刘秀五人要吃亏，忽然，身后传来一个威严的声音："慢着！"

庄兵一听，全愣住了，不敢轻易动手。刘秀等人也大惑不解。

严尤回头一看，却是不知何时太师王舜和宗卿师李守，来到队前。他慌忙跪拜施礼，却不知怎么说才好。冯八女一看太师亲自来了，慌忙上前搀扶，赔笑道："太师爷，您怎么下车了？这儿的事奴才不是给您禀明了吗，就让奴才给您办了得了。"

王舜面容憔悴，一副旅途疲劳的样子，沙哑着嗓子，问道："你打算怎么处置他们？"

"回太师，这几个人胆敢冲撞太师，死罪无疑，老奴不想把他们带回京师让太师爷心烦，就在这儿砍了算了。"

王舜一皱眉，叹息道："这样不好吧，既然犯了法，就应该交给有关衙署按律处置，私自杀人难以服众。我新朝若想威服天下，必得法正严明。"

严光站在最前面，隐约听见了王舜说的话，突然冷笑一声，大声道："太师也侈谈法正严明，恶奴犯法，就在身旁，却不究治，莫不是天下的笑话？"

王舜听得清清楚楚，面露怒容，问冯八女道："老夫问你，你到底做没做过犯王法的事？从实招来，要是等老夫查问出来，可别怪老夫不念多年主仆之情。"

"哎，太师爷，这……"冯八女这一下真的慌了，有心不说实话吧，跟前这四男一女恨不能咬他两口才解气，太师一问就问出来了。

不如他自己说出来，就凭这么多年主子宠爱自己，也许不会怎样处置自己，于是点头哈腰说道："回太师爷，奴才的这点事儿不算啥，就是用多年的积蓄置了些田产。当然，奴才也知道新朝初立，颁布过王田令，不准兼占、买卖土地。可是太师爷您也看着呢，有钱的人家谁不拼命置田产，也没见朝廷惩治过哪一个。王田令不过是一纸空文，奴才也是顺大流罢了。太师要治奴才这条罪，奴才无话可说，请太师爷降罪吧！"

王舜低头不语，冯八女说的这个罪他真没法治。新朝颁布王田令近两年了，可是，那些朝中显贵、地方豪强照样兼占土地，倒霉的是那些田少的百姓，当地的官吏往往把他们当成执行王田令的对象，逼得多少人家家破人亡，妻离子散。

他这次巡视齐郡，当地百姓对新朝怨恨极深，有人举报临淄城内汉室宗族徐乡侯刘快蓄谋反叛，太师恐怕在临淄城也待不住。

王舜又惊又恐，慌忙调集当地驻军，准备镇压突然发生的叛乱。可是就在这节骨眼上，皇帝王莽却一纸诏书急召太师还京，王舜只好仓促交代让当地官员做好防御准备，急忙回京了。

前面的严光、刘秀等人听听没动静，便知不妙，这位太师不治家奴的罪，他们准倒霉，总不能坐以待毙，正思量如何化险为夷。忽然见罗敷姑娘推开强华，直往王舜跟前冲去，口中哭喊道："太师，民女冤枉！"

严尤怕她伤着太师，慌忙跳下马来，挡在前面。冯八女一见，脸上阴险地一笑，忽然一伸手，抽出一名羽林军身上的佩刀，冲罗敷走来，一边说道："太师爷，这是奴才家里忘恩负主的奴婢，老奴今天杀了她，省得给奴才丢人现眼。"

冯八女话音刚落，忽听身后有人不慌不忙地道："冯总管，急什么？"

冯八女不敢莽撞，只好止住脚步，回头一看，却是太师身边的宗卿师李守。李守语气柔和地说道："冯总管，这女子既然向太师鸣冤，总得让太师问问清楚，再杀也不迟。严将军，让那女子近前说话。"

冯八女真有些害怕了，他跟随王舜多年，对这位太师爷太了解了。王舜年过半百，虽然位极爵显，却每日为国事担忧，准确地说，是为他们王氏家族的命运担忧，从来没过一天安心的日子。

新朝初建，皇帝王莽要实现年轻时的抱负，一边仿效古人井田制度，推行王田令；一边又标新立异，改置官爵，改币制，改地名。很多政策都不切实际，弄得天怒人怨，新朝声名狼藉。

只有太师王舜实实在在地做了几件有益于新朝的事，也实实在在地杀了几个违反王田令、兼占土地的官员。现在，太师正为临淄刘快造反的事忧心，一旦罗敷说出实情，难保太师盛怒之下不会杀他。

严尤让开，罗敷老远就"扑通"跪倒，哭诉道："民女有冤，求太师为民女做主啊！"

王舜面沉似水、眉头紧锁，和气地说道："姑娘，只管实话实说，老夫一定为你做主。"

"谢太师。"罗敷跪爬到王舜跟前，一字一泪将自家被毁的经过说了一遍。

王舜大怒，质问道："冯总管，这女子所说可是事实，从实招来！"

冯八女吓得"扑通"跪倒，连连磕头，道："奴才知罪，奴才该死，求老爷从轻发落。"

"这么说，姑娘的话全是事实。来人，把这个该死的奴才砍了，扔到沟里去。"

"遵命！"两名羽林军走上前来，架起冯八女。

冯八女大叫："太师爷，奴才愿退还田产，只求活命。"

"那秦家二老之命白白丢了吗？"

"秦家二老是气死的，奴才罪不至死啊！"

王舜有些不忍心了。冯八女跟随他多年，一直忠心耿耿，从无二心，还曾经救过自己命，只要他退还占去的田产，何必非取他性命呢？自己不是也杀过几个兼占土地的官员吗？可是又有什么用。兼占土地之风照样愈刮愈猛，王田令不过是一纸空文。他王舜就这么点儿能耐，能挽救风雨飘摇的新朝吗？王舜早已失却了信心，消极、灰暗充满了心间。

身边的李守看出太师的为难之处，适时地给王舜找台阶下，便道："太师爷，依下官之见，冯总管也确实罪不至死。不如令其退还田产，释放奴婢，放逐回乡算了。"

王舜有气无力地一挥手道："就依着李宗师吧！"

羽林军一听，忙把冯八女放下。冯八女感激涕零，伏地谢恩："老奴谢太师不杀之恩！"

王舜难过地说道："你下去吧！老夫不想再看到你。"

"是，是，奴才一定遵从太师之命，退还田产，释放奴婢。"冯八女慌忙退下，领着一伙庄兵走了。

罗敷一看冯八女就这样走了，哪里甘心，又要向王舜质问。李守赶紧给她使眼色，上前拉起她直接走到严光等人跟前。严光等人也正在气愤，一见他走来，严光第一个质问道："请问大人，太师明知家奴犯法，为何还放恶奴远去？"

李守忙道："你们只读圣贤书，哪里知道为官仕宦的难处。如今太师已将冯总管逐出太师府，还令他退还兼占的土地，释放奴婢。这样的结果你们也该满足了。"

罗敷惊喜地道："是不是我秦家的田产也可退还，小女子也可与哥哥团聚了？"

"那是当然！"

严光、刘秀等人也无话可说了。新朝太师能做到这一步，的确是难得了。不然，他们几个人的命运，还不知怎样呢！

　　这时，少年将军严尤走过来，客气地道："几位太学生，太师请你们近前叙话。"

　　严光等人一怔，李守坦然一笑，道："怎么，太师请不动几位大驾？"

　　严光忙施礼道："学生岂敢。"

　　四人一起来到王舜跟前跪地施礼："学生叩见老太师！"

　　王舜逐一打量着四个，面露慈祥的笑容，客气地问道："四位都是太学生，抑强救弱，君子之风，老夫钦佩之至。敢问四位尊姓大名？"

　　严光四人，谁也没想到新朝太师说话如此谦恭，顿觉不安，严光忙道："太师褒誉，学生愧不敢当。学生会稽余姚人，严光严子陵。"

　　刘秀三人也依次答道："南阳春陵人刘秀刘文叔！""长安林风人强华字少仪！""南阳新野人邓禹字仲华！"

　　王舜微微点头，沉思了一会儿，才说道："几位既是太学生，将来是要出来做官的。老夫想问几位一句话，希望几位要用真心话回答老夫，不管几位怎么回答，老夫绝不会怪罪。"

　　四个人一听，全弄糊涂了，王舜要问什么何必这么认真。严光恭敬地道："太师尽管问吧，学生绝不欺蒙太师。"刘秀三人也纷纷表示要真心回答太师的问话。

　　王舜微微点头说道："老夫想问的是几位是否愿意为我新朝效力？"

　　四个都大吃一惊，想不到王舜问得这么直率。该怎么回答呢？王莽篡汉之后，很多政策不切实际，搅得天下乱成一团。有些钱币政策简直就是赤裸裸的掠夺，老百姓深受其苦，官吏豪绅也对王莽不满，使得曾经颇得人望的王莽顿失人心。人们开始思念、同情被篡夺正统皇位的刘汉天下，唾骂王莽窃位建立的新朝。这样的朝廷能让他们四个人真心拥戴，为之效力吗？

　　严光毕竟年岁稍长，略一沉思便答道："回太师，学生愿为天下效力，为百姓造福。"

　　他耍了个心眼，以"天下"取代"新朝"既避免刺激新朝太师，又表明自己的志向，算是个两全的答复。刘秀、邓禹、强华绝顶聪明自然明白严光的言外之意，也跟着齐声答道："学生也愿为天下效力，为百姓造福。"

　　王舜一听，脸色一黯，他不过是借此机会测试一下新朝在读书人心中的分量，严光以"天下"取代"新朝"的用意他岂能不明白。他心里一阵难过，却还强打精神道："四位请便吧！至于那位罗敷姑娘，老夫自会派人送她回家与兄长团聚。"

　　"谢太师！"严光四人都为能逃脱这次灾难而庆幸，真心实意地给王舜磕头谢恩。

　　王舜的心情却低落到了极点，朝身边的李守吩咐道："李宗师，罗敷姑娘的事就交由你办理，老夫要先回京师了。"说完，由两名奴仆搀扶着走向后面的马车。

　　罗敷姑娘悲喜交集，先拜谢了太师王舜，又来给严光四人一一施礼，表达感激之情。当来到强华跟前时，强华抑制不住内心的仰慕之情，竟一把抓住姑娘的纤纤玉手，结结巴巴地道："得遇姑娘，真……真是小生今生之幸。只是今日一别，不知何时再有缘与姑娘相会？"

　　罗敷俏脸儿一红，低下头来，真诚地道："小女子就住在秦家湾，只要恩公高兴，不管何时驾临寒舍，小女子一定热情款待。就怕恩公不肯屈尊。"

　　强华恨不得现在就跟着姑娘一起去，可是他怕严光三个人取笑，况且，自己刚刚帮助过人家，就这么猴急地往人家家里去，难免有图人报答之嫌，不是君子所为，只得笑道："谢姑娘美意，小生回京师还有事，实在没有时间登门造访！"

　　哪知，他话音刚落，却听邓禹笑道："强兄放心跟罗敷姑娘去吧！京师里的事有我们三个帮你办呢，严兄、刘兄，咱们先走一步吧！"说话的工夫，三人已上了马。

　　强华慌忙丢开罗敷的玉手，一边上马，一边叫道："三位学友，等一等！"

　　回到长安太学学宫，天色渐晚，四人虽然又累又乏，但这一天的不寻常经历在每个人的心头攒动着。是的，像今天这种郊游的收获是在那些圣贤之书中永远学不到的。刘秀自从被王吉羞辱之后，已不满足于书中所学，而注重于对现实社会的观察与思考。四人同处一舍，亲如兄弟，免不了对一天的经历发表各自的见解和看法，当然也免不了又要发生点小小的争执。

　　正当强华和邓禹争红了脸的时候，太学舍丞走进门来，恭敬地问道："哪位是刘秀刘公子？"

　　刘秀忙起身道："学生便是。"

　　"啊，刘公子，有一位官爷来找您，就在门外，请刘公子出门相见。"

　　"官爷？"刘秀一愣，自己在京城没有当官的朋友。邓禹、强华见他发愣，忙一齐道："刘兄，发什么呆，出去一看便知，我们陪你一起去。"

　　刘秀点头，四个人走出门来，一看院子当中果然站着一个土官打扮的人，奇怪的是那人的背后，放着一乘绿色轿子，四个轿夫分侍周围。

　　刘秀一看，那名王官是个佩刀的武官，也不够乘轿的级别，那么这顶轿是为谁准备的呢？正当他疑惑不解的时候，那个王官满面带笑迎上前来，谦恭地问道："请问，哪位是南阳春陵刘公子？"

　　刘秀只得答道："在下便是，不知官爷有何公干？"

王官忙拱手道："刘公子折杀小人了。小人张千，奉老爷之命特请公子过府赴宴。请公子上轿吧！"

张千此语一出，严光、邓禹、强华全惊呆了，弄不清楚到底是哪家老爷请刘秀赴宴居然还用轿子来接。刘秀也是如在云里雾中，不弄明白是怎么回事，他怎么敢随随便便就去了呢，于是迟疑着问道："请问，你家老爷到底是谁？因何请在下赴宴？"

张千忙笑道："说起我们家老爷，刘公子今儿个还见过呢。就是陪侍在太师身边的宗卿师李守李大人。我们老爷跟刘公子是同乡人，所以让小人过来请公子去叙叙旧。"

刘秀一听李守这个名字，心里"咯噔"一下，有些明白了。早就听舅父樊宏说过，宛城有个叫李守的人，擅长谶纬之术，入长安做了安汉公王莽的宗卿师，不想会在今天相遇而不相识。

当年刘缜为了给父亲治病，一怒之下杀了他的襟亲申徒臣，他的儿子李通、李轶还去刘府寻过仇。后来在舅父樊宏的全力周旋下，才不了了之，李守今天突然盛请究竟是何用意。

刘秀实在琢磨不出，便婉言推辞道："李大人盛情，在下心领就是。只是在下与李大人素昧平生，实在不好意思打扰。"

张千一听，急道："刘公子，那哪成？老爷吩咐过小人，无论如何，一定把您请去。您不去，老爷一动怒小人吃罪不起，请公子体谅小人的难处，随小人走一趟吧！"

刘秀一听，更是忐忑不安。但是人家一片盛情，冠冕堂皇，自己实在没有拒绝的理由，是龙潭还是虎穴，自己只有闯一闯了。想到此他只得一咬牙道："好吧！在下随你一道去就是。"

张千一听，他终于答应了，高兴得一蹦老高施礼道："多谢刘公子！"

邓禹、强华都为刘秀感觉高兴。只有细心的严光看出刘秀迟疑之间，好像有什么顾虑，见刘秀举步要走，忙拦住低声道："刘兄，这位李大人是怎样的人，是否愚兄陪你一起去？"

刘秀真是感动不已，内心真希望严光陪他一起去，但转念一想，万一那李守不怀好意，施展什么奸计，岂不是连他也一起完了，因此故作轻松一笑道："严兄放心，小弟与邑人叙叙旧而已，不劳严兄作陪，再说，人家只请小弟去，严兄一起去，也有失礼仪。"

严光没办法，只好眼看他上了绿色小轿。张千前面引路，四名轿夫抬着，呼扇地往大门外走去。

邓禹、强华拍手笑道："刘兄乘轿子了，日后必能封侯拜相。"

刘秀长这么大还是第一次坐轿，平日骑马颠簸惯了，坐上轿子，反而不舒服。当然，最主要还在于他对那个李守心存芥蒂，防范的弦绷得紧紧的。透过轿帘，他仔细地打量着走过的路，默默记在心里，猜测着该到什么地方了。

走了大半天，才来到一处小巧的宅院前，但轿子并没有停下，而是直接进了大门，到了院内才落轿，张千慌忙上前撩起轿帘，躬身道："刘公子，请下轿吧！老爷正等着您呢！"

刘秀弯腰走出，一抬头就看见正厅台阶前站着一个身穿便服的人，正是王舜身边的新朝官员，他就是李守无疑了。刘秀忙趋步上前，欲行跪拜之礼。李守却疾步迎上前来，双手扶住道："刘公子，此乃下官私宅，不必行此大礼。"

刘秀只得深施一礼道："大人如此礼遇，刘秀白衣，如何担待得起。"

李守显得很随意，笑道："公子是南阳春陵汉室后裔，下官是宛城人，老乡见老乡，两眼泪汪汪。下官诚心相邀，只为叙叙同邑之情，何必要讲卑尊之分？"

刘秀却在心里冷笑：礼出常理，必有所谋。你不明说，我偏要说明，看你如何反应。便道："李大人，当年贱兄怒杀申徒臣，伤了大人襟亲，刘某甚觉不安。今日先替贱兄给大人赔罪了。"说完，又要跪拜施礼。

李守拦住他哈哈一笑道："时过境迁，刘公子还提那些陈芝麻烂谷子干什么。请！"

刘秀心中稍安，跟着李守走进客厅。里面已预备一桌丰盛的酒席，旁边除了两个侍仆之外，再无别的客人。两人落座，李守含笑道："刘公子，今日就你我两人，尽可叙叙咱们南阳逸闻趣事、风土人情。"

刘秀绷紧的神经开始放松，拱手道："南阳之地，人杰地灵，物华天宝，刘某生于此地，颇为荣幸。"

"说得好，下官也有同感。刘公子，来，为咱们都是南阳人干一杯。"

说起南阳，两人自然有更多的共同语言，于是逸闻掌故、山水民风，无所不谈，没多大工夫，一坛酒已喝去大半。

这时，李守突然叹息一声道："江山虽美，可天下不安，南阳恐怕也难逃刀兵之灾。刘公子雄才大略，难道没有什么打算吗？"

刘秀酒喝得不少，但是头脑清醒着呢，一听李守突然说出这种话，马上警觉起来。老小子，想在这儿绕住刘某，休想！便故意眯着眼睛，装着半醉的样子，道："当然有打算。此次来长安，入太学，就是想入仕朝廷，将来也可博个封妻荫子，光耀门楣！"

"刘公子真这么想？"李守似乎很失望，提高了声音道，"公子是刘汉宗室子弟，宗庙被毁，难道不感到难过？"

"难过？"刘秀突然仰天笑道，"天下姓刘又怎样？我刘家也不过是一个卑微的皇室子弟，荣华富贵与我家无缘。如今是姓王的天下，我刘家还是一切照旧，有什么难过的呢？"

"公子岂可胸无大志，宗庙被毁，天下罹难，公子应该有复兴汉室之心，安抚天下之志。"

刘秀醉眯双眼，摇摇晃晃地站起来，把酒杯一举，结结巴巴地道："大……人，你不是邀我来吃酒叙叙情的吗，别老提那些烦人的事好不好。来，喝酒。"

李守只得也举起酒杯，道："对，对，喝酒！"

刘秀一饮而尽，却把酒樽往桌上一顿，摇晃着离开桌子，拱手道："大……人，这酒也喝了，话……也叙了，刘某……该告辞了。"

李守真没想到他会是这种德性，却还要假意挽留："刘公子，何必走得这么急呢，本官还有好多话要说。"

"谢……谢大人美意，还……还是改日再聊吧！"刘秀含混不清地说着话，一步三摇晃地往门外走去。

李守不再客气，任他出门而去。刘秀刚刚离开，隔壁房里走出李守的心腹侍从，同邑人黄显，埋怨道："老爷，那小子有什么非凡之处，还用得着您屈尊降贵礼遇他？"

李守把玩着酒樽，皱眉道："奇怪，时下谶语道，'刘秀发兵捕不道，四七之际火为主。'可是据老夫观其言，察其行，这个刘秀不像是胸怀大志之人。其兄刘縯少年豪杰，颇有名望，莫非谶语所指不是刘秀，而是刘縯？"

黄显听明白了，老爷是有意试探刘秀，可是刘秀那小子浑浑噩噩的样子，是个成大事的材料吗？

昏昏沉沉的大街上，刘秀完全没有了醉意，步履稳健地行走着，内心却在嘲笑着李守的伎俩。老小子不过是王莽的走狗，居然也侈谈复兴汉室，安抚天下，这不是明摆着想抓自己一个叛逆新朝的罪名吗，幸亏自己早点离开是非之地。

春寒料峭，冷风袭来，他的酒意完全消融了。李守的话却也在他心里引起震动。是的，宗庙被毁，江山易姓，此刻这种痛苦尤为深切。新野卖谷，太学受辱，都是因为宗室衰败王莽篡汉而起，他能不痛恨王莽，痛恨新朝吗？可是，不知为什么，他还是一心想入仕为官。是为了光耀门楣？还是为了证实一下自己的实力？

"不！"刘秀断然否定，他的心里最清楚，这一切都是因为对阴丽华最深情的爱。

【第三回】

公子求仕因多情，英雄举旗为大义

三月三，是新野一年一度的上巳节，上巳节原本是古时祭祀水神的遗俗，演变到后来，便成了每逢春季举行的盛大集会。男女老幼，人山人海地拥到水边游玩。

今年的上巳节正赶上个晴好的日子，风和日丽，景色旖旎。衣着簇新的俊男靓女们，置身于欢乐的人群，沐浴着明媚的春光，越发显得超群脱俗，雍容风雅。

河边草地上，正值妙龄的少女阴丽华手拿团扇，正与一个垂髫丫头捕捉着飞舞的彩蝶。她轻绕盈转，举步如弱柳扶风，引得游玩的男子不停地驻步观看。的确，渐渐长大的阴丽华更美了，美得令人无可挑剔。

那只彩蝶似乎也被阴丽华的美丽吸引住了，它总是在阴丽华的身边盘旋翻飞，迟迟不肯离去。

阴丽华追了半天也没有捕捉到，突然把团扇一扔，快步走到水边，呆呆地凝视着碧绿的河水。小丫头慌忙走到身边，不解地问道："小姐，怎么了，生气啦？"

阴丽华没好气地道："这只蝴蝶好讨厌，人家越想抓住它，它就越跑得欢。"说着，一双美目之中竟滴出两滴清泪。

小丫头看得清楚，很是奇怪，忽然心里一动，笑嘻嘻地道："小姐哪里是生那只蝴蝶的气，分明是在怨恨刘三公子？"

阴丽华被说中心事，顿时脸热心跳，转身啐道："死丫头，竟敢取笑本小姐，看我怎么惩治你。"说着，伸手就去抓那丫头。

小丫头非常机灵，吓得转身就往小树林里逃，阴丽华在后面紧追。主仆两个银铃般的笑声在小树林中回荡。

小丫头终于被追上了，阴丽华得意地在她肢腋间乱挠一通，痒得小丫头大笑不止，眼泪都流出来，只好连连求饶。

阴丽华这才放过她，俯身掸掸裙衫上的尘土，在一个干净的石凳上坐下。小丫头讨好地走到背后，轻轻地为她揉着肩，故作正经地问道："我的小姐，你不会真是为了那只彩蝶生气吧？还哭了呢！"

阴丽华笑容顿逝，面带愁容道："玄儿，你我名为主仆，却情同姐妹，我的心事，你总该知道的。"

玄儿被她的话感动了，同情地道："小姐的心事奴婢自然知道。那些求聘的人天天挤破了咱家的大门，真是让人心烦。小姐也该早选佳婿方能断了那些人的非分之想。"

阴丽华脸上一红，道："我还不想这么早就嫁人呢！"

"可是那些求聘者天天挤破门，谁受得起这样的折腾。小姐只有早定了亲事，方可断去那些人的非分之想。"

"我当然明白这个理儿，可是那帮人全是些纨绔子弟，游手好闲，不学无术，怎可托付终身？"

玄儿突然媚眼儿一笑道："小姐，那个刘三公子怎么样？奴婢听你提起过。"

阴丽华这时竟全无女儿忸怩之态，非常郑重地道："刘三公子知书识礼，温文尔雅，算得上好男儿。可是本小姐总觉得他刚强不如其兄刘縯，也许，本小姐还不了解他。他只能算本小姐的选择之一。"

玄儿双手揉搓了一会儿，发觉小姐呆坐着似乎在想什么，便故意用拳头一捶她香肩，笑道："小姐，一说起刘三公子，您总是一副痴情的模样哟！"

阴丽华惊醒过来，小嘴儿一撇，得意地道："不是本小姐对他痴情，是他对本小姐痴心一片。这是邓大嫂，不，是他的二姐亲口对本小姐说的。"

玄儿却用小指刮着鼻子笑道："小姐好没羞，居然在这儿说这种没羞没臊的话，不怕被人家听到。"

阴丽华突然意识到这儿不是自己的闺房，而是人山人海的上巳节集上。顿时惶然四顾，当她的目光扫到小树林边的时候，忽然看见低矮茂密的枝叶间闪过一张熟悉的面容。

"刘三公子！"阴丽华惊叫起来，立刻起身往林子外面走去。可是那张棱角分明的面容突然消失了，只剩下摇曳的枝叶。

阴丽华惊奇万分，两只大眼睛不停地在如潮的人流中搜寻，可是那张熟悉的面容再也没有出现。

玄儿被小姐一连串的举动弄得莫名其妙，上前拉着阴丽华的手笑道："小姐看花眼了吧，哪里有刘三公子。要是他真的来了，还巴不得跑过来见小姐呢。"

"不，就是他！"阴丽华丝毫不怀疑自己的两只眼睛。

刚才她明明看见刘秀的面容在枝叶间一闪就不见了。虽然，她与刘秀只有一面之交，而且时隔三年，可是那张英武的面容深深刻在了她的心里，她绝不会认错的。

玄儿跟在她身后，在人群中转了半天，也没有发现刘三公子的影子，忍不住嘟囔道："小姐，依奴婢之见，您一定是想念那刘三公子，想得满脑子全是他。您想，那刘三公子远在长安求学，怎么会来这儿呢？"

阴丽华用手捶捶额头。是啊！刘秀远在长安，虽说已过三年，可是从没听邓大嫂说过他回来了。难道真如玄儿所说，自己思念他过甚，看花了眼。阴丽华正在困惑不解，忽然身后传来一个男子的声音："小姐是在找我吗？"

她心里一阵狂喜，立刻转过身来，却看见一个完全陌生的男人正眯着两只小眼睛满面带笑地盯着自己。阴丽华一见不是自己要找的人，慌忙回转身来，举步便走。

可是，这个男人简直是无赖。他显然注意阴丽华很久了，见她转身要走，忙急走几步，赶到前头，拦住去路，笑嘻嘻地道："我说大美人，别走啊！陪大爷乐一乐行吗？"

阴丽华一看要有麻烦，心里害怕了，但表面上镇静如常，止步怒斥道："何方狂徒，敢对本小姐无礼！"

这时，玄儿也抢到跟前，护住主人。小眼男人哈哈一笑，左手一拍胸脯，骄横地道："美人儿，你可要看清楚。大爷不是狂徒，也不是什么臭男人，是堂堂的游徼大人——王新贵。"

一听眼前的恶徒就是新任的游徼大人王新贵，不仅阴丽华、玄儿吃惊害怕，就是围观看不平的人也感到心头冒凉气。这个王新贵据说在新朝里很有后台，就连新野县宰潘临也让他三分。这种角色，谁敢招惹！

王新贵一报大名，见四周鸦雀无声，更加得意，对阴丽华嘿嘿一笑道："我说美人儿，大爷可不管你是阴府小姐还是阳府小姐。只要是新野有名的美人儿，就得乖乖地跟我走！"

"呸！"阴丽华芳心怒火燃起，完全忘记了害怕，一口吐在王新贵的脸上，斥骂道，"无耻的东西，让本小姐跟你走，休想！"一边骂，一边拼命往人群外面挤。

王新贵恼羞成怒，瞪着小眼睛叫道："敬酒不吃吃罚酒，小子们，给我抢！"

谁也没注意到王新贵还带着两个奴才。那两个穿着便衣的奴才一听主子令下，便从人群中冲出来，一左一右，架起阴丽华就走。玄儿大惊冲上去拼命撕咬，却被王新贵一巴掌打昏过去。

阴丽华拼命哭喊救命，可是，人山人海，竟无一人应声。围观的人们痛苦地闭上眼睛，不忍心多看阴丽华一眼。眼见着新野美人要被王新贵抢走，人们正在焦急无奈之时，忽然，人群中传出一声大叫："住手！"

这一声喊叫，声音洪亮，充满了愤怒，分明是从人群的东南角传来。人们一听有人敢出面相救，呼啦一声，从东南角让出一条通道来。只见一个人影飞一般地追向王新贵。不消片刻，人影便落在阴丽华的前面。阴丽华惊慌中看见眼前的救星，失声惊叫道："刘三公子，是你！"

来人果真是刘秀，他满面怒容，虎目圆睁，怒视着这帮恶棍，朗声道："清平世界，朗朗乾坤，身为地方官吏，竟强抢民女，难道不怕王法吗？"

两名恶奴一见有人要打抱不平，有些害怕了，架着阴丽华不敢往前走了。

那王新贵可不是那么容易被吓倒的，他一见打抱不平的是个文弱书生，更加骄横，便左手一拍腰间的配刀冷笑道："一个臭书生，也敢在这儿跟大爷论王法，实话告诉你，大爷就是这儿的王法。"

刘秀哈哈一笑道："就算你可以一手遮天，可是，你不怕这里几千名百姓？"

"百姓？百姓能怎样？他们敢把游徼大人怎么样？"

刘秀扫视众人，愤慨地道："诸位乡亲父老，作为一个有血性的男子汉，能眼睁睁地看着阴小姐落入魔爪吗？"

"不能！"人们的愤怒之火被点燃了，发出了雷鸣般的怒吼声。

王新贵的两名恶奴一见这种架势，吓得丢开阴丽华，掉头就往后跑。后面的人们一见，"轰"的一声拥上前去，抢拳踢腿就是一顿好揍。两个恶奴鬼哭狼嚎，趴在地上一个劲地磕头求饶。

王新贵想不到这些人真的敢殴打地方官吏，这才真的害怕起来，也想掉头往回跑。百姓们不待刘秀发话，便冲上前去，摁倒他就是一顿痛打。王新贵再也"贵"不起来，学着两个奴才的样子，一个劲儿地磕头求饶。

刘秀拉着阴丽华的手便走，一直离开人群走到河边才停步，回过头来，关切地责怪道："阴小姐，你怎么只带个丫头就到这种地方来，遇着歹人怎么办？"

阴丽华粲然一笑道："不是有你刘三公子在嘛！今天多亏遇着三公子，不然，还不知道会是怎样的结局呢！"

刘秀谦恭地摇摇头苦笑道："刘某有何值得阴小姐夸奖的。小姐的名声，新野人哪个不知，就算刘某不在，那些仰慕小姐的人也会争相出手的。"

阴丽华被他说得俏脸儿一红，娇笑道："怎么，刘三公子也会吃醋？不管怎样毕竟是你挺身而出。小女子感激不尽，至于那班'仰慕者'真是令人心烦。小女子正是被他们搅得心烦，才带着玄儿出府游玩的。"

"小姐才貌过人，自然仰慕的人很多喽！"

"刘三公子也会讨女子的欢心？"

"不，刘某说的是真心话。就是刘某也对小姐早有仰慕之心。"

"小女子不信。我阴家的门槛都被求亲人蹬破了，怎么没见刘家托人来求亲？"

"一言难尽！"刘秀脸色一黯。

阴丽华望着他心痛神伤的表情，这才注意到他浑身衣衫破旧，狼狈的样子与三年前去长安时相比简直判若两人，便猜定他必有艰难遭遇。于是，她伸出纤纤玉手拉着他，柔声道："三公子，那儿有一方干净的草地，我们去那儿好好叙谈，好吗？"

姑娘的柔情足以消融任何难以化解的心中块垒，刘秀不由自主地点点头，温顺地被阴丽华拉着手走进小树林里。

两人席地而坐，阴丽华甜脆的声音问道："三公子何时从长安归来，求得功名了吗？为何如此狼狈？"

刘秀见问，突然脸色发灰，热泪涌流，摇头切齿，叹息半天才道："不怕阴小姐笑话，刘某真是无颜再见故人啊！长安求学三载，参加殿试，考上甲科，成绩斐然，原本可以任职大府，出入朝廷，有望名列公卿，可是……"

原来，刘秀在太学求学三年，正赶上新朝开科取士。刘秀、严光、邓禹、强华四人均以出色的成绩得以参加殿试。

金殿之上，老太师王舜亲自主持殿试。刘秀四人下笔如有神，毫无费力地做完了王舜亲自拟定的考题。

面对太师提出的各种兴国安邦的问题，刘秀镇定自若，引经据典，说古论今，回答得精辟独到，条理清晰，令王舜不停额首微笑。在场的人谁都能看出来，老太师对他太满意了，必取他为甲科榜首无疑。

可是，当时正值汉景帝七代孙、徐乡侯在临淄的反莽叛乱被扑灭，张充等人又图谋拥立汉宣帝曾孙刘纡为帝反莽。接连的叛乱，使王莽对刘氏宗族恨之入骨，一改笼络的政策为排挤镇压的政策。

一夜之间，刘汉宗室被削去侯爵，减掉封地俸银无数。当王舜将殿试的结果禀明新皇帝时，王莽一看，又是姓刘的独占甲科榜首，登时，心头就不舒服，他再也不愿意金殿之上再有汉室家族子弟。于是，他不顾太师王舜的苦谏，御笔一挥，勾去刘秀的名字。

金榜张贴出来，严光、邓禹、强华三人均在甲科之列，刘秀榜上无名，自然羞愤难抑。四人深谙时势，自然明白原因所在。

严光、邓禹原本不满新朝，今见刘秀贤才竟被王莽拒之殿外，于是公开声明不入新朝，以示抗争；强华为表示对刘秀的同情之心，也不愿做新朝的官。

刘秀入仕无望，对新朝心灰意冷，再也不愿在长安多待一天。严光、邓禹虽然不愿入仕新朝，却要继续留在长安，一边研究学问，一边静观新朝的变化。

此时，又逢王莽改币，五铢钱贬值，严光、邓禹生活顿时困窘，刘秀为帮二人渡过难关，不得已将坐骑卖了。三人在十里长亭洒泪而别。

面对阴丽华的温情脉脉，刘秀像对待知心的老友一般，敞开不轻易示人的心扉。阴丽华的纯真少女之心为之震撼，也忍不住为他掬一把同情之泪。

但美目转盼之间，她却又道："三公子境遇的确令人同情，可是，天高海阔，公子何必非吊死在新朝这棵树上呢？"

刘秀拭去泪水，冷笑道："刘某并没看重新朝仕途，可是有一位刘某非常仰慕的女子却声言不嫁白衣女婿，真是一言折倒男子汉啊！"

阴丽华顿时脸涨得通红，跳起身来道："你这是什么意思？难道你是为了……"

"不错，刘某正是为着小姐，不远千里，进京求学。为求仕宦，折节受辱。是否出乎小姐意料？"

"不，"阴丽华俊脸儿严正，道，"小女子只不过想嫁一个胸有大志、治世安民的郎君，并非只是为贪图荣华富贵。如今新朝立国不正，不顾天下百姓之苦，入仕新朝，便是助纣为虐，小女子岂会不明此事理。仕宦之路千万条，仕宦之本为天下。公子难道不明此理吗？"

"仕宦之路千万条，仕宦之本为天下。"刘秀轻声念道，幡然悔悟，一跃而起，对着阴丽华连着鞠了三次躬，感激地道："小姐一语惊醒梦中人。刘某愚笨，竟曲解小姐芳意，真是羞愧难当。"

阴丽华开心地笑了，三年了，她从没有像此时此刻这样开心过，纷至沓来的求亲者扰得她心烦意乱，仅有一面之缘的刘秀却勾起她多次回忆，但仅此而已，她对刘三公子太缺乏了解，今日一叙才知道刘秀对自己的一片痴情。

阴丽华美目含情，双手把刘秀拉到胸前，紧紧地盯着他的浓眉大眼，含笑道："公子如此痴情，我……我真是太感动了，不知怎样报答公子的一片痴情。"

刘秀一听，又惊又喜，竟忘情地把姑娘拥抱起来，道："我回家之后就托人来求亲，你答应吗？"

阴丽华被他的情绪感染，任他拥抱入怀也不挣扎，却摇头低语道："公子何必性急，我的誓言是不会轻易改变的。此时托媒求亲，叫我如何作答。"

刘秀听明白了，阴丽华发过誓，非将军不嫁。此时自己不过是一介草民，连皇族子弟享有的特权也没有了，凭什么去阴府求亲呢？

既然自己已绝意于新朝仕途，唯有叛新反莽，恢复汉室才有显贵之日。宗庙被毁，自己屡遭折辱，他早有匡复汉室、反莽灭新之志。阴丽华的誓言无疑更加坚定了他的这一信念。

因而他双手扳着阴丽华的香肩，双目注视着她，异常坚定地道："小姐请放心，刘秀知道怎样去建功立业，以不负小姐平生之志。"

阴丽华娇笑道："你不会说我太过庸俗、世故吧！不过，请公子放心，阴丽华的心永远属于公子的，不管等到什么时候，我都会等着刘三公子来娶我的。"

"真的，丽华？"刘秀感动极了，再一次紧紧拥抱着她。

"是的，文叔！"阴丽华忘情地把滚烫的脸儿紧贴在刘秀宽广的胸膛上。

两人正在情意浓浓之时，忽听林子外一男一女的声音喊道："三公子，你在哪儿？"

"小姐，该回府啦！"

刘秀听出斯干的声音，阴丽华听到了玄儿的声音，于是两人不得不分开。

转瞬三载，刘元已是两个孩子的母亲，长子邓泛已经牙牙学语，次女邓恬尚在襁褓之中。邓晨闻听妻弟从长安归来，慌忙丢开外面生意，奔回府中，一进客厅大门便喊叫道："文叔回来了，求得功名了吗？"

刘秀忙把孩子交给侍女，疾步迎出门外，给姐夫躬身施礼道："小弟无功而返，让姐夫失望了。"

邓晨不过是一句戏言，根本没把功名当回事，忙安慰道："如今新朝黑暗，天下混乱，哪里谈得上功名。你能平安回来就不错了。"

刘秀笑道："小弟功名无望，全身而回总是可以的吧！"

邓晨见他果然释怀，便不再劝慰，二人携手进客厅落座。邓晨望着刘秀道："三弟长安求学三载，所得匪浅吧？"

刘秀苦笑道："寒窗三载，无功而返，会有什么所得。"

"三弟差矣。如今刘姓反莽，王莽唯恐你们刘姓再起余波，一夜之间缴回全部汉诸侯王玺绶，将他们贬为庶人。三弟既为刘汉家族，不为新朝所容自在意料之中。愚兄所言非指功名。"

刘秀顿时醒悟，慨然道："小弟明白了。太学三载，小弟略通经书大义。更重要的是长安三载，小弟静观天下态势，潜心新朝历史，留意王莽的发迹史已有心得。王莽施政，夸夸其谈，不切实际。新朝官吏欺上瞒下，搜刮百姓，恣意妄为。使天下日益困窘，民不聊生，仇新恨莽之怒火一点就着。所谓大乱大治，不乱不治，此时正是壮志男儿建功立业的大好时机。小弟不才，岂肯放弃这样的良机。"

邓晨闻言又惊又喜，士别三日，当刮目相看。邓晨心里高兴，右手一击桌案，道："三弟说得对极了，当今天下仇新之心日甚，思汉之心日切，正是天赐我等建功立业的良机，愚兄早有反莽之心，你长兄刘縯也在搜罗天下豪杰，以备起义，府中宾客已有十几人。三弟归来，正好参与谋划。"

刘秀听了，自然满心欢喜，却异常沉静地道："自古以来，起事容易成事难。我等起事必小心谋划，静待良机。不举则已，一举必成，切不可白白为他人作嫁衣。"

邓晨再一次被妻弟的深谋远虑所折服，喟然道："是啊，谋事在人，成事在天。王莽假传天命，篡夺汉政，新朝必不得长久。天命何在？愚兄有一姓蔡的朋友，其父蔡公是南阳有名的谶纬家，颇好图谶。蔡公从宛城来新野，今晚摆设家宴，愚兄也在邀请之列，三弟可一道前去，听听蔡公高见。"

刘秀不置可否，他不是不相信天命，而是不相信那些所谓的谶纬名家。但姐夫既然相信，自己也不必多说什么，况且，听听名家议论朝政也不无裨益。

新野蔡公不愧为有名望的，家宴之上，宾客济济，都是当地年长有些声望的人，邓晨、刘秀是晚生后辈，只能坐在末席。

蔡公皓首银髯，言谈文雅，颇有些仙风道骨的味道，与人谈论天下之势，时而悲天悯人，时而痛心疾首，听者无不随声附和，唏嘘叹息。

刘秀听他言谈之中，除了同情刘汉宗室，别无新意，便觉无味，只是出于礼节，仍端坐在那儿，做出洗耳恭听的样子。

忽然，座中有位客人揖手问道："请问蔡公，'刘秀发兵捕不道，四七之际火为主'这句谶文究竟是何意？"

刘秀听了，不由一怔，自己的名字怎么会出现在谶文中，他不钻研谶纬之学，也没听说过这句谶文。

蔡公脸色微变，半晌才答道："这句谶文早在暗中流传，老夫专事谶纬之学，当然深知其意。不过，事关诸位身家性命，还是佯作不知为妙。"

众人一听，面面相觑，更觉得他深不可测，偏偏那位客人不知深浅，有意在众人面前露脸，慨然道："蔡公处世谨慎，学生明白。这句谶文的意思很清楚，意为新朝不久长，汉室将复兴，刘秀当灭新做天子。但不知这位刘秀是谁？请蔡公赐教。"

一语甫出，满座皆惊，刘秀、邓晨惊讶不已。刘秀回想起初入长安时，国师公刘歆故意改名刘秀，必定与这句谶文有关。莫非这句谶文真的是天传符命，自己真有天子之命？刘歆有意改名，为与谶文相符，实是欺世盗名之举。

蔡公显然乱了方寸，颜色大变，有意斥责客人，又恐失了礼仪，一时不知如何是好。宾客们吃惊之余，议论纷纷。

刘秀按捺不住内心的激动，忽然离座站起哈哈大笑道："诸位，莫要胡乱猜测，天下同名同姓者并不多，刘秀当做天子，怎么见得就不是在下呢？"

众人吃了一惊，闻声望去，见是一个陌生的英俊青年，忍不住哈哈大笑。蔡公怒声问道："阁下何方高人？"

刘秀揖手施礼，朗声答道："春陵刘秀刘文叔！"

众人开始讥讽起来。刘秀毫不理会众人的嘲讽，神态自若地向四周抱拳揖礼，然后举步昂然离去，丢下一群目瞪口呆的客人。

邓晨也对这位妻弟的不寻常举动大感意外。在他的印象中，刘秀是一个言语谨慎、举止稳重的人。可是他相信刘秀绝不是一个轻狂的人，他的反常表现必有不寻常的理由。他顾不得礼节，也跟着起身告退。

直追出蔡府大门外，邓晨才赶上大步奔走的刘秀，异常惊奇地问道："文叔，今日为何口出狂言，这不符合你的性格？"

刘秀笑而不答，两人又走了一段路，见路旁有一小小的酒馆，便进去喝酒。

两人在桌旁对面坐定，伙计抱来酒坛，每人给筛了一碗，退了下去。刘秀双手举酒，笑道："姐夫，小弟知道你有一肚子的疑问，先喝了这碗酒，听小弟一一道来。"说完，先一饮而尽。

邓晨喝完酒，刘秀说道："小弟曾发过誓：仕宦当做执金吾，娶妻当得阴丽华。很幸运，阴小姐对小弟情有独钟。可是，她要等小弟做了将军才肯嫁。所以小弟曾发誓，今生今世一定要做个将军。可是，今晚小弟突然感到做个将军实在太没有出息了。蔡公府上的宾客议论谶文：刘秀当做天子。这是天降符命，小弟理应顺天承命，匡复汉室社稷，建千秋功业。自今日始！"

邓晨见他言语激动，红光满面，也受了感染，郑重地道："三弟有此雄心壮志，实在是汉室之幸，家族之福。这天下本是你刘家的，王莽篡政，数冒汉制，天下愤怨，暴乱将起，这是天意要灭王莽。今日蔡公府上，文叔独应谶文，岂不是天意？"

刘秀敛起笑容，亲自斟满两碗酒，用掌一击桌面道："豪杰人物，待势而起。姐夫，今后行事务必谨慎小心，方成大业。"

两个举起酒碗，碰了个脆响，然后一饮而尽。

悠悠白水河又迎来一个鸢飞草长的春天。南顿令刘钦墓旁的苍松翠柏又长高了丈许。墓碑前，长安归来的刘秀面容肃然，跪伏在地。刘嘉、刘縯、刘仲、刘谡依次跪在他身后。

"爹，儿子不孝，一去三载没有回来看您。今天总算回来了。儿无能，没取到功名，光耀门庭，可是，儿子取回来了比功名更重要的东西：匡复汉室之志。儿子愚顽，直至今日，才理解作为一个汉室子弟肩上的责任和义务。爹，请您相信儿子一定不会忘记您的遗愿，杀贼灭新，匡复我刘汉，建功立业，光大门庭。"刘秀字句铿锵，哀哀祭告。

刘縯对刘秀的话听得字字入耳，心中不禁又悲又喜。刘秀从小一心只事稼穑，不问时事。他苦口婆心，疾言厉色，也毫无作用，没想到长安求学三年，竟有了匡扶汉室之志，遂了自己的心愿。

刘縯心里万分高兴，他进前一步说道："三弟不忘家父遗嘱，有匡复汉室之志，足以告慰家父在天之灵。如今，王莽失政，天下怨恨，正是我们举事的良机。三弟谋略过人，可参与谋划。"

刘嘉、刘仲、刘谡也齐声言道："是啊，新朝官吏仗恃王莽权势，可把咱们姓刘的欺负苦了。文叔既然回来，就快点说说怎么起事吧！"

"起事？"刘秀扫了众兄长一眼，盯住刘大哥刘縯问道："大哥现在就有起事之心吗？"

刘縯郑重地点点头："如今正是天赐我复汉灭莽的良机，我们还犹豫什么呢？可是，大哥自知才疏学浅，所以要请众兄弟一同具体计议。"

刘秀正色道："大哥和各位兄长的高见，小弟实在不敢苟同。长安三载，小弟不仅习学经书大义，更关注天下时势。王莽所以能够篡汉自立新朝，并非完全依仗权术。一则汉室失政，天下寒心；二则王莽谨慎，贤名日隆，士人归心。两厢对照，王莽才敢代汉自立，却没有立即招致天下的反对。而今，王莽已立，日益骄横，施政暴虐，天人怨愤。虽然新朝败象已现，但尚未到必死之地。如果贸然起事，成败难测。安众侯刘崇、东郡太守翟义、徐乡侯刘快，先后举兵反莽均遭失败。前车之辙，不可不查。我们既有复汉之志，不举则已，一举必成。切不可功败垂成，枉为他人作嫁衣。"

这一席话，说得入情入理，切合实际，比长安游学狼狈而回的刘縯性情稳重多了。三弟看问题有头脑、有眼光，比自己强多了，将来可有大出息。他不由自主地点点头。

刘秀冲父亲墓碑拜了三拜起身往白水桥走去。隔河相望，他开垦出来的那块田园，禾苗茂盛，长势喜人。

刘縯没想到刘秀又去侍候那几亩田地，心中很不舒服，可是，他知道，三弟长大了，有他自己的主见，自己再也没有必要来管他了。

白水河畔，刘縯等家族子弟及其宾客为着一个共同的理想，跃马挥刀，苦练不止，雄壮的喝叫声传出老远老远。

刘良、樊娴都放下了两颗悬着的心，王莽建立新朝以来，刘縯众兄弟就多次嚷着要举旗反莽，都被他叔嫂二人给阻拦住了。他们并不是怕死的人，而是怕刘縯这帮弟兄行事鲁莽，难成大业，枉送了家族人的性命。现在他们约略放心了，有三儿刘秀在，这帮兄弟安分多了。可是，眼见天下大乱，他们能安分几时，等待他们的是怎样命运？

新朝皇帝王莽为推行他的宏伟的改制政策，汉朝封号是不可以再用的。王莽遣使至边邑各族，以新朝封号取代汉朝封号，或改易他名。可是，更改的封号不是含有卑贱之意，就是有侮辱性的。

如此蛮横无理的做法惹恼秉性耿直的四边头人，一时，边境线上风云乍起，融洽的民族关系不见了，战争的阴云笼罩在人们头上。

高高在上的王莽容不得别人小视新朝，立即调兵遣将，一扬国威。一时，郡县凋零残破，百姓流离失所，士卒疾病战死者十之六七。

四边战争的负担当然要由老百姓承担，新朝内部的政治、经济更加恶化。官吏们为迎合圣意，不仅报喜不报忧，还上下其手，横征暴敛。穷苦的百姓没能从改制中得到任何好处，反而被逼破产为奴，家破人亡。

时光在飞逝，积怨在沸腾，像是堆积的干柴，只需一个火星，便可以燃烧成熊熊烈火。太师王舜的预言变成了活生生的现实，新朝这艘大船驶进了惊涛骇浪之中。

天凤四年（公元17年），琅琊海曲人吕母率先发难，聚起千人起事，为被冤屈而死的儿子复仇。吕母自封为将军，几千人攻破海曲城，杀死县宰，周围走投无路的穷苦百姓争相投奔，义军迅速扩大。

此时，南方的荆州地区发生饥荒，成群结队的饥民拥入沼泽之地，挖掘野生的水草根充饥，因相互争夺死了不少。

这时，早有反莽之心的新市人王匡、王凤两兄弟乘机自立为渠帅，聚集几百人起事。一直逃之在外的王常、马武、成丹等英雄争相投到其麾下。义军以绿林山作为根据地，四处出击，打击新军，声名鹊起，时称绿林军。

一年之后，琅琊人樊崇因穷为盗，聚众一百多人，在营地起义。樊崇身怀武艺，专门打劫官绅之家，所得钱财尽数分给饥民，因而得到众人拥戴，一年之内，投奔他的饥民近万人。

此时，东莞的宝安，临沂的徐宣、谢禄、杨音也同时揭竿而起，与樊崇遥相呼应。为了作战时能与新军相区别，樊崇令义军将士把眉毛都染成红色，称为赤眉军。同时，在冀、幽之地还活动着铜马军。

各地义军风起云涌，迅速蔓延开来，新朝天下，大有山雨欲来风满楼之势，王莽调兵遣将，往各地镇压。

南阳春陵，刘縯等汉朝宗室眼看着新朝天下大乱，兴奋不已。但是，为慎重起见，他们忍耐着、等待着、谋划着，为复辟刘汉天下积蓄着力量。

一日，刘縯弟兄练完武艺，刚刚从白水河边回到府里，家人刘宽神色慌张地跑进来，禀道："大公子，不好了，官府又来征用马匹了。"

刘縯吃了一惊，马匹是自己将来起事必不可少的坐骑，哪舍得让新朝官府征去打仗。

刘縯对刘宽吩咐道："告诉他们我们府里没有马匹，实在不行，取些银两给他们。"

刘宽摇头道："小人也是这么说的，可是他们说，只要马匹，不要金银。咱们府上应征五十匹马，一匹也不能少。"

刘縯气得一掌击案，怒道："王莽走狗，竟敢如此欺凌我刘氏。出去告诉他们，就说我府上一匹马也没有，看他们敢怎样！"

"小人遵命！"

刘宽得了主子的旨令，登时腰杆直了，摩拳擦掌，跃跃欲去，却被一旁的刘秀阻拦住。

刘秀面色沉静，对长兄道："大哥，欲成大事，须详加谋划。且莫逞一时之勇引起官府的警觉，府中尚有羸弱老病的马匹，权且搪塞过去就是。"

刘縯醒悟过来，叹道："三弟言之有理，愚兄险些误了大事。来人，就把那羸弱的马匹牵出去几匹，把王莽走狗打发走。"

刘宽遵命而去。不多会儿，刘宽一脸的得意之色又跑了回来，禀道："公子，小人拉了十匹羸弱的马，交与官差，他们还不肯罢休。小人就招呼府上的十几名家人仆从挈刀弄棍地跑到出口，那帮小子吓得转身就跑了。"

刘縯一听，双手击掌笑道："刘宽，做得好。是该让他们见识一下舂陵刘氏的不凡之处。"

刘秀却忧虑地道："大哥别高兴得太早。如今天下纷乱，新朝官府对我刘氏更是提防三分。刘宽所为更会激起官府的仇视，麻烦之事就在眼前。"

果不出刘秀所料，天刚过午，麻烦就来了。刘縯弟兄与宾客们正在客厅里议论时事，刘宽一阵风似的跑进来，叫道："公子爷，不好了，府外来了一伙官兵，领头的是个当官的。扬言要我们府里交出五十匹马，否则就要冲进来拿人。"

众人一听，顿时来了精神，宾客朱祐、臧宫率先叫道："刘大哥，反了吧！人家打上门来了。"

"是啊，这开门第一仗就交给小弟，保证让他们有来无回。"

刘縯也是急不可耐，但是，他知道自己有行事莽撞的毛病。因此，用眼睛扫视着刘秀，等待他的意见。

刘秀站起来，语气坚定地道："大事尚未谋划妥当，万万不可莽撞行事，以防官府警觉。大哥，此事就交给小弟处置吧！"

刘縯点点头："好，此事就交给三弟处置，大家千万不可轻举妄动，以免坏了大事。"

刘秀命刘宽准备五十匹马交给官兵，可凑来凑去只凑了四十九匹，无奈刘秀只好把自己的黄花马算上了。兄弟们都说没了马他怎么打仗，刘秀开玩笑说："我不是还有一头牛吗？小弟骑牛也能上阵杀敌。"

众人听了，哄堂大笑，内心却钦佩刘秀仁慧过人。刘秀命刘宽率众家人把五十匹马牵到府外，亲自交给官兵。官兵终于被打发走。

刘府里，人心却是难以平静下来。刘秀回到客厅里，众人围坐在一起，免不了还是议论举义反莽。可是举事难，举大事更难，千头万绪，何处入手。

刘縯心里还没有底，禁不住叹息道："如果我宗室子弟都能跟咱们几个一样有匡复汉室之志，举事反莽不是难事。可惜我宗室当中胆小怯懦、苟且偷生者大有人在。真使愚兄恨铁不成钢啊！"

"伯升兄说得对，"刘谡深有同感地道，"圣公兄（刘玄字圣公）就根本不把反莽复汉当回事，小弟劝说过好几次，他反倒说小弟多事，自寻死路。子张伯父干脆不让圣公兄跟咱们来往。"

刘仲气得指头乱敲桌案，叫道："那些不明时势的家伙，只有等到王莽把钢刀架到他们脖子上才会明白过来。"

刘嘉自嘲地笑道："到那时就迟了，还来不及弄明白，脑袋就搬家了。我就是不明白，咱们那些宗室子弟，被老贼毁了宗庙还不知羞耻，真是令人汗颜。"

刘秀一听，不对劲儿，今天怎么尽是泄气的话。不行，必须给大家鼓励，于是自信地一笑道："诸兄差矣，我宗室子弟都有宗庙被毁的痛苦，深受王莽新朝所害，怎么会不对王莽新朝切齿痛恨呢？宗室世受汉朝厚禄，虽至新朝不少人仍有薄产，尚不至于无一线生路。宗室子弟因而也不愿拎着脑袋起而反莽。我等若举大事，必得唤醒宗室富贵之心，才能一呼百应，迅即壮大队伍，灭新复汉。"

大家一听，也赞同他的看法，但如何唤起宗室子弟反莽复汉之心，却是最棘手的难题。大家正一筹莫展，忽然院内传来一声凄厉的哭喊声："伯升兄，帮小弟报仇啊！"

刘縯等人一听，是刘玄的声音，不由大吃一惊，慌忙向门外奔去，却见刘玄披头散发，双手血淋淋地跪爬进来。刘縯知道肯定出事了，慌忙迎上去拉着刘玄沾满鲜血的双手，问道："快说，出了什么事？"

刘玄已哭倒在地，哽噎着说不出话来，好半天，才含混不清地哭出声来："伯升兄，我爹……他被人杀了！"

刘縯等人脑袋里嗡了一下，半天才明白过来。刘縯瞪大眼睛，叫道："快说，到底是怎么回事？是谁杀的叔父？"

刘玄哭道："伯升大哥，我爹死得太惨了……"

原来，官兵离开刘縯府上，便往刘玄府门口去了。他们赶到刘玄府门口时，恰巧刘玄去外面玩耍。

父亲刘子张一听又是官府来征用马匹，又惊又恐，他怕得罪新朝官府，只得命人拉出几匹羸弱的马挡官差，然后把其余的马匹藏了起来。

官兵只征到几匹羸弱的马，自然不会善罢甘休，便进府搜查，果然听到马匹的嘶鸣声。刘子张惊慌失措，堵在马厩门口，死活不让官兵进去牵马，官兵大怒，忽然抽出钢刀，朝着刘子张当头就是一刀。

可怜刘子张就因为舍不得几匹马竟被活活砍死。当刘玄回到府上，抱起父亲的尸首时，官兵已经赶着抢来的马匹走远了。

大家听了经过，个个恨得钢牙咬碎。刘缤望着刘玄，真是又气又恨，怒斥道："站起来，哭有什么用？你也算得上是男子汉，有种就挺起腰板去报仇。我府上宾客豪杰都是勇武可用之人，一定能帮你。"

刘秀阻拦道："大哥，千万不可莽撞！"

刘缤打断了他的话，愤懑地道："什么莽撞，三弟，我们要是再这样小心谨慎，只会让天下人认为我刘汉宗室软弱可欺，宗室子弟也只会更加胆小懦弱。凡举大事必有危险、有流血。大哥今天就要给宗室子弟做个样子，为子张叔父报仇，为刘汉宗室出口气。"

刘秀的心为大哥的话所动，一改往日稳重的性格，突然扬起双拳吼道："大哥说得对，今天的仇一定要报。不仅仇要报，我们还要聚会声讨新朝官吏的罪恶，激起宗室子弟对王莽新朝的不共戴天的仇恨。"

刘缤顿时明白了刘秀的用意，心中佩服三弟谋略过人，忙近前问道："三弟可有杀贼妙计？"

刘秀胸有成竹，轻轻点头，走到刘玄跟前拉着他的双手道："圣公兄，叔父惨死，你可有手刃仇人之勇气？"

刘玄拭干眼泪，一改往日柔弱之气，圆睁双目，叫道："你放心，不报杀父之仇，枉为人也。"

"好，一切听从小弟安排。"

刘玄按照刘秀的意思在春陵热闹之处大摆酒席，宴请官兵，父老乡亲也在邀请之列。官兵以为刘氏在巴结自己就高兴地去赴宴了，他们不知道被自己一刀砍死的就是刘玄的父亲。

宴席中，刘玄拿出钢刀奔向官兵，只听一声惨叫，那个杀死他父亲的官兵顿时血光迸射，溅得他一脸一身全是鲜血。从没杀过人的刘玄一看见鲜血，顿时晕了过去。

围观的乡老宗室一见杀了为非作歹的官兵，人心大快，都觉出了一口恶气，齐呼："杀得好！"但也有那胆小怕事者一见出了人命，吓得变了脸色，转身欲走。

这时，刘缤激昂地说道："各位乡亲族老，我刘氏本是皇亲贵胄，因汉室被篡，不但原来的荣华富贵没有了，还要受尽新朝官吏欺凌，就连性命也很难保全。大家难道就甘心受人欺凌吗？"

"不甘心！"

人群中有不少人挥舞双拳吼道。但也有人发问道："伯升之意，是要我等造反吗？"

刘縯慨然道："造反便是叛逆新朝，灭门之罪，我刘伯升也不愿拿大家的性命做儿戏。可是，情势所迫，不造反别无生路。这天下本是我刘氏的，竟被人家硬生生夺了去。作为宗室子弟，能够心安理得吗？新朝视我刘氏如寇仇，岂容我刘氏有出头之日。圣公家仇，便是明证。诸位切莫让人家刀架脖子，还任人宰割。官兵被杀，官府不会善罢甘休，我们应有所准备，不能坐以待毙。"

众人听了刘縯之言，顿时哑然无声，有人则面露惊慌之色。这时，刘秀又开口言道："我们不愿轻言造反，可是大家要有揭竿而起的准备。官兵说到就到，灭顶之灾就在眼前。请诸位不要慌张，听我大哥刘伯升指挥，穷途末路，揭竿而起未必不是好事，一则可匡复汉室基业，二则可得荣华富贵。奋起一搏总比坐以待毙强过百倍，这是一个显而易见的道理。"

人们面面相觑，终于有两名长者走到刘縯弟兄跟前，执手言道："伯升兄弟素有大节，慷慨勇为，我宗室荣尊就托付足下了。"

人群中终于传出呼叫声："愿听从伯升差遣。"

刘縯、刘秀满意地笑了。

官兵被杀，官府果然震怒，第二天天还没亮，春陵已是一片人喊马嘶之声。刘縯一套刀法尚未练完，府里的家人就急跑进来道："大公子，不好了。官兵包围了刘玄公子的家，还抓了不少人呢！"

刘縯一听，问刘秀道："三弟，圣公府上，你安置好了没有？"

刘秀把长刀一丢，沉着地答道："大哥放心，圣公兄昨晚就被小弟护送出庄，投绿林军去了。府中仆人等全走光了。"

"官兵怎么还抓了人？"

"也许抓的是族人吧！咱们看看去。"

刘縯带着弟兄宾客，暗藏利刃，径直往刘玄府门前而来，远远就看见刘玄府里火光冲天，必是被官府放火焚烧。

众人心头燃起怒火，一阵疾走，不多时，就到了刘玄府前。只见一百多名官兵正在用马鞭抽打几十个被捆绑起来的族人。一个穿着游徼官服的中年人骑在马上，挥着马鞭，喝叫着："给我朝死里打，看他们说不说？"

刘縯大怒，一步冲上前去，喝道："住手！"

挥鞭殴打族人的官兵不知发生了什么事情，一时全住了手。那游徼忽听有人敢出头，转目一看，跟前站着一个威武的青年公子，不由大怒，用马鞭一指，喝叫道："阁下何人？竟敢阻挠我等行事！"

紧跟刘縯后面的刘秀跟游徼一照面，顿时怔住了，这人好面熟，像是在哪里见过。正回忆不出，只听刘縯硬邦邦地答道："小民刘縯，请问大人是谁？为何殴打我刘氏族人？"

那游徼一听刘縯二字，心里一动。刘縯平日慷慨大义，勇武过人，在南阳算得上小有名气，不是软弱可欺的主儿。因而他多看了一眼对方，答道："本官是游徼韩虎。你族人刘玄杀死官兵，本官奉命前来缉拿。刘伯升，你不要阻挠我执行公务！"

韩虎一报名儿，刘秀一下想起来了。当年他和刘玄去新野卖谷，在酒馆里遇着一个豪饮的女子，与刘玄比试喝酒。正喝得较劲的时候，就是这个韩虎冲上楼来，扰了他们的酒兴，那女子好像是韩虎的妹妹，被他强拉走了。

刘秀认出韩虎，韩虎却认不出他来。因为刘秀那时才十五六岁，一晃多年过去了，容貌变化太大了。韩虎只听说过刘縯的名头，根本没有注意他。

刘縯一揖手，恭敬有礼地说道："刘玄为报父仇，才手刃仇人。如今已远避他乡，大人来迟一步了。"

韩虎当然知道刘玄不会留在府里等死，但是以刘玄之力，不可能手刃官兵，必有人同谋相助，上头的意思很清楚，绝不能放过刘氏宗族中任何不满新朝的人。因而，他冷笑一声道："刘玄虽走，可是他的同党尚在，本官就是来缉拿他们归案的。"

刘縯哈哈大笑，道："韩大人，刘玄不过是为报父仇，一怒之下，杀了官兵，小民和春陵百姓亲眼所见，哪里来的同党？大人强拿我族人实在是没有理由。"

韩虎大怒："刘伯升，你敢过问本官的事，难道要造反吗？"

"小民是新朝顺民，岂敢造反？可是大人拿不住杀人逃犯，却来殴打我刘氏族人，不仅刘伯升不服，春陵刘氏没有人会服大人的。"

"对，我们不服！"刘秀弟兄和宾客人齐声吼道。

"大人无理，我等不服。"不知何时聚集在四周的几百名的春陵乡老也挥舞双拳示威似的喊叫道。

被官兵捆绑着的几十名族人也理直气壮地叫道："大人，我等冤枉，快放了我们。"

韩虎扫了一眼刘縯弟兄宾客和周围的人山人海，方知春陵刘氏早有准备。如今天下纷乱，起兵反新者到处都是。如果一意相逼，春陵刘氏必反，这个责任他难以承担。可是，如果就这么放人，未免太让他们小瞧了。

刘氏人多势众，自己和这百十名官兵难以对付，可是凭自己手中刀对付刘縯一人应该不成问题，打赢了刘縯，既可夺回面子，也可震慑众人。

思谋妥当，韩虎宽容地一笑道："刘伯升，不是本官与你刘氏过不去，实在是身在公门，身不由己。若要放人，也不难。你若能胜了我手中刀，韩某立刻放人回城，如果你输了，就要跟本官一道，给上面一个交代。怎么样？"

刘縯没想到他要与自己较劲，正手痒呢，当然求之不得，嘴上却谦恭地道："若不是大人提议，别人还以为小民要造反呢。大人高见，小民岂敢不从？只是小民的坐骑也被你们征用去了。只好步下陪大人过两招了。"

韩虎一听，正中下怀。自己在马上，三招两式斩了刘縯，刘氏众人不战自溃。因此，他毫不谦让，伸手摘下虎背大砍刀，刀尖一指刘縯，冷笑道："刘伯升，这是你自寻死路，怪不得韩某。"

刘縯手中没有长兵器，只得笑道："请问大人，可否借小民兵器一用。"

韩虎不屑一顾："我手下的兵刃任你选用。"

"小民谢了。"刘縯说话的工夫，身形甫动。众人还没有看清楚怎么回事，他手中已多了一支长矛。而韩虎身旁的一个兵卒突然惊叫道："我的兵刃不见了。"

刘縯长矛在手，随随便便往韩虎马前一站道："大人，请了！"

两人武艺都不一般，十几回合之后竟分不出胜负。刘縯有些着急，趁韩虎不注意将长矛刺向韩虎的胯下白马。白马给刺个正着，疼得它前蹄腾空而起，直立起来。韩虎在马上还能坐得住吗，"扑通"一声摔到地下了。

韩虎被摔得全身疼痛，满面羞红，半天也爬不起来。身边的兵卒慌忙上前，把他搀扶起来。韩虎连疼痛带生气，龇牙咧嘴，要多难看有多难看。

他心里清楚，春陵刘氏已有造反之心，今天摔一跤还算幸运，如果真的兵对兵、将对将打起来，今天全完蛋。可是，他还要在手下人前找回面子。

因此，他咬牙切齿地对刘縯叫道："刘伯升，你等着，待本大人换了战马再与你见个高低。我们走。"

手下兵卒慌忙牵过一匹马来，扶着韩虎上马。其余的官兵得了命令，丢下捆缚的人，拥着垂头丧气的主子，狼狈而去。

初秋佳日，天气晴和。往年这个时候，路两旁的庄稼地里早该是五谷飘香、丰收在望的景象了。可是今年南阳旱荒，路两旁除了荒草，难以见到成片的稻谷。路上，除了成群结队的饥民，便没有多少行人了。

刘秀和刘谡并肩坐在牛车上，身后车子里装着满满的谷子。这些谷子是刘秀在田里精耕细作独获丰收的结果。南阳旱荒，宛城米贵，一斛十金，他们这是专门去宛城卖谷。当然，卖谷只是掩护，他们还肩负着特殊的使命。

今年南阳饥荒，百姓腹中无食，还要交纳新朝多如牛毛的赋税。天怒人怨，时势对春陵刘氏起事极为有利，刘縯更是紧锣密鼓地加紧起兵的准备。

韩虎去后，官府再没派兵来春陵，但刘秀仍放心不下，为谨慎起见，便向大哥请命，去宛城探听虚实，观察官兵的布置情况，为日后起兵攻宛做准备。

牛车缓慢而平稳地行驶在通往宛城的驿道上，刘秀远望宛城，对驾车的刘谡再一次叮嘱道："谡兄，凡事小心。要记住咱们此行的目的，千万不可招惹是非。"

刘谡笑道："放心吧！哥哥早晚得伯升兄教诲，知道该怎么做！"

两人说笑着，打发漫长的行程，直到日头偏西，牛车才走近宛城南门。城门口，几十个官兵执刀拿矛，戒备森严，进城的人排成队，挨个被盘问一番，凡可疑之人立刻被官兵缉拿审问。

刘秀牛车刚进了城门，就有几个官兵上前盘查："哪里人，进城干什么去？"

刘秀一身富家子弟打扮，坐在车上一动不动地答道："春陵人，进城卖谷去。各位给个方便吧！"

官兵一见是有钱的人家，客气多了，围着牛车看了一圈，确系卖谷，便放行了。

牛车进城。宛城是南阳郡治所，在当时是除了长安、洛阳之外，天下最繁华的城市之一。可是，如今天下兵荒马乱，这里也萧条冷落多了。街上除了成群结队的乞丐，便是腹中无食的饥民。

刘秀二人赶着牛车直接奔粮市。粮市也是冷冷清清，只有几家卖谷子的。周围倒是围着几十个衣衫破旧的人，可是卖主囤货居奇，谷子贵得惊人，穷苦人家谁买得起？

刘谡找了处干净的地方，把牛车停下，两人跳下来，掀开盖着谷子的布，开始卖谷。那些等待买谷子的人一见又来新卖主，"轰"的一声全围了过来，七嘴八舌地央求道：

"谷子多少钱一斛？"

"行行好，便宜点吧！"

"……"

刘秀看见一个衣衫褴褛的小姑娘挤在人群中，可怜兮兮地望着自己，心念一动，忙走过去，拨开人群，把小姑娘领到自己跟前，亲切地问道："小妹妹，你也是买谷子的？"

小姑娘点点头，双目无神地道："我奶奶、我爹都饿死了。我娘和小弟三天没吃东西，也快要饿死了。"

"你呢？"

"我也两天没吃东西。好心的公子，您能卖谷子给我吗？我有钱。"

小姑娘说着，举起小手，松开手掌，三枚被汗水浸湿的五铢钱显现在刘秀眼前。

又是五铢钱，刘秀知道五铢钱被王莽几次改币后，也贬得一文一不值了。自己在长安游学时就深受其苦。可是，面对天真无邪的小姑娘，他能说这钱一文不值吗？

稍作沉思，他似乎有了主意，便接过那三枚五铢钱，对小姑娘说道："小妹妹，你有钱，当然可以买到谷子。"说完，便命刘谡取过十斛谷子，倒进小姑娘破旧的布袋里。

小姑娘买到谷子，高兴极了，忙给刘秀跪下，磕了个头，道："多谢公子，请问公子叫什么名字，我娘说过，恩人的名字要记在心里，下辈子做牛做马也要报答人家。"

刘秀非常感动，本不想说出自己的姓名，可是，出于自己的目的，还是大声说了出来："我们是春陵刘氏，刘縯刘伯升府上的。"

买谷的人们一见遇着行善的人家，呼啦一声全跪倒在地，齐声求道："刘公子是大善人，救救我们穷苦人吧！"

刘秀面对众人，和善地道："诸位不要着急。我刘氏以天下苍生为念乐善好施，绝不会眼睁睁地看着有人饿死而不管。一个个来，人人有份。"

说完，刘秀便命刘谡卖谷子。刘谡不解，边量谷子边嘟囔道："我说文叔，你哪儿是卖谷子，简直是赈济灾民！"

"不错，我就是要赈济灾民。天下纷乱，民不聊生，这样才能显示出我刘氏有好生之德。"刘秀大声答道。

买谷的饥民刚走，又一群人闻讯赶来。刘秀满满一车谷子，不消半个时辰，"卖"得精光。望着空空如也的牛车，刘谡心疼地道："文叔，这可是你辛苦一年的收成，就这么白白送给人家，多可惜。"

刘秀低声说道："谡兄有所不知，我刘氏欲复汉室帝业，必先取得人心，这一车谷子作用大了，不消一日，我春陵刘氏的名声就会传遍宛城。何况，咱们卖掉谷子，也可去做要做的事。"

刘谡一听，直敲自己的脑壳，到底是有学识的人，做事就是不一般，他自己怎么想不到这些呢。

两人收拾好东西，正要离开，忽听身后有人问道："请问两位是春陵刘氏何人？"

刘秀转身一看，却是一位衣着华贵的年轻公子，手摇折扇，姿态雍雅地站着，一双细长的眼睛，笑吟吟地望着他们。刘谡顿生戒备之心，漠然问道："阁下何人？有何贵干？"

华贵公子对他们拒人于千里之外的态度并不在意，依旧笑呵呵地说道："两位还没回答我的话呢。回答之后，我自会回答你们的问题。所谓来而不往非礼也。"

刘秀不愿失礼于人，便答道："在下是春陵刘秀刘文叔，这位是族兄刘谡。"

华贵公子一听，顿时喜形于色，忙收起纸扇，上前深施一礼，谦恭地道："果然是故人刘文叔到了。李某有礼了。"

两人茫然不解，刘秀忙客气地问道："请问阁下尊姓大名？"

华贵公子抬起头，笑道："刘兄贵人多忘事，在下就是李轶。我兄长李通的名头，刘兄听说过吧！"

刘秀霍然醒悟，十多年前，李通、李轶弟兄曾去自己府上为被刘縯怒杀的姨丈申徒臣寻仇。可那时他们还是孩子，这么多年过去了，怎么可能认出来？倒是李通不仕新朝，且行侠仗义，在南阳颇有威名。刘秀忙一展笑容，还礼道："想不到会在这遇着李公子，在下失敬了。"

"不客气，"李轶神采飞扬，真像是遇着故人似的，拉着刘秀的手道，"我兄长正要去春陵拜会你们弟兄，有要事相商，不想在此遇着了。两位刘兄，快随小弟去见我兄长。"

刘秀没想到初次见面的李轶竟邀请他们，忙推辞道："李公子不必客气，我们还有要事在身，就不打扰了。"

李轶急了，道："刘兄，小弟不是客气，实在是我弟兄有要事跟刘兄计议。烦请刘兄走一遭。"

刘秀迟疑难决，心存疑忌。当年大哥一怒之下，杀了申徒臣。虽说十多年过去，可是李氏兄弟会不会还怀恨在心。初次相见，就盛情相邀，会不会是圈套。

李轶见刘秀低头不语，忍不住怒火，讥笑道："想不到春陵刘氏如此胆小怕事，难道我李府是人间地狱吗？"

刘秀岂肯让人小瞧，断然道："李公子不必动怒，在下随你前去就是。"

刘谡忙道："文叔，我跟你一起去。"

"不必了！"刘秀笑道，"人家府上又不是人间地狱，小弟不用你保护。"

李轶却道："刘谡兄不是外人，也一同去吧！"

刘秀点点头。于是刘谡驾车，刘秀、李轶上车，按照李轶的指点，牛车驶上大街。

李府并不远，牛车虽慢，也只没多会儿就到了。李氏是做大生意起家的，是为宛城大姓，宅院自然是富丽堂皇。

刘秀、李轶下了车，登上门前石阶，守门的家人慌忙躬身施礼，李轶命人一边通报家兄李通，一边好生招待刘谡，自己则带着刘秀穿过庭院，直奔客厅。

　　刘秀刚走过花坛，就看见正厅门口走出一个衣冠整齐、风度雍雅的男子，那男子看见两人走来，慌忙疾步迎上前来，朝着刘秀躬身下拜："刘汉宗室驾到，李通有礼了。"

　　刘秀吃了一惊，王莽篡汉，再没有人把刘汉宗室当回事，没想到在李府，自己竟受到这么高的礼遇，他慌忙伸出双手，屈身去扶李通。

　　不料，刘秀袖中突然弹出一物，当啷落地，李通、李轶看时，却是一柄利刃。李通大惑不解，问刘秀道："文叔，这是为何？"

　　刘秀顿觉窘迫，但事已至此，遮掩推辞反为不美。于是他坦然答道："刘秀仓促而来，袖藏利刃，以备不测。"

　　李通问得直白，刘秀答得坦然，双方会心地一笑，李通坦诚地道："申徒臣医德卑劣，罪恶昭彰，令兄怒杀他，自在情理之中。十多年前，我弟兄二人不明大义，登门寻衅，多有得罪，李通在此赔罪了。"说完，又是伏身一拜，李轶也随着兄长一道赔礼。

　　刘秀感动不已，疑忌顿逝，慌忙扶起二人，坦诚地道："两位性情中人，所为也在情理之中，何罪之有？倒是我刘氏该向你们赔罪才是。"

　　李通见他举止文雅、言辞谦恭，心中十分欢喜，便不再客气，一挥手道："文叔，请客厅一叙。"

　　三人进了客厅，仆佣献上茗茶。李通率先开口道："春陵刘氏杀官兵，败韩虎，威名传遍南阳。我弟兄早有仰慕之心，今日总算得缘相见。"

　　刘秀戒备之心虽无，但宗室起兵反莽之谋却不可轻易告人，便淡然一笑道："宗族所为，时势所迫而已。我刘氏积弱多年，实在不值得英雄仰慕。"

　　李轶性情急躁，耐不住刘秀的沉稳性格，忍不住站起来直通通地说道："你们是高祖子孙，王莽篡汉，夺了你们的天下，难道你们就甘心受辱，没有反莽复汉之意？"

　　刘秀暗吃一惊，因不明其意，表面上依旧沉着如故，沉默不语。

　　李通双手抱拳，坦言道："实不相瞒，我李氏早有反莽复汉之志，只是因为师出无名，才隐而不发。家父李守，专门研究谶纬之术，做了王莽的宗卿师。数月前，我弟兄二人因为生意上的事去了趟长安。家父对我们说道，'刘氏复兴李氏为辅'。我们从长安回来之后，便图谋起事。南阳刘氏宗室，只有春陵刘縯弟兄素有威名，可成大事。因此我们才相邀文叔入府，相商大计。"

　　刘秀闻言大喜，终于放下心来，坦然笑道："令尊大人李宗卿师，在下长安求学时也曾晤面。可惜，当时在下对令尊疑忌甚深，不得畅言叙谈。如今想起来才明白，令尊是有意试探在下。"

　　"家父也提起过此事。"李通接过刘秀的话，"令兄刘縯慷慨有大节，很受家父尊崇。曾言复兴汉室者，非令兄莫属。但不知你们有何打算？"

刘秀面对真君子，不再掩饰，坦然相告，道："我宗室不堪忍受新朝官吏欺凌，早有反莽之心。家兄刘縯以匡复汉室为平生之志，正在图谋起事。在下此次来宛城，就是察探城中虚实，探明官兵布置，为起兵攻宛做准备。"

李轶一听，笑道："刘兄何必费尽心机，你需要的东西都在我弟兄掌握之中，尽管拿去好了。"

李通也点头称是。

刘秀欣喜不已，忙揖手道："在下正求之不得，请李贤弟不吝赐教。"

李轶道："春陵刘氏杀官兵，败韩虎，叛逆之心昭然若揭，南阳官府不是不清楚，没有派兵镇服的真正原因是南阳局势动荡，官府无力应付。东方赤眉军攻城略地，势如破竹。王莽派太师王舜、更始将军廉丹统兵十多万，东向进攻赤眉军。可是新军未逢赤眉，沿途掠劫，百姓恨之入骨，传言'宁逢赤眉，莫逢太师；太师尚可，更始杀我。'不得人心的新朝军队怎么能打胜仗？结果，赤眉军在成昌以逸待劳，大败新军，樊崇斩更始将军廉丹首级，东方尽归赤眉军所有。"

"打得好！"刘秀情不自禁击掌赞叹。成昌之战，新军惨败，他也听路人说过，可是都不如李轶说得详细、具体。

李通见他高兴，欣然道："文叔，南方绿林还有捷报传来，更令人惊喜。"

刘秀动容："愿闻其详！"

"王莽派兵东击赤眉的同时，诏令荆州牧调拨十万军队进击绿林山。绿林山英雄王匡，率义军战荆州兵于云杜，大败莽军，杀敌五万多人，尽获辎重粮草。荆州牧如丧家之犬，拼命逃奔，又遭绿林军马武截击，亲兵卫队也被杀得一个不剩。荆州牧还算聪明，换上妇人衣饰，挑小路逃跑，总算捡回一条性命。"

李通刚说完，刘秀和李轶忍俊不禁，哈哈大笑起来。对于刘秀来说，从父亲过世到长安游学归来，多次受到新朝的欺凌、折辱，今闻新朝军狼狈败北，当然笑得开心、畅快。

正笑得痛快，忽听李通说道："本来东赤眉、南绿林，王莽必无回天之力。可惜恰在此时关东发生蝗灾，疾疫流行，绿林山也难逃噩运，义军将士染疾而死者过万。王莽趁机遣心腹之将纳言将军严尤、宗秩将军陈茂南击绿林军。绿林军一方面为躲避瘟疫，一方面为保存实力，被迫下山，分兵两路向外发展。由王常、成丹、张卬统领的一支为南路，入南郡号'下江兵'。由王匡、王凤、马武、朱鲔统领的一支为北路，北入南阳，号'新市兵'。"

刘秀一听到王常的名字，心中十分惊喜，问道："王常果然不是寻常之辈。李兄了解他的情况吗？"

李通不解地笑道："莫非文叔与王常有旧？可惜在下说的这些情况都是从南阳官府邸报上看到的。至于绿林军的英雄们，在下一个也不曾见过。"

刘秀不好意思地道："在下与王常仅有一面之缘，知之甚少，李兄请接着说下去。"

李通呷了口茶水："绿林军虽然受挫，但下山之后，对咱们南阳百姓起事反莽极为有利。平林人陈牧、廖湛聚众数千人，响应起兵，也称绿林军，号'平林兵'。如今，新朝暴虐，百姓分崩，南阳饥荒，兵革并起，这是天亡新朝。复高祖之帝业，定万世之基，当在此时，舂陵刘氏，还犹豫什么？"

刘秀被李通一席话说得热血沸腾，情绪立刻激昂起来。王莽篡汉，刘氏积弱，天下人思汉之心有之，但真正主动提出匡复汉室的，李氏实乃第一人。他感激不尽，起身伏拜，啼泣曰："两位英雄明大义，尊古礼，壮志扶汉，实是天下之福，汉室之幸，刘某不才，先行拜谢了。"

李通忙把他扶起，连连摇手道："文叔何必如此。当此南阳骚动，王莽也有警觉，已遣心腹甄阜为前队大夫、南阳太守梁立赐为属正（南阳都尉），更遣绣衣使者苏伯阿出巡地方，专门对付叛乱的义军。形势危急至此，舂陵应早定大计，相机而动。"

刘秀拭泪而起，激昂地道："舂陵刘氏，早已蓄势待发，只是苦于无外援内应，恐功败垂成。今有二位英雄相助，还有什么可担忧的。刘某不才，可代表宗族决断一切。李兄有何高见，请尽管说。"

李通大喜，起身离座，道："文叔果然爽快。李通不才，愿作筹谋。南阳府郡，故人颇多，消息灵通。我弟兄二人愿结城内豪杰故旧，以做内应。半月之后，便是材官都试骑士日，甄阜、梁立赐必亲临校场检阅骑士，我们趁机劫持他二人，以号令百姓。你们舂陵刘氏同时举兵响应，兵临城下，威慑新军，宛城可得！"

"李兄好计谋，大事可成！"刘秀赞叹道，异常钦佩李通谋略过人。

材官都试骑士日就是每年的立秋日，这一天地方官府最高官员检阅军队，并考检选拔善于骑射、武艺非凡的士卒。

李通选在这一天劫持甄阜、梁立赐起事，既可出其不意，又可扩大影响，可见是经过周密考虑的。

计议已定，三人相拥欢笑。刘秀还有些不放心，说道："事关大家的性命，李兄千万要小心谨慎，有什么难办之事，尽管开口，我舂陵汉室一定鼎力相助。"

李通笑道："文叔尽管放心，我弟兄二人已谋划多日了，诸事具备。只是家父尚在长安，我已命族侄李季昨日动身去长安。离起事之日尚有半月，家父有足够的时间潜归宛城。"

刘秀完全放心了。这时，天已擦黑，李通一边命人备办酒宴，一边请来刘谩。刘秀告以真情，刘谩没想到有此意外收获，高兴万分，忙与李氏兄弟施礼拜谢。

酒宴备齐，李通、李轶盛情邀请客人入席，酒筵之上觥筹交错，谈笑风生，四人都被一项伟大的事业激励着，情绪激动，酒也喝得爽快，不知不觉，全喝得酩酊大醉。刘秀、刘谩当晚宿在李府。

第二天，刘秀、刘谩回舂陵，李通、李轶一直送出城外，一路上，刘秀又反复叮咛他务必小心谨慎，确保行动万无一失，李通、李轶一一答应。

四人依依惜别，刘秀、刘谩依旧赶着牛车上路。两人想着举事，心里高兴，恨不得一步跨到舂陵。

刘秀的这头大黄牛，腿粗体健，春天播种耕地，秋天拉车载运，为主人的田地丰收出过大力。刘秀最爱惜这头牛，平日耕作驾车，从不允许家人鞭打它，有时还亲自伺候。

但是，刘秀今天归心似箭，总嫌大黄牛走得太慢，于是他让刘谩坐在旁边，亲自驾车，手举鞭子"啪啪啪"就是三声响鞭，大黄牛从没受过这份虐待，不知道主人哪根神经出了问题，出手这么狠，它登时发出了牛脾气，没命地往前奔跑，牛车行驶飞快，两旁的树木、行人被飞快甩到后面。

突然，刘谩用手一指前方，叫道："前面有官军！"

刘秀仔细一看，果然前面一里多地的官道上，行进着一支仪仗队，队列中一面杏黄的彩旗随风飘摆，隐约可见绣着飞龙在天的图案，另有一面红色旗子上绣着一个"苏"。刘秀吓了一跳，惊叫道："飞龙旗！肯定是新朝王室显贵。"

刘谩慌忙叫道："快，停车回避！"

刘秀看见飞龙旗的时候，双手就忙着去拉牛缰绳，可是，大黄牛仿佛牛脾气还没有发作完，毫无反应，还是一个劲儿地往前跑。

刘谩赶紧帮忙，两人用力去拉缰绳："吁，吁，吁吁……"

忽然，缰绳一松，把两人闪倒在车厢里。大黄牛"哞"的惨叫一声，不但没停止，反而发疯似的往前飞奔。原来牛鼻子被拉穿了，血流如注。

眼看着牛车冲向仪仗队，刘秀、刘谩暗道："这下完了，冲撞了朝臣显贵，非被杀头不可！"

还真是被刘秀猜着了。前面来的正是新朝皇帝的心腹、王莽的特遣绣衣使者苏伯阿，苏伯阿奉旨出巡南阳地方，刚在新野巡视完，返回宛城。

苏伯阿车驾的左边是新野尉屠天刚，右边是心腹家将苏地龙，前后簇拥着二十名甲胄鲜明、执戈背箭的羽林军。

大黄牛离苏伯阿的仪仗越来越近，前头的羽林军一看，吓了一跳。保护大人这么多天，还没遇着过这样的敌手，顿时不知所措乱成一片。

眨眼的工夫，牛车冲进队伍。十几个羽林军被撞倒在地，其余的往两边一闪。眼看大黄牛往苏伯阿的车驾奔来，新野尉屠天刚慌忙扔戈下马，迎着大黄牛冲上来。突然，他张开双臂猛地抱住牛头，大喝一声："吁！"

只见大黄牛像被钉住似的，"咯噔"一声停了下来。跌倒在车里的刘秀、刘谡爬起来，正要下车，却被羽林军的刀剑逼住。

苏地龙提马上前，用手一指，骂道："好小子，竟敢冲撞使臣大人的仪仗，难道活得不耐烦了。"

刘秀暗忖脱身之计，悄悄给刘谡使了个眼色，慌忙在车厢里跪下，故作惊慌地道："小民该死，冲撞了大人，您大人大量，饶了小民吧！"

刘谡也结结巴巴地哀求道："求……求大人饶命！"

屠天刚松开大黄牛，对苏地龙道："说不定这两个人就是乱民，图谋行刺苏大人。跟他们啰唆什么，拉下车砍了算了。"

苏地龙"嗯"了一声，对身边的羽林军吩咐道："对，给我砍了，扔到河里去。"

羽林军遵命，上前几个人把刘秀、刘谡拉到车下。刘秀一看，没办法，只有一拼了。他正要暗示刘谡动手，忽听有人叫道："慢着！"

羽林军举起的钢刀放下了。刘秀、刘谡回头一看，苏地龙的身后站着一个穿衮衣，戴朝冠，年约五十的人。苏地龙一见，慌忙跪拜道："主子爷，您怎么出来了？这两个刁民冲撞您的车驾，小人正要砍了他们的狗头。"

屠天刚也慌忙躬身施礼道："苏大人，这两个人可能是乱民，为绝后患，下官以为还是杀了为好。"

刘秀、刘谡对屠天刚恨得咬牙切齿，暗骂道，新朝走狗，心如蛇蝎，总有一天，也让你明白我是何等样人。

苏伯阿对家奴和走狗的话未置可否，却走近刘秀和刘谡，上下扫量着两人一遍，威严地问道："你们是干什么的？哪里人？叫什么？"

刘秀装作胆怯，慌忙跪倒答道："小人是老实本分的生意人，就住在长聚，我叫河流，他是我堂兄，叫河川。"

刘谡也装作害怕的样子，只管给苏伯阿磕头求饶。

苏伯阿冷笑一声，突然呵斥道："大胆刁民，胆敢欺蒙本官。你们姓刘，是春陵刘汉宗室，对不对？"

刘秀、刘谡吃了一惊，苏伯阿怎么会知道他们的底细。不对，老贼肯定是故意使诈，千万不能中计。刘秀故意装作糊涂的样子，回道："大人错了，小人不姓刘。小人家住长聚，不是春陵。"

苏伯阿根本不理会他，回走到苏地龙跟前吩咐道："把这两个乱民带回宛城，交给甄大人审问。"说完，走回车里。

"小人遵命。"

苏地龙跳上马，居高临下，对刘秀、刘谡奸笑道："算你们走运，大人高兴让你们多活一会儿。来人，给我捆起来，扔到后面车上去。"

羽林军一听，忙把刀剑入鞘，去找绳子，刘秀一听，糟了，不管苏伯阿是否认出他们，只要被送到甄阜手中，准好不了。

无论如何要逃回春陵，把举事的日期告诉大哥。主意打定他向刘谡使了个眼色，朝苏地龙努努嘴。

当两个羽林军拿着绳子扑向两个人时，刘秀右手突然抽出一名羽林军身上的宝剑，对准苏地龙飞射而出。

苏地龙一心以为这两个乱民会感谢主子的不杀之恩，做梦也没想到他们会杀到自己头上，眼看宝剑朝胸前飞来，还不明白是咋回事。他眼睛也没来得及眨一下，便一命呜呼了，死尸"扑通"一声摔到马下。

刘秀一击而中，趁机一个纵身飞落到苏地龙的马上。刘谡也同时夺了另一名羽林军的钢刀，紧随其后，飞落到苏地龙的马上。两人同骑一马，趁屠天刚和羽林军还没有反应过来，打马就跑。

屠天刚也跟苏地龙一样，根本就没有想到刘秀、刘谡会杀人逃跑，毫无防范意识，等他明白过来，刘秀、刘谡已跑出十几步远。

他气得哇哇直叫，可是自己还在地下，等上马再去追，两人肯定跑远了。他心机一转，有了主意，忙从身上取下牛筋强弓，瞄准奔驰而去的刘秀二人，用力将弓拉满，右手一松，雕翎箭正中马的屁股上，那匹马疼得一声暴叫，前蹄腾空而起，像人一样站立起来，一下子把身上的两个人掀到地上。

屠天刚大喜，跨上战马，长戈一挥，叫道："追，给我乱箭射死！"

刘秀、刘谡被摔到路边，刚想爬起来，忽听耳朵边"嗖嗖嗖"箭如飞蝗般射过来。两人赤手空拳，不敢站起来，只好在地上翻滚着躲闪，可是，羽林军边射箭，边往前追，离两人越来越近。

刘秀一看，不行，照这样非被乱箭穿身不可，急得他四处张望，路的右边几十步远便是通往春陵的白水河。刘秀突然有了主意对刘谡叫道："快，跳河！"

两人慌忙一个就地十八滚，一直滚到白水河里。羽林军冲上来，望着水波荡漾的白水河，只好乱放一通箭，回去复命。

苏伯阿眼看着两个冲撞他的刁民杀了自己的心腹爱将逃走了，气得顿足大骂："这两个乱民出手不凡，必是春陵刘氏宗室无疑。屠天刚，你这个没用的东西，竟让他们从你眼皮底下逃走，你还有何脸面做新野都尉？"

屠天刚委屈地道："小人知罪。可是小人的主要责任是保护大人的安全。杀两个乱民于事无补，大人的安全却是事关重大。大人若不解恨，待回到宛城，可交给小人一支人马去平灭舂陵。"

苏伯阿冷笑一声："就凭你能平灭舂陵刘氏？陛下对南阳刘氏早有戒备，此次命本官出巡南阳，就是专为刘氏。本官曾经遥望舂陵城郭，见其松柏翁翁郁郁，又望见舂陵上空奔涌的云层浓雾迷茫呈现龙虎之状，有天子征兆，刘氏终为朝廷之患。可是本官当务之急对付的还是绿林逆匪，至于舂陵刘氏只好请朝廷另派得力的将军前来镇压了。"

屠天刚听得心惊肉跳，面上却平静地道："时辰不早了，请大人启程吧，宛城甄大人和梁大人正在等候呢。"

刘秀、刘谡毫发无损回到舂陵，刘谡感到非常庆幸，刘秀却很难过，叹息道："可怜的大黄牛，这次恐怕在劫难逃了。汉室复兴之日，也该给它记上一笔大功。"

刘谡很理解他跟大黄牛的感情，忙安慰道："文叔不必难过。大黄牛吉牛自有天相，说不定能摆脱噩运，重回舂陵呢！"

两人回府，将与李氏兄弟计议起事的事告诉了刘縯。刘縯早就听说李通贤名，深信不疑，心中大喜。弟兄宾客聚在一起，经过认真考虑，决定立即招募士卒，打造兵器，誓师起兵，准备在材官都试骑士日策应宛城李氏。

计议已定，大家分头行事。刘府内外，人来人往，脚步匆匆。刘縯更是忙得脚不沾地，刚指派好家人去召集各路豪杰，迎面正遇三妹刘伯姬匆匆走来。伯姬拉住大哥的衣袖着急地道："大哥，娘生病了，发着烧老喊你和三哥的名字，你快去看吧！"

刘縯吓了一跳，昨晚母亲还好端端的，怎么会突然发病呢，他只好丢下手头上的事务，急匆匆地跟着伯姬往母亲房中赶来。

樊娴都见伯姬带着刘縯进来，责怪道："三丫头，谁让你告诉他的？"

刘縯抓住母亲的手，难过极了："娘，您生病了，这么大的事怎么不告诉孩儿。孩儿不孝，这两天忙于大事，没来看望您。娘，您一定是为孩儿忧虑成疾的，是吗？"

樊娴都鼻子一酸，泪水滚落下来。丈夫早逝，自己恪守妇道十八年，抚儿育女。眼见着儿子们长大了。可是，他们却要冒着生命危险去完成亡夫的遗愿。

樊娴都是个明事理、识大体的女人，她理解亡夫的心愿，理解孩子们所做的事业对刘汉宗室的意义，她不但不阻止，反而支持他们去完成丈夫的遗愿。

可是作为一个普通的母亲，她是那么疼爱儿女们，不愿看到他们流血流泪。

处在矛盾中的她终于病倒了。

可是，性情刚强的她还要给孩子们以鼓励，因此，强打精神道："缜儿不用担心，娘老了，身子当然会弱一些，这儿有伯姬和绮儿照应，娘很快就会好起来。举事在即，凡事多和你舅父、叔父、弟兄商议而行。我刘氏一族的身家性命就掌握在你的手中，一定要小心谨慎，三思而行。"

刘缜点点头："娘，孩儿记下了。"

"你去忙大事吧。记住，不要告诉仲儿、三儿，大事要紧。"

刘缜遵命而去。起事前的准备工作在有条不紊地进行着。宗族子弟中的年轻人踊跃报名从军。棘阳田牧（刘黄夫婿）、新野邓晨、湖阳樊宏及各路豪杰纷纷引兵来投。为不使起兵的消息泄露，刘缜命人把春陵封锁起来，许进不许出。

距离起事之日前三天的上午，彩霞满天，红日东升，春陵新建的演武场上，刚刚招募而来的春陵子弟兵执戟持刀，队列整齐。三通鼓响之后，身披红色大帔的刘缜在刘秀的陪伴下登上点将台，祭告天地，誓师起兵。

祭告完毕，将台下升起两面大旗，一面是人们久违了十几年的杏黄色汉室龙旗，一面是红色"刘"字大旗。

刘缜宣布，自称柱天都部，刘秀称将军，其余弟兄、宾客豪杰暂无称号，待起兵之后，再论功赐号。春陵子弟兵称汉军。

刘缜宣布完之后，退到旁边。刘秀步履矫健，登上将台，他身披绛衣，头戴大冠，全身戎装，腰系宝剑，威风凛凛，完全没有了原来的柔弱之气。

刘秀扫视汉兵，威严地喊道："刘谡兄，点名过卯！"

站在将台前的刘谡大步走出，抱拳揖首，朗声答道："遵命！"

不消片刻，点兵完毕。刘谡回来复命："汉军将士八千零五十九人全部到位，无一遗漏。"

"好，"刘秀威武的声音响彻春陵，"当年西楚霸王项羽以江东八千子弟兵起家，横扫暴秦天下，九战皆捷，何等的威风。今日我春陵子弟兵也是八千人。可是，我们不仅要亡莽灭新，还要扫平天下贼盗，匡复高祖帝业。刘秀才拙，愿与诸君誓死效力。"

汉军的高昂斗志被刘秀短短的几句话激发起来，纷纷举起刀戈，高呼道：

"愿为匡复汉室誓死效力！"

"……"

诸事皆备，春陵汉兵枕戈待旦，只待宛城李通举起义旗，便向新野地方府衙发难。

材官都试骑士日将近，宛城方面毫无消息，李通也没有信使遣来。到了约定之日的前一天晚上，刘良沉不住气了，道："明日就是材官都试骑士日，这么大的事，总该派人先联络一下。缤儿，叔父总觉得有变，还是另作打算吧！"

"不，叔父。"刘秀坚决不赞同刘良的建议，"李通一心匡复汉室，决无二志。没派人联络，必有原因。我们要耐心等待，千万不可轻举妄动。"

第二天，天还没亮，刘缤、刘秀等一干人就来到春陵的最高处，遥望宛城方向，翘首企盼，谁知望眼欲穿，直到午时，还是杳无消息。

恰在此时，邓晨从寨子里赶来，着急地道："不好了，寨子里有人传言，说南阳太守甄阜和属正梁立赐正率重兵赶来，要血洗春陵，军中人心惶惶，家家惊恐。"

众人一听，顿时惊慌失色。刘缤也不知所措。

刘秀心知宛城有异，但他镇静如常，不慌不忙地道："大家不必害怕，这是有人故意造谣，扰乱军心。甄阜、梁立赐正全力应付新市、平林两支绿林军，无力顾及春陵。大哥，义兵初起，军心动荡，越是情势紧迫，我们越是要沉着应付，切忌忙中出错，酿成大祸。宛城情况不明，小弟要亲自探明真相，我义兵才好行动。请大哥坐镇军中，安抚军心。"

众人听刘秀这么说，心里渐趋稳定。刘缤又是钦佩，又是担忧，拉着刘秀的手道："三弟言之有理，愚兄就依你而行。可是宛城情况不明，吉凶未卜，三弟此行不知是怎样的艰险。"

"不入虎穴，焉得虎子。成大事者，不避艰险，知难而上。"

刘缤感动万分，并不劝阻他，却对刘谡、朱祐说道："两位贤弟请陪三弟去宛城走一遭。千万小心谨慎，注意安全。"

刘谡、朱祐上前拱手道："小弟正求之不得，请伯升兄放心，就是拼上性命，小弟也要保证文叔的安全。"他们两人的武艺在众人中算是佼佼者，刘缤命他俩去，可见对刘秀的关切。

情况紧急，不容耽搁，刘秀、刘谡、朱祐与刘缤等人告别，刘秀叮嘱道："请大哥切记，情况不明，千万不可轻举妄动。"

因为马匹奇缺，三个人连战马也没有。刘缤把自己的黑龙驹让给刘秀，邓晨把赤兔马借给刘谡，樊宏也把心爱的桃花马交给朱祐。三个人装扮成行商，暗藏利刃，出了春陵，飞身上马，沿着官道，如旋风一般驰向宛城。

日头偏西的时候，三人便赶到了宛城南门外。刘秀远远地往城门口一看，不由大吃一惊，只见城门口的官兵比平日增加了一倍，而且个个刀剑出鞘，弓箭上弦，如临大敌。刘谡一看，失声叫道："不好，官兵盘查如此严密，肯定是李氏兄弟举事失利。城内还不知怎么样，咱们连进城都成问题。"

刘秀勒住黑龙驹，仔细观察了半天，才道："看情形城内正在搜捕。进城容易，出城可就难了。"

朱祐仔细一看，果然官兵对进城的人虽然盘查很严，还是放行了。但半天也没看见一个人出城，便道："咱们进城吧！"

刘秀忙阻拦道："还是小心为好，这三匹马太显眼，就留在城外，咱们徒步进城。"

刘谡、朱祐表示赞同。三个转辔回来，把马匹寄养在路旁的一家客栈里，才再次进城。守门的官兵对徒步而行的三人果然没太注意，只盘问两句，便放他们进城了。

宛城城内，完全不见了往日的繁华热闹，街道上冷冷清清，偶然有几个行人，也是脚步匆匆，生怕稍作停留就会招来灭顶之灾。两旁的店铺大多都关门打烊。一队队的官兵横冲直撞，惊得鸡飞狗叫。

刘秀一看这情形，心头凉了半截。李通、李轶肯定出事了，是生是死尚未可知。

三人躲到僻静之处一商议，决定还是先弄清真相，再作打算。刘秀抬头一看，见前边不远处有一年约五十的老者坐在路旁卖茶叶，便装作茶客，走到跟前，很随意地问道："老人家，城里怎么乱成这个样子？"

老者把刘秀拉到一处断墙后面，低声道："客官有所不知，这城里有姓李的弟兄二人图谋聚众造反，不知怎么走漏了消息，太守甄大人就把姓李的全家抓了起来。今日申时要在西市口开刀问斩，焚尸示众，连小孩儿也不放过。城里的人都被官兵赶到西市口观看杀人去了。"

刘秀听了，热血上涌，想不到李通一心匡复汉室，竟遭此大难。他强忍悲愤，告别老者，把打听到的情况告诉了刘谡和朱祐。朱祐一按衣内的短刀，愤然道："咱们马上去西市口，杀官兵，劫法场，救出李氏全家。"

刘谡也满腔怒火道："李通、李轶一心复汉，不想遭此劫难，咱们不能见死不救。"

刘秀打断两人的话道："千万不可鲁莽行事，西市口咱们一定要去。但一切听小弟的安排，明白吗？"

"明白！"

西市口在宛城的西北角，历来是官府处斩犯人的地方。刘秀三人匆忙赶到，远远看见人山人海，旌旗招展，正中的高台上，执戈仗剑的新朝官兵围在简易棚的周围。那里是监斩棚无疑。

三人挤进人群一看，只见无数的官兵全副武装，刀戈并举围成一个大大的圆圈，正中的场地上一字儿排开跪着发辫散乱、背插亡命牌的待决犯人，每个犯人的身后都站着一个凶神恶煞的刽子手。

天色阴沉，冷风凄凄，刑场上人山人海，却静得怕人。忽然，"哇"的一声，从刑场正中传出一阵婴儿的啼哭声。人们的心一下子被提了起来，争相往婴啼的方向看去。

只见待决犯人的队列尽头躺着一个嗷嗷待哺的婴儿，婴儿的旁边，同样站立一个面目狰狞的刽子手。人们的心碎了，泪水浸满眼眶，怒火在胸中升腾。

刘谡、朱祐牙齿咬得"咯咯"直响，愤怒至极恨不得冲上去，与新军拼个你死我活。刘秀的心也被怒火烧焦了，奋力挤到最前面，仔细在待决犯中搜寻，从头看到尾，又从尾看到头。连嗷嗷待哺的婴儿，李氏一门男女老幼总共六十四人，却不见李通、李轶的影子。他心中稍安，李氏兄弟肯定逃脱此劫。

刘秀总算彻底放心了，为了不引起官兵的怀疑，忙拉着二人往人群里退去。

在婴儿的啼哭声中，监斩棚里走出一个穿着都尉官服的中年人，目光阴冷地扫视着围观的人们，大着嗓子说道："列位，今天是个不寻常的日子。我宛城官兵同心，一举捕获图谋反叛朝廷的李氏全家六十四口。等一会儿，申时一到，这些大逆不道之徒就要王法加身。前队大夫甄大人亲自监斩，还有几句话要跟宛城的百姓说。"

人群一阵骚乱，发出了嗡嗡的议论之声。刘秀忙向身边的一位老者打听道："请问，刚才那位大人是谁？"

老者小心地打量着四周，一拉刘秀衣襟，俯身低语道："他就是新任南阳属正梁立赐，听说还是当年摄皇帝府上的心腹家将，咱们宛城百姓认识他的人不多，可是，知道'梁剃头'的人不少。"

"梁剃头？"

"梁立赐杀人如麻，老百姓就暗地里送给他梁剃头的绰号。"

刘秀默记在心，抬头看去，南阳太守甄阜走上台前，满脸堆笑，双手抱拳，声音响亮，说道："各位父老乡亲，我宛城官民既是新朝子民，理当剖心沥胆报效陛下，尽忠于朝廷，克尽臣民之责。可是有乱民如李氏者，不思君恩，悖逆纲常大义，密谋叛逆朝廷，今日得此下场，实是天不容他。南阳之民，如果还有像李氏一样，有不轨之心的，就请往刑场下看一看。胆敢悖逆犯上，图谋不轨，李氏一家就是前车之鉴。"

甄阜脸上的笑容凝固似的，突然号叫道："时辰已到，行刑！"

蓄势以待的刽子手几乎同时举起鬼头大刀。围观的人们赶紧闭上眼睛，不忍目睹。耳听鬼头刀砍下的声音，婴儿的啼哭声戛然而止。睁眼看时，刑场上血流成河，人头乱滚。吓得胆小的人们惊叫着，往外奔跑。

忽然，高台传来一阵阴冷的大笑声，只见梁立赐一指混乱的人群，大声叫道："都给我堵住，一个也不准走，就是要让这帮刁民看看反叛朝廷的下场。来人，架火焚尸！"

梁立赐一声令下，场中一堆准备好的干柴被点着，顷刻间火光冲天，兵卒、刽子手立刻把身首分离的李氏六十四人扔进火海中，不多时浓烟翻滚，一股烧焦尸体的气味在空中弥漫，呛得周围的百姓咳嗽不止，不少人呕吐起来。

刘谡、朱祐要冲上去拼命，刘秀紧紧拉住两人的手，低声而有力地说道："小不忍则乱大谋，为他们报仇的时刻不会很远，咱们当务之急是回去报信。"

火光越来越小，地上的血迹也被烤干了。梁立赐终于下令放行了，目睹惨景的人们战战兢兢，心有余悸，一哄而散。刘秀三人也随着人流离开西市口。

城内官兵的搜捕依然紧急。刘秀暗忖，出城肯定困难。眼见天色擦黑，三人便躲在一家客栈。等到夜深，方缒城而出。他们在城外取了战马，连夜赶回春陵。

春陵的人正等得焦急，听李通全家惨遭不幸，八千子弟兵人人义愤，争相向柱天都部刘縯请战，原先怯惧的情绪不见了。的确，匡复汉室的第一役，流血的不是刘氏，却是李氏，足以令每一个刘姓人羞愤。

哀兵必胜，就是没有李通的内应，春陵子弟兵也有取胜的可能。刘縯望着一双双被仇恨烧红的眼睛，动心了。

刘秀阻拦道："大哥，首战的成败，事关重大。甄阜、梁立赐早有防备，千万不可冒险犯进。"

刘縯摇头道："李通事败，我春陵起兵的消息必然泄漏，如不主动出击，难道坐等新军围剿。"

"大哥言之差矣，李通虽然事败，我春陵起兵的消息却没有泄漏。甄阜、梁立赐抓获李氏全家，只是在宛城监斩焚尸，威慑百姓，却没有率兵进剿春陵，便是明证。"

刘縯觉得有理。是啊，如果甄阜、梁立赐知道春陵起事，早已率部进剿，绝不会待在宛城耽搁，给春陵喘息的机会。

刘秀见大哥听信了自己的话，便又道："我子弟兵初起，士气高昂至关重要，首战必须百分之百取胜。如今南阳甄阜、梁立赐兵多将广，又有防备之心。我八千子弟兵如无外援内应，实在没有必胜的把握。"

樊宏、邓晨、刘嘉、刘良都觉得刘秀说得有道理，激愤的心情开始平静下来，一齐望着刘縯。刘縯道："三弟，有何计策，请尽管说。"

"内应断了，外援还在。眼下绿林军的新市兵、平林兵就在郢州、随州与新军争战。我子弟兵若与新市兵、平林兵兵合一处，其势蔚为壮观，战甄阜、梁立赐不是难事。"

刘秀话音刚落，樊宏、邓晨、朱祐、刘谡、臧宫等人纷纷表示赞同。刘縯却道："新市兵、平林兵不过是山野贼寇，为新朝不容，起兵反莽。我春陵汉兵反莽为的是匡复汉室，岂能与他们同流合污。"

刘良也道："缤儿说得对，我刘氏岂能与贼寇共事。"

刘秀耐心劝说道："匡复汉室虽然是我春陵起兵的宗旨，可是不反莽何能复汉？绿林军举义旗，反王莽，天下归心。同样是反莽，为什么不可并肩作战共击新朝？何况目下形势危急，合则共享其利，分则皆受其弊。甄阜、梁立赐就是不希望咱们合兵，以利他们各个击破，逐一剿灭。"

一番话，合兵之利，清清楚楚，众人纷纷表示赞同。刘缤只得道："既如此，便请三弟速往随州、郢州，说动两家合兵，共创大业。"

计议已定，刘秀来不及歇息，又要起程。刘谡、朱祐又要跟随，刘秀笑道："两位是刚猛之将，冲锋陷阵不在话下，可是这次不是去打仗，还是请嘉兄同去为好。"

刘嘉行事一向稳重，武艺也不错，听到刘秀点到他，欣然同往。两人稍作装扮，便跳上战马，往南奔驰。

春陵距随州仅四百里，两人抄近道，急行如飞，赶了半天一夜，第二天辰时，总算赶到随州地界，已是人困马乏。

他们在马上草草得吃点干粮，强打精神，继续赶路。刘秀四下张望，见前面山峦起伏，行人稀少，暗忖道，随州已在平林兵手中，这一带也该有平林兵活动，怎么才能跟他们联系上呢？

两匹马缓缓进山，因为赶了一夜的路，马也乏了，两人不忍心再急赶了。抬头往山上看，但见树木翁葱，似乎藏有千军万马。刘嘉担忧道："如此险地，恐怕会有盗贼出没。"

刘秀笑道："随州尽为平林兵所有，就是有人埋伏，也是平林兵无疑。咱们正愁找不着他们呢！"

谁知，他话音刚落，忽然感到马往下沉，黑龙驹也知道不妙，奋力往上跳。可是晚了，只觉得脚下发空，"扑通"一声掉进陷马坑里。

刘嘉紧跟其后，一见大惊，慌忙拨马躲闪，谁知马蹄刚踩上路边的草地，也是"扑通"一声掉了下去。

刘秀知道中了埋伏，急也没用，干脆耐心等着。不多时，就听见杂乱的脚步声传来，有人叫道："又抓住两个奸细！"

"哈，交给渠帅，便是奇功一件。"

"……"

紧接着，有两只挠钩伸了下来。刘秀不等挠钩钩住自己，便用双手抓住。上面觉得钩住了，便用力往上提。刘秀刚露出坑口，就被几个衣衫破旧的汉子摁倒在地，用绳子捆了。紧接着马匹也被钩了上来。回头看，刘嘉也被另几个捆了。

刘秀细心观察，猜测可能是平林兵，便不慌不忙地问道："请问你们是什么人？大天白日竟敢劫道，岂是君子所为？"

一个小头目模样的人冷笑道："告诉你，我们是平林兵，专门在这儿抓奸细，怎么算劫道。再敢胡说，小心你的狗头。"

刘秀大喜，忙道："平林兵弟兄，我们不是奸细，是专门来找你们渠帅，共商大事的。"

"呸，还敢嘴硬。瞧你们这身打扮，不是新朝狗官，就是豪强地主。待会见了我们大人，自会有你的好看。"

刘秀哭笑不得，低头看看自己身上，衣服落满灰尘，经汗水浸透，又涩又臭，哪像官宦人家的打扮。不过，比起平林兵身上的破旧的衣衫，还算得上奢华。

几十个兵卒押着刘秀、刘嘉，牵着马匹，沿着盘旋而上的小路上山，走了小半个时辰才爬到山顶。山上只有一座简易的山寨依山势而建，几百名兵卒正在树下习练武艺。小头目看了两人一眼，对手下吩咐道："好好看着，别让他们跑了。我去禀报安集掾大人。"

小头目进了山寨，没多会儿就回来了，一脸的阴笑，说道："我安集掾大人说了，先打一百军棍，再行审问。来人，给我打。"

两旁的兵卒二话不说，按倒刘秀、刘嘉，举棍就要打。刘秀一看要吃亏，自己挨打，受点委屈事小，见不着平林兵渠帅事大。

刘秀心里一着急，忽然想起了刘玄。刘玄杀了官兵的当晚，刘秀亲自送他出了舂陵，刘玄就说过要去投奔平林兵，这时候说不定真的就在平林兵当中。

想至此，他突然大声喊道："刘玄刘圣公何在，我们从舂陵而来，有急事相告，快带我们去见刘圣公。"

手举大棍的兵卒一听，慌忙扔了棍子。小头目也吃了一惊，忙问道："你们真是从舂陵而来？"

刘嘉不耐烦地道："这还能有错。我们是来找你们渠帅商议大事的，你们这么做，岂是待客之道？"

小头目赶紧松绑。忽听身后有人问道："刚才抓来的奸细在哪里？"

刘秀听出是刘玄的声音，抬头一看，见寨门前站着一名平林兵将官，正是刘玄，忙惊喜地叫道："圣公兄，我们在这儿！"

刘玄走过来定睛一看，认出二人，慌忙上前拉着两人的手激动地说："文叔、嘉哥，你们怎么会来这里？"

刘秀道："一言难尽，还是进了山寨再说吧！"

"对，对。"刘玄这才想起自己是主人，忙殷勤地邀请二人进了山寨，来到大厅。刘秀把此行的目的说了一遍，最后说道："请圣公马上带我们去见平林、新市渠帅早定大计。"

刘玄闻听大喜，道："想不到伯升兄这么快就起兵了。刘玄无能，在平林兵中只做个安集掾的小官，也帮不上大忙。不过，平林、新市兵势单力薄，难以对新军展开大的攻势。两家渠帅也许有合兵之意。平林兵渠帅陈牧就在随州，我带你们去见他，晓以合兵之利，也许他会考虑的。"

刘秀、刘嘉心系春陵，不敢耽搁，立刻就要动身。这时，从后房走出一名二十来岁的秀丽女子，对着刘玄嫣然一笑道："相公，妾身听说春陵来人了。"

刘玄笑而不答，却向刘秀道："文叔，你看她是何人？"

刘秀莫名其妙，仔细打量着那女子，觉得有些面熟，却想不起在哪儿见过，只得摇摇头。刘玄有些失望，说道："文叔还记得吗？当年你我去新野卖谷，在酒馆里遇着一个豪饮女子……"

"韩氏女？"刘秀忽然想起，脱口而出叫道。

"不错，正是小女子。"那女子上前，给刘秀、刘嘉道个万福说道，"我兄长韩虎硬逼我嫁给了当时的新野尉屠天刚做妾。可是屠天刚生性暴戾，根本不把我当人，非打即骂。后来圣公逃避官兵追捕，躲入屠天刚府中，我把他藏入房中，躲过官兵的搜捕。再后来，我们就逃离都尉府，投奔平林兵。"

刘秀听明白了，忙上前施礼："原来是嫂夫人，小弟有礼了。"

刘嘉着急地道："此时不是细谈的时候，咱们速去随州要紧。"

刘玄知道他们心里有事，忙与夫人匆匆告别。三人出了寨门，上了马，如飞一般驰骋，不过一顿饭的工夫，便赶到随州城外。因为有刘玄带路，诸事顺利。两人顺利地见到平林兵渠帅陈牧，正巧新市兵渠帅王凤也来随州与陈牧商议军情。四人围坐在一起，谈起合兵之事。

铁匠出身的陈牧人高马大，脸色紫黑，说起话来，直来直去。他用粗大的嗓门说道："春陵刘氏，那是汉家皇族。瘦死的骆驼比马大，再穷也少不得吃穿，为啥非要拎着脑袋反王莽？"

刘秀笑道："如今是新朝天下，我刘氏没有了那份尊贵，跟平民百姓一样受尽新朝的欺压豪夺。祖宗留下的那点儿家财，支撑不了几年。趁着还有点家底可以充作军资，不如跟天下豪杰一道起兵反莽，也算我刘氏为天下百姓出点力。"

"刘公子说话，果然痛快！"陈牧拍手称赞。

与陈牧相比，新市兵渠帅王凤讼师出身当然要儒雅得多。他审视刘秀二人，道："春陵刘氏，汉室宗族。今王莽篡汉，身为汉室子弟，你们不会甘心吧。此次起兵，是否有复兴汉室之旨？"

刘秀笑道："我兄弟孤陋寡闻，才疏学浅。此次起兵实在是官家所迫，求一条生路罢了。至于复兴汉室，需我宗族中才识非凡的人才能实现，我弟兄眼下尚不敢有此奢望。自古天下，贤者居之。王莽暴虐，神人共愤，天灭新朝为期不远。豪杰并起，渠帅也可称王。关于天下归谁，自有天命，非人力所能为。眼下我们共同的敌人就是新朝王莽。合兵之利……"

"合兵之利不需细说，我们自会明白。"王凤打断了他的话，看了陈牧一眼道。

刘嘉惊喜地道："这么说两位渠帅愿意兵合一处。"

陈牧大笑道："兵合一处，将打一家。傻瓜也会懂这个道理。"

王凤站起，走到张贴着地图的屏风前，道："我们两家早有合兵之意，现在，请两位一起商议具体的作战方案。"

刘秀、刘嘉相视一笑，一夜的奔波总算换来了满意的结果。

【第四回】

骑黄牛将军出战，藏鬼蜮庸夫登基

春陵汉军将士听到刘秀、刘嘉带回来的好消息，欣喜万分，个个摩拳擦掌，跃跃欲试，准备与新军展开大战。刘縯立刻升帐点兵，分派任务，做好发兵前的一切准备。

大战在即，刘伯姬突然闯进大帐，语不成声地哭道："大哥，娘……不行了。"

刘縯弟兄惊呆了，众将士也变了颜色。

"娘……"刘縯粗大的嗓门哭叫一声，冲出帐外，刘秀、刘仲和众将士也哭喊着追了出去。偌大个行军大帐空无一人。

樊娴都无限疲惫地躺在病榻上，床头侍立着脸挂泪珠的刘黄、刘元和绮儿。自刘縯宣布起兵以来，年老体弱的她每天都处在惊恐交加的情绪中，可是，为了不让儿女们担心，为了不影响儿子的事业，她还要装出虚假的笑容应付儿女们的探视。

当宛城李通满门惨死的消息传到她耳朵里时，老夫人再也经受不住打击，惊急交加，旧病复发。伯姬害怕，想去告诉正在奔忙的哥哥们，可是母亲死死拉住她的手，苦苦哀求千万不可在这个关键的时刻影响举兵反莽的大事，伯姬没有办法，只得点头答应。

可是，仅过了一夜，老夫人的神志开始不清，伯姬难过极了，不顾一切冲进大帐，告诉刘縯实情。

刘縯赶到母亲床前，跪倒在地，摇着母亲的手，哭喊道："娘，您怎么不早点告诉孩儿，您要是就这么去了，孩儿会内疚一辈子。"

也许是儿子的孝心感动了神灵，樊娴都的嘴角动了一下，睁开眼睛，看见跪倒一地的儿女和宗室子弟，无力地抬起右手，摸着刘縯的脸，微弱的声音说道："縯儿，举大事要紧，你怎么来了？"

刘縯忙哭着安慰她道："娘，您放心，孩儿已经把一切都布置好了。您有什么话，尽管说吧！"

刘秀、刘仲、刘黄、刘元、伯姬也一齐围上来，伏在母亲身边哭泣。樊娴都把六个儿女逐一打量了一遍，精神似乎好了些，脸上绽出笑意道："娘的路走到头了，娘只有一个心愿就是你们都能平平安安地过一辈子。伯姬也长大了，娘却来不及给她找个人家。秀儿！"

刘秀含泪应道："娘，孩儿听着呢！"

"你大哥一心想着大事。伯姬的事娘就交给你，一定给她找个称心的人家。"

"娘，您放心，孩儿一定会办到。"

樊娴都呼吸渐急，声音越来越弱："縯儿，自古忠孝难全。娘死后，你要以大事为重。丧事不必亲临，不为不孝。还有，你参临死前说过，你性情不够柔韧，容易招来灾祸，以后要提防小人暗算。瞧，你参来了，要接娘去了。娘走了……"樊娴都话没有说完就永远地闭上了那双慈祥的眼睛。

刘縯兄妹跪在母亲的遗体前，悲痛欲绝，泪如雨下。身后的宗族子弟、宾客豪杰也跪倒在地，哀哀痛哭。沉着、稳重的樊宏一边痛哭姐姐，一边焦急地想着，刘縯第一次与新市兵、平林兵合作，如果因丧事突然变卦，有何信义可言？

正踌躇不知如何劝说，忽见刘秀突然站起，一抹眼泪，向身后的众人说道："诸位请起。大战在即，不必哭灵。所谓大行不拘细节。此去征战，旗开得胜，匡复汉室帝业，再筑宗庙，才可告慰父母在天之灵。"

刘縯闻言，顿时醒悟，忙擦干泪水，站起来道："三弟所言极是，母亲也有遗嘱，不会怪儿女不孝。丧事就交由叔父办理。其余人等，随柱天都部出征。"

刘良遵命。刘縯、刘秀跟众人离开母亲的房间，赶赴校场点兵。八千子弟兵，一万六千只眼睛的目光齐刷刷地望着柱天都部刘縯。李氏一门的惨死、樊老夫人的去世激励着人们同仇敌忾，共赴国难。

刘縯终于举起了令旗，朝着长聚方向用力一挥。春陵子弟兵浩浩荡荡离开家园，向西急进。

行进的队列中，刘秀骑着大黄牛，手提大砍刀，努力向前。这头大黄牛命大，被苏伯阿的羽林军砍了十几刀，死里逃生，跑回春陵，经过刘宽十几天的精心调养，伤口总算痊愈。众将士看着刘秀骑牛出征，都说稀奇。

春陵汉兵前锋刚抵达长聚外围，前面打探的兵卒跑来禀道："禀刘三将军，前面有大队新军，约有一万人。"

刘秀催牛上前，往长聚方向一看，果然排列着黑压压的新军队伍。他心里一惊，小小长聚为何会有这么多官军？新市兵、平林兵是否按原定计划行动？如果他们配合不好，春陵八千子弟兵对一万新军，很难取胜。

　　尽管刘秀行事一向谨慎，但如今已是两军对垒，再无回旋的余地。只听对方军中突然擂响了战鼓，无数新军铺天盖地杀了上来。

　　原来甄阜、梁立赐对春陵刘氏早有防备之心，对新野增加了兵力。当汉兵离开春陵的时候，新野尉屠天刚才知春陵已反，忙尽发新野官兵与游徼韩虎一起驰往长聚。

　　刘秀见新军扑来，忙大声命道："擂鼓进军！"

　　战鼓擂响，春陵兵争先恐后，冲向敌人。刘秀驱牛向前，谁知大黄牛没经过战阵，一见新军喊叫着冲来，吓得直往后退。

　　这时，两军相逢，新野尉屠天刚跨着青骊马，手舞长戈，旋风般冲入汉兵队中，十几名汉兵顷刻间血洒疆场。其余的汉兵喊叫着，不敢上前。刘谡、朱祐一见大怒，两人一左一右，大踏步地冲向屠天刚。

　　可是，因为没有坐骑，只得围着屠天刚打转转，伤不到人家一根毫毛，反被屠天刚的长戈逼得险象环生。

　　落在阵中的刘秀，心里急得冒火。这是起兵交锋的第一仗，关乎八千子弟的士气。他一着急，再也不心疼大黄牛，突然掉转刀柄，用刀背猛磕大黄牛的尾部。

　　大黄牛疼得跳起老高，好像发起了牛脾气，瞪着血红的眼睛，发疯般地冲向屠天刚。屠天刚武艺高强，久经战阵，还从没见过黄牛上阵，忽见刘秀骑牛冲来，惊悸不知所措。

　　刘秀手举大刀，拦腰劈了下去，屠天刚连哼也没哼就栽落马下。青骊马也惊了，撒腿就跑。刘秀脚下用力一蹬，大刀点地，借着黄牛的前冲之力，飞身跳起，利落地飘落在青骊马的背上。

　　新野尉被杀，汉兵士气高昂，纷纷杀向新军。新军阵中游徼韩虎凭借兵多人众，逼迫新军与汉兵拼杀。

　　此时，刘縯率本部汉兵赶到。八千汉兵与一万新军展开激战，势均力敌，你来我往。刘縯长矛飞舞，黑龙驹在敌阵中左右冲击，专挑新军骑将搏杀。

　　双方争战正酣，忽然新军背后人喊马嘶尘土飞扬。韩虎抬头一看，只见身后无数人马滚滚而来，新市兵、平林兵旗号清晰可见。

　　"糟了，绿林军兵来了！"韩虎大吃一惊，打马往外冲去。刚走出十几步远，就被刘縯迎面拦截。刘縯劝他投降汉军，韩虎却死活不肯，两人在阵中打了起来。

　　新市兵、平林兵依约攻占唐子乡，进攻长聚与春陵汉兵会合。汉兵见来了援兵，士气更加高涨，全力击杀新军，新军腹背受敌，四散溃逃。

　　韩虎大惊，抽身欲走，却被刘縯飞马赶上，一矛挑于马下，当场丧命。来不及逃走的新军慌忙扔下兵器，跪地求饶。

　　长聚一战，春陵汉兵、平林兵、新市兵合兵一处，首战告捷。

义军占领长聚，刘縯、刘秀等汉兵主将与平林兵陈牧、廖湛，新市兵王匡、王凤、朱鲔、马武等人共聚一厅，商议进兵事宜。汉兵早就闻听绿林英雄的名声，心生仰慕之意，争相观瞻各位豪杰的风采。

相互引见礼毕，刘縯开口道："今日得绿林义兵相助，我汉兵才首战告捷。各位英雄远道而来，我刘氏本应略备薄酒为诸位接风洗尘，以尽地主之谊。但是，兵贵神速，耽搁不得。湖阳离此不过三十里地，唾手可得，各位有何高见？"

陈牧粗着嗓子叫道："我看还是打仗要紧。多杀几个新朝官员比喝什么酒都痛快。"

新市兵渠帅王凤点头道："伯升言之有理。如今我们已占据南阳的门户，只要攻取宛城，便有望西击长安，活捉王莽。但此距宛城尚有三百余里，中间隔着湖阳、棘阳、淯阳。当务之急，我们应该挟初胜之威，速取湖阳、棘阳、淯阳，兵临宛城之下，给王莽以重压。"

刘秀仍为先锋，和刘谡、朱祐一起领一部汉兵向湖阳急进。这时，三人都有了坐骑，如虎添翼，与进攻长聚时，已不可同日而语。

刘谡想拿下湖阳，于是到刘秀马前请战。

刘秀笑道："谡兄虽勇猛过人。可是湖阳也有新军重兵把守，凭你一人之力，怎么可能把它拿下？"

刘谡哪肯甘心，情急之下，忽然灵机一动有了主意，忙对刘秀附耳低语几句。刘秀惊喜地说道："想不到谡兄竟有如此妙计，就依你而行。"

刘谡得到刘秀的鼓励，更加信心十足，忙找来一身新朝小吏的衣服换上，暗藏利刃，策马先行。

不过一顿饭的工夫，他便到湖阳城下。只见湖阳城门紧闭，吊桥高挑。长聚兵败的消息已传到城内，湖阳令和湖阳都尉害怕义军来攻，忙上城头督促新军加强防守。

刘谡单人独骑，来到城门口，向城上守军大声喊道："喂，守城的弟兄听着，在下是江夏来的使者，有紧急军情面呈县令大人，快点打开城门。"

城上的守兵听了，忙去禀明湖阳令。湖阳令早就看见城下有人，狐疑道："江夏使者怎么偏在这时候来，莫非其中有诈？"

有人却满不在乎地说道："大人太过小心了。就算他是汉兵奸细，就凭他单人独骑，又能如何？下官倒是想放奸细进来，看他有多少本事。"

湖阳令觉得有理，点头道："放江夏使者进城！"

兵卒得令，立即放下吊桥。刘谡打马进城，到了城内，跳下战马，跟着兵卒登上城头。湖阳尉见他一身小吏装束，毫不怀疑，远远地迎上去，问道："江夏使者有何军情？"

刘谡便向他走近，答道："小人要面呈县令大人。"

湖阳令一听，立刻走到都尉身边。刘谡一边躬身施礼，一边装作掏军报的样子，突然，从衣内抽出短刃，向湖阳尉当胸刺去。湖阳尉猝不及防，被刺个正着，惨叫一声，倒地毙命。

事发突然，湖阳令还没弄清楚是怎么回事，已被刘谡用短刃逼住。周围的新军明白过来，慌忙举起兵刃，冲了过来。

刘谡手上稍一用力，厉声喝道："快命他们退下，不然就让你立刻见阎王。"

湖阳令只觉得脖子上冷气森森，吓得裤子都尿湿了，慌忙朝新军兵卒摆摆手道："快……快退下，千万不可胡来。好汉……是什么人，意欲何为？"

刘谡威严地道："我乃舂陵汉军猛将刘谡，特来攻取湖阳。快点打开城门，放我大军进城，可保全城官兵性命。"

湖阳令望着城下，疑惑道："舂陵汉兵何在？"

刘谡将右手指头放在口里，连吹三声尖利的口哨。只见从城外树林里、草丛中、河沟下突然冲出无数的汉兵。眨眼之间，他们便到了城下。湖阳令骇然变色道："英雄息怒，湖阳愿降！"

刘秀兵不血刃进驻湖阳。紧跟着，刘縯率本部汉兵，陈牧、廖湛率平林兵，王匡、王凤、朱鲔率新市兵进了湖阳。

义军不费一兵一卒攻取湖阳，刘谡功不可没。刘秀兴冲冲地来找大哥，给刘谡请功。刘縯仔细听完经过，点头赞叹道："刘谡贤弟一向性情急躁，不想竟然粗中有细，赚取湖阳，功不可没。为示褒奖，赐封将军。"

众人在帐中参议军情，刘縯道："棘阳城小，守兵不足千人。我军宜速战速决，威逼宛城。诸位英雄以为如何？"

平林、新市渠帅都赞同刘縯的意见。朱鲔主动请战，道："合兵以来，汉兵战长聚，取湖阳，连战皆捷。我新市兵却寸功未立，很是羞愧。棘阳就交给我新市兵来攻。"

刘縯和众渠帅点头同意。朱鲔于是尽发新市兵，向棘阳压来。棘阳守将岑彭，登上城头，率城中所有新军，严阵以待。新市兵勇猛顽强，奋力攻战，但都被岑彭一次次打退。激战半日，新市兵仍围在城下打转，进不得半步。

朱鲔大怒，亲自带一支敢死队，搭起云梯攀缘而上。可是，城头上突然射出一排火箭，云梯被烧着，吓得他赶紧跳到地下。这时攻城的士兵又一次被城上的檑木、沸汁击退。

刘縯、王匡、陈牧、廖湛等义军首领亲临城下观战。见天色已晚，刘縯道："棘阳城小兵少，想不到竟如此难以攻取，请招回朱渠帅，另谋良策。"

朱鲔无功而返，满面羞愧。刘縯安慰道："新市兵将士打仗不是不勇猛。可是棘阳守将岑彭不但熟知兵法，擅长攻守，而且，为官清正，爱兵如子。城中军民同仇敌忾，朱帅无功而返自在情理之中。现在大家聚在一起，共同商议是否有破城妙计。"

朱鲔心中稍安，坐回原位。义军将帅各抒己见，争论不休。但商议了半天，也想不出更好的攻城计策。

这时，汉军末座站起一人来，大声道："柱天都部，各位渠帅，在下有一计，不知可行不可行！"

刘縯举目一看，是大妹夫棘阳人田牧。田牧跟随春陵起兵，夫人刘黄为侍奉公婆，在料理完母亲的丧事之后，回到棘阳家中，现在不知情况如何。

王匡、王凤看了田牧一眼，含笑道："田将军有何锦囊妙计，尽管说来。"

田牧揖首道："在下是棘阳人，城中宗族、故旧很多。在下想连夜潜入城中，招集家族、故旧，突袭城门，放大军入城。棘阳便为我所有。"

王凤、王匡大喜道："这倒是一条妙计，可以试一下。只是让田将军单身入城，恐多有危险。"

田牧道："谢两位渠帅牵挂。不过，行军打仗，哪有不冒风险的。请渠帅放心，田牧自有应对之计。"

刘縯也表示同意。田牧换上夜行衣，带上飞抓、兵刃告别了众人，消失在茫茫黑夜中。朱鲔率新市兵，马衔枚，人蹑足，悄无声息地赶到城下，埋伏起来，把眼睛睁大紧张地望着棘阳南城门。

天近丑时，城上果然发出火光信号，紧跟着，城门大开，朱鲔一马当先，冲进城去。新市兵紧跟着冲了进去。

棘阳城内，守城的新军见义军突然从天而降，吓得到处逃窜。朱鲔会合田牧族众往棘阳衙署杀来。

岑彭从梦中惊醒，望见城内火光冲天，杀声阵阵，知道大势已去。所幸妻小都在宛城，他赶紧上马举刀，从北门杀出一条血路，逃命而去。

旭日东升，义军大队人马进入棘阳，刘縯和诸位渠帅聚在一起，计议为田牧族众和立功的新市兵将士论功行赏。

正在热闹之时，又有喜讯传来，叔父刘良料理完樊夫人丧事，率领族众与新野阴识一起来追汉军。

刘縯、刘秀率家族亲往城门口迎接刘良和阴识。刘秀看见阴识，自然想起心爱的阴丽华，新野一别数年，丽华现在怎样了，是不是像他想她一样想念自己。多少个不眠之夜，刘秀都在默默地思念着新野的心上人，有时竟有一种冲动恨不能立刻飞到阴丽华身边，向她求婚，把她接到军中。

可是，军务繁忙，生死难料。何况，自己这个将军的头衔还是自封的，距离复兴汉室还很遥远，不符合丽华择婿的誓言。心有千千结的刘秀不便向阴识问起阴丽华的情形，只得殷勤地招待这位未来的郎舅。

义军连战皆捷，军威大振，士气高昂。刘缤与诸位渠帅商议，决定乘胜进兵，威逼宛城。大军稍作休整，便倾营而出。旌旗招展，浩浩荡荡，义军斗志高昂地向宛城急进。

新朝地皇三年（公元22年）的腊月似乎比往年的冬天更加寒冷。荒凉的大地覆盖着严霜，连一点儿生机也没有。饱受乱世之苦的人们蜷缩在茅草棚里，默默地等待着命运之神的安排。

但是，寒冷对于为命运而战的人们是微不足道的。在通衢驿道上，就行进着几支大军。棘阳通往宛城的驿道上，连战连捷的义军将士，斗志高昂，步履矫健地向前挺进着。

通往棘阳的驿道上，前队大夫甄阜、属正梁立赐为汉兵的胜利震惊，倾尽南阳之兵近十万人马，押运着足够辎重粮草，离开宛城，扑向棘阳，誓将义军一口吞下。

而在千里之外的长安城外，纳言将军严尤、宗秩将军陈茂怀揣新朝皇帝的剿贼谕旨，催发十万新军，踏上了通往南阳的驿道。

汉兵后面的眷属队伍中，二十多岁的刘伯姬一身戎装，英姿飒爽，骑着一匹桃花马，显得格外引人注目。刘元带着女儿坐在马车上看见她，也艳羡道："瞧，三妹不但人儿长得漂亮，还是女中豪杰呢。要是被哪个男子娶了去，是他一辈子的福气。"

伯姬被她取笑，不好意思，脸上一红道："小妹恐怕不如二姐的命好，二姐夫方是大英雄呢。"

"三妹是姑娘大了，心事也多了。不过，你放心。母亲既然把你的事托付给三弟，三弟一定能帮你找一个如意郎君的。"

伯姬却笑道："算了吧，二姐。三哥已经二十八岁了，他自己的事还没有眉目呢，小妹怎么能先嫁人呢？"

刘元摇头道："咱们女子不同他们男子。男子要建功立业，婚姻之事迟早无妨。小妹二十大几的人了也该嫁人了。"

姐妹俩正边走边说，恰巧刘缤夫人潘氏的马车在刘元马车的前面。听见两人的说话，潘氏揭开厚厚的棉布帘子，笑道："什么男人女人的，咱们不能帮着男人打仗，也不能当他们的累赘。回头嫂子跟你大哥说，眷属一律不随军，就地安置。"

伯姬策马赶上前去，笑道："这些用不着嫂子操心。大哥说了，等打下宛城，咱们有了立足之地，就不再让眷属随军。"

义军浩浩荡荡，刚进入淯阳境内，流星探马飞驰到刘縯缤马前："禀柱天大将军，前队大夫、南阳太守甄阜和属正梁立赐率十万新军，正向我军挑战。就在前方二十里地的小长安。"

刘秀在旁，听得清楚，看着刘縯道："甄阜、梁立赐远道而来，必有戒备。何况新军十万，我方不足六万。敌众我寡，是不是暂避其锋芒？"

刘縯正在沉思，尚未开口。刘谡策马上前禀道："文叔太过谨慎了。我义军连战皆捷，士气正盛，可以一当十，虽不能一举歼灭甄阜、梁立赐，至少也能给他们一个下马威，挫一挫新军的锐气。"

刘縯很赞同刘谡的话，道："谡贤弟言之有理。在我算来，甄阜集南阳之兵，也不足九万，号称十万，威慑我军心罢了。何况，梁立赐、甄阜虐杀李通全家六十余口，我军将士无不恨之入骨。"说完，向身后众将大声问道：

"甄阜、梁立赐二贼就在眼前，大家看怎么办？"

"誓死杀贼，为李氏全家报仇雪恨！"众将士发出雷鸣般的怒吼声。

刘秀也被将士们的激昂之情深深感染，也举起手中刀，发誓要手刃甄阜、梁立赐，为李通全家报仇。

刘縯见士气可用，吩咐二弟刘仲、大妹夫田牧在后队保护眷属，然后把长矛一举，大声吼道："兵发小长安！"

二十里的路程，转眼之间，两军相遇。只见新军在小长安城堡之外雁翅般地排开阵势，刀戟林立中，"新""甄""梁"三面大旗迎风飘摆，扑啦啦地发响。

"甄"字大旗下，甄阜端坐马上，甲胄鲜明，戟指刘縯，斥骂道："大胆叛贼，我皇陛下一向待你刘氏不薄，为何勾结盗贼谋反？害得本官数九寒天，大年也过不安生。如今，朝廷大军已到，快些下马投降，可免你一死。"

刘縯一见甄阜，想起李氏六十四口全死在他手上，不由火往上撞，手中长矛一指，回骂道："甄阜，你官为太守，是汉室推举的孝廉，不思报效国恩，反而恩将仇报，做了王莽的鹰犬。助纣为虐，杀人灭族，连嗷嗷待哺的孩儿也不放过，简直禽兽不如。来来来，有胆量的话上来与我大战三百合！"

甄阜冷笑一声，道："叛贼，本官何屑与你逞匹夫之勇。"说完长戟一挥，高叫道，"众将士，杀贼报国的时候到了。给我杀呀！"

新军兵多将广，傲气十足，一听主将号令争相冲杀过来。刘縯喊了一声："杀！"率先挺长矛冲入敌阵。转眼之间，冲在最前面的几个新军将佐被挑落马下。义军士气高涨，争先恐后杀向敌阵。

双方接战，杀得难解难分。半个时辰过后，双方互有伤亡。但义军却把新军逼退到小长安城堡，明显占了上风。

甄阜大怒，突然从腰间取出令旗，用力一挥，新军步军立刻往两边闪开，小长安城堡里随即冲出无数的骑兵，杀向义军，义军多数徒步，支撑不住，反身后退。刘縯一见，慌忙将长矛一挥，命令道："弓箭手结阵！"

义军弓箭立刻结阵而出，万弩齐发，箭如雨下，泼向新军骑兵。新军骑兵一个个被射中，人仰马翻，再也无法冲杀过来。

甄阜不敢再损失骑兵，慌忙把令旗一挥，又令步军执盾牌接战。双方又恢复胶着状态，这场血战，只杀得天昏地暗，日月无光。

正在酣战之际，突然天降大雾。厚重的白雾，笼罩着血雨腥风的战场，咫尺之间，难辨敌我。

甄阜一见大喜，大叫道："天助我也！"便催动骑兵，趁势冲杀。义军弓箭手看不清目标，弓箭失去了作用，一下子溃退下来。

刘縯大惊，慌忙传令收兵后退。其实也用不着他传令，骄傲十足的义军突然受挫，顿时气馁，争相奔逃。

刘縯想稳住阵脚，可是，兵败如山倒，自己也被败兵裹挟着，勒不住马，只得边杀边退。这时，刘秀冲杀到跟前，大叫道："大哥，败局已定，赶快退保棘阳。"刘縯无奈，只好长叹一声，含泪退走。

新军见义军败退，士气大振，骑兵、步军一齐扑向前去。再看义军兵败如山倒，争相奔逃。后面的眷属禁不住冲击想逃命却行动缓慢，老幼号哭，惨不忍闻。

刘仲、田牧专门负责保护眷属，一见自家兵败两人慌忙率部分兵卒押后阻击新军，掩护眷属逃命。

正厮杀间，刘縯、刘秀赶到，只见眷属乱成一团，刘仲、田牧杀得一身是血也阻不住如潮水般涌来的新军。两人刀矛并举，杀到跟前，刘縯着急道："二弟、妹夫，这里有愚兄拦杀一阵，你们赶快逃命去吧！"

刘秀也叫道："二哥、大姐夫，你们快走！"

刘仲却瞪着血红的眼睛道："还是你们先走，我来抵挡一阵！"

田牧也急道："大哥、三弟，春陵子弟兵不能没有你们要以大局为重，快走！"

刘縯、刘秀哪里忍心离去，还在犹豫。田牧突然举起马鞭，照准两人的坐骑，"啪啪"各打了重重的一鞭。战马负痛，驮着二人跟着如水的败兵飞驰而去。

刘仲、田牧抖擞精神，挥刀抢戟，拼命砍杀越聚越多的新军。鲜血浸透了战袍，战马也像血水洗过一样，鲜血直流，分不清是自己受伤还是溅上敌人的鲜血。这时，南阳属正梁立赐赶到，一指被围在当中的二人，冷笑道："叛贼也有今日。如果下马受缚，投降朝廷，戴罪立功，本官可为你们上奏朝廷，免去死罪！"

刘仲眼睛一瞪，骂道："杀人焚尸的禽兽，我刘氏岂有贪生怕死之辈，今天大爷就恨不能把你食肉剥皮，也为屈死的李家六十四口报仇！"

"哈哈哈！"梁立赐一阵大笑道，"你以为你们刘氏是什么天生的贵种。你祖上做缩头乌龟的，简直举不胜举。好，你既然今天要做英雄，那就要付出做英雄的代价。弓箭手，给我乱箭穿身！"

新军得令，立刻四散开来，把两人孤零零丢在当中。田牧见势不妙，大叫道："二哥，快冲出去！"

刘仲会意，两人高举兵器，往外冲杀，又和新军搅在一起。梁立赐大怒，也不顾自己将士的死活，喝令弓箭手放箭。一时箭如飞蝗射向二人。

围住厮杀的新军骑兵被射得人仰马翻，刘仲、田牧的坐骑也中箭倒地，两人滚落在地，身中数箭，仍拼命杀敌。新军骑兵乘势蜂拥而上。可怜两位英雄未看到复兴汉室之日，就惨死在新军的铁蹄之下。

再说刘秀，战马负痛，没跑多远便被败兵阻住。他也不忍心单身逃命，回头一看，又有无数的新军骑兵冲上来截杀败退的义军和眷属，大哥刘縯也走散了，他便单人独骑一个个解救被困的眷属。

这样边战边退，连人带马如同血洗一般。正行走间，忽见路旁三妹伯姬浑身是血，摔倒在地。几个新军将佐跳下马，淫笑着围拢上去。刘秀勃然大怒，猛地用刀背一磕青骊马的后尾骨，大喝一声："休得无礼！"连人带马如同旋风般冲了上去。

那几个新兵毫不提防，又是徒步在地，被他大刀一抢，如同劈西瓜一样，全给放倒在地。伯姬死里逃生，蓦然遇见亲人，失声哭叫道："三哥救我！"

刘秀刀交左手，弯腰伸出右手，拽着衣衫把她拉到马上，方才安慰道："三妹别怕，三哥在此。可曾看见大嫂、二姐她们？"

伯姬摇头哭道："败兵一退下来，就把我们冲散了，再没看见她们。"

刘秀心急如火，打量着周围。眼看新军又围上来，却不见大嫂和二姐的影子。如今有伯姬在马上，再不冲出去，两人都有性命之忧。他不敢耽搁了，趁着敌兵还没有围拢上来，慌忙一拍战马，抢刀向前杀去。

浓雾渐渐散去，几步之外，人影依稀可辨。可是败局已定的义军再也无力反抗，只顾四散逃命。新军反而更有利追杀败兵。

刘秀与伯姬并骑，还没跑出几里地，蓦然望见路旁的山石后，二姐刘元发髻散乱，正扯着啼哭的女儿，艰难地挪动着沉重的脚步。刘秀慌忙催马赶到跟前："二姐，快上马，逃命要紧！"

正在求救无着的刘元听见三弟的声音，心中一喜，待仔细一看，见三弟、三妹共骑一匹马，马上无论如何不能再加人，不然大家都逃不出去，忙毅然摇头道："三弟、三妹，逃命要紧，不要管我！"

"不，二姐！"刘秀哪里肯丢下亲人，正要下马。刘元眼看着新军追杀过来，忽然捡起一块山石，狠狠打在青骊马的屁股上。青骊马负痛，一声长嘶，向前驰去。刘秀和伯姬同时发出撕心裂肺的呼声："二姐……"

刘縯率兵退入棘阳，清点人数，春陵子弟兵损失大半，辎重尽失，损失惨重。刘秀和伯姬最后逃进棘阳，入见大哥，说到刘仲、田牧、刘元母女身陷敌阵的情形，忍不住声泪俱下地道："新军残暴，他们恐怕没有生还的可能！"

邓晨听到妻子、女儿遇此劫难，忍不住大放悲声。春陵汉兵谁没失去亲人，顿时哭声一片，惨不忍闻。刘縯自恃刚强，但想到妻子、儿女生死未卜，也忍不住伤心落泪。

这时，新市兵、平林兵也相继败入城内。王匡、王凤、朱鲔、陈牧、廖湛等人入见刘縯。大家一碰头，才弄清楚详细的损失情况。新市兵、平林兵因在侧翼，压力较小，但仍损失一半的兵力。春陵兵损失惨重，兵力损失大半，辎重尽失。

最令人难过的是眷属伤亡几尽。刘縯的妻子、儿女、二弟刘仲、大妹夫田牧、二妹刘元及甥女、叔父刘良的妻子周氏全部遇难。其他将士的随军眷属也多遭不测。一时间，汉兵营中悲声阵阵，阴风凄凄。连新市兵、平林兵将士也忍不住伤心落泪。

刘秀强忍失去亲人的痛苦，眼含泪花，再听悲声，扫了痛不欲生的大哥一眼，上前一步，擦干眼泪，面对众人，慨然言道："诸位请节哀顺变。如今大敌当前，形势危急万分。当务之急是如何对付甄阜、梁立赐这两条王莽的恶狗。亲人的血不能白流，只有杀了甄阜、梁立赐才能摆脱危机，进击宛城，才能对得住屈死的亲人将士。"

刘秀的话像一记重锤，敲在众人的心头上。大家这才从悲痛中警醒过来，意识到危机就在眼前。如不设法打退凶恶的敌人，不但亲人、将士的仇不能报，还要搭上幸存者的性命，反莽灭新的大业将毁于一旦。

刘縯擦干眼泪，慢慢抬起头。新市渠帅王凤立刻站出来道："刘大将军，甄阜、梁立赐新胜，气焰嚣张，大兵压来。我军新败，兵少将寡，士气低落，小小棘阳，难以抵敌。依本帅之见，趁新军还没有围上来，我们不如弃城而走，退入山林。一则可保全实力，二则可寻机再战。"

王凤说的是绿林军一贯的战法，打得赢则打，打不赢就逃，官兵很难剿灭他们。但是他们也难攻占大城市，影响力不能迅速扩散。新市兵、平林兵将帅都熟悉这种战法，纷纷表示赞同。

刘縯听了，却是暗暗心惊，如果新市兵、平林兵撤走，损失惨重的舂陵汉兵更是不堪一击，将一败涂地，遭受灭顶之灾。可是自己是堂堂的刘汉宗室，以恢复汉室为己命，总不能同他们蹿入山林，形同山贼草寇吧！

可是，他一时之间又没有充足的理由说服他们，只得道："诸位少安毋躁，胜负乃兵家常事。咱们再仔细计议一番，必有破敌良计！"

话音刚落，新市兵渠帅朱鲔起身，真诚地说道："此次兵败，刘大将军宗室子弟兵损失惨重，亲人遭难，手足情深，宗族义重。我新市平林将帅十分同情、难过。可是眼前的形势十分严重，实无回天的可能。请将军且莫以一时之气误了众人的性命，毁了千秋大业。"

刘縯听得出他的话发自内心，没有半点勉强之意。残酷的现实使不同出身的人们找到了共同点，彼此的心也贴近了一些。刘縯不想接受对方的主张，又一时想不出退敌之计，只得闷声不语。

大帐内鸦雀无声，静得连掉下一根针的声音都能听得见。新市、平林将帅平时多不服刘縯，经过这次兵败之后，对他多了一份敬慕之情，没有人忍心再出面勉强他。

这时，刘秀打量着众人道："如果我们能顺利撤出棘阳，退入山林，诸位的高见也不失为一条妙计。可是，我们一旦弃城而走，甄阜、梁立赐的骑兵就会咬上来，摆脱不掉。恐怕退不到山林，就被人家全部吃掉。小长安兵败，我军吃亏在骑兵少，而且分布在各营，没形成强大的合力，及时阻止敌人骑兵的进攻。再加上随军的眷属，辎重行动缓慢，机动性差，岂有不败之理！"

这一番话，说到众人的心里去了。痛定思痛，这次惨败的原因正如刘秀所言，陈牧气得一拍大腿道："刘三将军说得在理。我打了这么多年的仗，没像这次窝囊过。让人家的骑兵冲来杀去，如入无人之境，真丢人现眼。"

王凤注视着刘縯，问道："请问刘大将军可有破敌之计？"

刘縯听了刘秀的话，顿有所悟，开口道："破敌之计，暂时没有。不过，三将军说得有道理，如果我军弃城而走，就会被甄阜的骑兵追上吃掉。既是这样，我军唯有固守棘阳，新军的骑兵便发挥不了作用。我估计，甄阜二人已倾尽南阳之兵，再无兵力可补充。长安的援兵一时也到不了。小长安一战，我军惨败，新军也有损失。甄阜的兵力，接战有余，围困不足。棘阳不是守不住，大家不要因小长安兵败长敌人锐气，灭自己威风。只要守住棘阳，我们就可以徐图破敌之计！"

刘縯弟兄一番客观现实的分析，使众将帅改变了弃城而逃的念头，心里也逐渐平静下来。这时，探马来报："禀柱天大将军和各位渠帅，甄阜、梁立赐留辎重于蓝乡，自领精兵九万，渡过黄淳河，屯兵沘水，还烧掉了黄淳河上的浮桥。"

刘秀一听，点头道："果然如大将军所言，甄阜、梁立赐兵力不足，无法围困棘阳。"

刘縯轻蔑地道："新军九万兵力也是虚张声势。蓝乡分去一部分兵力，屯驻泚水不过六万兵力而已。甄阜、梁立赐惯使诈兵之术。"

王凤却面露惊慌之色道："甄阜、梁立赐断桥塞路，是准备与我军决一死战。棘阳弹丸之地，能守得住吗？"

刘秀揖首道："请各位渠帅暂回各营安排守城事宜，容我弟兄计议破敌之策。当然，诸位有何妙计也可说来听听！"

新市、平林将帅有的摇头，有的低语，谁也没有破敌之计，只好起身出帐，回各营去了。

甄阜、梁立赐屯兵泚水，为引诱义军出城，派出五千新军到棘阳城下谩骂讨战。守城的新市兵、平林兵按照刘縯的交代，不理不睬，任由敌人骂阵，就是不出城应战。

新军骂累了，不见义军出战，忍不住架云梯攻城，因为兵力不足，只能进攻北门和东门。守城义军视而不见，毫无反应。待新军爬上半截的时候，城上檑木、箭雨、沸汁突然打下。新军丢下一千多具尸体，狼狈而退。

梁立赐大怒，欲率全部兵力攻城。甄阜老谋深算，劝阻道："棘阳城小粮少，叛贼守不多久便会弃城而走。到那时我数千铁骑一路追杀，凭他们两条腿，能逃到天上去？如果他们据城死守，过不了多久就会断绝了粮草，何况长安援军很快就到，到时候把棘阳如铁桶般困住，谅叛贼插翅难逃。"

新军果然不再攻城，只是日夜监视城内守军的动静。新市兵、平林兵将帅心中这才稍安。可是刘縯、刘秀最清楚局势的严重，日夜苦思破敌之计。但是，兵力太弱，又无外援，如何能破敌？

正当两人愁肠百转的时候，忽然猛将刘谡兴冲冲地跑进来，禀道："大哥、三弟，你们猜，谁来了？"

刘縯没好气地道："我们弟兄急得冒火，你卖什么关子！"

"李通、李轶两兄弟来了。"

刘秀又惊又喜，忙问道："李氏兄弟现在何处？"

"刚刚进城，我就把他们带来了，就在帐外。"

刘秀兴冲冲地走出大帐，果然见李通、李轶兄弟一身行商打扮等候在辕门外。他忙疾步迎上前去，拉起两人的手，眼含热泪道："两位义士，想不到宛城一别，竟生出这么多变故。刘某日夜想念着两位。"

李通、李轶也唏嘘叹道："天命如此，我李家该有此大劫。"

"今日得遇英雄，也是我兄弟之幸。"

　　三人正要进帐内细谈，刘縯迎上前来，双手抱拳谦敬地道："两位义士，刘伯升久仰大名，在此有礼了。"

　　李通愕然道："尊驾就是鼎鼎大名的柱天都部刘縯刘伯升？"李轶也是一脸的惊疑之色。他们弟兄十八年没见过刘縯，当然认不出。

　　刘秀赶紧介绍道："他就是我长兄刘伯升。"

　　李通、李轶忙施全礼，道："久仰英雄大名，今日得见真颜，真是李通的荣幸。""李轶早有效命英雄之心，只恨无缘。今日得见，求英雄一定收纳。"

　　刘縯谦恭地道："两位胸怀大志，义薄云天。刘伯升早有仰慕之心，今日到来，便可共谋大业，何来效力之谈。"

　　刘秀笑道："都是知根知底的弟兄，咱们谁也别客气，进大帐细谈吧！"

　　四人走进营帐，刘縯忙命人献上茶点。刘秀忍不住开口问道："李兄，宛城举事因何走漏风声，使尊府惨遭大难？你弟兄栖身何处，如何转至此？"

　　李通含泪道："不消文叔动问，李通也要说明真情。当时，我们在宛城已做好周密的布置，只等约定之日向甄阜和梁立赐发难。可是，事情坏就坏在我那个族侄李季的身上。他奉命去长安请家父秘密潜归南阳。行至半路，突然染疾病死。随行的家人遵其遗嘱，带上密信去长安，误把密信送到家父友人黄显的手上。黄显阅信大惊，偷偷向朝廷告密。王莽立即派羽林军将家父和在京的眷属全部逮捕。可怜家父在京的全家尽遭莽贼毒手。王莽杀人的同时，立即颁急诏于南阳。甄阜、梁立赐得知我等谋反，亲率新军捕快，包围了我府。此时距发难之日只差一天。我们弟兄二人正巧外出联络各路豪杰，侥幸躲过大难。可是大事再也不可能成功。我宗族老幼六十四口就这样……"

　　李通哽噎着说不下去，刘縯、刘秀也眼含悲愤的目光。李轶抽泣着说下去："所幸那封密信中没有提到同春陵一起起兵的事。我们潜出宛城的时候，大哥怕牵连你们刘氏，没敢投奔春陵，径直投下江兵去了。如今做了下江兵的将军。"

　　刘縯扼腕叹道："甄阜、梁立赐是我们共同的仇人。小长安之战，我刘氏宗亲多人惨遭杀害。大家恨不得食其肉，寝其皮，方解心头之恨。可是，我军新败，兵寡将少，又无外援。棘阳不可久守又不可退。保全性命尚难，更谈不上杀贼报仇。"

　　李通闻言，拭去眼泪，拱手道："柱天大将军不必担忧，我弟兄正是为此而来。"

　　刘縯、刘秀大喜，齐声问道："李将军有何破敌之计？"

　　李通道："下江兵近万人眼下正在宜秋休整。渠帅王常素有贤名，待我弟兄二人甚厚。我们听说你们兵败，特向王常请命来会。如果能说动下江兵来会，破甄阜、梁立赐应该不成问题。"

刘縯、刘秀一听，欣喜若狂。如果得到一万下江兵的外援，破敌杀贼指日可待。但是，下江兵是否像新市兵、平林兵一样，愿意与自己合作呢？刘秀试探着问李通道："以李将军之见，下江兵将帅肯与我军合兵吗？"

李通沉思片刻道："以李某之见，下江兵渠帅之中，王常平日非常仰慕柱天大将军和刘三将军，必有合兵之意。成丹、张卬出身盗贼，一向对豪姓大族心存芥蒂，对刘汉宗室也难免会有成见。但只要晓以合兵之利，也不是没有合兵的可能。"

刘縯语气坚定地说道："棘阳固守日久，粮草殆尽。长安新军援兵说到就到，形势危急。我要亲自去见下江兵渠帅，说服他们合兵一处，共破强敌。"

刘秀不安地道："棘阳岌岌可危，大哥是一军主帅，怎可擅离军营，还是由小弟同李将军一同去宜秋吧！"

"不，"刘縯不容置疑，"我军生死都系在下江兵身上。我们这次去宜秋，是求人家救命的。主将不亲自去，怎能表示心诚。"

计议已定，刘縯立即召集各军将帅，讲明欲亲自去宜秋，说服下江兵来会之意。众人听了，都觉得是一条可行之计，纷纷表示赞同。

李通上前说道："以李某之见，不但柱天大将军要亲自去，刘三将军最好也一同去。因为刘三将军不但能言善辩，而且与下江兵渠帅王常有旧，便于说服众渠帅合兵。"

李通说完，刘縯见新市、平林将帅默不作声，只得说道："李将军固然言之有理。可是如今棘阳大兵压境，我弟兄二人同时离开，多有不便。"

话音刚落，性情直爽的陈牧忍不住大声说道："有啥不方便的，你们弟兄也是为了说服下江兵来会，难道会有人说你们趁机逃命不成！"

一句话说中王匡、王凤、朱鲔三人的心思，三人羞愧地低下头来，朱鲔开口道："请刘大将军和刘三将军放心去吧！我新市兵也不是贪生怕死之辈，有朱某在，棘阳就丢不了。"众人也纷纷表示赞同。

刘縯、刘秀非常感动，弟兄二人一齐拱手道："棘阳就仰仗各位渠帅了。"

事不宜迟，两人与李通、李轶立即动身，悄悄出了棘阳南门，转而向东，直奔宜秋方向驰去。

新军探马看见有人出城，慌忙报与甄阜知道。甄阜听说只有四人，哈哈大笑道："这四人必是畏惧我大军压境，偷偷逃命去了，不必管他。待大批叛贼出逃时，我铁骑再追杀不迟。"

棘阳距宜秋将近三百里，刘縯四人顶着岁末凛冽的寒风，打马飞驰，赶了半天一夜的路，第二天黎明才赶到宜秋下江兵军营。守营的下江兵见刘縯、刘秀是李氏兄弟带来的，问也不问，便放二人进了营帐。李通道："请二位将军先随二弟去我帐中歇息。我去禀明三位渠帅。"

刘縯、刘秀点点头，便跟着李轶往旁边的营帐走去。只见沿山势排开几十座营帐，营帐内却是空无一人。山林中传来阵阵喊杀声，想必下江兵早已出操练武去了。

李轶把二人引进一座营帐，忙着找来早点。三人赶了一夜的路，肚子真饿了，便因陋就简，坐在一张临时搭起的行军床上吃了起来。

没过多长时间，李通走了进来，面带喜色道："二位将军，三位渠帅特遣末将迎接二位入大帐叙话。"

刘縯、刘秀赶紧起身，跟随李通一起向中军帐走去。大帐门口，下江兵渠帅王常、成丹、张卬率军中将佐列队相迎。

刘縯一看对方如此礼遇，放下心来，老远就抱拳揖礼满面含笑道："春陵刘伯升特来拜会各位渠帅。"

刘秀也是温文有礼，态度谦恭。王常、成丹、张卬趋步上前，还礼道："久闻春陵汉兵柱天都部的威名，今日才得识英雄风采，果然不凡！"

刘縯谦恭道："刘某惭愧，倒是久仰三位渠帅的大名。"

刘秀紧随刘縯之后，王常看见，惊喜交集疾步上前，一躬到地，谦恭之至，颤声道："恩公在上，请受王常一拜。"

刘秀没料到他会行此大礼，慌得双手乱摆："王渠帅如此大礼，在下担当不起啊！"

众人都吃了一惊，惊奇地望着他们两人。王常起身道："当年王某被新朝官府追捕，避难熊耳山中，得遇春陵刘秀刘文叔赠银之恩。今日恩公就在眼前，岂敢不以礼相待？"

众人这才明白是怎么回事，成丹、张卬也过来给刘秀施礼，恭敬地道："想不到阁下还是王兄的恩人，请受我等一拜。"

刘秀慌忙还礼道："区区小事，何足挂齿。二位渠帅如此大礼，令刘某无地自容了。"

王常笑道："当年恩公曾说，山不转路转，人生总有相逢时。今日看来，果然言中。可见咱们注定是有缘分的。噢，对不住，此处不是说话之处，请贵客进帐内叙谈。"

下江兵将帅拥着刘縯、刘秀走进大帐内落座。王常忙命人献上菊茶。刘秀呷了口茶水，拱手道："王莽篡汉，残虐天下，百姓深受其苦，起而反莽。三位渠帅乘势举义兵，诛强暴，威名远播。我们弟兄此次慕名而来，就是想与贵军合兵一处，共讨国贼。但不知尊意如何？"

王常脸上顿显喜悦之色，道："春陵汉兵与新市兵、平林兵合一处，威名大振。如果再与我下江兵合在一起，必然无敌于天下，杀贼灭新之日不远矣。"

成丹、张卬却反应冷淡，张卬漠然道："合兵也不是每战必胜的灵丹妙药。你们与新市、平林合兵，不是照样被甄阜、梁立赐的大军打得落花流水吗？以张某愚见，还是各自为战的好。机动灵活，便于保存实力。"

刘秀起身离座，态度谦恭地道："张渠帅如果仅为着保存实力，各自为战当然无可厚非。可是，三位渠帅既然举义旗、兴义兵，就是为了杀贼安民，做一番轰轰烈烈的事业，怎能满足于小打小闹呢？何况，各自为战，不利号令天下，义军势力发展缓慢，容易被官兵各个击破。其中的苦衷，不消在下细说，三位渠帅自有体会。合兵则不是简单的兵力相同，一加一肯定大于二。"

王常认真地倾听着，不时点头道："刘将军言之有理，一加一大于二。"

张卬、成丹也听得仔细，却不冷不热地问道："请向你们春陵起兵要做怎样一番轰轰烈烈的事业？"

刘縯闻言，霍然站起，不卑不亢地道："我春陵刘氏既为汉室宗族，起兵反莽，一是为王莽所迫，二是为复兴汉室。复兴汉室也是为天下太平，百姓乐业。难道三位渠帅不希望这样吗？如果三位与我汉兵合兵共破王莽，汉室复兴之日，刘某岂敢独享荣华富贵，当与有功的将士共享。"

一番话，豪爽直率，说到下江兵将帅的心病上。王常道："柱天大将军把话说到这份上了，我等无话可说。合兵之利，人人知晓。请两位将军先去侧帐歇息，容我等具体商议合兵事宜。李通、李轶二位将军，好好招待客人。"说完，便同成丹、张卬走进一间小室内。

"两位兄长，这里只有咱们三人，有什么话尽管说吧！"王常坦率地问道。

"颜卿（王常字颜卿）"张卬亢声道，"合兵之利，用不着姓刘的说，咱们谁都知道。可是，咱们跟姓刘的不是一路人。刘伯升于春陵起兵时，就怀复高祖帝业之志，野心够大的。如果合兵，咱们岂不是平白无故受他制约。日后，他如果恢复刘汉，夺得天下，将置咱们于何地？"

成丹也道："愚兄也是为此犹豫难决。"

王常摇头道："两位兄长多虑了。人家不是说得清清楚楚，如果恢复刘汉，不敢独享荣华富贵。如今天下纷乱，群雄并起，更需要我们看清形势顺势而动。夫民所怨者，天所去也；民所思者，天所兴也。欲建功立业，必当下顺民心，上合天意。如果倚强恃勇，任性胡为，就算侥幸得到天下，也会再次失掉。刘縯、刘秀其人其志，咱们也看到了，不是咱们能够相比的。与这样的英雄豪杰合兵，必成大功。这可是上天赐给的大好时机，千万不可错过。"

张卬心悦诚服，笑道："颜卿到底是读过书的人，说起话来头头是道。愚兄今儿个豁出去了，就听你的，跟姓刘的合伙干。"

成丹也表示同意："你们都不怕姓刘的，我还怕他们什么？"

三人走出小室，来到中军大帐，请来刘縯、刘秀，重新叙礼入座。王常说明三人同意合兵之意，刘縯高兴万分，拱手道："谢过三位渠帅。棘阳危急，事不宜迟，请三位渠帅一起早定破敌大计。"

张卬爽朗地一笑道："既然合兵，咱们就是一家了。有我们下江兵作外援，破甄阜大军有何难。咱们里应外合，出其不意，何愁新军不破。"

"对，里应外合，新军必败。"王常、成丹也是信心十足。

刘秀谦恭含笑道："张帅之计，固然可破甄阜大军。可是总合贵军和棘阳义军，方与甄阜大军数量相当。破敌军之时，义军难免也有损失。在棘阳时，在下想到一条破敌之计，既可补我军损失，解缺少粮草之急，又可动摇新军军心。只是苦于兵少，无法实施。现在有贵军相助，真是天助我也！"

张卬忍不住大声道："刘三将军既有如此妙计，就请说来听听！"

"甄阜、梁立赐眼睛只顾盯住棘阳，蓝乡必定空虚。何况新军新胜，又逢新春大年在即，必然没有防备，贵军可潜师夜出，突袭蓝乡，劫其辎重，一举可成。新军失去辎重，军心必乱。贵军趁机与棘阳义军里应外合，内外夹击，甄阜、梁立赐必死无葬身之地。"

张卬、成丹、王常听了，忍不住齐声称道，"将军果然妙计！"

王常却又道："刘三将军之计可用。但是，我下江兵对棘阳、蓝乡地形不熟，夜袭恐有不便。"

刘縯忙道："如果三位渠帅不介意，在下可以暂且指挥贵军袭取蓝乡。"

王常扫了张卬、成丹一眼，见两人点了点头，便笑道："既如此，有劳柱天大将军。我等愿在帐前听用。"

刘縯感激万分："难得三位渠师深明大义，我棘阳义军太感激你们了。"

刘秀不安地道："大哥是军中主帅，身不在棘阳，棘阳义军如何破敌？"

刘縯坦然笑道："三弟谋略过人，带兵有方，在军中声望颇高，可回棘阳代理汉兵主帅职权。有新市平林各位渠帅相助，一定能旗开得胜，大败新军。"

商议已定，下江兵三位渠帅高兴万分要大摆酒宴款待客人。刘秀婉言推辞道："军情如火，在下要返回棘阳，做好大战前的准备。"

王常三人不便挽留，便和刘縯一起送刘秀出了军营。五人约期破敌，刘秀上马，拱手而别。

大年三十，棘阳城里义军在中军大帐前，搭起了临时的灵堂，死于乱军中的刘氏子弟和义军将士的牌位被依次摆放在正中央。刘秀、邓晨、伯姬等人，一身缟素，已哭倒在亲人的灵位前。

哭祭完亲人，刘秀昂然站起，泪眼扫视一遍众将帅，一指排列整齐的亲人牌位，亢然道："他们是我们的亲人、弟兄，就这样死于残暴的新军之手，可是，他们的血不能白流。今天哭祭他们，就是要激起大家同仇敌忾之心，与甄阜决一死战，为死去的亲人报仇雪恨！"

愤怒之声，由帐内传到帐外，响遍整个棘阳城。义军低落之气一扫而光，人人义愤誓死杀敌。

刘秀见时机成熟，立即当着众渠帅的面说明与下江兵约期破敌的计划。大家听说有下江兵相助，更增添了破敌制胜的信心，无不欢欣鼓舞。

刘秀又道："各位渠帅，小长安之战，我军败就败在敌人的骑兵手里。血的教训，不可不引以为戒。我军也有骑兵，可是分散在各营，起不到拳头的作用。有的马匹用来转运眷属，也是一种浪费。大战在即，在下有一个提议：集中各营骑兵，组成强大的骑兵队，所有马匹都归骑兵队使用。不知各位意下如何？"

话音刚落，人群中立刻发出一片赞同之声，平林渠帅廖湛大声道："刘将军言之有理，早就如此，我军也不会惨败至此。"

陈牧也道："刘三将军智勇双全，新建的骑兵队就由你指挥吧！"

"对，由刘三将军指挥，一定能克敌制胜破甄阜大军。"众将纷纷表示赞同。

朱鲔向王凤递个眼色低声道："刘秀果然不简单，费尽心机，目的就在于此。咱们还傻乎乎地流眼泪呢。王兄，怎么办？"

王凤不动声色道："现在众将都表示赞同，咱们也不便反对。大战在即，就让他带骑兵队先破甄阜。以后的事见机而行。"

朱鲔立刻面向刘秀，大声含笑道："将军有勇有谋，就请指挥骑兵队吧！"

"多谢各位渠帅！"刘秀抱拳致谢，"在下一定不负重托，誓死杀敌。现在请大家各归本部，依计行事！"

除夕之夜，天气出奇的寒冷，这样的日子，这样的天气，人们通常是待在温暖的家里，一家人相约守岁。

可是，棘阳城头却是灯火通明。刘秀率领众将士披坚执锐，高举无数的火把灯笼，在城头上不停地走来走去。

刘谡紧随其后，埋怨道："文叔，城外就是甄阜大营，咱们不开门杀敌，老在这儿扭来扭去，多没劲，还不如回营睡觉呢！"

"谡兄，不许胡说。"刘秀抖抖甲衣上厚厚的白霜，威严地道，"这是让甄阜、梁立赐造成错觉，以为咱们胆怯对方进攻，更有利于下江兵夜袭蓝乡。"

棘阳城下，沘水岸边，连绵数十里的梁立赐大营也是灯火通明，连日无事可做的新军趁着大年之夜彻夜饮酒作乐。梁立赐的中军大帐内，不时传来歌舞之声。

忽然，大帐的门被撞开，一名探事兵卒冲了进来，神色慌张地叫道："大人，不……不好了！"

甄阜被扫了兴，好不气恼，二话不说，一脚把探子踢倒在地，大骂道："大过年的，你抢什么丧！"

探子疼得蹲在地上直不起来，龇牙咧嘴地道："回禀大人，叛贼刘……刘伯升偷袭蓝乡，抢走了全部辎重粮草。"

甄阜大惊，伸手抓起探子，吼道："叛军明明没出棘阳城，怎么会突然出现在蓝乡？"

"小人亲眼看见刘伯升指挥叛兵抢走了粮草辎重。"

甄阜这才相信蓝乡被袭，急得在帐内来回踱步。难道刘縯率军潜出棘阳没被负责监视的兵卒们发现？如果是这样，棘阳必然是空城。他似乎抓到一根救命的稻草，立即大声叫道："快去通知梁大人，立即全力攻城！"

传令兵领命，正要往外跑，门外突然跑来一名梁立赐的亲兵，一见甄阜，慌慌张张地禀道："大人，不好了。棘阳的叛贼杀出来，梁大人抵挡不住，特命小人禀明大人。"

甄阜一阵心慌，急忙奔出帐外，此时，天已微明，远远望去，梁立赐大营灰蒙蒙一片，只听见杀声阵阵。正不知所措，忽听自己大营的东南方向也传来厮杀声。一名新军将使飞驰而来，慌忙下马禀道："启禀大人，叛贼刘縯已率军杀入我大营，请大人从速定夺。"

一连串突如其来的消息，使甄阜像是一下子掉进了冰冷的河里，半天才说出一句话来："还定夺什么！为陛下效忠的时候到了。众将士，随本官出营杀敌！"

亲兵慌忙牵来战马，扛来兵器，准备迎战。

东方破晓，霞光万道，金色满天，一轮红日喷薄而出，新的一年来到了。

棘阳城外，泚水岸边。刘秀、王匡、王凤、朱鲔、陈牧、廖湛率三部兵马，分为左右两翼从东南、西南方向包抄梁立赐大营，刘縯、王常、成丹、张印率下江兵从东面进攻甄阜大营，三面包抄。

义军将士满怀悲愤，士气高昂，无不以一当十，杀向新军。新军将士听说蓝乡被袭，辎重被劫，军心浮动，惊慌之间弄不清上边的意思是进还是退。经过义军一阵冲杀，顿时溃不成军。

甄阜冲杀半天也无法靠近梁立赐大营，眼见越聚越多的义军，方知大势已去，慌忙掉头就跑。新军士卒见主将败走，一窝蜂地往回跑。

逃到黄淳水边，木桥早已被拆毁，败兵为了活命，争相踏上冰面，薄冰如何承受这么多兵马的重压，立刻七裂八碎，新军人马落入水中，被冻死、淹死无数。

甄阜见无路可退，只得顺着河岸奔逃，这时刘縯率军杀到，一眼看见甄阜，忙飞马横矛拦住去路，大叫道："甄阜，你也有今日！"

甄阜一见刘縯，不由一阵心惊肉跳。但落到这地步，怕也没用，索性把心一横，长戟一举，硬生生地道："叛贼，要杀要剐，悉听尊便！不过，既为人臣，当以死效忠。本官要与你决一死战。"

刘縯咬牙道："今天我要为死去的亲人报仇！"

甄阜得意地哈哈大笑道："刘縯，不管怎么说，我甄阜平叛有功，今日就是死在你的手下，也成全了甄阜一生名节。"

"呸，你一个衣冠禽兽，也侈谈名节。文帝仁爱，废除暴秦以来的肉刑，罪不及死人。可是，你心如蛇蝎，还焚尸鞭骨，真是天理难容。"

"少废话，要杀便杀。"甄阜无地自容，一晃手中长戟，对准刘縯当胸便刺。刘縯怒不可遏，轻轻一侧身，躲过长戟，右手长矛急如闪电，突然刺向甄阜后背，甄阜躲闪不及，正中后心，惨叫一声，摔落马下。

刘縯跳下马，抽出宝剑，割下人头，挂在马的脖子上，然后重新上马，率军驱杀落入河中的新军。

梁立赐大营被刘秀、王凤、朱鲔、陈牧等率领的棘阳义军一阵冲杀，乱成一锅粥，新军无心应战，争相逃命。梁立赐见势不妙，转马便逃。还没跑出二里地，却被王常、李通率领的下江兵截住。

仇人相见，分外眼红。李通拍马舞刀，直冲梁立赐。梁立赐脸色煞白，调转马头想跑，不料，坐骑被一支飞箭射中，疼得咴咴直叫，直立起来，把魂不附体的主人掀落在地。李通赶个正着，大刀一扬，梁立赐的人头滚落在地。

等到日上三竿的时候，沘水岸边才渐渐恢复了平静。这一仗，义军大获全胜。甄阜、梁立赐原先拆掉桥梁，这时等于自掘坟墓。不但丢掉自己性命，还使十万新军全军覆没，无一漏网。

棘阳城头，义军的旌旗换成了飘舞的白幡，城中重设了灵堂。阵亡将士和眷属的灵位前摆放着甄阜、梁立赐的人头。李通一身缟素，亲作祭文，祭奠被甄、梁二人杀害的亲人和义军将士、眷属。刘縯、刘秀等人依次祭奠。

祭奠仪式正在进行的时候，忽然，探马飞奔来报："禀柱天大将军，王莽遣纳言将军严尤、宗秩将军陈茂率十万精兵已抵淯阳。"

刘縯闻听，慌忙站起道："诸位将帅，非常时期就办非常事，丧事从简，请叔父和舅父大人主持料理，我等入帐商议军情。"

刘良、樊宏应声而答："请柱天大将军和各位渠帅放心。"

刘縯与众将帅来到大帐，刘縯道："严尤深得王莽宠信，为新朝镇压过赤眉，征服过高句丽和句町诸部，也打败过匈奴，不是徒有虚名之辈，所以我们要谨慎对待。"

王凤笑道："我军新胜甄阜、梁立赐，得到良好的补给，今合下江兵和新军降卒，将近十万兵力，对付严尤，稳操胜券。在下就怕他不敢来呢。"

"王渠帅言之有理。"刘秀接口道，"严尤、陈茂是奉王莽之命援助甄阜、梁立赐的。如果得到甄阜、梁立赐兵败被杀的消息，一定不敢来犯。在下以为，我军最好轻装简行，从小路追上严尤，把他消灭在淯阳。如果让他缩回宛城，再想消灭他，就困难多了。而且，严尤如果与宛城守军合兵，对于我军攻取宛城将造成更大的困难。"

刘秀的分析有理有据，很有战略眼光，诸将帅非常钦佩。王常表示赞同道："刘三将军言之有理，在下以为应该立刻追击严尤。"

朱鲔心有余悸，道："冒险轻进会不会……小长安一战可是前车之鉴啊！"

"不，"刘縯摇头道，"此一时，彼一时也，千万不能因一次兵败而贻误战机，我军新胜，缴获大匹的马匹、辎重。可以将百分之八十的步军改为骑兵，完全有条件轻骑追击严尤。"

众将帅顿时增添了必胜的信心，纷纷表示赞同。刘縯见大家意见一致，非常高兴，便道："刘某还有一件事，想同诸位渠帅商议一下。我军连胜新军，日益壮大。但是反莽灭新任重而道远，以后还有更多的大仗、恶仗要打。我军四支兵马合兵一处，没有统一的调遣不行。今天大家推举一位主帅出来，统领全军。如何？"

刘縯一句话说到了关键所在。是的，这样一支十万人的军队，没有统一的指挥，各行其是，怎是长久之计？虽说各位渠帅都能够顾全大局，商议从事。但有时意见不一，不能很快作出决策，将士们无所适从，遇上大战、恶战肯定会吃亏。

王凤、朱鲔一听，暗吃一惊。刘縯的建议固然必要，但是，将帅之中，刘縯、刘秀弟兄战功最著，声望最高。毫无疑问，众将帅一定会推举他们。这不是明摆着夺绿林军将帅之权吗？王凤清楚，形势逼人，今日不选出主将是不可能的，但如果推举朱鲔或毛遂自荐，不但众将帅会笑话，自己也实在说不出口，于是，他想了个折中的办法，第一个站起来，提议道："下江兵渠帅王常素有贤名，此次破敌又立大功。在下推举他为我等共同的主帅，诸位意下如何？"

王凤话音刚落，新市、平林、下江兵将帅纷纷表示赞同。因为这三家源出绿林，本为一体、士卒最众，王常的声望早在他们中间扎了根。唯有舂陵汉军将帅沉默不语。王凤暗暗高兴，今天这步应急的棋算是走对了。

不料，这时王常站了起来，朝四周抱拳拱手，谦逊地道："王某感谢王渠帅和诸位的信任。可是，王某不才，人微言轻，不足以当大事。论出身，在下不如伯升弟兄尊贵。如今，王莽暴虐，天下思汉。反莽复汉是号令天下的旗帜。我军能够克敌制胜，迅速壮大正是因为刘氏弟兄深得人望之故；论作战，在下不如伯升兄弟懂军事，会用兵；论读书，在下更是望尘莫及。伯升兄弟，高祖之后，进过太学，见多识广。况且此次大败甄阜、梁立赐，全是他弟兄有勇有谋。孙子曰：兵者，国之大事，死生之地，存亡之道，不可不察也。打仗，不能只凭蛮力，要有胆识，有智谋才行。带兵这么多年，在下深感智谋胆识不足，白白送掉多少弟兄的性命。以往的惨痛教训，还历历在目。使在下不敢有贪权之欲，故有推举伯升弟兄为帅的诚意。"

王常这一番剖心沥胆之言，着实震撼、感动了新市、平林、下江兵的将帅。回首往事，自绿林山起事以来，虽说打过几次像模像样的胜仗，但终究没能超出啸聚山林、占山为王的局面。

与春陵汉兵合兵之后，局面为之一新，义军方算大踏步地向王莽新朝展开进攻。刘縯、刘秀的声望如日之升，在绿林将士心中的地位越来越高。因而，将帅们几乎是异口同声地喊道："对，请伯升做主帅！"

王凤一听，肠子都悔青了，想不到身为下江兵的主帅，王常竟将主帅之位推给刘縯，真是糊涂之至。可是，眼见群情激昂，现在要阻止也来不及。他回头见朱鲔也正在干着急没办法。

刘縯见王常推荐自己，心中感动，忙要推辞，却被王常上前劝阻道："柱天大将军请勿推辞，大敌当前，一切要以大局为重，十万将士就等着您带领他们去打败严尤呢！"

众将也一齐上前劝谏。刘縯推辞不过，只得答应，慨然道："承蒙众将帅信任，刘某不才，愿同诸位同生死、共患难，共赴大业。为号令天下，我军从今日起统称汉兵，以复兴汉室为旨。"

众将欣然答道："愿听从柱天大将军调遣！"

"好！"刘縯以掌击案，开始发布军令。

"刘秀、王常、李通听令！"

"末将在！"

"本帅命你们率两千轻骑从小路先行，一定要赶在严尤的前头赶到宛城，做出佯攻宛城的态势。一定要牵制住宛城守军，不使他们出城增援严尤、陈茂。"

"末将遵命！"刘秀、王常、李通领命而去。

刘縯又道："其余诸将请各回本部，尽可能地将步兵改为骑兵，一律轻装简行，随本帅追击严尤。"

"遵命！"众将领命而去。

王凤、朱鲔走出帐外，朱鲔不甘心地道："王兄，怎么办？难道咱们这么多年拉起来的队伍就这样拱手让人？"

王凤低声道："贤弟放心，当然不能这么便宜姓刘的。可是，刘氏弟兄声望甚高，眼下又是人心思汉，我们如果闹起内讧，势必落得孤家寡人，也不利反莽灭新的大局。此事须从长计议，你去把陈牧叫到我帐中来，我有话说！"

朱鲔点点头，转身一看，陈牧正往自己营中走去，忙凑步上前，低语几句。

两人一齐走进王凤营帐，陈牧问道："王渠帅找在下有何事？"

王凤冷笑道："我还算哪门子渠帅，陈老弟，你也不是渠帅喽！"

陈牧莫名其妙："王兄这是何意？"

朱鲔提醒他道："今日推举刘縯为主帅，陈兄以为如何？"

陈牧不假思索地道："刘伯升很会用兵，由他做义军主帅，率兵打仗，我军一定能打败严尤！"

朱鲔用手指一点他脑门，道："你呀，糊涂透顶。刘縯弟兄跟咱们是一路人吗？你这么拱手把兵权交给他，推倒王莽之后怎么办？姓刘的做了皇帝，咱们怎么办？"

陈牧恍然大悟，一拍脑袋，道："哎呀！只顾打仗，我把这事儿给忘了。你们说怎么办？要不，咱们现在就撤伙？"

"不，"王凤正色道，"大敌当前，现在撤伙等于帮了王莽的忙，也会被姓刘的笑话。愚兄有一计，叫以刘治刘。"

"以刘治刘？"陈牧、朱鲔大为不解。

"对，以刘治刘。现在来不及给你们细说，也怕走漏风声。陈老弟，你军中不是有一个姓刘的吗？"

"有。"陈牧道，"叫刘玄，不过只是庸才，根本没法与刘縯弟兄相比。在小弟军中多年，还是个安集掾。"

"我们要的就是这样的庸才。陈老弟，听愚兄的，先提升刘玄为将军。以后的事儿，以后再说。"

陈牧很听话，道："小弟就提升他为更始将军。"

"好，这事儿就说到这儿，对谁也不许说。你们各回本部准备出征吧！不管怎样，先要消灭严尤、陈茂这支新军。"

纳言将军严尤、宗秩将军陈茂奉王莽之旨，率精兵十万前往南阳会同甄阜、梁丘赐平灭刘氏叛军。一路过驿舍，进城邑，沿途地方官员免不了迎来送往。严尤本想推辞一切礼仪，率兵直抵南阳，怎奈官场积习，凭他一人之力，如何能扭转，况且有些官员还是王莽心腹，他也着实不敢得罪。

就这样，挨挨延延，直到过年，严尤才进入南阳地界。谁知刚到淯阳就听到刘縯、刘秀联合下江兵，杀了前队大夫、南阳太守甄阜、属正梁丘赐。

严尤吓了一跳，慌忙命部队调转马头，向宛城退去。宗秩将军不解其意，道："将军何必如此惧怕叛贼。叛军刚刚经过一场大战，来不及休整，我十万天兵正好迎头痛击，为何不进反退？"

严尤把眼睛一瞪："你懂什么？叛军新胜，夺得马匹辎重，兵精粮足，又挟新胜之威。我军远道而来，必然不堪一击。一旦兵败，宛城不保。一旦宛城有失则长安门户大开，京师危急矣。"

崇山峻岭，怪石嶙峋，沟壑幽深，汉军艰难地行进着。遇到马匹无法通过的地方，士卒们搬石垫路，刘缤拉马走过，众将紧紧跟随。

他们刚翻过一个山口，探马来报："禀柱天大将军，刘三将军、王将军、李将军他们已赶到严尤的前头，正向宛城靠近。"

"好！"刘缤大喜，道，"只要宛城守军不出城，我军没有腹背受敌的危险，打败严尤，不成问题。我军离严尤还有多远？"

"禀大将军，严尤走的大路，我军只翻过前面这座山，就可以咬住新军的尾巴。"

"太好了！"刘缤大声道，"弟兄们加把劲，我们不仅要咬住新军的尾巴，还要咬断他的脖子。"

汉军将士受到鼓舞，士气更加高昂，顿时忘记了疲劳，步子迈得更快了。

十万新军行进在平坦而盘旋的驿道。严尤望着行进缓慢的队伍，焦急地问探马："此去宛城是否还有近路可行？"

探马慌忙答道："回大人，小人对这一带的地形不熟悉，要找向导，也要出了山，才能找到。"

"废话，出了山还要向导何用！"严尤气得大骂，忐忑不安地望着驿路两旁耸立的山峰，突然道："快，先骑快马去宛城，命宛城守将岑彭率军前来接应。"

"小人遵命！"探马飞驰而去。

陈茂暗笑严尤胆小如鼠，表面恭敬地道："大人，我军正向宛城退去，难道叛贼敢追来不成？"

严尤忧虑地道："本官最担心的就是这个。叛贼熟悉地形，万一从近路追上来设伏，我军必遭惨败。"

陈茂笑道："大人过于谨慎了，难道叛贼能插翅飞来不成！"

话音刚落，忽然一阵锣鼓声响起，新军四处张望，只见两边山坡上突然涌出无数汉兵铁骑，"刘"字大纛旗，"汉"字旌旗，迎风飘摆。

一阵排箭暴雨般倾泻而下，新军立刻人仰马翻。汉兵杀声震天，冲下山坡。刘缤跨黑龙驹，手舞长矛，一马当先，冲锋陷阵，长矛落处，新军一片惨叫。

汉兵将士紧随其后，奋勇冲杀。顷刻间，"刘"字大纛旗，"汉"字旌旗飘进新军阵中，十万兵马一下子被冲得七零八落，东跑西奔。

严尤大惊，慌忙传令收缩队伍，组织将士就地抵抗，可是，队伍太长，又被汉兵冲得溃不成军，命令哪里传得下去。新军将见不着兵，兵找不着将，不知所措，争相逃命。严尤只好组织身边的亲兵抵抗。

为稳住军心，他大声叫道："众将士不必惊慌。这不过是小股叛军突袭，宛城援军不久便到。一定要顶住，等待援军。"

严尤哪里知道，此时，刘秀、王常、李通已率两千轻骑赶到宛城。刘秀传令兵分三路，一路由李通带领，从山上砍伐来树木，用马拖着，在驿道远处来回奔驰；一路由王常率领，专挑高岗明眼处，遍插旌旗；自领一路，拍马舞刀，直抵宛城城下，摆开阵势，讨敌叫阵。

守宛城的主将是从棘阳败退下来的岑彭。岑彭听说汉兵攻城，吓了一跳，慌忙与副将严悦一起登上城头观看。

耳听城外鼓角齐鸣，眼见旌旗遍野，灰尘遮目，山野丛中似乎有无数的汉兵。严悦脸色煞白，道："叛军兵力众多，来势汹汹。我宛城守军不过五千人，只宜据城固守，千万不可出城迎敌。"

岑彭犹豫不决，疑惑道："叛军远在棘阳，怎么一夜之间有这么多叛军出现在这里？莫非是疑兵之计？"

严悦惊慌地道："前队大夫甄大人、属正梁大人的十万精兵一夜之间便死在刘縯、刘秀手上，何况咱们区区五千守军。刘秀骂阵，就让他骂好了，大人千万不可出城迎战。"

岑彭为难地道："严将军曾派人来，要我等出城接应。如何是好？况且，万一刘秀用的是疑兵之计，我们岂不是坐失良机？"

严悦摇头道："大人别忘了，宛城不同于棘阳，历来是兵家必争之地，一旦有失，长安可就危险了。这样的罪名，大人担当得起吗？您的妻子、老母还拘禁在太守府后衙呢。"

岑彭不由一阵心寒，火热的杀敌热情一下子熄灭。棘阳失守，他逃回宛城，受到甄阜的重责。甄阜将他妻子老母拘禁起来，令其将功补过。严尤大兵路过宛城时，也责怪他守城不力。如今，甄阜虽死，严尤还在，对他的处罚命令仍然没有取消。如果宛城有失，自己举家的性命就难保了。

"传令各营官兵，小心戒备，严密守城，任何人不得出城迎敌，违令者立斩不赦！"岑彭终于发出命令。

严尤、陈茂督军抵抗一阵，不见宛城守军来救。眼见十万大军死伤过半，兵力越来越小，不由心急如火。

陈茂支撑不住了，大声道："大人，看来援军是指望不上了。趁叛军还无力形成包围，咱们还是撤走吧！"

严尤何尝不想逃走，可是，一旦主将逃走，全军立刻就会失去抵抗力，任由人家宰杀，十万兵卒将损失殆尽。

严尤此时虽说没战死，可是真比战死还难受。他征高句丽、句町诸部，战赤眉，伐匈奴，大小战事历经无数。虽不能说百战百胜，但也没有一次像这一仗这么窝囊。

陈茂见他犹豫不决，急得大叫道："大人，如果再不逃走，咱们今天都得做叛军的箭下之鬼。"

话音未落，突然一支羽箭飞来，正中陈茂额头。他大叫一声，摔倒在地，再也没动弹，真的做了汉军的箭下之鬼。

严尤大吃一惊，方才意识到已身处险地，再不逃走，真的要把性命丢在这里了。什么皇恩浩荡，誓死效忠，逃得性命要紧。他一脚踢开陈茂的尸体，慌忙持戟上马，传令道："众将士，保护本官退保宛城。"

新军听说主将逃走，更无斗志，哭爹喊娘，只恨少生了两条腿，丢盔弃甲，四散奔逃。只有几个亲兵保护着严尤落荒而逃。

刘縯纵马舞矛，来回冲杀，嘴里高叫："降者免死，抗拒立斩！"新军士卒一听，慌忙扔掉兵器，呼啦啦跪倒一地，降者几万人。

严尤惶惶如丧家之犬，失魂落魄，拼命往宛城狂奔。他一口气奔出几十里地，听听身后没有汉兵追来，方约略放心。看看身边只有十几个亲兵逃出来，十万大军未经正式交战便损失殆尽，严尤忍不住仰天长叹："天啊！严某落到如此境地，有何面目再面见陛下！"说完，抽出宝剑就要自杀。

左右亲兵慌忙上前抱住，哭劝道："胜败乃兵家常事。将军回京可奏请陛下再发大兵，以雪此次兵败之耻。如果以此了结一生，反为叛贼讥笑。小人们又归依何人？"

严尤一时心软，又不甘心就这样败于刘縯之手，于是放下宝剑，正要继续前行，忽然一个亲兵惊叫道："大人，不好，前面有叛军！"

严尤举目远望，果然见前面旌旗招展，"汉"字、"刘"字大旗清晰可见，大吃一惊道："刘縯果然用兵如神，竟在此设伏。看来宛城去不得，快奔颍州方向走。"

亲兵们慌忙转弯向东，直奔颍川逃去。

其实前面这支汉军是刘秀率领着迷惑宛城守将岑彭的队伍。刘縯大败严尤，探马不断地把战况报于刘秀。刘秀见主力部队得手，便命令部队丢下帐篷、旌旗，悄悄撤军回淯阳与主力会合。因为宛城城墙牢固，防守严密，不是轻易可以攻取的。况且汉军连日远征作战，人疲马乏，急需休整。

岑彭、严悦遥望城外汉军营帐、旌旗，果然不敢出城。待半日之后，不见汉军动静，方知中计，岑彭扼腕叹道："刘氏兄弟善于用兵，必为朝廷心腹大患。"

正月十五，银盘似的圆月把皎洁的月光毫不吝啬地洒向人间。波光粼粼的沘水岸边，连日征战的汉军将士早已进入梦乡，营帐里一片寂静。但只要稍一留意，便会发现其中一顶帐篷里还亮着灯光。

亮光是从更始将军刘玄的帐篷里发出的。此时，刘玄披着棉衣，焦躁不安地在灯前走来走去。帐内旁边小室的帘子一动，走出一个风姿绰约的女人。女人半披着棉衣，一副刚刚睡醒的样子，走到刘玄背后，张开双臂抱住刘玄的背，娇声道："相公，天这么晚了，怎么还不歇息？"

"夫人有所不知，近日来，陈牧不仅提升我为更始将军，而且王匡、王凤、朱鲔、廖湛等渠帅突然变得态度谦恭，非常客气。我总觉要发生什么事，因而心神不安，彻夜难眠。"

话音刚落，帐外传来守门兵卒的声音："禀将军，陈渠帅到。"

刘玄吃了一惊，陈牧深夜来此，到底会有何事，忙一推韩夫人道："快，更衣，迎接渠帅大人！"

"不必了！"话到人到，陈牧已昂然而入，笑道，"怎么，刘将军和夫人还没有歇息？"

刘玄、韩夫人慌忙整整衣衫，躬身施礼道："不知渠帅大人到此，有失迎接，请大人恕罪！"

"陈帅请坐，贱妇给您沏茶！"

韩夫人手脚麻利地沏好茶水，亲手端上来，笑容满面道："大人有公事要谈吧！贱妇告退了。"

"夫人请便！"

陈牧待韩夫人退出帐外，方道："刘将军是刘汉宗室，难道没有恢复先祖之业的志向吗？"

刘玄没想到陈牧会突然来到自己跟前，这么直露地问自己，显得有些慌乱，局促不安地答道："王莽篡汉，宗庙被毁，宗室子弟无不痛心疾首。刘玄也不例外，当然希望恢复高祖之业。只是在下德薄才寡，实在无能……"

陈牧哈哈一笑，道："将军只要有复兴汉室之志就行。今儿个我就明说了吧，王帅、朱帅有意扶立将军南面称尊，恢复汉室，特命在下前来请教将军。"

刘玄顿时目瞪口呆，做梦也没想到要做皇帝。他好半天才醒过神来，"扑通"一声跪倒在地，脸色煞白，头冒虚汗，连连磕头，哆嗦着道："刘玄……不……不敢……求大人莫开玩笑。"

"谁跟你开玩笑，这是王帅、朱帅商议后决定的事。快起来，你日后就是汉朝的天子，我可受不起你这样的大礼。"

刘玄还是战战兢兢，推辞道："宗室之中，伯升、文叔最贤，大人为何不扶立他们？"

陈牧气得一瞪眼，骂道："看来你真是稀泥糊不上墙。这样的好事打着灯笼也难找，你为何推辞？"

"小人之意，是怕军中人心不服。"

"放心吧，有我们几位渠帅为你做主，谁敢不服！"

"可是……"

"可是什么，这事就这么定了。更始将军，这事也由不得你，你可要好自为之，先不要到处张扬。我走了。"陈牧说完，也不理会呆立在那儿的刘玄，径自转身离去。

连日征战，柱天大将军刘縯也是疲惫至极，直到日上三竿，还在帐内呼呼大睡，忽然，守门的兵卒跑到床前，喊道："柱天大将军！"

刘縯惊醒，一骨碌爬起来，慌忙问道："怎么，有军情回禀？"

"不，是刘三将军求见。"

"既是文叔，让他进来就是，何用通报？"

兵卒退出。不一会儿，刘秀走进来，刘縯边穿戴衣服边问："三弟，是否又有军情？"

刘秀笑道："大哥一心扑在军务上，只知军情，不知其他。小弟这次来，却是为了私事。"

"私事？"

刘秀点点头："是为三妹的事。我军征战在外，三妹一个姑娘家，随军在外，多有不便。小弟以为，不如给她找个合适的男子嫁出去。一来行军方便，二来也了却母亲大人的遗愿。"

刘縯脸上笑意顿失，心里内疚极了。作为长兄，他只顾领兵打仗，从来没想到三妹的终身大事。亏得刘秀提起，便点头道："三弟言之有理。只是戎马倥偬，一时之间哪里去找合适的男子？"

"小弟倒是相中一人，不知大哥意下如何？"

"谁？"

"李通！李通与我相约举事起兵，宗族因我刘氏惨遭屠戮，把伯姬嫁给他，一来是我刘氏报恩于他；二来伯姬终身有靠；三来郎舅之亲，更加亲密。苍天有眼，祖家神灵，'刘氏复兴，李氏为辅'。李通将佐之才，应该为我所用。"

刘縯深表赞同："李通仪表堂堂，才智不凡，的确是个难得的英雄。伯姬嫁给他，该知足。不过，这只是我们一厢情意。伯姬跟李通是否乐意，还得征求他们的意见。大哥对男女之事一窍不通，还得有劳三弟从中撮合。"

"大哥放心，小弟亲自做三妹的媒人，李通那里，请王常为媒。"

刘縯放下心来，亲自送刘秀到帐外，谆谆叮嘱告诫，刘秀走出几步远，突然又折回低声道："大哥，这几天，新市、平林渠帅聚会频繁，不知有什么见不得人的勾当。"

刘縯笑道："君子坦荡荡，小人长戚戚。我刘伯升做事，无愧于天，无愧于地，无愧于人，何惧小人非议？"

刘秀叮嘱道："话虽如此说，大哥还是小心点好。"

清水河边，百无聊赖的刘伯姬坐在枯草地上，抓起石子，抛击水上的薄冰。刘秀悄无声息地出现在她背后，突然用双手蒙住了她的双眼，捏着嗓子道："你猜我是谁？"

伯姬果然没有听出他的声音，忙用双手乱抓，突然摸到刘秀身上一样东西，哈哈一笑道："我猜着了，是三哥。"

刘秀松开双手，笑问道："三妹，你怎么一猜就中？"

"三哥，你我兄妹这么多年了，我还猜不出是你吗？"

刘秀想起此来的目的，整理一下自己的思绪，道："小妹，咱爹娘都不在了，我和大哥又忙于军务，无法照顾你。你这么大的姑娘，随军在外，多有不便。三哥想为你物色一个男子为婿，你看怎么样？"

伯姬没料他会突然提起自己的终身大事，脸上一红，心头一热，禁不住泪水夺眶而出。自从小长安兵败之后，随军的只有她一个单身女子，内心的孤寂凄苦，别人无法知晓。

可是，刘秀没说出那男子是谁。伯姬忐忑不安，道："母丧在身，戎马倥偬，怎好谈出嫁之事。"

刘秀摇头道："如今是非常时期，就不能按常规办事。三哥看李通仪表不凡，才智过人，不惜抛弃万贯家产，与我共举大事，算得上顶天立地的汉子。不知小妹意下如何？"

伯姬不好意思地看了刘秀一眼，低头道："小妹一切听从三哥的安排。"

刘秀长长地出了一口气。转身回营，刚到自己营帐门口，正遇王常，王常欣喜地道："李将军非常仰慕三小姐的才貌，已经应下了亲事。"

"太好了。"刘秀高兴万分，拉着王常一起来见刘縯，说明李通、伯姬之事。刘縯大喜道："既然他们同意，我看择日不如撞日，趁着大军休整之际，明天就给他们完婚。"

王常赞赏道："柱天大将军公私兼顾，非常时期办非常事，令人钦佩。"

刘秀高兴地说道："既如此，小弟马上派人通知全军将帅，明日来喝三妹的喜酒。"

刘縯点点头，刘秀正要往外走，忽然，一名新市兵兵卒走了进来，向刘縯跪地禀道："禀柱天大将军，王渠帅、朱渠帅、陈渠帅请您马上升帐，说有重要的事情相商。"

刘縯一愣，全军正在休整，即便有什么紧急军情也该来禀明自己，王凤等人反客为主，请军中主帅升帐议事，太不符合常理了。

刘秀正一脚门里、一脚门外，站在那里，待那名新市兵卒出帐之后，皱眉道："新市、平林将帅这几天行动诡秘，恐怕有事瞒着我们。"

王常忙道："君子背后不论人短。不管怎样，总要以反莽大局为重。王凤既然有要事相商，就请柱天大将军立即升帐，一问便知。"

刘縯一想，王常言之有理，眼下王莽未灭，大战、恶战还在后头，义军的团结比什么都重要，千万不能因小失大，引起内部不和。于是立即传令中军，升帐议事。

中军大帐内，汉军各部将帅衣甲鲜明，分列两侧。刘縯在帅位上坐下，扫视一遍众将，最后把目光落在王凤脸上，含笑问道："王渠帅，到底有何要事，请说来大家听一听。"

王凤一听刘縯直接点到自己，便不慌不忙地抱拳道："王莽篡政，新朝政令苛酷，天下深受其苦。柱天大将军顺天应人，率我等起兵反莽，杀甄阜、破严尤，锐不可当，威名远振。可是反莽灭新任重而道远，仅凭一时之勇难以成功。在下以为，我等应该应天下思汉之心，推立汉裔，复兴汉室，号令天下。"

刘縯一听，暗吃一惊，王凤、朱鲔等人一向对刘氏心存芥蒂，这次为什么突然提出要拥立刘氏，恢复汉室，莫非其中有诈。

他心中谨慎，故作感激，慨然道："王渠帅欲推立刘氏，恢复汉室，此德此情，我刘氏感激不尽。可是，以刘某愚见，眼下尚不是推立天子的时候，如今赤眉军聚集在青、徐两州，兵众数十万，比我军势力还强，如果听说南阳立了刘氏为帝，必然依样施行。那时，这里一个天子，那里一个汉帝，必会引起宗族内部的争斗，如果王莽未灭，宗室竟互相攻击，天下岂不笑话，刘氏还有何威权可言！何况，自古以来，率先称尊的，往往功败垂成难以成功。陈胜、项羽就是前事之师。宛城就在眼前，我军尚未攻克，就这样自尊自立，耽搁时日，岂不是给了王莽喘息之机？在下愚见不如暂时称王，号令军中。如果赤眉所立宗室贤德，我们就率部归附；如果他们没立宗室，我们便可破王莽，收赤眉，推立天子，也为时不晚。"

刘縯不述自己战功，陈明天下形势，句句在理，掷地有声。王凤一时无语，呆立在那儿。这时，朱鲔手抚剑柄，上前大声道："议立天子乃是大事，刘大将军总不能一个人说了算吧！在下有意立更始将军为天子，诸位将帅以为如何？"

新市、平林将帅早已串通，共定策立之事，见朱鲔开了口，便一齐举双拳高呼："我等愿立更始将军为帝！"

躲在角落的更始将军刘玄听到众人拥立自己的声音，忙低下头来，不敢往春陵将士看一眼。刘縯、刘秀暗暗着急，却毫无办法。人家立刘氏宗室，他们不便强硬反对，否则便有吃不到葡萄就说葡萄酸的嫌疑。

春陵诸将，平日最钦敬刘縯，一听朱鲔等拥立刘玄为帝，哪里肯依，齐声反对。邓晨道："柱天大将军战功卓著，威名远扬，为何不立他为帝？"

刘谡性格直爽，平日最看不起胆小怯懦的刘玄，这时，双眼瞪着缩在角落里的刘玄叫嚷道："刘玄，你站出来，比一比哪一点胜过柱天大将军。你要是做了天子，我汉室天下岂不又要被奸臣篡夺。"

朱鲔大怒，喝道："今天是议立天子，刘谡不得无礼。"

刘谡哪里服他，正要上前理论，却被刘秀劝阻住了。

正争得不可开交，下江兵渠帅王常突然开口道："诸位，我等举兵反莽，就是为了天下太平，百姓乐业。议立天子是关乎天下众生的大事，希望大家要以天下为念，不可以一己之私有所好恶。"

王常是下江兵渠帅，对新市、平林与春陵之间，无所偏倚，说话自然有分量，众人一时平静下来。

陈牧亢然道："王常兄弟，说了半天你也没说出准意见，到底愿拥立谁做皇帝？"

王常不假思索，正色道："天子是天下共主，当然是贤德者居之。柱天大将军战功赫赫，众望所归，非更始所能及。复兴汉室，当然应该拥立柱天大将军这样的英雄豪杰做我们的天子。"

"对，柱天大将军素有贤名，当立为天子。"下江兵将领李通、李轶表示赞同。形势转向有利于春陵诸将。

朱鲔、陈牧等岂肯罢休，立刻上前争吵起来。刘縯大怒，一拍几案，斥道："大帐之内，如此争吵，成何体统！天子未立，内讧先起，我汉军还怎么破莽灭新。"

刘秀也面露愠色道："没有规矩，不成方圆。有话一个一个说，再有在大帐喧闹的，军法从事。"

刘縯扫视着怒形于色的新市、平林兵将帅，心知今日议立之事没个结果，必会引起义军的内部的纷争。于是他只得强压怒火，看了王凤一眼，道："王渠帅，诸将意见不一，你看怎么办？"

王凤面带冷笑，昂然道："我等情愿拥立你刘氏恢复汉室，不管立谁为天子，都是你们姓刘的。柱天大将军却有意阻拦，莫非柱天大将军也有南面称尊之意？"

刘縯的脸上实在挂不住了，怒目而视道："王渠帅何出此言？刘某一世只为恢复高祖之业，情愿战死沙场，绝没有南面称尊的奢想。"

"柱天大将军有如此胸怀，王凤钦佩之至，在下倒有一计，既可拟立汉室天子，又可令诸将信服。"

刘縯忙问："王渠帅有何妙计？"

"很简单，可以请在座诸将表决，少数服从多数，决定立谁为尊。"

王凤的提议非常公道，刘縯不便反对，只得说道："好，就依你而行！"

于是王凤走到当中，面对诸将大声说道："诸位，凡愿拥立更始将军刘玄为尊者的请站起来。"

新市、平林诸将除刘玄外呼啦全站了起来，齐声道："我等愿立更始将军为尊！"

下江兵诸将除王常、李通、李轶等数人，其余如张印、成丹、马武等也站了起来，表示拥立刘玄之意。众将中，新市、平林、下江将帅占去大多数，很明显，拥立刘玄者占了优势，王凤望着刘縯、刘秀，面露得意之色，道："大将军，更始将军众望所归，您不会阻止他南面称尊吧！"

刘縯颇感意外，但只是默默无语，内心深处在痛骂道："山贼草寇，无非是暗使奸谋，拥立怯懦的刘玄，篡夺汉室而已。"

春陵诸将大多愤愤不平，性格刚猛的刘謖忍耐不住，挺身而起，手指王凤骂道："姓王的，你在这儿假充什么公正，其实你们早已串通一气。"

王凤反唇相讥："难道你们不是串通一气？吃不到葡萄就别说葡萄是酸的。"

刘謖大怒，以手按剑，叫道："今儿个这事邪乎，俺老刘说啥也不答应！"

新市渠帅朱鲔刷地抽出宝剑，一剑砍断座椅，怒叫道："今日之议已决，不得有二，谁敢不从？"

春陵将朱祐、臧宫、邓晨、刘赐等一见此情，全站了起来，抽兵刃在手，怒目而视。新市、平林、下江诸将也纷纷拔出兵刃，空气似乎紧张得凝固了似的。

一直在默默观察事态的刘秀最后一个站了起来，上前挡住刘謖，呵斥道："刘謖不得无礼，春陵诸将先行退下！"一边说，一边目视刘縯。

刘縯的怒火也被朱鲔点着了，正欲发怒，忽见刘秀出面制止，才霍然一惊，发热的头脑冷静下来。意识到稍有不慎，义军就会四分五裂，而春陵汉兵必遭灭顶之灾。

刘縯忙向刘謖等人斥道："胡闹，绿林诸将是我们同生死，共患难的弟兄。大家为着反莽复汉才走到一块儿的，怎可如此对待？还不退下！不然，军法从事。"

刘谡本想痛杀一番，以消心头之恨，闻听刘秀、刘縯之命，只得宝剑入鞘，默默地回到自己的座位上。春陵诸将于是悄然退下。

朱鲔、王凤见刘谡等人退下，才把宝剑收起，新市、平林、下江诸将也将兵刃收回，回到座位上。

刘縯见事态平息，努力做出轻松愉快的样子，道："争执归争执，但恢复汉室是我们共同的心愿，也是天下人的愿望。今日之议已决，就立圣公为尊，择日登基。"

王凤、朱鲔等绿林将帅闻听大喜，一齐躬身，道："柱天大将军圣明！"

退帐之后，刘縯立即命人找来刘秀，问道："今日之事，三弟有何高见？"

刘秀道："王凤、朱鲔早有预谋，串通绿林诸将，才有拥立圣公之议。他们这么做，目的是通过软弱怯懦的圣公，达到把持汉室的目的。可惜大哥空有复汉之志，半世英名，竟与汉室无缘。"

刘縯努力克制住沮丧的心情，故作坚强地道："大哥一生奋斗只为复高祖之帝业，并无面南称尊的狂想。忧心的是圣公软弱，为盗匪掌握，如何复兴汉室？"

"大哥说得对，圣公软弱，今日被王凤、朱鲔利用拥为汉帝，必不能复高祖之业。复兴汉室，只有仰仗大哥。王凤、朱鲔等人就是忌惮大哥的英明，才共推懦弱的圣公。所以，大哥日后行事不可锋芒太露，以免遭到绿林将帅的忌恨。来日王莽被灭，我刘氏与绿林水火难容，必有一番较量。眼下，我们要做的就是一面与绿林合作，勠力讨贼，一面笼络诸将，争取为我所用。李通、王常素有扶汉之志，又仰慕大哥贤名，可作心腹之用。绿林诸将中如马武等将性格直爽，思想单纯，只要加以笼络，就能为我所用。以前，我们这方面做得太少，是个教训。"

刘縯转忧为喜，赞叹道："三弟见识不凡，愚兄以后就依你之言而行。今日之事，就说到这里。三妹的事儿怎么办？"

"大哥不是说过，明日就为小妹和李通完婚吗？仍按原定之议进行，一则拉拢李通，二则借以迷惑绿林将帅，让他们以为我弟兄并不介意刘玄称尊。"

弟兄二人正在说话。这时，守门兵卒进来禀道："大将军，刘谡将军求见。"

刘縯笑道："刘谡兄弟心直口快，最见不得使奸耍猾之人，此时来见我，必有怨言，快快请进。"

兵卒退出，转眼间，刘谡一步跨进帐内，未及施礼，便口出怨言："伯升兄，俺受不得这气。此次举兵讨贼，谋划起事，恢复高祖帝业，全是你们兄弟的功劳。刘玄这个软蛋，有何德能，敢妄称尊号？"

刘縯、刘秀双双站起，劝他落座。刘縯劝道："贤弟，此事不应只怨圣公，他不过受王凤等人所用而已。如今，王莽未灭，义军的团结至关紧要，望贤弟以大局为重，不要与他们争一日之长短。以免激起我军内部纷争，不利反莽复汉之大业。"

刘䜧一跺脚，急道："伯升兄，汉室江山都是人家的了，再去反新讨贼又有何用？小弟不明白，柱天大将军的威风都到哪儿去了，就这么任人在头上拉屎撒尿。"话没说完，气得转身就走。

刘縯也不阻拦，望着他的背影赞叹道："好一个性情直爽的刘䜧！"

刘秀却不无担忧地道："锋芒太露，易遭奸人忌恨。"

新朝地皇四年（公元23年）二月十三，淯水旁边宽阔的平地上，用沙土堆起了高坛，汉军将士全副戎服，排列整齐，分布在高坛四周。"汉"字大纛旗树立在高坛正中，迎着春风猎猎作响。

一阵雄壮的鼓角响起，王凤、朱鲔、陈牧、王常、刘縯等主将拥着刘玄登上高坛。典仪官宣读王匡起草的告天下臣民恢复汉室的檄书。之后，朱鲔亲自给刘玄戴上冠冕，穿上衮服。刘玄祭告天地、先祖，由张卬、陈牧左右护卫着，走到高坛正中的皇帝御座。义军诸将渠帅一齐跪伏在地，齐呼："万岁，万万岁！"

台下义军将士也跪倒在地，朝贺之声响彻淯水两岸。

身穿衮服、头戴冠冕的刘玄如坠云雾之中，半个屁股挨着御座，耳听众将士震耳欲聋的朝贺声，身不由己地站了起来，哆哆嗦嗦，冷汗直流，不知所措。张卬在左侧护卫，慌忙提醒道："陛下，该你说话了。"

刘玄仿佛没听见，直到张卬连催三次，才惶然问道："说……说什么？"

"就说顺天应人，恢复汉室。"

"噢，"刘玄答应着，喉咙里却像卡着块骨头似的，半天才发出声音，"在下……在下顺应天命，今日……登基复兴汉室……"

张卬急得低声道："要称朕。"

"对，皇帝应该称朕。"

高坛下突然发出一阵讥诮的笑声。张卬忙故作威严地咳嗽一声，待坛下恢复了平静，他面向众将，庄重地道："汉室复兴，新皇登基，建元曰更始元年。为显示陛下皇恩浩荡，大赦天下，分封诸将。"说着，从刘玄手中接过草拟好的诏书念道：奉天承运，复兴汉室，新皇陛下诏曰：拜刘良为国老；王匡为定国上公；王凤为成国上公；朱鲔为大司马；陈牧为司空；刘縯为大司徒；王常为廷尉；李通为柱天大将军；李轶为五威将军；刘䜧为抗威将军；刘秀为太常偏将军……"

很显然，这份诏书是刘玄在王凤、朱鲔、张卬、陈牧等人的授意下拟定的。刘縯战功卓著，名望最高，却屈居王匡、王凤、朱鲔、陈牧之下。刘秀也是累有战功，却仅封得太常偏将军。

绿林诸将自然是眉飞色舞，喜笑颜开，春陵将士却面露愤然之色。张卬还没读完诏书，春陵诸将中挺身站起一人，高叫道："且慢！"

张卬吃了一惊，声音戛然而止，往坛下一看，却是刘谡，只见刘谡疾步走到高坛上，怒目而视，道："对不起，俺刘谡不想做什么抗威将军，只想做刘伯升名下的一个校尉，只听从刘伯升兄弟的号令。"

刘縯跪在御座前，忙低声呵斥："刘谡，不得无礼！"

朱鲔大怒，瞪着刘玄叫道："刘谡无礼，请陛下立即治罪。"一边说，一边以目示意张卬、陈牧。

张卬心知其意，立即拔剑冲向刘谡，还没走到刘谡跟前，早已被刘谡吓破了胆的更始帝刘玄突然连连点头道："好好好！刘谡兄就归于刘伯升名下，抗威将军之职收回。"

刘玄此时已是九五之尊，开口便是金口玉言，不容更改。张卬不便在新皇登基的第一天蔑视刘玄权威，只得收剑退回。朱鲔也不便再说什么，只好眼睁睁地看着刘谡走下坛去。

更始帝立，汉室复兴，影响力果然不同凡响。南阳起事反莽者纷纷前来归附，汉军势力日益强大。刘縯上奏更始帝道："宛城地处隘口，乃兵家必争的要地，新军占据宛城，就可控制荆、豫二州；我军占有宛城，向南可通荆、襄，向西可图京都，向北可进洛阳。陛下宜早图之。"

刘玄敬畏刘縯威名，此时虽然贵为更始帝，却不敢看刘縯的眼睛，又不懂军事，只是唯唯诺诺，不知怎么回答。国老刘良见状，进言道："刘縯自起兵以来，屡败新军，深得三军将士拥戴，陛下应把军权交还给他，由他全权指挥，谋取宛城，攻下宛城，也好定都，站稳了脚跟。"

刘玄当然知道刘縯会带兵打仗，也真心希望把军权交给刘縯，让刘縯为自己打下汉室江山来，可是，他却用眼角扫视着朱鲔、陈牧等人，迟疑地道："国老言之有理，可是……"

刘縯明白更始帝的苦衷，不由得怒视朱鲔一眼，不料，朱鲔却若无其事，友好地一笑，出班奏道："陛下，大司徒刘伯升自起兵以来，就是三军主帅，屡败新军，用兵如神，深得人望，谋取宛城，非大司徒莫属，臣以为陛下应把军权交给大司徒。"

"噢，"更始帝深感意外，既然朱鲔都答应，他也乐得顺水推舟，于是忙含笑道："既然国老和大司马都这么说，朕也就把攻取宛城的重任交给大司徒了。望大司徒早日进军，攻取宛城。"

"臣一定不负陛下重托。"刘縯跪地，接过兵权，磕头谢恩。

更始帝罢朝，文武群臣退出御帐。陈牧快步追上朱鲔，低声问道："大司马今天怎么了，为什么劝陛下把兵权交还刘缤？"

朱鲔把他拉到偏僻之处，哈哈一笑，道："把兵权交给他又怎样，难道他敢造反不成。如今，刘汉这块招牌已为我所用，刘缤如果图谋不轨，就是以下犯上，大逆不道，必然身败名裂，失去人心。让他领兵，一则可反莽讨贼；二则他一旦兵败，我们就抓到了把柄，置之于死地。"

陈牧恍然大悟，道："还是朱兄虑事周全。这一箭双雕之计绝了，只是有点太损了。"

朱鲔脸上一红，道："愚兄也很钦佩刘伯升的才能人品，可惜，他与咱们的不是一路人。一旦讨灭王莽，必然变成咱们的敌人。贤弟，妇人之仁要不得。"

陈牧没说话，转身走开了。

刘缤升帐，召集全军将领商议攻取宛城之事。汉军新胜严尤、陈茂，又兼更始帝立，志高气满。诸将畅所欲言，都对攻取宛城充满信心。独太常偏将军刘秀见解与众不同，他说道："我军连日休整，拥立汉帝，耽搁了时日，错过了攻取宛城的最佳战机。如今，岑彭、严悦早有防备，宛城城墙牢固，恐不易攻取。"

刘缤长叹道："太常偏将军固然言之有理。可是，宛城扼住我军进攻长安的咽喉，我军志在必得。诸位将军要有打恶仗的思想，宛城就是一块硬骨头，我们也要吞下去。"

【第五回】

巨灵上阵虎象恶，将军解困风雨急

初春的长安，应该不是非常寒冷。可是，皇宫大内的人们却有一种冷到骨头的感觉。南阳太守甄阜、属正梁立赐战死，纳言将军严尤、宗秩将军陈茂兵败，南阳刘氏拥立更始帝，东方赤眉之乱如狂涛猛兽，不可遏制。

坏消息一个接一个传进宫来，王莽仿佛从温暖之乡一下掉进冰窟之中，全身冰冷。他立即招黄门传令百官进宫议事。

未央宫光明殿，静鞭响，礼乐起，虎贲执戈，羽林执槊，戍守护卫。袍冠端戴的官员，文东武西，肃立两边。殿头官高喝："陛下驾到！"

王莽着衮服冠冕，由两名黄门搀扶着，缓步走向御座。文武群臣慌忙行三跪九叩首大礼山呼万岁。

王莽一脸的疲惫之色，他扫望着下边的众臣，沙哑着嗓子道："众卿，今天本不是朝会的日子，可是国家出了大事，我新朝江山到了万分危急的时候，朕不得不把你们招来，共商国是。"

王莽停顿了一下，见殿下无人应答，便道："南阳刘氏叛乱，勾结绿林盗匪，杀害官兵，攻城略地，又拥立伪天子，与朝廷为敌，众卿可有应变之策？"

文武群臣没有反应，仍旧低着头，王莽大怒，斥道："养兵千日，用兵一时，你们平日食国家俸禄得朕的恩宠，今日国家有事，朕有危难，竟不能为国赴难，为朕分忧，朕要你们何用？"

皇帝动了真火，臣子当然害怕了。国师公刘歆慌忙地跪爬几步，来到台阶下，奏道："陛下请息怒，臣年老无能，无法亲率官兵平灭叛贼。只有一些愚昧之见，唯恐惹怒龙颜，臣不敢说。"

王莽压住火气，大度地道："国师，都什么时候了，你还在这儿拿捏。有什么高见，尽管说，朕绝不生气。"

"谢陛下。"刘歆得了王莽的承诺，胆子自然壮了，道，"陛下登基以来，一心要治理出一个太平盛世来，因而推行了一套抑制豪强的政策。可惜各级官吏推行不力，不但没收到陛下期望的效果，反而得罪了天下豪族大姓，才有今日之祸。"

王莽插言道："国师所言，朕也意识到了，已明诏收回各项改制法令。可是，南阳刘氏凶焰依然，朕如何是好？"

"南阳刘氏，胸怀复汉逆谋，一意与陛下为敌，唯有遣得力之将，率百万雄兵讨灭之。而对于那些依附者，臣以为我朝先有失政之处，此时应是收拾人心的时候。臣请陛下遣使各地，下诏赦免附属叛贼者之罪，使刘氏孤立，再遣将征讨，便可马到成功。"

王莽道："国师言之有理。朕就依你所请，遣使各地，宣赦免诏书。只要投降就保证有活路，如果执迷不悟一意附贼，就只有派兵征讨了。"

"陛下圣明！"刘歆和文武大臣齐声赞颂道。

"可是，仅靠招抚之策，如何能平灭叛贼？"王莽口气一转，"如今宛城危急，一旦有失，长安门户洞开，叛匪长驱而入，若与东方赤眉会兵一处，后果不堪设想，哪位将军愿率兵前往征讨叛军？"

殿里群臣，你看看我，我看看你，谁也不愿出头接这份差事。王莽心头之火"噌"又着起来了，脸色越来越阴森恐怖。看来这班臣子只可共富贵，不可共患难。有这样的臣子，新朝如何能兴盛？

王莽正欲发怒，忽听群臣中有人叫道："陛下，臣有话说！"

王莽循声望去，只见一人跪爬上前。到了御座前，他才看清楚，是族侄安顺侯王寻，心中叹息道："打仗亲兄弟，上阵父子兵。到底是皇族宗人，在这种危难时刻，能为自己出力。"因此，他高兴地道："寻儿，你要请旨出征？"

王寻亢声答道："儿臣有心杀敌报国。但兵者，国之大事，死生之道，存亡之道。儿臣自问无将帅之才，上阵杀敌尚可，统领大军则心有余而力不足，儿臣愿受贤能之将驱使，誓死杀敌报国。"

王莽有点泄气，他知道王寻虽然熟读兵书，但从未单独领兵打过仗。好在尚有自知之明，又有一腔忠心报国的热情，实在难能可贵。这种时候，应该多给鼓励，以便笼络人心。

于是王莽道："孙子曰，不知彼而知己，一胜一负。寻儿能知己就有一半的胜算在握，再加上一腔的报国热情，若领兵杀敌，便有八成的胜算。"但鼓励归鼓励，王莽却不敢轻易把主帅之权交给王寻。

这时，国师刘歆近前奏道："陛下，如今太师王匡、国将哀章、司命孔仁、兖州牧寿良和扬州牧李圣正率部围剿赤眉，京都恐怕再无良将可派、精兵可用！"

王莽一听，又是泄气的话，不耐烦地挥手道："依尔等之见，便无法可想了。既如此，干脆退朝吧！朕自己想办法。"

王莽退朝回宫，也不更衣，闷坐在书案旁苦思朝事。这时，黄门进见，奏道："陛下，安顺侯前来面圣。"

王莽精神一振："是寻儿？快，请他进来见朕！"

"遵旨！"

黄门出去后，王寻走进来，跪地施礼。王莽努力含笑，上前亲手扶起，道："刚刚散朝，寻儿便来见朕，必有要事。"

王寻道："陛下圣明，儿臣有些话在朝堂之上不便说，特来后宫见陛下。"

王莽有些惊异："噢，寻儿有什么话坐下来慢慢说。"

王寻斜着身子坐下："如今南阳刘氏复立，天下纷乱。举国上下，人心动荡。文武群臣，驻足观望。我王氏新朝处此危难之际，朝臣中誓死效命者有几？"

王莽叹息道："寻儿言之有理。今日朝会之上，朕就看得清楚。"

"陛下欲求贤能之将征讨叛匪，非我家族不可胜任。儿臣欲举荐一人，不知圣意如何？"

"谁？"

"族兄王邑！"

王莽不自然地一笑："朕也正想着他。可是，朕因他在平定翟义叛乱时没能活捉翟义曾责难于他。如今，王邑赋闲在家，朕怎好命他出征？"

王寻摇头道："陛下不必多虑，族兄乃我王氏子弟，誓与宗室共存亡。天下纷乱如此，族兄正翘首而待陛下驱使。请陛下降旨，儿臣马上请他进宫。"

"不，"王莽摇头道，"如今正是国家危难之际，朕应该亲自登门相请，以示诚意。来人，准备起驾！"

王邑的府邸在西市东首，距皇宫大内不过四五里地。可是，正值乱世，长安城内也常有反莽分子活动。因此，王莽车驾前呼后拥，跟着两百多名羽林军护卫。卫将军王兴、前将军王盛弟兄二人一左一右护卫着御辇，王寻则紧跟其后。

一路无事，顺顺当当来到王邑府前。守门的家人一看是皇帝御驾，慌忙一溜烟飞跑进去禀报。王邑慌忙带全家开门跪迎圣驾。王莽下辇，亲手扶起王邑夫妻。

君臣走进府内客厅落座。王邑心知皇帝来意，便主动开口道："臣虽然赋闲在家，却无时不在关注天下大势。如今，南阳叛匪自立汉帝，天下盗匪群起。国势衰微至此，臣无时不痛心疾首，无时不想重返疆场，为国杀敌，平灭叛贼。"

王莽明白他是给自己找台阶下，心中惭愧，便道："难得你有如此忠心，朕若不成全此志，岂不是国亡遗恨。王邑听旨！"

"陛下。"王邑突然打断王莽的话，道，"臣虽有报国之志，可是，南阳刘氏叛军势力日盛，灭之不易。臣不出征则已，既出征，必平灭叛军，故有所请。"

王莽心里一动，好家伙，开列条件等着呢，可是，自己现在是求将，摆不得天子的架子，便笑道："邑儿放心，只要能平灭叛贼，什么条件朕都能答应。"

王邑没提什么条件，却问道："陛下欲征讨南阳叛军，京师有多少兵马可用？"

王莽有些心虚，道："京师只有不足十万兵马可用。是少了点，可是，长安城外有无数的饥民，只要肯花些钱粮，朕一道诏旨就可招募几十万人。"

"陛下，万万不可！"王邑断然否定，"饥民从军，军心不稳，易生事端，而且未经操练，不习战事，如何抵敌凶勇强悍的叛军。"

"以你之见，该当如何？"

"陛下，云中、五原郡尚有二十万人马。而今，南阳最急，应召回此地剽悍铁骑，用以征讨叛军。"

王莽道："朕就依你所言，召回云中、五原郡兵马归你调用。"

"谢陛下。可是，臣还有所请。如今，太师王匡、国将哀章、司命孔仁等正率领三十万州郡部队，南北夹击，围剿赤眉。臣以为南阳最急，赤眉次之。臣请将赤眉围而不剿，以抽调十万兵力援助南阳。不知圣意如何？"

"这……"王莽有些犹豫道，"目前，围剿赤眉正值关键之时，太师势必一举平灭赤眉军，此时突然抽调兵力，恐有不妥。朕虽是一国之君，但将在外，君命有所不受，太师恐怕不会答应。"

王邑正色道："赤眉虽有几十万之众，可是一直没有文告、官号和旗帜，不过一群乌合之众。而南阳刘氏自立汉帝，号令天下，声讨陛下。孰轻孰重，孰缓孰急，陛下自知。陛下虽然不可调动太师兵马，可是国将哀章是陛下心腹之臣，唯君命是从，抽调他的部队，他敢不从？"

王莽无话可说，只得道："好，好。朕就依你，从哀章那儿抽调十万人马归你调用。"

"谢陛下。臣还有所请：叛贼刘縯、刘秀狡诈多变，用兵如神，更始政权有组织建制、旗帜号令，非寻常盗贼可比。此次征讨，我朝必全力以赴，方能一举成功，故臣请有征发郡国之兵的职权，以使朝廷与地方通力协作，一体戮贼。"

王莽对这一条毫不含糊，满口应承道："邑儿放心，朕封你为大司空，封寻儿为大司徒，有征调郡国之兵之职权，可自行赐封爵位和决定军政大计。"这可是自古以来出兵主帅从未有过的大权。王莽为讨灭更始政权，孤注一掷了。

王邑、王寻感激万分，一起磕头谢恩。

权力给足了，条件许够了，到底能不能平灭汉军？这时，王莽心里没底了，忍不住流泪道："邑儿、寻儿，朕这次是豁出去了，举国的家底全押在你们身上了。一旦讨伐不力，我王氏家族便死无葬身之地。"

王邑信心十足，安慰道："陛下请放心，儿臣并不靠侥幸取胜，却要用实力一口口把叛军吃掉。儿臣虽然辞官居家，却早已作好讨伐叛贼的准备。儿臣在夙夜访得一奇士，身高十丈，腰粗十围。自称巨无霸，出生在蓬莱东南。三匹马拉不动他，力大无穷，能役使野兽。睡觉枕鼙鼓，吃饭用铁筷子，是个难得的将军。"

王莽听得瞪大眼睛："真有这等奇人？巨无霸现在何处？快让他亲见朕。"

王邑忙赔笑道："陛下莫急，那巨无霸尚在夙夜。臣为了不使叛军防备，封锁了消息，把巨无霸留在夙夜地方驯养野兽，以备战时之用。今日陛下既然让臣征讨叛军，臣就派人把巨无霸和他驯养的野兽运来京师，一则让陛下亲眼看一看，二则也好随军出征。"

王莽放下心来，当即回宫，亲拟谕旨，连夜派人送给五威将军王巡和国将哀章。不到半个月，王巡率二十万精兵从进击匈奴的前线撤回长安。

哀章所督十万大军也从围剿赤眉的前线撤到长安城外集结待命。太师王匡气得捶胸跺脚，却无可奈何，只好把兵力摆成防御阵势，阻止赤眉军西进。

此时，王邑所说的奇人巨无霸也抵达京师，王莽亲率文武群臣出宫观看。那巨无霸果然身高一丈，腰粗十围，黑森森像座小山，站在一辆特别打造的四匹马拉的大车上，身后是一群吼声连天的猛兽——虎、豹、大象、犀牛。

群臣惊得呼叫而走，王莽一见，也变了脸色。王邑慌忙上前安慰道："陛下不必担心，这些猛兽已被巨无霸驯化，没有他的指令，不会袭击人。"

"太好了！"王莽赞赏道，"有了巨无霸这支兽军，何愁南阳刘氏不灭，朕就封巨无霸……不，大司空有赐封之权，就自行封赏吧！"

"谢陛下！"王邑得意至极，跪拜道，"那臣就封巨无霸为军中垒尉，明日立刻随军征讨叛匪。"

"如此，有劳大司空了。不过，为确保平灭南阳刘氏，朕曾征召天下懂兵法的方士，得六十三家，数百人。今天也归于大司空调用，也好随军参议军机。"

王邑明白了，皇帝对自己能否顺利平叛还有疑虑。不过，有六十三家军吏随军出谋划策，怎么说也有益无弊，何乐而不为。于是，再次拜谢圣恩。

王莽难得有今天的好心情，哈哈一笑，面对群臣道："众位爱卿，今日宫内大摆宴席，请随朕一起为大司空、大司徒饯行！"

就在王莽与群臣为大司空王邑、大司徒王寻举樽饯行的时候，更始帝遣大司徒刘縯率汉军主力已抵达宛城。刘縯令三千精骑雁翅摆开，亲自讨敌叫阵。宛城守将岑彭闻听，亲自登上城头。

刘縯婉言劝道："王莽暴虐，篡改汉制，民不适从。今汉室恢复，天兵压境。岑将军应顺天而行，弃城而降，也不愧为一生功德。若执迷不悟，继续助纣为虐，势必玉石俱焚，落下千秋骂名。"

岑彭丝毫不为所动，哈哈一笑道："刘伯升，你为汉室，我为新朝，所谓各为其主，何来顺天而行之说？何必徒费口舌？有本事，你尽管攻下宛城，岑某战死犹荣。"

刘縯知道说不动他，便把长矛一扬，叫道："岑彭，有本事就出来，你我见个高下。"

岑彭不屑一顾，大声道："刘伯升，别以为岑某是傻瓜。岑某才不会与你逞匹夫之勇，有本事尽管攻城吧！"

刘縯大怒，长矛一挥，传令道："众将士，攻城！"

汉军早憋着劲儿，闻听主帅令下，立刻架起云梯，争先恐后往上爬。眼见爬到半空，城上却毫无动静。

汉军大喜，爬得更快，都想争头功，谁知快接近城头的时候，城上突然箭如雨下。身在半空的汉军无处躲藏，一个个被射下云梯，不是中箭而死，就是活活摔死。

汉军第一个回合就吃了亏，可是，士气依然高昂，踩着同伴的尸首继续往城墙上爬。不过，这次他们有了准备，一只手抓住云梯往上爬，一只手握住盾牌护住头顶，防备城上的冷箭，眼看着快爬到城头了。突然一声锣响，无数檑木从天而降，砸了下来。这一回，汉军手中盾牌也没有用了，一下子全被砸下云梯，城下又增添了一堆尸体。

汉军毫不畏惧，仍然像蚂蚁一样，一个跟着一个往上攻。城上冷箭、檑木往下打，竭力抵抗。

征战一天，宛城仍牢牢掌握在新军手中。天色渐渐暗了下来，宛城仍是杀声一片。廷尉大将军王常赶到刘縯跟前，道："大司徒，宛城早有准备，我军伤亡很大。"

刘縯气愤地道："我军又是休整，又是立尊，贻误了战机，岑彭怎么会不作准备。"

"像这样打下去，攻下宛城，我军要付出多大的代价？"

"即使付出再大的代价也要打，"刘縯的眼中闪着无奈的光，语气坚定地道，"宛城的战略意义，不用我说，廷尉大将军也知道。此时不攻，等到王莽援军赶到，再攻就更困难了。中军！"

一名兵卒应道："小人在！"

"传令下去，连夜轮番进攻，不能让岑彭有喘息的机会。"

"遵令！"

入夜，宛城上下，灯火通明，杀声震天。汉军人多，轮番歇息，不间断地攻城。新军兵少，只得硬撑着。

岑彭、严悦也在城头指挥了一天，人困马乏，可是，还得强打精神，他们鼓舞士气："众将士，打起精神来，我们城里准备的檑木多的是，守他个十天半月，不成问题。到时候，长安的援军一到，我们里应外合，汉军就是插翅也逃不了。"

守城兵卒果然精神一振，困意全无，有人大声道："请将军放心，我等绝不让汉军登上城头。"

黑夜尽了是黎明，宛城依然是杀声震天。

宛城，血战三日，依然杀声震天。汉军中军大帐内，大司徒刘𬙂焦躁不安地蹙着眉，不停地踱来踱去，这时，护军朱祐进来道："禀大将军，太常偏将军刘秀来见。"

刘𬙂心头一喜，止步道："来得好，我正要找他呢，快快请进。"

刘秀就在门外，不待朱祐来请，已疾步走进来。刘𬙂迎上去，抓住他的双手，着急地问道："三弟，宛城急切之间，难以攻下，如何是好？"

刘秀道："小弟正是为此而来。宛城城墙坚固，岑彭又有防备，一时难以攻取。我十万大军阻于坚城之下，乃兵家大忌。何况，新朝王邑、王寻援军已出长安，不久便到。小弟以为，我军不如分兵南下、北上，攻略宛城周围城邑，一则掐断宛城外援，二则可补充供养，三则可扩大我周旋余地。"

刘𬙂一听，忧愁顿解，一拍刘秀肩头道："三弟果然好计谋。"

计议已定，刘𬙂立刻召集众将在阵前召开军事会议。决定自己率主力继续围攻宛城消耗岑彭的兵力，另派王凤、王常、刘秀、李轶、邓晨为一路，分兵北上，陈牧、李通、朱鲔为一路，分兵南下，以掐断宛城的外援。

汉军诸将经过三天的苦战，都知道宛城不易攻取，当下均无异议，遵令而行，为迷惑宛城新军，汉军一刻也没有停止攻城。轮番歇息的部队悄无声息地离开宛城。

王凤、王常所率北路汉军一路北进，势如破竹。新军望风而逃，毫不费力地攻下定陵、郾城，紧接着进攻昆阳。

刘秀道："昆阳存有新军大批粮草，必有得力之将把守。何况定陵、郾城逃敌汇聚昆阳，恐不易攻取，不如智取。"

王凤不屑一顾，道："新军主力在守宛城，昆阳必定空虚，不堪一击，马上进攻，早点把粮草、辎重运往宛城前线，支援主力。"

汉军立刻遵令而行。昆阳守将傅锐立即率城中仅有的一千新军据城死守，汉军攻了一日，竟没有得手。眼见天色将晚，王凤焦急万分，如果小小的昆阳阻搁了进军日程，就会贻误整个战争的进程。

这时，一兵卒拿着一封书简呈上，禀道："禀成国上公，攻城的部队在城下捡到一封书信，请大人过目。"

王凤接过一看，只见那书简上书"太常偏将军刘文叔台鉴"，是刘秀的书信！

王凤心中惊异，昆阳的敌军怎么会与刘秀有瓜葛？忙拆开仔细一看，只见帛书写道："太常偏将军刘文叔尊鉴：小人王霸、任光为傅锐所迫，共守昆阳。将军兴汉兵，窃不自量力，敬慕将军威德，愿效犬马之劳。兹定今夜子时，杀傅锐，献城门，礼见将军，特投书简请为接应。"

王凤看了，除了惊喜之外，心里很不是滋味，自己身为成国上公，可谓位高爵显。可是这王霸、任光竟提也没提。刘秀不过一个偏将，官职卑微，却被他们奉若神明，真是岂有此理。

但嫉妒归嫉妒，有人愿献关总是好事。王凤立即命人把刘秀从战场上叫来，把书信取出来。刘秀看完，惊喜地道："成国上公，今夜有人献关，昆阳可得了！"

王凤却冷淡地问道："刘将军，你与这王霸、任光有旧？"

"不，末将与王霸、任光非亲非故，也从未谋面。观其书信，此二人是仰慕我宗室，才甘愿冒死献城的。"

"你不怕其中有诈？"

"有诈又怎样？请成国上公让末将今晚率一支人马埋伏在城外。子时一过，若有人献城，我军可乘势杀入城去。若无人献城，末将就夜袭昆阳。不过半日，昆阳便为我所有。"

王凤没再说什么，一抬手道："就依你所言行动吧！"

当晚，刘秀率一支人马悄悄埋伏在城外，眼睛紧紧盯着城头。子时刚过，城中突然杀声阵阵，火光冲天。

刘秀明白，王霸、任光果然如约行动了。汉军必须马上攻城，否则，他们人少势单，必遭杀身之祸。于是，他一拍青骊马，从树丛中闪出，大刀在夜色中寒光一闪，大声命令道："攻城！"

蓄势以待的汉军立刻向昆阳扑去。昆阳城头，疲惫已极的守军不知城中发生了什么事，正人心惶惶，见汉军突然攻城，慌了手脚，又不得军令，不知所措。

刘秀一口气攻上城去，正砍杀得得意，忽见一群新军举着火把冲过来，为首的两员壮汉，一人使双锤，一人使戈，老远就高喊道："傅锐已死，愿归降刘秀者请随俺来。"

刘秀知道，必是王霸、任光无疑，忙夺过一支火把大声叫道："王霸、任光两位义士，刘秀在此！"

王霸、任光慌忙迎上前去，屈膝跪倒，给刘秀施礼："小人给刘将军见礼！"

他们身后一百多名新军兵卒也跪倒磕头。

刘秀忙伸手相扶道："义士请起。快随我追杀残敌，迎接我军入城！"

"遵命！"王霸、任光率降卒重又杀下城去，不多时，便打开城门。城外的汉军立刻如潮水般涌入昆阳城。

东方破晓，彩霞满天，昆阳城头飘扬着汉军旌旗。

王凤、王常在衙署接见王霸、任光，自是一番褒奖和赞誉。王常见他们有仰慕刘秀之意，便把二人归于刘秀麾下。

北路汉军连下定陵、郾城、昆阳三城，俘获大批的牛、马、粮食以及大批辎重粮草。王凤、王常、刘秀一面分兵把守定陵、郾城，一面命人把粮草辎重源源不断地运往宛城，支援刘縯的主力部队。

粮草尚未运完，探马突然来报："禀成国上公、廷尉大将军，王莽遣大司空王邑、大司徒王寻率军一百万，正往昆阳扑来，距阳关不过二十里地。"

王凤吓了一跳，吃惊道："一百万！不是要把昆阳给踩平了吗？"

刘秀皱紧眉头，向探马道："你真的看清楚了？新军有一百万？"

探马面露惊慌之色，道："回刘将军，小人哪能看清楚。新军浩浩荡荡，见头不见尾，小人从来没见过这么多人马，数也数不清，一百万是老百姓传说的。"

刘秀怒道："身为军中侦探，没有探明敌军实情，就把捕风捉影得来的情报上禀主帅，扰乱军心，该当何罪？"

探马害怕了，跪地求饶："小人知罪，下次不敢了，求太常偏将军宽恕。"

"知罪就好，下去吧！"

王凤道："不管新军是否真是一百万，王莽此次遣亲信子侄王邑、王寻出战，必定来者不善，我军要早作防备才是。"

王常道："昆阳尚有大批粮草辎重没有运出，当务之急，是把粮草尽数运输，送往宛城前线，支援进攻宛城的主力部队。"

刘秀道："虽然我们尚不知新军虚实。但王邑、王寻此来，必然是为争夺宛城。昆阳现在就处于前哨位置，我们势必在此阻击新军，为主力赢得攻取宛城的时间。如果放任王邑、王寻长驱南下，兵临宛城，我军宛城主力就危险了。"

王常、李轶、邓晨深表赞同，王凤沉默不语。五威将军李轶挺身请战，亢然道："成国上公，请让末将带一支人马前往阳关，阻截新军，也好探个虚实。"

王凤终于点头，道："既如此，就有劳李将军了。只是昆阳兵少，只能给你五千兵马。到阳关后能战则战，不能战就赶快退回，保存实力要紧，千万不可与敌军硬拼。"

"请成国上公放心，末将记下了。"李轶领命而去。

王邑、王寻的新军到底有多少人马，不但王凤、王常、刘秀心里没有数，就是随王邑、王寻出征的好多新军也不知情。

王邑、王寻督率三十多万新军，浩浩荡荡向昆阳进发。在颍阳收拾残兵的严尤闻听王师出征，慌忙率残兵败将来会。

严尤负荆请罪，跪在王邑、王寻面前，痛哭流涕。王邑连眼皮也没抬，冷冷地说道："陛下有交代，让你随军出征，将功赎罪。圣上开恩，本公也不便治你的罪，你就归于本公的麾下吧！"

"谢陛下隆恩，谢大司空恩典！"严尤把头都磕出血来了。

王邑、王寻收集严尤残兵和沿途各郡的兵马，得兵十多万。为威慑汉兵，先给对方心理造成巨大压力。王邑故意号称百万大军，具体人数连严尤和军中将领也不知道。

就在北路汉军连克昆阳、定陵、郾城的同时，大司空陈牧、大司马朱鲔率南路军进攻新野。新野宰苏康督率城中军民据城死守，汉军连攻数日，也没攻下来。

眼见北路军屡建奇功，朱鲔、陈牧心中着急，喝令兵卒架起高台吊斗，用强弓劲弩往城里射箭。苏康忙命兵卒摘下民房门板，背在背上，挡住飞来的羽箭，伺机反射吊斗里的汉军弓箭手。

不过半日的工夫，吊斗上的汉兵全部被新军的羽箭射死。新野城头，依然飘扬着新朝的旌旗。

朱鲔、陈牧虽然气怒交加，却无可奈何。这时，苏康却据城头喊道："城下的汉将听着，我新野官民早有归汉之意，但有一个条件，必须大司徒刘伯升亲来，得刘伯升一言，愿举城归降。"

陈牧气得大骂："投降就是投降，为什么非得向刘伯升投降？"

苏康硬挺挺地说道："应不应随你，降不降由我。众将士听令，把檑木往城头上搬，准备迎敌！"

朱鲔一看，默然不语，心中气愤难平。新野宰明摆着信服大司徒，对他这个大司马信不过。小小的新野居然要刘縯亲来，才肯投降，岂不是有意折损大司马威名。

李通忙道："如果新野宰负隅顽抗到底，我军不知何时才能攻取新野。即便攻下，又要丢下多少将士的性命。新野既有归汉之意，大司马何不遣使请大司徒亲来？"

朱鲔心有不甘，嘴里道："新野宰是否故意使诈？何况，大司徒正在全力进攻宛城，哪有工夫来新野！"

李通坚持己见，道："苏康要得大司徒一言便降，其中必有缘故。大司徒若得知此情，一定会星夜赶来，招降新朝守将。"

陈牧谩骂一通后，也冷静下来道："李将军言之有理，还是去请大司徒亲来为好，免得士卒们再流血。"

朱鲔终于点了头，向城上高声喊道："城上听着，本公立刻派人去请大司徒亲来，若是不降，休怪本公血洗全城。"

宛城城下，汉军依然士气高昂地攻城。刘縯不断改变战术，尽可能地避免部队过大的伤亡，以消耗敌军精力为目的。岑彭兵少将寡，日夜迎敌，已经渐渐不支。

这时一只飞骑赶到汉军阵前，把一封书信交到刘縯手上，刘縯仔细看过，哈哈一笑，道："新野宰苏康，在我军小长安兵败、退保棘阳时，曾掘我妹夫邓晨家族墓冢。今有归汉之意，要得我一言，才可消除疑虑。"

主力军中、被刘玄封为广阳王的宗族刘嘉道："大司徒以威德服人，何不亲去新野，收降苏康？"

刘縯点头道："本公当然要亲去新野，只是宛城军务要有劳广阳王了。"

"大司徒放心，本王一定不负重托。"

"谢王爷！"刘縯把校尉阴识招到跟前，"阴识，你要辅佐广阳王攻城。记住，以保存实力消耗敌军精力为主。"

阴识拱手答道："请大司徒放心，阴识一定倾尽全力，辅助王爷攻城。"

刘縯交代完毕，悄悄离了前线，跨上黑龙驹，单人独骑直驰新野。一夜的工夫，便赶到新野汉军营帐，朱鲔、陈牧、李通等众将慌忙出帐相迎。

新野宰苏康闻听刘縯来到，忙率左右亲兵登上城头。刘縯驱马上前，朗声道："苏大人！自古以来，两国交兵，各为其主，你为新朝效力，我为恢复汉室而战，都没有值得指责的地方。君子曰：'人非圣贤，孰能无过。过而能改，善莫大焉。'苏大人能顺天应时，迷途知返，归服汉朝，刘某怎么能对过去的事耿耿于怀呢？大丈夫一言既出，驷马难追。刘伯升断不敢以私人恩怨，而坏国家大事。"

苏康大喜，高声道："说得好，大司徒一世美名，人中豪杰。既有此承诺，苏某还有何惧？众将士，大开城门，迎接大司徒入城！"

守城的新军早就听说刘縯大名，不敢抗命，立即打开城门，迎接汉军入城。

刘縯一句话，兵不血刃，攻取了新野。随即调回南路汉军，合力猛攻宛城。

新野一丢，宛城顿成一座孤城。岑彭兵力不足，哪里吃紧往哪里去。新军将士疲于奔命，苦不堪言。

昆阳，王凤、王常、刘秀督促兵卒往宛城运送粮草，不到半日，便搬运一空。这时，兵卒匆忙来报："禀成国上公，浊水之北尘土飞扬，好像有无数兵马奔来。"

王凤惊问道："何方人马？"

"距离太远，看不清旗号。"

刘秀忙道："成国上公，请到城头一望便知。"

王凤点头，忙带领诸将登上昆阳城头，果然见浊水北岸，尘土飞扬，一支人马正奔驰而来，随着距离的缩短，旌旗隐约可见。刘秀眼尖，突然惊叫道："不好，是李将军。"

王凤揉揉眼睛，仔细远眺，果然看清是李轶的旌旗。再往李轶人马的身后看，却是新朝旌旗。王凤大惊，道："不好了，李轶兵败，正遭新军追击。"

诸将这时也看清楚了，李轶的旌旗倒拖着，人马争相逃命，不成队形，身后则是一眼望不到边的新军。刘秀忙上前请命道："成国上公，请让末将率一支人马出城接应李将军进城。"

王凤眼睛一瞪，斥道："李轶已经兵败，昆阳还有多少兵马让你带着去送命。况且新军大队紧追在后，此时打开城门，新军攻进城怎么办？"

"那……李将军怎么办？"

"李轶当然要救，但要看他的造化。如果他逃在前头，就可打开城门，放他进来。其余的兵卒就顾不上了。"

说话之间，李轶的败兵也驰过浊水，往昆阳逃过来。李轶盔歪甲斜，果然逃在最前头。其余也是丢盔弃甲、拼命奔逃。王凤见李轶快逃到城门口了，身后一望无际的新军铺天盖地地追来，慌忙传令道："快，放李将军进城，随后就关城门。"

守门的汉军遵令，慌忙打开城门。李轶和几十名亲兵正赶到城门口，一见城门打开，慌忙打马进城。李轶刚进去，城门就"吱呀"一声关上了。可怜城外的汉军无路可逃，被尾追而来的新军骑兵一阵冲杀，全部血洒黄土，为汉室捐躯了。

昆阳城头，汉军将士眼睁睁地看着自己的弟兄惨遭屠戮，顿觉心寒，都对王凤心生怨恨。刘秀、王常也觉得王凤的做法太让大家伤心了，却不便说什么。

新军杀尽李轶败兵，便向昆阳进攻。刘秀、王常早令士卒做好准备，一阵乱箭、檑木便把攻城的新军打退。

这时，一身是血的李轶登上城头，一见王凤，哭倒在地，道："成国上公，不是末将无能，实在是新军先锋高大无比，力大无穷，还带着一群吼声连天的猛兽。将士们一见，心就先慌了，这仗还怎么打呀！"

跟随李轶逃得性命的几十名亲兵也余惊未息，争相叙说道："是啊，那巨无霸身高一丈，腰粗十围，力大无穷，李将军武艺再高，也抵不过他。"

"那些猛兽更是吓死人，张牙舞爪，狂扑乱咬，刀砍剑刺，浑然不觉。不知有多少弟兄命丧虎豹之口。"

"亏得那巨无霸行走不便，要不，就是李将军也难逃性命。"

城头上，昆阳汉军将佐全聚集在周围，听说新军强大怪异，都觉得惊奇。忽然，有人惊叫道："看，那就是巨无霸和他的兽军！"

城下新军突然停止了攻城。巨无霸带领兽军耀武扬威，开到墙下。虎、豹、狮、犀牛的嘴上、角上还滴着淋漓的人血。浊水北岸，新军源源不断地开来，见头不见尾。汉军将士齐聚城头观看，无不骇然失色。王凤惊慌忙道："快，传令召集诸将，来城头议事！"

其实，不用召集，昆阳诸将早围在周围，探听军情。闻听成国上公要议军情，立刻有人说道："新军一百万，我昆阳城中的兵力不足一万，以不足一万人对百万大军，无异于以孤羊投群狼，自寻死路。"

"是啊，新军有巨无霸、兽军助战，我军尚且战胜不了巨无霸和兽军，何况还有百万大军呢！"

"……"

满耳的怯懦之声，王凤心里更慌了，也道："新军怪异众多，以大兵压城之势进逼昆阳，小小昆阳，恐怕是守不住了。不如及早退出城去，尚可保住身家性命。如果被新军围上，只恐插翅难逃。"

诸将中好多人就等着王凤下达撤退的命令，忙齐声道："成国上公英明，请下令吧！"

"不可，"廷尉大将军王常阻止道，"新军号称百万，其实不过虚张声势而已。据在下算来，他们的实际兵力不过四五十万人。我军虽然兵少，可是连战皆胜，士气正旺，不如据城坚守，等待援兵。"

王常话音未落，便遭遇部分将领的反对："等待援军，援军在哪里？郾城、定陵的兵力不过两万人，杯水车薪，无济于事。宛城大司徒的主力正在猛烈攻城，也抽不出兵力赶来增援，还是三十六计，走为上策。"

说到"走"字，众将争相起身，一齐望着王凤。只要成国上公一松口，大家便会一哄而去。王凤早有退却之意，闻听众将众口赞同，心中释然。

王凤正欲下令，一直沉默不语的刘秀突然挺身而出，拦住众将，激愤地道："诸位，昆阳兵少粮少，新军势大，这是严峻的现实。正是因为形势严峻，我们更要同仇敌忾，共御强敌。如今，宛城正打得激烈，不能分兵来救。试想，一旦我们放弃昆阳，新军大队长驱直入，阻于坚城之下的我宛城主力将遭受灭顶之灾。同心协力，据城死守，既可吸引新军主力，减轻宛城主力的压力，又可保全妻孥财物于万一，诸位为什么不乐意这么做呢？"

刘秀虽然官位卑微，但善于用兵之名早已传遍全军，在诸将中的声望比王常、王凤高得多。因此，一语甫出，众将全侧耳聆听，邓晨、王霸、任光等纷纷赞同，道：

"刘三将军说的是，一旦昆阳有失，宛城主力就全完了。"

"对，应该坚守昆阳，只要坚持到主力攻下宛城，大司徒就会来救昆阳。"

"是啊，大丈夫宁可战死沙场，也不能做逃兵。"

王凤恼怒起来，冷冷地道："刘将军，昆阳兵少粮少，坚守困难，弃城而走又不行。你一个偏将，真是有胆识，竟然指责起本公。"

张卬紧接着王凤的话，讥笑道："是呀！南阳都称颂你们刘氏兄弟有勇有谋，将佐之才。今日要拿出退敌之策才成。刘将军张口坚守，闭口杀敌。可是，平日里打仗你也不见得都是冲在最前面。你没有老婆孩子，当然可以逞一时的英雄。不过，现在不是逞强好胜的时候，还是听从成国上公的命令吧！"

刘秀愤怒至极，双目喷火，钢牙紧咬，亢然道："将军何出此言。如今汉室恢复，我等俱为汉将，皆为一体。难道刘某乐意看到他们惨遭屠戮吗？何况，新朝大军已兵临城下，只要发现我们弃城而逃，必然尾随追杀，用不了一天，就会全部命丧黄泉。小长安惨败，血的教训，还不够深刻吗？"

王常十分赞同刘秀的意见，附和着说道："是啊，弃城而逃，保不住妻孥财产，也保不住性命。既然如此，不如同心合力，据城死守，还有战胜强敌的希望。"

经刘秀、王常一番分析劝说，好多将领开始倾向坚守。因此，昆阳城上，围绕着是退是守、是战是走的问题，两方意见不一，相持不下。

正在争执的时候，探马飞骑突然来报："禀成国上公，新军主力已经到城北门，绵延数里地，看不见队尾。"

好多将领面露惊慌之色。王凤气恼地瞪了刘秀一眼，恨声说道："刘将军，现在想退也来不及了，你终于如愿以偿了。这个仗本公无能指挥了，你不是很会用兵吗，本公就交给你指挥了。"

刘秀慌忙揖手道："谢成国上公信任，末将一定不负重托，拼死守住昆阳。"

王凤本来说的是气话，没想到刘秀顺杆子上去，真的要指挥守城。心里更加气恼，但转念一想，这个仗没有打胜的可能，刘秀愿逞英雄，也是自己撂挑子的好机会。因此王凤一气之下，真的转身走了。

王凤走了，可是诸将却没有一个跟他走，大家都知道刘秀熟读兵书，善于用兵，非王凤所能及。大敌当前，正需要他这样的人带领着共御强敌。大家的目光都盯着刘秀，王常道："刘将军，快想个办法吧！"

刘秀见诸将对自己如此信赖，也不谦让，忙招呼大家走下城头，来到议事厅。他站在巨幅地图前，指着昆阳四周的地形，道："眼前的形势很严峻，一时之间我也没有更好的退敌方法。不过昆阳城池坚固，便于坚守，我八九千弟兄拼死抵抗，也可与新军较量一番。"

诸将默然不语，张卬忍耐不住，叫道："闹了半天，刘将军也没有退敌良策，新军百万大军攻城，我们能守得几时。"

"多守一天，就多一分战胜新军的希望。"刘秀坚定地说道。

刘秀擦擦额上的汗水，稍作停顿，接着道："当然，内乏粮草，坚守不能持久，至多不过一个月。为今之计，是派人前往郾城、定陵，招集援兵，里应外合，拼死一战，才有希望解昆阳之围。到底谁守昆阳？谁愿突围求援？大家不妨商讨一下。"

诸将面面相觑，谁也不说话。很明显，突围出城太危险了。身陷百万大军，又有巨无霸兽军拦截。别说突围，胆小的就能吓死。因此很多将领宁愿坚守昆阳，也不愿出城突围，但又怕别人讥笑，便沉默不语。

刘秀的神情严峻起来，目光逡巡着大厅，再一次大声问道："昆阳的安危全在于外援，何人敢突围搬兵？"

依然如石沉大海，没有应声。王常沉不住气了，挺身而出道："刘将军，既然没有人愿意出城。就让本公亲去，征调援兵，解昆阳之围。"

刘秀慌忙阻止道："昆阳城内，人人都可以出城求援，唯独廷尉大将军不可。"

"为什么？"

"坚守昆阳，确保万无一失，与突围求援同等重要，廷尉名高权重，可威服昆阳军民，合力据守。"

刘秀之意是，成国上公王凤和很多将领都有弃城而逃的念头。唯有王常位高爵显，可以阻止王凤等人的出逃或投敌，确保昆阳万无一失。王常见刘秀以目示意自己，才明白过来，忙道："就依刘将军之言，本公就带领大家死守昆阳，等待援军。"

刘秀手握剑柄，挺身道："既然诸位都愿意坚守昆阳，就请协助成国上公和廷尉大将军共守昆阳。能守住昆阳，便是奇功一件。刘某愿独自突围，前往调兵。请诸位善自保重，来日相会昆阳，便是我等胜利重逢之时。"说完，迈开大步，往外便走。

"等一等，刘将军。"忽然身后有人叫道，刘秀停下脚步，回头一看，却是王霸从众将中走出。他激动地道："将军临危不惧，不顾生死。元伯（王霸字元伯）惭愧，愿随将军一起突围。"

王霸的话音刚落，大厅内呼应声响起。骠骑将军宋佻、偏将军邓晨、任光等深为太常偏将军的此举所感动，纷纷表示愿陪同突围。就连刚刚吃了败仗的五威将军李轶也愿从行，共计十二人。

刘秀欣慰地笑了，扫视着十二名英雄感慨地道："如果我全军将士真能像你们一样，王寻、王邑纵有百万雄兵，能奈我何？来，我们商讨一下如何突围。"

十三名英雄围坐在一起，商讨着突围的方案。李轶心有余悸地道："巨无霸和他的猛兽凶猛无敌。我们要避开巨无霸所在的北门突围。而且，最好等到天黑之后，可凭借夜色掩护，突然杀出。"众将有的点头，有的摇头，一齐看着刘秀。

刘秀道："李将军言之有理，可以避开巨无霸和猛兽军。但突围不能等到晚上，要马上进行。新军没有立即攻城，就证明尚未合围，正忙于安营扎寨，我们唯有乘此良机，才有突出重围的可能。"

十三人走出帐外，披挂整齐，各持兵刃，牵着战马来到南城门。刘秀一马当先，冲出城外，十三骑就如一阵飓风突然扑向南门外的新军。

南城门外是傍晚才赶来的新军，大兵刚到连个歇息的地方也没有，士卒们乱哄哄埋锅造饭，安营扎寨。夕阳的映照下，东一堆、西一堆的人马，乱糟糟的不成阵列。营寨前的巡逻兵心不在焉地转悠着，直到刘秀十三骑冲到跟前才被一个人发现，惊得大叫："哎呀，不好，有人……"

还没有喊完，刘秀已经马到人到，寒光一闪，人头滚落地下。十三骑犹如下山猛虎冲向敌群。新军根本没想到有人敢闯营，有的兵卒还没摸到兵刃，十三骑已经冲过去了。

再往前冲，前面的新军听到呼叫声，有了准备，各提兵刃，上前拦截。刘秀冲在最前面，大砍刀施展开来，上下翻飞，沾上死，碰上伤，新军一倒一片，血流成河。邓晨尾随其后，也使大砍刀，左右上下一片寒光，新军鬼哭狼嚎，惨不忍闻。其余诸将也各使兵刃，拼命冲杀，转眼间杀入敌营正中。

南门外，新军营寨像开锅一样，人喊马嘶杀声一片。前营阻截，后营追赶，新军如潮水一般，一浪盖过一浪，冲向刘秀等人。

刘秀连人带马像血洗过的一样，分不清是自己受伤，还是溅上敌兵的血。王霸、任光断后，一个托双锤，一个挥长戈，只杀得血雨腥风、鬼哭狼嚎，新军害怕了，干吆喝着不敢上前，全拿着兵刃在后面跟着。

刘秀一边冲杀，一边往四周远望，眼见快冲出敌营了，忙大声喊道："诸位英雄，向前靠拢，不要掉队。再杀一阵，就可以冲出去了。"

众将精神大振，斗志更旺，迅速聚拢成一股强大的冲击力，砸向敌营。主帅不出战，混乱的新军如何能阻挡住勇猛拼杀的十三位英雄。刘秀一行十三骑，硬是杀开一条血路，突出重围。

月上梢头，大地洁白。刘秀勒住马，这才感到腿上一阵剧烈的疼痛，用手一摸，小腿上不知何时中了一支羽箭。回头询问众将，人人或轻或重都带了伤，所幸十三人全冲出来了。

刘秀一咬牙，拔下腿上的箭，扔在地上，回头看着筋疲力尽的众人道："救兵如救火，刻不容缓，我们必须尽快赶往定陵，搬取救兵。"

诸将点点头，简单地包扎一下伤口，重新上马，紧鞍鞯，系腰带，人不离鞍，马不停蹄，渡过昆水，转而向东，连夜驰往定陵。

宛城，大司徒刘縯指挥汉军主力攻城愈急，岑彭、严悦督率兵卒日夜苦守，疲于奔命，力渐不支。忽然汉军探马飞骑来报：王邑、王寻百万新军兵围昆阳。

诸将得知，吓了一跳，都担心万一昆阳城失守，宛城又攻不下，到时候全军腹背受敌，后果不堪设想。大司马朱鲔丢下军务，专程跑到刘縯大帐，劝谏道："大司徒，眼下昆阳危在旦夕，而宛城又数日不下，请撤兵增援昆阳。"

护军朱祐、校尉阴识也道："昆阳危急，城中八九千将士恐有不测，宛城既然不能攻下，大司徒何不分兵援救昆阳，也许还有破敌的希望。"他俩话中有话，提醒刘縯别忘了，胞弟刘秀也在昆阳。

谁知刘縯根本不看他们一眼，对朱鲔道："大司马请放心，昆阳方面我已考虑多时，有廷尉大将军王常、太常偏将军刘秀在，王邑、王寻纵有百万大军，一时也攻不下昆阳。而宛城强弩之末，旦夕可下。我们早一天攻下宛城就多一分破敌的希望。请大司马转回本部，继续攻城。"

朱鲔却冷笑道："大司徒，你也把王常和刘秀看得太高了。如今围城新军百万，昆阳城不过八九千人马，而且粮草短缺，他们凭什么守得住昆阳。现在诸将人心惶惶，议论纷纷。大司徒不要睁着眼睛说瞎话。"

刘縯勃然大怒，道："大司马，如今我是军中主帅，您这样说话，不合情理吧！"

朱鲔哼了一声道："大司徒虽是军中主帅，可是如果硬把我们往死路上领，朱某实在难以从命。不去增援昆阳也可以，不过，朱某可要带新市兵弟兄转回绿林山逃命去了。"

"你敢！"刘縯啪地一拍帅案，怒道，"朱鲔，你擅自抛开军务，本已触犯军令，如再敢抗命不从，休怪本主帅军法无情。"

"你……你……"朱鲔气得说不出话来，回头看，朱祐、阴识全都怒目而视，这才意识自己身边连个保护的人都没有。他心里开始害怕，又放不下大司马的面子，正不知怎么办，忽听门外有人喊道："圣旨到！"

只见更始帝刘玄的御前黄门黄信带着几个小黄门拥入帐内，高喊道："刘縯接旨！"

刘縯慌忙走到大帐正中跪下，应道："臣在！"

"奉天承运，皇帝诏曰，昆阳为百万新军所困，危在旦夕。而宛城数日难下，劳师无功。钦命大司徒刘伯升撤宛城之兵，援救昆阳，以保汉室无虞，钦此！"

"臣接旨！"

刘縯没想到更始帝也来干涉作战，双手迟疑着接过圣旨。朱鲔闻听，喜从天降，得意地说道："大司徒，这一回该听从本公的意见吧！"

刘縯愤然站起道："大司马，我只说接旨，可没说遵旨。将在外，君命有所不受！"说着，走到帅案，抽出一支令箭，叫道："朱护军、阴校尉！"

朱祐、阴识慌忙应道："小人在！"

"你们拿我的令箭，督促各部继续进攻宛城，有不从号令者，军法从事！"

"遵令！"

朱祐、阴识接过令箭。阴识不解地问："大司徒，您不指挥攻城了？"

"少废话，执行命令吧！"

"是。"

朱祐手持令箭，走到朱鲔跟前，把脸一板道："大司马，快回去指挥所部攻城，否则，别怪我们俩不客气了。"

"呸！"朱鲔气得一口唾沫吐在地上，转身就走。

待朱祐、阴识、朱鲔离开大帐，刘縯忙对黄信道："公公，请让刘某随您一起去见陛下。"

黄信巴不得似的道："大司徒既不愿遵旨，一起去也好，省得我们挨骂。"

于是，刘縯跟着几个黄门出了大帐，往后山更始帝的行营走去。更始帝本来在浊水旁建有行宫，可是，汉军全军出动，攻夺宛城。仅靠羽林军保护，怕不安全，便随军到了宛城前线，打算攻下宛城，就在此定都。

更始帝行营距中军大帐不过二里地，没多会儿便到了营门口。黄信进去通报，刘玄传刘进见。刘縯叩拜施礼后，一抬头，见更始帝满面愁容，忙问道："陛下为着何事愁到这样？"

更始帝叹息道："还能为什么，不就是为昆阳担心吗？大司徒请想，昆阳失守，宛城攻不下，我军腹背受敌，势必全军覆没。汉室刚刚恢复，朕性命不保，能不忧心如焚吗？哎，大司徒，你不带兵去救昆阳，跑到朕这里干什么？难道没接到圣旨？"

刘縯心里一阵悲哀，虽说汉室恢复，可是推立的皇帝却是如此懦弱无能。这样的皇帝怎么能复兴高祖之业。不过，此时不是考虑这些的时候，便道："臣接到陛下旨意了，可是臣以为，当务之急是攻下宛城，只有宛城攻下了，才能分兵增援昆阳，才有战胜新军的可能。昆阳有王常、文叔在，一定会据城死守，新军一时还不能攻下。"

更始帝连连摇头道："大司徒不要痴人说梦，王常、刘秀有多大能耐，能用八九千人马阻挡住百万大军的进攻？宛城久攻不下，为什么还在这里耗费兵力，徒劳无功呢？朕的旨意很明白，要大司徒立刻分兵援救昆阳。"

"陛下，万万不可。宛城守军也到强弩之末，我军旦夕可下。一旦撤兵而去，岂不是前功尽弃。何况，以我军主力增援昆阳，宛城岑彭一定会在背后偷袭。我军如何战胜王莽大军？"

更始帝哪里听得进去，气恼地道："难道连朕的旨意你也不听？"

刘縯目光如炬，逼视着这位族弟，一字一顿地道："陛下说对了，臣不愿遵旨行事。所谓将在外，君命有所不受。前线的将士，一刻也没有停止进攻宛城。"

刘玄称帝前，最是敬畏刘縯的眼睛。此时目光相碰，他又不由自主地低下头来，怯声道："好，就依你之意吧！"

"谢陛下宽容之恩！"刘縯高兴万分，赶紧磕了个头，起身退出门外，忙往宛城前线跑去。

小小的昆阳城，已被王邑、王寻的大军围得水泄不通，新军各部环绕四周，列营数百座，里三层、外三层，层层包围几十重。但见旌旗遮日，烟尘连天，人喊马嘶，锣鼓争鸣，数十里可闻。

一觉醒来的王邑、王寻闻听汉军十三骑突围而出，勃然大怒。他威严地道："汉军十三骑闯营，必是搬兵救命。因此我军不宜耽搁，今日就攻城。诸将听令！"

将佐们打起精神，齐声应道："末将在！"

"立刻督促所部，向昆阳四门发起猛攻！"

"遵令！"

主帅令下，昆阳四门的新军立刻展开攻势，潮水般地拥到城下，无数的云梯靠上城墙，新军呐喊着，蚂蚁般往上爬。

昆阳城上，廷尉王常冒着流矢，亲自督战。八九千将士伏在城堞之下，严阵以待。王常见新军已爬到半空，才举起鼓槌，突然擂响战鼓。汉军听到出击的号令，立刻张满弓，瞄准新军射了出去。

新军身在半空，无处躲藏，十之八九被射中，像肉包子一样跌落在地上，非死即伤。第一轮进攻被打退。

王邑、王寻率六十三家军吏亲到前线观战，督令将士继续进攻。吃了亏的新军，一手持兵刃，一手推举盾牌，再一次蜂拥而上。王常看得清楚，忙命将士们准备好檑木、沸水。新军爬到半空，忽听城上又是一阵鼓响，无数的檑木、滚烫的开水从天而降，立刻被砸伤、烫伤，从云梯上跌落下去。

就这样，新军一波接一波进攻，汉军拼命死守，相持两日，昆阳依然在汉军掌握之中。纳言将军严尤深知汉军的厉害，忙向王邑进言道："昆阳城池虽然小，却非常坚固，叛贼又据城死守，一时之间难以攻下。贼首刘玄擅立尊号，滞留宛城。末将愚见，我军兵多，不如兵分两路，一路继续围攻昆阳，一路威逼宛城。宛城激战日久，叛军疲惫，我军与岑彭里应外合，必败刘縯。抓住窃称尊号的人，何愁昆阳不降。"

严尤的建议的确厉害，如果新军按其主张行动，新、汉历史恐怕真要重写。当时，随军的六十三家军吏也一致称赞严尤之计甚妙。

可是，王邑却摇摇头，傲慢地道："十多年前，本公为虎牙大将，曾率万余骑围攻叛贼刘信，大破东都洛阳。可是因为没能生擒刘信大将翟义而受人非议，陛下也因此责备本公。如今，我军是叛军的几十倍，如果遇坚城而退，连小小的昆阳都攻不下，岂不更让天下人笑话？本公发誓，要踏平昆阳，喋血而进，前歌后舞，也好让陛下痛快一番，让天下见识我新朝的兵威。"

严尤一听，自己的金玉良言再一次被人家枪毙了，只得叹息着退到一边。

王邑见昆阳汉军防守严密，绞尽脑汁，想出了新的攻城方法，立刻命道："传令下去，命人连夜打造云车。本公不相信攻不下昆阳。"

昆阳在激战，成国上公王凤虽然把指挥权交给了刘秀和王常，可是将士们都在浴血奋战，成国上公总不能躲在营帐里让人们笑话。因此王凤也登上了城头，跟张卬一起指挥汉军守卫南门。眼见新军铺天盖地而来，攻势愈来愈猛，王凤心里七上八下，寻思半天，把南门交给张卬防守，只身往北门来寻王常。

北门的争夺更是激烈，王邑的精锐部队和巨无霸、兽军都在此门，只不过巨无霸和他的兽军在攻城中发挥不了作用，尽管如此，新军在王邑、王寻的督率下，仍一波接一波，拼命攻城。王常率将士们刚刚打退敌人的进攻，新军的攻势稍缓，一转身，见王凤疾步走来。他忙丢下手中的鼓槌，上前问道："成国上公，南门的情况怎么样？"

王凤不说南门战况，却道："王廷尉，新军兵多势大，攻城越来越猛，昆阳城小兵少，支撑不了几日，一旦城破，势必玉石俱焚。我们应该另想对策才是。"

王凤的声音虽不大，但附近的汉军将士听得清楚，顿时面露惊慌之色。王常一言不发，拉起王凤的衣袖就走，到了偏僻之处，才责怪道："成国上公何出此言，眼下正是昆阳的生死关头，千万不可扰乱军心。否则，后果不堪设想。"

"王廷尉也知道后果难料吗？本公来找廷尉就是商议如何对付王邑、王寻的。"

"成国上公有何退敌妙计？"

"退敌之计倒没有，不过，保全昆阳全体将士性命的办法有一个，不妨一试。"

王常惊异地问："什么办法？"

"眼下昆阳被重重包围，退敌无计，逃命也不可能。为今之计，要活命，只有投降这一条路了。"

"投降？"王常强压着怒火，道，"太常偏将军他们已顺利突围出去，援兵很快就到。何况，昆阳一旦投降，我宛城主力岂不处于腹背受敌的险地。成国上公不该有此想法。"

王凤不高兴地道："颜卿，难道只有刘秀他们是英雄，我王凤是贪生怕死之徒？本公所虑的是昆阳百姓和八千多弟兄的生死。至于宛城方面，刘缜、刘玄和咱们本不是一路人，人家是刘汉后裔，是正牌的皇族，咱们犯不着为他们卖命。何况，咱们投降不是没有条件的，必须得到王邑、王寻赦免死罪的承诺。俗话说，留得青山在，不怕没柴烧。只要能逃脱此劫，保全性命，以后还可以寻找机会，再次举旗反莽！"

王常抑制不住怒气，冷笑道："成国上公想得太天真了，你以为王邑、王寻是什么一诺千金的君子？只怕到头来既丢了骨气，又丢了性命，落得后人耻笑。"

这话说得够刺人的了。若在平时，成国上公早已雷霆震怒，可是今天王凤自知所言见不得人，便没有发怒，反而缓和了一下口气道："廷尉说的也有道理。这么着，你继续督率将士们守城，本公试探一下王邑、王寻之意，不管怎么说，全城军民的生命才是最重要的。"说完，不等王常答应，自己先走了。

"呸，"王常啐了一口，骂道，"说得好听，还不是自己贪生怕死。张机灵。"

一直站在不远处的一名亲兵立刻跑到跟前应道："小人在，廷尉大将军有何吩咐？"

"你跟踪成国上公，有什么情况随时报告，记住，不许跟任何人说。"

"您放心，小人明白！"张机灵领命，追王凤去了。王常刚走出墙角，只见一名汉军兵卒跑来，禀道："大将军，新军又爬上来了！"

"传我命令，死守城池，绝不让一个新军踏进昆阳一步。告诉将士们，多用檑木、沸水，节约箭支。最艰苦的战斗还在后面呢。"王常坚定地道。

"遵命！"兵卒如飞而去。

北门城下，新军踩着同伴的尸首，再一次发起猛攻。可是，城头上的汉军顽强抵抗，檑木、沸汁一股脑儿往下扔。一个时辰过去了，新军除丢下更多的尸体，一无所获。王邑、王寻正在焦躁不安，忽然，一名卒长跑到跟前，跪倒禀道："禀大司空、大司徒，二十辆云车已打造完毕，正在帐外待命。"

王邑、王寻大喜，亲率将佐、六十三家军吏前往观看。只见二十辆云车整齐地排列，高十几丈，直插蓝天，比昆阳城墙还要高出一大截，顶部是个方形车厢，可容纳十几个兵卒。站在云车里，如鸟俯瞰，可以清楚地看到城里的情形。这样高的云车，新军工兵队一天两夜就打造了二十辆，速度够快了。

有了云车，王邑、王寻更加骄横，正要传令用云车攻城，忽然一名兵卒飞马来报："禀大司空、大司徒，南门的叛军投下一封信来，交大司空来启。"说着将一封帛书呈上。

王邑接过，拆开细看，哈哈大笑道："昆阳叛军已是人心惶惶。这是叛贼成国上公手书的乞降书。可见叛贼已被我军吓破了胆，昆阳指日可下。众儿郎推起云车，准备攻城。"

严尤大惑不解，叛贼既然愿降，大司空为何还要攻城。他犹豫了片刻，还是硬着头皮阻拦道："大司空，且慢！"

王邑白了他一眼，没好气地道："纳言将军又有何言？"

严尤态度愈恭，道："叛贼王凤既然愿降，大司空何苦再去攻城呢？兵法曰：'不战而屈人之兵，善之善者也。'大司空不如接受叛军归降，也可早日结束昆阳战事，何乐而不为呢？"

王邑不屑一顾，冷笑道："纳言将军兵法读得熟，可惜打不了胜仗。因为你不知道兵法是死的，而人是活的。王凤既生反骨，怎么会真心投降呢？只不过迫于我大军威慑之力，诈降而已，说不定还会耍什么花招呢。本公偏不理他这一套，一定要把这帮叛军逆民斩尽杀绝，一个不留，也好扬我军威，威慑天下。"

严尤脸上一阵白，一阵红，但还是坚持把自己的意见说完："就算王凤是诈降，我军也不宜攻城过急。兵法曰：'围城必阙一角，宜使守兵出走。'让开一角的目的，可减少守军的抵抗力。俗话说的'困兽犹斗'就是这个道理。何况，昆阳叛军逃走，必奔宛城报信。昆阳兵败的同时，也可令宛城叛军胆战心惊，宛城之围，不攻自破。岂不是两全其美之计？"

六十三家熟读兵法的军吏也纷纷开口，道：

"纳言将军言之有理！"

"是呀！要么接受叛军投降，要么让开一角，不能围得铁桶似的。"

"让叛军逃出城，既可挫伤宛城叛军主力的锐气，又可以随后追杀，把他们消灭掉。"

王邑哪能听进去，一拍大案，斥道："纸上谈兵有什么用，本公就是要你们看看我百万大军是如何血洗全城的。来呀，架云车，攻城！"

新军得令，立即把二十辆高高耸入云端的云车推到城前。王寻命弓箭手爬到顶部车厢中，二十辆云车，可容纳近百名弓箭手，一齐往城里射箭，成排的硬弓射出密集的箭，压得城上的汉军不敢抬头。城下的新军乘势攻城，眼见着爬上墙头。

王常大惊，慌忙丢下鼓槌，一手持刀，一手握盾牌，高叫道："弟兄们，杀敌报国的时候到了，杀呀。"他冒着箭，身先士卒，挥刀把几个爬上城头的新军砍落城下。汉军将士深受鼓舞，抱定必死之心，纷纷冒着箭雨，跃出城头，与新军展开殊死搏斗。刚爬上来的一部分新军还没站稳脚跟，就被汉军一阵冲杀，纷纷后退，有的死于汉军刀下，有的跌落城下，有的被云车里弓箭手射死。

汉军也伤亡了不少人，王常的头盔也被射中了，好在没有受伤。可是，新军退去一波，又有一波爬上来。汉军在王常的率领下一口气杀退新军的五番进攻，汉军的伤亡在增加，形势越来越严峻。

正在这时，忽然一群百姓顶着门板爬到城上，领头的里长冒着箭雨向王常走来。云车射出的羽箭，叮叮当当射在门板上，里长毫发无损。王常迅速躲到里长的门板后面，感激地道："昆阳父老，真是雪中送炭。我们全体将士不知怎样感谢你们才是！"

里长忙道："廷尉休如此说。快用门板搭上顶棚，头顶上的云车就没辙了。"

"好主意！"王常惊喜地道，忙命汉军把所有的门板搭在城堞上。士兵躲在门板下，云车射出的羽箭不但对他们毫发无损，反而给他们送来了箭。汉军取下门板上的箭，射向攻城的新军。没用多大工夫，新军的攻势就减弱了。王常亲手拉着里长的手道："亏得你们想出的好主意，不然，昆阳真是保不住了。本将军要为你们请功！"

里长摇头道："小人岂敢贪功求赏，这都是成国上公的主意。"

"成国上公？"王常大惑不解。亲兵张机灵回来说，成国上公王凤和张卬等人鬼鬼祟祟，密谋献城投降，自己还没来得及找他们算账呢，这会儿怎么突然来个一百八十度的大转弯，帮着守城了呢？

里长见他满脸迷茫之色，进一步地说道："小人说的句句是实，廷尉大将军如果不相信，可以问他们！"说着，手指身后的昆阳百姓。

众百姓齐声答道："小人受成国上公之命，特来此门增援。"

王常虽然疑惑，却不能不相信这是事实。原来，王凤见乞降不成，心里反而安静下来，既然出不了城，不如死守，或许还有救，因为刘秀十三人突围而出，计算着搬来的援军也该到了。

决心已定，他立即传命发动昆阳城中的百姓摘下自家门板，分赴四门，增援守城。昆阳百姓素知新军凶残，若是城破，必遭屠戮，因此，全部愿意帮助汉军守城。军民同心，众志成城，号称百万的新军在小小的昆阳城前竟前进不得半步。

新军久战无功，六十三家军吏纷纷向王邑进言，请求大司空采纳纳言将军严尤之计，或弃城一角放汉军出城，或移兵转攻宛城。王邑暴跳如雷，岂肯失了颜面，吼道："尔等无须多言，本公发过誓，一定要先屠昆阳，鞭敲金镫，人唱凯歌，喋血而进。云车不行就挖地道，地下不成，就用冲车撞车撞开城门。大司徒，你亲自督率工兵大队开挖地道，一直挖到昆阳城中。另外，准备打造冲车和撞车，以备攻城之用。"

王寻跟王邑一个心思，这么多天攻不下小小的昆阳城，实在丢够了面子，因此，应声道："请大司空放心，不管用什么办法，下官一定要攻进城内，把叛贼斩尽杀绝。"

王寻遵令，立即调来专以铺路架桥、安营扎寨为特长的工兵大队，从南北两个方向上，同时开挖地道，士卒锹挖筐运，忙得不亦乐乎，但新军大营距昆阳城好几里，又怕被城里的汉军发现，因此进展缓慢。为迷惑汉军，王寻仍派少量部队，佯装攻城。

昆阳城内，王凤、王常见新军攻势突然减缓，猜测王邑、王寻必有阴谋。可是，远望敌营，忙碌一片，都在做攻城的准备，实在看不出有什么问题，一晃又是三天过去了。他们正在忐忑不安，忽然，一名兵卒领着一位老妇走来禀道："禀成国上公、廷尉大将军，这位老人说她家房后的地下突然发出奇怪的声音，恐怕有妖孽作怪，特来禀明。"

古时，迷信盛行，王凤、王常心中惊异，王常道："请成国上公小心守城，在下亲自去看看。"

王凤点头同意，王常带着两名亲兵，由老妇带路，来到老妇房子后面，房后是一个小菜园，有一口专门用来浇水的大水缸。老妇远远一指大水缸，惶然道："那古怪的声音就是从水缸下发出的。"

两名亲兵慌忙抽出佩刀，护卫在王常左右，王常异常镇定，不慌不忙，走到水缸跟前，弯下腰来，将耳朵贴在水缸边上，仔细倾听，果然听到"嘎吱嘎吱"像是搅地的声音。联想到这两天新军攻势突然减缓，王常顿然醒悟，冷笑道："王寻、王邑老贼要此奸计，本公定让你们好看！"

再说偷挖地道的新军，锹挖筐运，忙活了五六天，好不容易挖通了。可是还没等他们站上地面，守在洞口的汉兵手使大刀，砍瓜切菜似的砍下了新军的脑袋。新军在狭窄的地道里施展不来，汉兵守在洞口，一夫当关，万夫莫开，不多会儿，尸首塞住了地道，再没有新军敢露头，汉军干脆堵死洞口。

天上、地下都行不通，王邑更加暴怒，立即调来刚刚打造好的冲车、撞车，对准昆阳城门、城墙拼命撞击。"轰隆隆"的撞击声如同打雷一般，昆阳北门被撞得泥土纷飞，摇摇欲坠。

王常大惊，亲率兵卒，用檑木、沸汁抵挡新军的进攻，另派人冒着箭雨，加固城门。新军攻势很猛，汉军伤亡在增加。可是，没有人怯懦退却，依然冒死向前。王常深受感动，振臂高呼道："弟兄们、父老乡亲们，杀贼报国的时候到了！"

昆阳的百姓全力帮助汉军守城，连妇女和老人也来参战。青壮男子登城参战，妇女、老人送水送饭。昆阳城内军民同心，共御强敌。王寻的冲车、撞车撞碎了，也无济于事，昆阳依然矗立在百万新军面前。

昆阳在激战，宛城也在激战。

刘縯督率所部连续攻下宛城外围城邑，使宛城变成了一座孤城，汉军主力遂对宛城展开更加猛烈的攻击。严悦眼见城中粮尽，人人相食，王邑援军又不见踪影，忍不住道："岑将军，如今宛城已成孤城，势难坚守，大司空、大司徒也无援军来到。为城中百姓着想，还是投降刘縯了。"

岑彭愁眉不展，叹口气道："我何尝不想为城中百姓寻条生路。可是我死守宛城四个月，阻滞刘縯进军的行程，他能饶过我吗？"

严悦道："末将听说刘縯为人豁达大度，新野苏康得其一言归降，保全了性命。将军也可求其一言，若能免死，便降；若不得赦免，便死守到底，与宛城共存亡。"

岑彭无奈，道："权且一试吧！"

严悦于是倚着城堞，向攻城的汉军高声喊道："汉军弟兄们听着，请禀知刘大将军，若能免去死罪，岑将军愿降。"

攻城的汉军听见，立即停止攻城，有人飞报刘縯。此时，刘縯正心急如火，昆阳生死未卜，宛城岑彭又据城死守，十万大军阻于坚城之下，实在太危险了。更始帝刘玄也在后面坐不住，跑到刘縯的中军大帐，坐等攻下宛城，准备安都，也好有个喜乐的安乐窝。

岑彭愿降的消息传入中军大帐，刘玄第一个拍案而起，怒道："这个岑彭，着实可恶，阻滞我大军四个月，害得朕没睡上一个安稳觉。宛城如果投降，谁都可以赦免，就是不能赦免他的死罪！"

帐中诸将，也是个个横眉立目，纷纷附和道：

"陛下说得对，岑彭太可恶了！"

"是呀，要把他千刀万剐才解恨呢！"

"眼看守不住了，这时才投降求生，想得美。"

"……"

刘縯望着怒火冲天的更始帝和诸将，异常平静地向刘玄进谏道："两相交兵，各为其主，岑彭即为新朝的将军，奉命驻守宛城，尽职困守，也算忠义之士。陛下要振兴汉室，须服人心，彰表忠义。杀岑彭不过泄一时之恨，不如赦免其罪封他官爵，以劝其后。何况，宛城早一日为我所有，也可早一日解昆阳之围，何乐而不为呢？"

刘縯一席话说得诸将怒容转变，纷纷点头赞同。更始帝也转怒为喜，道："大司徒言之有理，朕就准你所请，赦免岑彭死罪，封其为归德侯，归于大司徒麾下。"

"陛下圣明！"

更始帝赦免宛城守军的诏书送到宛城城头，岑彭、严悦大喜，立即打开四门，迎接主力汉军入城。岑彭跪倒在刘縯马前，羞愧地道："败军之将，归降来迟，乞请大将军治罪。"

刘縯下马，亲手搀扶，笑道："岑将军何必如此，陛下都已赦免你的罪过，刘某岂敢言君之过。如蒙不弃，请将军暂且委屈归于刘某麾下，日后立功，陛下定有封赏。"

岑彭面露喜色，显然很满意，道："久闻大司徒慷慨大节，忠义之士，今日得奉鞍前马后，真是岑某之幸。"言毕，引领刘縯将帅走进宛城衙署。

众人刚刚落座，忽然更始帝的御前太监黄信带着十几个小黄门直入大厅，高叫道："刘伯升接旨！"

刘縯一惊，不知何事，慌忙跪倒接旨，众人也慌忙跪满大厅，只听黄信捏着嗓子念道："奉天承运皇帝诏曰：南阳乃龙兴之地，宛城可为复兴汉室之帝都。钦命大司徒刘縯清扫街道，装饰宫舍，以备明日吉时迎接朕躬车驾入城定都。钦此！"

刘縯大吃一惊，怒形于色。昆阳尚在血战，八千将士生死未卜。本应调集所部立即增援昆阳，怎么可以在这时讲排场，搞什么入城仪式呢。刘玄真是昏庸得可以。

黄信念完圣旨，见他面露怒容，一言不发，冷笑道："怎么？大司徒难道又要抗旨不遵？可不要为难我们做奴才的。"

刘縯强压怒火，沉声道："请公公放心，刘某接旨就是。"

"那杂家就回去交旨了。走！"黄信脸上粲然一笑，领着一群黄门转身离去。更始帝不顾昆阳得失，却忙着进宛城、安帝都。众人都愤愤不平，岑彭刚刚归降，心有怨愤却不便说。校尉阴识、刘谡忍捺不住，刘谡冲口而出道："大司徒，昆阳的弟兄们正在血战，咱们要赶快增援他们，不能在宛城耽搁太久。"

"是呀，救兵如救火。迟了，太常偏将军他们就没命了。"阴识也焦急地道。

刘縯好像没有听见他们两个的话，声音冰冷地道："刘谡、阴识听令，马上带人去清扫街道装点宫舍，装备迎驾入城。"

刘谡不甘心，叫道："大哥，难道昆阳弟兄的生死你真的不管了？"

"贤弟放心，我马上去见陛下，请旨分兵增援昆阳。执行命令去吧！"

"末将遵令！"刘谡、阴识这才领命而去。

更始帝行宫，刘玄与朱鲔、陈牧等人商议入城事宜。刘玄一心想摆出汉室皇帝的气派，可是皇帝的銮驾、仪仗到底是什么样子，谁也没有见过，争论了半天，也没有结果。

朱鲔道："王莽乱汉政，从成帝时就开始逐渐破坏汉制，更地名、改官职、换货币、毁宗庙，到现在有三十多年了，汉制破坏殆尽。我等没进过太学，更没演习过，哪里会知道？大司徒曾游学长安，遍读古书，也许知道一些。"

刘玄闻听，忙道："快，立即派人进城请刘縯前来。"

话音未落，一个小黄门跑进来，禀道："启奏陛下，大司徒刘伯升前来见驾，正在门外候音。"

刘玄高兴地道："他来得真是时候，快快宣进！"

小黄门忙跑出去，没多会儿，刘縯走进厅内，给更始帝跪行大礼："臣刘伯升叩见吾皇陛下。"

刘玄笑道："大司徒，朕正要召见你，没想到你就来了。快快请起，朕有话问你。"

刘縯起身，在旁边站着，躬身问道："不知陛下有何事召见为臣？"

"是这样，宛城既得，朕想就将宛城作为复兴汉室之帝都。可是朕作为复兴汉室之君，怎也不能如山野草寇一般草草入城？无奈众臣皆不知汉帝礼仪。大司徒曾游学长安，学识渊博，想必知道一些。"

刘縯闻听，像是吞进一只苍蝇一般恶心，心中笑道："如此怯懦无能之辈，也敢自诩为复兴汉室之君。若不是绿林草寇一力推举，九五之尊的位子怎么能轮到你来坐。苍天无眼，让中兴汉室又多一份磨难。"

可是，恶心归恶心，眼下君臣名分已定，刘縯还不能不把更始帝当回事，便故作惭愧地笑道："臣不才，虽然曾游学长安，却徒有其名。至于汉室典章礼仪，更是一无所知。不过，臣弟太常偏将军刘秀也曾游学长安，遍读古书，对于典章礼仪，知之甚详。如果有他在，陛下就不必忧虑了。"

刘玄连连摇头："太常偏将军远在昆阳，远水解不了近渴。"

刘縯乘机进谏道："臣愿督率所部，前往增援，以解昆阳之围，请陛下降旨。"

"不可！"更始帝尚未开口，群臣中一向警觉的朱鲔抢先开口道，"陛下，宛城虽然为我所得，可是，王邑、王寻百万大军随时可以兵临城下。宛城既为汉室帝都，应确保安全。千万不可分兵。昆阳弹丸，得失于大局无碍，陛下应全力保证宛城的安全。"

更始帝也觉察到刘縯在打着套子让自己钻，登时恼怒起来，阴着脸道："大司徒，朕命你在宛城清扫街道、装饰宫舍，准备明日迎接朕躬入城。你不留城里，急着来见朕，就是要请旨分兵增援昆阳吗？"

刘縯慌忙跪下，回答道："为臣知罪。眼下昆阳八千将士的性命危在旦夕，陛下应该让臣督率主力增援昆阳。里应外合，王寻、王邑可破，昆阳之围可解。到那时，鞭敲金镫响，齐唱凯歌还，陛下凯旋入城，何等的威武？何等的尊贵？陛下为什么不降旨呢？"

更始帝涨红了脸，一时无语。朱鲔见状，上前斥道："大司徒，陛下命你在宛城整修宫室，你却跑来请旨增援昆阳，这是抗旨不遵。前次，陛下命你增援昆阳，你自作主张，不去增援，请问你眼里还有没有陛下？"

刘縯大怒，反驳道："朱大司马难道不知用兵之道，时势不同，决策当然不同。如今宛城已为我所得，为什么不分兵增援昆阳！"

朱鲔的话，意在挑起更始帝对刘縯的不满，果然，刘玄怒道："刘伯升，你屡次抗旨不遵，心中还有朕这个皇帝吗？朕明白告诉你，不准你分兵增援昆阳。朕要进宛城，定帝都，封赏将士。你不许离开半步，若敢抗旨不遵，休怪朕不讲情面。"

"那昆阳的将士们怎么办？"

"昆阳事小，宛城事大，确保宛城安全要紧。"

刘縯默默无言，躬身退出。

朱鲔见刘縯退出，进言道：刘伯升自恃功高，目无尊上，屡屡抗旨不遵，陛下为何不治他的罪？"

刘玄被说到痛处。自小他就敬畏刘縯，被立为汉帝后，虽说位尊九五，可是对于作为自己臣子的刘縯还是有一种畏惧心理。今天为维护自己的尊严，算是大着胆子训斥了刘縯一顿。可是这种心态哪能让朱鲔看出来，于是，强作大度，道："大司徒为我宗室，劳苦功高，朕岂能与他计一时之短长。"

朱鲔冷笑道："陛下固然有容人之量，可那刘伯升内心怎么想，就不得而知了。"

陈牧早待不住了，忍不住问道："陛下，没人懂汉室礼仪，怎么举行入城仪式呢？"

"算了吧，马马虎虎进城再说。"刘玄垂头丧气地道。

刘縯无精打采赶回宛城，刘璎一看就知道请旨无望，怒气冲冲地道："刘玄不顾昆阳将士生死，混蛋皇帝一个，就凭他能复兴汉室吗？大哥，不如我们拥立你为汉帝，拉一支人马出去，一定可以打到长安杀了王莽，灭掉新朝，恢复我汉室天下。"

刘縯慌忙捂住他的嘴道："贤弟千万不可胡说。如今天下思汉，刘玄称汉帝，正合人心。我若擅自离去，便是叛逆，天下共讨之。死无葬身之地啊！"

刘璎气得直跺脚："这么说，文叔他们没得救了。"

刘縯仰天长叹道："三弟好自为之吧，但愿苍天能保佑他。"

宛城更始帝封赏有功将士，庆贺胜利。昆阳，鏖战正酣。王邑、王寻改变战术，云车、地道、撞车并用，新军天上、地下潮水般向昆阳扑来，汉军将士与昆阳百姓拼死固守，战斗空前的惨烈。

入夜，昆阳内外依然灯火通明，杀声震天，新军的攻势丝毫没有减弱的迹象。汉军连日作战，筋疲力尽，眼见支撑不住。突然一颗流星划过昆阳上空，坠落到新军营中，新军一片哗然，顿时，停止了进攻，认为是上天发怒的不祥之兆，因此，一颗极普通的流星阻止了百万新军的进攻。

王邑、王寻都在北门督促进攻，亲眼看见流星划过半空，心中惊惧。王邑虽然刚愎自用，却害怕上苍降下灾祸，慌忙吩咐下去命令全军停止进攻，天明再战。

多日喧嚣的昆阳总算度过了一个平静之夜。第二天却是阴云低垂，浓雾弥漫，厚重的白雾久久不散，人走在对面，五步之外，分不清人影。王邑、王寻惊惧万分，迟疑着不敢下达进攻的命令，新军将士个个躲在营中，议论纷纷，心怀恐惧。

犹豫了半天，王邑还是下达了攻城的命令，新军将士战战兢兢冲出营帐，可是雾太大能见度太低，兵找不着将，将看不见兵，心怀恐惧的兵卒没人敢往城墙上爬。王邑无奈，只得鸣金收兵。

三日之后，大雾方散，王邑、王寻大喜，以为一鼓作气，可攻下昆阳，正要下令全面攻城，突然，探马飞骑来报："禀大司空、大司徒，东南方向，发现一支汉军。"

王寻一怔，皱眉道："东南方向，恐怕是围城之初突围而出的叛贼，从定陵、郾城搬来的救兵。"

王邑点点头，问道："有多少人马？"

"大约千名骑兵！"

王邑哈哈大笑，道："本公还以为叛贼搬来多少救兵，区区千余骑，也敢来昆阳增援。传令下去，不必管他们只管攻城，今日一定拿下昆阳，血洗全城。"

王寻猜得不错，东南方向的这支汉军骑兵正是刘秀十三骑从定陵、郾城请来的援军。他们十三骑突出重围，马不停蹄赶到定陵。定陵守将谢躬急忙把疲惫不堪的十三位英雄迎入大厅，正要设宴款待，刘秀忙挥手道："救兵如救火，有现成的熟食端上来，填饱肚子就成。"

谢躬还不知道昆阳军情，惊问："将军如此急迫，莫非有急事吗？"

李轶抢先答道："王莽大军四十余万围困昆阳，昆阳危在旦夕，我等冒死突围就是前来搬请救兵的。"

刘秀点头道："请将军速发定陵之兵增援昆阳。"

"这……请问你们有陛下的旨意或大司徒的军令吗？"

刘秀摇头道："陛下和大司徒远在宛城，军情如此紧急我们哪里来得及去宛城请命。"

谢躬迟疑道："你们既无圣旨，也无军令，如何调兵？何况定陵兵力有限，还要看守缴获的财物军需，实在无兵可调。"

刘秀大怒，厉声喝道："不行。昆阳军情如此紧急，非常时期就办非常事。新军兵多势众，我军必须全力以赴才能有望取胜，如果昆阳守不住，定陵、郾城也将随之失陷，到时候你我连性命尚且不保，守这些财物还有何用？"

谢躬脸上一红，随即抱拳道："在下一时糊涂，愿听太常偏将军号令。"

众人匆匆填饱肚子，刘秀集合定陵之兵，急急驰往郾城。又说服郾城守将，发郾城守兵，共得兵万余人，连夜赶往昆阳。大队行动缓慢，刘秀心急如火，与王霸、邓晨十二人自领一千骑兵，先行一步，驰往昆阳。

繁星点点，残月如钩，一千飞骑赶到昆阳新军大营外围，李轶道："趁着夜色新军不备，我们可以突袭敌营挫一挫王邑的锐气。"

刘秀摇头道："我军日夜兼程，人困马乏，先歇息一夜再说。"

天刚放亮，昆阳城下就传出阵阵杀声，新军又发起了对昆阳的进攻。李轶担心地道："新军兵多势众，我军兵少，还是等大队来到，再出击不迟。"

刘秀却笑道："正是因为我们兵少，王寻、王邑方不会在意。乘他们只顾攻城的时候，我们就发动突击，一则挫一挫新军的锐气，二则可减轻守城将士们的压力。不过，我们布置兵力，要选择敌人力量薄弱的地方，速战速决，不宜持久。王寻进攻的重点在北门，巨无霸和他的猛兽也在北门，东门、南门的新军比较薄弱，我们就从东门冲入，南门冲出。众人以为如何？"

一千精骑经过短暂的休息，人人精神抖擞齐声答道："愿听刘将军号令！"

"好！"刘秀翻身上马，扫视着全军，亢然道："我们面临的是一场硬仗、一场恶仗，要以少胜多，挫敌锐气，没有舍生忘死的精神是不行的。众将士，随我冲！"

说完，他手中大刀一挥，猛抖缰绳，青骊马长嘶一声，扬开四蹄，利箭一般急射而出。一千精骑各举兵刃，随后急驰。转眼间，已到新军大营外围。刘秀高喊一声："杀呀！"一马当先，冲入敌营，大刀片左右翻飞，转眼之间，斩敌首几十级。

汉军将士见刘秀奋勇冲杀，人人惊叹，欢欣鼓舞，无不以一当十，拼命冲杀。新军只顾攻城，没防备背后有敌来袭，一时惊慌失措，四散奔逃。刘秀的一千精骑如入无人之境，横冲直撞，来回冲杀，直把东门敌阵搅得底朝天才往南门杀去。南门的新军倒是有所防备，慌忙结阵迎敌，可是，连日攻城，疲劳已极的新军如何能挡住猛虎般的汉军精骑。刘秀率军杀了个来回，才大摇大摆地退去。

回到营地，王霸不解地问刘秀道："刘将军何不乘胜杀进去，或能救出昆阳的弟兄，或能与他们会合，共同坚守。为什么退回呢？"

刘秀笑道："元伯莫非没有杀过瘾？别担心，硬仗、大仗还在后头呢。今天这一仗足以让新军心惊胆寒，锐气受挫，昆阳的弟兄也会受到鼓舞，王邑、王寻二十天没能攻下弹丸之地昆阳，可见，成国上公和王廷尉守城之坚决。待我们的大队人马赶到，就与王邑、王寻决战。"

王霸信服地点头退下。大家刚吃过午饭，定陵、郾城的大队人马就赶到了，赶紧安营扎寨，人马吃饭歇息。刘秀等主将则聚在一起商讨破敌之策。

众将都把目光聚集到刘秀的身上，刘秀见大家信赖自己，也不谦让，率先开口道："今日我军先锋已经小试锋芒，足以令新军闻风丧胆，昆阳的弟兄也会受到鼓舞，昆阳城一时之间，可保无虞。所以，我们不必急于救城里弟兄出来，而要与他们里应外合，一举破敌。新军虽然兵多势众，但连日攻城，筋疲力尽，今日又被挫了锐气，更无斗志，因此我们应该有战胜强敌的信心。"

王霸耐不住性子，着急地道："刘将军就别给我们鼓劲儿了。到底怎么打，快说吧！"

刘秀依然不慌不忙地道："打仗靠的就是个'勇'字，所谓狭路相逢勇者胜。眼前的形势是敌强我弱，有战胜敌人的勇气和信心是克敌制胜的关键。诸位的勇气自然不必多说，可是一定要把各部兵卒的勇气鼓足，这样我们就有五成的把握克敌制胜。"

任光也忍捺不住，道："请刘将军放心，只要一与敌军交锋，大伙儿没一个怯阵后退的。请说说到底怎么打。"

"好，"刘秀精神振奋道，"鼓足我军勇气的同时，就是挫敌锐气。今天我军先锋已挫其锐气，可是还不够，邓将军！"

偏将军邓晨应声而出："刘三将军有何吩咐？"

刘秀取出一封写好的书信，道："这是一封写给成国上公和王廷尉的信，信中说，宛城已被我主力攻克，请他们继续坚守昆阳，宛城主力援兵不日即到。请邓将军今夜闯过敌营，往城中送信。不过，要假做把信失落，让新军把信捡去，你就算大功告成。"

刘秀之意是故意制造出宛城被攻克的消息进一步鼓舞士气，扰敌新军人心。其实，宛城真的已被刘縯攻克，只是捷报尚未传到昆阳。

"请刘三将军放心，邓某一定依计而行。"

刘秀见众将都信服地点点头，接着道："下面我想说说具体的作战方案，诸位有什么高见也可以说出来。射人先射马，擒贼先擒王。新军兵多势众，我兵少将寡。若想战胜强敌，必须用有限的兵力一举击败新军的指挥机构——中军大营。王寻、王邑的中军大营在北门，巨无霸和他的兽军也在北门。只要我军一举击溃王邑中军大营，其余新军必然不战自溃，争相逃命。王邑、王寻大军可破矣。具体的作战方案就是，组织三千人的敢死队，迂回到北门敌军的背后，其余大队则做好准备，鼓角齐鸣，佯装进攻，吸引新军注意，掩护敢死队突袭新军中军大营。一旦敢死队突袭成功，大队立即发动总攻。到时候，城内的守军也会杀出城来，配合我们作战。诸位将军以为如何？"

刘秀虽只是个偏将军，但善于用兵的威名早已令汉军将士信服，因而他的破敌策略一说出，众将纷纷表示赞同。但也有不同意的，五威将军李轶就说道："刘三将军以区区三千敢死队就敢袭击王邑中军大营，未必太冒险了。在下并不怯敌惧战，可是却见识了巨无霸的神力和那群虎、狮、犀、象的凶猛，三千人马尚不够填虎口的呢，何以克敌制胜？依在下愚见，还是先击弱敌，扰乱敌军心，从外围配合昆阳的守军确保昆阳不失守，至于破敌，还是等主力部队攻下宛城，分兵救援时再考虑吧！"

五威将军一开口，刘秀不好再说什么了。因为这支部队全是他说服、动员、赶来增援昆阳的，既没有更始帝的诏旨，也没有大司徒刘縯的将令，当然也没有指定的主将。论官位高低，五威将军李轶、骠骑大将军宋佻和定陵守将谢躬都比刘秀的官位高。刘秀能够率十三骑闯重围、搬请救兵，全凭自己的威望号令大家，如今五威将军提出不同的意见，刘秀不便反驳，只得谦恭地说道："李将军固然言之有理，可是我军主力攻宛城数月未下，如果坐等主力增援，不知要等到何时？何况，昆阳形势虽然严峻，但宛城的得失则事关全局，我们更应该勇挑重担，为宛城主力分担压力。所以我们应主动出击，消耗新军兵力，不能有依赖主力的思想。"

刘秀胸怀广阔，着眼大局，精于谋划，着实令众将钦佩。官位较高的骠骑大将宋佻站出来，慨然道："现在是非常时期，需要一个有勇有谋、精通兵法的主将来指挥我们共破强敌。刘将军素享盛名，善于用兵，所提出的作战方案又切实可行，请大家遵从他的号令，也好统一军令，与敌交锋。"

李轶知道刘秀深得人望，自己官位虽高，却难以服众，只得悻悻地道："在下并不反对刘三将军的作战方案，可是，巨无霸和那些虎狮犀象的厉害只有在下领教过。有它们在，王寻的中军大营不是那么容易击破的。"

众将闻听，一个个面露惊疑不安之色。刘秀坦然一笑说道："古时候，打仗常有役使猛兽的。风雨雷电，可使猛兽受惊奔走，落入积水而死，我们也可仿效古人，破巨无霸和他的兽军。"

"莫非太常偏将军有呼风唤雨的本领？"李轶讥讽道。

"末将当然没有如此神力，可是，借助风雨雷电之力却是可能的。明日午时，将有雷雨风暴天气，正是破敌良机，万万不可错过。"

李轶再无话说，众将闻言大喜，宋佻道："请太常偏将军分派任务吧！我等唯命是从！"

刘秀见无异议，便按照成竹在胸的方案分派诸将任务，众人一一领命而去。

天交黄昏，偏将军邓晨奉命往昆阳城送信，来到新军营帐前，二话不说，抢刀跃马，往里边冲杀，新军这一回有了准备，防守甚严，一波又一波的新军冲出营帐，赶来阻截。邓晨费尽九牛二虎之力，方杀过几座大营，已是浑身湿透。看看难以闯过，只得调转马头往回冲杀。激战中，藏在甲衣内的书信失落在敌营中。

新军捡到失落的书信，一看上面说宛城失守，汉军主力将赶来救援昆阳，人心顿时慌乱起来。有人赶紧把书信送到王寻、王邑手上，两人看罢，顿时吃了一惊，刚才的狂傲顿时减去了一半，王寻黑着脸道："怎么办？昆阳攻不下，宛城又失守，形势不太好啊！"

王邑还不服气，哼了一声道："宛城失守又怎么样？我军有四十万兵力，合叛军之力又能奈我何？继续进攻昆阳。不过，东南方向的那支叛军，不得不防，可多派兵力加强东南方向的防御。"

夜幕降临，天色阴沉沉的，昆阳城下依然灯火通明，杀声震天，新军不分昼夜，轮番向昆阳发起进攻。可是，守城的汉军和老百姓都知道援军已到，士气大振，更加有力地抗击新军的进攻。又是一宿过去，新军徒劳无功，昆阳仍牢牢地掌握在汉军手中。

天刚蒙蒙亮，东南方向的汉军大队由谢躬、李轶率领，鼓角齐鸣，向新军阵地展开佯攻，王邑、王寻中计，慌忙向东南方向增派兵力。此时，刘秀、宋佻、王霸、任光、邓晨等猛将率三千轻骑已在夜间绕过昆阳城，渡过昆水，直插王寻中军大营的背后。刘秀登高远眺，见西门和东门的新军往南调动，知道王寻、王邑已经中计，便把大刀一挥，叫道："杀！"

刘秀一马当先，三千精骑死士紧随其后，如虎狼般直扑新军中军大营。眨眼之间，就把新军大营冲开一道缺口。

新军士卒飞报王寻、王邑，王邑惊问道："叛军有多少人马？"

"大约三千骑！"

"哼，刘秀故伎重演，区区三千骑也敢来袭我中军大营，传令下去，令各营不得妄动，以防叛军主力来袭。王寻老弟，你我自率中军将士亲自迎战，看他刘秀是否有三头六臂。"

王寻有些不安，道："大哥，叛军来势很猛，已近营门，还是小心点好。"

垒尉巨无霸粗大的嗓门，声音惊人地叫道："让俺和兽军出战，我们一定会把刘秀撕成碎片。"

王邑斥道："不许妄动。叛军突袭我中军大营，必有更大的阴谋。不到关键时候，不得动用兽军，巨无霸将军，把那些野兽关进笼内，没有本公的命令，不得出战。"

巨无霸不敢违令，退出大帐，往后营去看管兽军去了。严尤和六十三家军吏知道王邑听不进劝谏，此时也不再说话，各回本部去了。王邑、王寻各率六营将士近万人迎战汉军，一万对三千，他们胜券在握。

三千对一万，周围又是密如蛛网的新军大营，勇猛的汉军骑兵毫无惧色，如同猛虎冲进了羊群，所向披靡，人人奋勇，个个争先，杀得新军抱头鼠窜、鬼哭狼嚎。

刘秀一边冲杀，一边扫视新军大营，忽然见前方敌营中冒出两面大旗。他看到当中绣着斗大的"王"字，便知是主帅王寻、王邑出来。射人先射马，擒贼先擒王。刘秀主意打定，向身后的任光、王霸两位猛将喊道："任光、王霸，请与在下一起冲过去，斩杀敌主帅，敌军不战自乱。"

话没说完，用刀背猛磕马的脊梁骨，青骊马负痛，一声长嘶，腾空而起，硬是从新军头顶蹿越过去，冲向一面"王"字大旗。任光、王霸明白刘秀之意，跃马抢兵器，紧随其后，一阵猛冲猛打，新军四散逃命，让出一条小道，两人冲向另一面大旗。

王寻正在督率将士抗击汉军，忽见阵营一乱，两名汉将如猛虎一般冲了过来，吓得他扶鞍大叫："快，拦住敌将！"

话喊出口，可是回头一看，身边的亲兵将佐全都远远地看着，干号叫无人上前。这时，王霸拍马抢锤，冲到跟前，二话不说，抢锤就砸。王寻吓坏，慌忙抢刀迎战。刀锤相碰，王霸力大锤沉，只听"当啷"一声，王寻的大刀脱手飞了出去，吓得他拍马就逃。王霸哈哈大笑，叫道："哪里逃！"

　　他也不追赶，突然把右手锤脱手甩出，只见那只锤像长了眼睛似的，直奔王寻身后，只听"扑"的一声，正击中王寻的脑袋。死尸摇晃几下，摔落马下。

　　王寻一死，新军无不骇然，吓得四散逃命，阵营顿时大乱。三千汉军敢死队横冲直撞，如入无人之境。此时的王邑刚刚躲过刘秀的刀锋，闻听王寻已死，吓得魂飞胆裂，一边飞奔逃命，一边喊叫："快……传令各营增援！"

　　可是此时新军中军大营被刘秀的三千敢死队杀得七零八落，乱成一团。新军只顾各逃性命，王邑的命令传不出去了。其余各营的新军事先得到王邑不得妄动的严令，全都按兵不动，眼睁睁看着中军大营被汉军攻破。

　　这时，东南方向李轶、谢躬率领的大队汉军听刘秀突袭成功，立即由佯攻变为真攻，新军闻听中军大营被攻破，主将战死，兵无斗志，一触即溃。李轶、谢躬一阵猛冲猛打，便冲破新军南门、东门阵营，赶来增援。

　　昆阳城头，汉军军民亲眼看到刘秀三千敢死队冲破王邑中军大营，无不欢欣鼓舞。王凤、王常见援军已到，立即传令全军打开四门，出城杀敌。城门大开，苦守一个月的汉军将士全部冲了出来，连受伤的将士和强壮的百姓也冲了出来。三处兵马合在一处，越战越勇。

　　王邑见号令不灵，形势不妙，慌忙带几个亲兵逃往后营，远远望见巨无霸，叫道："快，放出猛兽！"

　　巨无霸早憋不住了，听到王邑的呼叫，立即打开铁笼，放出猛兽。自乘四匹马拉的马车，驱赶着虎、狮、犀、象，冲向汉军。

　　三千敢死队正杀得高兴，忽见一群张牙舞爪的猛兽冲过来，无不骇然失色，惊疑之间，已有十几名汉军士卒被猛兽扑倒在地，其余汉军吓得往后退缩。

　　刘秀忙传令停止进攻。弓箭手结阵，一阵箭雨泼向猛兽，可是虎、狮、犀、象皮厚，即使中箭，也浑然不觉，冒着箭矢猛扑过来，汉军阵势大乱。

　　正在这时，阴沉沉的天空突然卷起一阵飓风，一道道闪电撕开乌云，放出声声霹雳，如注的暴雨倾盆而降。巨无霸驱使的猛兽被狂风吹得睁不开眼睛，不辨方向，又受雷鸣惊吓，顿时炸了群，发起兽性，不分汉兵新军，到处乱撞，逢人便咬。巨无霸乘坐的马车，四匹马被猛兽冲击受了惊，把他掀翻在地。巨无霸身体沉重，陷进泥泞之中举步艰难，被猛兽挨挨挤挤，终于掉进河水中，瓢泼大雨立刻把河灌满。

　　雨过天晴，一轮骄阳喷薄而出，照耀在昆阳城头，红色"汉"字旌旗格外鲜艳。

【第六回】

遭陷害刘缜被杀，忍悲痛刘秀娶妻

六月的天，孩子的脸，说变就变，刚才还是骄阳当头，酷热难耐，这会儿，突然狂风大作，霹雳轰鸣，滂沱大雨从天而降。转眼之间天地间，灰蒙蒙一片。

一支汉军正冒着大雨，艰难地行进在通往颍阳的山路上，太常偏将军刘秀坐在青骊马上行进在队列之中。雨水打在他身上，湿透了内衣，又顺着甲衣成股流下。冰凉的雨水混合着湿热的汗水，令人说不出的难受。身旁的部卒一步一滑地行进着，不时有人滑倒在山石路上，摔伤了腿。刘秀命人牵过马匹，让摔伤的士卒骑上。

一匹黑骠马驮着一名汉军从队尾急驰向前，到了跟前，刘秀才看清是部属校尉冯孝，冯孝用手抹了一把脸上的雨水，大声道："禀将军，雨太大，山路太滑，将士们请求躲过这阵大雨再走。"

刘秀望着空旷的山野和潇潇的雨幕，摇头道："不行，军情紧急，如不加紧行军，何时才能赶到颍阳？如果不能如期攻占颍川郡，陛下降罪，大家都跟着倒霉。告诉将士们，山野之中，无处避雨。等到了颍阳，我会让弟兄们好好歇息几天。"

"属下遵命！"

冯孝一拱手，回本部队列去了。大雨依旧下个不停，丝毫没有停歇的迹象。山上雨水流下来，冲毁了山路，汉军将士只好涉水而过。队伍行进缓慢，两个时辰过去，还没走出山地，这时，雨渐渐地小了点，刘秀传命加快行军。

正行进间，前方队伍突然停滞不前，刘秀勒住缰绳，问道："怎么回事？"

身后闪出校尉臧宫，拱手道："让属下去前面看看！"

臧宫未及动身，一名士卒飞骑而来，报告道："禀将军，前方石桥被河水冲坏，人马无法通过，请将军定夺。"

刘秀心急似火，闻报眉头紧皱，对臧宫道："咱们去前边看看！"

两人打马奔到队伍前头，只见一条大河横亘在两山之间，湍急的河水无情地冲击半截断桥。属军校尉丁琳、吕晏望着河水发呆，见刘秀赶到，忙上前施礼。丁琳道："回将军，天降暴雨，河水猛涨，冲坏了石桥，部队一时无法通过。"

刘秀皱眉道："看看有没有别的办法过河？"

吕晏道："附近的百姓因战乱逃走了，连只渡船也找不到。河水太深，人马根本无法涉水而过。"

"是否还有其他的路可达颍阳？"

"有，"冯孝不知何时也赶到前边，站在刘秀身后道，"属下是颍阳本地人，对这一带比较熟悉，有一条路可达颍阳，不过，要翻过两座山头，雨天路滑，恐怕要多走两天的路程。"

"那怎么成！"臧宫不等冯孝说完，就打断道，"还不如连夜修桥，山上有的是树木，全军将士一齐动手，一夜之间，难道造不出一座浮桥来？"

刘秀觉得臧宫言之有理，于是道："还是铺桥稳妥。冯孝、吕晏，你们带一半兵卒上半夜砍树备料。臧宫、丁琳带另一半兵卒下半夜修桥。"

"属下遵令！"

冯孝、吕晏领命，各领兵卒砍树备料去了。臧宫见刘秀人、马上下没一处是干的，关切地道："刘将军，您还是找个地方歇息一下吧！"

刘秀摇头道："我要亲自督促修桥。不过，剩下的一半将士可以歇息，他们下半夜还要修桥呢！"

臧宫眼窝一热："属下以为，将军这是何苦呢？冯孝、吕晏做事，您还不放心？您是军中主将，将士们的主心骨儿，一定要保重身体才是。"

"是呀！"丁琳也劝说道，"出了颍川就指望刘将军呢，还是珍重身体要紧。"

刘秀见大雨渐停，便点点头道："歇息一下也好，不过这山野之中，连个干燥之处也没有，到哪里歇息？"

丁琳请命道："属下带人上山，看看有没有干燥避风之处，总不能让将军您在这潮湿土地上睡一夜。"说完，带上十几个兵卒，上山去了。刘秀把马匹交给一名亲兵，自己在一块干净的山石上坐下，被雨水淋湿的衣服紧贴在身上，浑身冷飕飕的。遥望宛城方向，他的心里更是冰冷到了极点。昆阳大捷，自己出生入死，费尽心力，才战胜王莽四五十万大军的包围，自己不述己功，也不在乎更始帝刘玄的封赏。可是没想到，打败四五十万新军之后，刘玄竟不让自己回宛城。昆阳大捷，诸将皆有封赏。成国上公王凤、五威将军李轶凯旋归宛城，军民夹道欢迎，皇帝谕旨褒奖，何等的荣耀。可是这一切都与自己无缘，刘秀不贪图封赏荣耀，可是，他渴望回宛城，渴望见一面自己的兄长刘縯。宛城一别，已有半年没有见过兄长一面，思念之情难以言表。

臧宫趁着等丁琳的工夫，卸下甲衣，脱掉布衣，绞干水重新穿在身上，对刘秀道："三将军，趁空儿你也把内衣脱下来绞干，总比湿漉漉穿在身上好受些。"

见刘秀没吱声，他才发觉刘秀在想心事，便叹了口气道："三将军，你在想什么，不说属下我也知道。其实，这么多天，属下也憋了一肚子的话没地方说啊！"

刘秀惊醒过来，故作惊讶地笑道："噢，想不到臧贤弟肚腹之内也能藏下话呢，不妨说来听听。"

"说就说，"臧宫谨慎地扫视四周一眼，见士卒们各自寻找干净之处歇息，无人注意这边，方道，"我要说的是咱们的皇帝陛下有点儿太不够意思。昆阳被四五十万新军重重包围，形势危急到了极点，咱们浴血奋战，舍生忘死。可是皇帝倒好，攻下宛城，只顾进城定都，封赏文武，却不让大司徒分兵增援昆阳。如果不是三将军您有勇有谋，打败王莽大军，昆阳八千将士还能活到今天吗？他刘玄能坐在宛城帝宫安享尊贵吗？昆阳之战，主张坚守的是您，突围求援的是您，领兵破敌的还是您。可是，结果呢？成国上公有封赏，五威将军有封赏，参加昆阳之战的将士都有封赏，唯有三将军您没有封赏，到底为什么？"

刘秀听到知心之言，心中一阵快意，但板着面孔训斥道："不得非议圣上，以下犯上可是杀头之罪。再说，刘某出生入死，也不是为了封赏。"

臧宫说得激动，哪里肯住口："属下当然知道您不是为了封赏，可是，陛下不但不封赏，还派您出略颍川郡，而得力之将却被抽调出去，颍川还怎么打？"

臧宫说出刘秀心中怨言，使他半晌没有说话。是啊，姑且不论昆阳之功，更始帝派他出略颍川，却把他的得力搭档王常留下守昆阳，王凤、李轶荣归宛城。王霸、任光等得封偏将军之后，也是或留昆阳，或归宛城，刘秀的左膀右臂只剩下臧宫。刘玄的用意何在？分明是在削弱自己。

正胡思乱想，丁琳带人回来了，禀道："属下在山上寻到一个躲避风雨之处，请将军上去歇息。"

刘秀、臧宫跟着他们上山，在半山坡上找到一个倚山搭建的窝棚，窝棚不大，只能挤下十多个人，里面堆着干草。看来是山里人狩猎临时搭建的。

众人走进窝棚，兵卒立刻生起一堆火，大家脱下身上湿透的衣服，围着火堆烘烤，然后躺在干草堆上吃干粮。刘秀心里有事，什么也吃不下，索性站起身来，走出窝棚，去各营巡视，将士们见他不顾疲劳，关切地问个不停，都非常感动。

刘秀转了个圈，又回到窝棚。丁琳等人早已呼呼睡着了，只有臧宫还守在火堆旁，关切地说道："三将军，趁此空隙还是歇息一夜吧。过了今晚，还要行军、打颍阳，哪有时间睡个安稳觉呢。夜里巡营，就交由属下吧！"

刘秀知道他的心意，也不推辞，便道："如此有劳贤弟了。"

火堆熄灭了，臧宫出去了，窝棚里一片黑暗，刘秀在干草上躺下，心却飞到宛城，眼前浮动着兄长刘縯的身影。

虽是六月盛夏，但雨后的山野还有些寒意，晚风吹来，刘秀突然感到心里一片冰凉。兄长攻下宛城，自己指挥昆阳大捷，兄弟媲美，声名日盛，恐怕会引起新市、平林、下江诸将的嫉妒。更始帝昏弱无能，受诸将谗言所惑。如今手足分离，会不会是诸将进谗言的结果。一想到这些，他就阵阵惊心，暗暗为兄长刘縯担忧。

刘秀胡思乱想，不知不觉进入梦乡，正睡得香甜，忽听耳边有人叫道："三将军，三将军！"

睁眼一看，却是吕晏、冯孝站在眼前，禀道："浮桥搭建完毕，我军可以过河了。"

刘秀慌忙站起，到山下河边一看，果然一座树木铺成的浮桥直通对岸，忙传令全军过河。大队过了浮桥，入了颍阳驿道，不消半日便抵达颍阳外围。

安营扎寨后，士卒歇息，刘秀召集大小军官开会，商议打颍阳的作战方案，大家正说得热烈，探马来报："禀刘将军，王莽之孙功隆公王吉亲临颍阳，指挥守城。"

"王吉？"刘秀一怔。

臧宫不解地问道："怎么，三将军认识这个王吉？"

刘秀点头冷笑道："王吉乃是新朝太子王临之子，王莽老贼的孙子。当年，我在太学里曾受其折辱，不想在此相遇，真是冤家路窄。"

"这次打下颍阳，三将军可洗雪当年之屈辱。"

刘秀面色凝重，轻轻摇头。

臧宫不屑地道："昆阳大捷后，王莽兵马损失殆尽，新朝元气大伤。我军军威由此大震。天下豪杰，起而响应，以将军威名，兵临城下，小小颍阳还不闻风归降。"

"非也，颍阳有王吉亲临，吏卒必拼死抵抗。我军只有五千人马，接战尚有余，攻坚则不足，颍阳恐不易攻取。"

臧宫还是不服气，嘟囔道："难不难打，打上一阵才能见分晓嘛！"

冯孝、丁琳等将士也纷纷赞同臧宫的意见。

刘秀一时也没有更好的破敌方案，何况试探一下颍阳的虚实也好，便轻轻地一笑道："好吧！诸位请随我出战王吉。"

颍阳南城门外，刘秀率一千士卒雁翅排开队形，鼓角齐鸣，讨敌叫阵。城内的新军早已得知汉军到来。昆阳大捷后，刘秀的威名传遍天下，新军将士无不闻风丧胆。因此，听说刘秀大军来到，全都骇然变色，有人慌忙报与太守胡不安知道，胡不安大惊失色，道："快，传我将令，四门紧闭，严密防守，任何人不得出战！"

"谁说不得出战？"胡不安的话音未落，门外就有人大声叫道，只听脚步声响，从门外走进来一位二十多岁的年轻王公。

胡不安一见，慌忙跪地施礼道："小王爷有何训示？"

来者正是王吉，他未曾落座便讥笑道："胡大人，你大概被刘秀吓怕了吧，还没交锋，先怯阵了，岂不挫我军锐气？"

胡不安忙道："非是下官怯战。刘秀用兵如神，作战勇猛。昆阳一战，大司空、大司徒百万大军惨遭失败，教训不能说不惨痛吧！"

"住口，昆阳是昆阳，颍阳是颍阳。刘秀不过是一个书生，略知兵法而已，有什么了不起的。本公今日就出城接战，看刘秀有多大的能耐。"

见王吉动怒，胡不安不敢顶撞，骨碌着眼珠子，伏地道："王爷息怒，下官遵命就是。"

颍阳城南门大开，胡不安和将尉们簇拥着王吉冲出城门。一千士卒排开阵势，王吉坐在马上，鞭指汉军大叫："哪个是刘秀，快出来见本王！"

刘秀一听，把缰绳一抖，青骊马轻快地跑出队列。刘秀略一躬身，笑道："想必这位就是功隆公王吉了，别来无恙。"

王吉一看，刘秀甲胄鲜明，眉宇间透着一股英武之气，果然与当年文弱的太学生不可同日而语，心中惊讶，口里却大骂道："叛贼刘秀，当年都怪小王心慈手软，才有今日之祸。今日本王再不能放你回去。"

刘秀面色一沉，道："王吉，你好不知羞耻，你祖父王莽篡夺我刘汉天下，人神共愤。当年，在长安太学，你羞辱刘某，刘某还没有跟你算账，你左一声叛贼，右一声叛贼，真是强词夺理。"

王吉狂妄地一笑道："皇帝轮流做，你姓刘的做了二百多年的皇帝，也该轮到我们王家了。我皇祖父才做十几年真皇帝，你们姓刘的就闹腾起来了。可是，我爹和我还没过过做皇帝的瘾呢，岂容你们胡作非为！"

刘秀闻听，颇觉好笑，讥讽道："'皇天无亲，唯德是辅'，王莽上背天道，下违民心，今日如此结局，完全咎由自取。"

"德？什么是德？"王吉冷笑道，"你们姓刘的有什么德可言？如果不是我皇祖父做几年的摄皇帝，汉室江山说不定完蛋得更早、更快。"

王吉这句说的是实话，汉自哀、平帝之后，朝政荒怠，民怨积愤，如果不是王莽主持朝政，汉室天下不知是什么样子，历史也许就要重写。王莽后来虽然篡汉，却延长了汉室的寿命。刘秀无言答对，心里一阵绞痛，伸手摘下虎背大砍刀，一指王吉骂道："少废话！王莽忤逆，汉室归心，此乃大势所趋。来来来，你我杀上一阵，也算你为王莽尽忠尽孝了。"

王吉却一圈马头，白眼珠子一翻道："叛贼刘秀，就凭你也配与本王交手。"用手往身后一招手，"哪位将军愿替本王取了叛贼刘秀首级？"

"末将愿往！"

话音未落，一匹黑骠马驮着一个手使长戟的黑脸将军飞驰上前。此人是王吉亲信、殿头将军屠霸。屠霸一横长戟，声如洪钟，大声道："王爷请退后，让末将砍下刘秀的人头。"

汉军这一边，校尉臧宫也飞马而出，抢到刘秀跟前道："三将军，杀鸡何用宰牛刀。这个黑家伙就交给属下料理吧！"

刘秀叮嘱道："千万小心，我在后面为你观敌助威。"一圈青骊马，退到后面。

臧宫、屠霸各自替下主人，一个使矛，一个抢戟，各逞本领，打在一处。

十几个回合之后，臧宫就感到屠霸真有点本领，暗自寻思，这是打颍阳的第一阵，一定要速战速决，方能挫敌锐气。心思动处，计从心生，他猛然大喝一声，声如雷鸣，手中长矛突然凭空增添了分量，施展开来，一招紧似一招，一招迫过一招，慌得屠霸手忙脚乱，只有招架之功。臧宫见自己离王吉越来越近，突然撇下屠霸，横矛跃马，冲向王吉。王吉正在全神观战，没想到臧宫会突然向自己杀来，一时竟呆立在马上，一动不动。眼看臧宫就要得手，不料，王吉身后，颍川太守胡不安突然挥刀杀出，架住了刺向王吉的长矛。

汉军阵前，刘秀见臧宫突然冲向敌阵，失声惊叫："太危险了！"忙拍马抢刀，冲向前去。汉军阵中，鼓角齐鸣，冯孝、丁琳、吕晏等将士争先恐后，杀向新军。

王吉亲信屠霸突然被臧宫撇下，半晌才反应过来，慌忙去救主子。见臧宫与胡不安厮杀成一团，心中窃喜，忙向臧宫背后抢戟刺去，不料，长戟刚刚探出，突然一道寒光飞来，屠霸猝不及防，正中面门，眼前一黑，什么也不知道了。死尸摔落马下，滚出多远。

原来，臧宫与胡不安厮杀时，已觉察到屠霸从背后赶来偷袭，暗忖这是个绝好的机会，于是，悄悄将一支金镖扣在左手，胡不安看见他左手的金镖，以为要袭击自己，忙小心应战，眼睛紧紧盯住金镖不放。臧宫与胡不安虚与周旋，注意力却放在身后。屠霸抖长矛，正要偷袭，他左手金镖突然打出，一击而中。可怜屠霸还没有明白怎么回事，便命丧黄泉。

新军将士，早已闻刘秀的威名，一见汉军杀来，腿脚就不听使唤了，直往后退，王吉杀了几个退后的兵卒，也无济于事。刘秀汉军一阵冲杀，新军阵脚大乱，争相逃命。胡不安见屠霸已死，慌忙拨马奔逃，赶上王吉，慌忙道："王爷快进城，晚了就没命了。"

王吉一看，新军将士只顾逃命，根本无心抵抗汉军，只好后退。可是，此时汉军已紧紧咬住新军队尾，尾追到护城河边，眼见着杀向城门。忽然，一声鼓响，护城河的树林里冲出无数的新军，一字儿排开，个个满弓搭箭，严阵以待。刘秀、臧宫冲在最前面，一见此景大吃一惊。刘秀忙大声叫道："前面有埋伏，快撤！"

汉军得令，"哗"的一声，往后就撤。好在败退的新军无斗志，没有趁机反攻。新军弓箭手恐怕伤着自己人，也没有放箭，汉军才安全退回。

回到营地，刘秀愁眉不展，坐立不安。臧宫不解地问道："今日这一仗，我军大获全胜，将军为何闷闷不乐？"

刘秀道："今天虽然侥幸获胜，只怕王吉再也不敢出城半步。我军兵力有限，攻坚不足，何时才能攻下颍阳。"

臧宫恍然大悟，也跟着忧愁起来，半天才开口道："昆阳大捷后，我军军威大震，天下归服，如果招募附近百姓入伍当兵，也许能解决兵力不足的困难。"

刘秀点点头："眼下也只有这个办法了。"

掌灯时分，亲兵来报："禀三将军，营外有一个自称叫刘斯干的人，特来求见将军。"

"是斯干！"刘秀惊喜地道，"快请他进来。"

亲兵应声而出，工夫儿不大，领着一个二十上下的年轻人进来，年轻人一见刘秀，慌忙跪倒磕头，喊道："三公子，小人总算找到您了。"

刘秀细细打量，果然是刘斯干无疑，只不过当年那个精瘦伶俐的孩子不见，眼前的刘斯干已经长成一个身材高大的壮小伙儿。刘秀忙伸手将他扶起，关切地问道："斯干，你是从春陵老家来？"

刘斯干点点头，却又摇摇头，说道："小人从春陵老家去宛城找三公子。到了宛城，从大公子那里才知道您带兵打颍阳来了。小人又从宛城赶来找三公子。"

"斯干，千里迢迢来找我，有什么事吗？"

刘斯干眼圈儿一红，道："三公子，我爹不在了。临咽气前交代小人说，三公子是仁义的主子，跟着您不会有错。他让小人来找三公子的。"

刘秀心里一酸，想想刘宽一辈子为自己一家不知操过多少心，受过多少累，禁不住热泪夺眶而出，握住刘斯干的手道："斯干，你爹让你来投我，算是说对了。你就留在我军中，将来也能混个出身。"

刘斯干却摇头道："公子，您不要这么抬举小人。小人不在乎什么出身，只想做一辈子的奴才，听您差遣。公子要想成全小人，就让小人为您一辈子牵马坠镫。"

刘秀感动万分："难得你一片忠心，我就答应你的要求，以后，为我牵马坠镫。来人，准备酒菜，为我的舍中儿刘斯干洗尘。"

刘斯干忙又摇头："三公子有多少军务缠身，哪有闲暇陪小人吃饭。而且，小人还有要事跟您说呢。"

"斯干，什么要紧的事？"

刘斯干眼睛扫了旁边的臧宫一下，欲言又止。臧宫知趣，转身欲走。刘秀示意他留下，对刘斯干道："君翁（臧宫字君翁）是我知己，情同手足，有什么话，但说无妨。"

刘斯干这才放心，说道："小人从宛城来，舅老爷有话托小人转告公子。"

刘斯干说的舅老爷指的是刘秀的舅父樊宏，樊宏是南阳巨富，为帮助复兴汉室，不惜捐助万贯家财，随刘縯起兵反莽。更始帝宛城定都后，樊宏为司徒府掌管文牍。

刘秀一听到宛城舅父的消息，惊喜万分，忙问："舅父有书信让你带来吗？"

刘斯干道："舅老爷说，写书信怕小人遗失，授人以柄，只说让小人转告公子。"

刘秀吃了一惊："斯干，快说，舅父怎么说？"

"舅老爷说宛城有几个叫什么王凤、朱鲔、李轶的人，天天围着皇帝嘀嘀咕咕，肯定没有好事，叫您小心着点。还有，舅老爷说，公子要尽快打下颍川，要是打了败仗，或是打得迟了，皇帝就可能寻个借口，问罪于您。"

刘秀惊讶不已。绿林诸将嫉妒他们弟兄已不止一日了。兄长攻下宛城，自己昆阳大捷，兄弟媲美，锦上添花，绿林诸将嫉妒日甚，向更始帝进谗言，挑拨君臣关系，自在意料之中。只是没想到李轶也会跟他们搅在一起。舅父一向老练谨慎，所言自然不虚。他不敢以书信，却托刘斯干转告，可见宛城的情形，越来越不利于兄长和自己。刘秀为刘縯担心，关切地问道："斯干，大司徒怎么样？"

"大公子很好。他让小人留在身边，可是小人从小跟着三公子，还是决心要找您。"

刘秀约略放心了。一直在旁边静听的臧宫忍不住愤怒，气呼呼地道："怪不得三将军您立了这么大的功劳，皇帝都没有封赏，原来是这班小人搞的鬼。三将军，这仗咱不打了，赶快回宛城，和他们到皇帝面前理论。刘玄要是黑白不分，是非颠倒，咱们干脆撤伙算了，也比受这种鸟气强。"

"君翁，不许胡说。"刘秀轻声呵斥道，"汉室复兴，我们如果不服号令，擅自行动，就是叛逆，正中小人奸计。记住，以后不准说忤逆犯上的话，否则军法无情。"

臧宫无言以对，半天才道："属下知错了，可是眼下三将军打算怎么办？"

"继续攻颍阳。舅父说得对，要尽快攻占颍川郡，才可扬我威名，堵小人之口。来人呀！"

守候在门外的亲兵快步跑进来，伏地问道："小人在，将军有何吩咐？"

"传令探马，夜里探明颍阳防守的情况。立即禀报。"

"遵命！"亲兵应声而去。

臧宫疑惑地问道："将军您准备夜袭颍阳？"

刘秀叹口气道："有这个打算吧，不过，王吉恐有防备。所以，先令探马探明颍阳的防守情况再作定夺。"

天近亮时，探马回来了，禀道："颍阳防守甚严，新军一半人睡觉，一半人守城。城头上的灯火彻夜不熄。"

刘秀无奈，只好放弃夜袭的念头。

次日天亮，臧宫率一千兵卒讨阵。可是，颍阳城头，免战牌高挂，任凭汉军如何叫骂，王吉、胡不安就是不理。汉军从早上骂到日落西山，个个口干舌燥，也没见半个新军从颍阳城出来。臧宫只得收兵回营。

刘秀知道自己兵少，如果强令攻城，只能白白耗费兵力，正中王吉的心意，因此迟迟不敢下令攻城。招募兵卒的布告早已贴满颍阳附近的乡邑。可是，老百姓大都逃避战乱去了，招来的兵卒，寥寥无几，老老小小，无济于事。

时间在无情地飞逝，一晃三天过去，刘秀仍无破城之计，急得在营帐里踱来踱去，长吁短叹。臧宫从来没见他如此着急过，站在旁边干搓手，不敢吱声。

天将擦黑，一名亲兵进帐禀道："三将军，颍阳城头有箭书射下请将军定夺。"说着，双手捧上一封箭书。

刘秀有些惊异，颍阳射下箭书，会有何事？忙伸手接过，展开细看，只见箭书上写：大汉太常偏将军刘文叔尊鉴：颍阳草民祭遵，素慕太常偏将军威名高义，早有归附之意。今尊驾率天兵降临，乃天赐良机。祭遵意欲今晚子时杀胡不安、王吉，夺城门，迎天兵入城。请以火为号，互为救应。若成功归附，祭遵感激不尽。颍阳草民祭遵叩拜。

刘秀读罢，惊疑不已，转身向臧宫道："君翁，你也是颍川人，可曾听说祭遵这个人？"

"祭遵？"臧宫目光一闪，道，"当然听说过此人。祭家是颍阳巨富，祭遵为人恭谨节俭，事亲至孝，很有贤名。只是，后来不知为什么祭家突然衰落下来，一贫如洗。属下也只是听说而已，从未与祭遵谋面。"

刘秀把箭书放在臧宫跟前："君翁，你看这祭遵是否可信？"

臧宫看罢，也惊疑了半天，才说道："这封信来得太突然。不过，细细思量，也有可信之处。祭遵贤名，颍川老少皆知，仰慕三将军威名，也在情理之中。退一步说，如果是王吉、胡不安借祭遵之名使的奸计，也与我军无损，他们何苦如此？"

刘秀笑道："君翁言之有理。宁可信其有，不可信其无。今晚多派人马，埋伏在城门口，按祭遵之计而行。"

入夜，颍阳城外一片静寂，天色阴沉，漆黑一片，伸手不见五指。刘秀命冯孝、丁琳留守营地，自己和臧宫、吕晏率大部人马悄悄出营，人无声，马衔枚，神不知鬼不觉地埋伏在南城门外。

颍阳城头，巡逻的灯火来回走动，新军异常警惕地盯着城下的一草一木，生怕汉军乘着夜色发动突然袭击。

城楼上，刚刚打过三更，天到子时了。刘秀兴奋地盯着黑漆漆的城门，等待火光信号的出现。可是，半个时辰过去了，城头上仍没有动静，更不见火光信号的出现。吕晏耐不住，悄悄靠近刘秀，附身低语道："三将军，这祭遵信得过吗？会不会是王吉、胡不安使的调虎离山之计，乘机偷袭我大营？"

刘秀也是心急如火，回头远望大营方向，也是黑漆漆，一片静寂，低声道："大营有丁琳、冯孝在，料无大碍。还是再等一会儿吧！"

正说话间，忽听臧宫惊喜地叫道："有火光！"

刘秀循声望去，只见城门上头果然出现三堆火光，随后，黑漆漆的城门"吱呀呀"缓慢地打开了。刘秀惊喜万分，左手一拍青骊马，右手大刀一举，高声叫道："杀！"

沉寂的黑夜里，这一声喊叫，如雷轰鸣，格外阴森怕人。青骊马早憋不住，"嗖"地站起身来，箭一般射向城门，身后的汉军将士也似旋风般扑上前去。

刘秀赶到城门口时，城门里已点起了几十支火把，照得城门洞一片通明。地上躺着十几具新军尸体。几十个身穿黑色外衣的人举着火把，迎接汉军入城。为首的大汉，三十来岁，方方正正的脸，右手拎着一个血淋淋的人头。一双浓眉大眼望着冲进来的刘秀，朗声问道："请问，哪位是太常偏将军刘文叔？"

刘秀勒住战马，亢声答道："在下便是，请问壮士何人？"

壮士闻听，慌忙跪地磕头道："小民祭遵，给刘将军施礼。"其余黑衣人听说是刘秀，纷纷跪倒磕头。

刘秀正要下马相扶，祭遵却站了起来，扬了扬手中的人头道："刘将军，王吉人头在此，权作小民的见面礼。我等愿为大军引路，去取那胡不安的人头。"

"谢壮士献城之恩。"刘秀感激不尽。

汉兵在祭遵等人的引领下，很快堵住四门，截断新军逃生之路。胡不安抵挡一阵，见无路可逃，只得束手被擒。其余新军大多投降汉军。

东方破晓，一轮红日喷薄而出，照耀着颍阳城头汉军的旌旗。

刘秀率诸将尉在胡不安的府衙会见祭遵等献城门的勇士，大加褒奖，欲报宛城帝都论功封赏。祭遵辞谢道："小民不贪图朝廷封赏，只请求刘将军满足小民两个心愿。一是让小民归于将军麾下，愿效犬马之劳；二是请把胡不安交给小民处置。"

刘秀不解地道："第一个条件我可以答应下来；第二条件也不会有问题。不过，请祭英雄说明为什么要亲手处置胡不安。"

祭遵面露忧愤之色："刘将军当然不会知道。可是，颍阳百姓却是人人皆知。当初我祭家家产万贯乃颍阳首富。新朝恶吏胡不安倚仗权势，强行夺走我家田产，还把我爹活活气死。小民无权无势，投告无门。幸亏将军率天兵降临，小民才得以串通族人，杀王吉献城门，为将军效力。现在恶吏胡不安为天兵擒获，请求将军让小民手刃仇人，为亡父报仇。"

刘秀不禁为之动容："没想到壮士还有此不幸遭遇。本将军答应把胡不安交给你处置，还要把他霸占的祭家财产还给你。"

祭遵与同族人感激涕零，再次叩头谢恩。

颍川郡治颍阳虽然被汉军占领，但东北部尚有五座城邑仍在新军手中。刘秀准备进军父城，可是，颍阳交给谁镇守呢？思来想去，招来祭遵，说道："弟孙（祭遵字弟孙），你是本地人，熟知颍阳的风土人情，而且很有声望。本将军想委屈尊驾，暂代理颍阳县吏，不知尊意如何？"

"这……"祭遵迟疑道，"小民归于麾下，只想为将军冲锋陷阵，杀敌报国。从没想到做什么县吏。"

刘秀笑道："做县吏一样可以报效国家，一样为本将军分忧，丝毫不比冲锋陷阵逊色。"

祭遵羞愧地说："将军言之有理，小民遵命就是。"

"不是小民，该是县吏了。"

颍阳安排妥当，刘秀率领所部放心地去打父城。父城距颍阳不过六七十里地，不消两日，汉军便抵达父城城下。校尉臧宫率一千兵卒挑战，父城令苗萌出城迎战，战不及数合，力不能支，回马败走。臧宫尾随追击。父城新军见苗萌败走，一片惊慌，待苗萌进城，忙拉起吊桥，把上千名自己的兵卒扔在城外，置之不顾。城外新军无路可逃，纷纷投降汉军，少数顽抗者，死在汉军刀枪之下。

臧宫首战告捷，刘秀督全部汉军乘胜攻城，城上新军早有戒备，不等汉军爬上城头，檑木、滚石、箭雨一齐打下。汉军跌落城下，非死即伤。连攻数日，也没能攻进城半步，汉兵反损失不少。刘秀见城上防守严密，无隙可乘。为尽量减少兵卒伤亡，只好停止攻城，暂时屯兵城外巾车乡，另谋良计。

入夜，月光惨淡，凉风习习。刘秀苦思破城之计，缓步走出营帐。校尉冯孝、丁琳迎面走来，施礼道："三将军不在营帐歇息，要去哪里？"

刘秀叹息道："小小父城，三日不下。我们如何向陛下交代？我想出去看看周围的地形，能否另谋破城之计。你们都是本地人，跟我一起去怎么样？"

"属下遵命！"

冯孝、丁琳相伴左右。三人徒步，沿着营寨边走边商讨破城的办法。冯孝道："属下有一族兄冯异，字公孙，为颍川郡吏，好读书，通兵法，如果由他出面说动父城令苗萌归降汉室，父城可不战而下。"

丁琳也道："属下与冯异也有过一面之缘，只是我们多年不见，音讯不通。现在也不知冯异在何处，是否有归汉之意。"

刘秀点头道："这么说，冯异也是个难得人才。只要他有归附之意，我随时欢迎他的到来。"

不知不觉，三人走到外围营寨。刘秀正要拐向左边的山坡，忽听右侧人声嘈杂，转过身一看，只见一座营帐内灯火明亮人影晃动。丁琳也听见了，以为是兵卒闹事，忙对刘秀道："属下去看看，发生了什么事？"

"不，咱们一起去！"

刘秀边说边往右边走去，三人走近营帐，听见里面人叫骂道："快说，到底是干什么的？"

"这小子嘴巴够硬的，不给他点颜色看看，他是不会说实话的。"

"算了吧，老兄，他要不是奸细咋办？随便打人有违军令。要是被刘三将军知道就糟了。"

"……"

说话间，刘秀三人已走到营帐门口。丁琳一看是十几个兵卒或立或卧，乱七八糟地挡住门口，立刻厉声喝道："发生了什么事？为何在此喧闹？"

十几个兵卒转过身来，一看见他们三人，慌忙跪倒一地："小人给刘将军磕头，给两位大人磕头。"

一个兵卒头目答道："回大人，小人们刚才巡营时，抓住个奸细，正要交给大人处置。"

刘秀这才注意到营帐的角落还绑着一个人，一身的青衣长衫，寻常百姓打扮。长长的头发披落下来，遮住了整个面部。回想几个兵卒刚才的话，刘秀板着脸斥道："你们有什么证据说他是奸细？千万不可错抓了善良的老百姓，要是谁敢殴打老百姓，本将军可要军法从事。"

几个兵卒吓得一吐舌头，小头目慌忙推卸责任道："回将军，小人见此人穿营而过，就怀疑他是奸细。可是此人嘴巴硬，小人又不敢违抗军令随便打人，如何找到证据，还是交给您处理好了。"

刘秀未置可否，缓步走到那人跟前，用手将他披落的头发撩到脑后，一张清瘦方正的脸显现出来，一双眼睛似睁非睁。"说，你是什么人？如果是寻常百姓，我们不会为难你。如果是刺探我军军情的奸细，只要你答应从此再不为王莽与我大军为敌，也可放你一条生路。给他松绑。"

那人仍无任何反应，兵卒小头目慌忙解开他身上的绑绳，刘秀正要进一步问个明白，忽见冯孝慢慢走到那人跟前，惊疑地道："你……你是公孙兄？"

那人活动一下麻木的手脚，忽然睁开眼睛盯着冯孝，惊讶地道："你是冯孝贤弟？"

"公孙兄，我是冯孝啊！"

两个张开双臂，拥抱在一起，久久说不出话来。丁琳也认出那人来，向刘秀介绍道："三将军，他就是我们刚才说的冯异。"

刘秀惊喜万分。冯孝、冯异拥抱半天才分开，冯孝忙给冯异介绍："公孙兄，这位就是昆阳大战中大破王邑、王寻四五十万大军、威名远震的刘秀刘文叔。这位是咱们同郡人丁琳。"

冯异听说眼前的文雅书生就是刘秀显然有些惊讶，略一拱手，道："想不到冯某会在这儿见到大名鼎鼎的刘秀。失敬，失敬！"

刘秀谦恭地一笑，还礼道："刘某惭愧，听冯孝、丁琳说起冯兄大名，今日得见尊颜，真是有缘。"

冯异、丁琳也相互见了礼。冯孝道："三将军，这里不是说话之处，咱们回营帐细谈如何？"

刘秀对冯异歉意地一笑道："不好意思，刘某只顾说话，失了礼数，冯兄，请到我大帐叙谈。"

四人回到刘秀大帐，刘秀忙命人备上酒菜，陪冯异饮宴。大家还没有说话，冯异第一个站起来，正色道："刘将军，您还没有弄清楚冯某到底是寻常百姓还是父城来的奸细，便如此盛情款待冯某，恐有不妥吧！"

大帐内，融洽的气氛顿时变得尴尬万分。冯孝忙拉他坐下，道："公孙兄，别着急么。这么多年不见，小弟正要问你在何处高就呢。"

冯异哈哈一笑道："贤弟不必拐弯抹角套我的话。到底刘将军是爽快人，冯某就自露家底了。在下为新朝吏士，现在是颍川郡郡掾，身负监察五县之职，与父城令苗萌共守父城。刘将军兵临城下，父城兵少，无法长期固守，在下与苗萌计议，想征集各县邑兵马增援，才孤身外出，不料被贵军俘获。如何处置，悉听尊便。"

丁琳、冯孝惊讶失色，道："怎么，你真是奸细？"

"公孙兄，你要择主而仕，回头是岸。"

刘秀面色平静，异常诚恳地道："公孙见识非凡，才识卓绝，王莽暴虐天下，人心思汉，何去何从，请公孙自做决断，刘某绝不相强。"

冯异闻言，为之动容，突然伏地跪倒道："将军真君子也，以诚相待。冯异非顽石，岂有不明之理？但有老母尚在城中，请让冯异回归父城，说降苗萌，父城和四县可不战而降将军。"

刘秀欣喜不已，亲手上前扶起冯异，道："公孙如此明事理，真是汉室之幸，国家之福。刘某谢谢你。"说着，回身端过两只酒樽，一只送到冯异跟前道："公孙，来，为我们的相逢，请满饮此杯。"

"不，"冯异双手辞谢，"暂且记下这杯酒，待冯某说降苗萌，五城归降之时，再饮这杯酒不迟。"

"好，"刘秀感动极了，执冯异之手道，"但愿公孙能马到成功，我们在此静候佳音。"

次日天明，冯异拱手告辞，刘秀三人一直送到营外，说声"保重"，冯异迈步离去。

父城，苗萌焦灼地等待援兵的到来，忽然士卒来报，冯异只身返回，吃惊万分，慌忙出帐迎接。冯异入帐，道："苗兄，请屏退左右，小弟有话说。"

苗萌大惑不解，忙支走左右，问："冯贤弟，何事如此谨慎？"

"掉脑袋的事，"冯异道，"你我深情义厚，小弟推心置腹，生死全由苗兄决断。"

苗萌急得直跺脚："到底有什么事，你说呀！"

"咱们生在这个乱世之年，时事变化莫测，有钱有势的人都在起兵反莽灭新。新朝王莽四面楚歌，无力回天，咱们不能跟他捆在一起去死。但咱们以后身归何处呢？"

苗萌皱眉道："这个事儿，我也想过好多天了。王莽不得人心，快完蛋了。咱们怎么办？冯贤弟，你有何高见就说吧！"

冯异道："天下反莽的乱军纷起，但大多贪财横暴不得人心，难成大事。独有刘秀刘文叔所到之处，军队不掳掠，安抚百姓，军纪严明。小弟有幸，得睹尊颜，观其言谈举止，决非久居人下之辈，可以当成我们的归身之处。"

苗萌拍手道："刘秀之名，我也早有耳闻。愿听从贤弟之言，死生同命。"

两个商议了半天，筹划周密，立即传檄四城，归降刘秀。四城守将多是两人的故人，军民百姓早有归汉之心，纷纷响应。

两天后，父城四门大开，鼓乐齐鸣。冯异、苗萌及四城守将兵卒，倾城而出，迎接刘秀大军入城。刘秀一一加以抚慰，仍命五城的官员各司其职，各理其政，并在苗萌衙署设宴，与苗萌、冯异等人共饮。

入夜，众人散去，刘秀留冯异于私人帐中，小酌细饮，边饮边谈，两人一见如故，越谈越投机，大有相见恨晚之感。刘秀如遇故知，把平日不轻易说出的怨愤之事也说出来。冯异深表同情和愤慨，两人谈论更始帝、王莽朝政得失。议论用兵之法，彻夜无困意。

天近黎明，两人谈兴犹浓。突然，一阵急促的脚步声传来，只见臧宫满面激愤，带着一个全身缟素的人快步走进来。那人满面风尘，让人看不清他的真实面目，一身缟素落满尘土。他一见刘秀，伏地大哭，粗大着嗓门号叫道："三将军，小人总算找到你了……"

刘秀吓了一跳，一听声音，是朱祐，慌得忙起身离座，拉着朱祐的手，问道："朱护军，你不在宛城，跑到父城干什么？到底发生了什么事？"

朱祐哽噎着，半天才说出一句话来："大司徒和刘谡不在了。"

刘秀闻听，简直不敢相信自己的耳朵，紧紧抓住朱祐的双手，虎目圆睁，一字一顿地问："你……说……什……么？"

朱祐悲痛难支，哭倒在地，哪里说得出话。臧宫双眼喷火，悲愤地道："大司徒和刘谡将军被混蛋皇帝刘玄给……杀了！"

刘秀听清楚了，顿时如巨雷轰顶，啊地大叫一声，昏死过去。冯异、臧宫吓得手脚忙乱，慌忙把他抬到床上。朱祐摇晃着刘秀的胳膊，惊慌失措地哭叫道："三将军，你快醒醒，还指望您为大司徒报仇呢！"

冯异略通医道，忙把朱祐推开，为刘秀掐人中，揉胸部。折腾了半天，刘秀才悠悠醒转过来，放声痛哭："大哥……"

冯异含泪劝解道："将军请节哀。朱护军连夜赶来，一定还有很多话要说。"

刘秀哭了一阵，强忍悲痛，哽噎着问道："朱护军，我大哥他们因何被害？"

朱祐怒目圆睁："一言难尽啊！奸人当权，皇帝昏庸。大司徒他们才遭此毒手。"

昆阳大捷后，王常、刘秀留守昆阳，王凤、李轶押运缴获的粮草物资回宛城。此时，宛城帝事已备，更始帝得知昆阳大捷的消息后，乐得合不拢嘴，闻听是刘秀率十三骑闯营搬求救兵，破王莽四五十万大军，解了昆阳之围，心里惊叹刘缤、刘秀兄弟的功劳。王凤、李轶到宛城，更始帝立即召见褒奖，封两人为侯，封王常为知命侯，又要封刘秀。不料，李轶不等他把话说完，忙跪地谢恩。同时，连连向他递眼色道："太常偏将军战功卓著，理应受封。只是文叔一旦受封，位同大司徒。大司徒也有战功，也应受赏，可是他已名列公卿，官至极品，无法再封。"

一同谢恩的王凤没想到李轶也有嫉妒之心，闻听其言，正中下怀，便附和道："李将军言之有理。水满为患，物极必反，还是暂时不封为好。太常偏将军无家室之累，陛下可对他多加勉励，令他再建奇功。"

刘玄对刘縯、刘秀原本就有戒备之心，只是碍于他们兄弟的战功卓著，不加封赏，恐难服人心。闻听李轶、王凤之言，巴不得顺水推舟，便不再对刘縯、刘秀封赏。

更始帝虽然没有封赏，可是刘縯、刘秀的威名迅速传遍天下，汉兵军威也因为他们而声名大振。天下豪杰，纷纷起兵应汉，杀死新朝吏士，自称将军，使用更始帝年号，静待汉室诏命。更始朝内，宛城吏民，更是交口称颂刘氏兄弟功劳。相形之下，贵为更始帝的刘玄却望尘莫及。

绿林出身的朱鲔、王凤、陈牧等人对刘縯一向忌恨，此时见刘縯兄弟声名日盛，更加惶恐不安，唯恐他日刘縯掌握朝政时对他们不利。于是不约而同聚在一起，密谋陷害刘縯。朱鲔向更始帝进言道："刘縯和陛下一样同是刘汉家族子弟，早对陛下登上九五之尊心怀不满，暗结死党，有图谋不轨之心。陛下应早日铲除此人，以绝后患。"

王凤火上浇油，跟在朱鲔之后进言道："刘縯舂陵起兵时，以复高祖之帝业为志，狼子野心，昭然若揭。现在，登上九五之位的是陛下您，刘縯能甘心吗？一旦羽翼丰满，必然要逼陛下退位，自称汉帝。臣劝陛下及早下手，铲除此人，且不可因妇人之仁而遗恨终生。"

朱鲔、王凤之言，说中了刘玄的心病。他平时最不放心的就是刘縯。同是高祖后裔，自己可以称汉帝，刘縯为什么不可以为至尊？但不放心归不放心，他从没有想过要置刘縯于死地，刘縯的声名太盛，令他这个贵为皇帝的人也望而生畏。但朱鲔、王凤的话让他动心，便道："两位爱卿之言固然有理，但刘縯功绩卓著，平白无故杀了他，只怕难以服众。"

朱鲔见更始帝松了口，便笑道："只要陛下有铲除刘縯之意，具体方法由为臣安排，一定不会让陛下为难。"

更始帝问道："大司马有何妙计？"

"刘氏兄弟是两只猛虎，要铲除刘縯，必须先调开另一只虎，然后，只需如此如此，刘縯便难逃死罪，陛下对天下人也有了交代。"

更始帝大喜，立即派亲信使者去昆阳，犒赏汉军将士，诏令王常把守昆阳，令刘秀继续率军北上，出略颍川郡。这是朱鲔调虎离山之计，如果刘秀出师不利，便可寻个借口斩首。

朱鲔的第二步计划如期实施。在庆贺昆阳大捷的宴会上，更始帝表现出少有谦逊和随和，与文武朝臣谈笑风生，瞥见刘縯，忙招呼道："大司徒，你是攻取宛城的有功之臣，又是文叔的胞兄，来，坐到朕的身边，朕要与你多饮几樽酒。"

刘縯感动万分，便走到更始帝下首，告罪落座。酒宴开始，群臣举杯，觥筹交错，欢声笑语。酒至半酣，更始帝注意到刘縯腰间的宝剑，低声问道："朕听说大司徒宝剑锋利无比，非同寻常，可否借给朕一观。"

刘縯性情豪爽，坦然笑道："陛下别听下边的人瞎说，臣这把剑与寻常的剑无异。陛下如果不信，可以尽情细观。"说着，当即起身，拔剑出鞘。

朱鲔等人一声不响地坐在座位上，眼睛紧紧盯住刘縯手中的宝剑，只待更始帝喊出"抓刺客"，便会一拥而上，把刘縯砍成八块。

刘縯双手抚剑，呈到更始帝面前。刘玄颤抖着双手，嘴唇动了动，正要喊出"抓刺客"三个字。突然，他畏缩的目光与刘縯坦然的目光相碰，一下子丧失了所有的勇气，竟浑身哆嗦起来。从孩提时代到成人，他最敬畏的人就是刘縯，最害怕的就是刘縯的目光，甚至登上九五之位后，仍不敢面对刘縯的目光。

刘縯以为皇帝突然生了病，关切地问道："陛下，您怎么了？要请御医吗？"

刘玄更加慌乱，害怕刘縯看出破绽，忙语无伦次地说道："没……没事，大司徒别多心。"

朱鲔见此情景，气怒交加，却无计可施，突然摸到身上的一块玉玦，忙双手捧上，躬行到刘玄跟前，连连递眼色，道："陛下，请允许为臣献上玉玦一块。"

刘玄脸色灰白，不敢正眼看朱鲔，双手哆嗦着接过玉玦，颤声道："大司马一片盛情，朕收下就是。"

朱鲔彻底失望了，万分沮丧地回到自己的座位上。

宴会结束，刘縯腰佩宝剑回到司徒府。舅父樊宏忧心忡忡地道："当年高祖赴鸿门宴，亚父范增三次向项王出示玉玦，暗示项王，害死高祖。今天的庆功宴上，朱鲔当众进献玉玦，居心叵测，必有阴谋。决与玦谐音。縯儿今日赴的就是鸿门宴，虽然侥幸逃脱此劫。日后可要多加小心。"

刘縯不经意地笑道："鸿门宴之典故，縯儿岂能不知！舅父书读得太多，也太多心了。朱鲔不过是讨皇帝的欢心，会有什么阴谋。何况，刘玄这种怯懦之辈，值得忧虑吗？"

樊宏气得胡子一撅，顿足道："你这孩子，总是这么大大咧咧的，将来准吃大亏。你不听从就算了。斯干呢，他不是要去找秀儿吗？就让他带个话儿给秀儿，要他小心提防小人暗算。"

朱鲔一计不成，绿林诸将岂肯善罢甘休，聚集在朱鲔的司马府上，再次密谋。陈牧一拳击案，骂道："都怪刘玄这小子太软蛋。这种人也配做皇帝，老天爷真瞎了眼。"

朱鲔道："他不配做皇帝谁配？刘縯配做皇帝，咱们还有活路吗？发牢骚没用，还是再想想别的办法吧！"

王凤沉思良久，道："对付刘縯，仅靠我们自己的人，容易引起他的注意，有了防备。而且，刘玄对我们也有戒心，他既想铲除刘縯，又想利用刘縯制约我们，因此犹豫难决，导致朱兄妙计的失败，为今之计，只有利用刘縯的人对付刘縯，方可能出奇制胜，置刘縯于死地。"

朱鲔点头道："成国上公言之有理，可是刘縯的人多是其死党，谁肯帮咱们图谋他的主子？"

"有一人可以为我所用。"王凤得意地道，"这个人早就对刘氏兄弟心怀不满，曾阻止刘玄封赏刘秀。"

"成国上公说的是李轶？"

"就是他。李轶官位在刘秀之上，可是，昆阳大战中却要受刘秀的指挥，因此，对刘氏兄弟心怀不满，可见他是贪图富贵之辈。只要诱之以高爵，就可以为我所用。最近李轶见刘氏兄弟不得势，有意与本公套近乎，向我们这边靠拢。"

朱鲔道："既如此，烦劳成国上公把李轶请到敝府，朱某要与他细谈。"

两天后，由王凤出面，邀请李轶到大司马府赴宴。朱鲔亲自到府门外迎接。李轶想不到会受到大司马和成国上公的宴请，受宠若惊，一见朱鲔，慌忙跪行大礼："李轶给大司马叩头。"

朱鲔异常谦恭，双手扶起他道："李将军何必行此大礼，朱某承受不起啊！"

李轶站起，钦敬地说道："大司马真是太谦逊了。"

朱鲔连连摇摇头："朱某是肺腑之言。昆阳大捷，李将军也是突围闯营的十三骑之一，军功不在刘秀之下，朱某自愧不如，对将军非常仰慕。"李轶被大司马一番恭维，心里舒服极了，腰杆挺直，头颅高昂。

"李将军，请到内厅一叙。"

朱鲔亲自带路，引领李轶、王凤走出客厅。一边品茶，一边叙谈。李轶与朱鲔第一次谈得这么投机。不过一盏茶的工夫，便把对方引为知己了。

酒宴齐备，朱鲔请二人入席。酒过三巡，朱鲔欠身道："李将军，以你的才能和战功，当名列公卿，亦不为过。如今只是个将军，位在诸侯，朱某真的为你不平。"

李轶几杯酒下肚，哈哈大笑，满腹的怨愤之气毫不客气地倾吐出来："大司马，你也会为本将军鸣不平吗？如今的汉室天下就是你们新市兵的天下。李轶不是绿林出身，所以你们要排挤，对吗？"

朱鲔慌忙赔笑道："李将军误会了。朱某一向钦佩你，怎么会排挤你呢！不过，你是刘伯升部属，受些牵连也是难免的。"

"牵连？什么叫牵连？你什么意思？"

"实不相瞒。朱某和成国上公得到陛下的授意，要小心防备大司徒刘伯升的叛逆。一旦有不轨行为，可立即铲除，不必请旨。"

李轶圆睁双眼："胡说，大司徒立下这么多汗马功劳，陛下为什么要杀他？"

"李将军有所不知。陛下最担心的就是刘縯取代他自称汉帝。只要刘縯活一天，陛下的戒备之心就不会消除，刘縯和他的部属也就得不到陛下的信任。"

李轶终于听明白了，沮丧地道："这么说，李某永无出头之日了。当初，家父曾对我弟兄私语：'刘氏复兴，李氏为辅！'李某以为，刘伯升是当地很有名望的汉室后裔，必能复兴汉室，便与他密谋起兵反莽，希望将来有一天可以名列公卿。没想到，阴错阳差，真龙天子不是刘伯升。老天爷真会捉弄人。"

王凤见时机成熟，趁机故作安慰道："李将军不必失望。天无绝人之路，陛下要铲除的人是刘縯。你只要帮助我们除了刘縯，荣华富贵自不会少。"

李轶惊然变色："你们要对付刘伯升，那是你们的事。李某不过问就是，但绝不会帮助你们。"

朱鲔冷笑道："李轶，识时务者为俊杰。更始朝内有朱某和成国上公在，刘氏兄弟休想有出头之日，你也断送了前程。如果你能看清形势，助我们除去刘縯，我保你可以封王。要是不答应，哼，今日的秘密已让你知道，你还想活着离开司马府吗？"

李轶脸色煞白，半晌不语。王凤故意向朱鲔斥道："大司马怎可对李轶将军如此态度，李将军岂是不明大势的人，早有归附本公之心。只是今日之事来得突然，总得让人家考虑考虑。"

李轶沉思良久，忽然以掌击案，道："大丈夫当断则断。李某从今日起，就与两位共进退。"

朱鲔大喜，以手抚李轶肩头道："李将军决断英明，以后，更始朝里就是咱们的天下，荣华富贵享用不尽。来来来，现在商议具体铲除刘縯的办法。"

李轶阴冷地一笑，率先开口道："刘縯战功超群，声名太盛，唯有通过更始帝刘玄之手铲除他，方可以名正言顺，镇服人心。大司马的'鸿门宴'之所以失败，就是因为刘玄没有杀刘縯的决心和勇气。所以，关键的一步就是想办法促成刘玄下定决心铲除刘縯。"

王凤惊讶地道："李将军果然厉害，连大司马苦心设下的'鸿门宴'也看得出来，看来对付刘伯升，只有仰仗李将军了。"

李轶颇为自得，道："刘玄对宠姬韩夫人的话百依百顺，只有韩夫人能促使他下决心杀刘缤。"

朱鲔忙问："有何妙计可行？"

"二位别着急，李某自有办法让刘伯升人头落地。"

密谋妥当，李轶趁刘玄不在后宫的时候，直接奔后宫求见韩夫人。韩夫人不知何事，立即召见。李轶进见，叩头施礼："臣李轶给娘娘千岁请安！"

韩夫人冷笑道："李轶，你嘴巴够甜的。可是，你知道吗，本夫人还没受陛下册封，妄称娘娘，可是要治罪的。"

李轶故作惊慌道："夫人恕罪。为臣此来，本来是要孝敬夫人，讨您的欢心，没想到惹您生气了。"

韩夫人早就听说李轶风流成性，以为他是有意调戏自己，便故意说道："难得你一片心意，有什么讨本夫人欢心的高招，尽管使出来吧！"

"好，"李轶正色道，"为臣要做一件让您最高兴的事。"

"什么事能让本夫人最高兴？你知道吗？"

"臣当然知道，夫人胞兄韩虎被人杀了，您难道不想为兄长报仇？为臣如果能为韩虎报仇，夫人难道不高兴吗？"

韩夫人终于明白了李轶的来意，心中暗暗吃惊，小心翼翼地道："怎么，你要杀大司徒刘伯升，有这个本领吗？"

李轶轻松地一笑："不是李轶一人，而是绿林诸将，还有夫人您，甚至陛下都有除掉刘伯升的念头，只是陛下没有杀刘伯升的勇气和胆量。其实，杀刘伯升并不难，为臣和成国上公、大司马一起早已作好周密的谋划。只要夫人能劝说陛下在关键的时候说上一句话，刘伯升就死定了。而且杀得名正言顺，让天下人心服口服。"

韩夫人见他不像开玩笑，不由动了心思道："本夫人何尝不想为胞兄报仇雪恨，可是每次劝说陛下除掉刘伯升，他都不听，你叫本夫人怎么再劝说他。"

李轶近前一步，低声道："夫人只需如此这般说，陛下一定会下决心杀刘伯升。"

韩夫人半信半疑地点点头："姑且试一试吧，但愿能成功说服陛下。"

更始帝刘玄退朝之后，回后宫与韩夫人饮酒观舞，见韩夫人面带凄容，少言寡语，不解地问道："爱妃怎么了？为何愁容满面？"

韩夫人忙强颜欢笑道："没什么，妾身不该扫了陛下的酒兴，愿罚酒三杯。"说完，双手举杯，连饮三杯。

更始帝高兴地道："夫人豪饮，就是寻常男子也不及。朕喜欢你的就是这一点。来来来，陪朕喝个痛快。"

韩夫人起身应命，但三杯酒过后，脸上又显出愁容。更始帝没有了酒兴，不悦地道："爱妃，难道又是因为朕不能为你兄长报仇心怀不满吗？"

韩夫人一语不发，轻轻摇头。

"那就是因为朕没有册封你为皇后，因而不快。"

"陛下，"韩夫人终于开口道，"妾身并非不明事理，胞兄韩虎甘愿为王莽鹰犬，死有余辜，妾身岂敢要求陛下为他报仇。至于册封一事，如今天下未靖，王莽未除，怎么举行册封之礼。何况妾身自愧贤德不够，岂敢奢望国母之位。"

"既不是因为你胞兄，也不是因为册封，爱妃为何闷闷不乐？"

韩夫人娇叹一声道："陛下每天操心国事，妾身本不该让您分心。可是，妾身只要跟陛下饮酒、听歌、观舞就会情不自禁，愁上心头。"

更始帝越听越糊涂："难道跟朕在一起，爱妃不快乐吗？"

"当然不是。妾身担忧的是如果有一天这美酒、歌舞不属于陛下了，妾身再也不能陪您饮酒享乐了。"

"爱妃这话是什么意思？请明白告诉朕。"

韩夫人美目之中，滴落几滴清泪，叹息道："妾身说得够明白的。万一有一天刘汉天下易手他人，陛下还能在这里享受荣华富贵吗？"

更始帝大吃一惊："爱妃何出此言，莫非有人在图谋朕的皇位？"

"到底有没有人心存非分之想，陛下自己不是不知道，用得着妾身提醒吗？大司徒刘伯升同是高祖后裔，怀复高祖帝业之志，春陵起兵反莽，屡建功勋，声名日盛。这九五之位本应顺理成章，为刘伯升所得。可是，上天错爱，陛下有幸登上天子之位。刘伯升该有多么失望，又怎么会善罢甘休？其部属又何尝有一日不想他取代陛下，共享荣华。而且，刘伯升手握重兵，颇有名望，一旦发难，我等必死无葬身之地，何况至尊之位。"

更始帝心头一震，喟然道："朕何尝不忌惮刘缤。可是，他战功超群名望太重，杀之恐怕人心不服。何况，他旧部众多，手握重兵，一旦杀之不成，反而逼他狗急跳墙。所以，朕眼下不敢动他。"

韩夫人轻松地一笑道："只要陛下有决心除掉刘缤，自然有人帮助陛下。就是杀掉十个刘缤，也没人敢说什么。"

"谁？"

"李轶、王凤、朱鲔！"

"哼，"更始帝冷冷地道，"爱妃以为他们是什么好东西吗？他们拥立朕登上至尊之位，不过是利用朕掌握刘汉天下。朕知道他们早有除掉刘缤之意。可是，朕还想利用刘缤牵制他们，这也是朕还迟迟不愿除掉刘缤的一个原因。"

韩夫人听了，暗暗吃惊，想不到这个昏庸皇帝还有如此之计。这么多年，自己今天才算了解他。无论如何，今天一定要劝他下决心杀刘縯，方能为死去的胞兄报仇。于是，她妖媚地一笑道："是啊，李轶、王凤、朱鲔当然不是什么好东西。可是，不管怎样，他们还要利用你这个刘汉皇帝做招牌，一时还不会把陛下怎么样。刘縯则不同，他也是高祖后裔，随时都可能取陛下而代之，以妾身愚见，陛下不如利用李轶、朱鲔他们除掉刘縯这个最危险的隐患。至于朱鲔他们，等陛下提拔一批心腹大臣之后再慢慢地对付。孰轻孰重，孰缓孰急，望陛下三思啊！"

刘玄惊叹不已，没想到夫人竟有如此见识，一边点头，一边拉韩夫人入怀，调笑道："心肝宝贝儿，没想到你不但善饮酒，还工于心计。朕真是佩服之至啊！"

韩夫人娇笑道："这么说，陛下决心要杀刘伯升了？"

刘玄一咬牙道："无毒不丈夫。朕今晚就秘密召见李轶他们。"

翌日早朝，更始帝大会群臣，商讨国事。刘玄道："昆阳大捷，新军主力被摧毁殆尽，王莽老贼的末日为期不远。如今都城已定，朝事已毕，朕决定兵进长安，彻底摧毁王莽新朝，真正恢复我汉室天下。大司徒刘伯升！"

刘縯身为汉军主帅，早有兵进长安之意，无奈更始帝忙于进宛城，定帝都，屡劝不听。今日朝会，忽听刘玄有意兵进长安，刘縯精神振奋，听见叫到自己的名字，忙出班道："臣在！"

更始帝道："大司徒，你要做好出兵的准备。猛将刘谡可是一位不可多得的将才，他如今远在池州，大司徒应把他调回宛城，一同出兵。"

刘縯大惑不解，更始帝也太细心了，连一名战将的调用都操心上了。可是，在外征战驻守的将领甚多，皇帝为什么非要调刘谡回来。刘縯心存疑惑，进言道："陛下放心，臣早已做好出兵的一切准备，随时都可以兵进长安。但是，猛将刘谡驻守池州，不便征调。"

更始帝脸色一凛，随即一笑道："大司徒真是爱兵如子。不过，刘谡攻杀战守，战功不凡。朕想在出兵之前召见他，以示褒奖。大司徒不会违逆朕意罢。"

刘縯无话可说，只得点头道："陛下有此隆恩，也是刘谡的福分，臣调他回京就是。"

刘谡追随刘縯兄弟多年，忠心耿耿，冲锋陷阵，勇冠诸部，战功不凡。刘玄称帝时刘谡不服，拒绝更始帝的赐封。刘縯知道他性情耿直，故意派他出外作战，避免他和刘玄发生矛盾。攻宛城时，刘谡率命攻占池州，之后驻守池州。

刘縯的手令很快送到池州。刘谡数月没有见过刘縯，接到手令，高兴万分，单人独骑立即动身去宛城。

一路快马加鞭，不过一夜半天的工夫，宛城便出现在面前。刘谡心情激动，恨不得马上就能见到刘缤，一诉离别之情。奔驰之时，突然，战马前蹄一软，连人带马跌进了陷马坑。

"有人暗算！"这是刘谡第一个反应。可是，陷马坑太深，任他用尽全力也跳不出去。只听坑外无数的脚步声围拢上来。紧跟着，从上面伸下来几只挠钩，钩住刘谡的衣服就往上拉，刚离开洞口，就被人摁倒在地，五花大绑起来。

刘谡揉揉被灰尘迷住的双眼，睁眼一看，抓自己的人竟是汉兵，忙大声喊道："兄弟们别误会，俺是大司徒刘伯升属下大将刘谡。"

"哈哈哈……"一阵笑声传来，树林后转出大司空陈牧，用手一指刘谡呵斥道，"大胆叛贼，谁跟你误会，今天抓的就是你。"

刘谡大吃一惊，亢然问道："大司空凭什么说我是叛贼，凭什么抓我？"

陈牧嘿嘿一笑："凭什么，就凭你目无君上，抗拒皇上的赐封，就可定你一个叛逆之罪。实话告诉你，今儿个抓你全是皇帝的意思。不然的话，我怎么敢随便抓大司徒的红人呢。"

刘谡气得暴跳大骂："无耻，卑鄙小人，背后害人算什么英雄！"

陈牧不恼不怒，道："有本事你尽管骂吧，待会见了陛下，你最好骂得痛快点。带走！"

宛城金殿外，汉军将士甲胄鲜明，排列整齐，整装待发。殿内，更始帝与诸将正在商讨进兵长安的军情。忽然，陈牧押着五花大绑的刘谡闯进金殿。众将吃了一惊，朱鲔厉声喝道："大胆刘谡，见了陛下为何立而不跪？"

刘谡满腔怒火，昂然挺立，瞪着刘玄大骂道："卑鄙小人，无耻昏君。我刘谡堂堂七尺男儿，顶天立地，上跪苍天父母，下跪君子豪杰，岂能给小人下跪！"

李轶站在更始帝御座左边，立刻进言道："陛下，刘谡咆哮大殿，目无天子，乃是大逆之罪，还不下旨斩了他。"

刘玄怒容满面，冷冷地道："目无君主，大逆不道，留你何用？推出去，斩！"

两旁刀斧手闻命，一拥而上，架起刘谡，推推搡搡，往外就走。刘谡破口大骂。

"慢着！"突然有人大声阻止，好似凭空打了个炸雷，惊得更始帝面容失色，只见大司徒刘缤跨到更始帝御座前，沉声问道："刘谡奉命来京，分明是陛下的旨意，怎么就成了叛贼？"

更始帝面色青白，惶然无语。李轶冷笑道："刘谡在大殿上，目无君上，辱骂陛下，大司徒没有看见吗？"

刘缤没想到李轶竟背信弃义，凛凛的目光扫视着他，呵斥道："李轶，我在和陛下说话，有你插嘴的资格吗？"

更始帝赶紧附和李轶的话，道："大殿之上，大司徒都看见了，还要朕说什么？"

被推到台阶下的刘稷，挣开刀斧手，回头向刘縯大声道："大哥，别信这帮小人之言。分明是他们骗俺进京，设计陷害。兄弟死后变成厉鬼也不会放过这帮奸佞小人。"

刘縯怒气上升，冰冷似箭的目光直刺刘玄亢声争辩道："陛下，刘稷的性情你难道还不知道。小时候，在春陵他就是这个脾气。陛下之父为新朝恶吏所害，他还帮您报了仇。春陵起兵以来他冲锋陷阵，无不奋勇争先，身上所受的伤，不下十余处。赫赫战功，全军将士哪个不知？如今王莽未灭，天下未靖，汉室天下还没有完全恢复，而陛下擅杀有功大将，将士们会因此寒心，以后还有谁愿为我汉室效命。退一步讲，刘稷就是有叛逆之心，他会在大殿上公开发泄吗？像他这种心直口快、性情直爽的战将，总比那些搬弄是非、表面忠于陛下、背后陷害忠臣的奸佞小人强过万倍。谁是真正的叛逆，该杀的是谁，陛下心里应该清楚。"刘縯越说越气，回头怒视着李轶、朱鲔。

刘縯一番慷慨陈词，使殿上群臣面色动容，更始帝面红耳赤，慢慢低下头来。李轶、朱鲔一看，要坏事，慌忙上前，一左一右站在御座前，连连向更始帝递眼色。李轶道："陛下，您是汉室天子，九五之尊，可是大殿之上，有人敢辱骂您，有人敢申斥您，这样的大逆之举如果容忍下去，陛下以后还有什么尊严可言？"

朱鲔道："陛下当断不断，日后必有祸患。有为臣勤王伴驾，您还畏惧什么！"

更始帝被挑动肝火，慢慢抬起头。但一遇到刘縯凌厉的目光，他又畏缩起来。只好低着头，也不看刘縯，一挥手，低声道："反了，反了，都推出去……"

李轶大喜，转过身来，大声喊道："陛下要把刘縯、刘稷都推下去，斩！"

两旁的刀斧手并没有听清皇帝的话，一听李轶的喊声，迟疑了一会儿，见皇帝没反应，才一拥而上，推起刘縯往外就走。刘縯大声呼叫："陛下，臣有何罪，臣冤枉。"

李轶、朱鲔见大功告成，欣喜万分。为确保万无一失，两人又请旨道："陛下，刘伯升死党众多。为防不测，臣二人愿做监斩官。"

刘玄还处在惶恐之中，根本没听清他们说什么，只是把袍袖一挥，道："随你们的便吧！"

李轶、朱鲔领旨退出，刚走出大殿门，李轶阴笑一声道："大司马，夜长梦多。我看就不必等到午时三刻了，现在就处斩吧！"

朱鲔点头道："李将军高见，那就动手吧！"

宛城上空，阴云惨淡，北风悲泣。可怜反莽英雄刘縯、刘谡就这样死了。他们不是死在反莽的战场上，而是死在自己的阵营之中。

噩耗传来，司徒府中，哭声震天。连一向沉稳的樊宏也一边痛哭，一边痛骂更始帝君臣。护军朱祐哭了一阵，突然，一跃而起，大叫道："老子去把刘玄宰了，为大司徒报仇。"回身抓起佩刀，往外就走。

樊宏慌忙拦住他，哭劝道："朱护军，千万不可莽撞。人家正在找碴儿，把咱们斩尽杀绝呢。听老夫之言，你连夜去颖川找文叔，告诉他这里发生的事情，司徒府出了这么大的事，只有文叔才有办法。"

校尉阴识也劝说道："舅爷言之有理，眼下就只有找到三将军，方有办法为大司徒他们报仇雪恨。"

朱祐含泪点头，回身牵出战马，一抖缰绳冲出司徒府。父城县衙署，朱祐哭诉刘縯、刘谡被杀的经过。刘秀悲愤交集，难以自持。冯异含泪劝解道："不管怎样，大司徒他们已经不在了。三将军应该为活着的人着想。事情很清楚，有人嫉妒大司徒名望，故意挑拨更始帝杀害大司徒，将军威名与大司徒并列，势必会受到牵连。当然，手足情深，此仇不能不报。可是，眼下以将军的实力还不能对付更始帝君臣。古有勾践卧薪尝胆，终成春秋五霸之一。将军宜效法勾践，十年生聚，十年雪耻。请将军千万节哀自重。"

刘秀擦不干眼泪，抽抽噎噎地道："公孙勿……勿要多说，刘秀要……要好好想想。"说完，颤颤巍巍，掩面站起，摇晃着身子走进一间侧室，"砰"的一声，把门关上了。

朱祐、臧宫吓了一跳，一齐上前敲门，喊叫道：

"三将军，你关门干什么，快开门！"

"你可千万别想不开呀，大司徒的仇还要你去报啊！"

冯异忙把他两人拉开，劝道："你们不要烦他了。刘将军是明白人，他不会做傻事的。现在，让他静下心来，认真想一想以后的事也好。"

朱祐、臧宫停止喊叫，仍不放心，一左一右守在门口，等候刘秀出来。

父城的夜空，阴沉沉，黑漆漆，死一般的沉寂。刘秀的心就像这荒漠的夜，孤苦、压抑、沉闷，没有一点儿光明，他和衣躺在卧榻上，泪光晶莹的双眼望着屋顶，半天没有眨动一下眼皮。眼前，总是浮现着兄长温馨、熟悉的身影。小时候，父亲早逝，母亲病弱，兄长如严父，谆谆教诲；白水河边，兄弟们习学武艺，大哥一招一式地传授，不厌其烦地讲解。自己少时顽皮，大哥不知操过多少心，受过多少累。苦口婆心地劝说，身体力行地教导，努力把自己培养成刘汉皇室的理想人才。春陵起兵后，兄弟同时驰骋沙场，相互之间见面的机会少了。可是，大哥仍利用有限的时间教导自己。

宛城分别，自己带兵北略昆阳，兄长分析天下形势，谆谆告诫道："宛城是长安门户，昆阳又是长安外围要隘。占据昆阳，攻下宛城，就有望恢复我刘汉天下。三弟善自保重，天下是咱们刘家的。圣公软弱，承担大任的，只能是你我兄弟。等到我军宛城定都，咱们兄弟相会时，大哥为你做主完婚。'仕官当做执金吾，娶妻当得阴丽华。'这是你的人生誓愿。你现在是将军身份，以后再有封侯，也不辱没阴小姐。"

殷殷的话语，犹在耳际。谁知宛城一别竟成永诀。今生今世，再也不能与兄长相见，聆听他的教诲，刘秀不胜悲痛，任泪水肆意倾流浸透了枕衾，洒落在地面。

流泪是自我安慰的最好方式。刘秀哭过一阵，心中好受了许多，头脑也渐渐冷静下来。身边回响起冯异劝慰的话语。他开始冷静地面对残酷的现实，思索着前程，谨慎抉择未来的道路。

更始帝定都宛城，昆阳大捷，新军主力损失殆尽，王莽覆灭已成定局。更始政权天下归心。如果此时同更始帝翻脸、决裂，把舂陵子弟兵单独拉出去兴师问罪，就是反叛汉室，不得人心。不但大仇不能报，恐怕自己会人头落地，舂陵子弟兵也会有灭顶之灾。舂陵起兵时，大哥志在复高祖帝业。如果自己步兄长的后尘，大哥的心愿岂不落空？二哥、二姐一家、宗族子弟，还有无数为恢复汉室天下而战死的英雄将士，岂不白白丢了性命？怎么办？以后的路将怎样走？刘秀感到屋内憋闷燥热，索性起身，推门出去。

守在门外的朱祐、臧宫，见刘秀出来，心里一块石头落了地，慌忙迎了上去，关切地道：

"三将军，您总算出来了。"

"三将军，您没事吧？"

刘秀强颜欢笑："我没事，让你们担心了。"

冯异闻声而来，对刘秀道："三将军，军中事务，冯异帮您办理好了。这几天，您要好好休息，静下心来思考一下今后的事。"

刘秀面无表情，平静地道："君翁、朱护军，今晚烦劳你们代我巡视营地，公孙陪我散散心。"

臧宫、朱祐领命而去。刘秀、冯异缓步来到院外。凉凉的夜风扑面，刘秀的头脑更加清醒，飞快地思索着，沉声道："公孙之言乃金玉良言。越王勾践卧薪尝胆，能屈能伸，终成大业，我刘秀难道就做不到吗？"

冯异欣喜地道："三将军能这么想，大司徒的仇一定能报。冯异不才，有几句心腹之言想说给您听。更始帝昏弱无能，听信谗言，妄杀股肱大臣。可见，更始政权必不能长久。将军乃帝室之胄，怀复高祖帝业之志。应该有复兴汉室的远大志向，不能被个人私仇蒙住了眼睛。"

刘秀闻听，双眼发亮，感叹道："听公孙之言，刘秀茅塞顿开，耳明眼亮。可是，目前的处境太困难。权宜之计，刘秀仍留在更始朝内，先去宛城谢罪，尽力保全自己，然后发展实力，等待时机。"

冯异钦佩地道："将军惨遭失去手足之痛，竟有如此定力，真是大智之人。"

两人倾心交谈，东方启明星高挂夜空，闪着微弱的光。刘秀长跪在地，面对星空，默默念叨着："天地神灵可鉴，刘秀心里藏着大哥。君子报仇，十年不晚。背信弃义的小人，害死哥哥。刘秀要以其人之道，还治其人之身，一定让他落个相同的下场。"

晨曦微露，一身缟素的臧宫、朱祐来见刘秀。臧宫道："三将军，父城的将士们已做好准备，只等您一声令下，就可兵进宛城，为大司徒和刘谡将军报仇雪恨。"

不料，刘秀把眼睛一瞪，斥道："胡闹，刘縯、刘谡目无君上，大逆不道，罪有应得。发什么兵，报什么仇。快把这身孝服脱下。传令下去，军中任何人不许为罪臣刘縯、刘谡穿戴孝服，不许举行任何悼念活动，违令者军法从事。"

臧宫、朱祐大惑不解，看看刘秀，脸色铁青，不像开玩笑，只好慢慢脱下孝衣。朱祐边脱衣服，边忍不住问道："三将军，难道不去宛城为大司徒他们报仇了？"

刘秀面色冷漠："宛城当然要去。但不是为逆臣报仇，是去谢罪。刘縯犯下逆罪，我这个胞弟也有责任，所以要去宛城，当面向陛下谢罪。"

朱祐没想到一夜之间，刘秀竟发生了这么大的变化。不禁勃然大怒，手指刘秀骂道："刘文叔，想不到你也是胆小怕死之辈，手足胞兄死得那么惨，你不为他报仇雪恨，反而向仇人谢罪，你还是人吗？"

刘秀默默无语，心在滴血。

朱祐还要骂下去，臧宫忙把他拉到一边，低声道："三将军岂是无情无义的人，突然改变主意一定有缘故，咱们去问冯异，就明白了。"

朱祐觉得有理，两人出了刘秀的房间，一起去找冯异。

刘秀见他们离去，立即命刘斯干备马。刘斯干也哭了一宿，两眼红肿，望着刘秀道："三公子，您真的要去宛城，向那个混蛋皇帝谢罪？"

刘秀默默地整理行装，半晌才说道："斯干，你从小跟着我，也最了解我，你要相信我每做一件事都是经过深思熟虑。总有一天，你会明白我为什么这么做。"

"小人相信三公子。"

刘斯干含泪出门，整理马匹鞍鞯，又回来把刘秀的行李放在马身上。然后，牵着青骊马出了衙署。

刘秀接过缰绳，叮嘱斯干几句话，翻身上马，正要起步，忽听有人叫道："三将军且慢！"

转身一看，只见臧宫、朱祐、冯异气喘吁吁奔来。朱祐走在最前头，几步上前，抓住青骊马的缰绳，羞愧地道："三将军，朱某错怪您了。您君子不记小人过，原谅朱某吧，这次去宛城，一定要带朱某一起去。"

臧宫也抱拳请求道："三将军，此次去宛城，不知道会遇到多大的风险，就让属下陪您一起去吧！"

刘秀跳下马来坚决地摇摇头道："不行。这次去宛城，主要目的是向陛下请罪，不是打仗，去这么多人干什么。"

一直沉默不语的冯异，望着刘秀道："君翁和朱护军已知三将军去宛城的用意，一定不会鲁莽行事，坏了将军大计。何况，更始帝君臣未必相信您谢罪的诚意。此去宛城吉凶难料，多去一个人也就多了一份力量，关键时候就能用上。冯某不才，愿留守父城与苗大人共理军务，请将军放心前去。"

刘秀见朱祐二人执意要去，想想冯异的话也有道理，于是点头道："两位厚情高义，刘秀感激不尽，请同去宛城。"

臧宫、朱祐见刘秀答允，立即去整理行装牵马出营。三人辞别冯异，离开父城，向宛城急驰。

六月的天气，酷热难当，半天的路程下来，几个人浑身被汗水湿透，马匹也通身是汗，步子渐渐慢了下来。刘秀因为兄长遇害，心情不好，两天两夜没吃没睡。这时更是又饥又渴，筋疲力尽。臧宫见他落在后头，知道他身体虚弱，便勒住马缰道："三将军，前面就是颍阳，咱们进城吃点东西，避开中午酷热高温再走吧！"

刘秀点点头。不多时，三人到了颍阳，守城门的兵卒见是刘秀，慌忙飞报县吏祭遵。祭遵率吏卒数人，衣冠严整，迎接刘秀三人进衙署。然后摆设酒宴，款待客人。酒席间刘秀只字不提兄长遇害、自己欲去宛城谢罪之事。言及治理颍阳，祭遵一一作答，侃侃而谈，竟是井井有条，毫发不乱。刘秀欣喜不已。

酒到半酣，祭遵忽然屏退吏卒仆佣，面对刘秀长跪在地。刘秀吃惊道："弟孙（祭遵字弟孙）这是何意？"

祭遵感叹道："大司徒英明神武，战功卓著，乃汉室柱石之臣，竟为更始帝君臣杀害。将军之名与大司徒同列，此去宛城，凶险不少。祭遵早有归附将军之志，今将军有凶险，祭遵愿随行左右倾尽薄力，以助将军。"

刘秀热泪涌出，感动地道："刘秀正处窘迫之间，弟孙却来归附，可见忠义之心。可是，颍阳还要靠你打理，怎可因我而去。"

"将军放心，祭遵有一族兄，有安民治政之能，可令他代理县吏职事，祭遵便可随将军而去。"

刘秀见他意志坚决，不便违逆其志，只得点头道："难得弟孙有此忠义之心。我就答应你，暂做门下吏。颍阳的事就交给族兄暂管，等待宛城任命的官员接管。"

祭遵叩谢而起，重新入席，殷勤劝酒布菜。刘秀三人吃饱喝足，天已过午，决计起程。祭遵命人请来族兄，交接公事。刘秀劝勉一番，族兄欣然受命。

四匹马扬蹄奋尾，把颍阳城远远甩在身后，往宛城急奔。宛城高大的城门楼隐约可见，挥鞭之间，便可打马进城。刘秀望见宛城，心里一阵难过。这座他心中向往已久的帝都，竟成了大哥和刘谡被害的地方。这次来宛城谢罪，是否能瞒过更始帝君臣，保全性命，实现自己长远之计的第一步计划，还未可知。他不由勒缰，缓暂而行。祭遵勒马并驾，问道："将军进城，打算怎么办？"

"我还能怎么样，"刘秀叹息道，"当然只能向陛下谢罪。更始君臣害我兄长，就是因为嫉恨他的威名太盛，我岂能步兄长后尘。"

祭遵道："不仅大司徒的威名太盛，将军的威名也同样令更始君臣寝食难安。大司徒的不幸，就是前车之辙。所谓剑在鞘内，锋芒不露。将军此行，只宜自责谢罪，律告虽然有法不避亲的规定，但将军与大司徒一案没有牵连。而且，更始朝内，忠义之臣对朱鲔、李轶已有警觉，也会全力保全将军。大智若愚才是您避开凶险的最好办法。不过，委曲求全有时比驰骋沙场还难，真是难为您了。"

刘秀眉头紧锁，神态坚定地道："弟孙放心，就是天大的屈辱，我也能忍受。"

祭遵说得不错，刘秀的威名丝毫不在刘縯之下。李轶、朱鲔等人设计杀害刘縯之后，就开始打刘秀的主意，可是刘秀一向谨言慎行，不似其兄刘縯锋芒太露，不容易找到陷害的把柄。朱鲔原以为刘秀兵力单薄，出略颍川郡如有失利，便可趁机斩首问罪。不料，刘秀攻颍阳，下父城，收降冯异、苗萌，整个颍川郡悉数归服。宛城吏民交口夸赞刘秀战功。朱鲔没有办法，只好再次和李轶，新市、平林诸将私下商议，决定还是挑动更始帝杀刘秀。李轶还有个心思，就是想取代刘縯死后的空缺，自己做大司徒。

更始朝会上，李轶与新市、平林诸将轮番向刘玄进言，挑动刘玄除去刘秀。李轶道："刘縯、刘秀兄弟起兵春陵时，曾盟誓匡复高祖帝业，定万世之基。可见他们野心勃勃，志在天下。如今，刘縯伏诛，还有刘秀，忧患犹在。"

陈牧附和道："是啊，刘秀一日不除，咱们君臣就没有太平日子过，陛下的帝位也就一日不稳。"

朱鲔道："李将军和大司空的话有道理。趁刘秀在父城兵力单薄，羽翼未丰，快些召回，诛杀完事。如果任其在外逍遥，一旦强大，我等都不是他的对手，到那时，陛下悔之晚矣。"

李轶、朱鲔陷害忠臣的不义之行，激起了刘氏宗室的不满，光禄勋刘赐专程从外地赶回京师，闻听李轶、朱鲔等人谗言，愤而出班道："陛下，刘縯、刘谡大逆之罪，证据不足仓促诛杀，已引起朝野非议。如果再把刘秀无过诛杀，恐怕难服人心，以后朝廷还有什么尊严可言。"

刘玄脸色发黄，精神萎靡不振。除了刘縯，虽说去了心头之患，但人做亏心事，半夜也心惊。这几天，没睡一个安稳觉，老是梦见刘縯、刘谡浑身是血，向自己扑来。弄得上朝也没有精神，听到李轶、朱鲔又在挑拨自己杀刘秀，心里更加不耐烦。他不是不清楚刘秀对自己的威胁，但是，潜意识里，总觉得刘秀没有刘縯那样咄咄逼人。在个人感情上，也对刘秀更亲切。何况，他有自己的如意算盘，刘縯是争夺帝位的劲敌，李轶和新市、平林诸将也不是什么好东西。自己枉为九五之尊，很多事却要听任他们摆布。除掉刘縯，下一步就培植自己亲信，与李轶、朱鲔分权抗衡，早日当一个名副其实的皇帝。

刘玄胡思乱想，好像根本没听见李轶、朱鲔以及刘赐在说什么，信口道："逆臣刘伯升遭诛，大司徒一职空缺，朕决定以光禄勋刘赐为大司徒。众卿以为如何？"

李轶一听，吃了一惊，自己盼望已久的大司徒之职竟被刘玄送给功绩平平的刘赐，岂能甘心，立刻面露怒容，上前奏道："陛下，大司徒之职事关朝廷安危，应选立有战功的人担当此任。"他自恃立有战功，暗示刘玄封自己为大司徒。

不料，刘玄脸上闪过一丝笑容，道："李将军多有战功，朕原想封你为大司徒，可是，刘縯谋逆的证据不足，你与此案有关，如果朕封你为大司徒，岂不让你落下谋夺大司徒权位的嫌疑？"

刘玄一语甫出，朝臣们无不惊讶。李轶、朱鲔想不到刘玄会用这种借口搪塞自己。刘赐等朝臣则没想到皇帝会亲口说出杀刘縯证据不足，这不等于承认冤杀刘縯了吗？刘赐真想当面责问皇帝几句，但细一想，反正刘縯已经死了，再说什么也没有用，还是给皇帝留点面子吧！

刘玄见无人站出来反对，便叫道："子琴！"

刘赐字子琴，听到叫自己，立即出班上前应声道："臣在！"

"从现在起，你就是大司徒，辅佐朕办理朝政军务。"

"臣谢陛下圣恩！"

李轶、朱鲔没想到刘玄竟敢擅自封刘赐为大司徒，顿时，怒不可遏，正要出班责问。忽然，一名黄门官疾步进殿："启奏陛下，太常偏将军刘秀回来交旨，现在殿外候旨！"

李轶、朱鲔忽听刘秀来了，吓了一跳，想好的责问更始帝的话一下子全忘了，竟呆立在原地，一动不动。刘玄听说刘秀来了，心头也是一震，最怕见到他，偏偏他就来了。看来来者不善，一定会向朕兴师问罪。也好，正好借此机会抓个罪名，将他斩首，以绝后患。

主意打定，刘玄问道："刘文叔带多少人马来京师？"

黄门官答道："只有三人。殿外候旨的只有刘将军一人。"

刘玄约略放心，传命道："宣刘秀进殿见朕！"

"遵旨！"

时辰不大，刘秀孤身进殿。满朝文武鸦雀无声，一双双眼睛紧紧盯住刘秀。但见刘秀面色如常，三拜九叩，面见更始帝："臣刘秀叩见陛下！"

刘玄声音冰冷，道："刘秀，你不在颍川，来京都做什么？"

刘秀沉着应答："臣奉旨出略颍川，如今颍川悉数归服陛下。臣来京都，一则交旨，二则胞兄刘縯犯大逆之罪。臣乃逆臣胞弟，平时失于督察，致使刘縯大逆不道。臣自知有罪，特来谢罪，请陛下惩治。"刘秀面色如常，心在滴血。

李轶和绿林诸将大感意外，原以为刘秀来京，必有一番责难，正好趁机将其置之死地，以绝后患。没想到刘秀不但没有怨言，反而自谢其罪。李轶、朱鲔一时无计可施，看着刘秀无话可说。

更始帝刘玄更感到意外，原先想好的问罪的话竟无从开口，面对刘秀坦诚的目光，反而有了负疚感。他支支吾吾半天，才说道："刘将军为国杀敌，战功卓著，忠诚可嘉，与逆臣刘縯无涉。念在家族的份上，你去为他收尸吧！"

"臣遵旨！"

刘秀谢恩退下，回驿馆带着朱祐、臧宫、祭遵三人前往司徒府。

司徒府的官属仆佣听说刘秀来了，仿佛有了主心骨，多日的恐慌、愤怒的气氛一扫而去，人人盼望着刘秀能为冤死的大司徒讨个公道。樊宏、阴识率全府人等身穿重孝，跪地迎丧哭号连天。

刘秀到了府前下马，既没有穿孝，脸上也没有忧戚之色。只是上前把樊宏扶起，面对众人平静地道："逆臣刘縯已经伏诛，罪有应得。陛下宽仁，只加罪一人，与他人无涉。我宗室墓冢远在舂陵，请问你们谁愿扶柩归葬？"

众人闻听，浑身冰冷，大失所望，既然刘秀都这么薄情寡义，看来大司徒的案子要冤沉海底了，樊宏双目红肿，像看陌生人一样望着刘秀，应声道："算了，算了，你们不愿意去，我去，这世间的人情冷暖我也看透了。再也不想为谁拼命打天下，还是回老家养老吧。"

刘秀怕抑制不住自己，慌忙背过脸去，半天才躬身伏拜说道："罪臣刘縯、刘谡的后事就拜托您老人家了。"

樊宏漠然地点点头。刘秀再也不敢多说一句话，慌忙打发走樊宏一行。

司徒府官属仆佣见此情形，心灰意冷，纷纷打起行装，各奔前程。偌大一座司徒府转眼之间人去府空，冷冷清清。

刘秀的一言一行，早有人向更始帝报告："陛下，刘秀不但面无戚容，身不穿孝，甚至连刘縯、刘谡的尸首也不看一眼就让樊宏拉走了。"

更始帝放下心来，说道："看来刘秀果真大义灭亲，与罪臣无涉，不应受刘縯的牵连。"

李轶、朱鲔见刘玄杀刘秀之念顿减，顿时着了急，李轶近前道："陛下，刘秀一向工于心计，此时他势单力孤，难成气候，故意不露声色，迷惑陛下，陛下千万不可上当受骗。"

朱鲔接着道："刘秀也早有逆志，只是他比刘縯更狡猾，善于伪装而已。胞兄被杀，他竟没有丝毫的悲痛表示，这不符合人之常情，正说明他在极力伪装，掩盖自己的真实动机，陛下不可被他一时蒙骗，放虎归山，贻害无穷啊！"

刘玄一时犹豫，拿不定主意。李轶、朱鲔的话不是没有一点儿道理。自己从小就跟刘秀在一起，知道他处事一向滴水不漏。胞兄被杀这样的大事，真的对他一点震动也没有？刘玄当然不相信，但他的内心深处，对待刘秀总没有对待刘縯心狠，这也许是因刘秀性情随和，易于接近的缘故。

朱鲔见更始帝半天不说话，心中恼怒，暗骂道："刘玄小儿，胆敢逆我之志。老子能扶你登上帝位，也能把你拉下来。"

他正欲上前责问，忽听小黄门禀道："启奏陛下，太常偏将军刘秀前来交旨。"

更始帝扫了李轶、朱鲔一眼，见朱鲔点头，便道："宣刘秀进殿！"

刘秀进殿面君，行叩拜大礼，口称："罪臣刘秀，已经料理完刘縯丧事，关闭府库，特来向陛下交旨。"

更始帝心里七上八下，不知作何对答。转脸看朱鲔，朱鲔怒目而视，又去看刘赐，新任大司徒明白皇帝的处境，立刻走到刘秀身边，板着面孔问道："刘将军，昆阳大捷，我军以万余人战败王莽四五十万大军，以少胜多，以弱胜强，战绩卓著，亘古未有。宛城吏民都说是你力主坚守，又是你突围调兵。可是，朝臣中有不同的议论。你亲历战事，昆阳大战的真实情况到底怎样？谁的功劳最大？请当着陛下和朝臣的面，据实讲来。"

刘赐怕朱鲔又要陷害刘秀，自己新任大司徒之职，又不便据理力争，故意问起昆阳战事，显示刘秀的卓著战功，以便为刘秀脱祸。不料这一问，吓坏了一个人，就是成国上公王凤。

王凤在朝堂上一直没有说话，他不是没有除掉刘秀之意，而是想利用李轶、朱鲔达到目的，自己落个好人的名声。忽听刘赐问起昆阳战事，心里顿时紧张起来，生怕刘秀把自己向王邑乞降的丑事揭露出来，两眼紧紧盯住刘秀。

刘秀正眼肃容，根本没看王凤，恭谨地答道："昆阳大战，我军主帅是成国上公。据城固守，突围调兵，都是主帅与诸将认真计议后作出的决定。十三骑突围闯营，调集援军，杀王寻、败巨无霸，一是天助汉兵，二是全体将士浴血奋战，勇猛杀敌。终于取得昆阳大战的彻底胜利。如果论功劳，全体将士的功劳最大。刘秀是大家中的一员，一同杀敌报国，尽了普通将士应尽的职责。"刘秀像是叙说一个与己无关的故事，脸色平静，毫无矜夸之意。

王凤终于松了一口气，但是仍担心朱鲔、李轶再进谗言，陷害刘秀。万一逼得刘秀撕破脸皮，说出昆阳战事的实情，自己这个成国上公的脸面往哪里搁。于是他赶紧出班奏道："刘将军所言，句句是实，只不过，坚守力战突围求援的主张，最先是刘将军提出的，为臣只是采纳他的意见而已，刘将军有功不贪尤为难得，足见其对陛下的忠诚。刘缜觊觎帝位，已经伏诛。此事与刘将军无关，不知者不罪，请陛下宽仁待之。"

刘赐提起昆阳战事，就是要以刘秀之功堵住李轶、朱鲔之口。见王凤不但不反驳刘秀，反而褒奖刘秀战功，大惑不解。但心里高兴，忙顺着王凤之意历数刘秀战功。满朝文武大臣无不交口称赞刘秀功劳。

李轶、朱鲔见王凤突然临阵倒戈，一时莫名其妙，但眼前情势显然不便挑动更始帝杀刘秀。两人憋了一肚子气无法发作，只得一言不发。

更始帝显然也没有料到王凤会帮刘秀说话。他原本对于杀不杀刘秀就迟疑不决。既然有成国上公为刘秀说情，李轶、朱鲔又不说话，就更没有勇气杀刘秀了。但是，不管怎样，刘秀终究是刘缜的胞弟，刘玄对他不能不有所忌惮。再放他在外面领兵打仗，实在放心不下。更始帝左思可想，终于开了金口，道："昆阳大捷，文叔立此大功。朕竟没有封赏，有失公正。为鼓励将士们争相杀敌报国，朕现在封他为武信侯，拜破虏大将军之职。"

"陛下圣明！"王凤、刘赐和春陵旧部的大臣齐声称赞。

刘秀内心惊讶，面呈感激之色，伏地道："罪臣不受刘缜牵连，已经心存感激，岂敢贪功受赏？"

刘玄宽容地一笑，道："伯升谋逆，其罪当诛；文叔立功，理应封赏。朕赏罚分明才能令天下归服。"

"罪臣谢陛下隆恩！"

"文叔，你现在就是破虏将军武信侯。颍川悉平，你也不必再回军中。朕为你拨库银建造府第，也好让你在京师好好歇息一阵。"

刘秀一听就明白了。刘玄这是采用明升暗降的手段，剥夺自己的兵权，等于变相软禁自己。但不管怎样，第一步保全性命的目的已经达到，以后的路会更加艰险难行。

铲除了刘縯，更始帝和新市、平林诸将都去了心头之患，便一心一意谋取长安。更始元年（公元23年）八月，更始帝在宛城召开军事会议，决定向困守关内的王莽新军发起攻击。刘玄以定国上公王匡为主帅北攻洛阳，以西屏大将军申屠建、丞相司直李松西进武关。汉军兵分两路，浩浩荡荡，分扑洛阳、武关。

刘秀被更始帝以关切之名羁留宛城，不能随军出征。半月之后，破虏大将军府邸建成。更始帝亲自颁诏，命刘秀搬进将军府居住。

坐落在宛城里的大将军府，建造宽敞奢华，满朝文武大臣无不羡慕，一致盛赞更始帝对刘秀的恩德。刘秀也是满面喜色，率属官仆佣搬进新居，同时，上表感谢隆恩浩荡。

可是，搬进大将军府的第一个晚上，刘秀躲在卧室里，痛哭了一场。他很清楚，一时保全性命，不等于没有凶险。别的将领拥有实权可以驰骋疆场，杀贼报国。自己徒有高官显爵只能随朝参拜，困居京都。

前方在流血征战，可是，更始帝都宛城却沉浸在安静、温馨的气象之中。更始帝刘玄把军事交给王匡等人之后，一心一意地躲在后宫与韩夫人饮酒取乐，观舞听歌，好不自在。留守京都的大司马朱鲔巴不得他这样，也不劝谏，任皇帝胡为，只是一刻也没有放松对破虏大将军刘秀的监视。

闲居在城里大将军府的武信侯刘秀，没有运筹的劳累，没有拼杀的风险，难得的是每天的生活几乎是同一内容。随朝参拜回府。有客人来访，便天南地北地胡侃一通。没有人打扰时，他手捧竹简帛书，孜孜不倦地苦读。

面对心淡如水碌碌无为的刘秀，校尉臧宫、护军朱祐大失所望。大司徒刘縯受屈而死像块石头一样压在心头，欲罢不能。可是，刘秀从来没有为兄长报仇的表示。即使在没有外人的内府，也只是探讨用兵之法，切磋战阵。尤其让臧宫、朱祐难以忍受的是别的将领都在前线奋勇杀敌，可是，他们却待在府里无所事事。这对于在疆场上驰骋惯了的他们来说，实在是一种折磨。

门下吏祭遵对臧宫、朱祐的怨言不以为然，私下劝解道："刘将军一向谨慎，他这样做自然有他的道理。"

但是，劝说归劝说，日子久了，祭遵也有些沉不住气。不管怎样，大将军总该透点气儿，以便他们日后行事，也好心中有数。

一日，刘秀下朝归来，回到内府，祭遵跟入内室，悄声问道："大将军今日上朝，皇帝怎么说？"

　　刘秀一脚蹬掉朝靴，有气无力地道："还能说什么，陛下问我，将军在府里每天做什么？"

　　"您如何回答？"

　　"我说，'刘缤有罪，责任也有我一份。我每天习读圣贤之书，体会陛下的教诲，同时也在习学汉朝礼仪，将来也能报答陛下洪恩。'"

　　祭遵闻言，钦佩地点点头，一言不发，转身欲走。

　　"弟孙留步！"刘秀突然叫道。

　　祭遵将迈开的一只脚收回，转身道："大将军有何话说？"

　　刘秀双目泪光闪烁，叹息道："你是我最知心的人，我的心事只有你知道。如今，我性命尚且堪忧，别的事还顾得上吗？弟孙，你可有妙计教我？"

　　祭遵道："大将军除了谨言慎行，收敛锋芒，再无别的办法。依今日之言，更始君臣仍对您心存成见，百般戒备。您要想方设法使他们消除戒备之心，取得行动上的自由。属下一时之间也想不出什么好办法来。"

　　刘秀感激地道："知我者，弟孙也。现在，最让我放心不下的就是君翁和朱护军。他们都是战场上冲杀惯了的，这会儿闷在府里，说不定会惹出事来。"

　　祭遵答道："请大将军放心。属下会劝慰他们的，一定不能让他们闹出事，坏了将军大计。"随后，两人又琢磨一会儿兵书，祭遵方告辞去找臧宫、朱祐二人。

　　送走祭遵，刘秀顿感孤独、彷徨，四顾室内，破虏大将军府的摆饰可谓奢华，可是，这一切能安慰他那颗伤痛、苦闷的心吗？

　　"丽华，你在哪里？你现在怎么样？"刘秀心里涌起一股从来没有过的强烈的思恋之情。"仕官当做执金吾，娶妻当得阴丽华。"这是自己当年游学长安，上巳节新野踏青时立下的宏愿。可是，起兵之后，日夜忙于战事，无暇顾及儿女私情。这时，闲居宛城，自然想起了阴丽华。

　　"丽华，我爱你，我要娶你！"刘秀心念甫动，突然兴奋而激动得叫出声来，是的，第一次见到阴丽华时，她还是个不谙男女之情的小女孩儿，她立下誓愿，非将军不嫁。如今的刘秀官为破虏大将军、武信侯，比起当年长安城里的执金吾，不知要尊贵几倍，以这样的身份迎娶阴丽华，也不辱没所爱的人。

　　这样的决定一旦形成，刘秀就再也按捺不住内心的激动，立即对门外喊道："斯干，斯干！"

　　留在父城的刘斯干得知刘秀官封破虏大将军武信侯，特意赶到宛城。刘秀初到宛城，为防备更始君臣的监视，不敢随便使用仆佣，便把刘斯干留在身边，充作心腹。刘斯干听见召唤，慌忙应声而入："大将军有何吩咐？"

　　"去，把臧宫、朱祐、祭遵他们叫来，我有话说。"

"小人遵命！"

刘斯干退出去，没多大一会儿，臧官、朱祐、祭遵来到刘秀室内，三人一听说刘秀准备娶妻，都是一愣。朱祐面沉似水，轻轻叹气道："大将军，属下要说一句冒犯您的话。长兄如父，父死守孝三年，如今，大司徒大丧没出半个月，您就……当然，属下也知道您现在的处境，不能祭奠大司徒。可是，您这个时候成婚，实在太让人寒心了。属下冒昧，请您恕罪！"说完，长跪在地。

刘秀慌忙起身，双手相搀，眼中含泪道："好兄弟，咱们之间还有将军和属下之分吗？我这么做，也是没办法的办法。"待朱祐起身，又对祭遵道："弟孙，你明白我的用意吗？不妨给他们一个明白。"

祭遵恍然大悟似的，连忙道："大将军超出寻常人的思维。祭遵愚钝，也被蒙蔽一时，现在方明白过来。朱护军，大将军的用意很明显，就是在大丧之内举行大婚使更始君臣放松戒备之心，以为大将军一心安享富贵，醉心于家事，就会打消顾虑，给大将军活动的自由。"

朱祐如梦方醒，脸上一红，道："属下糊涂，错怪了大将军，请原谅，大将军有用得着属下的地方，朱祐赴汤蹈火，在所不辞。"

刘秀拭泪笑道："朱兄弟果然是性情中人，爽直可爱。我这儿真有件事要你去办，不过，不用你去赴汤蹈火，是要你去阴将军府问清楚阴小姐的情况。"

阴识与朱祐原来都是大司徒刘縯的属下，刘縯遇害后，更始帝为笼络人心，升校尉阴识为偏将军，敕造将军府。朱祐与阴识是故旧当然乐意去阴识府上，但听说是探听阴丽华的消息，却打住了，笑道："大将军要娶阴小姐，只管找个媒人去说亲就是，属下是个粗人，只会打仗，这保媒拉红线的事可是个外行。"

刘秀笑道："朱兄弟放心，不是要你保媒，只要打听清楚阴小姐是否仍待字闺中？是否还钟情于本将军？你想，这么多年不见，阴小姐早过了及笄之年，是否还等着本将军？"

"好，属下就去！"朱祐这才答应，起身告辞出府，跳上战马，直奔偏将军府。

偏将军阴识听说故人来到，亲自到府外迎接，朱祐进了大厅，屁股还没有坐稳，就开门见山地说明了来意。阴识听了，又惊又喜，道："朱兄弟，说句你见笑的话，我那老妹子就等着这一天呢！"

朱祐兴冲冲地返回大将军府，把阴识的话告诉了刘秀，刘秀大喜过望，内心又平添了几分对阴丽华的敬重之情，次日早朝便向更始帝奏请免朝娶妻。

更始帝与新市、平林诸将一刻也没有放松对刘秀的监视。刘玄见他既不为刘縯服丧戴孝，也不居功自夸，衣食谈笑，一切如常，认为刘秀哪里像昆阳大战里人们传说的那样——叱咤风云，运筹帷幄，威猛无比。他唯唯诺诺，谨小慎微，哪里像恢复高祖帝业的人。这样的人，对皇位没有非分之想，构不成自己的威胁。相反，如果为我所用，对制约新市、平林诸将也是一份难得的力量。刘玄听说刘秀要免朝娶妻，立即满口答应。

朱鲔、李轶等人对刘秀一刻也没有放心。但是，派人监视了这么长时间，始终抓不到刘秀的任何把柄，当然也找不到任何机会置对方于死地。刘秀要免朝娶妻，大出两人意料之外。李轶低声道："大司马，你不是说刘缜、刘秀手足情深么。如今，刘缜大丧未出旬月，刘秀就忙着成亲，这样的人，将来能成什么气候？"

朱鲔不以为然，道："刘秀太狡猾了，一向深藏不露。非你我所能及，这时免朝娶妻，焉知不是他筹划周密的一步棋？你我时刻要小心提防他东山再起。"

朱鲔、李轶尽管在下面议论，但是，没有理由在朝堂上阻止刘秀的娶妻。刘秀的言行举止超出了平常人的思维逻辑，满朝文武大臣百思不解。

得了更始帝准允，刘秀亲自驱马至阴识府上，求亲议婚。阴识平素最敬重的就是刘缜、刘秀兄弟，更尊重妹妹阴丽华的选择，他以舅兄的身份，设宴款待刘秀，并应下了亲事。

宛城当成里的大将军府里，鼓乐齐鸣，欢声笑语，破虏将军武信侯刘秀与新野美女阴丽华的婚礼正式进行。一桌桌丰盛的酒席成排地摆设在树荫下。前来喝喜酒的文武官员、同僚故旧一边逗新郎、新娘，一边艳羡他们的郎才女貌。

婚礼结束了，客人们在司仪的引导下入席，朱鲔、王凤、陈牧、张卬等新市、平林将领与李轶一席，细心的朱鲔在婚礼的整个过程中始终仔细观察刘秀的一言一行。

宴席开始了，刘秀身穿大红吉服，手执酒樽，逐席向客人敬酒，笑意荡漾在他的脸上，完全是一种幸福的满足。轮到朱鲔这一席了，不等刘秀上前，王凤、张卬、陈牧等人起身抱腕，齐声恭贺道："恭喜武信侯，贺喜武信侯！"

刘秀满面春风，一身的喜气，还礼道："同喜，同喜。今天是刘某大喜之日，诸位一定要多饮几樽喜酒。来，我敬各位一樽。"

王凤第一个举起酒樽，道："人逢喜事精神爽。武信侯，请！"

众人也举起酒樽，与刘秀一饮而尽。刘秀脸色通红，笑意更浓。朱鲔话中有话地道："武信侯，还是少喝点酒，保重身体要紧，千万不可乐极生悲哟！"

刘秀坦然笑道："大司马不必多虑。成国上公不是说，人逢喜事精神爽么。刘秀官高爵显，又娶娇妻，今生足矣，何悲之有？倒是几位大人每天为国操心，为陛下分忧。刘秀虽尽地主之谊，也不可以把几位灌醉了。否则，陛下怪罪下来，刘某真要乐极生悲了。"

陈牧把酒樽一顿，不服气地道："武信侯，就凭你能把我们几个灌醉了？来来来，咱们今儿个来他个一醉方休。陛下那儿别担心，有我老陈担待着呢。"

婚宴上的气氛顿时活跃起来。刘秀改樽为碗，逐个给朱鲔等人敬酒。自己也是大碗喝酒大口吃肉，谈笑风生。但是，他酒量再大，也抵不过一席人，一轮酒下来，已是舌头发硬腿脚发软，一双手举着酒碗，洋洋洒洒，哈哈大笑，道："喝……这今儿个高兴，我没喝醉……"

李轶一拉朱鲔的衣角，低声笑道："你瞧，这小子怕是掉进温柔乡里去了，能有多大出息。"

朱鲔轻蔑地一笑，是啊，醉心于娇妻的将军成不了大事，翻不了船。刘秀不会对自己造成多大的威胁，何必耿耿于怀呢。

掌灯时分，客去人散，张贴着大红"喜"字的洞房里灯光明亮。新娘阴丽华身穿霞帔，坐在床头，双目含怨地望着烂醉在床上的刘秀。她不是委屈，而是为刘秀难过、不平。她理解丈夫的一言一行。刘秀那么爱她，一定非常珍惜他们新婚之夜的美好时光。可是，为了他心中那个宏伟计划，他不得不把自己灌醉了。他真的醉了吗？不，他的头脑一定很清楚，连一向精明的朱鲔、李轶都被迷惑住了，他是个大智之人。

阴丽华把自己滚烫的脸儿，紧紧贴在丈夫的胸前，认真地倾听着那颗跳动有力的心脏的搏动。刘秀身上散发出的酒气刺激着她的口鼻。要是在平日，她会非常恶心地离开这种酒气熏天的人。可是，这时，她感到一点儿也不恶心。今儿个是他们幸福的第一夜，她一定要尽到做妻子的义务，守候在丈夫身边。

"丽华……"

刘秀突然翻了个身，梦呓般呼唤道，阴丽华赶紧附在他身边答应道："我在这儿呢，文叔。"

刘秀眼睛也不睁，又呼呼睡去。阴丽华眼睛不眨地守在床头。三更天了，大将军府里一片沉寂。阴丽华毫无困意，默默地想象着以后的日子里该如何帮助丈夫实现他的宏愿。

"水……"刘秀突然低声叫道。

阴丽华赶紧起身倒了一杯开水，试了试热凉。然后抱起刘秀的身子靠在自己怀里，用勺子一口一口地喂给他喝。还没喝上几口，刘秀突然张开嘴巴"哗"的一声，满口秽物倾泻而出。吐得阴丽华满身都是，浓烈酒气呛得她差点儿吐了。她忙用衣袖擦擦刘秀嘴巴，把他移开，然后起身脱下外衣，收拾床上、地下的秽物。深更半夜，阴丽华不愿意惊动下人。出身富贵人家的她笨拙地冲洗着地面，没有丝毫怨言。

"丽华，我这是在哪儿？"也许是吐的缘故，刘秀清醒了许多，睁开眼睛问道。

阴丽华放下手上的工具，伏在丈夫胸前，温柔地道："文叔，你醒了，这是大将军府。今晚是咱们的新婚之夜。"

"新婚之夜！"刘秀想起来，慌忙坐起身来拉过阴丽华娇嫩的小手，愧疚地道，"对不起，丽华，新婚之夜应该是最幸福的时刻，我却弄成这样……"

"快别说了，先漱漱口吧！"阴丽华宽容地一笑，取过水杯，送到刘秀面前。

刘秀漱了口，感激地说道："谢谢你，丽华。"

阴丽华嗔怪道："瞧你，还说这种话，好像咱们不是一家人似的。"

刘秀默然无语，张开双臂，把爱妻紧紧拥在怀里。是啊，相思几年，苦等上千天。阴丽华有多少话要说，多少情要叙。他要用男人的成熟与炽热深厚的爱，去补偿阴丽华对自己的苦苦等待……

终于，神荡魂销的时刻过去了。异常疲惫的阴丽华脸上带着幸福的笑意睡着了。刘秀却毫无困意，在自己最幸福的时候，更容易勾起对屈死的兄长的回忆。一瞬间，悲惨的情绪把幸福的感觉赶得无影无踪，泪水无声地打湿了崭新的鸳鸯枕。

清晨起床，阴丽华发现了泪渍片片的枕巾。细心聪慧的她马上明白了丈夫内心的痛苦。她一声不响，亲自动手制作了精致的木牌，用白绫包裹，供奉在内室的拐角。刘秀感激妻子的细心。这样就可以掩人耳目，又可以每天焚香祭祀哥哥之灵。

朱鲔等新市、平林诸将悄悄向更始帝奏报：破虏将军、武信侯刘秀完全沉溺在新婚中，他忘记了兄长之仇，忘记了舂陵起兵时的誓愿，忘记了高祖帝业。

文武双全

刘乐土◎著

刘秀

（下册）

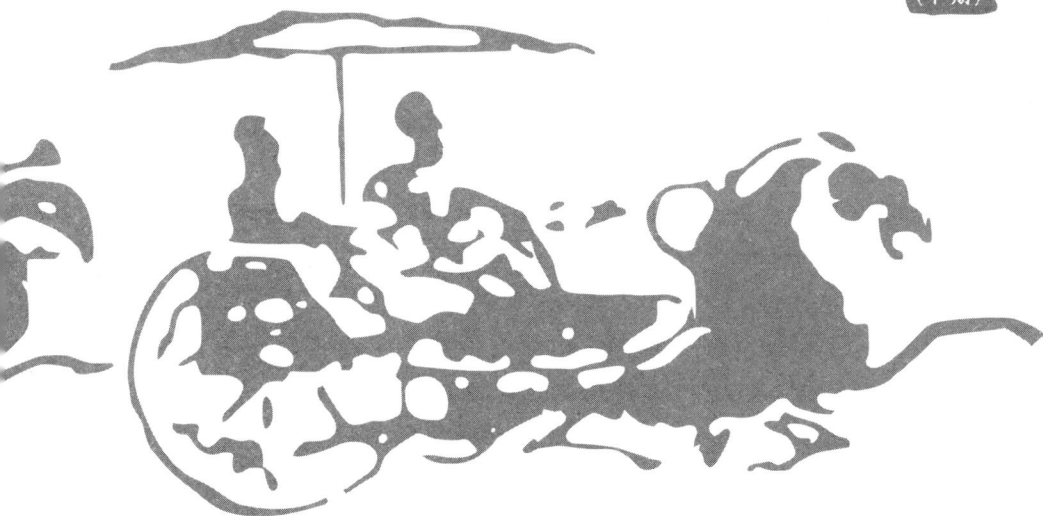

中国铁道出版社有限公司
CHINA RAILWAY PUBLISHING HOUSE CO., LTD.

【第七回】

长安沸反新帝丧，河北离乱汉官来

今年长安的夏天与往年一样酷热难耐，七月的骄阳像个大火球，炙烤着大地。燥热的空气弥漫在周围，令人焦躁难安。但是，长安的人们除了忍受炎热之外，内心还要承受战乱带来的惊悸不安。

天下饥民仇恨王莽，很多朝臣也对王莽新朝失去了信心。赤眉作乱、绿林起兵时，王莽为挽回人心，曾派隗嚣等七十三名官员奔赴各地下达赦免命令。可是，隗嚣口是心非，一出长安城，便远逃天水。

昆阳战后，天水人隗崔、隗义与上卦人杨广、冀人周京等起兵响应更始帝的刘玄政权，拥隗嚣为上将军。隗嚣用平陵人方望为军师。方望建议他承天顺命，以辅佐汉室为名，乘机扩大自己的势力。隗嚣从其言，立高祖庙于城东，亲自率左右拜祭高祖庙，誓师反莽辅汉。一时，反响强烈，招入兵卒十多万。

同一个月内，公孙述在成都起兵反莽。蜀地肥沃，兵力强盛。公孙述自立为蜀王，以成都为都城。

纳言将军严尤在昆阳战败之后，逃往汝南，投奔钟武侯刘望。刘望据汝南，自立为天子，用严尤为大司马，欲夺新朝天下。

隗嚣反了，公孙述反了，刘望也反了。大臣内叛的消息接踵而来，处于风雨飘摇之中的新朝天下还指望什么力量支撑下去。

武关历来被称为关中的藩篱，此时，变成了新汉交战的前线。汉军西屏大将军申徒建、丞相司直李松督率所部将士向据关困守的新军发起了猛烈的进攻，一时，鼓角齐鸣，战马嘶鸣，杀声震天。新军武关都尉朱萌、右队大夫宋纲慌忙率军抵抗。

在汉军强大的攻势下，不仅关中三辅人心震动，而且各地的英雄豪杰纷纷响应，皆杀新朝吏士，自封将军，使用更始年号，只待更始政权的收编。

邓晔、于匡在南乡举兵，邓晔自称辅汉左大将军，于匡称辅汉右大将军，率军响应汉军，攻入武关。武关新朝都尉朱萌见大势已去，杀右队大夫作为进见之礼，归降汉军。

武关既破，长安藩篱被毁去。西屏大将军申屠建，丞相司直李松，辅汉左、右大将军邓晔、于匡数路大军进逼长安。

北路汉军在定国上公王匡的率领下，兵临洛阳城下，展开强大的攻势。守洛阳的是新朝太师王匡和大将军哀章的军队，他们是刚刚被王莽召回驻守洛阳的。两个王匡狭路相逢，展开了你死我活的争斗。

新朝太师王匡多次与赤眉军作战，虽然战绩不佳，却拥有很大的兵权，手握王莽的精兵，完全可以与定国上公王匡较量一番。无奈，他的军队军纪太差，掠夺成性。洛阳百姓恨之入骨，纷纷帮助汉军袭击新军。

不出旬月，洛阳城破。太师王匡、大将军哀章也被愤怒的百姓和反叛的部属生擒活捉，送到定国上公王匡帐中。定国上公写了奏章，命人把王匡和哀章一齐押送宛城，交给更始帝刘玄处置。

时令正值仲秋，萧瑟的秋风横扫长安，城内人心惶惶，谣言四起。不祥的消息，一个接着一个传来。

从洛阳、武关逃进城的兵卒说，申屠建、李松和王匡的汉军正兵分两路包抄长安。邓晔、王匡的军队，前锋北渡渭河，向西推进到新丰。王莽新朝的末日真的来到了。

王莽平息叛乱失败之后，中枢班子一下子空了。他听从史谌的忠告，把王邑任命为大司马；令讲诗名儒张邯担任大司徒；令同悦侯王林担任卫将军。除王邑之外，张邯、崔发、苗沂、王林都是刚提拔上来的新贵。

新的中枢班子刚刚组建好，武关、洛阳失守的败报就送进了宫中。王莽又惊又怒又怕，他也想到过武关、洛阳可能守不住，但这么快就失守却是他始料不及的。

在光明殿召开的首次新中枢班子朝政会上，王莽把御案拍得山响，怒吼道："武关、洛阳这么快就落在叛军之手。王匡、哀章是两个废物，城池没有守住，军队也丢得精光。其罪难饶，朕一定要重加惩治这种损兵失地的主将。"

但是，穷途末路的王莽再也不能惩治王匡和哀章了。此时的王匡、哀章已被更始帝刘玄当街行刑，诛杀示众。

皇帝的震怒令新贵们惊恐不安，一代名儒大司徒张邯小心翼翼地进言道："陛下且息雷霆之怒，当务之急还是商议一下怎样确保长安安全的问题吧！"

王莽缓和一下口气，道："朕当然清楚孰缓孰急。今天把你们召集来就是商议守住京都的问题。有什么高见尽管说出来吧！"

新贵们你看看我，我看看你，无人说话。宁始将军史谌见王莽脸上又现怒容，慌忙出班奏道："陛下，如今新丰尚有波水将军窦融的两万兵马。城中还有五万精锐警卫部队。如果只据守，不出战，叛军也无可奈何。"

王莽摇摇头，有气无力地道："如今，君命已不管用，波水将军窦融还能指望上吗？"

"陛下，现在最大的危险还不是兵力的不足，而是动荡的人心。京城随时都有发生动乱的可能。民心动荡不是一时可以解决的，但稳住军心，却是可以一时奏效的。"

"卿言极是。"王莽点头称赞，立即从警卫部队下级将佐中挑选九人，赐以将军之职，称为"九虎"，分守长安九门。为防止他们阵前投敌，王莽将其妻子儿女接进宫中做人质扣押。

长安城内没有布置完毕，邓晔、王匡的部队已打过崤山，兵临长安城下。紧跟着，王匡、申徒建、李松的汉军主力也赶到长安城下，一齐向城中发起进攻。

史谌的建议果然奏效，九虎将军无不拼死效命，督率士卒反击汉军的进攻，汉军攻城受阻，攻势缓和下来。

但是，好景不长，汉军的强大攻势和更始政权日益扩大的政治影响力使得长安城内人心动荡到了极点，暴乱终于发生了。

商县人杜关、杀猪出身的杜虞聚集城内百姓杀死新朝吏士，偷袭守城的新兵，而且挑唆兵卒叛乱。一时，守城的兵卒军心动摇，逃走的、哗变的，一日之内，十去六七。九虎之中，有四虎被部卒杀死，其余五虎也成了光杆的将军。

守城的兵力突然削弱，汉兵乘势发动猛攻，长安城岌岌可危。史谌慌忙调集大批黄门、宫中侍卫增援各城门的守备力量。但这样的杯水车薪到底能支撑多久，宁始将军自己心里也不知道。他慌忙奔往皇宫，刚进宫门就大声叫道："陛下，陛下在哪儿？"

宫内本来就人心惶惶，经他这么大呼小叫，那些胆小的宫女、妃嫔顿时瘫倒在地。一个胆儿大点的黄门上前答道："陛下在宗庙上香呢！"

"哎呀。"史谌急得直跺脚。长安城外王莽妻子、儿子、父亲、祖父的坟墓都被汉兵挖掘了，烧香又有何用？

他赶紧转身奔向宗庙，刚到宗庙门口，就看见王邑和一群黄门、宫女簇拥着王莽从宗庙里出来。

一见之下，史谌吃了一惊，一夜之间，皇帝的胡须、头发全白了。传说，吴越争雄时，伍子胥过昭关，一夜之间愁白了须发，看来是真的。史谌难过得流出了眼泪。

王莽看见他奔过来，傻呆呆地问道："史爱卿，你怎么啦？"

史谌赶紧跪倒施礼，带着哭腔道："陛下，您的胡须、头发都愁白了。"

王莽平静地道："朕知道。不过，现在不用担心了，朕刚刚祈求过上天和祖宗，一定会保佑朕的新朝天下安然无恙的。"

"可是，守城的兵卒叛逃了，九虎将军也不顶用了。京城随时可破，陛下想想办法。"

王莽显然也很清楚面临的危险，无力地叹息道："朕已经没有一兵一卒可用，还有什么办法可想。"

一直站在旁边没有说话的王邑突然道："陛下，大牢里还有很多囚犯，您可以加恩赦免他们的罪过，让他们为国效力赎罪。"

史谌连连摇头："不可，守城的兵卒尚且要叛逃，何况那些囚犯。"

王莽却点点头道："姑且一用吧，朕除此之外，还能怎么样，史爱卿，就由你率囚犯上去守城。"

史谌只得领旨。

大牢的门打开了，成群的囚犯跑出门外，争抢摆放在院子里的酒肉。见多识广的老囚犯心里在打鼓，太阳大概从西边出来了吧，王莽会发善心放他们出来？

囚犯们刚刚吃饱喝足，宁始将军史谌就带着十几个亲兵走过来，当众宣读皇帝的赦免诏书，之后讲了半天"将功赎罪、报效陛下"之类吹风打气的话。囚犯们慌忙磕头谢恩，老囚犯边磕头边嘀咕："我就说天底下没有这么便宜的事儿。"

史谌命令兵卒发放兵器、甲胄，衣衫褴褛的囚犯武装起来，人人都有威武之气。史谌心中稍安，将武装起来的囚犯兵分四路，分头增援各个城门。自己亲率一路增援最为吃紧的直城门。

各路囚犯兵卒分头出发。史谌率领的一路兵马刚到城墙下，就听城头的喊杀声和刀剑碰击声。老囚徒向身边的伙伴低语几句，突然大声喊道："弟兄们，别为王莽老贼卖命，赶快跑吧！"

囚犯们哪有打仗的心思，一哄而散。史谌的亲兵上前阻拦，被众人砍倒，空荡荡的场地上，只剩史谌一人。

临阵脱逃的囚犯与杜关、杜虞等百姓聚集在一起，在守军背后形成强大的压力。结果正如史谌所料。

京师守军面临的最大威胁还不是攻城的汉军，而是城内人心动荡引起的暴乱。王邑、王林、崔发、苗䜣等不得不亲自率兵巡视各城门，以防暴乱的百姓开门迎敌。守城的力量削弱了，汉军有几次攻上城头，又被拼命的守军赶下去。

此时宫中一片混乱，上至妃嫔，下至宫监杂役都意识到京师要失守了，人人都在寻找逃生的机会。

王莽正在明光宫与女儿叙旧。卫将军王兴和前将军王盛劝王莽出宫，王莽死活不肯。在这种危急时刻，王兴和王盛也顾不上君臣之礼了，架起王莽就往外走。

民众在宫后燃放的大火烧着了后宫的房子。因为没有人救火，大火继续向前蔓延着。王莽刚刚被王兴、王盛架走，大火就烧到了明光宫，宫女、黄门们连哭带叫，被大火逼得到处乱窜。

王莽由王兴、王盛搀扶着刚穿过未央宫前殿，正遇着拥进宫内的大批臣僚，臣僚们一见到皇帝，呼啦跪倒一片，争相诉说城里的战况。王兴听了，瞪着眼道："照你们这么说，陛下也逃不出城了？"

臣僚们灰白着脸，一齐摇头。

王莽冷哼一声，道："朕乃新朝天子，有上天保佑，叛军能奈我何？都是这两个胆大妄为之徒强行要朕逃走。"

王兴、王盛连连叩头。王莽在臣僚的搀扶下转身往回走。王兴、王盛跟在左右护卫，王莽走进未央宫的时候，从后宫蔓延而来的大火烧到了未央宫，浓烈烟火味呛得王莽连声咳嗽。王兴叫道："宫里怕是进不得了，陛下还是回前殿吧！"

王莽挣着身子，沙哑着嗓子道："不，朕还有东西在里面，一定要取出来。"

臣僚们劝解道："陛下，现在什么东西也顾不上了。您保住龙体要紧。"

"不，朕一定取出来，你们不去，朕亲自去。"王莽几乎是哭叫起来，令每个人听了，心里都会发酸。

跟随王莽多年的御前老黄门恍然大悟道："陛下，奴才知道您要的东西，就让奴才去取吧！"说完，不待王莽同意，就向浓烟翻滚的未央宫走去。

王莽君臣都惊呆了，眼睛紧紧盯着烟火笼罩的未央宫门口。老黄门的身影消失了，除了噼噼剥剥的声音，什么动静也没有了，大家把心都提到嗓子眼儿。好半天，才见一个火人在烟火中挪动。

王兴、王盛一见一齐冲进火海，才看清火人还拖着一只铜箱。两人赶紧把火人和铜箱接应出火海，众人赶紧用水浇灭三人身上的火。老黄门已被烧得面目全非，体无完肤，只是用手指了指铜箱，头一歪，再没有醒来。

王莽脱下身上的龙袍，亲自将龙袍盖在老黄门的尸体上，然后挪动脚步，走到铜箱前，慢慢地打开。箱内有一套天青色的衣服，一把青铜古匕和玉玺。他把衣服取出来，笨拙地往身上穿。

众人都不解其意，茫然地望着，也没有人帮助皇上更衣了。王莽好半天才把衣服穿戴整齐，又取出铜匕和玉玺，才用低沉的声音道："朕的御座呢？"

御座当然被火烧掉了。左右臣僚你看看我我看看你，谁也不肯说。但总不能让皇帝站着，有两个黄门慌忙跑到前殿，好不容易搬来一张凳子，放在王莽身后。

王莽坐稳身子，左手抱玉玺，右手举匕首，眯着眼睛打量着从后宫烧到未央宫的大火，长长的火龙翻转着，扭动着吞噬着宫里的一切。他突然用悲怆的声音喊道："天生德于予，汉兵其如予何！"

那把青铜匕首是古时虞帝斩妖伏魔的武器，王莽是在表示君可杀不可辱的气节，还是要显示杀身成仁、宁死不屈的人格，或者是再现"逝者如斯夫"的超越现实痛苦的精神？如此悲哀而又悲壮的场面，使每个人的内心都震撼不已。

未央宫一片火海，大火漫过未央宫，又向王莽所在的前殿逼来，仿佛是象征着刘汉的火舌总跟着这位篡位者似的。王兴、王盛没读过书却也明白皇帝此时行头打扮和所作为，一定是他最痛苦的表示。因此，眼看大火要烧过来，却不敢惊动王莽。

正在这时，忽然一阵马蹄声响，只见大司马王邑单人匹马，一身是血，直冲到前殿，滚落到王莽跟前，哭叫道："陛下……"

王莽眼皮微抬，低沉的声音说道："天文郎不在了，大司马不是也通天象么，请观看朕的吉座在何方？"

王邑这时候哪有心思看什么天象，哭丧着脸道："陛下，京城四门失守，宁始将军史谌、大司徒张邯、卫将军王林以身殉国。汉兵正向皇宫逼来，陛下快逃吧！"

王莽好像没听见，自言自语道："吉座在何方，朕要统御万方……"

臣僚们听说汉兵攻来，无不胆战心惊，惶然失色。此时，未央宫的大火扑过来了，烈焰炙烤着垂死的人们，前殿显然待不住了。可是，王莽还在自言自语："天生德于予，汉兵其如予何！"丝毫没有感到烈焰炙热。

王邑见情况紧急，忽地站起来，大声道："王兴、王盛两位将军保护陛下上渐台，各位大人请随我抵御汉兵。"

王兴、王盛都怕再次激怒皇帝，听到王邑的话，再也顾不得许多上前架起王莽就走。一千多惊慌失措的臣僚受到王邑勇气的鼓舞，全都各寻兵器，跟着王邑往南冲去。因为他们很清楚，像他们这样的王莽重臣，一旦落入汉兵之手，必死无疑，与其屈辱而死，不如奋起一击，也算是为新朝尽忠了。

王兴、王盛来到沧池，两人涉水把王莽背上渐台。高耸的渐台既可防止火攻，又可以作为居高临下防御敌兵的阵地。王邑选准这个地方把王莽弄来，算是对了。此时的皇宫大内已是一片火海，一片混乱。几百个宫廷侍卫守卫在沧池的周围。他们大多受过王莽的恩惠，因此，愿意以死保护王莽。

可是，仅凭沧池渐台和几个心腹侍卫是挽救不了王莽覆亡的命运的，王莽刚刚登上渐台，后宫就传来阵阵厮杀声。几个浑身是血的宫廷侍卫跑到渐台下，哭叫道：

"不……好了，暴民冲……冲进宫来了。"

"快，叫他们顶住！"王兴大声叫道。

"顶不住了……"侍卫哭喊着，这时，成群的侍卫、黄门败退进来。民众则紧紧咬住他们不放，直向渐台逼来。

杀得最凶的就是杀猪出身的杜虞。他一边挥舞大刀，一边大叫："弟兄们，杀呀！谁砍王莽的狗头就得十万两黄金的赏钱。"这是汉军许下的王莽脑袋的赏额。

沧池边的几百名侍卫人人抱定必死之心，立即加入战斗。王兴、王盛也在渐台上指挥侍卫们放箭。双方的伤亡都在增加，可是，后面的民众还在源源不断地冲进来。没多会儿，就把侍卫围在中间，喊杀声、惨叫声、刀剑碰击声，搅在一起，汇成一曲悲壮的战歌，鲜血像一条条小溪，流向沧池，鲜红的池水涨满了。

终于，杜虞和几十个人杀到渐台下，开始向上攀登。渐台上，侍卫们的箭用光了，王兴、王盛把王莽挡在身后，两个人手握大刀，瞪着血红的眼睛，等待民众的到来。

"杀！"杜虞一声大叫，第一个冲上渐台，其余的民众也一拥而上。王兴、王盛和侍卫们各举兵器，展开了殊死的拼杀。

民众大多没习过武功，仅靠身强体壮拼杀，自然讨不了便宜，片刻工夫，已有好多人被砍翻。只有杜虞略通武术，又仗着铁板一样的身子，只受了点轻伤。

可是渐台下的民众又陆续冲上来。杜虞来了精神，大吼一声，又和王兴、王盛纠缠在一起。渐台上的民众越来越多，侍卫们渐渐落在了下风，王兴、王盛还要保护王莽的安全，也是险象环生。

前门的汉军此时已攻破宫门，向宫中杀来，王邑率众臣僚、侍卫、黄门只拼上一阵，就被杀得七零八落，死伤过半。其余人只好且战且退，退往前殿。汉军紧紧咬住不放。

混战中王邑剥下一名汉兵的衣服换上，急忙退往沧池。他远远看见渐台岌岌可危的王莽，慌忙撇开汉军，奔向渐台。

此时的汉军也从民众的叫喊声中得知王莽在渐台，无不争相向前。汉军、臣僚、侍卫搅在一起，向渐台滚来。

渐台上，侍卫们一个个战死了，王兴、王盛杀得浑身是血，拼死保护王莽。两人见一名汉兵冲上渐台，心知大势已去，正要背着王莽一起跳下台去。忽见那名汉兵挥舞利剑，刺倒几名民众，王兴、王盛大喜，合力把杜虞逼退。

三人站成三角形，把王莽护卫在中央。王兴认出是王邑，着急地问道："大司马，陛下怎么办？"

王邑苦笑道："还能怎么办，咱们唯有以死效命了。至于陛下，听天由命吧！"

此时，渐台下的侍卫、臣僚死伤殆尽。无数汉兵拥上渐台，杜虞大喜，又呼喊着民众上前厮杀。民众、汉兵挤满了渐台。

王邑、王兴、王盛早将生死置之度外，每一刀砍下去，都是拼命招式。三人杀了半个多时辰，汉军和民众的尸体堆满了渐台。三人筋疲力尽，可是，汉兵和民众还是如潮水般拥上来。

终于，王兴、王盛力竭，被砍倒在地，实现了他们以死效忠王莽的誓言。剩下王邑一人再也顾不过来王莽。

杜虞见汉兵正缠着王邑，忙一步跨到王莽跟前。这个杀猪出身的屠儿从来没有见过王莽，很想看看这位新朝天子的模样。他一手持刀，一手揭开王莽脸上的轻纱，看到的是一位相貌衰老的老人。

"哈哈哈……"杜虞一阵大笑，狂傲地叫道，"王莽老贼，想不到你也有今天，落在俺老杜的手里。"

王莽依旧微闭双眼，纹丝不动，嘴角却在轻轻嚅动着。杜虞想听听他说什么，便把脑袋凑到王莽的胸前，却听王莽低低的声音说的是："天生德于予，汉兵其如予何！"

扁担长的"一"字都认不得的屠儿听不懂什么意思，懊恼地站起来，骂道："死到临头还嘀咕什么事儿。俺老杜不管，先取下你的狗头再说。"边说，边抢起大刀。

"休得伤我陛下！"

忽然，王邑撇开四周的汉兵，奋不顾身，一跃而起，手中长剑直刺杜虞后背。杜虞毫无防备，大刀还没有落下，就被王邑一剑穿透了后心，而王邑身后，刀剑齐下，王邑也被砍成数块。

长安城破，王莽被杀。新朝残余势力或者降汉，或者被歼灭，迅速土崩瓦解。驻守新丰的新朝波水将军窦融归服更始帝的大将赵萌。赵萌任窦融为军中校尉，见其处事果断，有谋略，又欲举荐为巨鹿太守。

窦融，扶风平陵人，祖上为汉文帝外戚。其高祖父曾做过张掖太守，从祖父为护羌校尉，从弟为武威太守，累世在河西，熟悉河西的风土人情。

当赵萌欲举荐窦融为巨鹿太守时，窦氏兄弟都因归服汉室得到重用而高兴。窦融却道："更始政权初立，东方骚乱不止，天下之势未定，河西殷富，以河为固，张掖属国控弦万骑，一旦有变，切断河津，足以自保。河西才是窦氏立足之地。"

窦氏兄弟以为有理。窦融于是求赵萌为其进谏，改巨鹿太守为张掖属国都尉。更始帝允准，窦融携吏属归河西。

王莽的首级被传至宛城，悬挂在闹市口。新朝覆灭，普天同庆，宛城百姓更是张灯结彩举家欢乐。更始帝宫殿内，钟磬齐鸣，鼓铮奏响，身披轻纱的美貌舞女边歌边舞，丰盛的宴席从更始帝御座前一直摆到宫殿门口。更始君臣频频举杯，庆贺胜利。绿林诸将个个喝得满面通红。猜拳赌酒，大呼小叫，全然没有半点重臣宿将的礼仪。

更始帝眉头紧皱，满心不悦地扫视着宴席。却见武信侯刘秀独坐偏席，默然无语，与绿林诸将截然不同。刘玄心中赞叹，到底是宗室子弟，与这般草莽出身的臣子不能相提并论。他正欲褒奖刘秀几句，却见朱鲔打着酒嗝从隔席走过来，附耳道："陛下，你也注意到武信侯了？"

刘玄侧着身子，尽量离他远一点，不高兴地道："武信侯是朕的宗室子弟，言行举止自有风范。哪像你们这些人，乱糟糟的，成何体统？"

朱鲔冷哼一声道："我们这些人是不懂朝廷礼仪，可都是一根肠子通到底，对陛下忠心不二。可是，刘秀就不是那么简单了。您看他面带忧色，举止反常，一定是今天的喜庆气氛勾起了他对叛臣刘縯的思念……"说完，自顾回到座位上。

更始帝恍然大悟，刘秀今天的反应太让人怀疑了，他一定没有忘记死去的兄长。想到此，刘玄心里一惊，脸上变色，紧紧盯住刘秀，当众问道："破虏大将军，今天是庆贺王莽覆灭的喜宴，大家都很高兴，唯独你一人面带忧色，莫非有什么见不得人的心事。"朱鲔、李轶、陈牧等人听见皇帝发问，也把狐疑的目光投向刘秀。

刘秀悚然一惊，面上却很平静，坦然站起说道："王莽篡汉政十五年，今天终于覆灭。臣悲喜交集，感触颇多。不过，今天是大喜的日子，满朝都在尽情狂欢。臣怕扫了大家的兴，不想这个时候说。"

更始帝更加不安，追问道："有什么不可以说的，朕不会那么小气，但说无妨。"

"好吧！"刘秀道，"王莽篡汉，杀我宗室及天下豪杰不计其数。臣不愿多说了，只是想说说心中担忧的事。"

刘玄问："你担忧什么？"

"王莽虽灭，可是，天下未靖。东方赤眉尚未归服；河北铜马、青犊、大肜等部众各自为政；汝南钟武侯刘望自立为帝，与陛下抗礼。臣以为宛城地处偏远，不宜久做定邦。臣为陛下长远之计，诚请陛下迁都洛阳。以利平定天下，统御万方。"

一石激起千重浪，刘秀的话在有远见的朝臣中引起巨大的反响。大司徒刘赐起身道："陛下，武信侯深谋远虑，诚为汉室复兴着想。俗话说，天无二日，士无二王。钟武侯刘望悖逆人心，妄自称帝，理应讨伐。"

定国上公王匡道："武信侯虑事周到。迁都有利于威慑天下，长安路远，又遭大火焚烧，不如暂时迁都洛阳。"

"是啊，武信侯虑事周详，又有远见，迁都之事就交给他吧！"知命侯王常道。

刘玄也转怒为喜，心中惊叹，这么多朝臣还没有一个提起迁都和统一天下的事。刘秀不愧为宗室子弟，第一个想到了，并且提了出来，自己虽然做了皇帝，可是，距离统一天下还很遥远，正需要谋臣良将的辅佐。刘秀就是一个难得的文武之才，非朱鲔等绿林将士所能比。

因此，他当众赞叹道："武信侯能居安思危，为朕谋划于前，真是忠心为国。朕决定迁都洛阳，就由武信侯行司隶校尉事，先去洛阳整修宫室。还有，刘望胆敢在汝南称尊，朕如果容忍了他，以后天下还不定又有几人称王，几人称帝。明日朝会上，朕就派将攻打汝南。"

群臣情绪激昂，都为皇帝的决断高兴，齐声道："陛下英明！"

一场乱糟糟的庆功宴，因为刘秀的一番话变成君臣议政会。更始帝异常高兴，起身举樽道："诸位爱卿，为我汉室的千秋大业，干杯！"

宴席结束，刘秀回到府上。祭遵得知刘秀被派往洛阳整修帝宫，高兴地道："大将军终于迈出了可喜的第一步，但不知何时动身去洛阳？"

刘秀却没有这么乐观，叹息道："更始帝并没有完全信任，朱鲔、李轶更不会轻易罢休。以后的路不知还有多少艰险，弟孙，你知道我不是畏惧艰险的人，可是，夫人……"

"您是怕连累夫人？"祭遵道。

"是啊，夫人她不应该跟着我担惊受怕。何况，她跟在我身边，也会拖累大家。所以，我想送夫人回新野老家。等我们有了立足之地后，再接她团聚。可是，派谁送夫人呢？你是我的谋士，君翁、朱祐是我的左膀右臂，一刻也离不开。"

祭遵见刘秀新婚之后，并不沉溺于儿女之情，深为叹息。但是，派谁护送阴夫人回新野，他一时之间也找不到合适的人选。两人正在忧愁，刘斯干跑了进来，道："禀大将军，傅校尉回来了。"

刘秀一拍案，高兴地道："护送夫人的人找到了。"

校尉傅俊，字子卫，颍川襄城人。因不满王莽苛政，投身汉军，拜为校尉，归刘秀麾下。新朝襄城县宰因此拘捕其家族，全部处死。傅俊老父恰巧外出，逃脱噩运。

傅俊因此与王莽新朝有不共戴天之仇，冲锋陷阵无所畏惧。昆阳之战，与刘秀出生入死。昆阳大捷后，傅俊老父病逝，无钱安葬，刘秀不仅准其归丧，而且赠以盘资、丧费，傅俊感激不尽。

刘秀将傅俊接入客厅，与祭遵相互介绍之后，开口道："子卫，家中事办妥了吗？缺什么，有什么困难尽管说。"

傅俊眼角湿润，抱拳拱手道："属下归丧故里，大将军已经解囊相助。傅俊有何德能，受大将军如此厚待。"

刘秀佯作不悦，道："子卫休提此事，还是说说沿途的见闻吧！"

"有啥好说的，"傅俊叹息道，"天下纷乱，颍川当然也不例外，豪族大姓据兵自守，各自为政。平民百姓四处逃难，田地荒芜。王莽新朝虽然覆灭，但是，暴政没有废除，地方秩序混乱，盗匪猖獗。汉室复立，但朝政紊乱，与新朝无异。"

刘秀认真倾听着，分析着，叹息道："子卫所言，与我的想法一样。乱世之后的大治，是要整治朝纲，而不是大治官府。如今，陛下命我为司隶校尉前去洛阳，不几天就要动身，请子卫为我护送夫人回新野老家，我相信，你一定能照顾好夫人。”

傅俊惊异地道：“大将军新婚燕尔，夫妻情深，怎能舍得分开？您做司隶校尉的事，正好带夫人同行。”

“子卫，你不是说朝政紊乱么，我看还要大乱下去。正因如此，我才把夫人的安危托付给你。”

傅俊起身，坚决地说道：“请大将军放心，傅俊一定不负重托，把夫人安全地护送到新野。”

刘秀放心了，当晚与夫人话别，阴丽华难过地央求道：“妾身苦等几年，盼了上千天，好容易夫妻相聚，为什么非要分离？你去洛阳修建帝都妾身相伴身旁，也可以照顾你的衣食起居，有什么不好？”

刘秀微微叹息道：“丽华，我知道你舍不得离开我，我也一样舍不得你。咱们新野相遇，一见钟情。‘娶妻当得阴丽华’是我的誓言，现在得到你，怎么会不珍惜呢？可是，你知道，我与大哥舂陵起兵时的誓愿，也知道大哥是怎么死的……”说起兄长，刘秀的泪水止不住地流，抽抽噎噎说不下去。

阴丽华不再哭泣，反倒一边为丈夫揩泪，一边安慰道：“对不起，都是妾身不对。你放心做你的事吧。明天，妾身就回新野，在老家等着你风风光光来接，夫妻团聚洛阳帝都。”

刘秀紧握着爱妻的双手，感动地道：“生我有父母，知我有夫人，谢谢你的理解。放心吧！总有一天，我们会相聚洛阳的。”

阴丽华依偎在丈夫胸前，脸上突然一红，娇羞地道：“文叔，明日我们就要分离，再聚首不知又是何年。妾身有一个过分的要求……”

“你要什么，我一定尽力办到。”

“妾身就是要你……”阴丽华的声音小得如蚊子嗡鸣，“等待是那么痛苦，那么孤独，妾身想要个孩子，陪伴漫长的岁月，将来也可以继承你的大业。”

刘秀双手抱起爱妻，温柔地道：“你的要求一点儿都不过分，现在我就满足你。”说着，迈步走进卧房，把阴丽华轻轻放进锦罗帐中，激情迅速在两人之间传递。刘秀从来没有像今晚这样，抛开所有的忧伤烦恼，一心一意只为爱妻快乐。

第二天辰时，阴丽华从府里走了出来，上了一辆车轿，在校尉傅俊的护卫下，回新野老家了。

阴丽华刚离开大将军府，刘秀就大模大样地出府，进宫拜见更始帝刘玄，道：“如今王莽已灭，陛下初立，理应恢复汉制。臣奉旨去洛阳，也要以汉官威仪，广布陛下恩德，宣扬汉室国威。故恳请配备司隶校尉官制。”

更始帝惊喜地道：“武信侯懂得汉室典章礼仪？请问司隶校尉如何配备官制？”

刘秀朗声答道："汉家司隶校尉配备从事史十二人，主簿、掾吏、都官等皆有定数，亦可因势而动。"

刘玄满口应允道："好，就依你之言，可配备从事史十二人，主簿、掾吏、都官均可自定。朕问你可知朝廷大典？"

"汉朝典章礼仪，臣略知一二。朝廷大典包括名朔、立春、朝会、郊祀、宗庙等，备极详尽，隆重典雅。臣一时之间，难以一一尽述。"

刘玄惋惜道："可惜当初进宛城时，你正在昆阳，朝臣中竟没有人懂得朝廷礼仪。害得朕定都宛城时像个草头王一样，哪里有汉室天子的风采。这次迁都洛阳，武信侯一定为朕举行一个隆重典雅的仪式。朝廷的一切也要恢复汉制。"

刘秀骂道："王莽破坏汉制日久，朝臣又多是绿林出身，不懂礼仪，恢复汉制非一朝一夕之事，臣行期在即，一时之间也不能为陛下做些什么。"

刘玄宽容地一笑道："朕不是现在就要求你做什么。当务之急是整修洛阳宫室，为迁都做准备。你此去洛阳就是朕的先行官员，一定要配备齐官制，以汉官的威仪赢得洛阳官民对汉室的拥戴和思念。如果时间太紧，可以缓几日成行。朕不会介意。"

刘秀谢恩出宫。他遵更始帝命，置僚属，作文移，从事司察，完全是一套西汉的章法。

王莽新朝覆灭，天下动乱。琅琊人张步，字文公，聚众数千，攻城略地，占据青州，自称五威将军，与据东海的董宪遥相呼应。

更始帝遣大将王闳为琅琊太守巡行郡国。张步、董宪不降，阻住王闳东去的道路。王闳发檄文，得赣、榆等六县归降，聚集兵马，与张步展开大战。

张步与董宪勾结，依仗地形之利，据城固守，王闳不能取胜。战报送进宛城，更始帝十分恼怒。

但是，令更始帝更加恼怒的事接踵而至。大司空陈牧的前哨人马被父城的冯异打得大败而归，陈牧大骂冯异反汉。

冯异已经被刘秀收服，归降更始政权，为什么会和陈牧打起来？这里面还有很多道道。

原来，刘秀被更始帝用为司隶校尉，派往洛阳修建宫室，绿林诸将就有人眼红了。因为洛阳玉器珍宝，天下闻名，先到者先睹为快，先下手为强，可以中饱私囊。

大司空陈牧就是这种眼红的人，他出身贫寒，在饥寒交迫中长大成人。王莽地皇三年，新市兵攻随县，他与廖湛聚众数千人响应起义，走上了反抗王莽新朝的道路。出身贫穷的陈牧性情豪爽，劫富济贫，深得人心。

更始政权建立之后，陈牧官拜大司空，位在公爵，便日益骄横起来，不但不把更始帝放在眼里，还和朱鲔、李轶同谋，杀害大司徒刘縯。

但与朱鲔相比，他头脑简单，以为坐上大司空的位置就是大把捞钱，满足私欲。因此，当看到刘秀被派往洛阳整修帝宫时，他请求更始帝派他为司隶校尉前哨。刘玄既讨厌又忌惮他，就答应了，连刘秀也不知情。

陈牧得到更始帝许可，就带领本部人马，兴冲冲、喜滋滋地出发了。一路上，他收金要银骚扰地方，完全是一副强盗嘴脸。但他是大司空，地方官吏忍气吞声，谁也不敢说一个"不"字。

就这样，耽耽搁搁，进入父城地界，已经是几天后的一个傍晚。陈牧因为路上敲诈勒索耽搁了行程，天黑之前，不能赶到父城，只得马上加鞭，快速赶路。

急促的马蹄声引起阵阵狗吠，父城附近的村庄陷入恐慌之中。时逢乱世，任何小小的骚动，都会引起村民的不安。

父城的城头挂起了纱灯，守城的兵卒来回走动着，注视着城外的动静。

陈牧赶到城门前，勒住缰绳，亲自向城上喊话："守城的兵卒听着，我乃大司空陈牧，快去叫冯异、苗萌备下礼物，打开城门，迎接我等入城。"

没过多久，月光下，城堞处闪出一人，施礼道："在下就是冯异。大司空既是朝廷重臣，当然知道朝廷规矩——'日出而作，日落而息'，请大司空委屈一晚，天亮再进城。"

陈牧听得一愣一愣的，气得大骂道："什么破规矩！冯异，你是什么东西，竟敢教训我，我是大司空，位在公爵，快点打开城门，饶你活命。"

冯异态度坚决，说话掷地有声，答道："对不起，高祖遗训不能破。就算是陛下亲来，也不能打开城门。请大司空在城外歇息。"

陈牧暴跳如雷，哇哇直叫："反了，反了，简直是王莽死党。来呀，给我攻城，捉住冯异，千刀万剐。"

汉兵见主将下令，只得呐喊着向父城发起进攻。冯异看得清楚，大声斥道："深更半夜，袭击城池，分明是叛贼假冒大司空。来呀，给我打。"

城上顿时鼓角齐鸣。城下的汉兵放箭石、搭长索、竖竹梯。城上则挥快刀、舞撬棍、泼沸汁、扔秽物。长索被砍断、竹梯被掀翻，陈牧的部卒弄得一身秽物，重则摔伤，轻则一身臭气。陈牧更加恼怒，操起长矛，拍马大叫："冯异，有种的就出来，与本公大战三百回合。"

"哪个怕你不成！"

一声鸣镝划破夜空，父城城门大开，冯异拍马握枪，威风凛凛，冲出城门。

陈牧更不答话，拍马抡矛，冲上前去，与冯异斗在一处。两边的汉兵望着各自的主将，并没有对阵厮杀。毕竟都是汉家兵卒，谁也不愿意自相残杀。

陈牧自恃武艺高强，根本没把冯异放在眼里。但是一经接阵，就被冯异精湛的枪法逼得手忙脚乱。斗了三十余合，冯异突然大喝一声用枪杆把陈牧扫落马下。陈牧部卒吓坏了，慌忙上前抢回主将。冯异根本无意取他性命，一挥手，率部卒回城了。

陈牧这个跟头算是栽大了，面对部卒无法抬头。但对冯异又无可奈何，只好狼狈逃归宛城，向更始帝诬陷冯异反叛朝廷。

更始帝又恼又怒："冯异反复无常，降而复叛，一定要铲除这个祸患。大司空，你连小小的父城都攻不下，朝廷的颜面都让你丢尽了。"

陈牧再也骄横不起来，灰溜溜道："恕臣无能，那冯异艺高胆大，十分狂妄，陛下一定要多派兵将擒拿，千万不能饶了他。"

更始帝当然不会放过冯异，当即派卫尉大将军张邛、执金吾大将军廖湛、柱天大将军李轶等十几位大将前往征讨冯异。

父城令苗萌见大批汉兵来攻，心中很是不安，于是对冯异道："公孙老弟，难道咱们真要叛汉？"

冯异气愤地道："更始帝不治大司空之罪，反派大兵攻我。可见昏庸之至，非汉室中兴之君。如今，我们降亦死，不降亦死。不如据城自保，相时而动。"父城军民一个个义愤填膺，愿听冯异号令。

李轶、张邛、廖湛督率汉兵把父城团团围住，向城上发起进攻。冯异早有准备，指挥军民反击。汉军连攻两日，父城安然无恙。

颍川再起战火，吏民惊恐不安，更始政权内部一片恐慌。廷尉大将军王常向更始帝进言道："颍川是陛下所辖腹地，关系到朝廷的安稳，这个仗不能再打下去了。冯异本已归顺司隶校尉，何以降而复叛？请陛下命司隶校尉速去洛阳，中途说降冯异，父城可下。"

更始帝点点头。王常说得有道理，琅琊的张步、董宪可以暂不理睬。但颍川是更始政权的根本之地，父城反叛，等于在自己腹内插了一把尖刀，岂能等闲视之？刘玄立即召见刘秀。

刘秀正在忙着配备官属，做临行前的准备，冯异反叛的消息他也听到了。但因为冯异归顺自己，他避嫌还来不及，哪敢再为冯异申辩。直到更始帝召见，他才开口道："冯异不是反复无常之人，降而复叛，必有缘故。臣即刻起身去父城，说降冯异。"

更始帝约略放心，勉励刘秀几句。

司隶校尉官制齐备，辞宛北行。李轶听说刘秀到来，暗吃一惊，他本想拿下冯异，逼冯异供说刘秀是反叛的主谋，没想到小小的父城，坚如磐石，几万汉军轮番攻打，竟纹丝不动，拿它不下。

刘秀抵达父城城下李轶军营，当即取出更始帝诏书，命汉兵停止攻城。李轶见有皇帝的圣旨，不敢不遵。

两下停战，刘秀单人匹马，来到城门口，向城上喊道："汉兵弟兄们，快去告诉冯异，刘秀到了，要进城与他一叙。"

一声"汉兵弟兄们"，喊得城上的兵卒们一个个热泪盈眶。十多个日日夜夜，城下的汉兵一口一个"叛贼"，谩骂不止。可是，平心而论，父城的军民谁愿意叛汉呢？

冯异得报，登上城头，望见刘秀，像见到自己的亲人一样，委屈的泪水夺眶而出："刘将军，你总算来了！"

冯异当即打开城门，把刘秀迎入衙署。冯异、苗萌诉说经过，刘秀得知原委，安慰道："你们放心，我一定禀明陛下，让他们撤兵而去。"

冯异疑惑道："更始皇帝会听您的话？"

苗萌也不安地道："刘将军奉旨去洛阳，一旦离去，更始汉将岂能容我？"

刘秀点头道："你们所虑并非杞人忧天。不过，请放心，我一定详细奏明事情原委。陈牧山莽草寇出身不懂朝廷礼仪，不遵高祖遗训，挑起战端，陛下一定会责怪他，还你们一个公道。至于你们，可愿随我去洛阳？"

冯异惊喜不已，立即跪拜道："冯异不才，如蒙不弃，愿为将军效犬马之劳。"

苗萌也跪拜道："苗萌也愿效全力。"

刘秀忙要扶起二人，道："我一并奏明陛下，二位该放心了吧！"

冯异却不肯站起，道："冯异有同乡人铫期、叔寿、段建、左隆等都是才智之士，恳请明公纳用。"

刘秀笑道："公孙真是得寸进尺，好！我都留在身边，但请才智之士出来一见。"

冯异高兴地奔出衙外，招一招手，铫期、叔寿、段建、左隆拥进门来，一齐给刘秀施礼。刘秀一一扶起，亲切地询问。

回到城外本部军营，刘秀立刻写了一份详细奏折，派人连夜送往宛城。更始帝见刘秀不费一兵一卒，就平息了心腹之患，满心欢喜，一一准其所请。对于陈牧，刘玄对他的草莽之气本就看不惯，这次又不遵高祖遗训挑起无端的战火，就更加恼怒，当即把陈牧召至殿前狠狠地训斥一通。

陈牧唯唯诺诺，不敢顶撞，内心却极为恼怒。其实，以他之罪，就算不斩首，至少也应该革去官爵，削夺大司空之职，或许刘玄还忌惮绿林诸将的势力，到底没敢那么做。

更始帝的谕旨送到父城，李轶不敢不遵君命，派将镇守父城，自己与张卬、廖湛撤兵而去。冯异、苗萌等人欢喜不已。刘秀命冯异为司隶校尉主簿，苗萌为从事，铫期、叔寿、段建、左隆四人，并为掾吏，随司隶校尉的队伍齐去洛阳。

洛阳，这座西汉时闻名天下的商业大都市，因位于洛水之北而得名。西周成王时周公营建洛邑，周平王迁都于此，战国时才改称洛阳。

王莽建新朝后，曾有迁都洛阳的打算，而且派太师王匡督工，花费大量的人力、物力和财力进行建设。所建的宫殿雄伟壮观，街衢道路宽阔平坦，四通八达。洛阳虽经战乱，但与被战火焚烧的长安皇宫相比，破坏不大。

更始政权建都于此，既可以弹压关东，又可以遏制赤眉、威慑河北，对于统一天下，十分有利。

刘秀带着配备齐全的司吏、僚属，轻车简从，进入洛阳城。刘秀稍事歇息，就北登邙山，勘察地形；南涉伊水，探测水流。

第二天，他召集洛阳三老、名流、工匠，征求他们的意见，确定以原城址为中心，整修一座东到洛水北岸、西到邙山边缘、南北长九余里、东西六余里的帝都的方案。刘秀派人将施工方案图送往宛城，请更始帝御览。

为尽快整修好规模宏大的洛阳帝宫，司隶校尉的十二个从事史督促文书，征发洛阳所属的三河、弘农等州郡民工，言明所付民工钱粮数目。

出劳役可以得到钱粮，这可是王莽篡汉以来官府里没有过的事。洛阳百姓议论纷纷，半信半疑。召集民工的告示贴出去一天了，也没有人自愿来出工。

刘秀仿效战国时秦国公孙鞅立竿见影的方法，在驻地门前摆放十多根树木，当众言明搬去一根，付工钱十个。围观的百姓站满了场地，终于有个年轻后生上前，搬走了树木。刘秀当即亲自如数付给工钱。百姓这才相信司隶校尉言出必行，争相赶来报名。主簿冯异、从事苗萌手写笔录，登名造册。

铫期、叔寿、段建、左隆严守库储仓廪前，监察中都官是否如实发放钱粮。刘秀则带着祭遵、臧宫、冯孝、吕晏、丁琳等人奔波于工地各处，有时还要亲自干上一阵。

昆阳大捷后，刘秀的威名就为洛阳百姓熟知，如今，身为司隶校尉的刘秀廉洁奉公，尽忠职守，深为吏民拥戴，工程进展顺利，一个多月过去，帝都整修完毕。司隶校尉刘秀的贤名也在洛阳吏民中间传播开来。

刘秀回宛城复命，更始帝听说帝都这么快就整修完毕，非常高兴，对刘秀大加赞赏。更始帝立即请来卜者占卦。卦象爻辞，预示月底大吉，更始帝决定本月就迁都。

但是，迁都之前，还有一件事令他放心不下，那就是朝廷还没有恢复西汉时的官制。刘玄招来刘秀，刘秀为难地道："朝廷现行官制混乱，社稷重臣多是绿林出身，朝廷一般礼仪尚且不知，更何谈汉室官制？陛下本月底就要迁都，时间仓促，恐难恢复汉制。"

"百官官制不可恢复，但朝廷大典可以恢复，朕要天下臣民观看天子威仪。"更始帝退了一步。

"陛下放心，臣一定让您满意。"

更始元年十月朔日，宛城君臣迁都，人马车驾，宫廷仪仗，前呼后拥，浩浩荡荡向洛阳进发。沿途吏民，箪食壶浆，夹道跪迎。

入朝大典结束之后，更始帝开始处理国事。为早日一统天下，刘玄遣柱国大将军李通出巡郡国，又派专使前往濮阳，招降赤眉军。

汉使至濮阳，宣示诏书，言明招抚之意。樊崇与众渠帅有心归汉，但是怕不为更始帝所用，于是商议先去洛阳，探听虚实，再作决断。为表示对更始政权的信任和归服，樊崇命部众驻守青、徐二州，自己率渠帅二十多人和军中的汉室宗族刘恭一起赴洛阳。

马蹄声嗒嗒，二十多匹马行进在官道上。樊崇放眼望去，这里虽然是天子脚下，但田地荒芜，屋舍破败，与青、徐无异。战乱给人们带来无尽的灾难。樊崇轻轻叹息道："王莽覆灭，汉室复兴，天下也该太平了。"

"大哥，天下恐怕不容太平吧！"樊崇的同乡逢安紧赶几步，与樊崇并马而行道。

"逢贤弟有什么高见？"樊崇笑问道。

逢安道："王莽新朝虽灭，但天下远不能太平。天水的隗嚣、蜀郡的公孙述、琅琊的张步、董宪只是表面归顺更始皇帝，背后却在伺机而动，争夺天下。河北有铜马、大肜、尤来、五校等部众，号令不一，尚未归服汉室。最近，又有个李宪，占住庐江，据郡自守，自称淮南王。天下大势未定，咱们还是多留个心眼，保住实力，以备不测。"

樊崇点头道："贤弟说得有理。可是，咱们起事反莽就是为了有饭吃有衣穿，为天下的穷人过上太平日子。如今，王莽已灭，汉室恢复，咱们还去攻打谁？如果因为咱们的存在，而使天下纷乱，百姓遭受战乱之苦。咱们不是跟王莽一样为祸天下，被天下人痛恨吗？"

"理是这么个理儿，可是小弟总觉得有点儿悬。刘玄那小子真能平定天下么？他会用咱们这些人吗？"

樊崇心神不安地道："见机行事吧！不成，咱们就回去。"

说话的工夫，一行人已到了云台跟前。樊崇抬头望去，云台之上树木林立，还有一座小小的宫殿。果然与当年的大土堆不同。

"翻过云台，还有二十里地就到洛阳。"樊崇说着，打马登上土坡。众人紧随其后。

刚转过弯来，忽然前面行的行人争相奔逃，有人大叫："杀人啦！抢劫啦！"

樊崇一愣，道："这里是京师之地，天子脚下，居然有人敢杀人抢劫。走，看看去！"

一行人打马疾走，不多时，就听见喊叫声和兵器碰击声。众人循声望去，只见土坡下的小道上，有一伙人正在争斗。到了近前，看清楚了，是一伙蒙面强人围住几个过路人。被围在中间的有一个人身穿簇新的长衫，像是主子，怀里紧紧抱着个包裹。其余几个人像是他的仆从，一边拼命招架，一边叫道：

"刘爷，快把包裹给他们吧！"

"是啊，要不，咱们都没命了。"

穿长衫的人像是没听见，只顾向强人打躬作揖，哆哆嗦嗦地央求道："好汉……爷，金银财宝都给了，这……包裹里……不能……"

强人岂肯听他解释，步步紧逼。

逄安听得清晰，对樊崇笑道："大哥，看来那小子是个要财不要命的主儿，死了活该。"

樊崇眼睛一瞪，道："胡说，除暴安良是我等的本分，岂能坐视不管。"

"大哥，我也没说不管。"逄安话没说完，战马已奔驰而出。没有人看清他用的是什么手段，只见两名蒙面人仰面跌倒，其余强盗见来了这么多人，吓得转身就逃，蹿入树林不见了。

小道上，孤零零撇下几个过路人。穿长衫的半天才醒悟过来，慌忙抱着包裹走到逄安马前跪下，拜谢救命之恩。

"多谢英雄出手相救。请问尊姓大名，容当后报。"

逄安哪在意报恩不报恩，答非所问道："你这人舍命不舍财，早晚要倒霉的。下次没这么巧遇着我了。"

那人慌忙道："不瞒恩公说，在下可不是那种爱财如命的人。这包裹里也不是财宝，它是在下祖上所传之物。在下拿到洛阳，进献新皇室陛下的。"

逄安顿觉惊奇，脱口而出道："我们也是去洛阳见皇帝的。"

"逄贤弟，休要胡说。"樊崇不知何时赶到跟前，责怪道。

穿长衫的人仔细打量眼前的二十多人，一跪拜道："看来诸位都是英雄豪杰之士。在下刘永乃汉室宗族子弟，梁孝王八世孙。此次去洛阳拜贺新帝，如能求得富贵，愿与诸位英雄共享。"

一番话惊动了樊崇队列中的刘恭。刘恭闻听是宗室子弟，慌忙下马，趋步上前，拜伏刘永道："在下也是宗室子弟，想不到在此相见。快快请起。"两个叙起族谱，刘永长一辈，为刘恭族叔。

樊崇等人也慌忙下马相见，说出了自己的真实身份。刘永听说是赤眉渠帅，高兴万分，道："诸位英雄既有归顺之心，刘某愿为引荐。"

逄安道："我等不是死乞白赖去求荣华富贵，用得着别人引荐吗？"

刘永讪讪地道："刘某随诸位一同进城，总可以吧！"

樊崇点点头。刘永等人上马，一同向洛阳奔去。

更始帝都洛阳，经过司隶校尉刘秀的整修，原本雄伟的宫殿更加壮丽，宽阔的街衢更加平坦通畅。更始帝入主洛阳，使洛阳的百姓放了心。街上的店铺和行人多起来，生意越来越红火。这座饱受战乱之苦的城池，渐渐显示出商业大都市的繁荣。

樊崇等人进入洛阳城，边走边观赏街景。征战多年，这种繁荣热闹的景象还是第一次看见过。他们都很留恋，所以走得很慢。好半天，才来皇宫门口。

樊崇下马，上前几步，对守门的黄门侍卫一抱拳道："我等是赤眉军渠帅，在下就是樊崇，特来拜见皇帝陛下，烦请公公通禀一声。"

黄门侍卫们一听眼前就是大名鼎鼎威震天下的赤眉军首领，惊奇地上下打量着樊崇等人，这时，刘永也上前施礼道："在下刘永，为汉室宗族子弟，梁孝王八世孙，特来洛阳拜见陛下，求公公代为通禀。"

黄门侍卫对刘永看也不看，却对樊崇等恭恭敬敬，道："对不起各位英雄，陛下的车驾一大早就出宫去了。"

"公公可知道陛下何时回宫？"

黄门侍卫摇头赔笑道："我们做奴才怎能知道皇上的事呢，不过，天黑之前，陛下总要回宫吧！"

众人只好在旁边的大树下席地而坐，等候更始帝回宫。

恰在此时，廷尉大将军王常进宫办理公务，看见宫门口的几十人不同寻常。一问守门黄门方知是赤眉军渠帅到了，王常慌忙上前，给樊崇等人施礼道："不知各位英雄驾到，有失远迎，恕罪！恕罪！"

赤眉渠帅耳闻王常贤名，今日见其位列公爵，谦恭有礼，心中更加敬服，纷纷过来，向王常施礼问候。王常寒暄几句，亲自去驿馆，安排赤眉渠帅和刘永等人歇息。

樊崇等赤眉军渠帅的到来，在更始君臣内部引起震动。出外追逐新奇的更始帝回到宫中，连夜召见大司徒刘赐、大司马朱鲔、柱天大将军李轶、廷尉大将军王常等重臣，商议如何对待樊崇等人。

大司徒刘赐第一个开口道："樊崇等人应诏而来，表明他们诚心归汉，陛下应该待之以礼，赐以高位，安置其众，笼络其心，则赤眉为我所用，东方大患可除，平定天下，就容易多了。"

朱鲔轻轻一笑道："大司徒把樊崇看得太简单了，诚心不诚心归汉，只有他自己清楚。赤眉军部众百万，是降是叛，关系到朝廷的安危，陛下不可以不慎重。臣以为，陛下应先令樊崇解散其众，缴兵甲于朝廷，才可以赐其官爵，赏其富贵。"

刘赐不悦地道："依大司马之言，我朝是不是太霸道了！樊崇虽有归汉之意，但必有狐疑之心。此次亲来洛阳，必有试探朝廷之意。如果朝廷不先以诚相待，又怎能使其放心归服？大司马所言解散其众，缴其兵甲，只有迫使其铤而走险，终为朝廷的祸患。"

"不错，樊崇等人终究是朝廷的祸患。"李轶接过刘赐的话说道，"陛下和诸位大人请想一想，樊崇不过一介草民，为王莽酷政所迫，聚众造反，做了赤眉军的首领。这样的人脑后长有反骨，既能反莽，亦能叛汉。陛下可招降其一时，但时间久了，他必对朝廷心生不满之心，进而降而复叛。这种反复无常之徒，只有一个办法对付他，那就是'杀'。臣以为可以趁赤眉渠帅来洛阳之际，将他们一网打尽。赤眉军群龙无首，必然混乱。陛下再派兵攻打，必定会一举荡平赤眉。"

刘赐想不到李轶比朱鲔更为阴险毒辣，一时竟说不出话来。知命侯王常轻笑道："柱天大将军之计算是够狠的。不过，只怕不但难以荡平赤眉之祸，反为朝廷留下恶名，天下的英雄豪杰谁还敢归服朝廷。赤眉军征战多年，至今无文书、旌旗、部曲、号令，说明他们是自发而起的百姓。如果捕杀樊崇等赤眉渠帅，其部众不但不会散去，反而又加深他们对朝廷的仇恨，赤眉之祸恐怕越发不可收拾了。"

李轶设计害死刘縯，心里有鬼，听到王常说他手段毒辣，顿时，面红耳赤，恼怒道："李某只是为朝廷社稷安危着想，知命侯说我心狠，未免过分了吧！"

王常冷笑一声道："李将军为社稷着想，王某何尝不是为汉室出力？赤眉既有归汉之心。做臣子的就应该劝陛下广布德泽，笼络其心，使其安心归汉。万不可劝陛下施用奸计，使赤眉生疑惧之心，望而却步，终成朝廷大患。"

李轶怒目圆睁："知命侯，你说谁施用奸计？"

更始帝一拍御案，气愤地道："都不要吵了，朕要你们来议事，不是听你们争吵的。该怎样对待樊崇，朕心里已经有数了。你们可以退下了。"

刘赐、朱鲔、李轶见皇帝下了逐客令，只得起身。王常也站了起来，却道："陛下，臣另有一事要问您。"

刘玄只得道："知命侯请讲。"

"臣请问陛下，将何以待刘永？"

刘玄从御案旁站起，道："刘永乃我宗室子弟，梁孝王八世孙，朕打算让他承袭梁王之位，以光大其祖业。"

"谢陛下，臣听明白了。"王常躬身告退。

驿馆内，樊崇等赤眉渠帅也是一宿未睡，逢安道："我看哪，这天下的乌鸦一般黑，姓刘的做皇帝跟姓王的做皇帝都差不多，没有一个把老百姓的死活当回事。"

谢禄也有同样的感慨，骂道："我听说更始皇帝出宫游玩去了。把咱们撂在这儿，真不是东西。"

"是啊，刘玄还杀了刘縯呢，摆明是个嫉贤妒能的人。咱们归降他，能落个好？"众渠帅七嘴八舌，惴惴不安。

樊崇喝住众人道："我们来洛阳，是为了天下安定，百姓不再受战乱之苦，不是向刘玄乞求荣华富贵的。他如果不是真心待我，我们就回去，再不吃招降这一套。"

众人齐声道："愿听大哥之言。"

次日辰时，更始帝升朝理事，召见樊崇等赤眉渠帅和宗室刘永。更始帝挺直身躯，带着志得意满的笑容，威严地道："诸位英雄有归汉之心，实乃百姓之福朝廷之幸。朕理应封赏，加以重用，赐封樊崇为振远侯，威猛大将，逄安为……"刘玄封其余渠帅并为列侯，赐宗室刘恭为侍中之职。

封赏完毕，樊崇等人跪在丹墀下，一言不发。御前黄门道："樊崇，还不谢过陛下隆恩？"

樊崇道："请问陛下，我等封地在哪儿？"

更始帝轻轻一笑道："诸位英雄不必着急。眼下天下未靖，暂无封地给你们。等赤眉部众归降后，朕派兵征讨、平定东方，再赐给封地不迟。"

樊崇默然无语，逄安忍不住大声道："没有封地，我赤眉大军吃什么，喝什么？难道还要攻城略地，抢掠为生？"

更始帝面露愠色。殿下朱鲔、李轶诸将齐声威喝："朝堂之上，不得无礼！"

樊崇拉逄安与众渠帅退到一边。更始帝接着召见刘永，刘永献上祖传之宝。刘玄龙颜大悦，当众命刘永承袭祖业，封为梁王，都睢阳。

逄安不服，再次质问道："刘永乃一介布衣，无尺寸之功，为何封王？"

更始帝冷笑道："刘永乃朕宗室子弟，子承祖业，天经地义。逄英雄有什么不服的？"

樊崇阻止逄安，上前道："我等草莽之人，不知朝廷礼仪，请陛下宽恕。"

更始帝佯作欢喜道："朕其实最喜欢性情耿直的英雄，你们初来洛阳，朕就加恩赐府邸居住，不必再住驿馆了。"

"谢陛下隆恩！"

退朝之后，刘永戴着王冠，欢欢喜喜回睢阳去了，樊崇等人则由司礼黄门引领去更始帝赐给的府邸居住。各府装饰奢华，都有专门的仆佣。赤眉渠帅们从没有居住过如此奢华舒适的府邸。

但新鲜感一过，樊崇就发现有人在暗中监视。逄安怒道："刘玄小人，如此待我，休怪大爷反出洛阳。"

樊崇沉思道："洛阳已不是久留之地。但如果与更始帝反目，我等人少势孤，必定吃大亏，只宜悄悄潜归濮阳。"

决心既定，樊崇与众渠帅暗中约定日期，在一个风高月黑之夜，一齐潜出府邸，坠城而逃。前来洛阳的赤眉军将领，只有刘恭留在更始朝内。

更始君臣得知樊崇等潜回，毫不在意。颇有远见的廷尉王常忧心忡忡，但是他知道，更始帝听不进自己的劝告，只得去司隶校尉府向刘秀诉说心中的忧虑。

天色渐晚，司隶校尉府，刘秀的书房内点着两根巨烛。书案上摆放着宽大的素帛地图，刘秀与冯异正对着地图，分析天下大势。这时，斯干进来，说王常来拜。刘秀慌忙整理衣冠，出府门迎接。

王常笑问道："武信侯每天待在府里做什么？"

刘秀施礼苦笑道："我还能做什么，读读书，练练武，虚度光阴而已。知命侯请到府内叙话。"

宾主进入客厅，王常屁股还没坐稳，就羡慕地说道："武信侯好自在，王某可没有这份福气。"

刘秀眉头一扬，问道："知命侯有什么烦心之事吗？"

王常叹息道："不仅是烦心之事，而且是关系到汉室安危的大事。武信侯难道没听说樊崇潜出京都逃归濮阳吗？"

刘秀并没感到惊异。樊崇来帝都归降又潜归濮阳，他当然知道。只不过，为了继续迷惑更始帝和朱鲔等人，自己必须装作不热心朝事的样子。现在王常又提及朝事，他只是微微一笑道："区区几个赤眉首领，逃就逃吧，有什么大惊小怪的。"

王常对刘秀的态度显然很失望，赌气似的说道："樊崇有意归降，可是陛下不做妥善安置，等于把赤眉军推出门外。赤眉不降，陛下不但失去了强大的外援，而且给自己竖起一个强有力的敌手。绿林、赤眉同为反莽而起，却要走到火并这一步。这是朝廷的灾难，天下人的灾难。"

刘秀正容道："知命侯忧国忧民，实乃可敬。只是有些事不是您能够阻止的。绿林、赤眉同为反莽而起。王莽既灭，走到火并，也是必然。只是陛下操之过急，不该过早把赤眉置之敌对的一面。再想消灭赤眉，平定天下，难哪！"

"哼，陛下每天饮宴庆功，滥加封赏，要么出宫游猎，追逐新奇，何尝想过平定天下，振兴汉室。樊崇有归汉之心，他不加恩封赏；刘永一介布衣，无尺寸之功，却尽得封王之赏。长此以往，朝纲必然混乱，天下之势难说。王某说句不中听的话，洛阳乃是非之地，武信侯不该久留此地。"王常推心置腹，越说越忧愤。

刘秀深受感动，戒备之心全无，慨叹道："知我者，颜卿也。更始君臣嫉贤妒能，害我兄长。如今又只知追求奢华享乐，不思进取。汉室复兴，遥遥无望。我为情势所迫，隐身府中。但时刻都在关心朝廷的命运、天下的形势。洛阳非我久留之地，但又身去何处？颜卿可有良言教我？"

王常苦笑着摇摇头。两人说起更始朝事时而忧愤、时而叹息。这时，刘斯干又进来道："禀侯爷，三姑娘和三姑爷来了。"

三姑娘和三姑爷就是刘秀的三妹刘伯姬和妹夫李通。李通因为其弟李轶参与陷害刘縯，心中羞愧，也很少与刘秀往来。今晚，李通夫妇来访，必有要事。刘秀慌忙站起，不好意思地道："对不起，颜卿，请稍等片刻，我去去就来。"

王常也站了起来抱拳道："既是姻亲来访，王某在此，多有不便，还是告辞为好！"

刘秀慌忙按他坐下，道："你和李通交往甚密，正好一叙，何必要走呢？"

王常不再客气，起身笑道："既如此，你我一起迎接柱国大将军。"

两人步出客厅，李通夫妇已到了前厅，望见刘秀、王常来迎，李通疾步上前，笑道："这么巧，知命侯也在，正好一叙衷情。"

四人相互见礼，进入客厅。伯姬来到哥哥家，也不客气，俨然如府中的女主人，吩咐下人准备酒宴。客厅里只剩三个男人，王常问道："柱国大将军不是奉陛下之命出巡郡国吗？何时回京？外面的情形如何？"

李通叹息道："我也是刚刚回来，还没进宫向陛下复命呢。新朝虽然覆灭，天下仍然一片混乱。赤眉开始进入颍川，势力最强。我听说樊崇有归汉之心，却被陛下冷落，这可是一大失策。河北的铜马、大肜也不下百万之众；李宪割据庐江，自称淮南王；隗嚣、公孙述虽托词归汉却是各自为政。我转了一大圈，所到之处，看到的都是田地荒芜、民不聊生的情景。汉室虽复，可是没有一纸诏令废除王莽酷政。老百姓盼望天子仁政就像久旱盼甘霖一样。拥兵自守的豪杰之士也在拭目以待新天子有所作为。"

"可是，我们的陛下偏偏无所作为。"王常扼腕叹息。

"我出巡各地，听到一首童谣：谐不谐，在赤眉；得不得，在河北。樊崇逃出洛阳，赤眉不与朝廷合作，分裂出去，东方不和谐，童谣真的应验了。河北（今河南、河北、山东、黄河以北和辽宁南部的广大地区）是新汉室天子兴衰的关键。河北地域辽阔，水草肥美盛产粮食，历来是汉朝东北的屏障，天下精兵尽出于此，特别是乌桓骑兵，最能打仗，有'铁骑'之称。占有河北，控弦万骑，必得天下。"

刘秀凝神倾听，一言不发。王常摇头道："柱国大将军一语中的，河北的确是天下得失的关键。可是陛下迁都以来，贪图享乐，追逐新奇，未有北略之意。即便陛下同意，又有谁乐意去河北。河北毕竟有铜马军，有大肜、五校、尤来等十几支部众，关系错综复杂，形势千变万化、非能征惯战、足智多谋之将难以胜任。眼下秋季已过，寒冬将至，朝中诸将谁愿冒风霜之苦、性命之忧去河北？"

李通注视着刘秀，神秘地一笑，道："眼前就有一位能征善战、智勇双全的英雄愿意出巡河北，只是陛下未必肯放他去。"

刘秀心神一动，正容道："这里没有外人，次元（李通字次元）有话尽管明说。"

李通肃然道："三哥英雄神武，盖世无双，却遭奸人压抑，郁郁不得意。洛阳非你久留之地，总有蛟龙出海之日。李通此来就是提醒三哥要争取出巡河北。如能如愿，则好比盆中游鱼归大海，笼里飞鸟入林中。"

刘秀深受感动，拉着李通的手道："次元，谢谢你，这次机会对我太重要了，我一定尽力争取。"

李通、王常相视一笑，齐声道："我们一定帮你争取这次机会。"

这时，酒宴备齐，伯姬亲自来请三人入席。席间，三人商讨明日朝会的应对之计。李通道："大司徒刘赐为人耿直，与更始帝是一爷祖孙的族兄，向来非常亲近，言听计从。三哥与刘赐一向交好，何不求他帮忙。"

刘秀笑道："我已经想到了，今晚就去拜访大司徒刘赐。"

王常举樽道："谋事在人，成事在天，为预祝武信侯取得成功，请干了此酒！"

"好，干！"

第二天，更始帝升朝理事。李通出班复命，陈述所见所闻，说到童谣"谐不谐，在赤眉；得不得，在河北"。大司徒刘赐、大司马朱鲔、定国上公天匡都意识到河北的重要性，纷纷建议更始帝谋取河北。刘玄正为樊崇等人的潜逃后悔不迭，这时对于河北的得失再也不敢大意，于是道："河北既然如此重要，须派忠勇之将出巡方能胜任。但不知哪位爱卿愿往？"

更始帝一语甫出，原本闹哄哄的朝堂顿时变得鸦雀无声。大家你看我，我看你，没有一个人应声。正如王常所料，诸将贪图享乐，谁也不愿意冒风霜之苦、性命之忧去平定河北。

更始帝见无人应声，脸色愠怒，道："你们平日都说愿为朕分忧，为汉室效命，到了关键的时候，都变成哑巴了吗？"

朱鲔、王匡脸上有些挂不住了，他俩并不畏惧风霜之苦和征战的艰险，而是担心一旦离开帝都洛阳，再也无法控制更始政权，到手的爵位也会失去。

因此，他们都想派亲近的大将前去。两人扫视殿堂，把张卬、廖湛、陈牧、李轶挨个打量一遍。张卬、廖湛、陈牧、李轶都把头低下，装作没看见。他们跟朱鲔、王匡的想法相同，都怕失去到手的荣华富贵。

"陛下，末将愿往！"司隶校尉刘秀突然打破朝堂上的沉寂，抱拳请命。殿堂内所有的目光都集中在刘秀身上。

更始帝龙颜大悦，高兴地道："到底是宗室子弟，肯为朕效力。司隶校尉，朕封你为……"

"陛下，万万不可，"朱鲔突然出班阻止，望着刘秀讥讽道，"叛贼刘縯伏诛之后，司隶校尉的表现是一向不热心朝事，今天一反常态，自愿请命，莫非有什么图谋？"

刘秀面容严正，慨然道："刘秀身为汉室子弟，只知效命陛下，为汉室复兴出力，没想过图谋什么！"

朱鲔的话引起了更始帝的警觉，刘秀愿去河北，是否怀有异心。他话到嘴边，突然改口道："司隶校尉，为杜绝嫌猜，你不宜出巡河北。朕另选良将就是。"

李通见此情景，上前进言道："陛下，司隶校尉乃宗室子弟，忠心无二。河北关系复杂，唯司隶校尉之才可定，天下得失，在此一举，请陛下三思。"

朱鲔冷笑道："柱国大将军乃司隶校尉姻亲，当避嫌猜。"

李通大怒，愤然道："朱鲔，你是以小人之心，度君子之腹。李通为国举荐贤才，当然不避姻亲。"

王常也不满地道："大司马无端诋毁司隶校尉和柱国大将军，以后谁还肯为朝廷效力？到底派谁出巡河北，大司马专断就是，何必还要廷议？"

朱鲔冷然道："河北自然要陛下派亲近之臣前去，才能免除后顾之忧。"

更始帝气恼地道："你们都不要争吵了。派谁去河北，朕自有定夺，退朝！"

退朝还宫，刘玄怒气未息，心神不安。这时，黄门禀道："大司徒刘赐进宫拜见陛下。"

更始帝道："快，请大司徒进来。"

刘赐入见，望着愁容满面的更始帝道："陛下还在因朝事烦恼？"

更始帝抬起头，喃喃地道："朕想再迁都长安。"

"陛下怎么会想到再迁都？"刘赐惊问道。

"长安本来就是汉朝京都，又有列祖陵寝，可以保佑朕江山永宁。大司徒今天也看见了，朱鲔等绿林诸将根本不把朕放在眼里，何况天下纷乱，群雄割据，朕这个皇帝做得实在是没意思。"

刘赐明白了更始帝再迁都长安的原因，道："一年之内，两度迁都，恐怕不吉利吧，何况，迁都长安并不能制约绿林诸将的骄横。朝臣之中大多是绿林出身，唯有宗室子弟对陛下忠心不二。陛下应加以重用，分掌权力。再从军中提拔一批将领，加以笼络，用以钳制朱鲔等人。总有一天陛下拥有自己的亲信大臣，就可以剪除骄横的绿林将领，天下就真正是陛下的天下了。"

刘玄闻言，愁容稍解，道："子琴（刘赐字子琴）之言是矣，宗室之中，唯文叔才识超群，文武兼备。可是，伯升之死，文叔是否衔恨在心，对朕怀有异心？"

刘赐正是为刘秀而来，趁机进言道："文叔是明大义之人，岂会因伯升之罪怨恨陛下！打仗亲兄弟，上阵父子兵。文叔甘愿冒生命危险出巡河北，足见其忠义之心。昆阳大战，没有文叔，能摧毁王莽新朝的主力吗？迁都洛阳，如果没有司隶校尉的安置，能让帝都吏民看到汉官威仪吗？"

更始帝疑忌之心顿逝，点头道："朕就听子琴之言，明日朝会上遣文叔出巡河北。"

"陛下何必等到明日。"刘赐趁热打铁，劝谏道，"明日朝会上，朱鲔等人一定全力阻拦文叔。陛下何不现在就召见文叔，令他执节过河出巡河北，省去诸多麻烦。"

刘玄一想也对，当即传旨，召见刘秀。刘秀奉诏入宫，看见刘赐在一旁，心中明白大半。更始帝郑重地道："司隶校尉，你不是请命出巡河北吗？朕就命你以破虏大将军的身份行大司马事，执节过河，平定河北。勿负朕望。"说完，亲书诏书加盖玉玺，送到刘秀面前。

梦想终于变为现实，刘秀欣喜不已，双手接过诏书，坚定地道："臣一定不负重托，剖心沥胆，报效朝廷。"说完，藏起诏书，起身告退。

刘赐见目的达到，欲与刘秀一同告辞。更始帝却道："朕意已决，再行迁都长安。今年不宜，可等来年。子琴，朕想以你为丞相，先行入武关，修宗庙宫室，为迁都长安做准备。明日的朝会就宣布。"

刘赐再次跪拜："臣遵命就是。"

初冬的清晨，寒意料峭，碧蓝碧蓝的天空如水洗过似的，笼盖着铺满严霜的中州大地。蜿蜒伸展的官道上，一支轻骑小队踏着冰霜向北行进。

这是大司马刘秀出巡河北的队伍，轻装简从，刘秀带着护军朱祐，主簿冯异，掾吏铫期、叔寿、段建、左隆，校尉臧宫，门下史祭遵等亲信将士百余骑，就像天空中偶尔飘过的一片白云，迅速飘出洛阳，飘向河北。

这支小小队伍很快进入颍阳地界，前边出现一片山林，刘秀在前，臧宫在后，从林间的小路急驰而过。

突然，一声响箭从林中射出，落在刘秀马前。紧接着，一阵急骤的脚步声响，从树木中蹿出几百号人马，一个个黑纱蒙面，手握兵器闪着寒光，横在小路中间。

刘秀慌忙勒住缰绳，冯异冲到跟前，道："明公，遇着盗贼了。怎么办？"

刘秀惊异地道："想不到颍阳还有这样一帮强盗，颍阳太守该革职问罪。"

"明公，后面也有强盗，咱们被包围了。"刘秀小侍刘斯干惊慌地叫道。

掾吏铫期奋马挥戈，声如轰雷叫嚷道："区区几个毛贼，明公就交给属下打理吧！"

"铫期不得乱来。"刘秀劝住铫期，上前几步，抱拳道，"在下南阳刘秀刘文叔，奉汉帝之命出巡河北。各位好汉想必也是为生活所迫，铤而走险。在下愿留下金银，解好汉困窘。只求高抬贵手，放我们过去。"

刘秀的威名，响彻天下，一般的强盗早该吓破了胆，哪知，这帮强盗丝毫不为所动。骑在马上的首领大刀一挥，叫道："刘秀，你想用金银买命么？休想！弟兄们，上！一定要杀了刘秀。"

铫期大怒，大吼一声："山贼休得猖狂！"拍马挥戈，接住贼首，厮杀起来。刘秀、冯异刀枪并举，杀入贼人当中。后面的臧宫等人也各挈兵器，展开厮杀。

刘秀的百余人，个个武艺高强，久经战场。对付几百个山贼，应该绰绰有余。但是，这些贼人显然训练有素，进退有序。围住刘秀等人拼命厮杀，不肯退去。

两下正杀得难解难分，忽然一阵马蹄声响，前面路上又有几十骑飞驰而来。刘秀等人大惊，以为是贼人援兵。到了近前，看清楚了，马上的人全是短靠打扮，却没有蒙面。为首一将，挥舞大刀，突然杀向贼人。贼人腹背受敌，顿时慌乱，急败走。刘秀大喜，高叫："来者可是元伯？"

使刀之将正是王霸，字元伯，是刘秀战昆阳时收于麾下的猛将。王霸趁追杀之际，答刘秀道："正是属下，特来助明公一臂之力。"

几百个蒙面贼人惶惶败走。王霸活捉一个，一把撕下那人的面纱，逼问道："快说，你们是什么人？"

"英雄饶命。"那人慌忙答道，"小人是洛阳大司马朱鲔府上的侍卫，奉大司马之命在此劫杀武信侯。"

王霸大吃一惊，望着刘秀道："朱鲔如此狠毒，明公应返回洛阳讨个公道。"

刘秀毫无惊异之色，摇头道："我早猜到是朱鲔所为，洛阳没有公道。元伯，他们也是受人驱使，饶他一命吧！"

王霸手一松，那人摔倒在地，跌跌爬爬逃命去了。

一场混战结束，刘秀等人毫发未损。朱鲔派来的人却丢下一堆尸体。王霸等几十人下马给刘秀施礼。刘秀给冯异、铫期等作了介绍。大家相互见礼后，刘秀问道："元伯怎么会在这里？"

王霸抱拳答道："属下从太常偏将军战昆阳，破王邑，杀王寻，立下战功，得封将军。因见更始帝昏弱枉杀大司徒，辞官退归乡里。闻听明公执节河北，在此等候，不想遇着奸人围谋明公。前面大王庄就是属下的家乡，明公屈驾吃樽水酒如何？"

"元伯盛情，岂容推辞！"刘秀一行赶了半天的路，正觉饥饿劳乏，也不客气，便跟随王霸而去。

前面二三里地便是大王庄。王家高宅大院，广有田产，是颍阳有名的豪族大姓。王霸之父闻听大司马刘秀到了，率府上有头脸的仆佣迎出庄外。刘秀谦恭有礼，向王父问安。王府上下欢天喜地，置办酒宴，跟过年一样，热情招待大司马一行。

酒宴上，王霸当着父亲的面向刘秀请求道："明公出巡河北，如蛟龙入海，一定能做一番事业。王霸不才，愿追随大司马左右建功河北，未知能否？"

刘秀看着王父，笑道："元伯战昆阳，已建大功，此时应侍奉老伯安养天年。"

王父摇头道："老朽这把老骨头，不值得把七尺男儿拴在身边。大司马不会久居人下，元伯如有封侯之赏，也算光耀王氏家门。"

刘秀深受感动，拱手道："蒙老伯不弃，刘秀就收元伯在身边，暂且屈为功曹令史。"

王霸大喜，抱拳致谢。刘秀拉着他的手道："颍川跟随我的人大多离去，只有你还愿意追随左右。疾风知劲草，日久见人心！"

歇息一晚，第二天，刘秀、王霸辞别王父踏上通往河北的官道。为保护刘秀的安全，王霸、铫期、冯异、臧宫等人一路小心谨慎，寸步不离左右。直到出了颍川地界，到了更始政权政令管不到的地方，大家才稍放宽心。

行到蒲阳时，忽然身后马蹄声响起，有人高叫："明公留步！"

刘秀勒缰回头，只见一匹白马急驰而来，到了跟前，马上跳下一人，年约三十，白净面皮，相貌不凡。刘秀惊喜地叫道："君迁，是你，何以至此？"

来者是刘秀同邑人马成，字君迁，南阳棘阳人，随刘起兵春陵，立下战功，被更始政权用为郏县令。马成见面，叹息道："更始新立，枉杀大将。我为郏令，却见不到废除王莽苛政的诏令，何以安民心，适民意？闻听明公执节北渡，特挂印弃官，千里追踪，愿追随明公，共成大业。"

刘秀执马成双手，大喜道："我又得一名豪杰勇士。"于是，介绍王霸、冯异等人相识。

一行人继续北进，行至广武时，又有汝郡都尉杜茂，字诸公，南阳冠军人，寄印留书，潜逃出府，单人独骑，星夜追赶，在广武与刘秀相见，刘秀以他为中坚将军。

广武已是河北地界。刘秀连得三将，欣喜万分，当晚在驿馆设宴款待王霸、马成、杜茂。大家说到天下形势和更好朝政，无不露出忧愤不平的神色。王霸气呼呼地说道："王莽死去几个月了，可是，地方上豪族大姓照样欺压百姓，新朝的酷政依然施用，老百姓简直没有活路了。"

"是啊，"做过地方官的马成深有感触地说道，"更始帝称尊半年多了，只知道定都、迁都、再迁都。为什么不颁发诏令，哪怕是一纸诏令？废除王莽苛政，安适民心，树立汉帝的威德。"

杜茂看着手中的酒樽，道："更始帝失政，太让人失望。所以，我宁愿抛弃安逸的生活，跟随明公驰骋疆场，轰轰烈烈地战死，也不愿窝窝囊囊地活一辈子。"

朱祐听着三人的话忍不住说道："三位说得都对。我看洛阳政乱，刘圣公的皇位也是兔子的尾巴长不了。明公生成日角之相，乃是天命，又有治国之才，明公才是真正的……"

没等朱祐说完一直默默静听的刘秀突然一掷酒樽，厉声喝道："逮捕朱护军！"

朱祐这才意识到说走了嘴，慌忙跪地谢罪："大司马息怒，属下酒后失言，罪该万死。"

王霸、马成、杜茂等人也一齐跪地求情。刘秀看着大家，目光沉定，幽幽地说道："你们追随我，目的就是要建功立业，复兴汉业，利国利家。高情厚谊，容我后报。此次出巡河北，我也是为建功立业，振兴汉室，并无取代更始帝之意。孟子云，天时，地利，人和，我们一条也没有。现在，我们已踏上河北的土地。河北有铜马等近百万部众，也有与他们为敌观望自守的豪族大姓，还有拥有实力、无所归依的王莽地方残余势力，要收服这些人为我所用，不是件容易的事。俗语说，病从口入，祸从口出。话不能随便乱说，以免授人以柄，陷自己于不利。要多想想怎样安抚河北，让我们这百余人站稳脚跟。"

驿馆内鸦雀无声，大家的心都被刘秀精辟的分析震动了，无不钦佩他的深思。主簿冯异率先开口道："明公远见卓识，非常人可及，既到河北就要首先考虑怎样收服河北。元伯、君迁诸公之言不无道理，天下百姓思念汉室很久了。更始政乱，诸将骄横，令天下人失望。如今明公专命一方，应该广施恩惠，多布甘霖，安抚人心。古时有桀纣之乱，方显现汤武的功德。人长期处在饥渴之中，遇上饮食，最容易满足食欲。劫后余生的人们，最容易被惠泽感动。明公应尽快分置属官，徇行郡县，审结冤狱，广布惠泽，赢得民心，为在河北立足打下基础。"

刘秀微微颔首，赞叹道："公孙之言甚善，我一定采纳。各位还有什么高见，请明白地告诉我。"

众人闻言，个个眼中闪烁着兴奋的神采，议论纷纷，各抒己见，热烈的气氛充满整个驿馆。刘秀专注倾听，牢牢记住大家的金石之言。

次日清晨，刘秀依冯异所议，分遣主簿冯异、掾吏铫期、功曹令史王霸、门下史祭遵，乘驿车，分道徇抚河北属县。

临行前，刘秀谆谆告诫道："你们每到一地，都要认真登记，凡亡命在外又回来自首的人，辛勤耕作却因缴不起赋税被逮入狱的人，都要免去罪责。要妥善安置孤者无依靠的人，施行宽政厚民的政策。此后，我们相聚邯郸。"

"谨遵明公教诲！"冯异四人齐声应道，然后，分头而去。

刘秀率朱祐等人自为一路，沿沛郡、巨鹿、幽州一线走，第一个主要目标是邯郸。所到县邑，便审理冤狱，安抚地方，废除王莽苛政。

刘秀所到之处，张贴告示，晓谕吏民，明令废除新朝法律，并亲自审查案卷，除杀人、劫掠等重大犯罪，其余一律除罪。饱受王莽酷政之苦的百姓终于重见天日，无不对大司马刘秀感恩戴德。

刘秀经略河北，开端良好。自己的事业，真正开始了。

樊崇等人潜归老营，不久举兵进入颍川，把部众分为两部。自己与逢安率一部，徐宣、谢禄、杨音为一部。樊崇、逢安攻拔长社，南攻宛县；徐宣、谢禄、杨音攻下阳翟，兵进梁地，杀河南太守，不听更始朝令。

反王而起的最大两支义军——赤眉和绿林开始了火并。

消息传到洛阳，一心只想着再迁都长安的更始帝根本没把赤眉军当回事，把战报扔在一边，却召集群臣商议迁都之事。

国老刘良以为一年之内两次迁都不吉利。朱鲔等人也觉得寒冬之季长途迁徙太辛苦，更始帝只得议定立朝满一周年后，再迁都长安。

再过两个月就是大年，今年的大年不同往年，仅汉帝复兴、王莽覆灭这两件事就值得庆贺，更始帝君臣围绕着怎样过好年的话题，展开热烈的议论。开府库，治宫室，选美女，拜天地社稷祖宗，准备大庆一番。

此时，已经成为丞相的刘赐奉更始帝之命抵达长安。长安北依渭水，南临霸水。高祖刘邦创立汉朝五年置县，七年定都于此，长安有社稷祠，有高祖庙，有惠帝、文帝、景帝等十几位汉帝的陵园。

王莽窃汉后，毁坏刘氏宗庙，连其姑父汉元帝的宗庙也不放过。汉兵攻长安时，城内乱民焚烧后宫，延及未央宫。先帝宗庙要修，皇宫内城也要修，工程量太大，需要大量的人力、物力和财力。

更始帝一心想修好长安帝宫，只要刘赐开口，他一定会想方设法筹措资金。人力方面，刘赐仿效司隶校尉整修洛阳帝都的办法，张贴告示，告示上说，汉室复兴，新天子将迁都长安。修缮宫室宗庙需征用大批民工，朝臣愿出钱粮付劳役之用。

告示一贴出，就惊动了民众，更惊动了一个了不起的人物，他就是刘秀太学时的同窗邓禹。当年王莽禁止宗室子弟入仕为官，刘秀落魄回到春陵。邓禹、严光、强华也拒绝出仕新朝。严光、强华修完课业，返归故乡。邓禹则寄身太学，继续潜心经学，研究致用，声名鹊起。

更始帝立于淯水，汉室复兴，邓禹曾想过出仕更始政权。但不久，见刘縯被杀，更始失政，便断定刘玄昏弱，难成大业。于是他就改变了主意，继续留在长安，静观天下大势，等待机遇。

刘赐的告示贴出，邓禹知道刘赐是刘秀族兄，便去驿馆拜见，探听刘秀的消息。刘赐早就仰慕邓禹之才，亲自迎出门外，欣喜地道："高士光临，愿效命更始吗？汉室复立，百废待兴，正是高士施展才能的时候，我为大司徒，愿为高士引荐。"

邓禹慌忙推辞道："丞相美意，邓禹心领，只是邓禹一心向学，与世无争，不求闻达。此来只为探问同窗刘文叔的消息。"

刘赐一听，全明白了，慨叹道："高士果然不同凡人。文叔一向志向高远，才略过人，必成大业。如今执节河北，专命一方，犹如困龙入海，猛虎归山。高士速去河北，可建立一生功业。"

邓禹闻言大喜，同窗自然了解同窗，以刘秀之才非久受人制。如今，机遇来了。他赶紧向刘赐致谢，急忙赶回太学，连夜收拾行李，单人匹马，向北追去。

刘秀一行，踌躇北行。灰蒙蒙的天空飘落下入冬以来的第一场雪，冷风卷着雪花，灌进脖子里，冷冰冰的。雪越下越大，覆盖了北国大地，阡陌小路更加泥泞难行。但是，这支百余人的队伍情绪饱满，说笑不断，仿佛有一种神奇的力量使他们忘记了寒冷，忘记了疲劳。

刘秀一言不发，走在最前面。他的目光远眺着白雪皑皑的大地，好像在思索着什么。小路两旁出现了村庄，出现了被积雪压塌的房屋，一根根椽檩柱子，稀稀落落歪斜地在雪地上。刘秀的目光突然盯住倒塌的屋舍，一动不动，连坐骑止住脚步也没发觉。紧随在后的护军朱祐笑着问道："明公，在想夫人吗？"

刘秀醒悟过来，沉声道："男儿大丈夫，岂能如此儿女情长。我是在想，房舍由椽檩柱子支撑而成。朝廷驾驭郡县，需要各级官吏治理，就像房舍需要椽檩柱子一样。椽檩柱子必须坚固适用，房舍才不会倒塌。官吏就是朝廷的椽檩柱子。没有一批善于治理乱世的官吏，新兴的政权就会像房舍一样倒塌。我们经略河北，既要审理冤狱，广布惠泽，更要考察官吏的政绩。"

朱祐深受感动，道："明公苦心孤诣，何愁河北不平，大业不成。"

歇息一夜，第二天，雪止天晴，带着白晕的太阳光照射在雪地上，五彩斑斓。刘秀一行踏上平坦的驿路，向沛郡城赶去。

沛郡城门口围满无数吏民百姓，郡守胡屠率吏属等候大司马的到来。刘秀一行刚出现在城外，胡屠等人就迎上去，牵马开路，拥着大司马进城。

刘秀刚刚到府衙门口，就传命道："胡大人，速召集所有官员来府衙述职。"

胡屠满脸堆笑道："大司马，不用召集了，他们为了迎接您全来了。"

"如此更好，请各位到府衙大堂，向本官述说政绩。"

刘秀逐个传唤，认真听取官员们自述政绩的汇报，偶尔插问几句话，却没有任何评定之语。堂外的百姓，不时发出唏嘘声、赞叹声，褒贬倾向十分鲜明。述职的官员，有的冷汗直冒，有的横眉竖目，有的神态坦然。

述职终于结束，官员们却没有松口气，神态紧张地注视着大司马，等候命运的裁定。刘秀却轻轻一笑，说道："本官奉命徇行，如果下车伊始，就妄加议论，恐怕有失公正。理应先查狱讼，再评是非优劣。来呀，取案卷！"

沛郡主簿慌忙抱来一摞摞帛书卷宗，小心翼翼放在大司马的公案上。刘秀一本本取过，认真查阅。忽然，他的目光盯着一份案卷，半晌才推开。左手一拍公案，威严地呼喝道："来人呀，带罪犯祖氏一族！"

郡守胡屠闻听，脸色顿时变成灰白色，但不敢违抗大司马之命，慌忙吩咐狱吏去大牢提犯人。时辰不大，犯人带到。一百多衣衫破烂的罪犯跪满大堂，有男有女，有老有幼。刘秀看见一名女犯怀抱婴儿，用手一指，问道："这么小的孩子犯什么罪？"

女犯看着怀抱里的婴儿，眼中含泪，却出语亢然，道："你们就是王莽走狗，还管孩子吗？要杀要剐，悉听尊便，我们祖家没有一个软骨头。"

"大胆！"沛郡都尉大喝一声，跨前一步，一脸的杀气道，"此等反贼，目无王法，咆哮公堂，不杀不足以威服人心。大司马应下令将他们立即正法。"

"都尉退下！"刘秀喝住都尉，丝毫不在意女犯的无理，态度温和地说道，"我是复立的汉朝大司马，奉新天子之命徇行地方。不是王莽走狗。"

女犯瞪着刘秀，突然哭叫道："汉朝大司马，您要为祖家做主，我们祖家冤哪……"

"别着急，有何冤枉，慢慢讲来，本官一定为你们做主。"

"大司马容禀。"女犯拭去泪水，抽泣道，"我们祖家本是沛郡城内有名的大姓，祖上做过秦官和汉官。孩子的祖父也做过汉朝小吏。王莽窃汉，建立新朝，暴虐无道，沛郡百姓深受其苦。自古幽燕多壮士，沛郡豪杰义士激起肝胆豪气，意欲入长安行刺王莽，孩子祖父也与义士们歃血为盟，参与其事。不料事被沛郡的新朝官府发觉，上奏王莽。王莽派大司马甄邯、大司徒王寻发兵沛郡，捕杀义士。株连者几千人，统统被打入死牢。孩子的祖父和父亲被砍了头。民妇和孩子，平时连大门也不出，还不知道怎么回事就被关进死牢。所幸的是，南阳起兵，昆阳激战，王莽焦头烂额，顾不上我们这些小民，才保全性命到今天……"

刘秀惊叹不已，打断女犯的话，疑问道："如今，王莽已灭，行刺王莽的义士应该是今日汉室的功臣，为什么还要把你们关在死牢里？"

女犯抬起头，双目充满愤怒之色，用手一指郡守胡屠，恨声道："大司马应该问他。王莽灭亡，他做了郡守。因胡家与祖家有世仇，他就仍把我们祖家一百多口关在死牢，不给平反昭雪。大司马一定要为民妇做主啊！"

刘秀怒视着体似筛糠的郡守胡屠，质问道："王莽篡夺汉室江山，毁我汉室宗庙，暴虐无道，罪该万死。如今，王莽遭诛，新朝已灭，汉室复立，讨伐莽贼的义士就是有功之臣。死者已矣，可是，义士的眷属还关在死牢里，郡守大人，你能说说理由吗？"

"这……"胡屠的脸色由灰白变成蜡黄色，冷汗直冒，战战兢兢地说道，"下官糊涂，罪该万死。可是，朝廷没有颁发废除新朝苛政的诏令，下官身为父母官，治理郡政，只能沿用旧律。请大司马明察。"

刘秀闻听，心头震撼。更始只顾忙于定都、迁都、再迁都，至今连一纸废除新朝法令的诏纸也没有颁发。胡屠分明是抓住这个理由公报私仇，关押祖氏一族。这种无天理的事情怎能容忍。大司马怒不可遏，斥道："朝廷虽然没有诏令颁发，可是王莽已灭，你身为汉官，还沿用新朝法令，分明是为虎作伥，本官不治你的罪，何以对得起祖家。"当即罢去胡屠官职，羁押问罪。与胡屠串通一气的都尉也被免官，赶出府衙。又下令免去所有因谋刺王莽而受株连的人的罪责，赐祖家媳妇为忠义夫人，归还田产，并令沛郡地方拨银抚恤死难义士的眷属。提升佐史代行郡府事。

祖氏一百多口人跪拜在公案前，痛哭流涕，感激大司马刘秀的恩德。堂外百姓交口赞叹大司马的圣明。刘秀贤名在河北到处传颂。

寂静的旷野，邓禹马不停蹄，向东奔驰。人和马已经一天没有歇息，寒风裹着雪花迎面扑来，刀割一样地痛。他却顾不得这些，只想早一天与刘秀相见。

终于到了彭城，邓禹来不及歇息，忙着打听刘秀的驻地。彭城百姓向他讲起大司马断理狱案的经过，却惋惜地道："大司马在彭城只待了两天，就奔沛郡去了。"

邓禹谢过众百姓，随便在街头吃点东西，填填肚子，就重新上马，向沛郡赶去。彭城往北，尽是阡陌小路，覆盖一层冰雪，其滑无比，马匹踟蹰难行。邓禹赶到天晚，再也看不清脚下的路，只得在路边村舍借宿一夜。第二天天还没亮，他就起身赶路，终于踏上通往沛郡的大道。

官道岔路口，邓禹跳下马，向过路的客商打听路径。客商客气地道："沛郡就在前边，不过二十里地就到了。"

"客官从涿郡来，可曾听说大司马刘秀的消息？"

客商钦敬地道："相公要寻大司马吗？真是不巧，大司马在沛郡明断冤狱，考察官吏，昨天午后才离开沛郡，向邺城方向去了。相公不必再去涿郡，从此向北直接去邺城，一定可以追上大司马。"

"多谢客官指引！"邓禹轻轻叹息一声，只好上马，继续向北追去。

客商所言不虚，大司马刘秀一行已经到了邺城。入夜，劳碌一天的部属都已沉沉睡去。大司马的房间里还亮着灯光。刘秀毫无倦意，眼前摆着一张地图和一份文卷。他在思考着下一步的巡行计划。

不知何时，灯光暗淡下来，刘秀才发现灯油干了，便向门外喊道："斯干，加点灯油！"

"哎，"刘斯干睡眼惺忪地走进来，给灯加了油，说道："主子，您该歇息了，这样没日没夜地熬着，身子撑不住啊！"

刘秀笑道："我身体强壮着呢。再说，初来河北，千头万绪的事情多着呢，不贪黑干些，行吗！你要是困了，就先睡吧，这里不用你伺候了。"

"唉！"刘斯干叹息一声，点点头，打着哈欠出去了。可是没多大会儿，他又回来了，对刘秀道："主子，有人求见。这么晚，见还是不见？"

刘秀一怔，抬头道："深夜来见，必有要事，快请进来。"

刘斯干出去，领着一个年轻相公进来，年轻人看着刘秀，笑而不语。

"仲华，是你！"刘秀惊喜地叫道，慌忙起身离座，抱拳施礼。

"刘兄，小弟有礼了！"邓禹抱腕还礼。刘秀慌忙吩咐刘斯干献茶，让座，拉着邓禹的手道："仲华不留在长安做学问，深夜来河北做什么？"

邓禹笑道："做学问哪里有荣华富贵。听说刘兄执节河北，专命一方。邓禹千里追踪，想讨个官做。"

刘秀笑道："以仲华之才，何愁没有官做。要出入仕途，早该名列更始帝朝，何苦千里追来河北！"

"知我者，刘兄也！"邓禹哈哈大笑，"明公非久受制于人，施恩泽于天下，必成大业。邓禹不才，愿为明公效力，得青史垂名，今生足矣。"

"知我者，仲华也！"刘秀拍掌大笑，面对意气相投的同窗，完全敞开了心扉。他滔滔不绝，谈自己像尺蠖一样在更始朝里委曲求全；谈自己出巡河北的做法和打算。

邓禹倾听着，更增添了对刘秀的钦敬之情，慨叹道："更始帝虽立，但天下豪强割据，各霸一方的局面仍然没有改变。更始帝对内乱政，诛杀功臣；对外排斥，打击赤眉军，目光短浅，生活堕落，不思进取，必不能复兴汉室。明公执节河北，断理狱讼，考察吏治，所到之处吏民归服，法纪肃然。汉室复兴的希望在河北闪现出亮点。"

刘秀点点头，谦恭而诚恳地道："仲华博学多闻，通古知今，可有良言教我？"

邓禹没有推辞，进言道："现今王莽虽灭，天下未靖，崤山之东便不安宁，赤眉、铜马的部众，人数众多，到处作乱，三辅假称帝的，排起了长队。更始帝对他们既不能讨伐，又不能发号施令以控制整个局面。部下的将领，心思全放在争权夺利上。目光短浅，只顾眼前享乐，没有深谋远虑和尊主安民的打算，总有一天要分崩离析，自取灭亡。明公虽然执节河北，专命一方，终属受制于人。自古以来，帝王的崛起，占尽天时，地利，人和。明公的功绩恩德，天下皆知。为今之计，何不笼络英雄，收服人心复立高祖帝业，拯救万民于乱世。就凭明公的才智胆识，只要去努力，一定可以平定天下。"

邓禹的一番话，说出了深藏在刘秀内心深处从不轻易示人的东西。刘秀兴奋不已，连连称善。

刘秀得邓禹，犹如刘备得遇孔明，两人抵足而谈，彻夜不眠。

鼙鼓响起，天已大亮，邺城的守军出操了。刘秀、邓禹一夜没睡，依然精神饱满。两人步出房门，正遇起床练武的部属。刘秀向大家介绍道："这位是名满天下的长安学士邓禹，与我游学长安，交契甚厚。不畏风雪，千里追我至此。你们就称他邓将军，以后有事，可与邓将军商议。"

部属们都惊讶大司马所言，因为邓禹不过是一个年轻文人，何以称将军？内心多不服，但慑于刘秀的威严，只得抱拳施礼，齐声道："见过邓将军！"

邓禹谦恭还礼道："同为明公效力，大家就是一家人，何必多礼。"

早餐用罢，部属整理马匹、行李，准备动身，离开邺城。刘秀向邓禹道："仲华，我们下一站该去何处？"

邓禹道："明公不是安排好行程了吗，就按既定行程，去下曲阳。"

刘秀点点头。大司马的队伍告别邺城吏民，踏上通往下曲阳的官道。

下曲阳是新朝和成郡府所在地。王莽分汉朝巨鹿为和成郡，以邳彤为和成卒正，掌管地方事务。卒正是新朝官名，就是汉朝的太守。

刘秀与邓禹并马而行，边赶路边说话，朱祐、杜茂、马成等百余骑尾随在后。一路上，行人很多，人们看见大司马的队伍，都投来钦敬的目光，老远就为大司马让道。

赶到下曲阳的时候，天色已近黄昏，城门口冷冷清清，行人稀少。几个守门的兵卒抱着刀矛，无精打采地来回走动，就等着关城门了。刘秀、邓禹到了城门口，才有一个卒长迎上前，打量着这支小小队伍，施礼回道："请问，你们是洛阳大司马刘秀的部属吗？"

邓禹一指刘秀道："这位就是大司马，奉汉帝令出巡河北。今日徇行到下曲阳，你们大人何在？"

卒长慌忙跪拜，道："果然是大司马驾到。我们卒正大人公务正忙，不能亲自迎接大司马车驾，特命小人在此恭候。大司马请随小人去府衙歇息。"

刘秀点点头，正要跟卒长进城，护军朱祐突然叫道："明公且慢！"

刘秀不解地问道："朱护军有何事？"

朱祐把刘秀、邓禹叫到一边，低声道："明公万不可贸然进城。邳彤沿用新朝官名，分明没有归降汉室之意。他不亲自来迎接明公，分明没把大司马放眼里。如果邳彤有叵测之心，设下埋伏，我们百余人如何抵御？"

刘秀笑道："想不到朱护军竟有细心之处。不过，依我看，邳彤何必如此用心良苦。"

邓禹也笑道："朱护军多虑了。邳彤虽然是新朝吏士，但素有贤名，官声很好，不是居心叵测的恶吏。"

朱祐见邓禹不帮自己说话，不满地说道："如有不测，邓将军能保护明公的安全吗？还不是靠我们这些人保护明公。"言下之意是说邓禹不会武功，枉称将军。

刘秀岂能听不出他的言外之意，顿时斥道："朱护军，不得对邓将军无礼！"

邓禹不恼不怒，看着朱祐笑道："邓某就与护军打个赌，如果邳彤在城内设伏，图谋明公，邓某从此退回长安，永不出仕。"

朱祐不甘示弱，道："如果邳彤正如将军所言，朱某从此对将军心服口服。"

朱祐身后的杜茂瞪着邓禹道："邓禹，你可不能拿明公的性命打赌。如有不测，杜某可不能放过你。"

刘秀笑道："我不怕，下曲阳就是龙潭虎穴，我也要闯。"

众人拥着刘秀，跟着卒长刚进城，身后的城门"吱呀呀"就关上了。朱祐狐疑地道："他们为什么关城门？"

邓禹笑道："朱护军，天过酉时，哪座城池还不该关城门！"

大家这才发觉天已经黑了下来，两旁的店铺也亮起了灯光，照亮了宽阔的街道。天气虽冷，街上的行人却不少，大多是来来往往的客商。看来，下曲阳是个商业繁荣的城池。

走了半天，才到府衙。府衙并不大，房屋破旧，里面只有几个差役小吏，来来往往地忙活着。如果不是卒长带路，刘秀等人就是来到门口，也不会知道这里就是和成郡府衙。

进了府衙大院，有一名佐史带着几个差役慌忙上前，把刘秀、邓禹迎入客厅，又忙着吩咐人准备酒宴，安排大司马部属歇息。忙活半天，佐史才回到客厅，带着歉意，施礼道："对不起，这几天府衙人手太紧，招待不周，万望大司马海涵。"

刘秀温和地一笑，道："本官冒昧问一句，你们大人忙什么公务，这么晚还没有回来。"

"大同马当然不知道，我们下曲阳发生了人命关天的大事了。城东门外狮子山突然发生滑坡，十多个人被埋在土石下面，官道也给阻断，我们卒正大人带着大小官属救人去了，所以府衙里就空了。"

刘秀、邓禹一听，肃然起敬，邳彤如此爱惜子民性命，一定是个难得好官。刘秀望着佐史道："吩咐下去，不必准备酒宴了。本官带有干粮，将就一下就行。"

"这……"佐史惊讶地道，"这么冷的天，又赶了一天的路，大司马总该用些酒菜暖暖身体。"

刘秀语气坚决："这么冷的天，卒正大人在山下一定寒冷无比，如果准备了酒菜，就给邳大人他们送去吧！"

佐史眼含泪花，道："下官遵命，就把酒菜送到山下去。"

佐史出府而去。刘秀命斯干取出干粮，与邓禹对坐，边吃边谈。直到二更鼓响，院内才传来杂乱的脚步声，佐史跑进来禀道："大司马，我们大人回来了，更衣之后就来见您。"

刘秀与邓禹交换一下眼色，起身说道："不用卒正来见我，我们去看他。"

"那……那成何体统！"佐史要阻止，刘秀、邓禹已步出门外，见院内亮着火把，几十个满身泥水的人刚刚走进来。

刘秀大声呼道："哪位是和成卒正邳大人？"

院内的人一下愣住了，一个身材高大的人应声道："在下便是，请问两位是……"

佐史慌忙大声道："他们是洛阳来的大司马和部属邓将军。"

大个子一听，慌忙迎上前去，屈身下拜，道："罪人邳彤给大司马请安。没能亲自迎接，万望大司马恕罪！"

刘秀望着他衣服上的泥水，已分辨不出是官服，忙双手扶起道："邳大人如此爱惜子民性命，何罪之有？快去更衣吃饭再来见本官，小心着凉！"

"谢大司马关爱！"邳彤心头一阵温暖，忙去后衙更衣，洗涮干净，才去刘秀房中，重新叙礼，邳彤道："罪人归降来迟，请大司马治罪。"

刘秀未置可否，却问道："王莽灭亡，新朝吏士或者归降汉室，或者拥兵自据。唯卒正大人既不归汉，亦不专据，仍用新朝官名，为何？"

邳彤坦然道："王莽灭亡，天下纷乱，邳彤亲见百姓饱受战乱之苦，盼望天下一统，故不愿专据。然而汉帝虽复，更始失政，天子诏命，不及河北。和成郡因此首鼠两端，无所归依，仍用新朝官名。如今，大司马恩泽齐天，吏民思慕，河北敬服，和成郡愿归降大司马。"

刘秀慨叹道："卒正大人不为名，不贪图权势，以天下为念，何等的胸怀，豪杰英雄，有几人能及？"

当和邳彤谈及河北风土人情，议论用兵之道，探讨天下大势时，邳彤坦诚相告，侃侃而谈，颇有见地。刘秀、邓禹相视点头，都觉得邳彤不但有贤名，还是个将才。

第二天，大司马在府衙大堂坐堂，召集下曲阳城内大小官吏，督察公务，照例是审查狱讼，考察官员。刘秀、邓禹分头进行，忙了一整天，才告结束。督察的结果，和成郡竟无一冤狱，官吏也尽职尽责。和成郡官清民正，在这样的乱世之秋，实为难得，刘秀当众褒奖邳彤，废新朝卒正官名，恢复太守的称谓，仍用邳彤为太守，镇守下曲阳。和成郡终于归汉。

朱祐与邓禹打赌，输得心服口服。大司马部属再没有人小视邓禹。

处理完公务，刘秀决计起程，出巡别地。太守邳彤难为情地说道："大司马在下曲阳连一顿像样的饭菜都没有吃过，和成郡吏民过意不去，恳请大司马吃过饭再走，也让吏民表示对大司马的敬意。"

刘秀拱手致谢道："本官出巡各地，当地官员无不盛情款待。可是，本官赴宴，味同嚼蜡，唯有在下曲阳吃自己的干粮最为香甜。太守的盛情，本官心领就是本官还有公务在身，就此告辞！"

大司马的队伍排列齐整，缓缓移动。下曲阳吏民夹道欢送。

邳肜望着渐渐远去的大司马队伍，喃喃自语说："汉室果有人杰，中兴汉室者必为刘文叔。"

刘秀出巡河北，天寒地冻，山高路滑，苦不堪言。可是，洛阳帝宫，却是暖意融融，春意盎然，几十个炭火盆把寒冬赶出了更始帝的行宫。

更始帝已经好多天没有上朝理事了，天天与宠姬韩夫人在后宫听歌观舞，饮宴淫乐，日子久了，也有些厌倦，便对韩夫人说道："朕该上朝理事了，要不然，朝臣们会说闲话的。"

韩夫人柔情似水，挽住皇帝的胳膊，娇嗔地道："陛下，您是汉室的天子，还怕几个聒噪的臣子吗？"

"朕不是怕他们，怕的是荒废朝政。"

"瞧您说的，这天寒地冻的，连老鼠都不出洞，朝廷上能有什么事？何况，有刘秀在河北为您卖命，谁能把天下夺了去！"

更始帝心中稍安，却说道："朕天天待在宫里，太闷了，还不如出宫游猎呢！"

韩夫人咯咯笑道："陛下又错了，城外冰天雪地，有什么景色可看，有什么野物可猎？"

"照你的意思，朕只有干坐着。"

"陛下别着急，我陪您喝酒如何？"

"又是喝酒，"更始帝连连摇头，"朕甘拜下风，你就饶了朕吧！"

"我的陛下，"韩夫人拉着他的胳膊，娇声道，"这一次，我有新招，一定让陛下喝得高兴，喝得刺激。"

刘玄半信半疑，拗不过她，只得随她在几案前坐下。韩夫人吩咐下去，不多会儿，宫女端上几碟精致小菜和一壶千秋女儿红上来。刘玄看着眼前的酒菜，说道："爱妃，你有什么新招，使出来吧！"

韩夫人伸出白嫩的小手，笑道："陛下，咱们今天猜拳论输赢，输者要喝一碗酒。"

刘秀摇头："朕从小就经常喝酒，猜拳可不会。"

"很简单的。每人有三根手指可以出：大拇指、中指、小拇指。大拇指赢中指，中指赢小拇指，小拇指反过来赢大拇指。"韩夫人伸出三根手指，耐心地讲解着。

刘玄来了兴趣，伸手左手，道："朕今天一定赢你，不会再喝醉了。"

"陛下，现在就开始了。"

"开始！"更始帝紧紧盯住韩夫人握紧的小拳头，突然伸出右手小指，与此同时，韩夫人出的却是拇指。

"朕赢了，爱妃喝酒吧！"更始帝得意地笑道，亲自斟满一樽酒，放在韩夫人面前。

韩夫人只得自认倒霉，却不示弱，把酒樽一推，说道："咱们有言在先，输者要喝一碗酒。来呀，取碗来。"

宫女遵命，拿了两只金碗上来。韩夫人毫不含糊，自己斟满一碗酒，双手端起，仰起脖子就喝。

刘玄故意捧她，一竖大拇指赞叹道："爱妃，巾帼不让须眉，真乃酒中大丈夫。"

韩夫人放下金碗，一抹香唇，面不改色心不跳，大声说道："陛下，再来！"

"好，开始！"

刘玄虽是猜拳生手，但是猜拳好手韩夫人一时摸不清他的拳路，结果，连出两拳，刘玄又赢了。韩夫人三碗酒下肚，已是面似桃花，娇艳无比。更始帝捏着她的香腮，笑道："爱妃，还要猜拳吗？"

"要猜，"韩夫人清楚自己的酒量。她是那种喝酒上脸但酒量惊人的女人，一生喝酒未遇敌手。每次与刘玄饮酒，都是刘玄烂醉如泥。

"开始！"更始帝得意忘形，竟伸出食指。

韩夫人叫道："陛下失拳，罚酒一碗！"

刘玄懊悔地甩着自己的右手，看着满满的一碗酒，心里发怵。韩夫人绕过几案，偎在他身边，一手搂着他的脖子，一手端起酒碗，送到他嘴边，柔声道："陛下，我端给你喝。"

刘玄拥美姬在怀，仿佛增添了勇气，张开大口，一气喝干了金碗里的酒。韩夫人笑道："陛下，还要猜吗？"

"当然要猜。这次是朕一时大意，出错了指头。再猜下去，朕照样赢你。"

韩夫人起身，坐回自己的位置，两人又接着猜拳。但是，这时韩夫人摸清了刘玄出拳的规律。结果刘玄连输三拳，韩夫人用同样的方式劝他喝下三碗酒。刘玄面红耳赤，头开始发晕。

"陛下，还要猜吗？"

"猜下去。"刘玄像一个赌徒，越输越不服气，瞪着一双血红的眼说。

两人再次出拳，结果又是刘玄输拳。韩夫人坐在他怀里，得意地道："陛下又输了，还要喝酒才行。陛下，这酒难喝吗？"

刘玄品味着美姬的体温，吸着美姬身上散发的香气。奇怪，他的头不那么痛也不怎么晕了。

"这酒好喝，朕喜欢。"刘玄喃喃地说道，示意她继续喂下去。

刺激在一点点地加强，欲望在一股股地升腾。刘玄终于按捺不住，"哇"的一声，吐出了美人刚刚喂入的一口酒，双手一翻，把韩夫人捺倒。

韩夫人却把衣衫裹紧笑问道："陛下，我真的让您这么着迷吗？"

刘玄来不及说话，只是用力点点头，韩夫人又说道："陛下真这么喜欢我，以后就立我为后，行吗？"

"少废话。"刘玄手上用力，"哧"的一声，撕开韩夫人华丽的绸衫……

刘玄正忙着行云布雨，寝宫外突然传来小黄门的禀奏声："启禀陛下，柱国大将军李通、廷尉大将军王常、太常将军刘祉有要事启奏，正在宫外候旨。"

刘玄正在兴头上，被突然打断，气不打一处来，大声骂着："叫什么丧，就说朕御体欠安，不能出宫，明天再奏。"

韩夫人也浪笑道："李通、王常也真是的，偏在这时候奏事。打扰了陛下，那可是惊驾之罪。"

门外没有了声音，两人又接着翻滚起来。刘玄刚刚恢复到刚才的激情，门外又传来小黄门的声音："陛下，三位大将军说，梁王刘永据国起兵，攻下济阳、山阳、沛、楚、淮阳、汝南等二十八座城邑，图谋自立，称帝天下。他们请陛下出宫，商讨征伐刘永的事。"

刘玄刚刚恢复起来的激情，再次被打断，顿时气得他直骂人："这些混账东西，朕今天好容易乐起来，却被他们搅和，可恶至极。"

韩夫人媚笑道："陛下不要失望。"

刘玄摇头道："不行，朕要出宫议事了。"

"不，陛下，"韩夫人撒娇道，"今天一定尽情狂欢。要不，下次我不理你了。"

"宝贝，宫外三个大将军怎么办？"

"我有办法。"韩夫人一跃而起，在刘玄耳边低语几句，咯咯大笑起来。

"爱妃，这样能行吗？万一被他们识破，岂不……"刘玄犹豫不决。

"放心吧！陛下，不会有事的。何况，您是天子，就是他们看出来，又敢怎么样？"韩夫人边说边披上衣服，向门外喊道，"传黄信进来！"

没多会儿，御前黄门黄信奉诏进见。韩夫人含笑道："黄信，陛下有件事要你帮忙。"说着，附在黄信的耳边嘀咕几句。

黄信脸色大变，跪下连连磕头，结结巴巴地道："夫人饶命，奴才就是有再大的胆子也不敢这么做。"

韩夫人伸手把他拉过来，冷笑道："怕什么，这是陛下的意思，你要是不这么做，陛下就杀了你。"

"这……"黄信脸上冷汗直冒，两眼看着刘玄。

"就依夫人的话去做，这是朕的旨意。"刘玄说道。

"奴才遵旨。"

黄信爬起来，出去了。韩夫人哈哈大笑，拥着刘玄倒在御榻上。

两人又在御榻上肆无忌惮地淫乐起来。

那个被更始帝封为梁王的刘永，回到国都睢阳着实志得意满了一阵子，但时间不久，就产生了不满之心。刘永是西汉梁孝王的八世孙，论血统，比更始帝刘玄更接近汉高祖刘邦。刘玄可以称汉帝，刘永为什么不能称尊？野心一旦萌芽，便疯狂地成长。刘永派密探入洛阳，刺探更始朝政。他得知更始帝追求享乐，朝政昏乱，便明目张胆地行动起来。他以大弟刘防为辅国大将军，小弟刘少公为御史大夫，招来沛人豪杰周建等人，用为将帅，据国起兵，接连发兵攻下济阳、山阳、沛、楚、淮阳、汝南等二十八城。刘永野心完全暴露天下。

消息传到洛阳，满朝皆惊。可是，战报送进皇宫，如泥牛入海，杳无音讯。更始帝一连数日不临朝。柱国大将军李通、廷尉大将军王常、太常将军刘祉心急如焚，三个人相约入宫面奏。不料，更始帝称病不见。三人明知刘玄在后宫淫乐，故意推辞，更加气恼，不顾天气寒冷索性坐在宫门外，坚持要见皇帝。好半天，小黄门才传出话来："陛下有旨，在西暖阁接见三位大人。"

三人怨气顿消，慌忙掸掸官服上的灰尘，跟着小黄门进了西暖阁。西暖阁正厅挂着一幅宽大的黄色帷幕。王常一进门便问："陛下在哪里？"

小黄门慌忙一指帷幕，道："陛下……在幕后。"

这时，帷幕后有人说道："朕在……在这儿！"

王常三人慌忙面对帷幕，跪地行君臣大礼。李通觉得奇怪，问道："陛下为什么要用帷幕挡住龙颜？"

帷幕后好半天才答："我……不，朕身体欠安，偶感风寒，担心传染你们，才用帷幕隔开。"

刘祉关切地道："看来陛下病得不轻，连声音都变了，一定要保重龙体才行。"

帷幕后连声道："对对对，朕真的病了。有什么事你们快说，朕要歇息去了。"

李通道："陛下，您首封的梁王刘永忘恩负义，狼子野心，不但不报效君恩，反而据国起兵，背叛朝廷，现已攻下二十八座城池。请陛下速派大将征讨。"

帷幕后焦急的声音答道："这……这样的事，我怎么做主？派谁去？"

李通不解，反问道："陛下是一国之君，怎么不能做主呢？"

"对对对，朕是一国之君，当然能做主。可是，容朕考虑考虑，明天再作决定。"

刘祉着急地道："梁王的兵马来势汹汹。救兵如救火，耽搁不得。"

"朕知道了，明天就派将去征讨。你们退下，朕要歇息养病呢！"

三人只好退出宫外。李通皱紧眉头道："奇怪，陛下的声音变化太大了，跟原来一点儿也不一样。"

"是啊，陛下的声音变得很像另一个人。"刘祉也不解地说道。

王常叹息道："像谁的声音？是不是像御前黄公公的声音？"

"对，很像黄公公的声音。"李通、刘祉一齐道。

"哼，岂止像黄公公的声音，那帷幕后就是黄公公。我在跪拜时，从帷幕下看到黄公公的宫靴了。"王常异常肯定地说道。

李通、刘祉恍然大悟，顿时觉得受到了愚弄，气愤地道："陛下怎敢如此胡为？汉室如何振兴！"

"是啊，我们再去面奏进谏。"

王常忙拦住二人，道："陛下既然做出这样的事，咱们去戳穿他，岂不让天子丢脸。咱们也是自讨没趣。汉室能不能复兴，就看天命吧！"

刘祉一甩手，只得作罢，叹息道："陛下如果像大司马刘秀那样勤于国事，汉室何愁不能复兴。"

王常、李通自然也想到了执节河北的刘秀，才是汉室复兴的希望，却没有说出口。

河北大地，千里冰封，银装素裹。大司马一行不畏苦寒，依然奔波在野外。刘秀与邓禹并辔而行，朱祐、杜茂、马成等人相随在后，马蹄踩在冰雪上的声音，在寂静的旷野里，传出老远。

他们的目的地是邯郸。守卫邯郸的是更始政权的骑都尉耿纯。旅途漫漫，刘秀与部属一边赶路，一边谈论军旅之事，话题自然说到骑都尉耿纯。朱祐征战各地，听说过耿纯的一些情况，便得意扬扬地说道："耿纯这小子是李轶的部属，被李轶拜为骑都尉，派往赵、魏之地，招抚各邑，后来就留守邯郸。李轶小人，害死大司徒，耿纯也不会是好东西。明公进邯郸，千万小心提防他。"

杜茂笑道："朱护军恐怕又是杞人忧天吧！敢不敢再和邓将军打赌？"

朱祐脸色发红，尴尬地道："朱某对邓将军已是心悦诚服，岂敢再和他打赌！"

众人发出哈哈的大笑声。刘秀听到朱祐提起兄长刘縯被害一事，心头又是一阵难过。但是，他努力克制住自己，不愿把自己的悲愤之情传染给大家。于是，他故作轻松地一笑道："李轶小人，其部属未必就没有君子。何况，李轶所用奸计，部属也不一定知道。朱护军不可以李轶其人度其部属。我与耿纯从未谋面，却从柱国大将军李通口中听说过，他不是个等闲之辈。耿纯，字伯山，巨鹿人。其父耿艾为王莽济平尹。耿纯游长安，做了新朝纳言士。王莽被灭后，李轶奉命招抚山东郡国州邑，耿艾归降，耿纯也随父拜谒李轶。父亲返回原地仍为济南太守，耿纯则留在李轶营中。李轶、李通弟兄二人同列朝班，十分尊贵，上门做他们门客的人很多。耿纯当时默默无闻，想见李轶一面都很困难。终于被他瞅准一个机会，见到了李轶。但是，他没有像其他宾客一样，奉承讨好李轶，而是一针见血地说：'李将军现在就像得势的飞龙猛虎，遇到一个千载难逢的机遇，一下子飞黄腾达起来。转瞬之间，弟兄同封侯爵。可是您的德行没有在百姓中间传扬。您的惠泽也没有施与百姓。荣华富贵来得太容易了！如果您是头脑清醒的人，不但不能为眼前的名位利禄沾沾自喜，而应有所忌惮，有一种危险迫近的感觉，甚至应该想到能否善终。'李轶觉得他的话有些危言耸听，但见他应对不凡，有些真才实学，就拜他为骑都尉，授符节令其招抚赵、魏各城。"

朱祐听完，嘀咕道："依明公所言，耿纯真有点儿邪，他到底是敌是友？"

邓禹离他最近，听得清楚，哈哈一笑道："朱护军太性急了。明公现在也不能告诉你他是敌是友。天下没有永久朋友，也没有永久的敌人。敌可化为友，友也能变成敌。一切总要见机行事。"

众人正说笑着赶路，忽然身后传来急骤的马蹄声，只见一骑如旋风般赶来，马上的人因为赶得急，整个人伏在马背上。众人正在惊讶，那匹马已赶了上来，来到队前，戛然而止，从马上滚落一人，喘着粗气叫道："明公，属下总算追上您了！"

刘秀闪目细看，惊喜叫道："子卫，是你！"

来人正是傅俊，字子卫。在宛城奉刘秀之命，护送刘秀新婚不久的妻子阴丽华回新野。这会儿，从新野赶来河北，追上了刘秀。

刘秀慌忙下马，拉着傅俊的手，关切地问道："子卫辛苦了。夫人可好？"

傅俊望着刘秀的双目，那目光分明闪烁着对阴夫人的关切和思恋之情，忙答道："明公放心，夫人一切安好。只是天下纷乱，豪强拥重，新野地方也不平静。宗室邓奉起兵，用阴识为将军。夫人和阴将军的眷属全都去了淯阳军营。夫人很牵挂明公，特命属下赶来效力。"

刘秀放下心来，感激地道："子卫，你护送夫人，免去我的后顾之忧，功莫大焉。"说着，上去牵过傅俊的战马，真诚地道："子卫请上马，随我在河北建功立业。"

"明公，您……"傅俊感动得说不出话来，含着热泪，默默认镫上马。大司马部属看见，无不唏嘘感叹。

刘秀看着傅俊上马，才走上自己的马前，翻身上马，率领这支小小的队伍继续赶路。

邯郸终于遥遥在望，大司马一行精神振奋，忘记了旅途的寒冷和疲劳。马蹄儿也突然轻快起来。正行之间，前面的驿道上突然出现很多人围在一起，像是在争看什么，阻断了整个官道。邓禹勒住马道："明公，旷野寒风彻骨，这么多人在这里干什么，小心有诈。"

刘秀点点头，命部属停下。傅俊抱拳请命道："属下前去看看是怎么回事。"

刘秀允准，傅俊下马，徒步走向人群，不多时就回来了，禀道："前面是些路人，围着一个叫王半仙的人，争着卜卦，询问祸福。"

刘秀道："既是路人，请他们让开道路，我们过去。"

傅俊遵命，回身向人群喊道："各位乡亲，洛阳来的大司马路经此地，请大家让开道，放我等过去。"

围在一起的行人听说是洛阳来的大司马，慌忙闪在路边，让出道来。傅俊上马，前面带路。大司马队伍，向前缓缓移动。正要通过人群，突然路边跑出一人，直奔刘秀马前，高声叫道："大司马慢行！"

大司马队列立刻停下。刘秀细看来人，四十多岁，长发黑须，身披鹤氅，手拿拂尘，半人半仙的样子。勒马斥道："你是何人，为何拦住本官去路？"

傅俊道："他就是卜卦的王半仙。"

王半仙躬身施礼，道："在下王郎，人称王半仙，冒昧惊动大司马尊驾，实有要紧的话，告知大司马。"

"你有什么话，快说！"

"我观大司马腰身伟岸，不怒生威，实乃大富大贵之相。可惜，贵人今日头顶有阴煞之气，恐有血光之灾。在下仰慕大司马贤名，才冒昧相告。"

王郎话音刚落，路边的行人一齐看着刘秀议论纷纷：

"不得了，大司马有凶兆，会不会出事？"

"不会吧！王半仙的话真的那么灵？"

"当然灵，邯郸城里谁不知道王半仙卜卦最灵验。上回我家的驴丢了，请来王半仙，一下子就算出来是张三偷去的。"

"真是这样，大司马今儿个要小心。"

"……"

朱祐、傅俊、邓禹听着人声嗡鸣，都把目光投向刘秀。刘秀只是轻轻一笑，道："半仙的好心，本官心领了。是福不是祸，是祸躲不过，本官听天由命。请半仙让开。"

王郎一甩拂空，道："信不信是大司马的事。在下心意已尽，也该告辞！"说完，一揖首，扬长而去。

刘秀鞭子高举，命道："继续赶路！"大司马的队伍掠过人群，继续向邯郸驰去。路边的行人再没有热闹可看，也陆续散去。

朱祐骑在马上，一边赶路一边骂骂咧咧地叫道："这个王半仙蒙人蒙到明公头上，要不是明公在，我老朱一鞭把他抽趴下。"

邓禹道："王半仙不去城内人多热闹的地方卜卦，却在半道上拦住明公的马头，恐怕另有原因。"

刘秀与邓禹并马而行，点头道："仲华言之有理，这个王半仙肯定有点名堂，邯郸恐怕不会平静。"

说话间，邯郸城越来越近，城门已经清晰可见。忽然，一阵马蹄声响，迎面飞驰而来一匹战马，到了大司马队列前突然停下。马身上一名二十多岁的男子来不及下马便大声道："请问你们可是洛阳来的大司马部属？"

傅俊应声答道："正是，尊驾有何贵干？"

"我要见大司马，有要事相告。"

刘秀沉声道："本官在此，你是何人？"

年轻人慌忙下马，跪在刘秀马前，施礼道："小人陈干，是骑都尉耿纯麾下。耿纯包藏祸心，在城门口伏甲兵图谋大司马。小人仰慕大司马贤名，特冒死出城相告。大司马千万不可以进城。"

"啊！"刘秀的百余名部属无不震惊，联想到王半仙的话，对陈干所言更是确信无疑。

朱祐、铫期性情急躁，当即叫道：

"耿纯无义，我老朱进城，把他宰了。"

"对，咱们正好杀进城去，把耿纯碎尸万段。"

连一向沉稳的邓禹也望着刘秀，焦急地说道："明公，看来耿纯是李轶、朱鲔一党，受他们主使，在此图谋您，邯郸就在眼前，怎么办？"

刘秀的大脑在迅速转动，半天没说一句话，听见邓禹的话，才说道："仲华，那个王半仙所言是有心还是无心？"

邓禹道："明公，现在不是弄清王半仙动机的时候，我们不能这样待在城外。进城与否，请您决断。"

刘秀不作回答，目光审视着马前的陈干，问道："你亲眼看见耿纯在城门口埋伏甲兵？"

陈干异常肯定地答道："是小人亲耳听见耿纯密谋，亲眼看见甲兵出动，才来告知大司马的。"

"你不怕耿纯杀了你？"

"小人当然害怕。可是小人更仰慕大司马的英名，不愿看见您遭到奸人毒手。小人从此远避他乡，再不敢回邯郸了。"

刘秀轻松地一笑，道："有本官在此，耿纯休得猖狂。陈干，你就留在本官身边，看他能把你怎样。"

"不，不，"陈干连连摇头道，"大司马还是让小人逃生去吧！"说着，慌忙爬起身来，跳上马背，向远处驰去。

刘秀看着陈干远去的身影，一挥手道："进城！"

傅俊忙道："明公，耿纯如此狠毒，咱们也要做些准备才行。"

"子卫放心，我心里有数。铫期、朱祐！"

"属下在！"铫期、朱祐应声上前。

刘秀道："你们随侍左右，听我号令行动。耿纯如果图谋不轨，可在城门口将其擒住，胁迫邯郸投降。子卫护卫在前，君迁压阵在后。咱们这百余人可抵得上数千人马，小小邯郸能奈我何！"

刘秀镇静如常，指挥若定。昆阳大捷时，他就是以这种果敢、这种魄力和胆略，以七八千人马战胜王莽四五十万大军。大司马部属精神振奋，按照刘秀所说做好战斗准备。

邯郸城门到了，进进出出的行人车辆很多。刘秀这百余人如果不是穿着汉官服，混在人流中根本不显眼。但是，行人看出他们不是一般人，自动闪到两边，让出一条道来。傅俊走在最前面，离城门还有一百多步远，就看见从城门口走出十几个人来，穿着品级不一的官服，赤手空拳。为首的是个武官打扮，三十多岁，身体高大威猛。傅俊看他穿着骑都尉官服，便知是耿纯无疑，悄悄握紧钢刀。

骑都尉面带微笑，快步上前，向刘秀抱拳施礼，恭敬地道："耿纯恭迎大司马驾临邯郸！"

铫期、朱祐分侍刘秀左右，虎视眈眈地瞪着耿纯，暗暗握紧手中兵刃，只待刘秀一声令下，两人便会同时跃出，将耿纯拿住。可是，等了半天，却听刘秀问道："请问骑都尉大人，你麾下可有一个叫陈干的人？"

耿纯一怔，忙答道："回大司马，是有个叫陈干的，他是下官麾下的千夫长。陈干，快来见过大司马。"

耿纯身后，跪着的十几个官员中，有一个向前爬了几步，给刘秀叩头，道："小人陈干给大司马请安！"

"不必多礼，快快请起。"

陈干慢慢站起，抬头一看，见大司马和部属像看怪物似的盯住自己看，心里不由得突突直跳，不知怎么回事。

这个陈干显然不是在郊外遇到的那个陈干，刘秀心中雪亮，立即下马，拨开铫期、朱，上前拉住耿纯的手，温言嘉语，殷勤问候。耿纯见大司马毫无矜持之意，倍感亲切，忙请刘秀进城。

邓禹、傅俊等人也明白过来，顿时放弃了戒备之心，跟随邯郸官员向城内走去。

刘秀跟随耿纯，边走边询问郡情。耿纯摇头叹息道："邯郸本是赵国都城，高祖时封如意为赵王在此居住。因此邯郸多有赵国豪族和宗室后裔，王莽虽灭，天下依然纷乱。赵国豪族图谋复国，宗室后裔想恢复王位，趁此乱世，蠢蠢欲动，邯郸并不安宁。下官不才，倾尽全力才保住邯郸没出大的乱子。大司马此来，可以威慑怀有异心的人，下官也轻松多了。"

刘秀认真倾听着，联想到王半仙和那个假陈干的莫名其妙的行为，感到耿纯所言不虚，邯郸真的很不平静。

不知不觉，耿纯把刘秀一行带到一处雄伟壮丽的宫殿前停下。刘秀来河北，还没有见过如此轩昂壮丽的宫殿，疑问道："耿大人，这是你们的府衙吗？"

耿纯笑道："下官哪有资格住在这里。这是赵王宫，是高祖皇帝封如意为赵王时所建。"

刘秀恍然大悟。如意是高祖宠姬戚夫人的亲生子，高祖常夸"此子类我"，有废太子而立如意之心。可是，如意不但没能被立为太子，反而在高祖死后，惨遭吕后毒手。其母戚夫人遭遇则更惨。

想到吕后的惨无人道，刘秀心里一阵战栗，刚才还是轩昂壮丽的赵王宫，在他心里变成一座魔窟，便问耿纯道："耿大人不带本官去府衙，来赵王宫做什么？"

耿纯道："赵王宫不是什么人都可以住的。大司马是帝室后裔，居住王宫无可指责。因此下官安排大司马一行住在王宫。"

"不，不，"刘秀连连摇头，但总不能把自己对王宫的畏惧心理说出来，便道，"非王者不能居王宫，居王宫乃是僭越。我为大司马，未被封王，不宜居王宫，还是居驿馆吧！"

耿纯久闻刘秀盛名，今天亲见大司马言行顿生敬佩之心，便道："大司马如此谦恭，下官只好遵命。"当下把刘秀一行带到府衙旁的驿馆歇息。

第二天，刘秀、邓禹等人在邯郸古都府衙开始处理公务，考察、抚慰地方官吏，审理督查冤狱讼案。傅俊、冯孝、马成等人则出城调查民生、边防的情况。

忙碌一天下来，大家疲劳已极，心里却非常兴奋，因为邯郸官清民正，百姓归服。偶有赵国豪族和赵王后裔怀有异心，因为慑于骑都尉耿纯的威名，也不敢轻举妄动。刘秀、邓禹相视一笑，都觉得耿纯是一个不可多得的将才。

大司马及其部属正在奔波、忙碌。这时，奉命分赴各处安抚邑县的冯异、祭遵、王霸如期赶到邯郸，与大司马会合。府衙大堂上，冯异、祭遵、王霸衣冠齐整，表情肃然，一丝不苟地向大司马汇报徇行县邑的情况。刘秀凝神聆听，不时插言几句。汇报完毕，刘秀清理案卷，沉默不语。

耿纯在旁聆听，见大司马部属不同于更始帝的其他公卿将相，功曹令史、护军掾吏，各有法度，秩序井然。汉官的威仪在大司马僚属复见，骑都尉仿佛看到汉室复兴的亮光。

入夜，驿馆里灯光明亮，人影攒动。大司马麾下的英雄们会聚在一起谈论分抚属县之事，热烈的谈笑声传出老远。赶来驿馆的耿纯受到感染，推门而进，不好意思地说道："下官冒昧，也想听听各位的高见，不知方便吗？"

屋里突然安静下来，坐在正中的刘秀立即站起来，热情而真诚地道："有什么不方便的，耿大人治郡有方，百姓归服，本官正想听听你的经验之谈。"说着，一指身边的座位，"耿大人，请这边坐！"

"多谢大司马！"耿纯感动不已，也不客气，便在大司马身边告罪坐下。

众人接着原来的话题继续谈论、争辩，时势、军事、民生、驻防等无所不谈。耿纯也与刘秀谈起用兵之法，施政之道，越谈心胸越开阔，越谈越投机，仿佛他也是大司马部属中的一员。

三更夜半，部属们陆续散去歇息。驿馆内渐渐平静下来，可是，耿纯与刘秀还在低声谈论着，灯油干了，光线越来越暗，两人就在黑暗中交谈。耿纯慨叹道："梁王刘永，不思报效君恩，反而据国起兵，背叛洛阳，攻城略地，图谋自立。天下纷乱至此，可是更始帝沉溺于酒色，朝政日渐昏乱，如何复兴汉室？大司马乃帝室后裔，执节河北，举事不同寻常，正是汉室复兴的希望所在。耿纯不才，却有报国之志，愿追随大司马建功立业，留名后人。"

刘秀被其坦诚感动，遂把耿纯引为知己，叫着他的字道："伯山赤诚之心，我怎么会拒之门外呢！可是，邯郸古城，尚有赵国遗族和宗室后裔怀有二心，非骑都尉不能慑服。伯山还记得，在城门口，我问起陈干之事吗？"

耿纯笑道："在下以为陈干是大司马故人，问过陈干，却说没见过大司马，在下迷惑难解。见大司马不说，也就没问。不知这到底是怎么回事？"

"在邯郸城外，我们先遇着一个自称王郎的卜者，煞有介事地说我头顶煞气，有大凶之兆。我一笑置之，没有理会。不料，没走出多远，又遇着一个自称陈干的年轻人，拦住马头，说骑都尉包藏祸心，伏甲兵于城门，图谋大司马。所以，一到城门口，我便问陈干是谁。弄清楚那个陈干是假的，才放下戒备之心跟你们进城。"

耿纯心内疑云顿逝，钦敬地道："大司马果然有谋略，胆识过人，换了别人，真不敢进我的邯郸城。依大司马之言看来，那两个人都与故赵国豪族或邯郸宗室有关，妄图借大司马之手除掉耿纯。邯郸不平静，令人揪心哪。"

刘秀趁机劝道："所以，伯山可以寄名大司马麾下，继续留守邯郸。"

耿纯沉思良久，抱拳道："属下遵命！"

雄鸡长鸣，天色大亮。两人一宿未睡，却毫无困乏之意。刘秀留耿纯共进早餐。府衙里的人渐渐多起来，开始新一天的工作。耿纯出府衙公干，刘秀等人则在府衙处理最后的公务，准备明日离开邯郸，出巡真定。

这时，傅俊走到刘秀跟前，禀道："明公，有一个叫刘林的人，自称宗室子弟，前来拜见大司马。"

刘秀眉头紧皱，想起耿纯所说，邯郸宗室怀有异心的话。但是，宗室子弟不能不见，何况并不是每一个子弟都有异心。于是，他说道："请刘林去客厅。"

傅俊遵命而去。刘秀丢下手头上的公务，起身去客厅，刚刚坐定，就看见傅俊引领一个身穿虎皮大氅的中年人进来。那人一见刘秀，赶紧跪倒叩头："小民刘林给大司马请安！"

刘秀挥手道："既为宗室子弟，不必多礼，请坐下说话。"

"多谢大司马！"

刘林在旁边坐下，眼睛看着刘秀，开始自我介绍，道："小民乃孝景皇帝（汉景帝）七世孙赵缪王之子。家父贵为王爷，却被王莽所害，削王爵，处以斩刑。如今，王莽已灭，汉室复立，理应为家父平反冤狱，恢复王爵。"

刘林声音低沉，像是叙述一桩千古冤案。但是，刘秀的目光，只是闪烁了一下，随即流露嘲讽的神色。想不到刘林就是赵缪王的儿子，赵缪王刘元当年为非作歹，无恶不作，杀死数条人命，邯郸百姓恨之入骨。当时，平帝刘衎刚刚即位，王莽在王太后的支持下铲除了大司马董贤集团，初步掌握了朝政。当王莽看到邯郸官员呈上的万民诉状，控告赵缪王的罪行时，当即命大鸿胪上奏，削去刘元王爵，押至邯郸西市斩首。王莽执政直到篡汉自立，都是采取压制、削弱刘汉宗室的做法，引起朝野的愤恨、不满。唯独处斩赵缪王这件事为他赢得了口碑，赢得了人心。当时的邯郸吏民把王莽看成铲除奸佞的英雄、救世济民的柱臣。

今天，赵缪王的儿子刘林来到大司马面前要求为罪有应得的父亲平反昭雪，恢复王位，刘秀岂肯答应，冷笑道："赵缪王罪大恶极，按律当斩。这与王莽灭亡没有任何关系。刘公子不必费力了。"

刘林见毫无回旋余地，忽然来了个一百八十度的大转弯，义愤地道："赵缪王罪当伏诛，小民也以这样的父亲为耻。可是，不管怎样，家父的事与小民无关，小民还是宗室子弟，有着一颗报效朝廷的热心。愿追随大司马左右，为汉室效力。"说完，两眼望着刘秀，期待着答复。

刘秀平静地道："你有报效朝廷之心，固然可嘉。可是，天下愿为朝廷效力的人太多了，要有治国兴邦之才才行。"

刘林大言不惭，说道："小民当然有些本事。如今赤眉为乱，朝廷不宁。我有一计，只要大司马采纳，不费一兵一卒，赤眉百万之众，弹指可破。"

刘秀动容："有何妙计？"

"这还不容易，黄河水从列人县向北流去，只要决开河堤，河水倾泻而下，就是再多的人马，也只能喂鱼鳖。"

刘秀还没听完，忽地站起，面露怒色，斥道："小子歹毒，类同乃父。几百万人的性命被水吞噬，上千万的良田被毁，你不觉得太残忍吗？'民者，邦之本也，本兴邦宁。'失去了百姓，汉室能复兴吗？此计不可用！"

刘林吓得变了脸色，赶紧跪下，给刘秀磕头，结结巴巴地道："小民……知错了。小……小民告退！"连滚带爬地跑了。

耿纯回到府衙，见大司马面有怒容，惊问其故，刘秀据实相告。耿纯愤恨地道："这个刘林一向不安分，来往于赵、魏、燕之间，多与赵国遗族、豪强大姓、地方狡吏相交，图谋不轨。"

刘秀忧虑道："明天我们就要离开邯郸，出巡真定。伯山留守，可要小心谨慎。"

耿纯轻松一笑，道："大司马尽管放心地去吧，耿纯与他们打交道也不是一天了，自有应对之计，谅他们也翻不出大浪来。"

被刘秀斥责，狼狈逃出府衙的刘林闷闷不乐地在大街上乱撞。走到街道拐角处，巷内突然闪出一人，向刘林笑道："刘贤弟，看你满面愁容，莫非事又不济？"

刘林一听，是与自己交往甚厚的卜者王郎，便没好气地道："王兄啊，人人都说你卜封百占百灵，我看你是一次也不灵。上次，你说依你之计行事，可借大司马之手除掉耿纯，这邯郸就是咱们的天下。这次，你又说，我去见大司马……可是结果呢，耿纯没除掉，我挨了一顿斥骂。我看咱们是没戏了。"

王郎吓得捂住他的嘴，慌张地道："好兄弟，你在大街上嚷什么，不要命了，快随我来！"说着拉起刘林，一口气跑到自己家里，才问道："你去见大司马，大司马怎么说？"

"唉，别提了。"刘林垂头丧气地把见到大司马的经过说了一遍。

王郎却不着急，安慰道："贤弟别急。我夜观天象，河北有天子气，贤弟乃宗室后裔，生就一尊贵相，天子一定会应在你身上。"

刘林摇头叹息："王兄，你总说河北有天子气，定出天子，别人信你，我可不相信了。"

"瞧你这点出息，碰到点儿阻力就泄气，能做大事？除耿纯不掉，求刘秀不行，你还可以自立为天子，何必仰仗他人。梁王刘永不是起兵睢阳了吗？"

刘林吓了一跳，拒绝道："王兄，你就饶了我吧！天子应在什么人的身上，我不知道。我能得封王位，绍光祖业，意愿足矣！"

王郎一言不发，却起身关上房门，低声道："你不敢做大事，可助我做天子？"

"你做天子？"刘林简直不敢相信自己的耳朵，追问道，"你凭什么做天子？"

王郎命他附耳上来，神秘兮兮地道："你知道我的真实身份吗？我就是刘子舆，我母亲是孝成皇帝（汉成帝）宫女。我母亲有一次下殿后，突然昏倒在地上，一会儿，有一股黄气自上而下，笼罩住母亲，又一会儿，黄气散开，母亲就怀孕了，生下了我。当时孝成皇帝宠幸歌女赵飞燕，立她为皇后。可是赵皇后难结珠胎。帝室无嗣，赵皇后生性悍妒，凡是皇帝与其他女子生下的儿子，她都视为祸根，要么弄死，要么未生之前，就把孕妇害死。赵皇后知道母亲生下儿子后，又要下毒手了。恰巧，母亲先前的宫婢同时生下一个男孩，就用这个男孩顶替换下我的一条命。之后，由一个叫李曼中的黄门偷偷带出宫去。李曼中把我抚养大，就成了我的师父。师父精通周易、懂天命，带着我到处流浪，以占卜算卦谋生。十二岁时，我们去了蜀地；十七岁时，又从蜀地来到丹阳；二十岁时，回到长安。之后，又辗转来到中山，来往于燕、赵之间，我长大成人，学会了占卜观象，可是师父却老了。终于有一天一病不起，临死前，师父方说出我的真实身份，告诉我留在燕、赵之地等待天时。"王郎说着，居然流下几滴泪水。

刘林好像在听一个神乎其神的故事，半天才醒过来，盯着王郎，半信半疑地说道："王兄，你在骗我吧，王莽新朝时，长安就有人自称是成帝的儿子刘子舆，结果被王莽杀死了。如今，你又说自己是……"

王郎见他不信，慌忙赌咒发誓道："皇天在上，我就是真正的刘子舆，如果欺骗天下，必遭天谴，不得善终。"

刘林不得不信，慌忙扶王郎起身，道："王兄言重了，我相信你就是。"

王郎起身，脸色一沉，道："我乃刘子舆，你如何称呼？"

刘林恍然，刘子舆是成帝之子，身份自然比自己尊贵，论辈分，该喊他族叔。于是，他说道："族叔虽然是真子舆，但是，天下人能相信吗？我如何帮你称尊？"

王郎信心十足地道："王莽乱汉以来，天下人心思汉，刘圣公得以立为天子。我为真子舆，身份比圣公高贵，奇货可居，只要有封侯赐爵之赏，必有吏民拥戴。你可亲去联结李育、张参，通谋起兵，共立我为帝。他日金殿封赏，少不了你的开国功臣之位，不比你祖上那有名无实的王位强过百倍？"

刘林还在迟疑不决："我们没有一兵一卒，何以对付耿纯？"

"蠢材，"王郎气得骂道，"怪不得邯郸赵王宫尘埃落定，也没有你入住的份儿。李育、张参乃是赵国豪族，非比常人，他们自有办法募集兵力，对付耿纯。"

刘林终于下定决心，亲自去找李育、张参。这两个人与刘林和王郎因为共同的目的，交往甚厚。张参就是那个假陈干，欺骗刘秀的人。他根本没有远避逃命，而是在城外转了一圈就回来了。

李育、张参听了刘林之言，欣喜若狂，慨叹道："王郎果真不凡，居然摇身一变，成了刘子舆。河北天子之气，应在他身上了。"

"是啊，王郎称尊，我等就是开国功臣，一夜之间，荣华富贵任意享受。"

刘林诧异地问道："王郎是真子舆，还是假子舆？"

张参笑道："刘兄，你管他是真是假，这可是千载难逢的好机会，咱们的梦想就要成真了。"

李育道："先别忙着高兴，刘子舆还等着咱们的车驾去接呢。张贤弟，咱们先搬出府中私财，以真子舆的名义号令天下，招募兵马。随后夺取邯郸四门，严密封锁消息。再过三天，就是大年，大年之夜，就是刘子舆登基改元的日子。现在开始分头行动吧！"

异常兴奋的三个人相视大笑，分头离去。

果然不出王郎所料，邯郸豪族、赵国旧贵和一些有政治野心的人闻听子舆将立，有封侯赐爵之赏，立刻蜂拥而至，不过一天，李育、张参招募到精兵千余骑。三人率兵护着车驾，明目张胆地去接王郎。

王郎大喜，仰天大笑："皇天有眼，列祖庇佑，我刘子舆当立天子。诸位追随我，少不得开国功臣之位，就等着享受荣华富贵吧！"

李育、张参、刘林跪拜施礼，口称："真命天子万岁！万岁！！万万岁！！！"

王郎亲自布置行动："你们立即分兵夺取四门，封锁消息。凡不归服者，立斩不赦。耿纯与我作难，心不为我用，一定要砍下他的狗头，威慑异己。夺得邯郸后，我将于赵王宫登基改元，颁诏行檄，招降郡国，待河北尽入我手，便可与洛阳更始分庭抗礼。"

李育、张参、刘林等领命而去。

王郎兵变的消息传进府衙，耿纯吃了一惊，对付王郎等，他不是第一次了，但是，这一次显然与以往不同，王郎假称成帝嗣子刘子舆，闹得满城人心惶惶，议论纷纷。就连府衙里的吏属也在争论不休，一般兵卒更是可想而知。

"耿大人，您说这个刘子舆是真是假。"吏属们争执不下，跑过来问骑都尉。

耿纯怒不可遏，大声道："胡说。王莽时，就有人冒称成帝后人。王郎故伎重演，无非是包藏祸心，图谋不轨。你们千万不可受其蛊惑。请随本官前去，缉捕王郎。"

吏属心中稍安，正要跟着耿纯外出。忽然陈干一身是血，冲进府衙，跪倒在耿纯面前，上气不接下气地道："不好了，王郎兵马占据四门，守城兵卒不战而降。属下拼死逃出，前来报信。大人快逃命吧！王郎兵马马上就杀到府衙。"

局势变化这么快，吏属听了，慌成一团，耿纯也大吃一惊，大脑迅速转动，眼下邯郸吏民纷乱，唯有亲兵故属可用，难以手刃叛贼，只有逃出邯郸，向大司马刘秀告急。想至此，耿纯赶紧步出府衙，召集亲兵故属，上马驰向东城门。

耿纯刚跨上街头，就听见马蹄声响，李育率兵迎面杀来。耿纯大怒，大声道："杀贼报国的时候到了。杀！"挥马舞马，冲向前去。两下交锋，杀声震天。耿纯抵住李育，厮杀在一起。李育兵多，争相立功。战不多时，耿纯部属死伤过半，渐渐不支。耿纯不敢交战，连攻数招，迫退李育，突然打马就走，冲向邯郸东城门。李育随后紧追。

邯郸兵变，百姓吓得躲在家里，不敢外出。大街上杳无人迹，耿纯畅通无阻，闪电般冲向城门。李育在后面大叫道："关城门，快关城门。"把守城门的王郎兵卒听见，慌忙去推门轴。耿纯吓了一跳，城门一关，自己插翅难逃，必死无疑。

在此危急之时，邯郸降卒中，忠于耿纯的兵卒突然杀出，冲向关城门的兵卒，王郎兵卒毫无防备，登时被砍倒数人。城门口大乱，城门迟迟关不上。耿纯一见大喜，拼命冲出城门。李育岂能放他逃走，穷追不舍，也跟着冲出城外。

邯郸城外五里，便是一座小山，因像驼峰，故名驼峰山。耿纯慌不择路，向山上逃去，李育也追上山去。眼看堪堪追上，李育突然取下弓弩，弯弓搭箭，瞄准耿纯射去。箭头带着呼啸之声飞出，正射中耿纯战马的屁股。战马疼得暴叫，突然前蹄抬起，人立起来，把主人掀落马下。山路边便是悬崖陡壁，耿纯摔落马下，身体翻滚着跌落悬崖下。

李育飞马赶到，望着深幽幽的山崖，哈哈大笑道："姓耿的，你今天死定了。"

他高兴得太早了。耿纯滚下山崖，被陡壁上的松树枝阻挡，缓冲了下落之势，恰巧山下又是一层厚厚的腐败落叶，救了耿纯一命。但因受惊吓，耿纯昏迷过去。

当他醒来的时候，发现自己躺在一个全身戎装的年轻人身前，面前还站着十几个身穿公服的人。戎装青年见他醒来，惊喜地叫道："醒了。骑都尉大人，您怎么会在这里？"

耿纯头脑慢慢清醒过来，吃惊地问道："你们是什么人？怎么认识本官？"

戎装青年笑道："我们哪里认识您？是您这身官服说明了您的身份。在下耿弇，字伯昭。家父是上谷太守耿况。奉家父之命前往洛阳给汉室天子进献，路经此地。从吏孙仓、卫包去山下方便，发现了大人昏迷在地。"

耿纯见不是王郎兵将，放下心来。上谷太守耿况素有贤名，自己与他有过一面之缘。没想到死里逃生，竟遇着耿公子。他忙坐起身来，道："本官是邯郸骑都尉耿纯，因受叛贼追赶，跌落山下。"遂把邯郸王郎假借成帝之后刘子舆之名，起兵叛乱的经过说了一遍。

耿弇闻听，勃然动怒，骂道："一个卜者，竟敢借刘子舆之名，谋夺天下，真是痴心妄想。请问大人要逃往何处？"

耿纯道："洛阳大司马刘公，执节河北，徇行至真定郡。我要追上大司马，商议讨伐王郎之计。"

"耿大人身上有伤，如何去追大司马？"

耿纯这才觉得浑身疼痛，忙扶着耿弇挣扎着站起。他伸伸胳膊，活动活动双腿，居然没伤筋骨，不过皮外伤而已，遂惊喜地道："阁君不收耿某，王郎必遭诛灭。"说完向耿弇道谢，便要离去。

"大人慢走！"耿弇突然叫道，"大人没有坐骑，何时才能追上大司马。我有马匹，可送给大人救急。"

耿纯停步，不好意思地道："初次相识，怎劳耿公子赠马。"

　　"国事为重，大人何必客气！"耿弇说着，与耿纯一起走向驿道。驿道旁，拴着耿弇十几人的坐骑，耿弇挑了一匹最为彪悍的红马，亲手把缰绳放在耿纯手上，说道："大人请上马！"

　　"多谢公子赠马之恩！"耿纯感激不尽，抓缰上马，辞别耿弇，急驰而去。

【第八回】

圣公迁都遭惊马，文叔迷途遇仙翁

邯郸兵变猝然，正在野外驿道奔走的大司马一行一无所知。刘秀手执汉节，在部属的簇拥下从容庄严地进入真定郡所辖属的射犬地界。刚到射犬城外，忽听身后马蹄声响，銮铃清脆。只见十几匹马飞驰而来，有人高叫："大司马刘公留步！"

"吁！"刘秀勒马，回头细看。那十几匹骑已赶到跟前，为首马上之人，一身都尉官服挂满寒霜，因为赶得急，头顶冒着丝丝热气。那人到了刘秀跟前，滚鞍下马，抱拳施礼道："骑都尉刘隆拜见大司马！"

刘秀一见，慌忙下马，惊喜地道："元伯，是你。你不是请假归故里了吗？家里事安置好没有？"

来者刘隆，字元伯，南阳安众侯刘崇宗室，随刘縯、刘秀南阳起兵。刘玄立为更始帝，拜他为骑都尉。

刘隆见刘秀关切询问，忙答道："谢大司马关切。我已接妻儿到洛阳府邸居住，再无后顾之忧。闻听大司马执节河北，遂追来效力。"

刘秀又得虎将，满心欢喜，拉着刘隆的手向将士们介绍，朱祐、臧宫等旧属与刘隆相识，早已下马问候，冯异、祭遵、王霸、铫期、傅俊没见过刘隆，也含笑致意。

刘秀介绍道："元伯大难不死，必有后福。当年王莽居摄，已露篡汉野心。元伯父刘礼与安众侯刘崇起兵讨莽，不料，事情不密，泄漏了消息，结果宗族全被王莽诛杀。元伯当时方七岁，恰巧瞒着父亲，溜出府外，爬到树上掏麻雀，才大难不死，逃了一条命。"

众人听了，心里沉甸甸的，钦敬地望着刘隆。刘隆打断刘秀的话，说道："大司马不必再说了。如今，王莽已死，宗族的仇恨也算报了。刘隆只想跟着您建功立业，重振家门。"

刘秀心潮起伏，扫视着部属说道："元伯说得对，我们就是要在河北这块纷乱之地，建功立业，报效国家。上马！"

大司马队伍又添刘隆及其从吏，热闹了许多。众人进射犬，过卢奴，一路徇行。所过之处，安抚县邑，清查案卷，黜陟臧否，无不留下大司马刘秀坚实的足迹。

刚过上几个晴好的天气，天空中乌云又漫了上来，飘起了雪花。刘秀一行，冒着风雪，离开卢奴，踏上通往蓟城的驿道。

骑都尉耿纯坠崖而死的消息迅速传遍邯郸城。邯郸吏民兵卒不辨真假子舆，尽数归降王郎。大年三十的夜晚，刘林、李育、张参等人，率三千精骑，拥着王郎车驾，鼓乐齐鸣地行进在邯郸的通衢大道上，直奔赵王宫。

邯郸吏民打破守年夜的习俗，不顾寒冷，纷纷涌上大街，争看刘子舆的尊颜。

赵王宫早已被打扫得干干净净，宫里宫外挂满红色灯笼，照得邯郸红遍半个城。王郎进驻赵王宫，得意扬扬地登上正殿——温明殿，以汉成帝嫡亲骨血刘子舆的名义，南面称尊，号汉室天子。

因为准备仓促，登基大典十分简单，王郎祭苍天及汉室列祖，焚香叩头。之后，王郎往温明殿正中的御座上一坐，就算登基做了天子，连个祝文也没有。

坐在松软舒适四周不着边缘的御座上，王郎兴奋得一阵眩晕，仿佛在梦中，他下意识地咬了一下手指，疼！分明不是做梦，自己真的做了皇帝。都说皇帝是天帝之子，也就是真龙天子，看来那都是欺骗天下人的玩意儿。自己凭着聪明灵活的头脑，略施小计，就登上了这天下人之上的九五之位。

他望着台阶下乱糟糟的人群，这些人都是他的臣子，唯他之命是从。可是，这时候该说些什么呢？他既没有治国才略，也没有安邦大计。肚子里仅有的玩意儿就是看相、卜卦、糊弄人。

登基大典虽然简单，但是，殿下的人们没有一个在意，他们关心的是新天子如何封赏这些开国功臣。刘林见王郎傻愣着不说话，着急地叫道："陛下，按照古礼，接下来该是大封群臣了。"

众人也跟着闹哄哄地叫嚷道：

"是啊，该有封赏啦！"

"封什么官，皇帝该开金口了。"

"我等就等着这一天呢！"

"……"

王郎恍然醒悟，是啊，举事之初，自己有过封侯赐爵的许诺，如果不及时兑现，谁还会为自己的江山卖命呢？于是，他连声道："对对对，诸位护驾拥立有功，都是开国的功臣，我应该封赏你们。"

这时殿下一阵哄笑。豪族士子杜威严肃地提醒王郎道："陛下，您已是汉室天子，该自称'朕'了。"

"对对对，朕应该封赏你们。"王郎惶然道。他立即封刘林为丞相，李育为大司马，张参为大将军，杜威为谏议大夫，李立为少傅等。

封赏完毕，谏议大夫杜威喝住兴奋的人们，向王郎进言道："如今天子已立，但四境未服。明日是正月初一，陛下应在明日改元，以威服人心。此外，还要命人起草檄文，分遣使者，徇行幽、冀各州，移文郡国，以服天下。"

王郎准奏，命少傅李立起草檄文。

李立果然刀笔锋利，在王郎的弥天大谎的基础上，又诈称最先树起义旗反莽的东郡太守翟义未死，已来王郎行宫拜谒，以说明王郎是真子舆，拥有广泛的号召力，承袭先祖帝业是天经地义，就连洛阳的更始帝刘玄也应该向刘子舆低头认罪。

王郎看过檄文，十分满意。大年初一，天还没亮，他就分遣使者，行檄各地，收服拥兵自重者。一时之间，邯郸使者四下出动，告示檄文满天飞。

河北之地，因为大司马刘秀的到来，使更始政权的影响力迅速扩大。但是，刘秀来河北还不到两个月，还没来得及徇行更多的城邑。河北的大多数城邑仍在据城自守，对洛阳的更始政权抱着观望和摇摆的态度。

恰在这时，邯郸又出了个刘子舆，自立为汉室天子，一时之间，天下有两个汉帝，谁真谁假，吏民议论纷纷，莫衷一是。但拥兵者考虑最多的还是自己的利益。

洛阳汉帝影响力久远，但毕竟鞭长莫及，无意北略。邯郸汉帝则近在咫尺，若不归服，必成众矢之的。因此使者所至，故赵以北、辽东以西的地方，纷纷闻风响应王郎。

当然，也有的城邑怀疑王郎的刘子舆身份，不服邯郸号令。当王郎的檄文传到巨鹿昌城时，昌城大姓刘植面对议论纷纷、意见不一的吏民大声说道："成帝无嗣，这是天下尽知的事情。可是，有野心的人总想以成帝之后的名义图谋天下。王莽时，就有人冒称刘子舆，结果被王莽杀死。现在邯郸王郎又拾人牙慧，必遭天谴。身为汉室吏民，不能看明形势，闻风而应，以后必有灭族之祸。"遂与弟弟刘喜、从兄刘韵，率宗族宾客，聚兵数万人，占据昌城，关闭城门，拒不接纳邯郸使者。

地处边塞，靠近大漠的上谷、渔阳是天下精兵荟萃之地，特别是彪悍的乌桓骑兵，最能冲锋陷阵，素称"铁骑"。掌握一支铁骑劲旅，必得天下，王郎也看清了这两郡的重要性，派得力之将出徇上谷、渔阳，令上谷太守耿况、渔阳太守彭宠发兵响应邯郸。

王郎檄文早已传到上谷，上谷吏民同其他地方一样，不辨真假子舆，争论不休，不知心归何处。恰在此时，王郎派来的使臣又到城外，上谷何去何从，必须立择去从。太守耿况急得在府衙踱来踱去，犹豫不决。夫人看见丈夫着急的样子，提醒道："何不请功曹寇恂商议上谷去从？"

耿况好像有了主心骨，恍然大悟道："多谢夫人提醒，我怎么没想到子翼呢，来人，快去请功曹寇恂前来。"

功曹寇恂正在城外乡邑巡行，耿况亲兵遵命，飞马出城去请寇恂。

寇恂是何等人，小小功曹竟让太守大人请来商议郡国大事？

寇恂，字子翼，上谷昌平人。王莽新朝灭亡，更始帝立国，曾派使臣出徇郡国，许诺说，"先锋者赐爵位"。上谷有归汉之心，寇恂跟着太守耿况到边界迎接使臣。谁知一见面，使臣二话不说，便收了耿况的太守印绶。无论耿况好话说尽，就是不归还。

寇恂见耿况久去使者帐中不出，必知不善，便率亲兵护卫闯入帐内，问明原委。寇恂怒不可遏，责令使臣归还印绶。使臣见他是个功曹，冷笑道："我是新天子的使臣，小小的功曹也敢威胁天子使者吗？"

寇恂正气凛然，不亢不卑说道："我岂敢威胁使者，但是，总觉得尊驾的做法不太妥当。现在汉室新天子初立，圣恩惠泽还没有远播。尊使执节奉命，御临四方，郡国正在伸着脖子，支棱着耳朵，看着形势，准备归命于汉。如今，尊使刚到上谷就自毁汉帝信誉，令上谷吏民寒心，等于把有归汉之心的人拒之门外。尊使这样做，还依靠什么向其他郡国发号施令？太守大人在上谷多年，政绩卓著，深得人心，上谷吏民和他有着很深的感情。如果就这样轻率地罢免了他，上谷郡有耿君这样的贤官尚且不太安宁，再用他人，一定会出大乱子。到那时，尊使恐怕也难以向天子交代。我为尊使着想，不如取印归还，复耿君之职。"

使臣被寇恂的话深深打动，看着威猛强悍的上谷兵卒，他真怕寇恂来个霸王硬上弓，把印绶抢回。真的那样，自己威风扫地不说，回去也难以交差。于是，他故作宽容地一笑对耿况道："想不到耿君身边竟有如此能言善辩之才，本使姑且听他一回。"当即取印归还，耿况仍为上谷太守。

耿况于是越发敬重寇恂，送走更始帝使者之后，又听从寇恂之言，派遣公子耿弇携带重礼，前往洛阳进见更始帝。如今，邯郸使者又至，耿况迟疑难决，自然又要倚重寇恂。

寇恂飞马回城，耿况来自迎入书目房，道："邯郸又出了个汉帝，洛阳更始正盛，上谷何去何从，子翼教我。"

寇恂在路上已经思虑成熟，因此胸有成竹，刚落座，便说道："邯郸一夜之间突起，王郎自立汉帝，事件的本身就说明它有问题。新朝的时候就杀了一个刘子舆，如今邯郸又有一个刘子舆。瞒天过海之计，骗得了一时，骗不了长远。王郎是兔子的尾巴——长不了，当然不可以归依。新朝时，王莽最怕的是刘伯升兄弟。如今，伯升虽死，其弟犹在。大司马刘秀执节河北，专命一方，尊贤下士，遍揽英雄，终成大业，上谷可以归依。"

"子翼乃所见不凡，我当依从。"耿况点头，却又道，"邯郸气势正盛，咄咄逼人。上谷的兵力，恐怕难以单独抗拒，如何是好？"

寇恂道："大人放心，上谷兵精粮足，又是天下精兵荟萃之地，就凭这些条件，可以左右河北的局势。渔阳与上谷一样有实力，属下愿请命东约渔阳，说服太守彭宠，合兵一处，邯郸无可奈何。"

耿况赞同寇恂之计，于是拒邯郸使者于城外，然后遣寇恂携重礼出使渔阳，通结渔阳太守彭宠。

大雪纷飞，驿路漫漫，大司马刘秀一行行进在寂寥寒冷的旷野，战马踏起阵阵雪浪，"嗒嗒"的马蹄声显得沉闷而雄壮。

蓟城到了，老天好像在故意磨砺英雄的意志，此刻，雪停了，天晴了，太阳钻出了云层。雪后初晴，灿烂的阳光给蓟城披上了一层美丽的色彩。

蓟城令大开城门，迎接披着一身雪花的洛阳汉使。彼此施礼问候之后，蓟城令引领大司马一行进城。刘秀与部属大多是第一次到蓟城，边走边打量这座当年燕国的都城。

蓟城令看出大司马的心思，滔滔不绝地介绍道："蓟城虽小比不得中原大都，但是，它靠近边塞，地势险要，南与上谷、渔阳诸郡毗邻，北与大漠相接壤，当年燕国都城。高祖'白登之围'后，为加强四边防御力量，仿效周初'封建藩篱，以屏宗周'的办法，封宗室兄弟为王，镇抚幽燕之地。只是传到孝成皇帝时，赵飞燕与合德姐妹珠胎难结，能生育的宫人与婴儿尽遭妒杀，因此帝嗣不旺，不再分封。尽管如此，幽燕之地虽然地处边郡，王室贵胄却不少。蓟城得以多次修建，城高池深，十分坚固。"

刘秀感叹道："大人对蓟城了如指掌，一定有很深的感情吧！"

"大司马所言不差，下官在蓟城令任上多年，真要下官离它而去，还真有些舍不得。"

一行人说说笑笑，不知不觉到了衙署门外，蓟城令突然说道："下官该死。有一件事忘记告诉大司马，广阳王也在下官衙署。"

广阳王就是汉武帝五代孙刘喜，封地在广阳，广阳国虽小，但因为刘喜的尊贵身份，边郡各邑无不对其邑敬若上宾。刘秀听说广阳王在此，笑道："大人何必自责，本官先去拜望广阳王就是。"

蓟城令命人安排大司马部属歇息，亲自引领刘秀前去拜见广阳王。

六十多岁的广阳王刘喜，须发皆白，慈眉善目。听说洛阳来的大司马刘秀前来拜见，带着长子刘接亲自迎出院外。刘秀望见，慌忙跪爬上前，道："刘秀何德，敢劳老王爷屈驾出迎，晚辈折煞了。"

刘喜忙用双手相扶，布满皱纹的脸上露出钦敬的神色，道："昆阳大捷，太常偏将军智勇超群，以一万余兵力击溃王莽四五十万大军；整修洛阳帝宫，复见汉宫威仪；执节河北，大司马理冤狱，布惠泽。刘文叔名望天下皆知。我宗室子弟如果都像文叔一样，何愁汉室不能复兴。本王对大司马心仪已久，故而出门相迎。"

"王爷谬赞，晚辈愧不敢当。"

在进客厅落座，刘喜与刘秀一见如故，谈时事，谈吏论，谈家族，时而叹惋，时而大笑。蓟城令站在一旁，一句话也插不上。因见广阳王器重刘秀，便告退出去，吩咐人准备酒宴，款待大司马一行。

时辰不大，酒宴齐备，琼浆玉液，美味佳肴，水陆八珍摆在长几中，席面丰盛，非寻常百姓可以想象。

蓟城令亲自邀请广阳王和刘秀入席。广阳王南向主座，刘秀、邓禹、冯异等人东向坐，蓟城令西向坐，相陪者尽是蓟城名流。如此盛大而庄重的酒宴，刘秀执节河北以来，还是第一次参加。

酒宴开始，宾主推杯换盏，高谈阔论，觥筹交错。正在这时，一名府吏走进大厅，向刘秀拱手道："禀大司马，外面有一个叫耿纯的人，说有加急军情向大司马禀告。"

热烈的酒宴顿时安静下来，刘秀听说是耿纯，心里咯噔一下，就知道发生了大事，正要向广阳王告罪退席。广阳王之子刘接突然厉声喝道："什么人不识趣，偏在这个时候扫老王爷的兴，叫他过一会儿再来。"

"是！"府吏唯唯诺诺，转身欲走。

广阳王却道："慢着，军机事大，饮宴事小。请来人进来，向大司马禀报军情。"

府吏应声而去。转眼间，骑都尉耿纯持剑奔入。他甲衣上染满血迹，落满灰尘的脸上，一双布满血丝的眼睛透着肃杀之气。他径直奔到刘秀面前，支剑跪倒，哽咽道："大司马，耿纯无能，没能守住邯郸……"

刘秀赶紧拉起他，着急地道："伯山，邯郸发生了什么事？你为什么落到如此模样。"

"王郎假借刘子舆之名，改元称尊，气势汹汹，属下不能抵敌，逃命至此。"

"啊！"

耿纯带来的消息，犹如一石激起千重浪，引起强烈的震动。众人议论纷纷，莫衷一是，高雅庄重的宴席变得乱糟糟，不成体统。蓟城令问广阳王道："王爷，您是帝室后裔，刘子舆是真是假，您清楚吗？"

"这……"广阳王皱着眉头道，"孝成皇帝猝然崩逝，帝嗣是否流落民间，这事恐怕成帝复生，也难以说清楚。"

蓟城令脸色突变，看了刘秀一眼，按剑而起，大声问道："既是真假莫辨，蓟城怎么办？听邯郸的还是听洛阳的？"

刘秀身后，铫期、王霸见形势突变，毫不示弱，伸手握住兵刃。刚才还是觥筹交错的宴席上顿时充满肃杀之气。

初闻邯郸事变，刘秀的心一下子提到嗓子眼儿。如果蓟城响应王郎，自己这帮人顷刻间就会横尸当场。他竭力使自己镇定下来，思考着应变之计，突然厉声喝道："广阳王在此，谁敢放肆，还不退下。"

他喝退王霸、铫期，径直奔到广阳王刘喜面前，施大礼，亢声道："王爷是帝室后裔，身份尊贵，刘秀无才，所幸也是宗室中的一员。现在如果为着一个来历不明的卜者王郎大动干戈，同室相煎，值得吗？《诗经》有曰，'兄弟阋于墙，外御其侮。'王爷三思。"

刘喜连忙还礼，赞叹道："文叔这份胆识，令人钦佩。话也说得有理，日后必能担当治理天下的重任。王莽虽死，天下未靖，汉室未兴。帝室宗族不能内讧，自折其翅。谁生异心，犹如自杀。"口里说道，从刘接手中夺过宝剑，将面前长几砍去一角。

有广阳王作保，蓟城令不敢妄动，刘秀悬着的心总算放回肚子里。宴会不欢而散。

刘秀一行住进驿馆，来不及安置，刘秀就与邓禹、冯异、耿纯聚在一起，商量对策。蓟城虽然有广阳王作保，但蓟城令有归附王郎之心，危险仍旧存在。当务之急是摆脱眼下的危险，再想反击王郎之计。因为事发猝然，大家毫无思想准备，商议半天，也想不出一个万全之计。

这时，傅俊进来禀道："明公，有一个戎装青年前来求见，见是不见？"

刘秀一愣，自己初来蓟城，没有亲朋故旧，会是什么人？也是有人来献计吧！于是，答道："请来人进来。"

话音刚落，一位青年公子迈步而进。躺在炕上歇养的耿纯一见，忽地起身，上前拉住青年人的双手，惊喜地叫道："耿公子，多亏你送的战马，我才顺利地起来向明公报信。"

刘秀惊奇地看着他们两个，问道："怎么，你们认识？"

来人正是谷太守耿况之子耿弇。耿弇给刘秀施礼问候，说明半道上送马给耿纯的经过。

耿纯听着，突然惊问道："耿公子，你不是去洛阳进献吗？怎么到蓟城来？随从和礼品呢，怎么只剩你一个人了？"

耿弇苦笑道："别提了，一言难尽啊！"

原来，耿弇送耿纯走后，从吏孙仓、卫包劝耿弇道："刘子舆就是成帝后嗣，登基即位就是汉室天子，天寒雪冷，咱们何必舍近求远，非去洛阳呢。刘子舆新立正在拉拢人心，只要公子去归附，少不得封侯赐爵之赏，胜过去洛阳。"

耿弇闻言，愤然变色，斥责道："一派胡言。王郎自称成帝后人，有什么凭据？王莽在位时，就有人冒称帝嗣，岂可再信王郎！我到洛阳陈明真相，求得圣命，回来征发上谷、太原、代郡的铁骑对付王郎的乌合之众，犹如摧枯拉朽。身为大将，不明大势，必遭灭族大祸。"

孙仓、卫包见他意志坚决，不敢再劝，表面应承，却趁耿弇不备，偷偷裹挟从吏和礼品投奔王郎去了。耿弇剩下孤零一人，洛阳是去不成了。想到上谷与卢奴相近，洛阳大司马刘秀正在卢奴，不如先见大司马，再作打算。于是转辔北行，追至卢奴，再至蓟城。

刘秀慨叹道："如果都像耿公子一样深明大义，王郎奸计如何得逞。本官谢谢公子相助之情，请坐下叙话。"

耿弇谦让几句，坐在刘秀的对面。两人以王郎为话题，论起天下大势，侃侃而谈，坦诚相见。耿弇对刘秀大名早已耳熟能详，心仪已久，今见其人，果然举止、言谈非常人可及，必成大事，便表明归附之意。刘秀见耿弇虽然年轻，但谈吐雅量庄重，很有见地，可堪大用，便用其为长史。

大司马部属又添新成员，大家都喜欢这个英俊洒脱的年轻人，便聚在一起继续商议下一步的行动计划。耿纯道："我等加在一起，不过百余人。大司马时刻都会遇到危险，如何保证大司马的安全，为今之计，只有以大司马的名义，就地招募兵卒，先保护好大司马，再徐图王郎。"

刘秀、邓禹思忖，舍此之外，别无他计。当即依照耿纯之意，布置行动。刘秀派耿纯、王霸去市井募兵，遣耿弇去蓟城北镇征集粮草，以备军用。

入夜，蓟城衙署灯光明亮，人影幢幢。蓟城令有心归依邯郸王郎，但碍于广阳王的尊贵身份，不便一意孤行，急得在客厅里踱来踱去，拿不定主意。

忽然，脚步声响，广阳王之子刘接推门而进，道："邯郸崛起，大兵将至。县令大人何以抵御？"

蓟城令不知其意，小心翼翼地答道："蓟城有广阳王在，下官唯广阳王之命是从。"

刘接摇头道："老王爷年迈，头脑糊涂，不明大势。大人盲从，只会给蓟城吏民招来灭顶之灾。"

蓟城令惊异地问道："少王爷有妙计教我？"

"邯郸刘子舆正应河北天子之气，一夜崛起，其势不可挡。蓟城如能斩杀汉使，以功归附，不但可免去此城之灾，大人也有封侯赐爵之赏，何乐而不为？"

蓟城令正中下怀，却为难地道："广阳王为刘秀担保，下官如何行动？"

"大人放心，老王爷那里我有办法。刘秀是邯郸的心头大患，大人砍下他的人头，便是奇功一件。"

两人低首密语几句，分头而去。

刘接所言不差，大司马刘秀已是邯郸必除的大患。

邯郸赵王宫，王郎翻阅着郡邑送来的厚厚一摞归降书，得意忘形地道："刘子舆的招牌果然管用，不费一兵一卒就收服这么多地方。"

丞相刘林在旁，大吃一惊，道："陛下在说什么招牌？"

王郎自知失言，慌忙掩口，扫视四周，所幸只有刘林听见，赶紧郑重其事地说道："幽、燕精骑彪悍，我们占据邯郸，拥有河北，就可与洛阳争夺玉玺。"

刘林身居丞相之位，志得意满，对刘子舆的真假也不关心了，便接着说道："洛阳刘圣公昏弱无能，不足为惧。大司马刘秀声名日隆，留在河北必成大患，一定要杀了他。"

王郎一听，恼怒道："檄文该到蓟城了，为什么不见蓟城令献上刘秀人头。"

刘林道："陛下别着急，所谓'人为财死，鸟为食亡'。重赏之下，必有勇夫。先遣使移文州郡，悬赏十万户，购索刘秀人头，后派大军攻打。刘秀就是肋生双翅，也飞不出河北。"

王郎依从刘林之意，遣使悬赏，擒杀刘秀。

邯郸大兵将来蓟城的消息不胫而走，蓟城一片惊慌，鸡犬无声，家家关门闭户，街上冷冷清清。王霸、耿纯在市井募兵，从日出招募到日落，没有招来一兵一卒。两人垂头丧气回到驿馆。

刘秀、邓禹明白，民心不附，王郎大兵来攻，自己毫无抵御之力。部属们七嘴八舌，都主张大司马暂时放弃河北，南归洛阳，求得大军，再攻王郎。刘秀自知回洛阳，必又受掣肘。朱鲔在自己来河北的路上，曾派人截杀，说明洛阳是龙潭虎穴，岂能再自投罗网。可是，王郎大有黑云压城之势，不归洛阳，又归何处？

这时，正要去征调粮草的耿弇力排众议，坦然地言道："明公万不可弃河北南归。第一，明公执节自南徇行至此，大局未定，一旦退回，便会前功尽弃；第二，王郎发来大兵，若从南来，正好相遇，寡不敌众，必遭灭顶之灾。上谷、渔阳离此不远，兵马精壮勇悍可以为我所用。渔阳太守彭宠，是明公的同乡，家父为上谷太守，合两郡兵马万骑，邯郸兵马，不足为虑。"

耿弇的话引起一阵骚动，众人都觉得这个年轻人过于自信了。因为大司马与上谷、渔阳没有任何往来。在此危乱之际，仅靠耿弇之父这点关系，不可能请动两郡铁骑。但是耿弇新投刘秀，大家不愿令其尴尬，护军朱祐说道："小兄弟是此地人，当然愿留在北方。所谓'鸟飞返故乡兮，狐死必首丘'。"

耿弇涨红了脸，急道："我为明公设想，朱兄为何冤我？家父虽为上谷太守，可是耿家世居茂陵，是行是留？请明公决断。"

刘秀本无南归之心，听了耿弇对形势的分析，对上谷、渔阳两郡萌生一线希望。于是，说道："耿弇的话很有道理。只要有一线希望，我们都不能南归。今依伯昭之言，遣使致书渔阳、上谷，合兵共击王郎。其余人继续留在蓟城，购买粮草作好战事准备。"

说完，刘秀当即亲书信函给上谷、渔阳，遣臧宫、马成分赴两郡。

蓟城将有战事的风声越来越紧，人们骚乱起来，口耳相传：王郎大军已临涿郡，俸禄两千石以下的官员都要出迎，藏匿汉使的，祸灭九族，杀无赦。

蓟城衙署也是人心惶惶，居于后衙的广阳王刘喜如坐针毡，心神不宁。他并不是为自己的安全担心。王郎既然假借刘子舆之名，就是兵到蓟城，也会把他这个帝室贵胄奉若上宾，他忧心的是大司马刘秀的安全，是天下纷乱的不幸。

这时，院外突然传来一阵杂乱的脚步声，老仆慌张地跑进来，禀道："王爷，少王爷他……他把院子围起来了。"

广阳王一怔，疑惑地道："你说的是接儿，他包围本王做什么？"

"奴才哪里知道！"

"父王，孩儿是保护您的安全。"门外有人应声答道。刘接一身戎装，佩带宝剑，走了进来，向父亲施礼问安。

广阳王看着他的打扮，惊问道："接儿，莫非邯郸兵到，你不去上阵杀敌，到父王这里来做什么？"

刘接阴恻恻地笑道："父王不知，孩儿要杀的不是邯郸兵马，而是洛阳大司马刘秀。邯郸刘子舆乃是帝嗣，一夜崛起，南面称尊。孩儿要提着刘秀的人头向邯郸邀功。"

刘喜一听，气得浑身打战，胡须抖动，抬起手来，"啪"地给儿子一个响亮的耳光，怒斥道："孽障，你不是保护父王，你是囚禁父王的。家门不幸，出了你这个悖逆天理的子孙，我家族大难将至。"

刘接捂着半边脸，委屈地道："父王，您这是何苦呢，非得保那个刘秀的安全。"

"你……你这个糊涂的东西，身为宗室子弟，不明大义，悖逆天理，我广阳必有破国灭族之祸。"

刘接不服气地说道："您身份尊贵，也不过是个有名无实的王爷。小小的广阳国有什么稀罕。孩儿砍下刘秀的人头，归附邯郸，便有十万户的封赏，胜过广阳十倍。"

"见利忘义，无耻之至！"广阳王更加激愤，骂不绝口。

刘接难以说服父亲，只得退出院，向守门家将吩咐道："好生看护王爷，如有闪失，拿你是问。"说完，去寻蓟城令，一起去驿馆取刘秀的人头。

刘秀已知蓟城令有归附王郎之意，格外小心，命傅俊率十几名将士装扮成老百姓，在衙署周围监视。刘接围住广阳王，与蓟城令进进出出，行动诡秘，立即被傅俊侦知，报告给刘秀。

刘秀知道，蓟城已不可留，传令部属马上起程，众人顾不上吃饭，更顾不上行装，纷纷奔向马厩。刘秀跃上马背，由铫期开路，出了驿馆的大门。

大街上已是一片混乱，王郎大兵来攻的消息，使城内的百姓惊恐万分，争相逃往城外。刘秀来到大街上，顿时轰动全城，逃的人们忘记了恐惧，纷纷驻足观看洛阳大司马刘秀的风采。刘秀周围人山人海，道路不通，前进不得。

铫期着了急，骑马挥戈，瞋目怒喝道："大司马出城公干，快闪开！"他面似严霜，声如巨雷。吓得围观者连声惊呼，抱头鼠窜。刘秀一行得以冲过大街，向南城门驰去。

蓟城南门，把守的兵将已换上刘接的心腹家将和蓟城令亲兵。城门铁闩横插，早已关闭。刘秀一行刚冲过大街，刘接率兵就追了上来。铫期见前面城门关闭，后面有追兵将至，一言不发，拍马急驰，到了跟前，长戈一挥，直刺摆开阵势的守兵家将。

王霸、杜茂、祭遵、耿纯等人随后冲上，挥舞兵刀，与守兵厮杀。刘秀部属，个个武艺高强，能征善战，对付这些人，根本不费什么力气。直杀得守兵血肉乱飞魂飞魄散，争相逃命。

朱祐护卫着刘秀，一刀砍倒城门总管，打开了城门，英雄们齐声呐喊着出城去。刘接赶到，气得直跺脚，追出城去。

天色渐晚，逃出蓟城的刘秀一行慌不择路，拼命奔驰，急遽的马蹄叩击着冰封的旷野，更增了南逃的恐惧。

天色微明，脚下的道路依稀可辨，奔逃了一夜的大司马部属个个筋疲力尽，人困马乏。听听后面没有了追兵的声音，马蹄渐渐慢了下来，刘秀的青骊马喷着白气，再也不肯往前走。

刘秀担心追兵再来，正要鼓励大家继续奔逃，忽然身边的邓禹从马背上摔落下来。众人吃了一惊，纷纷下马。

邓禹打了个滚儿，坐在雪地上，苦着脸说道："明公，我是走不动了，肚子饿得慌。咱们还是靠近村庄，弄点吃的吧！"

一说到饿字，大家都感觉到饥肠辘辘，肚子空空。昨天的午饭没来得及吃就逃了出来，又奔逃一夜。人是铁，饭是钢，一顿不吃饿得慌。谁到这时候，肚子能不饿。

刘秀知道邓禹从小养尊处优，长大一直在长安游学，没吃过苦头。奔逃一夜，饿到现在真够他承受的。但是，现在身在何处，不知晓，周围又没村舍，哪里去弄吃的？唯有打起精神，坚持赶路，才有生存的希望。

他深邃的目光扫视着冰封的路面，终于发现被积雪覆盖的路碑。他断然摇头道："不行，我们没出涿郡边界。此地尽归王郎，王郎兵随时会出现。稍有耽搁，恐有性命之忧。孟子曰：'天将降大任于斯人，必先苦其心志，劳其筋骨，饿其体肤。'王莽虽死，天下未靖。王郎借刘子舆之名，自立为帝。以后还不知又有几人称帝，几人称王。靖乱安民，就是上天降给我们的大任。努力，向前，希望就会出现。"说完，他亲自上前，为邓禹牵马。

邓禹心潮起伏挺身而起，纵身上马，哽咽道："明公放心，就是再苦再累，邓禹绝不会叫苦。"

众人鼓起勇气，忘记了饥饿，忘记了疲劳，忘记了寒冷，紧跟着刘秀，艰难地向前行进。路越来越窄，崎岖不平，奇滑无比，马匹走不到两步，就摔倒一跤。众人只好牵马步行，又艰难行进十几里地。到了一块界碑前，细看才知到了饶阳的无蒌亭。

界碑不远处就是村落，村外的打谷场上堆着干草。马匹看见干草，挣脱缰绳跑过去，再也不愿离开。刘秀叹了口气，只得下令歇息，命朱祐去村里买些食物给大伙儿充饥。

朱祐搜遍全身，竟一个子儿也没有。因为逃得急，身上一枚钱也没带，只得苦笑道："没钱怎么办？我一个大男人，总不能讨饭吧！我不去！"

众人各自摸口袋，结果跟朱祐一样，一个钱也没有。困窘时，一文钱难倒英雄汉。这些征战沙场的英雄真的体会到了金钱的重要性。

刘秀望着部属一个个垂头丧气的样子，鼓舞道："春秋时，晋国公子重耳，逃难途中，曾经乞食五鹿，终成大事。今儿个，咱们难道就没办法了。"

话音刚落，背靠大树而坐的冯异忽地站起来，大声道："你们都要面子，我不要，不信就讨不来吃的。我去。"

冯异的话触动了大家，王霸起身说道："我陪你去！"

两人走后，刘秀趁空清点人数，百余人的部属，唯独少了个耿弇，心里很是不安。朱祐埋怨道："明公何必挂念他。要不是他，咱们早该到了洛阳，能在这儿受罪。大难当头，他自逃性命去了，算什么东西，日后遇着他，我一定要他的好看。"

"仲先，不得胡说！"刘秀正色道，"慌乱之时，情况不明，不可妄下断语。'用人不疑，疑人不用。'"

说话的工夫，冯异、王霸回来了，捧着几罐子薄粥和几十个野菜饼子。朱祐叹息道："就这么点儿，还不够我老朱一个人吃的呢。"

王霸白了他一眼，道："就这些东西还是我们俩好话说了一箩筐，人家才给的。"

刘秀道："乱世之秋，百姓有这些东西吃已经不错了。"便把粥和饼子分给大家，垫垫肚子，继续赶路。

饶阳已归附王郎，饶阳令得知汉使南逃的消息，派出兵卒，四处搜捕。刘秀一行，不敢走大道，不敢靠近村落，又无干粮充饥，连饭也讨不到了，大家饥肠辘辘，举步艰难。

这天，来到饶阳驿馆，刘秀望着再也不能前进一步的部属，心里难过极了。但是，自己是主帅，无论如何都要鼓舞部下，不能流露出悲观的情绪，怎样才能让大家饱餐一顿，恢复体力呢？

刘秀的目光扫视着四周，当看路边的驿馆时，忽然有了主意，便对部属们笑道："前日无蒌亭，劳公孙、元伯讨来薄粥、菜饼充饥。今天该主公出马，保证让大家饱餐一顿，胜过薄粥、菜饼。"

冯异笑问道："明公有何妙计？"

刘秀卖着关子，道："待会儿你们自然会知道，现在请你们整理一下衣冠，跟着我走。"

说完，自己整衣束冠，昂首阔步，走在最前面，直奔饶阳驿馆。

驿馆门外，驿吏见一队身着官服、佩带刀剑的人大步走来，慌迎上前去，施礼赔笑道："请问大人是……"

刘秀看也不看驿吏，昂然道："奉新天子之命，有要事赶路，沿途驿馆快献酒食，耽误公事，一律处斩。"

驿吏一听，又是邯郸来的天子使者，不敢怠慢，慌忙端上好酒好肉。饿花了眼的大司马部属看见美食，顾不得许多，不等菜齐，伸手就抓。眨眼之间，盘光盏尽，几个驿卒穿梭般地上酒上菜，还是供不上吃喝。

众人正吃喝得高兴，忽然院内传来急骤的鼙鼓声。冯异一惊，低声道："不好，有情况！"

众人正不知所以，驿吏突然跑进来，大声喊道："邯郸将军到了，快准备接待。"

众人大吃一惊，起身出屋欲走。驿吏一见慌忙出去关大门。刘秀望着驿吏，心里一动，疾步上前，拦住驿吏，说道："邯郸将军是本官的朋友，正好借你这里好款待他，何必关门呢？"

说着，刘秀招呼部众，重回原座。又抽出宝剑，擦拭着剑锋，催促道："邯郸将军在哪里？快请来相见。如有差错，国法处置。"

驿吏脸色吓得脸色蜡黄，嗫嚅着道："大人恕罪，小……小人弄错了，邯郸将军明……明天才来。"

刘秀轻蔑地道："下次再敢戏弄本官，小心你的脑袋，滚吧！"

"谢大人开恩！"驿吏颤抖着双腿退出去了。

打雁人差点让雁啄了眼，众人这才明白是驿吏弄鬼使诈，虚惊一场，他们无不钦佩刘秀的机警。

饱餐之后，人有精神马有力。刘秀道："驿吏狡黠，此地不可久留，速速赶路。"

大家离开饶阳驿馆，快马加鞭，昼夜兼行。这时的行进速度快多了，一夜之间，他们便赶到了滹沱河边。

滹沱河是涿郡与信都郡的分界河，河北属涿郡，河南则属信都郡。刘秀等人来到河边，但是河水飘浮着薄冰，哗哗流淌。大河阻隔，人马无法过去。大家全傻了眼，看着冰冷的河水发呆。

冯异的目光在河堤上搜寻，很快发现不远有一间茅屋，茅屋的旁边立着一块石碑。大家到石碑前一看，只见上刻"危渡口"三个字。看来这里就是危渡口。既是渡口，就该有渡船，可是众人在河面上搜寻半天，连一只小船的影子也没见到。

冯异走进茅屋，里面除了一只断桨，什么也没有。看来危渡口原来有渡船摆渡行人，可是因为战乱，船家到别处谋生去了。

大家围坐在河堤上，七嘴八舌，却没有过河的办法。朱祐说道："要不我们退回去，看看有无别的路可去洛阳。"

邓禹断然摇首道："不可，饶阳驿吏生疑心，恐怕已经识破大司马的身份。王郎兵将已经追来，退回赶个正着。"

冯异叹息道："天公也不作美。自来河北，我们日与风雪为伍，夜与冰霜为伴，受尽冰雪之苦。偏偏这两天晴空万里，河水化冻。"

铫期耐不住性子，跳起来大声叫道："你们唠叨什么，王郎兵到，大不了跟他们拼了。杀一个够本，杀两个赚一个！"

"铫兄弟，不许胡来！"冯异劝住铫期，以目示意刘秀。众人这才注意到刘秀坐在水边，双眼望着河水，半天没动。

邓禹悄然起身，轻手轻脚走到刘秀身后，众人跟着他悄无声息地围拢去。只见刘秀突然站起，仰天长叹：“天啊！想我刘秀，徒有虚名，既不能复兴高祖帝业，光耀门庭；又不能平定祸乱，报国安民。让这么多英雄跟着受苦⋯⋯老天为什么不助我？”说完，龙首低垂，虎目中滴落几滴清泪。

“明公！”部属们从来没看见刘秀悲伤难过，内心受到很大的震动，难过地呼喊着，一起跪倒在刘秀身后。

邓禹哽咽着说道：“明公不必难过，是死是活我们在一起，也不枉共事一场。”

“对，明公，生死由命，富贵在天。王郎兵来，我等拼死一战，保护明公突围。”铫期声如巨雷。

“誓死一战，保护明公突围。”部属们群情激昂，表示支持铫期的主张。

刘秀望着这些以死效命的部属，心里好受多了。眼里闪着感激的泪花，一一挽起众人，慨叹道：“诸位的忠义之心，彪炳千秋。但是，王郎追杀的是我，与你们无关，不必作无谓的牺牲。王郎兵到，我来抵挡，你们能逃出一个是一个⋯⋯”

“不，誓死效命明公。”大家众口一词跪在地上，不肯起来。刘秀一个一个地规劝，说了半天，毫无作用。

“明公，您瞧，天变了。”傅俊突然仰起脸说道。

也许是刘秀的真诚感动了上苍。转瞬之间，天真的变了。阴云遮蔽了太阳，凛冽的北风刮起来，河堤上寒风彻骨。

邓禹欣喜地说道：“明公大贵之命，必有天助，今夜滹沱河封冻，明日可行。”众人也高兴得叫喊起来。

刘秀趁机劝道：“河边风急，大家别冻坏了身体，快起来，去茅屋避避风寒。”

众人不再执拗，说笑着拥着刘秀走进茅屋。茅屋太小，挤不下这么多人。这时，天色已晚，北风越刮越冷，裹着鹅毛般的雪片漫天飞舞。刘秀把部属分为两拨，一拨观测河上冰情，巡逻放哨，以防邯郸兵追来，一拨留在茅屋歇息。

夜静更深，呼啸的北风在旷野上肆虐，雪越下越大，天越来越冷。尽管茅屋外的将士们冻得四肢麻木，浑身哆嗦，心里却在祈求上苍冷些，再冷些。刘秀出屋，向守卫的部属嘘寒问暖，一遍遍地听取滹沱河冰情的汇报：

“禀大司马，河水开始结冰。”

“禀明公，冰冻一指，不能通行。”

“冰冻二指，不能通行。”

“⋯⋯”

四更天了，虽然天还未明，但积雪映照的旷野，依稀可见近处的枯木。部属又一次汇报冰情：“冰冻一寸，人马勉强可行，但是有危险。”

刘秀道："再等一等，冰层厚一些，可保证人马安全通过。"

正在这时，负责巡逻守卫的校尉傅俊跑到刘秀眼前，道："禀明公，远处有马蹄声，可能是邯郸兵到。"

刘秀心头一惊，跟着傅俊登上堤顶，俯下身来，把耳朵贴在冰冷的雪地上，仔细倾听，果然听到"咚咚"的马蹄声响。

"看来是邯郸兵追来了。"刘秀扫视着围拢上来的部属说道。

"明公，怎么办？现在是不是过河。"众人焦急地问道。

"不，先点燃火把，再过河去。"

傅俊吃惊地道："明公不是故意把追兵引来吗？"

刘秀笑道："就是要邯郸兵知道我们在这儿。一路上，咱们吃尽了苦头。这一次，也该让他们吃点苦头了。"

邓禹恍然大悟，说道："明公说得不错，大家分头行动吧！"

众人依言，一齐动手，把茅屋拆掉，用草木扎成无数的火把，插在雪地上。火光窜动照耀着雪地，格外耀眼，远远望去，便知有人马在活动。

"明公，追兵到了。"在远处负责巡敌情的将士大声喊道。刘秀等人登高远眺，果然远处有无数的火把正向河边移动，急骤的马蹄声清晰可闻。

"众将士，准备过河。"刘秀大声发布命令，"人、马拉开距离，匍匐而行，千万要注意安全。"

众人遵命，各牵战马，沿河边散开。此时，天色微明，风住雪止。大家按照刘秀的吩咐，人和战马保持着距离，伏在冰面上，小心翼翼地向前爬行。一段时间之后，总算到了对岸，人马安全无虞。

此时，滹沱河北岸，马蹄声骤然响起。刘接与半道相遇的邯郸丞相刘林的兵马会合，追赶刘秀，遥见火把，知道必是刘秀无疑。

邯郸兵快马加鞭，追到河边，望见对岸刘秀等人的身影，人人抢功，个个争先，人马一齐踏上冰面。一夜结冻的河面撑不住无数兵马的重压，咔嚓嚓地断裂。邯郸兵马掉进刺骨河水里，淹死冻死无数。

刘林、刘接也被抢功的兵卒簇拥着掉进河里。两人从河里爬上来，浑身湿透，彻骨寒冷，顾不得再追刘秀，忙命兵卒生火取暖，烘烤衣服。偏偏这时西南风起，夹着雨点飘落下来，浇灭了火堆。雨水落到河里，冰融雪消，邯郸兵再也不能从冰上过河。刘林、刘接自认倒霉，忙命兵卒扎营觅船。

过了滹沱河的刘秀一行，望见对岸邯郸兵狼狈不堪的样子，哈哈大笑，多日的愁苦心情一扫而去。这时，迎面一阵大风，吹得人马摇晃，皮肤皲裂。又是一阵急雨当头浇来，众人浑身湿透，冷得上牙打下牙，哆嗦个不停，刚才的好心情又被雨浇凉了。

"明公，先躲躲雨再走吧！"

"不行！"刘秀果断地说道，"邯郸兵觅到船只，就会追上来。此地耽搁不得，快走。"

将士们只得上马，冒着冷风冷雨，一步三滑，艰难地向前行进。一口气奔出几十里地，听听后边，没有追兵的声音，刘秀才稍微放心，命部属放慢步伐。

路旁出现一处屋舍，刘秀见大雨毫无停止的意思，便命令将士们就地歇息。众人得令，丢下战马，一齐跑进路旁的屋舍里。

这是一座废弃的空舍，房屋很大，但墙皮剥落，连门窗也没有，四处透风，透过屋顶能看到乌黑的天。尽管如此，总比在雨中挨淋强过许多。疲惫不堪的众人顾不得地下潮湿脏乱，找了块稍微干净的地方就躺了下来，抱着臂膀歇息半天才恢复一点儿气力。

刘秀道："这样躺着会更冷，必须生火，一则做饭，填填肚子，二则取暖，烤烤衣服。"

可是，没有人动弹，将士们太累了，只要躺下，再想站起来就难了。刘秀没再说话，不顾疲劳，强挣着站起来。

"明公，我去抱柴。"冯异说着话，扶墙站起来，趔趄着向屋舍后走去。好半天，才抱着一捆半湿不干的枝柴进来。邓禹看见，哆嗦着手，取出火石，用力擦着。可是，枝柴太潮，怎么也点不着火，气得邓禹把枝柴踢出多远。

"仲华，我来！"刘秀接过邓禹手上的火石又去自己的行李中取出一本帛书来。邓禹一见惊叫道："明公，这本《孙子兵法》伴您征战多年，您怎么舍得……"

刘秀笑道："此书我熟记在心，闲暇时，再抄出一部便是。现在，火对我们来说，比它重要得多。"边说边擦着火石，点着帛书，引燃枝柴。火苗蹿起来，燃起熊熊的大火，给凄冷孤寂的空气带来了温暖，带来了生机。

将士们身上暖和多了，纷纷爬起来，分头忙活起来，埋锅造饭，铡草喂马，烘烤衣物，好不热闹。

刘秀脱下外袍，对着火堆烘烤着，跳跃的火光映照着他日渐消瘦的面容，双唇的棱角愈加分明。他望着部属们忙碌的身影，脑海里却在剧烈地翻腾着："自己将把他们带到何处？逃回洛阳，不但前功尽弃，还会再次受制于人，甚至永无出头之日。如果留在河北，王郎这个强大的对手步步紧逼，自己该在何处立足？"刘秀两眼发呆，苦苦思索着。

"明公，袍子！"朱祐突然惊叫道。

刘秀猛醒，闻到一股焦煳的气味，低头一看，正在烘烤的袍子不知何时烧了个大洞。

"明公，又在想阴夫人吧！"朱祐取笑道。

刘秀收起外袍，笑道："我呀，恐怕把她都忘了。"他说的是真心话，这些天的追杀之忧，冻饿之患，困顿之劳，早已把阴丽华挤出了自己的脑海。

"明公，请用饭。"冯异端着破瓮走过来。

刘秀接过破瓮，看着里面的粗面菜粥，用鼻子闻了闻，笑道，"好香啊，难得今天有火，吃上一顿热饭，大家快吃，暖暖肚子，还要赶路呢。"

众人吃过饭，收拾好行装，雨也停了。刘秀率众上马，继续南行，进入信都界。前面是驿道岔路口，阡陌相通，四通八达。大司马一行来到路口，勒马止步。刘秀打量着伸向各处的道路，疑惑道："这些岔路都通向哪里？我们该走哪条路？"

邓禹说道："还是找个当地人问清楚，再作定夺。"

刘秀扫视周围，驿路上连个人影也没有，找谁去问。忽听冯异叫道："明公，您瞧，那里有人家。"

刘秀顺着冯异手指的方向看去，果然左边不远处有处茅舍。冯异说道："我去看看！"翻身下马，步行而去。不多时，就折转回来，摇头道："屋舍的主人不在。"

"怎么办？"刘秀打马盘旋，不知所向。

"你们要找老夫吗？"忽然一个洪亮的声音传来，从路旁的树丛中走出一位白髯飘飘的老人，老人精神矍铄，步履矫健，几步便到了刘秀马前。

刘秀赶紧下马，躬身施礼说道："麻烦老丈，请问这些路通向何方？"

老人呵呵一笑，说道："路有千条，大司马只要走准一条即可。"说着，手指其中一条小路，道，"信都太守任光听命洛阳，不附王郎。大司马从此路行八十里可到信都。"

众人顺着老人手指的方向，放眼望去，却是一条崎岖野径，路上棘草横生，根本不像有人走动过。刘秀心中惊疑，正要向老人请教，回头一看，已不见老人踪影。

众人连声称奇，邓禹恍然道："老人称明公为大司马，特意为明公指路，不是仙人便是世外高人。"

刘秀心神摇曳，面对老人出现的地方，恭恭敬敬地拜了三拜，才回过身来，说道："信都太守任光是昆阳闯营突围的十三骑之一，与我一起征战过。老人的话不会错，我们去信都找任光。"

"对，伯卿（任光字伯卿）心归大司马，去他那儿，准错不了。"与任光交往甚厚的王霸深表赞同。

刘秀毫不迟疑，跃上青骊马，率众踏上崎岖野径，一步一个趔趄，直奔信都。八十里路程，尽管崎岖难行，对于经受过磨砺的大司马一行，已不是困难，他们终于在日落之前赶到信都城外。

信都城门紧闭，吊桥高悬，护城河水流湍急。城头上"任"字大纛，"汉"字旌旗，猎猎作响，旗下将士，甲胄鲜明，刀弓在手，一副严阵以待的架势。

冯异心头一惊，说道："明公，看情形任光是在防备我们，是不是已归附王郎。"

其他将士也有疑虑，因为邯郸王郎用的也是"汉"字旌旗，从旗号上分辨不出守将归附何处。

刘秀不容置疑地说道："既有高人指点，我们奔信都就不会错，任光必为我用。你们稍等片刻，我去向城上喊话。"说着，一抖缰绳，赶到城下，在马上一抱拳，大声喊道，"城上汉兵听着，我乃洛阳大司马刘秀，因公赶来信都，请禀明太守，放我部属进城。"

信都将士闻听刘秀大名，慌忙飞跑禀报。不多时，信都太守任光快步赶来，手扶城堞，望见刘秀，惊喜地叫道："刘公，果真是您！请稍等片刻，任光亲自出城迎接。"

信都城门大开，任光率信都吏卒倾城而出，迎接刘秀一行。刘秀、邓禹、冯异等人下马趋步。刘秀上前扶起任光，邓禹、冯异等扶起任光身后两名威猛的将官。

"明公，早就听说您执节河北，怎么今日才来信都？"任光关切地问道。

"唉，一言难尽！"

刘秀苦笑道，把邓禹、冯异等人介绍给任光等人。任光则把身后两名威猛之将介绍给大司马一行。

李忠，信都都尉，字仲都，东莱黄人。万修，字君游，扶风茂陵人。更始帝派使者徇行郡国，用两人分别为都尉、郡令，与太守任光共守信都。三人意气相投，情同手足。

进城之后，刘秀与部属洗浴更衣之后，任光、李忠、万修请刘秀客厅叙话。任光道："明公部属突然出现在信都城下，真把我们吓了一跳。不知明公怎么到信都的，为什么我们一点儿消息也没有探听到？"

刘秀便把白髯老人指路的经过说了一遍。任光惊讶不已，叹道："明公大贵之人，竟遇到世外高人指点。我早就听说距此八十里的下博境内，有一位世外高人，只是无缘相见。明公不知，高人所指的荒僻野径，是通往信都的捷径，很少有人知道。即使邯郸兵追来，也探听不到明公的踪迹。"

刘秀闻听，连声叹惋，懊悔与老人失之交臂。自己要做成大事，需要的就是这样的德才之士。以后，还有缘再与高人相见吗？

冯异安慰道：“明公贤德，方有幸得高人指路。有什么遗憾？还是商议一下如何对付王郎吧！”

提起王郎，任光义愤填膺，说道：“王郎窃汉自立，一呼百应。信都郡邑皆降，我与仲都、君游独不附。扶柳县廷尉持王郎檄文来信都诘难，被我们斩首示众。为防王郎兵马来攻，匆忙招集四千精兵，日夜把守城池。明公突然出现在城下，我们还以为是邯郸使者呢。”

刘秀把自己从蓟城一路被王郎追赶，狼狈奔逃的经过说了一遍，用希冀的目光望着任光说道：“伯卿，王郎势大，我不能力敌。你有何妙计，能解燃眉之急？”

“这……”任光原指望大司马到来，可以共守孤城，现在见刘秀反而求助于自己，踌躇着说不出话。

李忠、万修上前道：“反正信都是孤城，死守无益，不如回洛阳见陛下。信都数千精兵，可以保护大司马西去，请来大兵，共击王郎。”

刘秀像是被兜头泼了一盆冷水，透心凉。原以为高人指路，奔来信都，便有立足之地，没想到结果还是要回到洛阳。信都只有数千兵力，护驾尚可，抵御王郎则远远不够。李忠、万修的话，不是没有道理。

是守是退，刘秀迟疑难决。这时，忽然有兵卒来报：“禀太守大人，和成太守邳彤率精骑三千来会大人，正在城外等候。”

刘秀、任光闻听，又惊又喜，齐声道：“邳彤前来，信都有助了。”两人登上城头，果然看见数千精骑，阵容整齐，肃立城外，当中一面“邳”字大纛旗迎风飘摆。

任光道：“明公在此稍候，我去迎接邳大人入城。”说完，带着李忠、万修等将士走下城头，打开城门，恭迎邳彤人马入城。

邳彤跟随任光等人走进客厅，看见刘秀，惊喜地叫道：“相逢不如偶遇，明公，不想在此遇到您。”边说边上前施礼。

刘秀执邳彤手问道：“伟君（邳彤字伟君）怎么来这里？”

邳彤愤然说道：“王郎假托帝嗣之名，一夜暴起。檄文下到下曲阳，下官掷檄文于地，驱赶来使，引兵自守下曲阳。闻听明公落魄南奔，便派五官掾张万、督邮尹绥，选精骑两千，沿路迎接，未遇明公，下官想，孤守下曲阳无益，闻听信都不附王郎，便率倾城之兵，来信都合兵，共拒邯郸，不想竟巧遇明公。”

刘秀感叹道：“纷乱之际，伟君能明大义，识大势，可成大事。诸位请与我共谋王郎。”

于是，大司马部属与信都、和成吏属聚在一处，共商大计。多数人认为，王郎势盛，合两郡之兵，不过七千，尚无力抗击王郎。但若以两郡之兵护卫大司马西还洛阳，可保万无一失。再从洛阳搬取援兵，进攻邯郸，则更为稳妥。

邳彤力排众议，跨前几步，慨然说道："西还之计实为失策。天下吏民，苦于战乱，无不怀念大一统的大汉王朝。所以更始称汉帝，天下响应，三辅吏民打扫帝宫，修建道路迎接他。汉军一名小卒执戟大呼，可以把千里之外的叛将吓得遁城逃跑或者跪地请降。自古以来，没有比思念大汉王朝更让老百姓魂牵梦萦的了。王郎这个人就是利用人们思汉心切的心理，假托刘子舆之名，自称天子，纠集了一批乌合之众。虽然已得燕、赵，但是，假的毕竟真不了。王郎的根基不稳固，很多人对他的帝嗣身份不是没有怀疑，而是贪图封赏才归附于他。只要明公率两郡精兵，利用洛阳天子的强大影响力，师出有名，则攻城必克，战敌必胜。如果弃城西还，不但白白丢掉了河北，还会惊动帝都，对明公和洛阳汉帝都折损威名。况且，明公如果没有讨伐王郎的意图，信都的兵马也很难平安护送您西归。原因很简单，试想明公西去，邯郸兵将追来，信都吏民谁乐意抛弃家室父母，千里相送？恐怕在半道上，兵卒就逃回来了。信都民心一旦离散，再想凝聚起来，已经不可能。"

邳彤之言慷慨大义，掷地有声，不仅刘秀动容，连原来力主西还的吏属也改变了主意。刘秀以掌击案，高声说道："伟君所言极是，我决定依言而行。兵力不足，我们可以想办法。伯卿你看能否向城头子路、力子都借兵。"

城头子路、力子都是两支反莽而起的义军，在河北很有影响力。任光也被邳彤的话所激励，驱前一步，道："城头子路、力子都反莽时还称得上义军，王莽死后，便为祸地方，俱成亡命盗贼，明公岂可倚重。兵不在多，而在精，只要同仇敌忾，一定可以战胜王郎。昔日昆阳大捷，明公以不足万人的兵力，大败王莽四五十万大军。一个假子舆，何足道哉！兵力不足，可以大司马之名，征集附近县邑兵马。"

刘秀依从邳彤、任光之言，决定留在信都招集兵马，反击王郎。大司马坐明堂，当即拜任光为左大将军，封武成侯，统率全军，李忠为右大将军，封武固侯，万修为偏将军，封造义侯，邳彤为后大将军，兼和成太守，率兵为前锋，命南阳宗广留守信都领太守事，冯异去收河间兵马，耿纯回乡招兵，铫期为裨将，与傅俊、吕晏俱属邓禹，出徇信都所属县邑，征集当地兵，令王霸为军正，祭遵为军市令。诸将领命，分头行动。大司马摆开架势，要与假子舆在河北，见个高低。

武成侯任光多作檄文，传送各地，檄文曰："大司马刘公督率城头子路、力子都兵至百万众，从东方赶来，进剿假托刘子舆之名的叛贼……"

先前是王郎檄文，大兵将至，后来是大司马檄文，镇兵亲临。河北吏民手持两张檄文难辨真伪，无所适从。但有一点可以肯定，河北上空战云翻滚，必有一场血腥征战到来。

一场雨把帝都洛阳冲洗得丝尘不染。天刚擦黑，街头巷尾，家家户户门前都挂起了五颜六色的彩灯。忙碌了一天的人们纷纷拥上乍暖还寒的大街，街衢变得比往日热闹多了。

今天是正月十五，是恢复汉室后的第一个元宵灯节，更始帝在过了一个欢庆奢华的大年之后，命令正月十五元宵灯节，户户挂灯。

洛阳百姓乐于听命，因为今年在老百姓的眼中是个吉祥年，虽说田园依然荒芜、生活依然贫困，但是王莽被杀毕竟是一件令人十分高兴的事，何况，汉室已复，人们渴望更始帝尽快平定天下，重新过上大汉王朝那种安居乐业的日子。向往太平盛世，总是善良人们的共同心理。

最热闹的地方当然是皇宫门外的御街。成串成排的彩灯挂满了御街两旁，亮如白昼。什么龙灯、仕女灯、宫灯、鸳鸯灯等，花样各异，新颖别致，引得人们驻足不前，啧啧赞叹。街上耍狮舞的、演把戏的，鼓点阵阵，丝竹声声。

忽然，一队黄门官飞奔而来，齐声高呼："天子旨意，今晚与民同乐，午门开禁啦！"

人群顿时欢腾起来。午门可不是寻常百姓去的地方，难得开禁，何况还能一睹天子仪容，谁不想去。人们顿时提着彩灯，赶往午门。耍狮舞的、演把戏的，也忙着收拾家伙，准备一展身手，说不定天子高兴，还有赏钱什么的。

皇宫内外，早已挂满精美华贵的彩灯，整座皇宫被装点得富贵壮丽。宫门外高阁上，更始帝刘玄与宠姬韩夫人并排高坐，把酒欣赏午门高挂的各式彩灯。更始帝两旁，坐着文武重臣，谈笑风生。

御前黄门黄信走到更始帝面前，奏道："陛下，奴才已传下旨意，百姓马上就会赶来，今晚一定够热闹的。"

更始帝满意笑道："朕就是要与民同乐，让天下子民知道朕爱民如子之心。瞧，他们过来了。"

果然，御街方向，无数彩灯正向午门飞快地移动，百姓的欢笑声响彻全城。这时，坐在更始帝旁边的大将军赵萌起身进言道："陛下，百姓之中难免会有异心分子，您的安全……"

"朕不怕，"更始帝哈哈大笑，无限信任道，"就是有人要行刺朕，有赵大将军在旁，也休想得逞。传旨，把午门羽林军全部撤走。让百姓们尽情狂欢。"

赵萌得意地退下，坐回原位，却没有发现在他身后有两双充满敌意的目光。那是朱鲔和李轶的目光，朱鲔发现，更始帝总是有意无意地在朝臣面前赞赏赵萌，对他恩宠有加，使得赵萌的权势日益加重。

他是机警的人，很快就明白了更始帝的用意，是在利用赵萌的权势钳制绿林诸将。自己总以为刘玄懦弱可欺，没想到他也很有心计。

午门很快聚集了无数百姓，各式各样的彩灯虽然比不得皇宫的彩灯华贵，却是别具一格，别有风趣。耍狮舞、演把戏的更是各显身手，都想博得天子赞誉。元宵灯节的热闹气氛达到了顶点。

更始帝兴致勃勃地边欣赏、边品评，不时命黄门官往下面大把大把地撒赏钱，众百姓争相哄抢，跪伏在地，齐呼万岁。韩夫人乐得花枝乱颤，连声道："好开心哟，陛下可以天天与民同乐。"

赵萌摇头道："陛下是千金之躯，哪能天天与这些百姓在一起，偶尔为之可也。"

更始帝觉得赵萌的话很顺心意，正要褒扬几句，忽见太常将军刘祉起身，说道："陛下与民同乐，乃是万民之幸。可惜，天下还有很多百姓感觉不到皇恩浩荡。"

更始帝一怔，脸上依然挂着笑容，问道："太常将军有什么话尽管说，朕今天高兴，一律不加罪。"

"谢陛下！"刘祉放心了。他就是要利用这个难得的机会向皇帝进谏。因为更始帝平时在宫内饮酒享乐，根本不出宫。这次趁着刘玄高兴，便进言道，"河北纷乱，战事又起。邯郸王郎，一个卜者，假借成帝嗣刘子舆之名，一夜崛起，自称汉帝。大司马刘秀执节河北，亦被王郎一路追杀南逃，疲于奔命。陛下应遣将出兵河北，助大司马刘秀平灭盗命的假子舆。"

柱国大将军李通、廷尉大将军王常也趁机起身，进谏道：

"河北危急，大司马生死未卜，陛下宜速遣兵将，平灭王郎，拯救大司马。"

"是啊，王郎不灭，河北难平；河北不平，天下难定，天下不定，汉室如何复兴？"

更始帝如梦方醒，恍然道："是有这么回事，朕好像在奏折上看到过。这个王郎，着实可恶，竟敢假借帝嗣之名，与朕争夺天下，真不知道天高地厚，朕不扫平他，难消心头之恨。请……"

"陛下且慢！"更始帝正要当场派将讨伐王郎，忽听五威中郎将李轶大声喊道，不由一愣，望着站起身来的李轶问道："李将军，你要请命出征吗？"

"非也，"李轶轻蔑地说道，"一个卜者，也用得着为臣去讨伐吗？昔日钟武侯刘望据有汝南自立天子，陛下遣一将前往，一扫而平。王郎不过一个假子舆，何足道哉？臣以为，当前朝廷大事乃是迁都，待迁都长安之后，再遣将讨伐河北不迟。"

朱鲔也起身赞同，说道："李将军所言极是，迁都才是大事。河北有大司马刘秀，他才智过人，一定可以转危为安，抵御王郎。"

知弟莫如兄，李通深知其弟奸诈狠毒，闻听李轶之言，顿知其意，李轶是要借王郎之手除掉刘秀。他怒不可遏地道："李轶，你这样劝陛下，分明要置大司马于死地。"

李轶知道他心向着刘秀，便不顾手足之情，揶揄道："我是为公为国，问心无愧。你为姻亲之好，能登大雅之堂吗？"

"你……"李通气得说不出话来。

"吵什么！"更始帝怒容满面，道，"今天朕与民同乐，你们分明不让朕乐起来。朕决定了，先迁都长安，再遣将讨伐王郎。长安帝宫也该修建好了，下月初就迁都。就这样，来，观舞听戏。"

刘祉、李通、王常自知又是白费口舌，无不沮丧地叹了口气。

长安，修缮帝宫与复建宗庙的工程正在紧张而有序地进行着。人们刚过新年，都乐意出力服役。因为服役不但可以换回粮食、五铢钱，接济困窘的生活，而且工程早一天完工，新天子就能早一天迁来。有皇帝大臣居住，就不怕再有人祸兵乱。

丞相刘赐在未央宫的旧址工地上坐镇指挥，派侄儿奋威大将军刘信去修建宗庙的工地上督察。叔侄尽职尽责，调运木石，督促民工，终日奔忙着。终于在正月底，使未央宫恢复了往日的雄伟、壮观。重建宗庙的工程也如期竣工。刘赐卸下重担，赶回洛阳报捷。

更始帝闻听长安竣工，高兴万分，厚赏丞相刘赐。更始帝不顾河北战云密布，决定择日迁都。

吉日到了，洛阳城一片忙碌，各官署车马仪仗、扈从排列整齐，向御街汇集，准备随更始帝车驾迁都长安。

午门外，帝室车驾排成了一条长龙，钟鼓、帷帐、舆辇、器服、太仓、武库、宫府，排列有序，数千宫女嘻嘻哈哈，倩影来回晃动。黄门、侍从来回穿梭。文武重臣齐集正殿门，准备恭请帝驾西移。

吉时到了，随着司仪黄门的呼喝，鼓乐声起，文武大臣跪伏于地，恭请帝驾出宫西移。更始帝在宫女、黄门的簇拥下，步出洛阳皇宫，登上等候在宫门外的豪华车驾。驾车黄门轻摇御鞭，车驾缓缓移动起来。

突然，一只白兔不知从何处钻出来，蹿到更始帝车驾的马前，这只白兔一身雪白，纤尘不染，脖子上还挂着只黄灿灿的金锁，一看就知道准是哪个宫人的宠物。因为搬迁，把它轰出来。白兔看见车马，不但不躲开，反而好奇地迎了上去。

三匹宫廷御马哪儿见过兔子，不知是何物，突然受惊，蹬开四蹄拼命飞奔。这下可把驾车的黄门吓得脸色蜡黄，连声惊呼。宫门口的黄门、侍卫也吓坏了，害怕惊马伤着皇帝，一齐上前拦截。

惊马不知所向，横冲直撞，撞伤了不少宫人，叫声连天。宫里乱了套，惊马乱冲一通，终于撞上北宫的大铁柱子。三匹御马脑浆迸流，倒地毙命，更始帝也从车上摔下来，跌倒在地，痛得他大声呼叫。

刚刚走下正殿的文武大臣们见突然发生了意外，慌得不知所措，因为都怕惊马伤着皇帝，却干搓手没办法。直到惊马触柱而死，众臣才拥上去，救助皇帝。丞相司直李松上前搀起更始帝，慌忙问道："陛下，伤着哪里没有？快，传御医来。"

更始帝活动一下身子，还好，因为衣服穿得厚，没摔伤。可是，这心头之火"腾"地就蹿上来，哆嗦着双手怒骂道："没用的东西，你是要谋杀朕吗？"

他骂的当然是驾车的黄门。此时，驾车黄门的一条胳膊也被铁柱撞断了。可是，他哪敢叫痛，吓得身似筛糠，爬不起来。更始帝看见大声叫道："拉出去，砍了！"

李松慌忙劝解道："今日迁都大吉之日，不宜有血光之灾。请陛下息怒，开恩。"

更始帝恍然大悟，只得作罢。李松忙吩咐道："快，另备车驾，不要耽误迁都大事。"

又一辆车驾驶来。文武大臣劝慰一番，再次请皇帝登车。

未出宫门便不吉，更始帝心里七上八下，脚下迟疑着。李松看出皇帝的心思，笑道："迁都乃是天下大事，也是天大的好事，好事多磨么，请陛下放心上车，臣愿为陛下驾车。"

更始帝心中稍安，重新上车。李松跨上车辕，扬起御鞭，载着皇帝，驶出宫门。身后帝室车马一辆接着一辆，随后而出。

御街上，各官署的车马仪仗、扈从部属排列有序，望见更始帝车驾，行跪拜大礼，山呼万岁。更始帝车驾驶进队列中，黄门、宫女、侍从或骑马或乘车，护卫在车驾两旁。车驾前面是大将军赵萌率所部护驾，车驾后是文武大臣队列。朱鲔、李轶率所部官兵断后。

迁都队伍浩浩荡荡离开洛阳帝宫，向长安行进。洛阳吏民倾巷而出，守候在路旁，怀着依依不舍的沉重心情恭送更始帝西去。

驿路漫漫，迁都队伍昼行夜宿，向长安行进，好在天气渐暖，一路除了不能尽情享乐之外，也算不上艰苦。沿途又有吏民不时奉献酒食，可见更始帝尚得人心。

赵萌的部众，久不经战，又得更始帝恩宠日益骄横，耐不住旅途寂寞，竟沿途掳掠百姓。赵萌自恃在更始帝面前得宠，竟不加约束。沿途吏民见汉军残暴，纷纷逃避，再没有人捧酒食跪迎。

李轶闻听，对朱鲔说道："刘玄扶植赵萌，意在制约我们。长此以往，你我恐怕不容于朝廷。不如仿效赵萌，纵兵掳掠，使更始帝堕损声誉，也是对刘玄的打击。"

朱鲔断然拒绝道："绿林因反莽而起，本为百姓。如今王莽已灭，如果再去纵兵为祸百姓，不是与王莽一样吗？赵萌部众掳掠，罪在赵萌。我去向陛下进谏，速治赵萌之罪。"

李轶摇头说道："刘玄有意恩宠赵萌，能听您的话吗？千万别不仅没抓住黄鼠狼，反惹一身臊。"

朱鲔不听，趁歇息的时候追上更始帝车驾，奏明赵萌纵兵掠劫的详情。刘玄一怔，道："真有此事，赵萌竟敢胆大妄为。大司马请回，朕亲自问他。"

朱鲔只好退回本部。更始帝立即招来赵萌质问纵兵掳掠之事。赵萌眼珠一转，说道："军中确有几个兵卒掠劫百姓，臣已经处置了。这样的小事，臣以为没有必要烦扰陛下，陛下怎么会知道？"

"大司马朱鲔刚刚跟朕说过。"

赵萌立刻面露嘲弄之色，说道："朱大司马真会借题发挥。陛下千万当心，他是见为臣深得陛下宠幸，心存嫉妒，故意进谗言，诬陷为臣。"

更始帝觉得有理，以朱鲔的聪明，不会不明白自己宠幸赵萌的用意。那么，朱鲔诋毁赵萌，自然也在情理之中。于是，他没有责怪赵萌，只说道："不管怎样，你的部众有掳掠的行为，回去要严加约束，不可因此折损朕的清誉。"

"陛下教诲，臣谨记在心。"赵萌心中得意，恭恭敬敬地退下。

迁都队伍经过近一个月的长途跋涉，终于抵达长安。长安吏民倾城出迎更始帝。更始帝入城，入朝，居长乐宫。一个个仪式依据汉制雍容典雅，隆重非常。从宛城定都，到迁都洛阳，再迁都长安，刘玄一步一个高峰，走到了人生的顶点。

朝贺已毕，赵萌、李松上奏，劝更始帝封功臣为王。赵萌奏道："陛下起于淯水，皆诸将拥立之功。王莽覆灭，也是诸臣浴血杀贼的结果。如今，汉室复兴，还都长安，理应分封功臣，彰表忠义，以激励诸臣报效朝廷之心。"

文武大臣听说封王，无不欢喜，纷纷表示赞同。只有朱鲔没有作声，他心里非常清楚赵萌的诡计。借劝更始帝封王之机，让皇帝封自己为王，刘玄宠信他，自然会满足他的欲望。何况，提议封功臣为王，也能讨好群臣，何乐而不为呢！

更始帝发现了朱鲔的不快，故意问道："大司马为什么不说话？莫非不赞同朕封功臣为王？"

朱鲔无法揭露赵萌的野心，只得说道："臣不是不赞同陛下封功臣为王。只是从前高祖有'非刘氏宗室，不得称王'之遗训。如今，宗室未曾加封，如何得封他人。"

更始帝闻听，慨叹道："难得大司马一片忠诚之心，若不是大司马提醒，朕险些忘了高祖遗训。分封功臣之事就……"

话没说完，赵萌忙又奏道："既然高祖有遗训，陛下可以先封宗室，再封功臣，也不算违背高祖遗训。"

"这……"更始帝怨怒地看了赵萌，暗暗骂道，"不识抬举的东西，朱鲔是有意阻止朕封赏你，你却偏偏猴急似的，叫朕怎么办？"

群臣乍听封王之赏，无不欢喜，突然见皇帝要改变主意，顿时不满，叫嚷着表示支持赵萌。更始帝没办法，只得先封宗室，乃封太常将军刘祉为定陶王，刘赐为宛王，刘庆为燕王，刘歆为元氏王，大将军刘嘉为汉中王，刘信为汝阴王。后封功臣，封王匡为比阳王，王凤为宜城王，朱鲔为胶东王，卫尉大将军张卬为淮阳王，廷尉大将军王常为邓王，执金吾大将军廖湛为穰王，申屠建为平氏王，尚书胡殷为随王，柱天大将军李通为西平王，五威中郎将李轶为舞阴王，水衡大将军成丹为襄邑王，大司空陈牧为阴平王，骠骑大将军宋佻为颍阴王，尹尊为郾王。迁李松为丞相，赵萌为右大司马，共理朝内事务。刘赐免丞相，改为前大司马。

更始帝没有封赵萌为王，却升他为右大司马，总理朝政，实际上的权势比诸王都大。这样做，自然是为了迷惑众臣，平衡朱鲔的不满心理。赵萌深知皇帝用意，满心欢喜。

众臣得封为王，心满意足，纷纷跪谢皇帝的圣恩。唯独朱鲔婉言推辞道："臣不是刘氏宗室，不敢称王，违背高祖遗训，恳请陛下收回王号。"

皇帝的话就是金口玉言，岂能收回？但更始帝生性懦弱，面对朱鲔的义正词严，身不由己地说道："朕不勉强你，就升迁为左大司马如何？"

朱鲔默然点头，谢恩退下。

更始帝总算松了一口气，连日忙于各种典礼、仪式，确实把他累坏了。此时他只想早一点退朝歇息。不料，定陶王刘祉、西平王李通、邓王王常又出班奏道："陛下在洛阳曾说过，待迁都之后，便遣将讨伐邯郸叛贼王郎。如今，该是讨伐王郎的时候了。"

更始帝这才想起，还欠着他们三个的陈年旧账呢，正思虑如何处置，却见宛王刘赐又近前说道："陛下虽定都长安，但是，天下未平，豪强仍在拥兵自重。今天河北出了个王郎天子，明天又不知何人称帝，如陇西的隗嚣，首鼠两端，窥探时机。对付已经叛乱的王郎，要派大军平灭，对付隗嚣这种等候观望的人，要用怀柔的手段招降他。所谓恩威并用，可保陛下之位永世平安。"

更始帝只得打起精神处理朝事，依着刘赐所奏，遣使者西行，征诏陇西的隗嚣、隗崔、隗义，又遣尚书令谢躬率振威将军马武率兵前往河北，与大司马刘秀汇合，共灭王郎。

河北信都府衙，大司马刘秀与任光、邳彤、李忠、万修等将召开军事会议，商讨反击王郎的作战方案。

刘秀听了众人的意见后，说道："眼下我们兵力薄弱，只能先进攻弱势之敌，尽快壮大我们的实力。"说着，用手指指着几案上的地图，"距离我们最近的弱势之敌就是堂阳县和贳县。只要我们拿下堂阳县，就可以威慑贳县，不战而屈贳县之兵。贳县向北则有育县、昌城。育县是伯山（耿纯字伯山）故乡。伯山正在此招兵，而昌城的刘植不附王郎拥兵自守。我们合育县、昌城之兵进驻昌城，既可以增添数倍的兵力，又可以昌城为据，即使邯郸大兵到来，也可以与其对垒。何况，我们还有邓禹将军征发的信都本地兵作机动队。"

刘秀的分析使汉军扬长避短，切实可行，众将纷纷表示赞同。任光说道："看来打堂阳将是我军反击王郎的第一仗，事关重大。我军兵力虽然优于堂阳之敌，但堂阳与贳县毗邻，若两敌相互驰援，使我军腹背受敌，恐怕不妙。"

刘秀道："兵力现在是我们的命根子，要尽可能保存实力，避免伤亡过大的攻坚战。就是贳县之敌不增援堂阳，我们也不能用攻坚的方法攻城，只宜智取、奇袭。"

邳彤闻言，顿受启发，说道："我麾下王官掾张万、督邮尹绥俱是堂阳县人，可令其潜至城中，晓谕吏民，召集百姓，作为内应。大司马再亲率兵马，深夜突袭，堂阳一举可下。"

刘秀高兴万分，说道："伟君之计可行，今晚就行动。"

入夜，天色阴沉，旷野一片漆黑，伸手不见五指。从信都通往堂阳县的偏僻小道上，刘秀、任光、邳彤、李忠、万修等率信都之兵，倾城而出，在黑夜中快速行进。

尽管道路崎岖难行，眼前漆黑一片，但是熟悉地形、训练有素的信都兵脚下像长着眼睛，健步如飞，奔向前去。

深夜未时，人马按时抵达堂阳县，悄悄埋伏在城外树林里，耐心等待城头上信号的出现，半个时辰过去了，堂阳毫无动静。

李忠性情急躁，不安地道："张万、尹绥恐不得手，为堂阳兵所擒，我们还是马上进攻，营救二人。"

"不，"邳彤信心十足地道，"张万、尹绥一向谨慎，又是本地人，绝不可能失手！"

刘秀吩咐道："别着急，再等一等！"

李忠默然，众人只好耐心等待。又是半个时辰过去，天近子时。众人却等得心焦，忽然城头上出现了三堆火光。信号出现了，将士们精神大振，刘秀毅然打马而起，大声喊道："冲呀，攻城！"

憋足了劲的汉军将士，一个个如离弦之箭呐喊着冲向城下。突然暴发的喊杀声在万籁俱寂的夜空中回荡，令人不寒而栗。尚在梦中的堂阳守兵还没摸到兵器，汉兵已攻上城头，一阵冲杀，守兵纷纷跪地请降。

此时，张万、尹绥率一批百姓趁乱打开城门，放大司马刘秀兵马进城。堂阳县吏做梦也没想到汉兵突然从天降，吓得魂飞魄散，慌忙率吏卒出衙署归降。

反击王郎的第一仗，大司马刘秀旗开得胜。部属吏卒欢欣鼓舞。汉兵挟初胜之威，连夜兵发贳县。

贳县与堂阳县以河为界，隔水相望。天近黎明，汉军兵临城下。贳县吏民听说堂阳县已经归降，人人震恐，立即诛杀王郎使者，归降刘秀。

汉军两战两捷，士气高涨。附近吏民争相归附，踊跃参军，汉兵兵力大增，稍作休整之后，向育县进击。

刘秀率军刚到育县城下，忽见城门大开，耿纯率城中吏民徒步出迎大司马。刘秀与众将惊喜不已，随耿纯进城。

众人惊问耿纯如何取得育县，耿纯谦逊地一笑，回答道："我奉大司马之命回乡招兵。耿家是育县世族大姓，仅宗族宾客便有两千余人。我有大司马檄文，四处张贴宣扬，宗族宾客与同邑人纷纷前来归附，得兵三千。闻听大司马连下堂阳、贳县，我与宗族宾客决计突袭育县王郎县吏，呼应大司马，便组织了百人敢死队，趁夜色爬进城内，袭杀王郎县吏。城外宗族兵佯称大司马天兵，乘机攻城。守城兵将魂飞魄散，纷纷弃甲归降，育县就这样落入我手。"

众将闻听，感叹不已，无不钦佩耿纯的大智大勇。刘秀说道："伯山独下育县，奇功一件。"当即拜耿纯为前将军，在衙署召见耿纯从事耿䜣、耿宿、耿植及宗族宾客，各有封赏。

安抚罢育县吏民，刘秀等人率领渐渐壮大的汉军队伍，离开育县，继续北进。大军刚行不到十里，忽见育县耿家宅院浓烟翻滚，火光冲天。军中耿氏宗族宾客大惊失色，叫嚷着要回去扑救，耿纯立马大声道："救也没用，耿家宅院，已化为废墟。诸位既已归附大司马，何必再留恋故居？"

宗族宾客疑惑地望着耿纯，心有所悟，目光中流露出不满之色。刘秀惊问道："伯山，到底是怎么回事？"

耿纯直言不讳，大声道："耿家宅院实际上是我派耿䜣、耿宿返回放火焚烧的。"

"伯山从军，何必非烧房子！"刘秀深知其意，唏嘘感叹道。

耿纯大声回答，实际上是说给宗族宾客们听的，说道："明公轻车简从，出徇河北，没有府库积蓄，没有重金厚赏诱人，仅靠贤名恩德怀柔天下，所以部众乐意归附。如今王郎假托帝嗣，僭立为汉帝，动辄以十万户的封赏求购明公。河北吏民，有很多人为重赏所诱惑，见重利而忘大义，沦为王郎的帮凶。耿氏虽然举族归命明公，老少尽在行伍。我还是怕有人怀有异心，半途逃归。因此烧毁宅院，断绝回路，使他们一心一意跟随明公，建功立业。"

耿氏宗族宾客闻听，对耿纯顿生敬畏之心，暗下决心，一心一意跟随大司马。

汉军按照大司马刘秀的布置，实现了一步步的作战目标。任光、邳彤、李忠、万修等将无不钦佩刘秀的军事才能。按照部署，汉军继续北进，路过昌城。

在昌城拥兵自守、不附王郎的刘植得知大司马连战皆捷的消息，高兴万分，与其弟刘喜、刘韵率兵倾城而出，归附刘秀。

刘秀详细询问刘植据兵自守的经过，大加褒奖，彰表忠义，拜刘植为骁骑将军，其弟均为偏将军。刘植兵马的加入，使汉军兵力倍增，士气更加高昂。

大军方行，又有捷报传来：将军邓禹，发檄文征讨王郎，吏民响应，得兵数千，又征集房子县兵，聚兵上万。邓禹使铫期镇兵两千攻乐阳，自领大兵随后，连下乐阳、藁城、肥垒三城。刘秀大喜，为激励铫期再建战功，遣使拜其为偏将军，与邓禹相约会兵苦陉城。

此时的汉军兵力大增，士气高涨。刘秀继续北进，毫不费力地攻下宋子、曲阳，兵进苦陉城。邓禹大军一路斩将夺邑奔来。两军顺利会师苦陉城。

执节河北的大司马刘秀终于有了自己的军队，有了立足之地，再也不会被王郎的兵马追赶得疲于奔命。经过冷静的思考，刘秀决定不必急于进攻，先让连日作战疲劳已极的将士们在苦陉城歇兵三日，再图北进。

大白天，军营里一片寂静，疲劳已极的汉军将士呼呼入睡了。这时，军市令祭遵悄悄走近刘秀营帐，见刘秀正在面对地图思考着什么，便轻手轻脚走到案前，呼唤道："明公！"

刘秀猛然抬头："弟孙怎么没有歇息？"

祭遵施礼说道："我为军市令，却不敢秉公执法，心中不安，特来请教明公。"

刘秀一愣，问道："有什么不敢？难道有人敢目无军市令吗？"

祭遵摇头道："不是，近日连城皆捷，每攻下一城一邑，将士们都缴获不少财物，尽入私囊之中。我为军市令，本应执行军纪。但是，考虑到将士们大多新近归附明公，突然严厉约束，恐有急变，于明公大业不利，所以来请教明公。"

刘秀闻听，感叹道："我只知道弟孙行事，极有法度，执法严厉，不徇私情。没想到也有灵活机动的时候。"

祭遵谦恭地道："法为人用，属下执法再严，也要服务于千秋大业。"

刘秀略一思忖，道："弟孙尽管放心，我自有方法让你从容执法。"

歇兵三日，大军将行，刘秀会集众将，故意问道："我军连战皆捷，诸将劫获多少财物？"

众将闻听，以为大司马要论功行赏，纷纷上报所劫财物的数目，每个人的脸上都露出夸耀的神色。唯独右大将军李忠，一声不响，肃然站立在诸将之外。刘秀惊讶地问道："仲卿为什么不说话？"

李忠愤慨地答道："诸位都有劫掠，唯独我没有，有什么可说的！"

刘秀肃然起敬，上前拉着李忠的双手，扫视着众将，钦佩地道："李大将军打起仗来，从来都是身先士卒，冲锋在前，为什么没有劫掠到财物呢？我今天要特别赏赐他，诸位将军不会嫉妒吧！"

众将顿时明白刘秀的言外之意，个个羞愧得面红耳赤，无地自容。再没有人炫耀功劳，讨要封赏。刘秀当即把自己最心爱的坐骑——青骊马，赏赐给李忠。

军市令祭遵见此情景，乘机严明军纪，警诫众将，如有再犯，将一概依律处治。众将肃然而起。

城邑接连丢失，败报如雪片一样飘进邯郸王宫。王郎大吃一惊，想不到刘秀一个漏网的穷寇，竟在短短的时间内聚集这么多的兵马，而且攻城略地，步步紧逼。他忙召集群臣，商讨御敌之策。

丞相刘林说道："刘秀在昆阳大战中，曾以不足万人的兵马，大败王莽四五十万大军，非寻常之辈。如今连战皆捷，士气正盛，不宜与其正面争锋。刘秀从信都出兵，倾城而出，城中只留眷属，必然空虚。我军可绕道而行，远袭信都，使其首尾难以相顾。而且，眷属尽在我手上，汉兵军心必乱。再派大兵进击，刘秀必败。"

王郎没想到刘林竟有如此妙计，看来是做了丞相，大有长进，当即连声夸赞。大司马李育也连称好计，请命道："我愿带兵出击，守住邯郸门户柏人城，抵御刘秀的正面进攻。"

王郎精神亢奋，叫道："好，有李将军守住柏人城，可保邯郸无虞，朕再派出信都王，突发奇兵，夺取信都，前后夹击，必败刘秀，使其死无葬身之地。"当即封心腹之将王奔为信都王，督率大军，潜师出击。

大司马刘秀合和成、信都、昌城、巨鹿的兵马以及邓禹征发来的兵马，再加上攻城略地所得兵马，犹如涓涓溪水聚成江河。

征讨王郎的大军迅速壮大，军纪严明，军容严整，蔚为壮观。对河北王郎的假子舆政权形成了强大的压力。挥师北进，击中山，拔卢奴，所过之处尽发檄文，声讨假子舆王郎的忤天之罪。归附王郎的郡县纷纷倒戈一击，响应大司马刘秀。

大军正在行进，刘秀加在队列中，忽然一名侍卒飞马从后面赶来，大声叫道："明公，有位壮士赶来见您，说有重要的事相告。"

刘秀勒马出了队列，问道："来人在何处？"

"明公稍候，来人随后就到！"

刘秀下马。不多时，侍卒引着一骑飞驰而来，马上的人老远就翻身下马，趋步上前，给刘秀跪拜请安。

刘秀细看来人，三十来岁，一身百姓便装打扮，浑身上下透着精明强干之气，忙亲切地问道："壮士何人？"

来人抱拳道："小人是耿弇门下的家将，奉家主之命，特来给大司马下书。"说着，从衣内取出一封帛书，恭恭敬敬地呈上。

刘秀一听是耿弇的消息，忙接过帛书，当即拆开细览，脸上顿露兴奋之色，连声叹道："好，太好了。"

这时，朱祐不知何时到了眼前，看着刘秀说道："明公，是耿弇的消息吗？蓟城乱时，他不保护明公出逃，躲到哪儿去了？"

刘秀扬着书信，说道："仲先错怪伯昭了。他已说服上谷、渔阳，合两郡突骑猛将向南出击王郎，战绩辉煌，斩王郎大将九卿、校尉以下四百余首级，得印绶一百二十五，斩敌首三万，平定了涿郡、中山、清河、河间所属二十二县，使其归服本官。"

朱祐惊奇不已，忙接过书信细看，他原本识不得几个字，跟在刘秀身边，学业精进，字认得差不多了。看完之后，他也忍不住赞叹道："这小子竟有如此方法，我真是小看他了。当初他向明公进谏驻守蓟城，联合上谷、渔阳兵马，抗击邯郸之兵，我还以为他是本地人并非真的归附明公。明公南逃，他没了踪影，我更认为他投奔了王郎。谁知，他果真发来突骑，立下盖世奇功。明公识才，'用人不疑，疑人不用'。朱祐佩服得五体投地。"

刘秀当即将耿弇书信在军中传闻，以进一步鼓舞士气。同时，厚赏家将，亲自作书回复，褒奖耿弇，并相约在广阿城会师。

原来，蓟城刘接困住广阳王，与蓟城令共谋刘秀时，耿弇奉大司马之命去北镇征集粮草。等他回到阵营时，天已经黑了，大司马一行已是人去屋空。耿弇赶紧拨转马头，奔上大街。

此时，刘接、蓟城令的部属正在到处搜捕大司马刘秀的部属同党。城里乱成一片，人声鼎沸，逃难的人们互相劫掠厮打，阻塞了道路。耿弇好不容易才奔到南城门。但见城门前死尸枕藉，血流遍地。大司马一行肯定在这里厮杀过。他想出城追赶，可是，辎重横拦，城门落锁，守兵虎视眈眈，出不去了。

怎么办？耿弇退到偏僻之处。他左思右想，留在蓟城无益，一定要想办法出城方行。挨到天亮，只得硬着头皮去找城门管事："我乃上谷太守耿况之子，因为出事羁留蓟城。现在有紧急事务要赶回上谷，烦请开城，放我出去。"因为上谷是突骑所在，归属尚不明朗，所以城门管事说话很客气。

"原来是上谷的耿公子，按说应该放您出城，可是上头有令，任何人不得出城。小人也没有办法，耿公子是不是等过了风头，再出城如何？"

耿弇急得心头冒火，但是，这时候发怒不得，还得好言好语地求人家。他满面堆笑道："管事大人，我家里有急事，耽搁不得。您看，我又不是洛阳汉使的人，偷偷地放我出去，既不会有人知道，也不会有什么风险。我一定酬谢大人。"说着，把身上仅有的一块玉佩送到管事面前。

城门管事等的就是这句话，登时脸上乐开了花，等他看见只有一块玉佩的时候，本来乐开花的脸又拉得老长，耿弇一见不妙，忙道："我还有一匹坐骑，权且送给大人，只求放我出城。"

城门管事勉强答应，悄悄开启城门一条缝，放耿弇出去，"咣"的一声，又关上了。

茫茫旷野，哪里还有大司马刘秀的踪影。耿弇没有了坐骑，自知追赶不上。猛然想起曾与大司马相约，说劝上谷、渔阳两郡兵马，共击王郎。此时，不如且回上谷。蓟城距上谷郡所属最近的昌平县也有二百里地，耿弇硬是靠两条腿，走了一天一夜，才赶到昌平。得了坐骑，填填肚子，人不歇息，又奔上谷驰去。

上谷太守耿况见儿子独自回来，吃了一惊问道："弇儿，你去洛阳进献，怎么这么快就回来了？孙仓、卫包他们呢？"

耿弇把从吏孙仓、卫包中途挟裹财物，投奔王郎的经过说了一遍，道："如今王郎假托帝嗣之命，窃夺天下。洛阳大司马刘公德高泽厚，素怀高义。可惜，被王郎追逐奔逃，生死未卜。上谷郡听命汉室，应速发突骑，进击王郎，驰援大司马。"

耿况沉思道："我儿所言极是，只是上谷力孤，须与渔阳合力。爹已遣子翼通结渔阳太守彭宠，共约起兵。子翼也该回来了。"

说寇恂，寇恂就到了。耿况、耿弇听到禀报，父子一同出府，迎接出使渔阳归来的寇恂。寇恂进了府衙，刚刚落座，耿况就迫不及待地问道："子翼，渔阳态度怎样？"

寇恂面色平静，微微叹息道："渔阳官属多为河北人，皆有归附王郎之心。"

"那么，彭公呢？"耿况吃惊地问道。

"彭公有归附洛阳之心，只是顾忌部众不服，犹豫不决。彭公麾下猛将吴汉，字子颜，南阳宛人，素闻大司马刘秀的贤名，有心归附。我与子颜多次劝说，彭公才答应与上谷合兵据守，不附王郎。"

耿弇闻听，愠怒道："彭宠目光短浅，不明大义。上谷、渔阳纵有天下精骑，若不归附汉命，师出无名，人心不安，也难抵御王郎的进攻，必招致灭顶之灾。"随后，向寇恂说明刘秀仓皇南逃的经过。

寇恂耸然动容，向耿况再次请命道："伯昭所言甚是，关乎上谷安危，不可不察。属下愿再次出使渔阳，说服彭公，共同归附大司马刘公，平灭王郎。"

耿况犹豫不决，说道："子翼刚刚出使回来，再去渔阳，能说服彭公吗？"

寇恂坚定地说道："说服渔阳，共归汉使，关乎上谷安危，属下就说破嘴皮，也要说服彭公。"

耿弇心里一动，起身说道："爹，孩儿随子翼一起去，也许可助他一臂之力。"

耿况欣然答应："弇儿长大了，也可为国建功立业了。有子翼在，爹放心。"

于是，寇恂、耿弇携重礼，再次出使渔阳。

渔阳太守彭宠听说寇恂又来做说客，心中不悦，推说身体不爽，不予召见。寇恂没办法，只好再走吴汉这条路，便与耿弇夜深时去吴汉府上。

吴汉听说是上谷使者，热情出迎，与耿弇、寇恂论起天下大势，侃侃而谈。三个谈得非常倾心，互生钦佩之情。当谈到渔阳、上谷何去何从时，吴汉说道："彭公犹豫不决，一则是因为王郎假托刘子舆之名，彭公不辨真假。部属多为河北人，愿意就近归附邯郸；二则洛阳更始帝朝政日益混乱、败乱，恐难成大事；三则大司马刘公徒有威名，无一兵一卒，为王郎所追，疲于奔命，彭公岂敢将渔阳生死押在大司马身上。"

耿弇听着，忽然灵机一动，有了主意，笑道："彭公既有此狐疑，我们可以想办法释其疑虑。子翼、子颜（吴汉字子颜）再乘机进谏，便可说服彭公归附大司马。"说道，又低语几句。

寇恂、吴汉笑道："好计，好计！"

彭宠一夜没能睡好，渔阳何去何从的问题，像一块巨石压在心上，推卸不开，临近天亮时才恍惚入梦。忽然，门外一阵脚步声传来，就听亲兵喊道："大人快起来，大司马使者到了城外！"

彭宠被惊醒，没好气地问道："哪里的大司马？"

"洛阳大司马刘公！"

"是刘秀的使者？"

"正是！"

彭宠吃了一惊。刘秀不是被王郎的兵马追赶，南逃了吗，怎么突然派使者来渔阳？他来不及多想，赶紧传命道："让子颜先迎使者进城，我马上就到。"

渔阳郡府衙，吴汉率府吏将卒恭恭敬敬地引领大司马刘秀的使者走进客厅。装扮成使者的耿弇手执假汉节，正容肃然，身后的从吏都是一同出使渔阳的上谷部吏装扮，表情威严不苟言笑，满是那么回事。

耿弇落座，故作恼怒地道："请问太守大人何在，既不出迎，也不相见，莫非是目无大司马？"

吴汉满脸赔笑，正要向使者解释，忽听门外彭宠大声说道："尊使息怒，本官来也！"话没落音，彭宠已步入门内。

耿弇勃然大怒，斥道："彭宠，你眼中还有汉室天子吗？"

彭宠没想到大司马使者还有这么大的脾气，冷笑道："尊使不就是大司马刘秀的使者吗，与天子何干？"

"哼，大司马执节河北，我为大司马使者同于天子使者，你藐视大司马使者就等于藐视天子使者。"

彭宠哈哈一笑，突然道："请问，大司马现在何处？派尊使来渔阳有何贵干？"

耿弇面色威严，朗声答道："大司马收信都、巨鹿之兵，传檄河北，共击王郎。如今，正率兵北进，特遣本使出徇渔阳。这里有大司马手书讨伐王朗的檄文，渔阳何去何从，太守大人该有个交代吧！"说着，将一份寇恂手书的檄文扔到彭宠面前。

彭宠哪里认得刘秀手书，以为真是大司马手书，仔细看来。檄文声讨王郎假借刘子舆之名，蒙骗天下，窃夺汉室，悖逆天道之罪。敕令河北郡国明大义，识鬼魅，辅佐大司马平灭叛贼，共兴汉室。彭宠看完，对这位大司马使者再无怀疑，满面堆笑道："尊使千里迢迢，一路风尘，辛苦了。来呀，请使者大人回驿馆歇息，好生伺候。"

耿弇见彭宠没看出破绽，知道下面的戏该由吴汉主演了，便向吴汉会意地一笑，跟随司礼官员出厅而去。

耿弇走后，彭宠赶紧召集部众，共商大计，吴汉劝道："大司马刘秀当年昆阳大战时，曾以不足万人的兵力大败王莽四五十万大军，威名远震，德深泽厚。王郎以假子舆之名，欺骗天下，逆凶于一时，必不得长久。长安汉帝必遣大军协助大司马，必灭王郎无疑。渔阳、上谷突骑，天下闻名。主公若合两郡精骑，归附大司马，进击王郎，可建不世之功。"

"这……"彭宠也觉得吴汉的话有道理，但仍然犹豫不决，扫视两旁的部属。部属中河北人居多，都在交头接耳，议论纷纷。显然，人心不一。

正在这时，忽然有专门打探军情的部卒跑进来，报告道："禀大人，洛阳大司马刘公合信都、和成两郡之兵，连下王郎十余县邑。檄文所至，郡县响应。另有谍报称，长安汉室天子遣尚书谢躬与振威将军马武率军渡过黄河，援助大司马刘公共击王郎。"

彭宠得报，更加相信耿弇和吴汉的话，遂下决心归附刘秀。渔阳部属听到部卒禀报的军情，纷纷改变主意，表示愿意渔阳归附大司马，渔阳的归属已成定局。

其实耿弇并不知道刘秀已收信都、和成之兵，出击王郎的实情，只不过信口说出，诈彭宠归附刘秀而已，没想到竟被他说中了。吴汉也不知道更始帝已遣将驰援河北，也只是巧合而已。

彭宠与部属一致同意渔阳归属刘秀，不听王郎号令，便请来上谷使者寇恂，共商两郡合兵、驰援大司马刘秀的事宜。商议已毕，彭宠即令吴汉、盖延、王梁为将，率渔阳突骑与上谷兵马会师，并军征讨，挥戈南向。所过之处，尽斩王郎兵将，攻城夺邑，所向披靡。

渔阳上谷的去向关乎河北的得失，不但大司马刘秀时刻关注着，邯郸王郎也在虎视眈眈地审视着。当探马向赵王宫禀明两郡的动向时，王郎大吃一惊，慌忙在温明殿召集群臣商议对策。

谏议大夫杜威说道："刘秀从洛阳出徇河北，与上谷耿况、渔阳彭宠没有任何往来。上谷、渔阳为其所用，一定受人蛊惑，如果陛下使用重金贿赂耿况、彭宠，即使两郡不为我所用，也可保持中立。此后，再派人出徇四地，宣扬上谷、渔阳为我邯郸而战，刘秀与两郡相互必疑，必然内讧，邯郸坐收渔利。再遣将把守关隘、严阵以待，河北紧密如铁桶，刘秀有天大的本事也休想插进来。占据了河北，陛下就可以逐鹿中原，汉室天下就是您的了。"

王郎觉得有理，当即调整战略部署，派大司马李育出徇郡国，谋划渔阳、上谷之事；用大将军张参把守柏人城、太守王饶、将军儿宠把守巨鹿，横野将军刘奉把守广阿城。

王郎已拥有雄兵猛将，假帝嗣之名以令天下，何愁坐不稳天子之位。王郎和心腹之臣对此毫不怀疑。

入夜，汉军大司马帐中灯光明亮，刘秀与众将正围坐在地图前，商讨军情。忽然，探马来报："禀明公，王郎大将李恽正率兵驰援鄗城，距离鄗城只有一百余里。"

刘秀与众将吃了一惊，耿纯说道："鄗城令得大司马檄书，已有归附之意，如果李恽赶到，鄗城令必附王郎。"

刘秀点头说道："鄗城是我进兵邯郸必经之地。如果被王郎夺去，再想攻取，付出的代价就大了。我军距鄗城有多远？"

"大约二百里地。"邳彤看着地图说道。

"传令各部，辎重押后，轻骑立即出发，一定要在天亮前赶到鄗城。"刘秀威严地下达命令，双目炯炯有神。

"遵命！"

众将各回本部，传达大司马的命令。刚刚进入梦乡的汉军将士二话没说，披挂整齐，抓起兵器，飞身上马。一条长龙在夜色中向北飞驰，急骤的马蹄声在寂静的夜空中回荡。

天色微明，大军终于赶到鄗城西。刘秀刚刚勒住战马，便有探马来报："禀明公，邯郸李恽的兵马正在城东安营。"

刘秀欣慰地笑了，自己总算没有落在李恽身后。鄗城归谁，要看各自的实力了。

天色大亮，鄗城令登上城头，一手拿着出自李立之手的邯郸檄文，一手拿着出自信都太守任光手笔的檄文，不知所措。城中百姓吓得关门闭户，街上冷冷清清。

李恽、刘秀因不知鄗城心归何处，都不敢贸然进攻对方，双方就这样夹城列阵对峙着，不知不觉日头西坠了。

刘秀正在焦急不安，忽然探马送来一封帛书，拆开一看，却是鄗城令手书。信中说，鄗城大姓苏公，是王郎大司马李育的至亲，不愿迎大司马，已潜出城东去见李恽，约定今晚里应外合，共击大司马的汉军。

刘秀把书信交给众将传阅，多数将士认为信中有诈，唯独前将军耿纯坚信鄗城令有归汉之心，请命道："属下愿率所部兵马今夜埋伏在城门口，待苏公与李恽会面时，发动突袭，斩此二贼之首级，鄗城必为我所有。"

刘秀沉声道："不管信中是否有诈，今晚一定要发起对李恽的进攻。不妨依伯山所请，我自率军押后。"

入夜，天色阴沉，城外漆黑一片，伸手不见五指。耿纯自领前车，马衔枚，人蹑足，悄悄埋伏离城门只有几百步远的树林里。城门楼上灯光明亮，巡逻的兵卒来回走动。耿纯躲在树林里，借着灯光，正好把城门口看得一清二楚。

时间在飞速流逝，天近亥时，城头上突然出现三盏红灯，在空中转了三圈。耿纯一见大喜，猜测一定是苏公信号。转眼向李恽营中看去，只见人影晃动，好像有人马向这边走动。

越来越近，到了城门口，耿纯看清楚了，为首之将一身大将军披挂，必是李恽无疑。这时，随着城门"吱呀呀"地打开，城内走出一队人马，自然是苏公了。耿纯见时机已到，突然大喊一声："杀！"

只见李恽马前突然弹起一根绳索，战马一惊，把李恽摔落马下。

"杀呀！"耿纯又是一声大喊，战马已蹿出树林，冲到李恽跟前，大刀一举，寒光一闪，李恽的脑袋滚出多远，连哼一声也没来得及。苏公惊呆了，等他清醒过来时，发现李恽已死，慌忙招呼兵将来围耿纯。耿纯大喝一声，抖擞精神，与苏公厮杀在一起。

埋伏在后面的汉军主力，见前军已与敌人交锋，登时鼓角震天，杀了过来。大司马刘秀头戴盔，身披甲衣，腿扎行縢，足蹬革靴，挥刀跃马，冲在最前面。

中坚将军杜茂、护军朱祐、骑都尉刘隆、骁骑将军刘植紧随其后，各举刀枪，猛砍猛杀。

李恽兵马挡不住汉军的攻势，纷纷弃戈曳旗，四散逃命。苏公见势不妙，心头慌乱，被耿纯一刀砍下战马。此时，鄗城令也率亲兵吏卒，杀向苏公人马，出城归降刘秀。

天色大亮，鄗城城头飘扬起"汉"字旌旗，大司马刘秀率军进驻城。骑都尉刘隆慨叹道："多亏大司马决断英明。如果我军不及时赶到，鄗城必为李恽所得，据城固守，我军攻坚而战，付出的代价可想而知了。"

刘秀在府衙坐定，毫无矜持之意，谦逊地一笑，道："鄗城固然重要，但毕竟是小邑，我军尚可以吃掉它。前面的真定王刘扬拥兵十万，兵多将广，听命于王郎，阻住我北进的道路，这可是块硬骨头。大家来商议一下，如何啃掉它。"

众将尚未开口，刘隆笑道："明公，真定用得着动刀兵吗？真定王刘扬也是宗室，跟明公一样，是高祖九世孙。明公檄文先到，再遣使招降，刘扬岂有不降之理？"

刘秀沉思道："宗室之中，良莠不齐。刘扬既然归附王郎，恐怕再也难以归汉。不过，元伯之言，不妨一试！"当即遣使者携带重礼去真定郡招降刘扬。

两天后，使者空手而回，脸上一道道伤痕哭倒在刘秀跟前。刘秀心头一沉，忙问道："快说，怎么回事？"

"禀明公，刘扬真不是东西，大司马檄文还没有看完，就扔在地上，喝令侍卫驱赶属下。您瞧，我这脸上的伤就是被竹鞭打的。请明公速发大兵，平灭真定，砍下刘扬的狗头。"

刘秀让使者回营休养，环视众将，怒气冲冲地说道："刘扬背弃列祖，悖天附逆，神人共愤，我大军到此，若不施以薄惩，上天也不会答应。诸将听令……"

"明公且慢！"骁骑将军刘植突然挺身而出，拦住正要发布军令的大司马，说道，"属下与真定王俱在河北，有过一面之缘。据守昌城时，亦有来往。愿凭三寸不烂之舌，说服刘扬，归降明公。如果刘扬死心塌地，为王郎卖命，明公再发兵不迟。"

刘秀摇头道："使者既遭驱逐，说明刘扬已经死心塌地为邯郸卖命，伯先前去，恐怕凶多吉少，还是别冒险了。"

"不，明公。"刘植昂然道，"如果属下能劝降刘扬归附，明公不仅可得十万兵力，也可得到真定一带豪强大姓的支持，对于孤立王郎的势力有很大的作用。属下虽死也是值得的，诚请明公准允。"

刘秀深受感动，他当然清楚劝降真定王的重大意义，便上前执刘植手说道：

"伯先千万小心，我为你备办重礼，派人护送去真定。"

刘植摇摇道："劝降刘扬，只需真诚，无须重金。只有打消他的疑虑，才有希望劝降他。属下单人独骑前去。"

刘秀觉得有理，便与诸将出营，为刘植送行。刘植脱下大将军服，换上儒衣冠带，向刘秀和众将拱手告别，然后上马，独自一人向真定驰去。

刘秀驻军鄗城，白天率军操练，晚上与众将谈论兵事。表面谈笑风生，处事如常，内心无时无刻在为刘植担忧。转眼三天过去了，众将都沉不住气了，营中议论纷纷，传说刘植已经凶多吉少。

刘秀也有些沉不住气了，只有邓禹劝慰道："不论骁骑将军是凶是吉，现在情况不明，切忌贸然行动，只有耐心等候。"

刘秀只得强作镇定。又是两天过去了，正当他坐卧不宁时，忽然兵卒兴冲冲地进来禀道："明公，骁骑将军回来了。"

刘秀心里一块石头落地，忙率众将迎出帐外。刘植依然儒衣冠带，单骑而归。回到帐中，刘秀未及落座，忙问："伯先，结果如何？"

刘植满面喜色，道："真定王已被属下劝服，愿以兵归降明公，彼此同心，共灭王郎。不过……"说着，面露迟疑之色。

刘秀猜测，必是刘扬提出了苛刻的条件，便宽容地一笑，说道："只要刘扬愿意归降，我会尽可能地满足他的要求，绝不让伯先为难。"

刘植突然跪倒道："明公请恕属下僭越擅权之罪。刘扬为表诚意，想与明公结为姻亲，属下已替明公答应。"

刘秀上前，双手扶起刘植，温言笑道："伯先能劝降真定王，已是大功一件，何罪之有？只是姻亲之事，太过孟浪。我尚无子嗣，又无姐妹兄弟，如何结亲。"

刘植道："明公自身不是可以联姻吗？真定王有个外甥女郭氏圣通，愿侍奉明公左右。"

刘秀顿时脸涨得通红，愠怒道："伯先胡闹。我已娶妻，与夫人意笃情深，白头偕老，岂能再娶。此事不必再议，我绝不答应。"

刘植没想到大司马如此震怒，而且一句话就把路堵死了，登时尴尬万分，但还是强笑着说道："天子一聘九女，诸侯一娶三女，明公两妻，也不算多！"

"伯先，我念你劝降刘扬有功，不加罪于你，休要再说。"

刘植也恼怒起来，冷哼一声道："明公不答亲事，真定王就不会真心归降，属下原以为明公慷慨而知大义，没想到竟以儿女之情而害邦国之事。算我刘植眼拙，错投了主子。"说着，就要告辞而回昌城。

众将慌忙拦住。邓禹劝刘秀道："骁骑将军一心为公，甘冒生死，所言甚是有理。刘扬亲附，若不结为姻亲，怎肯真心归降。一旦我军经过，发生祸变，邯郸兵从南来，真定兵从北进，南北夹击，我军将有灭顶之灾。明公因小失大，能成大业吗？何况，寒了将士的心，谁还会为您拼死效命呢？"

校尉傅俊也进言道："明公情系阴夫人，此心天地可鉴。今纳郭氏，实为大业，阴夫人明识大体，断不会妒忌的。况且郭氏并非寻常女子，与明公有缘，千里姻缘一线牵嘛！"

被众将劝阻住的刘植见刘秀仍低头不语，愤然，道："我已许诺真定王，如今失信于人，如何立于天地之间。"说着，抽出佩剑，就要自刎，吓得刘秀连声叫道："我答应，我答应！"

众将转忧为喜，围着刘秀欢呼起来。刘秀走到刘植跟前，深施一礼，赔礼道："伯先冒死为公，刘秀不及，险些铸成大错，惭愧，惭愧！"

刘植脸露喜色，道："明公这个媒我保定了。明日该执雁聘亲了。"

郭氏名圣通，真定人，为郡中显姓。父亲郭昌素有贤名，曾经把数百万的田产让与异母弟，在地方上很是轰动，赢得仁义之人的美誉，因而做了郡功曹。

郭母刘氏，是真定恭王的女儿，人称郭主。真定恭王乃是汉景帝七世孙，郭主就是汉景帝的八世外孙女。她虽然贵为王女，却无娇贵之气，遵循礼教，持身节俭，有母仪之德，生下女儿郭圣通和儿子郭况。

郭昌早逝，因儿女幼小，郭主归于娘家。舅父刘扬待圣通如己女，闻听刘秀大名，故有为外甥女择婿之意。

刘秀早已听闻郭圣通之名，并无恶感，只是觉得有负阴丽华的一片痴情。当年，自己立下誓言："仕官当做执金吾，娶妻当得阴丽华。"阴丽华苦等上千天，相思几年，终于等到喜结连理的那一天。

可是，自己被当时形势所迫，不得不与新婚的妻子再次分开。临行前的夜晚，阴丽华的千般柔情、万般蜜意，令他终生难忘，她要他在她身上留下一条根，他尽力而为了，但不知能如愿吗？

刘秀被逼无奈，只得应下亲事，令刘植为媒，执雁赍金，送作聘礼，议定婚期。因为时逢战时，真定王不拘礼仪，一切从简。择日不如撞日，从议亲、订婚到举行合卺礼，前后不过六天。

迎亲之日，大司马刘秀带领护军朱祐、后大将军邳彤、中坚将军杜茂、左大将军李忠等将士，由鼓乐队开道，执事队在前，前往真定城迎娶郭圣通。真定百姓夹道迎接，争睹大司马风采。真定王刘扬大开城门，率吏民倾城而出，迎接大司马进城。

刘秀下马，以晚辈身份拜见刘扬。真定王只闻其名，未见其人，今见刘秀，果然气宇轩昂，举止不凡，乐得脸上开花，慌忙双手扶起外甥女婿，迎刘秀等人进客馆。大摆宴席，宾主频频举觚，欢声笑语响彻真定城。

　　真定王府后院，一幢小巧别致的绣阁内，年方二八、端庄娇媚的郭圣通端坐在铜镜前，侍女们忙着给她插金钗、画柳眉，装扮得更加俏丽动人。美满幸福的笑意荡漾在她那俊美的脸蛋儿上，一双会说话的大眼睛掩饰不住内心的满足和甜蜜。

　　出身尊贵的郭圣通最仰慕的是英雄豪杰。昆阳大捷后，刘秀声名日盛。郭圣通仰慕其名，顿生爱慕之情。奈何山高路远，无缘结识。大司马驻鄗城，遣刘植劝降真定王。郭圣通顿觉有了希望，便央求舅母劝说舅父归降刘秀。舅母明白了甥女的心意，也有归附大司马之意，便在枕席间向真定王吹风。

　　刘扬正为刘植的到来犹豫不定，便招来外甥女问计。郭圣通落落大方，向舅父分析天下思汉，人心归一的形势，力劝刘扬弃王郎，归附大司马。真定王终于决定归附刘秀，但要刘秀做自己的外甥女婿，一则圣通终身有靠，二则也可试探刘秀的诚意。劝降刘扬，与其说是刘植的功劳，不如说是郭圣通的功劳。

　　装扮完毕，郭圣通身穿大红绸衫，披上红盖头，被众人簇拥着下楼，来到前厅，依礼成亲。

　　前厅的宴席早已结束，刘秀挽上大红吉服被众将推到郭圣通身边站定，司仪立刻用一条红绸带将二人联结起来。

　　"吉时已到。"随着司仪的呼喝声，礼乐响起，一对新人拜天地、拜宗庙、拜高堂完成了结婚大礼。大司马刘秀不知是激动、羞怯，还是喜酒喝多了，英俊的脸涨得通红，摇晃着完成了大礼。

　　"大礼已毕，送新人入洞房。"司仪一声高唱，众人哄笑着，把新人推进洞房。

　　装饰得富丽堂皇的洞房里，张贴着大红"喜"字，两支巨大的红烛照得满室通亮。天黑了，客人们渐渐散去，侍女们也退出房去，把房门关上了，屋里只剩下一对新人。

　　刘秀可能是酒喝得多了，感到头有点儿发晕，努力地睁开眼睛，望着端坐在床榻边披着红盖头的郭圣通。这就是他的新娘吗？他没有一点儿喜悦之情，内心却在隐隐作痛，这种痛苦当然是因为愧疚而引起。

　　他是那种感情专一的人，阴丽华是他最喜欢的女人，也是他自以为最美的女人，而阴丽华对他的痴情，更让他彻心彻骨地爱她。可是，现在他的身边又多了一个女子，远在千里之外的阴丽华竟毫无所知。这种负情的债恐怕要压在他心头一辈子。

　　但是，刘秀毕竟是清醒的。不管怎样，娶了郭氏，可以凭空增添十万兵力，对将来灭王郎、成大业至关重要。他努力平抑一下自己的心情，尽量地以一种喜悦的神态走到郭氏面前，轻轻地揭开了红盖头。

一位华服靓妆、俊眼修眉的美丽女子显现在大司马面前。尽管刘秀已经想象过新夫人的美丽，但是，还是被郭圣通的美貌打动了，刚才的愧疚之情不见了，心头涌起一丝喜悦之情。

"娘子，刘秀有礼了。"刘秀脸儿更红，屈身施礼，谦恭备至。

郭圣通羞怯地低着头，偷偷地打量着自己心仪已久的英雄。高大、威武，棱角分明的一张脸，跟想象中的刘秀相差不大。只是没想到堂堂的大司马会向自己屈身施礼，慌得她赶紧起身，道了个万福，声如玉珠击盘，羞怯怯地说道："大司马如此多礼，折杀奴家了。"

一声"大司马"使刘秀突然意识到自己和新夫人相交尚浅，不似阴丽华与他总有一种默契，有一种心灵的感应。他喊她"丽华"，她喊他"文叔"，多么亲切、多么自然、多么令人心潮涌动。

想到阴丽华，刘秀不由自主地把她和新夫人做着比较。如果说阴丽华秀雅外露，带着点儿民家之女的野性，那么新夫人则是纤纤合度大家闺范，令人望而生敬。

"丽华，你在哪里？"刘秀在内心深处呼唤着，却还要应付眼前的新夫人。几案上摆放着两只觥和一壶酒。结过婚的刘秀知道下道程序该是喝交杯酒了，便挪步上前，将两只觥斟满了，温言道："娘子，你我既成大礼，现在该喝交杯酒了。"

郭圣通低着头，悄声道："奴家从命就是。"举莲步上前，端起两只觥，交给刘秀一只。

"娘子，请！"

"大司马，请！"

两人交臂，一饮而尽。共饮三杯，刘秀感到头昏脑涨。他还不明白，自己因为对阴丽华总有一种愧疚感，强颜欢笑的背后，隐藏着一颗痛苦的心，心情不好，自然易醉。论说今天喝的酒不算太多，但在成婚大礼上，他就感觉到头晕了。

郭圣通完全不知道刘秀的心情，处在兴奋之中的她以为大司马跟自己一样处在幸福的眩晕中。她大着胆子，低声说道："天色尚早，奴家再陪大司马痛饮几觥，如何？"

刘秀不知是听明白还是不明白，居然点点头，两人相对而坐。郭圣通斟酒，举觥，红着脸儿道："为着我们白头偕老，美满幸福，干！"

"干！"

刘秀二话不说，一饮而尽。郭圣通也喝了个底朝天，重又斟酒，美目注视着刘秀，渐渐没有了羞怯之意，举觞道："为大司马早日灭王郎，复兴汉室，建功立业，干！"

刘秀举起酒觞，没说话，一仰脖子，喝干了酒，酒觞却跌落在地，摔得粉碎。郭圣通吃了一惊，忙问道："相公，怎么啦！"

"我……"刘秀再也睁不开眼睛，身子晃了两晃，仆倒在几案。不多时，竟呼声如雷。

郭圣通这才明白刘秀喝醉了，心里纳闷，堂堂的大英雄，就这样醉倒了吗！她怕刘秀着凉，忙脱下红绸彩衣，把刘秀拥到床榻上，自己也脱下鞋子，上了床。看着刘秀，犹豫了一下，还是双手抱起他的头，让他躺在自己酥香温暖的怀抱中。

心仪已久的英雄在怀，郭氏有一种幸福的感觉。虽然，新婚之夜没有她想象的那么令人激动，但是，刘秀终于成为自己的丈夫。她的一双纤纤玉手温柔地摩挲着刘秀的眼睛、鼻子、嘴，倾听着那醉人的鼾声，不由自主地把滚烫的脸颊贴在他的脸上。

"梆、梆、梆"，谯楼上敲过了三更，真定王府一片静寂，忙碌了一天的人们早已进入了梦乡。可是，郭氏毫无困意，就这么搂抱着刘秀，任由思想展开最美的想象。

"水……"沉沉入睡的刘秀突然翻了一个身，低声叫道。郭氏蓦然惊醒，慌忙放下刘秀，下床端过一杯水来，重又上床，扶起刘秀，用勺子一口一口细心地喂着。刘秀似乎渴极了，闭着眼睛，大口大口地喝着。也许是郭氏身上散发的少女的馨香吸引了他，他突然一个翻身把郭氏拥在怀里，忘情地叫道："丽华，我好想你！"

郭氏猝不及防，手里的杯跌落在床上，羞得她满脸通红。今天是她的新婚之夜，她是有思想准备的，可是，没想到刘秀这么突然，这么直接，使她在明亮的灯光下无地自容。刘秀已经成为她的丈夫，她无法拒绝，慌乱中忙一甩袖子，把两支巨烛吹熄了。洞房里顿时一片黑暗。

黑暗中，刘秀双手抓住郭氏的肩头，亲吻着她的香唇，忘乎所以地叫道："丽华，丽华，别离开我！"

这一次，郭氏听清楚了。刘秀呼唤的不是自己，而是另外一个女人的名字——阴丽华，犹如当头浇了一盆冷水，她的激情一下降到了零点。

刘秀已娶阴丽华，她是知道的，可是，新婚之夜，丈夫心里想的不是她这个新人，却是结发妻子。论身份地位、论品行才貌，她哪一点不是女人中的佼佼者，丈夫心里想念的为什么不是她。

醋劲在郭氏心中翻腾，怎么也按捺不住。她终于猛地推开刘秀，跳下床去，在黑暗中，摸到了几案上的火镰，打着了火。

刘秀在懵懵中不知所以，茫然叫道："丽华，你在哪儿？"忽然眼前一亮，一个靓妆女子出现在跟前。不是阴丽华，而是新夫人郭圣通。

刘秀醒悟过来，酒劲也过去了，立刻意识到自己犯了个严重的错误。他的大脑开始正常运转起来。眼前的新夫人对自己至关重要，是笼络刘扬的关键所在。万一反目成仇，激怒刘扬，自己和众将顷刻就会横尸真定街头，一定要稳住新夫人。

此刻，任何解释都是苍白无力，唯有用忠诚方能赢得新夫人宽恕。因此，他低着头，用充满歉意的声音说道："对不起，郭姑娘，我太让你伤心了。"

在刘秀悔悟的同时，郭氏的内心世界也在剧烈地翻腾着。她不愧为大家闺秀，很快就理智地认识到，此时闹翻，传扬出去，只会毁了自己的名节。既然已成大礼，只能慢慢收回丈夫的心。思想通了，心头的醋火也熄了些。

听到刘秀的话，郭圣通反而宽容地一笑，赞叹道："相公哪里话，相公用情专一，令人感动，我高兴还来不及呢，怎么会伤心呢？"

刘秀大感意外，心里反而更加不安，起身下床，拉着郭氏的玉手，愧疚地道："我早就耳闻姑娘的品貌，仰慕至极。只是相交尚浅，便成大礼，总觉得有点儿……今生今世一定会善待姑娘的。"

郭氏看得出刘秀出语真诚，芳心不由得一动。她原是对刘秀爱慕已久，只是刚才一时的醋劲，顿起恨意。此时见刘秀一片真诚，温言语软，心头一阵战栗，竟情不自禁地倚在刘秀的坚实的肩头上，抽泣起来。

一对有隔膜的新人终于心心相通，刘秀真诚地抱起郭氏，道："天太晚了，该歇息了。"

郭氏破涕为笑，道："还歇息什么，天都亮了。"

刘秀这才注意到窗外已透着亮光，便把新夫人放下，笑道："新婚第一天一定要早起，否则会被人笑话的。"

郭氏揶揄道："你是结过婚的男人了，当然经验丰富。"两人的关系融洽起来，说笑着梳洗打扮。虽然一夜未睡，依然精神饱满，满面春风。二人携手步出房门，拜识亲友宾客。郭氏每到众将宾客面前，都敛衽施礼，举止端庄大方。男威武，女丰容，众人无不羡慕这对神仙般的新人。

真定王刘扬望着前来问早安的外甥女、女婿，心里乐开了花，当即留刘秀宴饮。刘秀为真定王把盏，刘扬击筑作乐，宾主谈笑风生，气氛十分融洽和乐。

酒至半酣，忽然大司马校尉傅俊匆忙而入，面带慌乱之色，望着刘秀，欲言又止。真定王看出端倪，停止击筑，向刘秀道："大司马军中莫非有紧急军情？"

刘秀看见傅俊，忙问道："子卫，出了什么事？但说无妨。"

傅俊面带悲愤，道："明公，信都失守了。太守宗广被俘，城中眷属俱为王郎所获。我军军心震动，形势危急。"

刘秀大吃一惊，信都怎么会这么快就失守呢？

原来，汉军驻扎鄗城，假子舆王郎趁刘秀新婚燕尔之际，派遣信都王王奔督率所部，昼伏夜行，突发奇兵，围住了信都，发起猛攻。信都宗广率领守城的汉兵据城固守。王奔一面实施强攻，一面展开政治攻势，向城内射去大量檄书，声称献城归降者赐封爵位，诱惑城内的吏民投降。信都豪族大姓马宠贪图厚赏，带领族人宾客突然袭击守城门汉军将士，打开城门，接纳信都王王奔入城。宗广率兵拼死抵抗，终因寡不敌众，被邯郸兵生俘过去。王奔押着宗广，由马宠引路，满城搜捕汉军将士眷属。右大将军李忠的老母、妻子，后大将军邳彤的老父、弟弟和妻子俱被囚禁。

军情紧急，刘秀听了傅俊的禀报，当即告别真定王，脱下大红吉服，换上戎装，飞驰回营。到了鄗城，立即召集李忠、邳彤等将士，沉痛而愧疚地说道："信都失守，眷属遭擒，都是我的过错，让王郎乘虚而入，钻了空子。"

邳彤、李忠强忍悲愤，安慰道："明公何错之有，当初兵力不足，必须全力以赴，出击王郎，哪里有太多的兵留守信都。"

刘秀愤然道："传令全军，回救信都，一定要救回所有眷属，以安将士之心。"

"明公，万万不可！"邳彤当即反对道，"王郎遣军远袭信都，就是要使我军首尾不能相顾，再伺机进攻。我军回救信都正中王郎奸计，不但前功尽弃，还会动摇军心，面临灭顶之灾。"

李忠也坚决反对，劝道："王郎大将军张参已进驻柏人城。我军一旦回救信都。张参便会乘机进攻，我军腹背受敌，不但救不了信都，还会有全军覆没的危险。"

精通兵法的大司马刘秀何尝不知道回救信都的危险性。他这么做，不过是笼络信都将士之心，见邳彤、李忠力劝，便无可奈何地说道："愿上苍保佑信都眷属吧！传令全军，继续此进，直抵柏人城。"

汉军投营起寨，继续北进，但行进不到十里地，忽然探马送来邳彤老父的亲笔信，刘秀细看，显然是王郎的信都王逼迫所为。信中说，信都将士降者封爵，不降者族灭。

刘秀扫视着将士们狐疑的目光，将书信传阅军中。汉军是以信都兵为主力组织起来的队伍，听说眷属被王郎兵将扣押，以人质相威胁，无不变了脸色。脚步越来越慢，一双双眼睛齐刷刷地盯着大司马。

刘秀一看就知道，军心开始动摇了。如果强令北进，很可能引起兵卒哗变。

他赶紧勒住缰绳，大声道："传令下去，后队变前队，回救信都！"

信都将士面露欣喜之色，正要转身回奔，忽然，后大将军邳彤驰奔过来，跳下鞍鞯，跪倒在刘秀马前，大声啼泣道："明公万万不可回救信都。属下常听说，事父者不能忘君，事君者不能顾家，自古以来忠孝不能两全。属下眷属至今能够保全性命，全仗明公的恩德，王郎兵将有所顾忌而已。明公征讨逆贼，是为国事，属下的眷属，乃是私事。属下尽管牵挂眷属，岂能废公顾私？求明公北进柏人城。"

刘秀慌忙下马，扶起邳彤，感动得热泪奔涌。他很清楚，邳彤的话不仅是说给他听，更是说给信都将士们听的。果然，队列中，信都兵一个个羞愧地低下头来，默然不语。

这时，任光、李忠、万修等将也聚拢过来，李忠马上横剑，威严地呼叫道："马忠何在？"

马忠是信都大姓马宠的胞弟，归于李忠麾下，为校尉。闻听右大将军呼唤，心头一颤，神色大变，驱马上前，哆嗦着应道："属下在！"

李忠宝剑一指，怒骂道："逆贼，你可知胞兄马宠贪图厚赏，背信弃义，叛汉附逆，害得多少将士的眷属沦落贼手。此等叛贼，罪当灭族。"话说完突然手起剑落，斩马忠于马前。

汉军将士大惊失色，任光责怪道："仲都太性急了。眷属尚在马宠手中，怎能杀他胞弟？留马忠一个活口，多少有个托词。"

李忠怒目圆睁，慨然道："如果留着这样的逆贼不杀，不是对明公怀有异心吗？"

刘秀感慨万端，对李忠说道："仲都忠义可嘉。不过，我军大势已成，仲都可以自领部属回救老母妻子。可张贴告示，晓谕吏民，凡救得眷属者，赏钱千万，尽管到本大司马这里来取。"

李忠肃然起敬，推辞道："明公大恩属下铭记在心。属下只知为明公效命，实在不敢顾念宗亲，恕难从命。"

右大将军出语激昂，汉军将士为之动容，军心复振，士气悲愤，齐声高呼："誓死北进，杀贼报国。"

刘秀忧虑顿逝，昂然道："将士们有此报国之志，乃是天下之幸，汉室之幸。王郎逆贼，何愁不灭？我军既要北进，也要回救信都。左大将军听令！"

左大将军任光应声上前："末将在！"

"我命你率所部人马回救信都，其余人马继续北进。"

任光遵命而行。汉军兵分两路，含愤急进。

【第九回】

赵氏起弄权宫廷，众将聚平灭王郎

河北战场，兵马行进，激战犹酣，长安帝都却是一派歌舞升平的景象。更始帝委政于右大司马赵萌，每天在后宫饮酒作乐，醉生梦死。但是，正直的大臣看不惯赵萌专权，有事也不禀报，总是千方百计地直接上奏更始帝。宛王刘赐就是这样的人，他一大早就来到后宫里更始帝的寝宫门前，等候觐见皇帝。

更始帝正在拥着一个宫人酣睡，闻听宛王求见，只得披衣起身。昨天就有几拨朝臣入宫求见，说有要事上奏。他传出话来，让他们去找赵萌，一个也没召见。没想到今天第一个求见的竟是宛王刘赐。刘赐是自己一爷祖孙的族兄，深得宠信，经常出入后宫，不能不见。

更始帝更衣洗漱完毕，来到前厅，召见族兄刘赐。刘赐施君臣大礼，更始帝问道："王兄这么早来见朕，有何要事？"

刘赐忙说道："陛下有所不知，两天前定安公突然失踪了。"

更始帝一怔。定安公就是被王莽废掉的汉孺子皇帝刘婴。刘婴两岁时被立为皇太子，号孺子，不能临朝，由王莽摄政。后王莽自立为帝，五岁的孺子被废，封定安公。

王莽灭亡后刘婴一直居住在定安公府第。他现在已长大成人，因无人管教，不辨稼禾，不分鹿马，每天只知道投壶、击彩、蹴鞠，倒是活得自在。

更始帝听说刘婴失踪，淡然一笑道："孺子一向荒唐，也许偷偷出府追逐猎奇去了，有什么大惊小怪的。"

刘赐解释道："定安公突然失踪，恐怕不是偶然的。现在京城议论纷纷，说是有人故意劫走定安公，图谋不轨。邯郸王郎假托帝嗣之名，一夜崛起于河北，何况定安公乃真正帝嗣，在野心家的眼里，可是大有用场。"

更始帝这才意识到问题的严重性。一个假子舆已骗得那么多的人背叛朝廷，如果刘婴被别有用心的人劫走，将给自己又树立了一个敌手，忙问道："此事可曾上禀右大司马？"

刘赐听到皇帝问到赵萌，心头顿时恼怒，但顾及更始帝的面子，便委婉地劝谏道："陛下才是一国之君，臣有事自然要上奏陛下，为什么要上禀右大司马？不是有悖纲常吗？"

更始帝摇头叹息道："朕知道王兄的意思，是说朕不自主听断，使大权旁落吗？可是，朕能自主听断吗？朕孤身一人投军新市兵，被绿林诸将所用推上御座，没有武力作为权力的保证，绿林将领谁会把朕这个天子当回事。朱鲔、李轶、王凤、张卬他们动辄对朕呼来喝去，全无君臣之礼。朕也想复兴汉室，也想拥有实权，可是有什么办法？只有利用绿林诸将之间的矛盾，使他们互相钳制。赵萌素有忠义之心，又手握重兵，只有他才能钳制朱鲔、李轶，使他们不得放纵无礼。朕所以加意宠爱赵萌，意在钳制朱、李，王兄总该明白朕的用心吧！"

刘赐睁大眼睛，惊讶而激动地倾听更始帝的肺腑之言。更始帝的处境他也曾设身处地地想象。但是，这话由万乘之尊的皇帝亲口说出来，不能不令人震动。

刘赐摇着头，无限伤感地说道："陛下宠信赵萌又能怎样，朱鲔他们收敛了，赵萌必然骄横起来，结果只怕是去了猿，来了猴，于陛下无益，反而引起朝内动荡不安。"

更始帝苦笑道："管他是猿还是猴，天下思汉，他们还要朕支撑刘汉的门面。走一步看一步吧。"他不想再谈论这个苦恼的话题，便问道："王兄以为是谁劫走定安公？"

刘赐沉思良久，才猜测道："陛下以为隗嚣这个人怎么样？"

隗嚣是天水成纪人，王莽末年，在陇西以"允承天道，兴辅刘宗"为号起兵反莽应汉。王莽灭后，拥兵自居陇西，称上将军。

更始帝定都长安，听从宛王刘赐的建议，笼络隗嚣，遣使至陇西征诏隗嚣与其叔隗崔、隗义。隗嚣应诏而来，更始帝拜其为右将军，隗崔、隗义仍袭旧号，为偏将军，赐给府邸，在未央宫附近居住。为示恩宠，准其随便出入殿室。

更始帝见刘赐问起隗嚣，笑道："王兄太多疑了，隗嚣既肯奉诏入京，必有忠义之心。再说他的一举一动都在将士们的监视之下，哪有机会劫走定安公？"

刘赐轻笑道："隗嚣本来据兵天水，自愿奉诏入京，就是想得到重用。如今，被封个有名无实的右将军，必然失望而生异心。他虽然没有机会，却可以指使心腹之士劫走定安公。臣听说隗嚣的军师平陵人方望很有智谋，一定会想到利用定安公的帝嗣身份图谋大计。隗嚣就在京师，陛下何不招来，试探一下。"

更始帝觉得有理，便传命道："来呀，传旨召见右将军隗嚣！"

黄门应声而去。趁等隗嚣的机会，更始帝传来早点，与刘赐共食。

未央宫旁边的右将军府上，隗嚣与隗崔、隗义正围坐忧叹。隗崔朝隗嚣翻着眼睛道："当初我们称雄陇西，占有武都、金城、酒泉、敦煌等七大郡，那是多大的本钱。如今可好，封个有名无实的虚衔，落了个清闲。眼看人家王侯重臣专置牧守、称雄州郡，可是咱们无一兵一卒，外来之将无人理睬，如何插进朝中去。唉，悔不听方军师之言啊！"

隗嚣愁容满面，低头不语，肠子却已经悔青了。是啊，当初东来时，军师方望极力谏阻说更始朝事未可知，还是占据陇西稳妥。可是自己一意孤行，还逼得方望上书归隐。如今落到这样的地步，完全是咎由自取。

隗义见隗嚣不说话，劝解隗崔道："世上没有后悔药，现在埋怨又有何用，还是想办法潜出长安，重返陇西为上。"

"哼，怎么出城？人家这么多的眼睛盯着你，逃得脱吗？"隗崔怨气冲天，拍打着几案吼道。

"小心点儿，有人来了！"半天没说话的隗嚣突然低声叫道。

隗崔、隗义向门外看去，果然看见两名使仆引着几个黄门直走过来，到了大厅内，一名黄门扫了三人一眼，大声喊道："陛下有旨，召右将军隗嚣后宫见驾。"

隗嚣吓了一跳，不知是福是祸，慌忙起身施礼道："臣遵旨！"

黄门传完圣旨，转身就走，到了门口，又回头叮嘱道："你可要快点，陛下急着召见呢！"

"公公放心，我马上就到！"隗嚣诚恐诚惶，恭送黄门出门。

隗崔、隗义面面相觑，惶然失色道："更始此时召见，恐怕没有好事。"

"是啊，只怕怀疑我们有异心，要下毒手了。"

隗嚣也是内心不安，表面平静。他想起隗崔刚才的怨言，便慨然道："皇帝只召见我一人，是福是祸我担待着，绝不让你们为难。"

"上将军，我们不是这个意思。"隗崔、隗义慌忙解释。

"别说了，我要进宫了。"隗嚣简单地整理衣冠，步出大厅，与等候在前厅的黄门一起向后宫走去。

更始帝与宛王刘赐用过早点，隗嚣就到了宫门外，更始帝立即召见。隗嚣低头趋进，行跪拜大礼："臣叩拜吾皇陛下，愿陛下龙体康泰，万岁！万岁！！万万岁！！！"

更始帝温言嘉语道："此乃后宫，隗将军不必拘礼，请起来说话。"

"谢陛下！"隗嚣又给宛王施礼问安，这才起身。

更始帝命赐座，才含笑道："朕今天召见隗将军，是要与将军商讨一些国事。将军见识非凡，才智过人，一定有金玉良言教朕。"

隗嚣惊异万分，皇帝要与自己商讨国事，莫非太阳从西边出来了？他心里更加忐忑不安，小心翼翼地回答道："臣不才，愿为陛下竭力效命。陛下想问什么，尽管说吧！"

宛王刘赐看了更始帝一眼，开门见山地说道："隗将军是否知道定安公突然失踪，对此有何高见？"

隗嚣心里豁然，皇帝要问的原来是这件事。这两天长安城里沸沸扬扬，他虽处府邸，也听到定安公刘婴突然失踪的消息，与隗崔、隗义交换过看法。

此时见皇帝问及，隗嚣便坦然答道："定安公曾贵为汉室天子，不幸被逆贼王莽废黜。如今虽然闲居定安馆，可是他毕竟是宗室帝嗣，突然失踪，恐有蹊跷。若为图谋不轨者所劫，必为第二个王郎。"

隗嚣识见，果然不凡。更始帝点头问道："以将军之见，会是何人所为呢？"

隗嚣没想到更始帝问得这么直接，一时无法回答。这可不是小事，胡言妄语只会招来杀身之祸。反正自己身在府邸，形同监禁，皇帝总不至于怀疑到自己头上吧！正暗中思忖，忽听宛王刘赐轻笑一声说道："右大将军放弃陇西专据之地，奉诏进京，侍奉陛下左右，可见忠义之心。可是，将军在陇西的旧属未必像将军一样素怀忠义，有不甘心者也许会劫走定安公，图谋不轨。将军以为可能吗？"

隗嚣没想到刘赐会说出这种话，内心不由火起，忍不住怨恨地盯了刘赐一眼。更始帝看见，脸色一沉，道："隗将军，朕相信你的忠义之心。可是，宛王的话也有道理，你的陇西旧属会甘心吗？听说你有个军师方望，很有智谋，会不会是他所为？"

隗嚣此时真正体味到人为刀俎、我为鱼肉的滋味了，内心一阵悲哀。但是，更始帝的话也提醒了他，方望上书归隐，旨在劝阻自己东去长安，未必真正归隐。以他的才智，是能够想到劫持定安公，另谋大计的。现在更始帝既然怀疑到身上，唯有表明忠心，才能脱祸。

于是，他故作醒悟道："是啊，臣愚笨，竟没有想到方望。陛下英明，方望素怀野心，而臣早有归汉之心。道不同不相与谋，方望对臣失望，已背主而去。现在想来，他一定不甘心失势，谋划劫持定安公，做辅佐第二个王郎的美梦。可惜，臣不知其行止，否则，一定亲自把他擒拿问罪。"

更始帝对隗嚣的回答显然很满意，龙颜大悦，道："隗将军果然忠义可嘉。看来劫走定安公真是方望所为，与隗将军无关。朕会让右大司马派员详查，一旦发现方望的踪影，就缉拿伏法。"

隗嚣感激涕零，叩头谢恩。他本是为了脱祸，信口说来，孰料，劫走刘婴果然是方望的计谋。方望没能劝阻隗嚣东去长安，没有真正归隐，也跟在隗嚣身后，潜入帝都。

他见更始帝沉溺酒色，委政赵萌，朝政混乱，预料更始政权不能长久，便去安陵拜见太守弓林，劝说道："大人愿建功立业吗？河北的王郎，假刘子舆之名，一夜崛起，天下侧目。定安公孺子刘婴，是平帝后嗣，虽然王莽篡汉，废黜了他的天子之位，但刘婴毕竟是真正的帝嗣，胜过假子舆百倍。现在天下人都在议论，刘氏复兴，当更受命。同为宗室，定安公岂能不称尊？大人若得定安公，便为开国功臣，怎么样？"

弓林见天上掉下来馅饼，岂有不食之理。依着方望之言，派人打探定安公的行踪。在一个风雨交加的清晨，突然入府，劫走了刘婴。之后，悄悄逃往临泾，准备拥立刘婴为帝。

更始帝颁诏，命右大司马赵萌详细追查定安公刘婴失踪一事。赵萌表面应承，却毫无所动。他对刘婴失踪没兴趣，也懒得派人去追查，却对权势的欲望越来越强烈。

位至右大司马，总理朝政，可谓权倾当朝。可是他却不能满足，因为朝臣诸将大多看不起他，好多人没拿他这个大司马当回事，何况，毕竟头上还有一个皇帝，说不定哪一天更始帝不高兴，宠幸另一个人，自己的结局难料。他也明白更始帝在利用自己钳制朱鲔、李轶等人，却乐于为更始所用。他有自己的如意算盘。

三天后，赵萌入宫觐见，闭口不谈刘婴失踪的事，却对更始帝说道："陛下已定都长安，恢复汉室，贵为天子，内应不可欠缺。依据《周礼》，天子立皇后、三夫人、九嫔妃、二十世妇、八十一女御，充任后宫之职。皇后居中宫，与天子一体。如今陛下仅有韩夫人，于礼不合。应广征才德之女，充盈后宫，以合《周礼》。"

更始帝从小就贪图享受，做了皇帝后更是追求享乐。闻听赵萌之言，正中下怀，却故作为难地说道："汉室刚刚恢复，天下纷扰未平，草创之际，征召美女入宫，天下恐有非议。"

赵萌笑道："陛下不必公开征召美女，可于朝臣之女中选才貌俱佳者入宫侍奉左右。臣就有一小女，四德兼备，愿充陛下内宫，朝朝伴随圣驾左右。"

更始帝一听，连连摇头。赵萌的女儿他见识过，不但相貌欠佳，而且蛮横刁钻，言行鄙俗。真要选这样的女子入宫，就把皇室的脸面丢尽。但是，他不敢断然拒绝，只得说道："令爱贤淑，自然可充内宫。不过，赵卿专秉朝政，朝野已有非议。如果朕再纳令爱入宫，岂不更惹人闲话？此事还是算了吧！"

赵萌奸笑两声，说："陛下不要误会，臣说的是另外一个女儿。此女自幼长在臣的老家会稽郡。江南的山水养育出的女儿，自然甜美过长安的女子。臣前几个月，专门遣人接回来，教授宫廷礼仪，以备内宫之需。至于朝廷上有人说三道四，那是他们目无圣驾，臣一旦查出，定加严惩，陛下只管放心。"

更始帝还想推辞，赵萌已施礼告退。

当晚，赵萌不管更始帝同意不同意，便命人把他的另一个"女儿"送入宫中。

此女实是江南名妓，长得俏丽。更始帝临幸后，十分满意，一改初衷，决定正式纳"赵女"入宫。

赵萌大喜，立即请定陶王刘祉为媒，选定吉日，送"女儿"入宫。赵夫人是风月场上的老手，入宫之后，宠爱日深，专断后宫，连更始帝宠姬韩夫人都让她三分。赵萌趁机劝更始帝立其为后，刘玄竟答应了。

更始帝颁诏，正式立赵夫人为皇后。朝臣虽然有人私下议论，但是，都知道是赵萌一手操纵的阴谋，所以，谁也不敢进谏劝阻。

赵皇后受到赵萌的调教，很懂权术，不消半个月，就把宫里的女人和不男不女的人收拾得服服帖帖，唯命是从。当然，也有例外，韩夫人就是个不服软的主儿。赵皇后几次施以恩惠、派人劝说都不奏效，便失去了耐心。

几天过后，韩夫人便不明不白地死了。更始帝追查，赵皇后便拉出一名妃子乱棍打死，推说是她争风吃醋，趁机落井下石，毒死韩夫人。更始帝竟信以为真。

有赵皇后这样的得力"女儿"把更始帝牢牢拴在枕席间，赵萌更加肆无忌惮，独揽朝政，结党营私，排斥异己，顺其意者昌，逆其志者亡。

朝臣们见风使舵，纷纷投其门下，赵萌势力大增，连新市、平林诸将都惧他三分。舞阴王李轶、左大司马朱鲔唯恐为赵萌所害，请旨率所部镇抚关东去了。手里有兵，身在关外，自然可以为所欲为，更始帝的命令他们想听从就听从，不听从也没有人敢怎么样。

比阳王王匡、淮阳王张卬也仿效李、朱二人，领兵镇守三辅之地。因为赵萌扣发粮饷，他们只好纵容兵卒到处抢掠，搅得三辅地区民怨沸腾。这支以反莽而起的队伍曾经很得民心，如今沦落到万民愤恨的地步。

更始政权的声望可谓声名狼藉，人心失望，长安百姓流传的俗语曰："灶下养，中郎将。烂羊胃，骑都尉。烂羊头，关内侯。"

更始朝中，前汉室故吏颇多，他们见外戚专权，败坏朝纲之事，唯恐登大位不久的更始帝重蹈覆辙，私下议论纷纷。

侍郎郑汉放胆入宫，进谏更始帝说："右大司马专断朝政，危及社稷，刚刚恢复的汉室江山恐怕又要易手他人，请陛下出宫，亲理朝政。"

更始帝正与赵皇后玩得高兴，被他搅了兴致，顿时怒道："你擅闯禁宫，朕还没有降罪，竟敢危言耸听，诬蔑右大司马，该当何罪？"

赵皇后杏眼圆睁，咬牙切齿说："擅闯禁宫，诋毁朝廷重臣，乃是死罪，陛下还不下旨把这个逆臣斩首问罪！"

郑汉怒目而视，道："先帝遗训后宫不得干预朝政。陛下是一国之主，如果治臣的不恭之罪，臣死而无怨。可是，如果是中宫之意，臣虽死犹恨。"

更始帝听了，心里一动，怒气顿消，温言道："朕念你一片忠义之心，今日不加罪。退下吧，朝中事务朕自会料理。"

郑汉却是倔性子，不达目的绝不罢休，依然跪地请命道："臣请陛下出宫，陛下不与朝臣相见，如何处理朝政？"

赵皇后向更始帝讥讽地说："我是中宫，不该过问朝政，可是陛下是天子，你的话还不是一样没人听从，抗旨当斩这是三岁的孩子都懂得的道理。"

更始帝果然大怒，冷笑道："郑爱卿，你要朕出宫，朕就得出宫吗？来呀，给我轰出去！"

门外进来五六名黄门，不容分说，架起郑汉，推推搡搡出了宫门，老远还传来他的叫喊："陛下，刘汉天下是您的，陛下一定要亲理朝政。"

更始帝叹息道："朕何尝不想做有为之君！"

第二天，更始帝与赵皇后正在饮酒看舞，忽然宛王刘赐急匆匆入宫求见。更始帝单独召见，问道："王兄有何要事？"

刘赐愤愤地说："右大司马把侍郎郑汉推在午门外问罪要斩，朝中人人皆知，难道陛下没听说？"

更始帝大吃一惊，摇头说道："朕不知道。赵萌太嚣张了，朕已赦免郑汉的罪过，他竟敢擅杀大臣，分明没把朕放在眼里。"

"陛下耳目不明，说明宫中尽是赵萌的爪牙。他这样明目张胆地屠杀大臣，分明是威慑天子和朝中大臣。"

"不行，朕不能任他胡为。"更始帝鼓起勇气，说道，"王兄，你持朕的旨意去午门，叫赵萌立赦郑汉死罪。"说着，亲自取过笔墨，书写好圣旨，交在刘赐手中。

刘赐收好圣旨，说："臣就是为讨这道旨意而来。不过，赵萌放不放人，很难说，就看郑汉的造化了。"匆匆告退而去。

没多久，刘赐就回来了，愤然道："汉室出此奸雄，复兴无望了。"

"怎么，他把郑汉杀了？"更始帝吃惊地问。

"还没有斩首，赵萌要召集百官，论数郑汉之罪，杀一儆百。臣宣读圣旨，被他夺过撕得粉碎……"

"他敢撕毁圣旨？目中还有汉室吗？"更始帝气得直哆嗦，起身说道，"朕亲自去求他，看他答应不答应。"

刘赐劝阻道："陛下千万不能去。赵萌这样做，无非是为个人立威，他还不至于反叛汉室。你如果前去求情，不但救不了郑汉，恐怕还会损了天子尊严，以后如何面见群臣。"

更始帝泄气了，一屁股坐在地上，长叹道："朕无能，枉为汉室天子，奸臣作乱不能制，愧对列祖列宗。"

刘赐安慰道："皇室暗弱，不是从陛下开始的。何况，臣也是宗室子弟，无力拯救社稷，又能怎样？陛下不必自责了。"

侍郎郑汉就这样被赵萌杀害。自此，百官无不趋附赵氏，反而不把更始帝当回事。

一天，赵萌进宫面圣："邯郸王郎冒称帝嗣，自尊汉帝，还有人把定安公劫持到临泾立为汉帝。"

更始帝又是一惊："怎么，定安公刘婴在临泾称帝？是何人所为？天无二日，如今却有三个汉帝，岂不贻笑大方。朕要讨伐临泾。"

赵萌道："拥立定安公的人就是隗嚣的军师方望和安陵太守弓林。弓林自封为大司马，方望自为丞相，如今拥兵数万，气势不小。"

"赵卿速派兵进剿，不能等他坐地势大。"

赵萌说道："那就请派丞相李松、讨难将军苏茂率大军前往临泾征讨叛逆的方望、弓林之众。"

刘玄准奏。

河北战场，兵马疾进，激战犹酣。大司马刘秀率领人马迅速向柏人城逼近。柏人城内，王郎大将张参率领的增援部队已于两天前赶到，经过休整，蓄势以待。

张参闻听刘秀兵马将至，召集诸将，计议道："刘秀分兵去救信都，所部兵马不会比我们多。又是远道而来，人马疲惫，本帅以为不如趁机出兵，杀他们一个下马威，也让他们知道邯郸兵将的厉害。"

诸将正想找机会立功讨赏，齐声叫道："大将军妙计，我等唯命是从！"

于是，张参亲自披挂上马，引兵出城。在要路隘口，邯郸兵将列阵以待，做好了充分的准备截击汉军。

刘秀兵马赶到柏人城地面，前将军耿纯远远看见前面路口尘土飞扬，人马涌动。他慌忙勒住战马，命令汉军停止前进。刘秀得报，纵马赶到前军。耿纯施礼道："明公，前面必是王郎兵马，趁我人马疲惫，出城讨战。怎么办？"

刘秀笑道："看来张参早已严阵以待，就等我军上前交锋了。傻瓜才会上当。传令下去，就地列阵，专等敌军上前厮杀。"

汉军得令，迅速列阵以待。阵中央，大司马刘秀的旌旗迎风飘扬。汉军偃旗息鼓，弓箭手满张劲弓，步兵执戈林立，骑兵挽辔扬刀。

张参的邯郸兵马，杀气腾腾地等待汉军来攻，不料，汉军却在一里外的地方不动弹了。邯郸兵顿时泄了气，张参不甘心失去这样绝好的立功机会，遂把大刀一举，高叫道："刘秀害怕不前了，众将士，立功受赏的机会到了，给我杀呀！"

鼙鼓擂响，邯郸兵马士气复振，大呼小叫着，潮水般涌向汉军。

汉军依然纹丝不动，三百步、两百步、一百步，直到两军相距五十步时，刘秀的旌旗才突然晃动，执戟林立的步兵突然往旁边闪开，露出他们身后成排的弓箭手。

"啪啪啪"万箭齐发，势如雨下，射向邯郸兵马，冲在最前面的邯郸骑兵，成排地中箭落马，后面勒马不住，又被死人惊马绊倒一片，进攻的队形顿时大乱。此时，汉军营垒里突然战鼓齐鸣，刘秀、耿纯催马冲出，汉军将士紧随其后，杀入敌阵。刀戈碰击，杀声震天。

邯郸兵马不见汉军疲惫之态，顿时气焰矮了半截，又见汉兵勇猛冲杀，更是胆战心惊，纷纷后退。

张参大怒，亲自督阵，连斩两名后退的偏将，重整队形，再次编阵进攻。无奈锐气受挫，邯郸兵马抵敌不住。张参无奈，只好败回城中，紧闭四门，据城死守。

刘秀乘胜追击，汉军抵达城下，把柏人城包围起来，日夜攻打，轮番歇息。刘秀意在速战速决，因为汉军劳师远征，在坚城之下多耽搁一天，就多一分危险。

然而，柏人城城墙坚固，城中粮草充足，兵马众多。通晓兵法的张参，吃过一次亏，再也不肯出城，严令将士死守。

他为将士鼓劲打气说："刘秀虽然小胜，可是我军元气未伤，与汉军兵力相当。只要据城死守，汉兵进退不得，一旦粮草接济不上，便会不战自乱，我军再乘机出城追杀，一定可以砍下刘秀的脑袋。邯郸汉帝那十万户的封赏，就是你们的。"

事实正如张参所说，汉军接连数日，攻城不下，刘秀便着急了，召集诸将，正在商议破敌之计，忽有兵卒进来报告说："禀大司马，营外有两个人自称汉中王麾下，一个叫贾复，一个叫陈俊，特来下书。"

刘秀惊喜地说："贾复乃是汉中王爱将，有折冲千里之威，陈俊也是汉中王手下的名将。这两人到此，一定能助我军一臂之力。诸位将军，请随我出迎。"

汉中王刘嘉原为孤儿，自幼与刘縯、刘秀兄弟一起长大，一起起兵舂陵，情同手足。更始帝定都长安后，刘嘉封汉中王，执节就国，定都南郑，拥兵数十万，用贾复作校尉，陈俊作长史，共参王府事宜。

刘秀率领诸将迎出营外，身材短小的贾复和身材修长的陈俊慌忙迎上前去，给刘秀跪倒施礼。

刘秀忙把二人扶起，一一与诸将作了介绍后，大家回到大帐，见礼落座后，刘秀才笑问道："两位都是汉中王的左膀右臂，今日到此一定有要事。"

陈俊笑道："大司马言中了。我和贾兄不是来办公事的。贾兄素怀大志，曾劝汉中王建大功立业。汉中王谦逊推辞，说大司马志向高远，非常人所及，如今执节河北，专命一方，可成大业，特命贾兄和在下前来投奔大司马。"

贾复笑道："陈老三（陈俊排行老三），你啰唆什么，把汉中王的书信拿出来，大司马不就明白了吗？"

"到底是贾兄聪明。"陈俊戏谑道，便从贴身处取出书信一封，双手送到刘秀面前。

刘秀打来细看，果然是族兄刘嘉手书，信中竭力推荐贾复、陈俊之能，愿忍痛割爱助刘秀早成大业。

刘秀看完，眼角潮湿，感叹道："宗室之中，汉中王最关心刘秀，刘秀感激不尽。两位到此，岂能不用。"即拜贾复为破虏将军，陈俊为安集掾。

"属下拜谢大司马！"贾复、陈俊再次施礼表示谢意。

诸将坐在一起继续商议破敌之计。耿纯说："柏人城城墙坚固，兵多粮足，一时难以攻下。与其围城空费时日，徒耗粮草，不如移兵巨鹿，威慑邯郸。"

话音未落，偏将军段孝反对道："遇硬而退，军心便会动摇，如果移兵巨鹿而不下，军心更加不可收拾。"很多将领纷纷赞同段孝，表示付出再大的代价也要攻下柏人城。

刘秀目光落在贾复、陈俊的身上，笑问道："君文（贾复字君文）、子昭（陈俊字子昭）有何高见。"

陈俊离席而起，谦逊地笑道："属下初到军中，军情不熟悉，说得不当请大司马和各位将军指正。"

贾复站起身，不耐烦地说："子昭真是啰唆，还是属下先说。属下赞成耿将军之计。我军兵力粮草有限，久屯坚城之下，兵力粮草消耗甚大，即使经过苦战攻下柏人城，也会大伤元气，再也无力北进。不如移兵别处，伺机歼敌，壮大兵力，方为上策。"

陈俊不好意思地说："贾兄之意就是陈俊之意。"

刘秀接着说："本公也同意耿将军之计。不过，为防张参趁我军撤离时出城追赶，撤离的时间应选在今晚下半夜，悄悄离去。除留少数人马佯攻外，其余人马回营歇息，准备半夜动身。"

汉军悄悄离开柏人城，向巨鹿进发，行至广阿地界时，忽有探马来报，前方二十里的地方，发现王郎的横野将军刘奉率领的一万邯郸兵马。

刘秀略一思忖，对邓禹笑道："王郎够快的，已派兵增援巨鹿了。"

邓禹笑说道："明公还让他们赶到巨鹿吗？嘴边的肥肉不吃白不吃。"

"吃了也白吃。"刘秀说笑着招来贾复、陈俊。

"今天本公要小试牛刀，命你们各带五千轻骑，把前面横野将军的人马解决掉，有困难吗？"

贾复信心十足地说："没问题，请明公放心，不把横野将军横在野地里，我们二人就回南郑去。"

"好，就算为汉中王露露脸吧！"陈俊朗声答道。

二人各率五千精骑，风驰电掣般离去。刘秀率大队人马，紧随其后，以便增援。

不过半个时辰，贾复提着一颗鲜血淋漓的人头，陈俊也是大刀见血领兵而回。邓禹上前笑问道："一万对一万，两位将军如何这么快得胜而回？"

陈俊答道："'夫战，勇气也！'又曰'擒贼先擒王'。贾将军单人独骑直取横野将军，斩于马下。邯郸兵马失去主将，乱不成军。末将乘势率兵掩杀，轻而易举得胜而回。"

贾复把横野将军的人头扔到刘秀马前，马上躬身道："属下交令，已破刘奉所部一万兵马。"

刘秀赞叹道："两位将军果然神勇。来呀，为他们记大功一次。"

大司马麾下诸将无不敬佩贾复、陈俊二人。

刘秀兵马兵临广阿城。王郎的广阿令闻听横野将军刘奉被杀，援兵败逃，心惊胆战。汉军刚刚发动猛攻，他便开城门投降，迎接汉室大司马入城。汉军就地歇息休整，等待耿弇引渔阳、上谷突骑来会。

刘秀携邓禹登临广阿城头，遥望着巨鹿、邯郸方向，微微叹息说："河北王郎仍雄兵在握，长安更始政乱，四方诸侯擅命横暴。天下郡国，我现在只是十中得一，汉室复兴还是遥遥无期啊！"

邓禹深明大司马之意，从容作答说："方今天下扰乱，人思明君，犹孝子之慕慈母。尧无三夫之分，舜无咫尺之地，禹无百人之聚，汤、武之士不过三子，立为天子。古之兴者，在德尊厚，不以大小。明公只要占据河北，威德加于四海，何愁大功不建，大业不兴？"

刘秀欣然点头，与邓禹论起军情。这时，亲兵来报："禀大司马，左大将军任光从信都回来了，正在大营厅外。"

刘秀一怔："任光回来了？这么快，信都攻下了？"

邓禹略一思忖，面露忧色，说："按路程计算，左大将军应该刚到信都，此时返回，一定凶多吉少。多半是中途遭到邯郸兵马伏击。"

刘秀急道："快，请左大将军来见！"

任光来见刘秀，满面羞愧地说："属下无能，请明公降罪！"

"伯卿，到底是怎么回事？"刘秀亲手扶起温言问道。

任光说："属下奉明公之命率部回救信都。可是，部卒看兵力难破信都王，在途中纷纷逃亡，属下喝止不住。没到信都士卒逃之大半。属下自知救信都无望，只得无功而返。"

刘秀自责道："伯卿何罪之有。这都是本公之过，所谓一将无能，累死千军，那些逃跑的士卒自有他们的理由。"

邓禹、任光又来劝慰他，三人回营细谈。

任光回来之后引起了一阵骚动，军心不稳之际，忽然又有探马来报："禀大司马，渔阳、上谷的兵马已到城外。可是，传言是王郎遣来援助巨鹿的，已在城外扎寨。"

刘秀惊异地说道："不可能，我与耿弇有约，会兵广阿，上谷、渔阳怎么能是为邯郸而来。传言从何而来？"

"回大司马，广阿降卒都这么说，城外百姓也是如此传言，不由人不信。"

邓禹说："还是小心为上，我陪明公去城头看看。"

广阿城外，来的果然是耿弇带的渔阳、上谷兵马。原来耿弇接到家将带回的大司马刘秀的手书，与寇恂、景丹、吴汉、盖延、王渠等五将传看。

于是，他率渔阳、上谷兵马以及沿途所收服的兵马，边战边向广阿靠近。远远看见广阿城头飘扬的"汉"字旌旗，因不知虚实，耿弇命大队人马距城二十里安营，自己与景丹带部分突骑为先导，来城下打听。

耿弇到了城下，勒马喊道："喂，城上的军兵听着，请问你们为谁守城？"

城上答道："为汉室大司马刘公，请问阁下又是为何而来？"

对答之际，刘秀与邓禹诸将已登上城楼，耿弇望见，翻身下马，抱拳施礼道："城上可是大司马刘公，耿弇在此有礼了。"

刘秀抱拳还礼，笑问道："伯昭果然如约而至。可是有人说上谷、渔阳为邯郸而来？"

耿弇忙解释道："那是王郎放出的谣言，以惑乱人心。大司马信不过耿弇吗？"

"我怎么会不相信伯昭呢。来人呀，打开城门，迎接渔阳、上谷来的客人。"刘秀爽朗地笑道。

广阿城鼓乐齐鸣，城门大开，大司马率诸将出城十里，迎接前来归服的渔阳、上谷兵马。进城之后，府衙里，诸将逐一参拜大司马，耿弇为刘秀一一介绍。

景丹，字孙卿，冯翊栎阳人。少时求学长安，新莽时为朔调连率属官。更始帝立，为上谷长史。

盖延，字巨卿，渔阳要阳人，力大无比。历任渔阳郡列掾，州从事。彭宠为渔阳太守时，召其为营尉，行护军事。

王梁，字君严，渔阳人。为郡吏，太守彭宠以其为狐奴令。

刘秀得到这么多良将，十分高兴，依次亲切询问、交谈。他尤其对寇恂、吴汉为说服渔阳上谷的归服，所作出的巨大努力，表示深深的谢意，笑道："王郎将帅，多次说服上谷、渔阳兵马前来，我方也说两郡兵马为我而来，谣言总有破灭的时候。今两郡将吏，果然为我而来，我当与诸君共举大业。"

刘秀当即拜耿弇、寇恂、景丹、吴汉、盖延、王梁六人为偏将军，共领军事；拜耿况、彭宠为大将军，位封列侯。

广阿城将才荟萃，济济满堂。诸将正在互致问候，忽然，探马来报："禀大司马，长安尚书令谢躬与振威将军马武所率汉兵已收复信都，正向广阿靠拢。被俘的信都将士眷属全被解救生还。"

双喜临门，诸将更是欢笑不断，尤其信都将士，闻听亲人脱险，心中的石头落了地，脸上终于出现了多日不见的笑容。

大司马刘秀却是喜忧参半，长安汉兵来得如此之快，对他来说，是祸还是福呢？

原来，尚书令谢躬和振威将军马武率领的增援河北的汉兵，一路北进，直逼信都。王郎的信都王王奔正在府衙饮酒作乐，他轻而易举地夺取信都，囚禁、关押了太守宗广与许多汉军将士的眷属，立了大功。

听说长安汉兵来攻，王奔自以为天下无敌，根本没把谢躬、马武放在眼里，立刻传令打开城门，押解着汉军将士的眷属，全军倾城而出，排开阵势，大有不获全胜，绝不收兵之势。马武率长安汉兵先头部队列阵迎敌。

振威将军马武，字子张，南阳湖阳人。少时躲避仇家，客居江夏，起兵郡县，投身绿林军。曾横戈挑毁荆州牧的车驾，杀死骖乘。昆阳大战，与刘秀等十三骑突围闯营，立下大功，是一位智勇双全的大将。

王奔列阵正中，大刀一挥，哈哈狂笑道："长安汉军听着，快快投降，本王饶你们不死。胆敢抗拒，本王就先杀这些眷属，再杀你等。"

信都将士的眷属老幼妇婴皆有，哭号连天，惨不忍闻。长安汉兵怒火满脸摩拳擦掌，却不敢轻举妄动。

疾恶如仇的振威将军马武见信都王竟以汉军眷属相胁迫，顿时怒从胸中来，目眦尽裂，须眉炸开，大喝道："无耻之徒，看马爷爷收拾你！"

马武吼声如雷，战马如风，长戈如电，直取信都王。王奔本想有眷属在手，稳操胜券，正在洋洋得意，没提防对方主将敢冲过来。等他发现，举刀应战时，马武长戈刺到，不及两合，长戈刺进前胸。信都王惨叫一声，口喷鲜血，死尸栽下马来。

未及交锋，主帅先丧，邯郸兵马魂飞魄散，丢下汉军眷属，四散逃命。忧愤满腔的长安汉兵猛追猛打，一鼓作气，夺取信都。死里逃生的将士眷属，扶老携幼，欢迎谢躬大军入城。谢躬在信都歇兵三日，仍命马武为先锋，出师北进，准备与大司马刘秀所部兵马会合。

谢躬率长安兵马抵达广阿，刘秀率诸将出城迎接。进城之后，大司马特设盛宴，犒劳长安将士和渔阳、上谷诸将。

酒宴结束，邓禹单独去大司马帐中，对刘秀说："今长安兵马前来助战，明公何以待之？"

刘秀皱眉说："有长安兵马相助，平灭邯郸王郎指日可待。可是，谢躬奉旨前来河北，并非完全为了助我灭王郎，恐怕另有所图。"

"明公圣明，长安不可不防。属下以为，谢躬名为助战而来，明公可令其参与战事，但是，既得之地则由明公派出心腹之将镇守，不能让长安兵马坐地势大。稳固后方，大军进则有依托，退则有退路，进退自如，可灭王郎，立足河北。"

刘秀深表赞同。第二天，刘秀召集诸将，商讨军情说："今有尚书令兵马和渔阳、上谷兵马来会，我军可谓兵多将广，人强马壮，士气高昂。与邯郸决战的时候到了。但是，王郎假帝嗣之名迷惑人心，仍然雄兵在握，尤其在地方上仍有影响，势力不小。信都失守就是一个明证，一个教训。所以，在我兵进邯郸之时，一定要巩固后方，彻底肃清有可能叛乱的势力。本公命令，兵分两路，一路由右大将军李忠率领，回师信都，行太守事，彻底肃清叛乱势力，巩固后方。一路由本公亲自率领，进攻巨鹿。"

刘秀话音未落，谢躬起身反对说："眼下我军与王郎决战，正是全力以赴的时候，大司马此时分兵回师信都，似乎有些不妥。何况，信都已由下官派员镇守，叛乱已平，还有这个必要吗？"

刘秀摇头道："尚书令差矣。大人属下乃长安将吏，不知信都郡情。大人说叛乱已平，请问叛贼马宠是否已捕杀？马氏为信都大姓，其族人及归附者是否已搜捕殆尽？"

谢躬只得答道："马氏隐匿城中，至今搜捕不到。"

"马氏乃本地人，便于藏身，长安将吏不明细里，难以捕获。本公所遣右大将军李忠，曾为信都郡校尉，熟知地方人情，便于访查搜捕。稳固了后方，我军进兵巨鹿、邯郸，再无后顾之忧。"

邓禹亦劝解道："尚书令大人，眼下大战在即，河北兵马与长安兵马应军令一统，方可出奇制胜，请大人下令召回信都的将吏，由右大将军李忠兼行信都太守事。"

谢躬觉得有理，不便反驳，只得躬身说："只要有利于平定河北，下官遵从大司马之命就是。"当即写下手书，遣使召回在信都的将吏。

右大将军李忠领命分兵而去。刘秀亲率兵马离开广阿城，向巨鹿进发。前将军耿纯率先行人马急行至巨鹿地界，忽然战鼓擂响，两边杀出无数邯郸兵马，喊杀声震天，冲向汉军。耿纯大吃一惊，叫道："不好，有埋伏！"

他慌忙组织人马反击。先行汉兵突遇伏兵措手不及，仓促应战。无奈邯郸兵马来势凶猛人马又多，汉军抵敌不住，失利败逃。耿纯一看势头不妙，慌忙下令道："快扔辎重车鼓！"

这是一条逃跑保命的命令。势已至此，保存实力要紧，逃一个算一个吧！汉军的旌旗、仪仗、鼙鼓、车辆扔满一路，士卒四散逃命。

败军退下来，遇着大队人马。刘秀问明情况，正要命大队人马列阵迎敌，偏将军景丹上前请命道："明公，列阵已经来不及了，该朔方突骑精兵效力的时候了。"

刘秀欣然点头，景丹把大刀一挥，麾下突骑精兵喊声如雷，冲出前军阵营，扑向邯郸兵马。突骑纵横驰骋，马踏刀砍，凶猛异常。在敌军中冲杀，如入无人之境。邯郸兵马正以为得意，没料到遇到如此彪悍的对手，慌忙丢下抢到手的辎重粮草，仓皇逃命。景丹追杀十几里，邯郸兵马死伤无数，腿脚慢的投降汉军。

汉军将士好多人第一次看到突骑作战，无不对突骑的凶猛彪悍、快速机动连连赞叹。刘秀抚着景丹的肩头说："久闻朔方突骑天下精兵，今日一战，果然名不虚传！"

耿纯羞愧地收拾残兵，还好，损失不大。邯郸兵马只顾哄抢辎重，以报战功，这才使好多将士逃得性命。刘秀没有责怪一句，反而安慰耿纯和受伤的将士，命探马查明邯郸兵马的来路。

不多时，探马来报，查明设伏的是王郎遣来的大将儿宏的兵马。儿宏率数万兵马，前来援助巨鹿，中途探得汉军的行踪，便在此设伏，妄图打汉军一个措手不及。可惜他偷鸡不成反蚀一把米，丢下无数死伤的人马逃回巨鹿去了。

经过这段小插曲，汉军继续前进，很快到了巨鹿。刘秀命大队人马环绕巨鹿四门结成连营，安营扎寨后，发起进攻。

南路汉军在右大将军兼信都太守李忠的带领下，日夜兼程，回到信都。他先与原信都太守宗广见面，详细查问信都失守的前因后果。他熟知信都的各门大姓关系网遍及信都郡每一角落，很快查明马宠及其族人心腹近百人的藏匿之处，派出将士一一诛杀。信都郡牢牢掌握在大司马刘秀的手中。

王郎巨鹿太守王饶闻听汉兵来攻，正要率精骑出城给汉兵一个下马威。这时，刚刚率残部败进城内的大将儿宏上前劝阻说："大人千万出城不得，刘秀有上谷、渔阳突骑相助，凶猛无敌，末将伏击汉军，本该大功告成，不想遇上突骑，功败垂成。所以，我军只要固守不出，刘秀突骑派不上用场，汉军无可奈何。"

王饶叹息道："朔方突骑，天下无敌，可惜不能为我所用。将军言之有理，我军出城不得，唯有固守城池，汉军不利久战，用不了多长时间便会退走。来呀，传命将城中百姓尽数驱赶上城头，搬运檑木、矢石准备长期死守！"

巨鹿城下，汉军见城内守军不出城应战，只好发起攻城，无数的云梯架起来，几十辆撞车推到城下。

汉军举着盾牌，冒着箭雨攀登而上，但是，刚上半空就被城上一阵檑木、滚石打下云梯，摔到城下，非死即伤。几十名汉兵推着撞车猛撞城墙，土石松落，尘土飞扬。但巨鹿城墙坚固，根本无济于事。

汉军不分昼夜，连攻十天。不但没攻进城内一步，伤亡还越来越大。刘秀看着心急如焚，召集众将商议破敌之大计。大家你一言，我一语，争议半天，也没有想出更好的办法来。

刘秀望着前将军耿纯说："伯山为河北故吏，素有威名，能否劝降王饶？"

耿纯摇头说："王饶为故赵国遗族，一心想恢复王爵，因此，与王郎来往密切，很有交情。王郎未称汉帝时，经常以占卜为名活动于巨鹿、邯郸之间，乃是王饶家的座上客。等到以成帝骨血刘子舆之名义自立为尊时，王饶最先献降表，归服邯郸，深得王郎的信任，封为侯爵，拒守重城巨鹿。这样的铁杆叛贼，属下实在难以说服他归降明公。"

诸将一听，除了攻城，没有别的办法，只好在攻城上想办法。于是，造云车、挖地道、发飞石，汉军把各种攻城的办法都用上。

但是巨鹿城内，王饶兵马众多，防守严密，即使有部分汉军从天上、地下攻进城内，也被围上来的邯郸兵马捕杀。

汉军围城半月，轮番强攻，不但不能前进一步，还损失了大量的兵力。振威将军马武对刘秀说："当年王莽四五十万大军围困昆阳，我军以八千人马坚守近一个月，可见坚城易守难攻。如今，我方攻城，敌方固守，这样强攻不下，必然招来灾难。大司马应另想他计。"

刘秀也在着急，立刻命令道："暂缓攻城，召集诸将商讨军情！"

诸将从攻城前线归来，有的还挂着彩，刘秀招呼诸将入座，对受伤的将士亲切询问，说："看来王郎的手下有一批能臣谋士，很会用兵打仗，我军每攻一地，他们都有坚强的防守。柏人城固守很严，我们没有啃动。巨鹿有王饶防守，密如铁桶，也是一块不好啃的骨头。仗打到今天，诸将够辛苦了。也说明我们不能以常规思维指挥作战，要用出奇制胜的办法打破王郎的兵力部署。诸将有什么新奇、大胆的设想尽管说出来，只要有利战胜王郎就行。"

刘秀话音刚落，前将军耿纯挺身而出："末将曾想到一计，恐怕诸将反对，所以没说出来，今天斗胆说出来，请明公斟酌采纳。"

"前将军何必谦逊，有好计快说出来，诸将都在着急呢。"马武催促说。

"末将愚见，久围巨鹿，将士疲惫，不如撤走大军，进攻邯郸，邯郸一破，巨鹿便会不战而降。"

耿纯话音未落，就招来一片反对之声。朱祐摇头说："攻柏人城不下，前将军要移师巨鹿。如今巨鹿难攻，又要移兵邯郸，这仗还怎么打？"

臧宫也说道："遇硬而退，军心动摇，再攻邯郸难乎其难！"

耿纯吃了儿宏的败仗本来就觉羞愧，听到诸将的反对之声，涨红着脸，不再吱声，却注意着刘秀的态度。

刘秀止住诸将的议论，点头说道："本公倒以为伯山之计可行。因为王郎大兵主力已经派出，或守柏人，或守巨鹿，邯郸必然空虚。我军乘虚而入，必能出奇制胜。"

马武恍然大悟，击掌赞叹道："围魏救赵，釜底抽薪，明公好谋略。"

诸将当中，好多人也明白过来，无不拍手赞成。

刘秀谦逊地笑道："这不是本公的好谋略，而是伯山的好计。我军此次移兵邯郸，绝不是遇硬而退，而是实施出奇制胜之计。巨鹿城下仍要留部分将士佯做攻城，以迷惑王饶，使其不敢出城迎战，不敢分兵援救邯郸，确保我军大队人马攻取邯郸。"

诸将闻听刘秀之言，精神一振，多日攻城的疲劳一扫而去，个个摩拳擦掌，气势高昂。

刘秀分兵行事，留将军邓满、偏将军铫期率部分汉兵继续围困巨鹿，钳制王饶的兵力。自己亲率大队人马在夜间悄悄离开巨鹿。为迷惑王饶，营帐旌旗依然保留着。邓满、铫期率兵呐喊呼叫，佯作攻城，骚扰巨鹿守军。王饶果然上当，日夜巡守城头，督促防守，不敢出城迎敌。

汉军主力神不知、鬼不觉，撤离巨鹿，南攻邯郸，一路上攻城夺邑，势如破竹，很快抵达城下。刘秀命令包围邯郸，汉军各部立刻沿四门连营结寨，把邯郸城紧紧包围起来。

就在这时，忽然探马来报："禀大司马，东北方向有一支人马，打着汉室旌旗，正向邯郸靠拢。"

刘秀一听，吓了一跳，难道又是王郎的援军？果真如此汉军腹背受敌，处境就危险了。因为王郎假帝嗣之名，自立为汉帝，所以邯郸兵马所用也是汉室旌旗。

在广阿城，耿弇引上谷、渔阳兵马来会大司马，看到城头的汉室旌旗也犹豫了半天。今天来的这支人马到底是敌是友呢？刘秀也吃不准，只得命令道："再探再报！"

半个时辰后，探马满面欣喜之色，进帐禀道："恭喜大司马，来者乃是主簿冯异所率河南兵马，特来与大司马会师。"

刘秀大喜，道："原来是公孙到，诸将请随我出迎！"

原来冯异奉刘秀之命，离开信都，安抚郡县，收服河间兵。徇行各郡，认真执行大司马考察官吏、平遣囚徒、废新莽苛政、复汉官名等政令，他为人谦和、执法严明、一丝不苟，赢得河间地方吏民的拥戴。百姓纷纷送子送郎当兵，为恢复汉室尽力。冯异麾下的汉兵迅速壮大，边战边向大司马靠拢。

刘秀与诸将出营五里与冯异相见。众人相互见礼，互致问候后，刘秀执冯异双手，望着雄壮的汉兵说道："信都一别，不过半载，想不到会有今天的局面，全赖诸将努力的结果。"

冯异也感叹道："全赖明公威德服人，诸将乐意受驱使，河北吏民也思慕明公，自然大事可成。"

汉军又添精兵，士气更盛，把邯郸铁桶似的围起来，跃跃欲试。

刘秀与冯异回到大帐，冯异说："攻敌先攻心。明公可多作檄文，散布四方，揭露王郎假子舆之名义谋篡汉室之真相，然后，发兵攻城，示以兵威。守城兵马心惊胆战，邯郸自然可破。"

刘秀笑道："公孙之计可行。先前已有檄文传布河北，只是还不够，我依公孙之议，多作檄文，攻王郎之心，假汉帝一定心惊肉跳，后悔当初了。"

邯郸城里，赵王宫温明殿上，假子舆王郎面对从天而降的汉兵，急得如热锅上的蚂蚁，来回踱步，气急败坏地说："张参、王饶、儿宏，一群废物！手上几十万人马竟挡不住刘秀，竟让人家钻到朕的眼皮底下了。"

丞相刘林忙说："臣听说王饶在巨鹿正与刘秀的主力汉兵交战，柏人城倒是没有汉兵，可是，远水解不了近渴。"

"什么，巨鹿也有汉军主力？刘秀到底有多少人马？朕不相信，眼下保住邯郸要紧，快命令全城将士守城，后退者立斩！"

刘林担忧地说："陛下，邯郸的精兵、重兵都已分发去各地据守关隘，城中空虚，兵少将寡，如何是好？"

"那就命全城百姓上城头守城，违令者灭族！"王郎脸色铁青，咬牙切齿地说。

"可是，城中百姓看了刘秀檄文，议论纷纷，人心不稳，用他们守城，恐有不测！"

王郎一听到"檄文"二字，登时像泄了气的皮球跌坐在石阶上。真的假不了，假的真不了。他这个假子舆最害怕别人说假帝嗣之名。刘秀的檄文不仅使邯郸城内民心动荡，军心不稳，连假天子也心惊肉跳。王郎眼巴巴地望着刘林说道："你看怎么办？难道就这样坐以待毙吗？"

刘林虽然慌张，却比王郎镇定得多，于是献计说："城中兵少将寡，必不能抵御长久。陛下宜派人出城，发诏巨鹿、柏人城，召张参、王饶回兵救援邯郸，再发檄文于郡县，征发突骑调集各地兵马，何惧刘秀的兵马！"

王郎顿时来了精神。对呀，不论是真是假，自己现在身份是汉室天子，就可以发诏招募天下勤王之兵，为什么要怕他刘秀呢？于是，命少傅李立起草诏书，派绣衣使者深夜缒城而出，乞求外援。

城外汉军发起攻城。因为有进攻巨鹿的经验，汉军一开始便双管齐下，架云梯、挖地道，天上地下，一同向邯郸发起猛烈的进攻。邯郸兵少，顾得了这边，顾不上那边，击退天上的又得去堵地下的。几天的攻击使守军疲于奔命，斗志全无。

汉军大营里，冯异又发起一次对王郎的攻心之战。他对刘秀说："曹刿说过，'夫战，勇气也。'邯郸虽然兵微，但困兽犹斗，拖延时日，对我军不利，如果巨鹿、柏人城发兵增援，势必功败垂成。可派人打马拖起树枝，以为疑兵，迷惑王郎，给邯郸守兵造成更沉重的压力，使其军心涣散，邯郸可破。"刘秀传命照办。

邯郸城头，王郎率刘林、李立、杜威等大臣登城眺望，只见漫山遍野都是汉兵的旌旗，更远处则是烟尘滚滚，似乎有无数的汉兵向邯郸奔来。

近处城下的汉兵手持盾牌、大刀，攻势愈来愈猛。城头上，守军东奔西走，疲于奔命，到处是战死的将士尸体，鲜血染红了城堞。

王郎惊坐在地。邯郸摇摇欲坠，看来他这个假汉帝长不了了。

"刘卿，援兵有没有消息？"他有气无力地问。

刘林与杜威一边扶他起来，一边摇摇头。王郎绝望了，眼巴巴地望着刘林，问道："如果朕不做天子，能保住性命吗？"

刘林惊异地道："陛下的意思是出城投降？"

"对，如果刘秀答应饶朕性命，朕就投降，也可使城中将士免受刀兵之苦。"

"可是，要有人出城与刘秀议降才行……"刘林说着，直打趔趄，生怕王郎派他前去，那可是弄不好就掉脑袋的事，刘林没有这份胆量。

王郎打量着每一个大臣，用近乎哀求的声音说："诸位爱卿，朕平日待你们不薄，困难当头，难道就没有人为朕走一趟吗？"

王郎的这些臣子，都是冲着封赏来的，谁肯真为这个假天子卖命呢。大难来时各自飞，每个人都在考虑自己的后路。当然，也有例外有人肯为王郎效命。

"陛下不要着急，臣杜威愿出城议降！"谏议大夫杜威挺身而出说。

王郎感动得老泪横流，说："有劳杜卿了，能谈妥更好，谈不成，朕就与邯郸共存亡。杜卿保重！"

汉军城北大营，辕门大开，军士交戟，林立的刀戈闪着阴森森的寒光。大帐内，汉朝大司马刘秀正中端坐，两旁诸将甲胄明亮，威风凛凛，傲然肃立。

"来呀，带逆使杜威！"

大司马一声威喝，两旁将尉齐声呼喝："带逆使杜威！"

呼喝声传出帐外，校尉段孝引杜威入帐，杜威手执汉节，昂然而入，缓步走到刘秀案前跪拜进见说："臣杜威奉汉成帝嗣刘子舆之命拜见大司马。"

刘秀愤然作色："呸，王郎不过一个卜卦者，竟敢假冒帝嗣后裔，悖乱天理人情，罪恶难赦。成帝无后这是天下皆知的事实。王莽篡汉，就算成帝在世也无力改变失去的江山，又何况一个假子舆呢？可笑之至！"

两旁诸将见大司马动怒，手按剑柄，齐声威喝，气势威严，令人胆寒。

杜威颇有胆气，镇定自若，再次跪拜稽首说："罪臣听说明公一向讲究仁德忠信，所收服信都、渔阳、上谷的官员都被加恩赐封将军。今天，邯郸愿举城归降，大司马应该赐封邯郸主为万户侯吧！"

刘秀哈哈大笑："杜威，以你的智勇，当位至列侯，可惜明珠暗投，邯郸能与信都、渔阳、上谷相提并论吗？此三处官员皆赐为将军，功在恢复我汉室江山。王郎假托汉嗣，蛊惑人心，留他一个全尸，已经是仁至义尽，还想做什么万户侯，简直痴心妄想。"

杜威闻言，昂然而起，凛然道："这么说，大司马毫无通融之理了。我邯郸虽然已至穷途末路，但若抱定必死之心，还能苟延日月。"

"大胆！"两旁诸将突然齐声怒喝，刀剑嘟嘟作响。只要刘秀一声令下，十个杜威的脑袋也会被同时砍下。

杜威却是狂笑一声："怎么，大司马要杀一个手无寸铁的使者吗？"

"不，放来使回城。"刘秀劝住诸将。

杜威回到城内，王郎得知议降失败，抱定必死之心，反而镇静了许多，亲自登上城头，鼓舞士气，指挥守城。

刘秀督率汉兵，四门同时猛攻，日夜不停。但是，邯郸兵马在王郎的督率下，拼死固守。攻守争战进入空前惨烈阶段，守兵人力，四顾不暇，汉军数次攻上城头，但都被拼命抵抗的守军击退。

邯郸兵有的身受重伤，不能移动，便抱着攻上来的汉军滚下城去，同归于尽。邯郸城头，死尸枕藉，血流成溪。

刘秀与诸将没想到邯郸兵马会有如此激烈的抵抗，眼望着摇摇欲坠的邯郸城，就是不能攻下，不由心急如焚。

就在这时，忽然，探马来报："禀大司马，将军邓满和偏将军铫期已攻下巨鹿斩王饶首级，正押解粮草辎重，赶来增援邯郸。"

刘秀大喜，感叹道："我只是让邓满、铫期钳制巨鹿兵马，没想到二位将军竟破巨鹿，斩王饶，真是智勇之才。"

刘秀亲自迎接铫期入帐，嘉奖邓满、铫期的勇猛果断，当即拜铫期为虎牙大将军。巨鹿已下的消息迅速传开，汉兵欢呼跳跃，攻城的士气更盛。

邯郸守军遥望王饶首级，知道援兵无望，败局已定，人人自危。王郎少傅李立当晚便带心腹亲兵悄悄打开城门，迎接汉军入城。

汉军潮水般涌入城中，直扑王宫。一路上，邯郸兵马大多乞降溃逃，也有顽抗的，拼搏惨烈。刘秀大队人马入城，严令擒拿首犯，余者投降免死。

天色微明，汉军占领全城，邯郸兵马或降或逃，不再抵抗。但是，搜遍全城，不见王郎踪迹。

汉军功曹王霸从守城门的降卒口中得知，王郎从王宫后门潜逃而出。王霸二话没说，单刀匹马追出城去。出城十里，天色大亮，远远望见一人一骑孤零零地落荒奔逃。

王霸料定，必是王郎无疑，拍马赶上，大刀一横，讥讽道："卜卦先生，该算算自己的命运了！"

王郎抬头，面色灰白，结结巴巴地说："壮士饶命，朕……不是刘子舆。"

王霸大笑一声，手起刀落，把王郎劈死于马下，割下首级，回城报功去了。

被方望、弓林劫持到临泾的刘婴，战战兢兢地登上御座，祭拜天地神明、列祖列宗后，自称天子。刘婴封弓林为大司马，方望为丞相，其余数千手下皆有封赏。

可是，御座还没有坐热，长安更始帝便遣丞相李松、讨难将军苏茂率领大军，前来征伐。方望、弓林兵少势微，引兵抵抗。一经交锋，胜败立见分晓。李松、苏茂围歼临泾兵马，斩方望、弓林首级。刘婴的朝臣四顾逃命，没人过问新立的天子。刚做几天皇帝的刘婴，稀里糊涂地死于乱军之中。

真假汉帝的灭亡没有改变天下群雄竞立的局面：梁王刘永擅命淮南；公孙述称王巴蜀，李宪自立为淮南王；秦丰自号楚黎王；张步起兵于琅琊；董宪拥兵于东海；田戎起于夷陵，并置将帅，侵吞郡县。

又有铜马渠帅东山荒秃、大肜渠帅樊重、尤来渠帅樊崇、五校渠帅高庭、檀乡渠帅董次仲、五楼渠帅张文、获索渠帅古师郎以及高湖、重连、铁胫、上江、青犊、五幡等，乘势蜂起，各领部曲，众合数百万，据地抢掠，地方纷乱。

但是，上述各部势力虽众，力量分散，还不足以对新生的更始政权产生太大的威胁。东方赤眉，拥兵百万，则不可轻视。

樊崇等赤眉渠帅原本有心归降更始帝的汉室政权，并亲去洛阳拜见更始帝。可是，目光短浅昏庸无能的更始帝和绿林诸将不作妥善安置。樊崇等人大失所望，先后逃出洛阳，回归老营。

为反莽而起的赤眉军，在王莽新朝灭亡之后，失去了斗争的目标，转而进攻更始政权。樊崇在颍川把赤眉军分兵两路，一路由自己和逄安率领，转而南征；一路由徐宣、谢禄、杨音率领，转而北战。两路大军南征北战，杀豪族、斩郡吏，所过之处，尽掠豪族大姓的家财，以供军需。

南路赤眉军兵进湖阳。刘秀舅父樊宏乃湖阳大姓，地方巨富，首当其冲，成为赤眉军进攻的目标。家人得知赤眉军兵临湖阳，慌忙飞报老爷樊宏。

樊宏扶刘縯灵柩归乡，得回故里，从此对天下大事心灰意冷，每天只是读书练剑，悠闲度日。闻听赤眉军来攻湖阳，顿时吃了一惊。

大难来临，不能不问了。樊宏劝住来回奔忙准备组织庄兵抵抗赤眉军的管家樊童说："赤眉军为反莽而起，乃是义军。大司徒刘縯亦是反莽英雄，可惜被更始君臣所害。同为反莽而起，赤眉渠帅不会不怜惜大司徒的不幸。先礼为上，快去准备牛酒肉食粮草，我要亲去赤眉军营中犒劳。"

樊童依言而行，很快准备好一切。樊宏率庄丁挑酒牵牛，车载人担，前往赤眉军营。

赤眉渠帅樊崇得知刘縯、刘秀的舅父前来犒军，亲自与众渠帅迎出帐外。樊宏抱拳施礼道："各位好汉辛苦了。老夫听说贵军光临敝县，特来犒劳，不成敬意，樊童，把礼单呈上。"

樊崇接过礼单，不及细看，便上前扶住樊宏，感激地说："老人家，大军初到贵地，骚扰地方，樊某本该谢罪，怎好再收您的礼物。"

樊宏说："贵军为反莽而起，除暴虐，定社稷，也是义军，老夫当然要表示敬意。"

樊崇请老人入营细叙，说："贤甥大司徒刘縯春陵起兵，反莽诛暴。一代英豪，可惜，好人不长寿，被更始君臣所害。樊某与众渠帅对大司徒一向敬仰，深为怜惜。此次南征北讨就是向长安昏君示以兵威，为大司徒刘縯报仇。"

樊宏心里暗笑，赤眉军百万之众南征北战无非要跟长安更始君臣争夺天下，岂为一个屈死的刘縯？但是，他表面上仍装成万分感激的样子说："贵军真是仁义之师，早该攻打长安，为我屈死的縯儿报仇了。"

樊崇收下厚礼之后，与众渠帅一起跟樊宏前往刘縯坟前，行祭拜之礼，以表示敬仰和哀悼之情。

从刘縯坟墓回营，樊崇召集军中三老、从事以上首领开会，说："我军本为反莽而起，如今王莽虽灭，但天下不宁，百姓仍受战乱之苦，豪族大姓据地自守，长安汉帝软弱昏庸。我军将士多为东方人，转战各地，流徙他邑，久战生厌，军心思归。但是，东归故乡，众兵必散，没有了实力，将士们还是要落到衣食无着、受人欺凌的境地。不如移师西进，攻取长安，共享荣华富贵。"

众首领无不赞同，于是樊崇派人急召北路赤眉，会师湖阳。两路大军聚在一处，犒劳饱餐，杀牲盟誓，共约西进，攻打帝都长安。

长安更始帝君臣还没有觉察到赤眉军的巨大威胁。但是，大司马刘秀占领邯郸、平灭王郎的捷报引起了更始帝的不安。

更始帝看完刘秀从邯郸送来的捷报，且喜且忧。喜的是一个冒牌的汉室天子被除去，少了竞争的对手，自己更加名正言顺地自称汉帝；忧的是刘秀的势力坐地自大，难以钳制，同样是帝室后裔，说不定哪天也会自立为帝。他可是比王郎强过十倍的竞争对手，一日不去，如鲠在喉。

更始帝坐朝，召集群臣说："大司马刘秀不负朕望，执节北渡，平灭叛贼王郎，占据河北，可喜可贺。但是，刘秀专据一方，声威日盛，朕心不安。诸卿有何见教？"

刘秀平灭王郎，占据邯郸，引起绿林诸将的疑虑。在钳制刘秀势力发展的问题上，更始君臣的观点是一致。因此，诸将附和更始帝的主张。

宜城王王凤出班禀奏说："刘秀素有野心，绝不会屈尊人下。如今他在河北占据了邯郸根基之地，不久便是第二个王郎，不能不早作提防。"

更始帝说："朕早就提防他了，所以遣尚书令谢躬以增援河北为理由监视他。"

御史黄全出班冷笑道："谢君生性仁厚，仅凭陛下监视之旨，岂肯为难刘秀？还不是让他坐地势大，称霸一方。"

赵萌止住众人，出班说道："逆臣刘縯死于陛下之手，刘秀是其胞弟必然怀恨在心。所以隐忍不发，是他的势力还不够强大。如果让他继续专据一方，必然尾大不掉。以其过人的才能，我们君臣都不是他的敌手。黄大人所言极是，仅凭仁厚的尚书令大人监视他，于事无补。为臣愚见，不如遣使者赴邯郸召他回京，削夺兵权，封他个有名无实的王爵，就好钳制了。如果他不从，就是违旨，陛下便可名正言顺发兵征讨。"

赵萌的话对更始帝来说，就是圣旨，何况正中他的心意。于是更始帝说道："赵卿之言极是，朕马上拟旨，不知哪位爱卿愿出徇河北？"

御史黄全挺身而出："为臣愿往河北。"

邯郸城头飘扬起汉室旌旗和大司马的旌旗，至此，被王郎盘踞近半年的邯郸城被刘秀收复了。

平灭王郎，收复邯郸，刘秀收服郡国降卒汉军兵力迅速增加。尚书令谢躬眼看刘秀势大，而自己带来的长安汉兵势微，心中不满，便面见刘秀说："下官奉帝命率兵增援河北，助大司马平灭叛贼。长安汉兵虽不及河北汉兵骁勇善战，但也尽职尽责。如今大司马麾下各部尽得吏卒，长安汉兵也应该补充兵力才是。"

刘秀闻言，暗笑道，在我军中，怎容你部坐地势大，但面上却坦然笑道："尚书令大人莫怪，并非本公有意厚此薄彼。吏卒配属，全凭心愿，并无强制部署。所谓将士属心方可同心杀敌，共赴危难。尚书令可以于我军中挑选自愿追随者补充长安汉兵，本公绝不阻拦。"

谢躬自忖爱兵如子，体恤下情，不会没有追随者，便去诸将宫中募兵。但不到半天他就回来了，刘秀问道："大人收获如何？"

谢躬面色羞愧而钦敬地说："大司马麾下，果然将帅吏卒归心。小官询问吏卒心愿，皆曰愿归附'大树将军'。"

"'大树将军'是谁？"刘秀真的很惊讶。

"'大树将军'就是冯异。将士们说，冯异为人谦让，从不矜功自傲。非交战迎敌，常在诸营之后，每遇诸将，勒马避道；途中歇息，诸将并坐论功，冯异独坐树下，从不插言非议，军中号曰'大树将军'。"

刘秀笑道："冯异在军中有如此雅号，若不是大人提起，本公还不知道呢！可见，军心不可欺。"

谢躬赞叹道："大司马所言有理，下官自愧不及。"

刘秀内心明白，吏卒不归心，不是谢躬之过，乃是长安政乱，人心失望之故。他不愿点破，却亲切地挽谢躬之手，笑道："平灭王郎，收复邯郸，大人与长安汉兵功不可没。王宫里已摆设酒宴，欢庆大功，请大人入席。"

谢躬心里高兴，欣然同往。两人携手走进大殿，大殿上摆着两排丰盛的酒席，诸将已入座等候，见两人进来，一齐站起，抱拳施礼道："恭请大司马和尚书令大人入席！"

刘秀、谢躬挥手致意，在正中主席落座。庆功宴开始，钟磬敲响盅觥举起。阶下军士挥戈，跟着鼓点，跳起了武士舞。长安诸将与河北诸将饮酒谈笑，听乐看舞，气氛融洽而热烈。

酒至半酣，忽然宫门外传来吵闹之声。刘秀放下酒觥问道："怎么回事？"

话音未落，刺奸将军祭遵手提一颗血淋淋的人头，脸色铁青，大步迈进，径直走到谢躬席前，抱腕施礼道："尚书令大人，贵军裨将无视军纪，在城中掳掠百姓，伤人性命，祭遵斗胆已将他正法。请大人发令，约束部属，不得再有此类事件发生。"说完，把人头扔在谢躬席下。

融洽的庆功宴被打乱，乐曲戛然而止。长安诸将脸色陡变，刷地扭身抽出刀剑。河北诸将也按剑而起，空气凝重得不能呼吸。

刘秀神情严肃，瞪着祭遵和麾下诸将说："谢大人效忠帝命，尽忠职守，不避危难亲赴河北，与我共讨王郎，实为汉室股肱之臣。几个败类，岂能遮挡日月之光。姑念裨将亦有征战之劳，替他收尸，准予厚葬。祭遵将军，还不取人头退下。"

祭遵遵命，向谢躬复施一礼，拿起人头，大步退出，河北诸将安然入座。刘秀转向谢躬抱拳赔罪说："祭遵将军一向奉法不避，执法如山。今日冲撞之罪，请大人海涵。"

谢躬尴尬之色微解，挥手命麾下诸将坐下，对刘秀拱手说道："下官惭愧，部下军纪不严，才有今日之羞，愿分兵还邠城，严加整顿。"

刘秀笑道："大人不必自责，分兵而处也不在乎一时。河北王郎虽灭，仍纷扰未定，还须你我同心作战，勠力平敌。大人如能释怀，请继续饮酒听曲。"

宴会结束，谢躬因心中不快，告辞而去。振威将军马武还在与诸将说笑，依依不舍。刘秀上前，爽朗地笑道："昆阳一别，不曾与子张（马武字子张）独诉衷肠，可与共游乎？"

马武见大司马相邀，慌忙起身离座应邀。两人出了王宫，沿青石台阶而上，来到邯郸城头，极目远眺，幽燕关山，尽收眼里。

刘秀钦佩地说："昆阳大战，子张与我共闯王莽大营，令叛贼闻风丧胆。信都一战，将军更显神威，斩信都王于马下，救得被掳汉军眷属的性命，刘某与信都将士感激不尽。"

马武谦恭地说道："昆阳一战，大司马亲率十三骑闯敌营，搬救兵，以八千人马破四五十万叛军，英名如日月普照，天下尽知。今日专据河北，兵多将广，吏民归附，更不可同日而语。"

刘秀摇头说："兵再多将再广，却没有子张这样智勇双全的将才。"说着，用手指点渔阳、上谷方向说："那就是渔阳、上谷两郡，我得两郡突骑精兵，如果能得子张统率，一定威猛十分。"

马武人粗心细，自然听出刘秀言语的深意，微微叹息道："马武愚钝，却也看出长安政乱、河北归心，尚书令与我无冤无仇，马武不是背后插刀的小人。"

刘秀笑道："子张放心，我不会令你为难。不过，将军久经沙场，能征惯战，有勇有谋，我早想引为己用，时刻等待将军的归来。"

马武不作回答，抱拳道："天色不早，大司马还有公务在身，马武不便打扰，告辞了。"

谢躬赴宴回营，便命令长安汉兵收拾行装，第二天，领兵还屯，马武力劝不听，只得随军而去。

刘秀歇兵邯郸。王郎虽灭，河北远未平定，铜马、尤来、五校、檀乡、富平、高湖、重连、铁胫、大枪、青犊、五幡等部，合众数百万。这些势力原本是反莽而起的义军，王莽灭亡后，更始帝既无力收降，也没有诏旨安抚。于是各部义军迫于生计，转而掳掠地方，成为地方动乱的祸害。

歇兵不歇将，刘秀召集诸将，商讨平定河北大计。铜马军人数最众，势力最强。收服了铜马，其余义军易于击破，甚至不战而降。

众人正在热烈商讨，忽然一名校尉急奔进来："禀大司马，长安遣来天子使者，已到城门口。"

热烈的会场突然一片沉寂，刘秀与诸将面面相觑。更始帝在河北形势最严峻的时候不闻不问，而今先派谢躬，后遣使者。派遣谢躬前来，还可以说成帮助河北平灭王郎叛乱，那么，这位使者的到来，不能不让人多了一些想法。

偏将军朱祐忽然站起，怒道："更始帝不安心在长安享乐，又来河北搅什么浑水？真是岂有此理！"

诸将也在交头接耳，议论声不断。刘秀轻击几案，镇住了嗡嗡声，肃然道："既是天子使者，不可怠慢。诸将莫唐突无礼，请随我出城迎接天子使者。"

邯郸城南门外，天子使者黄全率慰劳大司马的队伍正等得着急。忽然城门大开，鼓乐齐鸣，刘秀率麾下诸将出城迎接。刘秀疾步上前，施礼道："不知天子使者驾到，迎接来迟，请尊使恕罪。"

黄全下马还礼，满面笑容道："大司马平定叛贼王郎，劳苦功高，陛下特遣下官前来慰劳大司马及麾下诸将。"

诸将与黄全一一见礼后，刘秀引领使者进城，来到赵王宫。宫内已备下丰盛的酒宴，准备为使者接风洗尘。黄全忙推辞说："大司马盛情难却，不过，下官为公而来，还是先宣读圣旨，再赴宴不迟。"

刘秀道："悉听尊便。"便与诸将在正殿摆设香案，面南而跪。

黄全在案前站定，取出圣旨，高声宣读："奉天承运，皇帝诏曰，大司马不负朕望，执节北渡，马到成功，可喜可贺。为示褒奖，特遣御史黄全前往慰劳有功将士。诏封刘秀为萧王，有功将士亦有另旨封赏。姑念大司马长年征战在外，劳苦功高，加恩令其罢兵，与有功将士还朝休养，参与朝政。另派苗曾为幽州牧，韦顺为上谷太守，蔡充为渔阳太守。令到之日，赴任之时。钦此。"

黄全读罢诏书，诸将顿时愤然作色，只是慑于刘秀有言在先，不敢发作。刘秀早料到长安此时来人，不会有好事，只是没想到更始帝下此绝招。看来必是绿林诸将授意而为之。

他暗自吃惊，不露声色，谦恭称谢道："臣接旨，谢主隆恩！"

黄全把圣旨双手交给刘秀，赔笑道："陛下大恩，从此萧王不必再受风雪之苦征战之险。回京享清福去吧！"

刘秀收起圣旨，含笑道："谢大人美言。哎，不是说还有苗曾、韦顺、蔡充几位大人吗？人呢？"

黄全一怔，随即笑道："圣旨不是说，令到之日，赴任之时吗？他们三个已经奔赴各郡赴任去了，萧王也要尽快罢兵还朝才是。"

刘秀心里又是一惊，却故作遗憾地说："三位大人必是新官上任三把火，可惜刘某无法为他们接风洗尘了。"

酒宴结束，刘秀亲自送黄全回驿馆歇息。回到王宫，诸将正要上前询问，刘秀不顾众人，径直奔进温明殿。朱祐要尾随而进，却被他挡在门外，命令道："我要歇息，仲先为我守门，不准任何人进来打扰。违者，军法处置。"

朱祐不敢进去了，站在门口，向诸将苦笑道："这下完了。我还要守门，谁进去谁倒霉。明公真是的，朗朗丽日，大白天的，睡什么觉，睡得着吗？"

诸将也乱糟糟地议论着，邓禹止住众人说："大家别急，明公是在默思对策。长安天子要夺明公权势，坐享河北成果。这么大的事，他要慎重行事才行。咱们不要打扰，等他思谋已定，自然出来相见。"

诸将觉得有理，便不再争论，但是，谁也不肯离开，静静地等待刘秀的出现。两个时辰过去了，刘秀没有出来，三个时辰过去了，殿里还是没有动静。天色已晚，赵王宫点起无数的宫灯，把整个宫殿照得亮如白昼。

温明殿内，萧王刘秀半躺半卧在软榻上，双目茫然地盯着屋顶。更始帝君臣步步紧逼，自己该怎么办？他的眼前浮现出兄长刘縯亲切的面容，耳边响起宛城分手时谆谆教导的话语，"天下是我们刘氏的。反王莽，灭新朝，恢复高祖业是我们弟兄们的责任。保重自己，王莽覆灭之日，就是你我建功立业之时"。

可是，如今王莽早已灭亡，汉室已复，兄长却被嫉贤妒能的更始帝君臣所害。春陵的白水边上的兄长孤坟早该芳草萋萋了吧！

不仅如此，更始帝君臣还在害死兄长之后，处处欲置自己于死地。在洛阳的三个多月，自己忍辱负重，有苦无处诉，泪水肚里流，幸亏有大司徒刘赐的全力担保，得以执节河北，逃离樊笼。

在河北，自己受尽风霜之苦，还被王郎的兵马追捕，狼狈南逃，历尽千辛万苦。皇天不负有心人，幸得信都、渔阳、上谷三郡的倾力相助，终于拥有自己的兵马，灭掉王郎，收复邯郸。

如今，长安君臣又来请君入瓮，萧王刘秀又面临一个人生的十字路口。遵旨转归长安，等于重入樊牢，受人节制；不归长安，留在河北，可以大展宏图，实现誓愿，可是却要背负抗旨叛逆的罪名。何去何从？刘秀在努力寻找一个稳妥的办法。

等候在殿外的诸将终于忍耐不住了，朱祐说："我为明公守门，你们谁进去，我都有失职之罪，不如我进去劝说明公，有罪杀我一个。"

铫期一把拉他过来说："就你笨嘴拙舌的，恐怕越说越糟，还是我去吧！"

朱祐火了，涨着脸吼道："黑炭头，你能比我强多少，还……还想劝说明公。"

邓禹忙着劝解："你们不要争吵，明公虑事周到，用不着谁去劝说，还是等他出来后再说吧。"

耿弇却道："形势紧急，苗曾、韦顺、蔡充已经赴任，半个河北易手他人。明公再无决断，悔之晚矣。朱将军、铫将军不必争执，就让在下进去与明公细说。"

朱祐自从耿弇说服上谷、渔阳两郡归服刘秀，非常佩服他，欣然说道："明公最听伯昭之言，必能奏效。伯昭放心进去吧，法不责众，有我们为你求情，明公不会处罚你。"

耿弇推开殿门，大步走进去。正在苦思冥想的刘秀惊觉，翻身坐起，望见耿，对着门外大声责问道："仲先，何以让伯昭擅自闯入？"

朱祐伸进脑袋，大声笑道："伯昭要说的话，就是我想说的话，当然可以面见明公。"

刘秀看着耿弇道："伯昭不知我有言在先吗？"

耿弇昂然说："河北大难将至，耿弇怕死也躲不过，不如冒险进见，或许还有希望。"

刘秀一怔，转怒为笑，说道："伯昭请坐，可有良言教我。"

耿弇施礼谢座，说道："方今长安失政，更始君臣，纲常紊乱，绿林诸将，擅命京畿。天子之命，不出长安，所在牧守，辄自迁易，吏民不知所从，士人莫敢自安。绿林横暴，掳夺财物，劫掠妇女，比王莽尤甚。更始帝名为天子，不能驾驭，其势必败。明公舂陵起兵，反莽英雄，昆阳大战，破百万大军。如今已定河北，据天府之地，收归人心，以义征战，发号响应，天下可传檄而定。长安之命，罢兵归京，不可听从。否则，天下恐转归他姓。"

刘秀悚然作色，低声说："伯昭失言，我当斩之！"

耿弇抱拳挺立，坦然说道："明公待耿弇，情同父子，耿弇因而直言利弊，生死关头，听长安命则败，不听则兴。"

刘秀慨然道："伯昭年少，见识不凡。随我战河北，屡建奇功，我怎么忍心无端加罪。只是眼下我兵力尚弱，上谷、渔阳又易手他人。尚且，不听命便是抗旨。长安天子为汉室后裔，名正而言顺。若加以叛逆罪名，我将何以面对天下？"

"明公忧天下，天下人亦以明公为忧。"殿外传来邓禹爽朗的笑声。刘秀一看，邓禹已带诸将拥进殿内，近前进言道："如今长安失政，更始危弱，人心失望。明公威德，四海皆知，即便长安加以叛逆之名，天下人必不以叛逆视明公。"

虎牙大将军铫期大步上前，高声说："天时，地利，如果拥集兵众，顺从天下思汉之心，断然自立，天下敢有非难者，铫期当先斩之。"

后大将军邳彤亦正色道："诸将所以抛妻子、捐家室而从明公，无不为建功立业、光耀门楣。明公如果优柔寡断令诸将失望，我等现在就离弃而去。"

刘秀心有所动，抱拳道："我知道该怎么做了。诸位莫急，我先辞了使者，再与诸位共商大计。"

诸将相视欢笑，方才放心。刘秀辞别诸将，只身前往使者黄全的驿馆。黄全听说萧王造访，慌忙迎出门外，惊讶地说："萧王夜间来访，有何贵干？"

"刘某有肺腑之言要说。"刘秀走进屋内，坦然落座才说道，"日间接读圣旨，钦命刘某罢兵归京。本欲从命，但细加思量，颇为不妥。"

黄全心里一惊，竭力保持镇定，问："有何不妥？"

　　"王郎虽灭，河北远未平定，铜马、尤来、五校、檀乡等部众百万，所在寇掠，为祸一方，我部正欲发精锐之兵，征讨四方。突然罢兵归京，势必前功尽弃，功亏一篑。"

　　黄全强笑道："萧王多虑了，天子已派遣苗曾、韦顺、蔡充三位大人共理河北战事，他们自会平定四方叛乱。"

　　刘秀面露轻蔑之色："河北的动乱如果能轻而易举地平定，恐怕就轮不到刘秀执节北渡了。刘某经营河北半载，镇抚州郡，平遣四徒，除王莽苛政，复汉官制，直至灭叛贼王郎，收复邯郸，始有根基。苗曾、韦顺、蔡充无功无德，初来乍到，何以平定叛乱？"

　　黄全一时语塞，半天才支吾着说："萧王莫非要抗……抗旨不遵？"

　　刘秀不作正面回答，冷笑道："长安天子有名无实，大人身在京师，自然比我清楚。"

　　黄全额上冒汗，嗫嚅道："萧王这是何意？"

　　"天子身不由己，为人所迫，这道旨意非出自圣上本意，刘某不必遵从。"

　　"圣旨岂会不是圣上本意？萧王抗旨不遵就是叛逆朝廷。"

　　刘秀忽地站起，愤然道："外戚专权，奸臣窃命，乃我汉室不幸。刘某得手，一定斩此祸首罪魁。"说着，突然拔剑，砍下几案的一角。

　　黄全吓得瘫软在地，面如土色，结结巴巴地说："萧……王息怒，下……下官明日回京复命……一定跟陛下解释清楚。"

　　"悉听尊便！"刘秀宝剑还鞘，昂首大步走出驿馆。

　　邓禹等诸将听完刘秀拒绝使者的经过，忍不住哈哈大笑。众人聚在一起，详细商讨下一步的行动方案。第二天，无可奈何的黄全悻悻离去，回京复命。刘秀拜耿弇、吴汉为大将军，执节北发各郡突骑。

　　耿弇、吴汉虽然拜为大将军，却还是光杆将军，因为收复邯郸之后，精兵突骑大多调去驻守幽州各郡。但是，此时幽州各郡，大司马刘秀任命的太守已被撤掉，换上了更始帝派来的心腹。

　　两人胸有成竹，来到幽州，分头行事。耿弇到上谷、渔阳，利用原太守耿况、彭宠的旧部，不费吹灰之力，杀了韦顺、蔡充两位刚刚到任的太守，把印绶交还耿况、彭宠，召集了许多突骑骑兵。

　　与耿弇相比，吴汉的行动冒了很大的风险。幽州牧苗曾已风闻刘秀抗旨不从，欲征郡国突骑，岂肯从命，暗中作了备战的准备，并派使者，严令各郡国不得州牧虎符军令与州牧大人的亲笔批准，不许放走一兵一卒。

　　吴汉率二十名轻骑随从，一踏入幽州地界就感觉到形势不对劲，不但没招集到一兵一卒，还处处遇到敌意的目光。手下人胆战心惊，力劝吴汉返回邯郸。吴汉断然拒绝，昂首进入幽州郡。苗曾听说萧王使者只有二十名随从，料定对方没做什么准备，便想给吴汉一个下马威，于是率大队出迎。

吴汉老远就高叫道："我乃萧王使者，幽州牧速来迎接。"

苗曾从长安带来的心腹低声道："萧王使者如此盛气凌人，让属下杀了他。"

苗曾冷笑道："让他得意一时，后头有他求饶的时候。"说完，驱马上前。吴汉也近前相迎。两人并辔，突然寒光一闪，吴汉的宝剑已刺入苗曾的胸膛。苗曾惨叫一声，死尸跌落马下，栽倒路旁。

吴汉夺得兵符，执节高叫："我乃萧王使者，执节发各郡突骑，违令不遵者，杀无赦。"

突骑原已归附大司马，又深知吴汉威猛，无不俯首从命。苗曾心腹欲要反抗，已被周围乱剑刺死。

夺回幽州突骑，刘秀重新占领河北，便准备征讨盘踞鄡城一带的铜马义军。但是还有鄡城的谢躬时刻威胁着邯郸，不可不防。邓禹说："尚书令为人忠厚守信，明公可约谢躬共同破贼，只要他答应出兵，便可解除后顾之忧。"

刘秀依言而行，便亲自去鄡城拜见尚书令说："河北贼寇四起，为祸地方。如今王郎已灭，我与大人当合力共灭贼寇，平定河北。我方出兵，追贼至射犬，一定可以大破之。聚在山阳之地的贼寇，势必闻风逃窜，如果大人能够出兵征讨，双管齐下，一定可以全歼贼寇，共建大功。"

谢躬爽快地答应说："我与萧王同为汉臣，剿灭贼寇，扶保社稷乃是分内之事。"

有了谢躬的承诺，刘秀放下心来，率兵离开邯郸，出徇河内郡。河内太守韩歆听命长安，风闻萧王抗旨欲叛，关闭城门，不纳刘秀。岑彭时为韩歆幕宾，力劝道："长安政乱，诸将擅命，必不得长久。萧王执节河北，兵强马壮，吏民归心，必成大业。大人不明形势，恐有祸患。"

韩歆不听，说："长安虽乱，仍为汉室天子，为人臣者不可逆天。何况，长安已遣使夺河北郡国，与萧王争衡，形势不明，不可附逆。"

刘秀见韩歆拒纳，大怒，欲发兵攻打。邓禹劝阻道："初徇河内，妄动刀兵，恐郡县惶惑，归附韩歆，合力抗拒。不如弃河内，徇行郡县。郡县归附，河内孤立，不难攻取。"

刘秀依言，率兵离河内而去，到了怀诚，忽有河内使者赶上，献上韩歆降书，说明河内愿开门迎接萧王。

刘秀疑惑难决，这时探马来报，说："韩歆刚刚听到苗曾、韦顺、蔡充的消息，自知独力难敌，所以急忙开门迎降。"

刘秀放下心来，回师河内。韩歆果然率官属开门出迎。萧王大军入城，刘秀在府衙召见官属，一一亲切询问后，突然怒喝道："来呀，把河内太守推出军门，斩首示众！"

河内官属惊慌失色，不知所措。萧王刀斧手不由分说，拿下韩歆，押到中军军门的鼙鼓下，只等时辰一到，便可开刀问斩。

韩歆幕宾岑彭，抽身而出，质问萧王道："萧王素以威德服人，凡归附愿降者皆免其罪，奈何专杀河内太守？"

刘秀注视着岑彭，坦然说道："君然（岑彭字君然）曾为我兄长令属，是以实言相告，如今我东有寇贼，西有更始，后有谢躬，前面有个韩歆，四面包围，孤军立足。韩歆反复无常，图谋本王，不杀不足以警告包藏祸心、首鼠两端之辈。君然既然为兄长令属，奈何与贼加害于我？"

岑彭不慌不忙地说："大司徒遇害，明公委曲求全。岑彭为形势所迫，归为大司马朱鲔校尉，随征王莽扬州牧，迁为淮阳都尉，将军徭伟造反淮阳，岑彭征讨不力失官，辗转从河内太守。如今，赤眉西进，长安危殆，诸将纵横，天子无实，道路阻塞，四方贼起，群雄竞争，百姓无所归依。岑彭听闻明公平河北，开王业，此乃苍天佑汉，天下之福。没有大司徒的全济，岑彭早该命丧宛城。未能报德，大司徒旋即遇难，岑彭永恨于心。今日与明公相逢，愿竭力效命。"

刘秀素知岑彭之才，闻言转怒为喜，说："君然知我，我知君然。"

岑彭坦诚地说："明公东征寇贼，河内未经兵乱，可作转运之地，韩歆乃地方大姓，颇有名望，免其死罪，可稳定人心，望明公明鉴。"

刘秀依允，命人推回韩歆。韩歆先谢萧王后谢岑彭。刘秀令其归属邓禹军中，河内其他官属官复原职，人心归服。

汉军至清阳，清阳接近铜马军盘踞之地邬城。刘秀在清阳勒兵备战，站在城头远远望见突骑精兵奔来，尘土飞扬，马蹄声如同暴风骤雨。大将军耿弇、吴汉纵马队伍最前面。诸将看了眼热，交头接耳说："突骑精兵如此威猛，倘若分到自己部下何愁不立大功。"

耿弇、吴汉率领突骑入城，向萧王呈上兵籍簿。刘秀认真查看，诸将在旁，纷纷请求道："明公，可否分突骑精兵给各营？"

刘秀合上兵籍簿，笑道："诸位都想倚仗突骑立功。可是，一个指头难以迎敌，五指变拳，才可以出重拳，置敌于死地。分突骑无益，聚之有利。何况，突骑凶悍，寻常人难以接近。吴汉贩马为生，来往于燕蓟之间，交结豪杰，所以能控掌突骑。耿弇父为上谷太守，自幼长于边地，所以也能控掌突骑。其余诸将则难以驾驭。"

诸将心悦诚服。

诸事具备，萧王率兵出清阳征讨。地方义军距邹城二十里安营扎寨。铜马渠帅东山荒秃闻听刘秀引军来攻，自恃兵众，立即率兵出邬城挑战。

吴汉与诸将争着出营接战，刘秀说："铜马兵众，以逸待劳，势不可敌，我军只宜坚营自守，不得应战。违令者，军法处置。"

吴汉等将只得退下。铜马军见汉军不出战，强行攻击。汉军早有准备，营寨周围挖好陷马坑，设置路障，并有弓弩手严阵以待。铜马军跌落陷马坑，中箭落马者不计其数，只得退去。

数日之后，忽有探马来报："启禀大王，距邬城西北五十里发现铜马军运输粮草的人马。"

刘秀笑道："该是重拳出击的时候了。吴汉听令，速率突骑出击，截获粮草辎重。耿弇听令，速率突骑扼住粮道，以防邬城之敌出兵增援。粮草辎重得手后，两队突骑即刻回营交令，不得恋战。"

诸将这方明白刘秀之计。吴汉、耿弇当即引突骑潜出，手脚利索地夺回粮草辎重。如是数次，一个多月过去，邬城铜马军粮草断绝，人马饥饿，求战不得，只得趁夜色逃跑。刘秀早已派出探马监视邬城动静，得知铜马军遁逃，立刻下令汉军倾营而出，追击贼寇。汉军寻踪追杀，一口气追到馆陶，终于追到饥乏不堪的铜马大部，一场大战，胜败立见分晓，铜马军抵不住汉军的攻势，溃败逃命。

刘秀就地歇兵一日，正欲回师老营，忽然探马飞报，高湖、重连两部兵马来攻。原来，高湖、重连两部渠帅闻听萧王来攻铜马，唇亡齿寒，便引兵赶来增援，不料，正遇铜马败兵。于是纠集铜马残部，合三部之众，欲与萧王一决雌雄。

刘秀得报，大喜道："来得好，省去我追杀之劳。"

当即遣耿弇、吴汉率突骑从两翼包抄，自领大军与诸将奋力向前。与高湖、重连、铜马之众战于蒲阳。汉军挟得胜之威，士气高昂，锐不可当，耿弇、吴汉所率幽州突骑纵横驰骋追逐残敌。三部兵众大败，无处逃窜，只得举械乞降。

铜马、高湖、重连三部渠帅被押解刘秀跟前。刘秀坦诚地说："铜马、高湖、重连三部原为反莽而起，堪称义军。只是王莽灭后，长安不加安抚，不得已为乱地方。只要三位渠帅愿意归附，既往不咎。"当即命令放了三人。

三渠帅跪拜施礼，道："萧王如此宽仁，恩德服人，我等情愿归降。"刘秀封为列侯。

三部降卒甚众，人心不安，唯恐日后有变被杀。降卒聚在一起，窃窃私语，看见汉军行动，哗然纷乱。

吴汉禀奏萧王，请求将哗乱者就地正法，以儆效尤。

刘秀摇头笑道："不可。降卒心有不安，所以哗乱。昔日长平之战，秦将白起坑杀赵国降卒四十万，祖宗的惨痛教训他们忘不了。子颜（吴汉字子颜）莫急，我来处之。"当即脱去甲衣，摘下宝剑，轻骑出营，单人独骑巡行营寨，尤其对三部降卒，关切询问，亲切交谈。

降卒又聚在一起，私语说："萧王对咱们推心置腹，与汉军无二。这样贤德的主子，打着灯笼也找不到，我等怎能不誓死效命。"

降卒心服，刘秀分配各营，归属诸将，得兵数十万，汉军兵力倍增。河北兵力最强的铜马军被汉军收编，关西尊称萧王为"铜马帝"。刘秀拥有了争衡天下的力量。

蒲阳大捷后，萧王召见吴汉、岑彭，面授机宜，令二人悄悄回师邺城。吴汉、岑彭领命，引兵而去。

刘秀大军继续征讨地方义军，探马来报，大肜渠帅樊重、青犊军等十万余众聚集射犬城。

萧王立即下令全军出动，发起猛攻。兵多将广的汉军势如破竹，连破敌营数十座，进至射犬城，青犊军损失惨重，余众败走。聚集在山阳之地的尤来部众见汉军势大，不敢抵敌，仓皇北逃隆虑山。

屯兵邺城的长安尚书令谢躬闻听贼寇谍报，果然遵守诺言，当即留下大将刘庆、魏郡太守陈康据守邺城，自己亲率长安将士，北去进攻尤来。

奉萧王之命回师邺城的吴汉、岑彭，悄然兵临城下。吴汉率兵驻扎，由岑彭与辩士入城劝降陈康，里应外合，兵不血刃，取得邺城。

岑彭与辩士潜入城中，趁夜潜入太守府衙。陈康见萧王使者夜间造访，慌忙迎入内室跪拜施礼道："尊使贪夜光临，有何指教，下官一定从命。"

岑彭见他识时务，便开门见山地劝说道："古人云，'上智不处危以侥幸，中智能因危为功，下愚安于危以自亡'。当危难来临的时候，如何化险为夷，转危为安，就要看人的应付能力了，不能不谨慎从事。如今长安政乱，四方纷扰，太守大人一定有所耳闻。萧王兵强马壮，吏民归附，这也是太守大人亲眼所见。尚书令谢躬内背萧王，心向长安，不识大势，必有祸患。大人现据孤危之城，面临灭亡之祸，虽死而无节义。生死关头，不如开城门迎接汉军，化危难为安全，因祸得福，避免下愚之败，收中智之功，此计实为大人及全城将士、百姓着想。"

陈康惊讶不已，沉思良久，才说道："尊使金玉良言，我当听从。"

当晚，陈康突然发兵，围困刘庆及尚书令谢躬的府邸，拘捕刘庆、谢夫人和长安心腹将士，迎接吴汉兵马入城。谢夫人含泪悲泣说："愚夫不识权变，始有今日之祸。"

吴汉，岑彭不动刀兵，夺取邺城，悄然等待谢躬的归来。

谢躬率长安将士，将尤来部众逼近隆虑山，困兽犹斗，走投无路的尤来部众凭借山高林密突然偷袭，杀死汉兵数千人，谢躬吃了败仗，转身向邺城败退。

邺城城门大开，城头依然飘扬着"谢"字大旗。仓皇奔逃的谢躬望见邺城，总算松了一口气。他不待大队败兵赶到，便与数百骑兵径奔城门，见城门洞开，抖缰直进。突然，一声鼓响城门洞内冲击无数汉兵，拉起铁索，绊倒入城的坐骑。谢躬摔落马下，被拥上来的汉兵绳捆索绑起来。

岑彭大步走上，手指谢躬，高呼道："谢躬内背萧王，图谋不轨，已被拿问，从者归降无罪。"

数百轻骑亲兵不敢反抗，纷纷跪地乞降。

谢躬明白过来，怒吼道："我虽为长安尚书令，却不曾图谋萧王，萧王如此待我，不仁不义。我要见萧王理论。"

吴汉大步上前，厉声喝道："老贼死到临头还如此猖狂。实话告诉你，我等就是奉萧王之命前来缉拿你，你还有何话说？"

谢躬恨声骂道："刘秀卑鄙小人，我以君子之腹待他，他以小人之心害我。天公有眼，不会放过无信无义之徒。"

吴汉大怒，怒喝道："辱骂萧王，其罪当诛！"话没落音，突然拔剑，刺进谢躬胸膛。

岑彭大惊，惶然道："大将军，萧王之意，并非……"

吴汉说："老贼猖狂，不杀何以威服长安兵马。"命人将谢躬尸首弃市示众。

事发突然，尾随谢躬率败兵而回的振威将军马武闻听尚书令被杀，打了个冷战，突然勒马抖缰，战马腾空而起，冲过汉兵的拦截，快马加鞭，直奔射犬。

刘秀正在城中与诸将议事，闻听马武来到便知吴汉、岑彭已在邺城得手，忙命人请马武进见。马武独骑进城，进见萧王，陈说邺城惊变。刘秀吃惊地说："怎么？吴汉杀死了谢躬！我意在夺取邺城，收服长安将士，无意加害尚书令。吴汉性情刚暴，以至如此……"

马武说："末将早有归附明公之意。邺城事发突然，谢公遇难，所以不信吴汉，单骑来降萧王。"

刘秀大喜，引马武在身旁就座，加以抚慰，并命摆设酒宴，置军乐，与诸将一起为马武接风洗尘。马武起身斟酒，为萧王祝贺。刘秀神色喜悦，举杯共饮，笑说："子张，你去统率旧部，镇守邺城，可使我无后顾之忧。"

马武抱拳承命，说："好男儿志在疆场，今既归萧王麾下，甘受驱使，虽死无憾。"

"子张爽快坦直，性情中人，我喜欢。"刘秀含笑道。

酒宴结束，刘秀即命马武执节守邺城，同时责令吴汉、岑彭厚葬谢躬，使太守陈康留戍，各引部众回射犬听命。

【第十回】

奋勇追击冰河险，巧计离间仇人降

　　赤眉军百万大军西进长安，三辅震动，京师恐慌。但在未央宫日夜与宫妃寻欢作乐的更始帝刘玄丝毫没有感觉到危机的来临。

　　赤眉军西进长安，在被困长安的隗崔、隗义心里引起震动。两人亲往右将军府，劝隗嚣道："赤眉西进，长安混乱，我等正好趁乱潜归陇西，真龙入海，必能成就一番大业。"

　　隗嚣漠然说道："更始君臣一直对我们心存戒备。我们无兵无将，人疏地生。恐怕不出城门，就会被人发觉，何况，西去的道路已被堵住，即使逃出长安，也难以返归陇西。"

　　隗崔、隗义满怀希望而来，想不到他是这种态度，不禁又怒又气。隗崔说："上将军在陇西何等的英雄，今日竟变得如此怯懦无为。"

　　隗嚣脸上红一阵、青一阵，只得点头说："我何尝不想重返陇西，只是尚无万全之计，既然你们坚持要走，只有冒险一试了。"

　　隗崔、隗义转忧为喜，说道："你放心，凡事有我们弟兄的安排，准保悄无声息逃离长安。"

　　三天后的夜晚，阴雨迷蒙，漆黑一片，隗崔、隗义身穿夜行衣，悄悄来约隗嚣出逃。不料，隗嚣的心腹小童说："右将军等两位不及，已先去雍门等候了。"

　　三人相约从西市的雍门出城，因为那里的守门校尉已被隗崔收买。两人匆忙赶往雍门，按照约定的暗号，隗崔学了三声蛙鸣。城门洞里果然涌出数盏风灯，两人激动万分，大步上前，正要询问如何出城，忽然，面前一人大喝道："隗崔、隗义叛逆朝廷，还不拿下！"

　　隗崔、隗义大吃一惊，情知事败，返身欲逃，忽见四周出现无数火把，一队队汉兵张弓搭箭，瞄准二人，只待一声令下。借着火光，两人这才看清楚为首之将乃是更始抗威将军刘均，刘均的身后则捆绑着的雍门守门校尉。隗崔不见隗嚣的踪影，关切地向刘均道："右将军何在？"

刘均哈哈大笑，说："难为你们还想着隗嚣，人家这时候正在宫中向陛下讨封赏呢！"

隗义冷笑道："时事不济，大不了一死，右将军绝不会出卖我们。"

"如果不是隗嚣告发，本将军怎么会知道你们今晚叛逃。再若不信，可以问他。"说着，用脚一踢守门校尉。

"是右将军……"守门校尉低头道。

隗崔、隗义闻听，怒从心生，破口大骂："隗嚣，你好狠毒……"

刘均下令，将两人就地正法。隗嚣用自己亲人的尸骨终于赢得更始帝的信任。更始帝认为他忠于朝廷，可堪重用，拜其为御史大夫，与赵萌共秉朝政。

赤眉军百万之众，势如破竹，很快逼近关中。樊崇仍把军队分为两路，自己与逢安攻武关；一路由徐宣、谢禄、杨音率领攻陆浑关。更始汉军守关不住，两路赤眉军相继攻破武关、陆浑关，向长安靠近。警报如雪片飞入长安的未央宫，更始帝这才惊慌起来，忙与赵萌一起商讨军情，决定派使者四出，调诸将兵马，据守长安。

使者赴关东，向舞阴王李轶、左大司马朱鲔宣读旨意，命两人回师长安，抵御赤眉军进攻。朱鲔不待使者读完圣旨，便说道："关东兵马万万不可调动。刘秀在河北坐地势大，早有窥探关中之意。赤眉西进，长安危殆。刘秀一定会乘机谋取关中。"当即上表，不服更始旨意。

绿林诸将拥兵自立，擅命地方，不听赵萌的调动。使者大多失望而归，只有比阳王王匡、襄邑王成丹遵旨领兵前来。更始帝无奈，只得遣比阳王王匡、襄邑王成丹、抗威将军刘均，统率长安诸将兵马，分赴河东、弘农，抵御赤眉军的进攻。

赤眉军破武关、陆浑关，两路俱入，攻关夺隘，一路推进，合兵于弘农。王匡、成丹、刘均见赤眉势大，不敢出战，据城死守，同时向长安告急。弘农吃紧，更始帝急得团团转，无奈天子之命不出城门。正无可奈何，忽报丞相李松、讨难将军苏茂讨伐方望、弓林凯旋还朝。

更始帝像抓着一根救命的稻草，顾不得尊卑贵贱，亲自前去迎接李松、苏茂，乞求他们发兵增援弘农。李松、苏茂不顾劳乏，立即率兵起程，赶赴弘农。更始帝才算稍稍松了一口气。

更始帝左大司马朱鲔所言并非托词，已有争衡天下之力的萧王刘秀，把目光盯住了关中。

河北，大雪纷飞，寒风彻骨。射犬城内，汉军将士除了必要的哨兵、探马外出游弋，全都躲在营帐内取暖避寒。刘秀帐内，燃起几个大火盆。几案上平展一幅素帛地图，刘秀与邓禹并排而坐，不约而同地把目光盯住了关中。

邓禹兴奋地说："赤眉势大，长安政乱，必为所破，明公要成大业，可乘机谋取关中。"

刘秀点头说："今更始危乱，赤眉猖獗，大统危殆，宜乘机定关中。但河北未定，尤来、大枪、五幡骚扰山东，我欲乘胜北进。能帮我西出者，唯仲华可堪重任。"

邓禹欣然从命，抱拳道："蒙明公信任，邓禹愿率兵西出，拓土开疆以成大业。"

"好，今拜仲华为前将军，领兵西出。用兵多少，将军自选。"

邓禹说："河北寇贼势众，需大兵征讨。西出兵马精兵两万就可。从征将领，容我自选。"

刘秀赞同，当即在中军大帐召集诸将，说明派邓禹西出之意。诸将听说要取关中，无不兴奋，纷纷要求跟随邓禹出征。邓禹笑道："河北贼势尚众，一样可建大功。"遂选韩歆为军师，李文、李春、程虑为祭酒，冯愔为积弩将军，樊崇为骁骑将军，宗歆为车骑将军、邓寻为建威将军，耿訢为赤眉将军，左于为军师将军。

吴汉、耿弇、贾复、陈俊等人未被选中，大为失望。邓禹抱拳含笑道歉，同选定的将军们一起去各营调兵。西出将士集结待命，准备起程。邓禹向萧王辞行时，说："河内新定，韩歆随我指日西行，长安朱鲔陈兵洛阳，闻听我军西出，必然出兵河内，明公可选定能守河内之人？"

刘秀认为守河内非寇恂莫属，邓禹也同意。于是刘秀便招来寇恂，说明委以河内太守一职。寇恂辞谢说："明公如此信任，寇恂本该竭力效命。但是，河内新定之地，地方殷实，又靠近洛阳，明公北进，邓将军西行，朱鲔、李轶必来图谋河内。寇恂之力，恐难拒敌。河内有失，粮草辎重难以转运。寇恂战死事小，明公、邓将军进兵受阻，大业不成事大。"

刘秀说："子翼所忧不无道理。我自当另遣良将扼住河上，为你外援。"

寇恂欣然受命，说："有明公的精心安排，我就放心了。一定不负重托，守住河内。"

刘秀大喜，随机又招来冯异，拜为孟津将军，统领魏郡、河内兵马，屏障河内，为寇恂外援。冯异抱拳受命。

部署已定，汉军分头踏雪起程。萧王刘秀带吴汉、耿弇、陈俊等将继续北进，征伐河北地方义军；前将军邓禹率韩歆、李文、冯愔等将西进；孟津将军冯异与河内太守兼行将军事的寇恂则率部回转河内。

赤眉军与王匡、成丹、刘均的守军在弘农展开争夺战。从长安赶来增援的讨难将军苏茂因讨伐方望、弓林成功，自以为天下无敌，为抢头功，自率前军日夜兼程，把丞相李松所率的大队人马远远甩在身后。

赤眉渠帅樊崇闻听谍报，留谢禄、杨音围攻弘农，自率兵马于驿道两侧伏击苏茂。苏茂军猝不及防，被樊崇迎头痛击，顿时大败，四散溃逃。讨难将军出师不利，落荒而逃。

樊崇追杀一阵，回师弘农。弘农守军闻听援军已败，人心慌乱。赤眉军一阵猛攻猛打，终于破城而入。比阳王王匡、襄邑王成丹、抗威将军刘均见大势已去，引兵厮杀一阵，弃城而逃。

更始丞相李松路遇大败而回的苏茂，又闻听弘农失守，不敢冒进，大军就近在茅乡驻扎。

奉萧王之命西出的前将军邓禹离开射犬，兵临箕关。箕关是河东的门户，更始帝河东都尉一边率兵抵抗，一边派使飞报长安。

邓禹连攻数日，箕关不下，便与韩歆计议，遣积弩将军冯愔、骁骑将军樊崇率精骑深夜潜入关后，火烧河东粮草、辎重。箕关守军人心惶惶，邓禹乘机猛攻猛打，破关而入。河东都尉率部归降，粮草辎重千余辆，尽归汉军。

邓禹初战告捷，士气旺盛，挟初胜之威，进围安邑。更始帝闻听刘秀遣师西进关中，又惊又怕，后悔当初不该派刘秀执节北渡。如今，赤眉西进，邓禹东逼，如何是好？

赵萌见诸将不听调动，更始帝无计可施，只得派心腹大将樊参引军数万，解安邑之围。

樊参率兵出长安，渡过茅津，打算从大阳县出其不意地进攻邓禹，安邑之围自解。邓禹得知长安派出援兵，留下军师韩歆与祭酒李文、李春、程虑等万数兵力，佯攻安邑。自己亲率冯愔、樊崇、宗歆、邓寻、耿䜣、左于六将，潜师东下，在解县南更始军必经之地设伏。

樊参一无所知，率兵进入邓禹军的伏击圈。一声鸣镝，鼙鼓擂响，汉军呼叫着冲出，左有冯愔、樊崇、宗歆，右有邓寻、耿䜣、左于，纵马挥兵杀向更始兵马，邓禹领兵迎面杀出。

更始兵马远道疲惫，突遇伏兵，军心动摇，被汉军猛冲猛杀，队形大乱。樊参大惊，呼喝将士就地抵抗。骁骑将军樊崇纵马赶到，挥戈冲东，樊参挥刀应战，未及两合，被樊崇一戈刺穿胸膛，摔落马下，长安汉兵见主将已丧，兵无斗志，四散溃逃。邓禹得胜而归。

孟津，冯异率领河内、魏郡兵马，沿河占据要塞，挖深沟、筑高垒、设鹿砦。镇抚关东的更始舞阴王李轶、大司马朱鲔闻听邓禹西出，攻箕关，围安邑，欲兵发河内，但见冯异防守严密，不敢轻举妄动。

有冯异为河内的屏蔽，河内太守寇恂无外事之忧，专心致志地筹措军粮，整治兵器。刘秀无后顾之忧，率汉军迅速北进，在元伐、北平大破尤来、大枪、五幡的兵马。

为彻底追击消灭亡命的尤来、大枪、五幡兵马，刘秀亲率前军精骑日夜追赶。天色微明，刘秀与耿弇率数千轻骑追至顺水河边。耿弇勒马向刘秀请命道："明公，我军已追赶一天一夜，将士们人困马乏，是否歇息片刻，再行追赶。"

刘秀看看冰封的河面，又环顾一下冰雪覆盖的原野，说："我军困乏，贼寇亦是疲惫不堪，此处连户人家也没有，冰天雪地不便歇息，不如一鼓作气，追过河去，平灭贼寇，再歇息不迟。"

耿弇遵命。数千骑兵踏上冰面，追过河去，刚到北岸，忽然，一声鸣镝，伏兵四起。尤来、大枪、五幡兵马喊叫着下河堤，向汉军杀来。

"不好，有埋伏！"耿弇惊叫一声，慌忙纵马上前，护卫刘秀。尤来等兵马杀到，耿弇挥舞大刀，上劈下砍，勇猛拼杀。刘秀一看中了埋伏，暗暗后悔。但此时顾不得多想，急忙挥舞大刀，砍杀冲上来的敌兵。汉军突遇伏兵，人马惊慌。数千骑兵被冲成几截，与敌兵展开肉搏。

刘秀、耿弇各自为战，渐渐被伏兵冲开，大枪、五幡兵马认出萧王身份，呐喊着围上来。刘秀发现身边的亲兵不是阵亡，就是为敌兵围困，只得调转马头，挥舞大刀，往回冲杀。伏兵紧追不放，堵住去路。他们想抓活的萧王请功领赏，所以戈矛刀剑并不往刘秀的致命之处刺。

伏兵四面围攻，刀矛剑戈同时袭来，刘秀顾得其身，顾不得其马。几柄刀戈几乎同时刺中战马，战马被刺中了要害，轰然倒地。刘秀在战马倒地的一刹那，纵身跃起，落到伏兵的包围圈外。

伏兵见刘秀失去坐骑，喊叫着围上前去。千钧一发之际，马武与陈俊奋力杀到。马武手使大刀，左砍右劈，拼命厮杀，逼退伏兵。陈俊冲到刘秀面前，下马执辔道："明公，快上马！"

刘秀身上多处负伤，虽说不在要害之处，却是疼痛难忍。他强咬牙关，勉强爬上战马。

被马武逼退的伏兵还在鼓噪呐喊："抓活的，必有重赏，杀！"

刘秀端坐马上，忽然挺直身体，昂然笑道："穷寇休得耻笑我，有本事的尽管上前。"

萧王临危不惊，令伏兵心惊，却感染和鼓舞了汉军将士，众人拼命厮杀，以一敌十，终于汇合一处。耿弇、马武、陈俊等人断后，伏兵不敢追逼过甚。众人护卫着刘秀且战且退。

吴汉率大队人马赶到顺水河南岸，尤来、大枪、五幡兵马已经凯旋而还。河面上、雪地里到处是战死的汉军人马的尸首，鲜血殷红了大地。"明公，您在哪儿？"吴汉不见萧王的踪影，大惊失色，慌忙命人四下散开，沿着雪地踪迹仔细查找。

很快，有人发现刘秀死在战场的坐骑。将士们聚拢来围着死马，悄然饮泣，有人低声说："激战中萧王落马，恐怕凶多吉少。"

吴汉挥泪说："活要见人，死要见尸。不见萧王，不得泄气。"

将士们继续查找，一具具尸体仔细验看，一处处踪迹细心追查。

雪止风停，范阳城头萧王旌旗无精打采，半飘半挂。刘秀身受重伤，兼受风寒，发起高烧，昏迷了一天一夜才醒转过来。耿弇、马武、陈俊等将围坐病榻前，关切地守候着。

"明公醒来了！"诸将惊喜不已，纷纷上前问候。

刘秀好半天才明白过来，挣扎坐起，执耿弇之手，难过地说："悔不该不听伯昭之言，轻进涉险，方有今日之惨败。"

耿弇安慰说："胜败乃兵家常事，明公不必自责了。"

刘秀叹息道："话是这么说，但有多少将士枉送性命，一将无能，累死千军。伯昭，你说实话，我军损失多少人马？"

耿弇望着刘秀迫切的目光，不敢不说实话，低头答道："数千突骑几乎损失殆尽，逃回的近千人马大多都受了伤。"

刘秀愧疚地低头不语。马武见状，沉声说道："明公不能为小小的挫折一蹶不振。"

刘秀闻言，抬起头来，肃然道："子张放心，我不会气馁，而是反思己过，吸取教训罢了。"说完，忍着伤痛，毅然下床，往外就走。

耿弇等人慌忙问道："明公意欲何为？"

刘秀笑道："我要亲自巡营，让将士们看看萧王依然强健，还能带他们冲锋陷阵。"

耿弇、马武等将相视一笑，起身跟随而出。刘秀吊着受伤的臂膀，逐营巡视，逐个询问受伤将士的伤情。受伤将士心里温暖，私下议论说："萧王如此相待，我等愿以死效命。"

刘秀巡营回帐，正与诸将商讨安抚将士、整编补缺的事宜，忽报大将军吴汉率突骑大队赶来。刘秀大喜，忙命开城门迎入。

吴汉在顺水河不见萧王踪迹，率部一路打探，来到范阳。得知刘秀安在的消息，众将才放下心来。人马入城，吴汉大步来见刘秀，说起顺水河边不见萧王踪迹的经过，刘秀笑道："有列祖列宗的保佑，刘文叔不是那么容易死的。贼寇姑且猖狂一时，我必全力重创之。"

正说笑间，忽然军兵又报："常山太守邓晨率数千弓弩手，押运大批军需辎重来助范阳。"

邓晨是刘秀的二姐夫，随刘縯、刘秀春陵起兵反莽。王莽灭亡，更始帝立，更始君臣为削弱刘縯、刘秀的势力，把邓晨放为常山太守。刘縯遭杀，刘秀忍辱负重，远在常山的邓晨看在眼里，急在心头。他深知刘秀非久居人下者，定有出头之日。果然，刘秀执节河北，灭王郎，收邯郸，站稳了脚跟，势力越来越强。当赤眉西进、长安孤危时，邓晨感到刘秀大展宏图的时机到了，毅然率部众数千，倾尽常山所有购置军需物资，押送到范阳刘秀军营。

刘秀闻听邓晨来到，立即率诸将亲自出迎。刘秀感激姐夫雪中送炭，拜邓晨为将军，参与军事。有了邓晨的物资援助，刘秀心中安定，便在范阳筑寨垒壁，招纳士卒，专等来年春暖，率军北进，一举灭掉尤来、大枪、五幡兵马。

赤眉军攻取弘农，在弘农欢天喜地地过起了大年。因为连战皆捷，掳掠颇丰，各部杀猪宰羊，煎煮蒸烧，忙得不亦乐乎。樊崇身为渠帅，当然不会只看到眼前的快活日子。更始丞相李松的十万人马就在不远处的茅乡驻扎，随时都有偷袭的可能，必须首先消除这个祸患。

大年刚过，樊崇与众渠帅商讨后，决意对所有兵马进行整顿，分万人为一营，共三十营，营置三老、从事各一人，便于战时的调动。

正月末，弘农冰融雪消，樊崇等渠帅率三十万大军进击茅乡。李松坚守不出，赤眉军围攻，半月不下。樊崇等渠帅计议，弃茅乡而攻华阴，半道上突然派逢安、谢禄引精骑杀回。果然，李松因茅乡狭小，难以长期固守，见赤眉军撤围，忙率军而逃。逢安、谢禄迎个正着，十万精骑纵横驰骋，刀砍马踏。惶惶如惊弓之鸟的更始兵马抵敌不住，溃败而逃。李松只得抛弃三万人马的尸首和辎重，退守撖城。

逢安、谢禄得胜而还，归于大队。樊崇与众渠帅庆贺取胜，继续引兵进至华阴。据探马所报，华阴并无更始兵马驻防，但当地豪族万富财招募乡民、百姓近万人固守。招募乡兵的布告贴满华阴的每一个村庄，赤眉军行途中处处可见。

樊崇听完，大怒道："姓万的真是狂妄，竟敢以乡兵拒我大兵，真不知天高地厚。"

众渠帅皆有怒意，遂引大军至华阴城下，发起攻城。但攻不过片刻，赤眉军攻势缓和下来。各营三老、从事齐聚大帐，说道："诸位渠帅，我赤眉起兵，本为百姓。如今守华阴的不是更始兵马，全是穷苦百姓，我等怎么忍心杀害？"

樊崇等人惊愕不语，向城上观。果然，守城的兵卒一个个衣衫褴褛，显然全是当地的百姓。徐宣皱眉说："我赤眉起兵，本为百姓，岂能妄行杀戮？如今王莽已灭，汉室恢复，我军逆万人思汉之心而攻长安，今披以'贼寇'之名，恐失民心。"

樊崇挥手道："停止攻城，就地待命。"接着又长叹道："老徐言之有理。瞧人家绿林军，拥立一个刘汉的皇帝，可以入长安，为将为相，享尽荣华富贵。当初我们曾去洛阳谒见汉帝，有意归服。可刘玄不是东西，根本看不起咱们。今天走到这一步，也是刘玄给逼的，不是我们不仁不义。"

杨音站起来说道："我也以为老徐说得有道理。王莽已灭，咱们还被人家骂为寇贼，东杀一阵，西拼一场为的什么，师出无名，进了长安，也不是个事儿。"

樊崇道："樊某身经百战，不是贪生怕死之辈，可也不想再打仗。但是，不打仗这么多弟兄干什么去，总不忍心让他们回家受官府大户欺压，忍饥挨饿吧！各位今儿个好好想想，咱们今后的路子怎么走？"

众人沉默不语。赤眉军就这样既不攻城，也不撤离，在华阴滞留不前。

华阴城南门外距赤眉军营不到一里的高地上有一祠，乃是汉城阳景王祠。景王就是汉高祖刘邦的孙子刘章。刘章当年参与平诸吕、复刘氏宗祠，因功由朱虚侯晋封为城阳王，死后谥曰景。因其有安定社稷之功，所以各郡国大多建有景王祠。

赤眉军中上至三老、从事，下至校尉步卒有很多人仰慕景王，便在闲暇时，去景王祠烧香拜祭。因此，因战乱而冷落的景王祠竟渐渐地热闹起来。

赤眉军中有一齐巫，素为将士信任，这天也来拜祭景王。刚刚祭拜完，齐巫忽然双目呆滞，手舞足蹈，口中念念有词地唱道："不为县官反为贼，赤眉将有祸患生。"

士卒见这齐巫有神仙附体，纷纷跪地，虔诚地央求："请问尊神是谁，我等有何祸患？"

齐巫突然圆睁双眼，目光似电，大叫道："我乃景王是也。你等本为反莽复汉而起，如今，王莽已灭，尔等不为县官，反为贼如故，上天所以降祸患于你等。"

赤眉士卒无不惶然失色。恰巧赤眉渠帅谢禄部下的一位从事胡雷也来到祠中。胡雷本为土匪出身，他不是仰慕景王而来，完全是路过巡视。听见齐巫口称赤眉为贼，顿时大怒，上前怒斥道："何方妖孽，竟敢在此污蔑我赤眉，惑乱军心，我当斩之。"说着，抽出宝剑。

众士卒大惊，上前死死抱住胡雷请求说："大人使不得，顶撞神明，天降灾祸，承担不起。"

齐巫恶声恶气说："狂妄之辈，我以忠言相告，不且不听，反而无礼，教你今晚三更命归黄泉，以示惩戒。我去也！"言毕齐巫突然倒地，半天方醒，问之方才的事，竟一无所知。

次日清晨，亲兵请胡雷去大营议事，却发现他背靠几案而坐，全身冰凉，原来已死去多时了。消息传出，全营轰动，士卒们都说这是城阳景王在警告赤眉军，赤眉军恐有大祸临头。一时人心惶惶，军心动摇，好多士卒偷偷作着逃跑的准备。

谢禄闻报大惊，忙命令关闭营门，严防士卒逃跑。他赶去向樊崇等渠帅报告情况。逢安、徐宣、杨音等部营内也听到消息，军心动荡。几个人赶来向樊崇报告情况，正好与谢禄相遇。

樊崇闻听之后，大吃一惊，忙召集众渠帅三老、从事商讨对策。谢禄不安地说："军心动摇，徒有百万之众，却没有进击之力。如不设法稳住军心，众军心散。"

樊崇捶着大腿说："军心动荡如此，我大军恐有灭顶之灾。可是，如何稳定军心呢？"

徐宣说："我赤眉大军本为反莽而起，所以将士们作战勇猛，百姓亦深为拥戴。如今，莽贼已灭汉室恢复，好多将士有思汉之心，所以前去祭拜城阳景王。大军攻长安名不正，言不顺，才有谣言风行，军心动摇的情况发生。"

谢禄不满地说："依你之言，我们只有投降更始，才为名正言顺，才可安定军心。"

"投降长安倒不必，"徐宣不慌不忙地说，"王莽篡汉室，施苛政，使得天下人心思汉。所以，绿林军立刘玄为尊，天下响应，王郎假帝嗣之名一夜崛起。我赤眉军拥百万之众就是因为没立刘汉宗室为尊，被人家称为寇贼。如今，军心动摇，众军欲散，唯有寻求刘汉宗室立为汉帝，与长安更始帝相抗衡，才会稳定军心，进攻长安，才可名正言顺。"

杨音拍手赞成，说："更始帝势微，绿林擅命，政令不行。我若立刘汉宗室，则名正言顺，以百万之众，挟义伐诛。有刘汉做招牌，天下谁敢不从？"

樊崇闻言大喜，说："对呀，咱们早该想到这些。立一个姓刘的做皇帝，咱们也可以为将为相，光宗耀祖。只是，刘汉宗室到哪儿去找呢？"

谢禄说："刘恭就是刘汉宗室子弟，如今正在长安，咱们派人把他劫持来，立为汉帝。"

刘恭曾为樊崇军中的军帅。更始迁都洛阳后，樊崇闻听汉室恢复，有心归汉，便与渠帅等二十余人前往洛阳拜见更始帝。刘恭便随行在内。

谁知，更始帝根本看不起这些山贼草寇，只封众渠帅有名无实的侯爵，既无封邑，又不对大军做任何的安置。樊崇等人很失望，先后逃出洛阳，潜归老营。但是，刘恭却留在洛阳，被刘玄迁为侍中，赐宅居住。徐宣听谢禄提到刘恭，连连摇头说："刘恭现在一心一意地做更始帝的臣子。且不说潜入长安，劫持刘恭有多危险，就算劫持成功，刘恭也未必肯答应立他为汉帝。"

樊崇点头道："老徐说得在理。刘恭在我军中多日，看似柔弱，实则刚强，他认准的事儿，十头牛都拉不回头。真把他从长安弄来，他肯定不会答应咱们的要求。我看不如先撤华阴之围，屯军郑地。派人到处寻访景王后裔，以此号令，军心可安。"

众渠帅纷纷表示赞同。各营三老、从事传达樊崇的命令，欲求景王后裔，以立帝尊。将士果然心安。于是，全部人马撤华阴之围，移驻郑地，派出人马，四处搜求景王后裔。

河北，范阳。春来冰雪消融，气候温暖。邯郸郭圣通的一封书信又给萧王刘秀带来一份惊喜：郭夫人怀孕了！除了惊喜之外，刘秀还有点遗憾。那是因为阴丽华。在即将分别、执节河北的那天晚上，阴丽华用万般柔情期望他能留下他们爱情的种子。可是，直到今天，阴丽华的几封书信中都没提起此事，显然未能如愿。刘秀的内心，显然对阴丽华情浓十分，他感到自己对阴丽华不够好。

这时，又有军情来报。尤来、大枪、五幡、上江、青犊、五校等都在顺水伏击得胜后，居然到处抢掠军粮，囤积于野，准备与汉军作长期对峙。军情紧急，必须在尤来等部尚未掠到大批粮草前，主动出击，才能尽快结束此战事。军威复振的萧王召集诸将，商议北击尤来诸部。

都护将军贾复请为前军，刘秀依允。于是汉军出范阳北进，击尤来、大枪、五幡等部于真定。贾复到前军冲在最前面。尤来、五校等部复施前计，于真定北设伏。刘秀窥视到敌方有诈而退，忙命贾复不可远离大队，贾复正追杀起劲，不听命令，纵马直追。

刚追至真定北小山头，忽然战鼓齐鸣，尤来渠帅樊崇、五校渠帅高庭等带兵杀出。汉军遇见伏兵，面露怯色，贾复一见，怒吼道："寇贼又施故技，我今为明公报仇！"拍马挥戈，单人独骑直冲五校渠帅高庭。五校兵马各挥兵器杀来，贾复毫无惧色，挥戈拼命厮杀，全是进攻的招式，丝毫不顾自己的安全。五校兵马骇然失色，竟被他杀得不敢近身。五校渠帅高庭大吃一惊，忙取弓搭箭，连发两箭，贾复正在厮杀，被射中腹部和股间，大叫一声忽然两眼瞪着高庭直冲过来。高庭见来将不怕死，顿时心慌意乱，转身就逃。贾复拍马赶到，长戈一耸刺去，正中对方坐骑的马腹，战马摔倒，把高庭摔出老远。贾复一见，弃马挥刀，徒步追杀。高庭从没见过这种打仗不要命的人，哆哆嗦嗦地抽出佩刀迎战，不及两回合就被贾复一刀劈成两半。

五校兵马看着贾复单人独骑杀死渠帅，竟无人敢上前助战。本来有些怯敌的汉军被都护将军的勇猛拼杀所激励，勇气倍增，各挥兵器呐喊着冲向敌群，五校兵马见主将丧命，兵无斗志，四散溃逃。尤来渠帅樊崇见汉军如此拼命，又见五校兵马溃败，自己孤军难支，慌忙鸣金收兵。

汉军得胜，但都护将军贾复身受重伤，失血过多而昏迷，被士卒抬回营中。刘秀赶到，忙命军医抢救。一天一夜，贾复才苏醒过来，刘秀亲自来探视。尤来等部虽败，但元气未伤，必须乘胜追击，不给敌人喘息的机会。刘秀命人抬贾复回后方调养，自率大军北进，追至小广阳，再败尤来、五幡等部众。

接下来，刘秀进兵安次。安次接近边地，再往北便是大漠荒原，地形复杂，地旷人稀，便于小股兵马游击抵敌。刘秀吃过尤来等部的苦头，知道他们久在边郡，谙熟地形，飘忽不定，神出鬼没，所以格外小心谨慎。一进荒漠，他便命令汉军步步为营，稳扎稳打。果然，五幡、青犊依仗险山恶水，轮番偷袭。好在汉军早有防备，每有敌骑来袭，都能不慌不忙，从容应敌。萧王连日获胜，渐次推进。

荒漠之中，汉军临时扎营，埋锅造饭，铡草喂马，将士们士气高昂，忙得不亦乐乎。刘秀在帐内俯视几案上的作战地图，面露愁容。耿弇在旁，不解地问道："我军自出范阳，连日获胜，进展顺利，明公何故忧愁？"

刘秀摇头说："我军虽然连日获胜，但进程缓慢。尤来等寇贼凭借地利偷袭骚扰，相持难下。这样旷日持久的消耗战，我们拖不起。如今，全仗孟津将军和子翼孤军支撑着河上，保障粮草供应，仲华一路西出长安。如果哪路兵马有失，刚刚平定的河北顷刻间就会土崩瓦解。河北寇贼虽然易于各个击破，但要旷日持久地耗下去，一旦粮草接应不上或者寇贼联合起来，我军势必前功尽弃，功亏一篑。我岂能不忧心？"

耿弇点头说："明公所虑极是，眼下的形势，唯有我军主动出击，方能尽快结束河北战争，可是，寇贼狡诈，主动出击，恐有风险。"

"对付寇贼千万不可冒险急进，顺水一战就是教训。"刘秀说，"寇贼不断骚扰就是想激怒我军急进，千万不可上当。"

两人正在议论军情，忽然营外人马忙乱，汉兵来报："禀明公，五校、大肜等寇贼来攻。"

刘秀忙传令说："命令全体将士，准备迎敌。"

汉军刚刚做好午饭，正端着饭碗准备吃饭，闻听敌军来袭，只好把饭碗一撂，抓起兵器，出营杀敌。来攻汉军大营的是五校渠帅高扈、大肜渠帅樊重的部众。高扈是高庭的哥哥，手足情深，闻听弟弟被汉将杀死，恨得直咬牙，发誓要为弟弟报仇，于是联合大肜渠帅樊重来攻汉军。

两军交锋，胜负立判，汉军势众，且士气高昂，明显占着优势，五校、大肜兵马渐现败象。高扈虽然报仇心切，但善用兵，见对方势众，立即传令退走。五校、大肜兵马熟悉地形，四散奔走，转眼逃得无影无踪，汉军不敢追赶，得胜回营。他们刚端起饭碗，一碗饭还没吃完，五校、大肜退而复返，四处骚扰。汉军再次出击，但未经交锋，五校、大肜兵马便退走。如此反复，汉军既不得厮杀，又不能歇息，将士们气得直跺脚。

强弩将军陈俊大步来到刘秀跟前，请命道："五校寇贼如此猖獗，末将愿率一支人马出营追击，不斩寇贼，绝不回营。"

刘秀断然拒绝："强弩将军不可身涉险地。贼寇虽败，但元气未伤，孤军追击，恐有不测。顺水惨败乃是前车之鉴。"

陈俊笑道："明公放心，属下并非冒险犯进，明公请想，五校寇贼反复骚扰，就是使我士卒疲惫，再伺机进攻。我军如不主动出击，正中他们的奸计。属下请命率一支人马追击，寇贼见我势弱，必然想一口吞掉。属下便可吸引到大部寇贼，明公随后率大部人马围击，便可大破敌军。"

刘秀闻言，欣喜不已，却不无担忧地说："将军所言固然是好计，但孤军追击太危险了。"

"明公多虑了，打仗哪能没有危险。属下愿誓死杀敌，请明公允准。"陈俊慨然道。

刘秀郑重地点点头。陈俊遵命而行，回营挑选了近千名轻骑精兵，整装待命。

不过半个时辰，五校、大肜兵马果然又来袭击。刘秀不再命令全军出动，而是命陈俊率千名精骑出营迎敌，其余人马留在营内休息。陈俊一身披挂，手使大刀，一抖缰绳，战马如飞，冲向敌群。身后的汉兵精骑也各拿兵器，呼喊着杀过来。五校渠帅高扈、大肜渠帅樊重见只有千名汉军出战，果然不忙着退走，而是指挥部众上前围攻。

陈俊精神抖擞，一边冲杀，一边命令道："擒贼先擒王，弟兄们，先杀敌帅，再破贼寇，杀呀！"

陈俊纵马直向五校渠帅高扈冲来，汉军将士闻令，千名铁骑同时冲向高扈。五校兵马抵敌不住，一下子被冲散。陈俊一见，用刀背一磕战马的后胯骨，战马负痛，一声嘶鸣，腾空而起，一下蹿到高扈的身后。高扈一看退路没有了，吓了一跳，慌忙挥戈来战陈俊。陈俊战马落地，便被十几名五校兵将围住，各举兵器上前截杀。陈俊奋起，挥舞大刀，力战群敌，毫无惧色。

这时，汉军精骑冲到，一阵冲杀，把高扈和几十名五校兵将围在中间。汉军的外围，大肜渠帅樊重和其余五校兵马见高扈危急，又把汉军包围起来。高扈想走也走不了，传令收兵，但命令传不出去。樊重明知久战大部汉军会赶来把他们包围起来，但为救高扈，还得冒险一战。

汉军虽然只有千余骑，但个个如生龙活虎，勇猛异常。就这样，里面的敌兵杀不出去，外面的杀不进来。五校、大肜兵马被牢牢吸引住。

五校渠帅高扈明知部众处境危险，心慌意乱，被陈俊逼得只有招架之功。身边的几十名亲兵转眼间全被汉军砍落马下。混战中，高扈的战马被矢射中，一声嘶鸣把主人摔落下来。陈俊哈哈大笑，也丢刀弃马，叫道："来来来，咱们赤手肉搏，也让你败得心服口服。"

高扈爬起来，咬牙道："哪个怕你不成。"双拳紧握，突然冲向陈俊。陈俊挥拳相迎。

两人战不到十来个回合，高扈被陈俊击中面门，摔出老远。他怕被汉兵俘虏，横剑自刎。陈俊连叫可惜，捡兵器上马，与围上来的五校、大彤兵马厮杀。

这时，汉军大营萧王刘秀见陈俊果然吸住敌兵，立即传令全面出击。汉军大营四门大开，人马如潮水般地冲向五校、大彤兵马。

大彤渠帅樊重一见汉军大营出击，急忙传令退兵。五校、大彤兵马久攻汉军不下，得令立即四散奔走。陈俊一见，不追四散之敌，直向敌首樊重追去。樊重见识过来将的勇猛，不敢迎战，打马败走。陈俊大刀挥舞纵马直追，一直追出二十余里地，堪堪追到。强弩将军边追边取弓拈箭，瞄准樊重一箭射出，樊重闻听身后风声，吓得一伏身子但还是被射中肩头，疼得他大叫一声，滚鞍落马。陈俊赶到，大刀一伸，斩其首级而返。刘秀大军以逸待劳，突然出击，勇猛无比，铁蹄翻飞，很快就追上久战力疲、魂飞魄散的五校、大彤兵马。这一场厮杀，汉军大获全胜，斩敌三千余人，归降者无数。其余溃散，散入野地，向渔阳溃退。

萧王巡视疆场，远远望见陈俊归来，纵马前迎，赞叹道："强弩将军有勇有谋，我有这样的战将，何愁大业不成！"

陈俊来到跟前，把樊重首级扔在马下，禀道："贼寇虽败，但尚有余众向渔阳溃退，不可不除。"

刘秀感叹道："强弩将军居功不傲，仍心忧战事，实为难得。渔阳地势险要，溃敌困兽犹斗，易守难攻，将军可有破敌之计？"

陈俊坦然进言说："溃敌虽众，但无粮草运输。军需全靠劫掠，必为百姓痛恨。明公可令轻骑绕道而行，抢在溃敌之前，命当地百姓藏起粮食，坚壁清野。贼众前进无食，后退不能，兵无斗志，自然溃散而去。"

萧王大喜："子昭好计。我就命你率轻骑抢在贼前，依计而行。不过，请将军注意军纪，不得骚扰百姓，才能使百姓坚壁清野，不与贼众同心。"

"请明公放心。"陈俊慨然应命，马不停蹄率轻骑百余人飞驰而去。

刘秀看着陈俊离去，招来刺奸将军祭遵，吩咐说："刺奸将军，一定要加强军纪，不得骚扰百姓，确保民心归服，才能平灭寇贼。"

祭遵遵命而行。再说陈俊率百余人马不停蹄，连夜赶路，抢在五校、大彤的溃兵前边，告诫乡民，溃兵将至，必须加强堡垒坚壁，关闭大厅，藏起粮食，并组织乡民联甲自保，派兵望风，把守报警。田野来不及收割的粮食，宁可放火烧掉，也不让溃兵抢到一粒粮食。

果如陈俊所料，五校、大肜的败兵一边溃退，一边劫掠。但旷野清清，一无所有。进邑过乡，也找不到粮食。溃兵困顿饥乏，人无斗志，逐渐散去。陈俊回营复命，刘秀当着诸将称赞道："强弩将军的困敌妙计，令我大军兵不血刃，击溃贼众。奇功一件。"

陈俊不谈己功，侃侃进言道："五校、大肜虽溃，但五幡、尤来等地方寇贼尚存，必须乘胜彻底击灭。否则，大军一走，死灰复燃，河北势必冰消瓦解，前功尽弃。"

刘秀笑道："子昭之言极是，我军稍事歇息，便要发兵北进，彻底消除五幡、尤来等寇贼，确保河北稳定，方可徐图大计。"

萧王话音未落，后大将军即上前说道："禀明公，不知何故，河内军粮未能如期运来，我军只有半月粮草，北进不得。"

刘秀大吃一惊，问道："后大将军，河内军粮拖延多少天？"

"回明公，按惯例，河内军粮应在一个月前抵营中，但不知何故，至今不见粮草运来。"

耿弇着急地说："一定是河内发生了意外，否则，子翼不会不按期转运粮草。"

刘秀点头："是啊，河内一定发生了变故。可是，探马为什么没有一点儿消息？"

说探马，探马就到了。探马飞驰而来，单膝跪地禀报道："启禀萧王，长安更始帝遣两路兵马进攻河内，河北粮道阻隔，粮草运转不过来。请萧王速作决断。"

诸将大惊，纷纷上前请命："河内势孤力薄，恐不能抵御更始大军，请明公速发兵回救河内。"

刘秀也暗暗心惊，但面色平静说："诸将不可急躁。河内为我后方，固然重要，但河北乃我根本，亦不可失。如今贼寇尚未彻底肃清，一旦撤兵，河北必然冰消瓦解，前功尽弃，所以撤兵不得。河内有子翼和孟津将军互相配合，也许可保无虞。"

诸将担心寇恂和冯异兵微力薄，恐难坚守，还是坚持进言，回兵河内，耿弇扫视众将，说道："明公说得对，眼下只有寄希望于子翼和孟津将军，河北不能丢，河内亦不可丢。苍天有眼，一定会助明公成此大业。"

邳肜担忧地说："我军粮草有限，北攻寇贼，恐有危险。"

刘秀慨然道："军情紧急，唯有冒险疾进，尽快平灭河北寇贼，才有回救河内的可能。好在尤来等部连日溃败，不知我军缺粮，大可以突发精骑，彻底捣毁贼寇的根基之地，耿弇、吴汉、景丹、盖延、邳肜、耿纯、刘植、岑彭、祭遵、坚镡、王霸、陈俊、马武听令！"

耿弇等十余名将军一齐出列，声如轰雷应声道："末将在！"

"我命你们各率所部精骑迅速北进，追击贼寇。贼众逃到哪里，就追到哪里。一定要彻底干净地消灭贼寇，不留后患。本公引兵还蓟，随时注意河内的军情。"

"遵命！"耿弇等将应声而出，各率本部精骑立即北进。刘秀引兵返回蓟城，派出大量的探马，打探河内的军情。

赤眉军为搜求刘汉后裔，驻军郑地，滞留不前。焦头烂额的更始帝总算缓过一口气，全力以赴地对付西进的邓禹兵马。为解安邑之围，更始帝遣刚刚被赤眉军打败的王匡、刘均率领十多万兵据守河东，伺机进攻邓禹。为减轻安邑战场的压力，又遣使至洛阳，谕令左大司马朱鲔、舞阴王李轶进攻河内，并派讨难将军苏茂前往助战。

朱鲔、李轶接到更始帝谕令，相谋于内室，朱鲔说："更始帝名为天子，不听号令，于礼不合。而且赤眉西进，邓禹东来，长安危殆。唯有帝命可号令诸将，共御外敌。洛阳兵多将广，粮草充足，铁桶一般，无懈可击。如今刘秀正忙于平定河北，河内必然空虚，冯异一支孤军在河上，不足为患。进击河内，必成大功。"

李轶表示赞同说："左大司马所言极是，可遣军进击，河内必得。"

于是，朱鲔招来讨难军苏茂、副将贾强，命俩人统率五万兵马，乘虚进攻河内太守寇恂。

苏茂久经战阵，经验丰富，向朱鲔请命说："末将进攻河内，但冯异屯兵河上，虎视眈眈，对我威胁很大。请左大司马遣将监视冯异军的动向，不可令其向寇恂靠拢。"

朱鲔笑道："苏将军尽管放心地进攻河内。冯异那边有舞阴王严密注视，只要他向寇恂靠拢，舞阴王立即出击。"

李轶瞪了苏茂一眼，不高兴地说："讨难将军只管奉命而行，难道不相信本王能缠住冯异？"

苏茂慌忙赔罪说："末将不敢，舞阴王不要误会。"不敢多说，慌忙与贾强退出，引兵而去。

苏茂、贾强刚刚有所行动，河内探马探知消息，谍报如雪片飘落在孟津将军冯异的案上。冯异大吃一惊，手握谍报在营帐内来往踱步，苦苦思索对策。军吏得知军情，纷纷赶来，进言道："河内乃我军后方，一旦有失，后果不堪设想。寇太守兵力微薄，势难抵御苏茂五万兵马。将军宜速发救兵，援助河内。"

冯异摇头说："李轶陈兵河西，孟津就在他的眼皮底下，一旦我军向河内靠拢，李轶就会发兵进攻，如果孟津失守，更始兵马两路夹击，寇恂纵有天大的本领也难以守住河内，后果不堪设想。"

"以将军之见，该当如何？"

"必须稳住李轶，只要李轶不向我进攻，我军就可以援救河内。"

众军吏嬉笑说："李轶能听从将军之言吗？"

冯异沉思片刻，说："我有一计，大可一试，或许能够成功。"

当即提笔拈墨，在几案上给李轶手书书信一封，信中曰："兹拜舞阴王台鉴：愚闻明镜所以照形，往事所以知今。昔微子去殷而入周，项伯叛楚而归汉，周勃迎代王而黜少帝，霍光尊孝宣而废昌邑。彼皆畏天知命，睹存亡之符，见废兴之事，故能成功于一时，垂业于万世也。苟令长安尚可抚助，延期岁月，疏不间亲，远不逾近，季文岂能居一隅哉？今长安坏乱，赤眉临郊，王侯构难，大臣乖离，纲纪已绝，四方分崩，异姓并起，是故萧王跋涉霜雪，经营河北。方今英俊云集，百姓风靡，虽邠岐慕周，不足以喻。季文诚能觉悟成败，亟定大计，论功古人，转祸为福，在此时矣。如猛将长驱，严兵围城，虽有悔恨，亦无及己。"

冯异书写完毕，亲自封上火漆，交与一心腹裨将，命令道："此乃密信，务必潜踪藏迹，径投舞阴王府，亲自交到李轶手中，千万不可遗失。"

裨将藏起密信，领命而去。冯异与众将、军吏静候回音。

一天一夜过去，次日辰时，裨将安全返回，冯异迫不及待地问道："李轶阅读密信有何表现？"

裨将回禀说："李轶阅信后，一副心事重重的样子，但是什么也没说。"

冯异笑道："我知道他在想什么，他在想以前的事，想悔不该当初……"冯异说着，笑容尽失，面露义愤之色。

裨将恍然笑道："属下差点儿忘了，李轶有回书交与将军。"说着从衣内取出书信呈上。

冯异忙接过书信，拆开细看，但见信中说道："轶曾与萧王首谋造汉，结死生之约，同荣枯之计。今轶守洛阳，将军镇孟津，俱据机轴，千载一会，思成断金。唯深达萧王，愿进愚策，以佐国安人。"

冯异读罢回书，已知李轶有归降之意，顿时喜出望外道："我无后顾之忧矣。诸将士收拾行装，准备出征。"

汉兵闻令，一阵忙乱。冯异只留数千人驻守孟津，亲自督率万余精兵离开孟津北去。军吏疑惑，问道："将军不是去救河内吗，因何北去？"

冯异笑道："兵不厌诈嘛，李轶不攻孟津，此乃天赐我良机，岂能不趁机做一篇大文章。河内有寇恂固守，短时间足以自保。更始河南太守武勃总管朱鲔、李轶大军的粮草。我们这篇文章就在武勃的头上做，夺其粮草，足以震动洛阳的朱鲔。"

将吏闻言，无不钦佩冯异的用兵才能。冯异率军北进，突然如神兵天降，出现在天井关前。天井关守军兵微，又被天降神兵吓破了胆，来不及向洛阳驰报就被汉兵攻下。冯异马不停蹄，攻破天井关后，连下上党郡两座城池。上党震恐，仓皇做好应敌的准备。

此时，冯异突然命汉军转头渡河，南下河南，攻成皋以东，连下十三县，平堡砦，削屯聚，收服降卒十余万众，兵力增加数倍，对河南之地形成巨大的压力。

河南太守武勃闻听成皋一带尽为冯异所得，又惊又怒，慌忙遣使驰告李轶，请求增援，亲率万余兵马出迎成皋，向冯异进攻。

冯异为引诱武勃钻进预定的口袋阵，故意败退渡河。武勃以为汉军怯阵，又有李轶援兵为后盾，所以有恃无恐，率军追击，追至士乡，埋伏的汉兵突然东出，收紧袋口。武勃兵马进退无路，抵挡不住汉军的攻势，将士争相奔逃。武勃连斩数将，喝令将士拼命抵抗，等待李轶发兵增援。但是，李轶紧闭城门，不发一卒，坐视武勃万余人马被冯异围歼。

武勃见援兵不出，方知李轶心存异志，慌忙往外冲杀，被冯异挺刀接住，战不过几回合，冯异大刀劈下，腰斩武勃。

士乡一战，孟津将军斩敌五千，余者归降。冯异一边派兵增援河内，一边遣使持李轶原信向萧王刘秀报捷。

还军蓟城的萧王刘秀焦急地等待河内的消息。这时，冯异使者赶到，送来捷报。刘秀大喜，连声赞叹冯异有勇有谋。使者又奉上李轶的复信。刘秀看后，面现悲愤之色，伫立案边久久无语。他的眼前浮现出兄长刘縯熟悉的身影，耳边响起兄长亲切的话语，他想到兄弟春陵起兵时的盟誓，想到兄长被更始君臣嫉妒遭诛的惨景，想到自己在洛阳忍辱负重、委曲求全的苦衷。李轶背信弃义，充当陷害刘縯的主谋，兄长之仇，多年来像一块重石压在他的心头，令他寝食难安。

"李轶，你也有今天！"刘秀一拳重重地捶在案上，一字一顿地说。

萧王身边的朱祐还不知道信上写的是什么，疑惑地问道："李轶怎么说？"

刘秀把书信送到朱祐的手里，说："仲先，把李轶书信公布于众，以儆效尤。"

朱祐接过，仔细看过，愤然道："李轶背信弃义，陷害大司徒。明公容他前来归降，便可杀之为大司徒和刘谡报仇雪恨，可是，公布其密信，断其归降之路，如何为大司徒报仇。属下不明明公之意。"

刘秀冷笑说："李轶反复无常，奸诈难信。如果容其归降，杀之，我失信义；不杀，难报兄长之仇。不如公布其密信，令朱李之间产生嫌隙。李轶害人必害己，一定会得到应有的下场。"

朱祐恍然大悟，钦佩地说："明公圣明。孟津将军的反间计施于前，明公的反间计施于后。连环反间计，既杀李轶报大司徒之仇，又不失明公的信义。属下望尘莫及。"

刘秀笑道："仲先也学会奉承之言了。"边说边俯下身来，指着几案上的地图问，"耿弇、吴汉的进展情况怎么样？"

朱祐面上微红，回禀道："根据刚刚接到的谍报，耿弇等部人马已追杀五幡、尤来至潞东，前锋已抵平谷，斩贼首两万余级。"

"好！"刘秀兴奋地说，"河上有冯异牵制朱鲔的兵马，以寇恂之才，守住河内应该不成问题。我无后顾之忧，传令诸将，乘胜追杀。平谷接近辽东、辽西，那里是乌桓的领地，残贼无路可走，正好彻底平灭。"

夜色沉沉，坐落在洛阳城南的舞阴王府依然灯火明亮，舞阴王李轶正搂着侍妾在偏殿内听乐看舞，寻欢作乐。这时，门吏进见，禀道："禀王爷，陈大人求见。"

李轶一怔，恋恋不舍地推开怀抱中的侍妾，命道："你们都退下吧！来呀，请陈远进见。"

陈远乃是李轶府上的心腹幕宾，深得他的信任，被倚为左右手。所以李轶一听他说有要事回禀，不得不见。陈远大步走进门来，一见李轶，来不及施礼，慌慌张张地说："大事不好，王爷回复冯异的书信被刘秀公布于众。如今，官兵上下听到消息，议论纷纷，恐于王爷不利。"

李轶骇然失色，吃惊地说："刘秀为什么这么做，难道逼我早日归降？"

陈远叹息道："王爷英明一世，怎么糊涂于一时？刘秀不是逼你归降，而是不容你归降。"

李轶顿然醒悟，咬牙切齿说："他还记挂着刘縯被诛杀的仇恨。姓刘的算你这招狠！"

陈远惶恐地说："卑职还听说，左大司马正在调查河南失守的原因，恐怕………"

李轶黯然站起："怕也没用，左大司马一定听到消息。我已进不得退不得，唯有专据洛阳，自立为王。来呀，传令各营将士集合待命。"

"王爷意欲何为？"

"先杀朱鲔，再攻河内，与刘秀决一雌雄。"

但是，传令兵没多久就跑回来了，道："禀王爷，左大司马带兵包围王府，军令传不出去。"

李轶大惊，来不及披挂，忙抓起佩剑，冲出殿外，大声叫嚷道："来人啊，大司马朱鲔图谋不轨，快随本王诛此逆贼！"

但是，偌大的王府竟没有一个人应声，值班的侍卫仆佣不知躲到何处。"吱呀呀"沉闷的大门开启声传来，灯光下，左大司马朱鲔一身披挂，大步走进王府大殿，在他身后，跟随的不是左大司马麾下的将士，而是他麾下属官。

朱鲔走近李轶，脸色铁青，一言不发，目光如犀利的刀子，刺向李轶。李轶佩剑跌落，突然跪倒在地，苦苦哀求道："李轶一时糊涂，请大司马网开一面，李轶一定誓死报效大恩。"

朱鲔一脚把他踹翻在地，哈哈大笑道："我若慢了一步，必遭你毒手。反复无常、背信弃义的小人，谁敢相信你的话？来呀，把逆贼李轶推出府外，斩首示众。"

李轶面如土色，爬起死死抱住朱鲔的双腿哭求道："李轶一向事君如父，求大司马饶命啊……"

朱鲔眼睛望着远处，冷漠地道："你这种奸诈趋势的小人，朱某羞与为伍。"

已归服朱鲔的舞阴王部属，平日早就看不惯李轶作威作福。这时得了左大司马的命令，不由分说，上前拖起旧日的主子，拉到府外台阶前，刽子手鬼头刀高举，寒光一闪，李轶人头落地。

朱鲔接收李轶的全部人马，立即遣使驰告徘徊在温县的讨难将军苏茂、副将贾强，命令他们立即向河内的寇恂进攻，自己则亲率数万兵马进捣平阴，牵制冯异。只有占领河内，两路兵马会师，切断刘秀大军的后方，再对付无所凭依的河北，就容易多了。

讨难将军苏茂、副将贾强统率五万人马，原以为有舞阴王临事孟津，河内寇恂兵少，五万人马攻河内必定马到成功。不料，李轶失信，冯异率军突然东过河南，斩河南太守武勃。苏茂吃过赤眉军的败仗，吃一堑，长一智，格外小心。见冯异军入河南，害怕腹背受敌，所以徘徊在巩河边，迟迟不敢向温县进攻。

朱鲔使者至苏茂军中，苏茂去了背后冯异的威胁，放下心来，方与贾强率军渡过巩河，向温县进攻。河内形势再一次严峻起来。

谍报如雪片，飞驰河内，飘落在河内太守寇恂的公案上。寇恂大吃一惊，一边传檄所属县邑，谕令所有兵马去救温县。自己则倾尽郡城之兵，亲自率领，驰往温县。

人马未出郡城，军吏纷纷上前劝阻道："苏茂兵盛，来势凶猛，大人兵少，孤军前往，恐有不测，不如待属县众军会齐，再前往不迟。"

寇恂断然拒绝，说："温县乃河内的藩屏，一旦失守，河内郡城难以固守。

如今，洛阳兵盛，我方兵微。属县兵马逡巡观望。我不出兵前往温县，众军万难齐集。兵贵神速，诸君勿复多言，快与我共破强敌。"

军吏们以为有理，皆愿从命。寇恂率兵急进，赶到温县。属县兵马见太守兵到，不再观望，争相往奔。这时，冯异遣来增援河内的兵马赶到，属县的兵马还在源源不断地赶来。

兵马云集，蔚为可观，但与苏茂、贾强的五万之众相比，仍显兵弱。寇恂召集县尉、军吏商讨军情，制定具体的破敌方案。经过周密的讨论，寇恂郡卒在温县城头遍插旌旗，严阵以待。又命五百名县卒和五百名百姓携带萧王旌旗悄悄出城，埋伏在城门外五里远的小山上。一切准备就绪，只待洛阳兵到。

苏茂、贾强渡过巩河，一路畅通无阻，直奔温县，远远望见城头上旌旗招展，刀戈闪亮。苏茂勒马，吃惊地说："刘秀北去尤来，邓禹西进关中，冯异在河西南，河内哪来这么多兵马？"

贾强满不在乎地说："我看一定是寇恂用的疑兵之计。不必管它，一进攻便知。"

苏茂不放心说道："先列大阵，以防不测，再进攻不迟。"

贾强拗不过，只好依令而行，洛阳兵马迅速列成战阵，做好迎敌准备。苏茂这才纵马上前，仰望城上。但见城上旌旗招展，甲胄鲜明，汉兵挎刀背弓，神态安然，根本没把洛阳兵马当回事。

苏茂暗暗心惊，向麾下将士命令道："讨敌叫阵，让寇恂出城迎敌！"

洛阳兵马正在叫喊，城上寇恂突然出现，全身披挂，手抚佩剑，一指苏茂，哈哈大笑道："苏茂，你死到临头，还在此狂喊乱叫，真是不知死活。"

苏茂大怒，大刀一舞，叫道："寇恂，有胆量的出城一战，不然，我可要攻城了。"

寇恂坦然笑道："你等着，看我取你人头。"正欲转身，忽然士卒齐叫："萧王兵到！"

苏茂大吃一惊，转脸一看，果然见山上尘土飞扬，幡旗蔽野，红色大旗上，"刘"字隐约可见。

列成战阵的洛阳兵马听见"萧王兵到"的喊叫声，回头看见后山上幡旗烟尘，无不骇然变色。谁不知当年十三骑闯营突围的萧王刘秀，战阵出现了骚动。

就在这时，温县城门突然打开，寇恂全身披挂，拍马挥刀，带领众兵直冲大阵。苏茂刚刚在弘农吃过赤眉军樊崇的败仗，一见战阵骚动，自己先慌了，不由自主勒住缰，战马"嗒嗒嗒"连退十几步。洛阳兵马本来军心动摇，见主帅后退，顿时乱成一团，五万兵马，人挤马，马踏人，惨叫声不断。

寇恂麾军杀到，一阵冲杀，洛阳兵马四散溃逃。山上的县卒百姓也乘机截杀。汉兵尾随追杀，一直追到巩河边。苏茂跑得快，抢到一只小船，不顾将士的死活，独自逃命而去。贾强倒是督率人马就地抵抗，但无法扭转败局，只得向后败退，刚到河边，战马被流矢射中，把他甩到河里，汉兵围上来，将其剁成肉酱。

寇恂大获全胜，乘胜进兵，渡过了黄河。在平阴与冯异对峙的朱鲔闻报大惊，大骂道："苏茂是饭桶，五万兵马竟被寇恂所败，为将如此，有何颜面再见世人。"

正气恨交加，苏茂仓皇逃归。朱鲔大怒，命刀斧手推出营门斩首。诸将大惊，一齐为苏茂求情，朱鲔方饶其性命，贬为校尉。苏茂含羞谢恩退下。

朱鲔怒气刚刚平息，忽然探马来报，冯异引军攻来。显然，冯异是得到寇恂获胜进兵的消息后，前来策应的。朱鲔大怒，亲率兵马来战冯异。

战不到半日，正杀得难解难分，寇恂率河内兵赶到，与冯异合兵一处，共击朱鲔。朱鲔的兵马因苏茂新败，将士恐慌，经不住寇恂、冯异两处兵马的冲击，阵营大乱，洛阳兵马大败。朱鲔大惊，慌忙收缩兵力，边战边退，逃回洛阳，据城防守。

冯异、寇恂一同追到城下，命汉兵攻城，围攻一昼夜，不能攻下。冯异说："朱鲔虽败，但元气未伤。洛阳城池坚固，兵精粮足，一时难以攻下，不如撤兵，向明公复命，请明公定夺。"

寇恂点头笑道："如今李轶已除，洛阳削弱，河北战局转危为安，咱们也该知足了。否则，朱鲔会骂你我太贪心。"冯异哈哈大笑。

长安激战，中原纷争。但号称"天府之国"的蜀都却是一片太平盛世的景象，百姓乐业，将吏归服，物阜民丰。自立为蜀王的公孙述没有战事纷扰，好不逍遥自在。在大臣的怂恿下，公孙述又自立为天子，称"公孙帝"，号成家，改更始三年为龙兴元年。李熊议立有功，被拜为大司徒。公孙述之弟公孙光为大司马，公孙恢为大司空。改益州为司隶校尉，蜀郡为成都尹，麾下将吏皆有封赏。封赏完毕，公孙述遣将军侯丹进驻白水关，北守南郑；使将军任满从阆中下江州，东据扞关，招兵买马，伺机出蜀，争夺天下。

公孙述自立为帝的消息传至郑地，赤眉军众渠帅求刘氏共尊之心更加迫切。但是，一晃半个月过去，搜求刘氏后裔的事毫无结果。正在樊崇着急之际，校卒刘侠卿找到了汉景王的后人刘茂和刘盆子。经过身份确认之后，众渠帅商议立刘盆子为帝。于是，年仅十五岁的刘盆子登上了皇位。

徐宣狱吏出身，略通《易经》，被任命为丞相。樊崇则做了御史大夫，逢安为左大司马，谢禄为右大司马，杨音为大将军，余下三老、从事或为列卿，或为将军，都有爵位。随后议定年号，徐宣一锤定音，改当年为建世元年。

【第十一回】

火德星梦说前情，光武帝应兆登基

刘秀得知孟津将军冯异转攻河南，斩河南太守武勃，对河内的形势放下心来。这时，又有捷报传来，耿弇、吴汉、景丹等十几位将军大破尤来、铁胫、大枪等部众，彻底平定了河北。萧王喜出望外，亲自前往安次，迎接凯旋的诸将。

这时，冠恂大破苏茂的捷报也传到营中，刘秀大喜，对诸将说："我原知子翼可担当重任，果然不负重托。河内稳固，我无忧也。"

诸将欢喜非常，纷纷表示祝贺。

河北、河内均传捷报，双喜临门，萧王决定在安次大营摆设酒宴，慰劳将士，以示庆贺。

酒宴之前，前将军耿纯与耿弇、吴汉等将私下相议，认为明公现在拥有河北，占据河内，兵马精壮，吏士归附，宜当自立，以承汉祚。但他们不知道明公是怎么想的，为谨慎起见，他们决定让马武试一下。

马武为人嗜酒，阔达敢言。每次萧王摆酒宴慰劳诸将，马武总是喝得半醉，在刘秀面前当众述说诸将长短，无所避忌。刘秀不但不加责怪，还赞其性情直爽，不藏心机，以为可爱。诸将也因其耿直，乐与交厚。于是三个一起去寻马武，共说机宜，马武爽快地答应了。

酒宴开始，满满地在大帐摆成两排，刘秀与诸将入席。其他各营，另设酒席犒劳士卒，安次到处是欢笑之声。

刘秀首先站起，举起斟满美酒的酒觥，面色肃然，说："诸位将军，今天的酒宴是庆功宴，我们不能忘记那些战死疆场的英雄将士，我先敬他们。"说完，将美酒庄重地洒向地面。诸将也学着他，把第一杯酒洒在地上，算是祭奠战死的将士亡灵。

这是萧王每次设宴必做的事。短暂的祭酒仪式过后，酒宴的气氛便活跃起来。刘秀频频举杯，向有功诸将一一敬酒。诸将欢声笑语一一向萧王回敬。众人叙谈着每一次大捷的经过，无不欢欣鼓舞。

酒至半酣，马武渐渐有醉意，从座位上站起，向刘秀举觥，喷着酒气说："明公，属下再敬你一觥。"

刘秀笑道："子张，你的庆功酒我已经喝过，此酒有何说道？"

马武郑重地说："属下有两项嗜好，一是嗜酒，一是嗜武。所以经常酒醉，信口狂言，而明公雍容大度，从不计较。就为这个，理当敬您一觥。"

刘秀笑道："子张，莫非又要借酒折损同列，先来贿赂我吗？"

马武坦诚地说："自归明公，马武视明公如父，视同列如兄弟，岂敢折损，乃是肺腑之言。诸位爱听不爱听，马武都要说。"

刘秀道："我素知子张乃性情中人，直爽敢言。所以从不加罪，反以为可爱。今天这杯酒我先喝下，子张有话尽管说。"说完，举觥一饮而尽。

马武哈哈大笑："明公亦是爽快人。跟着这样的主子，以死效命，也是值得。"

刘秀放下酒觥，爽朗地笑道："子张今天莫非要折损我？刘某自忖尚有容人之量，有什么逆耳忠言，尽管说来。"

"属下岂敢折损明公，"马武正色道，"如今天下纷乱，群雄窃命，汉室危殆。天下虚位以待。明公乃帝室之胄，破新莽与昆阳、诛王郎、铜马，平定河北，以威德扬名天下，宜顺命以承汉祚，不宜谦退而弃家庙社稷于不顾，请还蓟即尊位，以便征伐。"

刘秀大惊，阴沉着脸说："马将军真喝醉了，如此狂言乱语，该当军法处置。"

马武毫不惧怕，趋前一步，说："并非马武狂言乱语，在座诸将都有这种想法。"

刘秀瞪着诸将："谁有此想法？我当请刺奸将军示之军法。"

马武一个劲地向耿纯、耿弇、吴汉使眼色，耿纯见刘秀动怒，吓得低下头去。耿弇、吴汉见势头不对，都不敢言语。诸将谁也不敢以身试法，全都像泥塑的一样，一言不发。

马武急了："你……你们怎么不说话？"

刘秀回头，瞪着马武，厉声说："若不是我有言在先，今日一定斩你的黑头。散席，明日班师南归。"说完，拂袖而去，庆功宴不欢而散。

马武气得大骂耿纯、耿弇、吴汉："你们让我出头，自己做缩头乌龟，分明拿我老马当猴耍。"

耿纯讪笑道："子张息怒，我们也不知道明公如此动怒。凭我们几个恐难说动明公，还是串联诸将，找个机会联名上表，不怕明公不答应。"

吴汉却瞪着马武，叫嚷道："难道你不想明公早登大位，封侯拜将？明公没砍你的黑头，够给你老马面子的。我们可没有这份恩宠，当然不敢冒犯龙威。"

马武听着，颇为顺气，但依然怒容满面。

耿弇赔笑道："老马消消气，都是为劝谏明公，何必计较那么多？依我看，这事急不得，明公一定以为时机未到，所以，不容我们议论即位的事。"

马武怒气渐平，几个人又聚在一起，议论半天，也找不出萧王不愿登临大位的原因。耿纯坚持联络诸将，联名上表，逼萧王登基，马武、吴汉表示赞同，耿弇不置可否。

可是，还没等他们开始行动。刘秀命令班师南归，大军浩浩荡荡离开安次南去。

行至蓟城，幽州牧朱浮与渔阳太守彭宠专门杀猪宰羊犒劳得胜而归的萧王部属。刘秀在府衙接见彭宠，令亲兵在阶下赐座，向诸将说："我初来河北时，被王郎追捕，势微力薄，幸赖伯通（彭宠字伯通）归附，发渔阳、上谷突骑相助，方平灭王郎，始有今日之局面。伯通功不可没。今赐封建忠侯，仍为渔阳太守。"

彭宠并不谢恩，似笑非笑，说："幸赖明公神威，彭宠方有此微功，如果明公顺承天命，即位称尊，彭宠也许有幸封王。"

刘秀脸上笑容逝去，正色道："将军胡言乱语，可知军法无情？"

彭宠忙笑道："明公息怒，属下只是看到更始帝滥封王爵，才有此感叹。"

刘秀微微叹息："当年高祖有约，'非刘氏不得封王'，更始昏乱，有违祖制，所以不得长久。姑念将军不常在我军中，不知军纪，不予追究。"

"谢大王宽恩！"彭宠在座上抱拳躬身，低头请罪。

吴汉、盖延、王梁原为彭宠旧部，这时，纷纷站起，上前施礼请安，说："属下见过大人，大人一向可安好？"

彭宠站起，一一还礼，说："各位跟随萧王皆立大功，封侯拜将，非彭宠可比。如此大礼，彭某不敢担当。"

吴汉摇头道："大人何出此言？我等虽为萧王效力，尚念当日太守的恩惠。"

当晚刘秀在蓟城设宴款待彭宠、朱浮与诸将。酒宴结束，彭宠告辞回到驿馆。夫人陈氏随行来蓟，尚未歇息，见夫君回来，欢喜地迎上来施礼道："恭喜燕王归来。"

彭宠推开夫人，喷着酒气，怒道："你在取笑我吗？"

陈夫人顿时恼怒，杏眼圆睁，讥讽道："怎么，老娘拿热面孔还要贴你的冷屁股？你从渔阳赶来，不就是来讨封的吗？"

彭宠又惊又怕，但不敢发怒，忙又是作揖又是赔罪，低声道："姑奶奶，是我不对，你小点声好不好，若是被萧王听到，麻烦就大了。"

陈夫人一怔，压低了声音，问："怎么，萧王没封你为燕王？"

彭宠把她拉到内室，才恨恨地说道："刘秀无情无义，只封一个建忠侯。"

陈夫人一听，恨恨不平地说："刘秀真是忘恩负义。他来河北时，被王郎逼迫，走投无路，若不是夫君发渔阳突骑相助，他能有今天吗？夫君有此大功而不封为王，何必再仰人鼻息，不如回渔阳，自立为王，乐得逍遥自在。"

彭宠连连摇头："夫人，使不得。如今，刘秀三分天下而有其二，兵甲百万，吏士归心，如果反叛，恐有祸患临头。"

"如此患得患失，岂是男儿所为？"陈夫人冷笑说，"王莽为宰辅时，甄丰旦夕入阁谋议，与王莽交往甚密，时人皆曰：'夜半言，甄长伯。'等到王莽篡汉自立后，仅封甄丰为更始将军。甄丰有不满之意，最终被诛死。夫君自负有功意望甚高。如今未封真王，心怀不平，谁知日后会不会落得甄丰同样的下场。"

夫人一番话，说得彭宠浑身冷汗直冒。想一想自己在刘秀跟前说的话，的确太露骨了，难保刘秀不起疑心。于是他对陈氏说："夫人，我们明日就回渔阳。"

陈夫人笑道："夫君知道后怕了？刘秀不封，咱们回渔阳，自立为王。就凭渔阳突骑之力，谁敢小觑！"

"称不称王，以后再说，此地非久留之地，快回渔阳，越早越好。"

次日，萧王命人去驿馆请彭宠相见，准备告辞，离蓟城南行。谁知，驿馆里只有渔阳长史，彭宠与夫人、随从早已离去。长史拜见萧王，说太守有紧急公务，所以不辞而别，请萧王恕罪。

刘秀大度地一笑，赞赏彭宠几句，命长史退下。

恰逢耿弇进来，便问道："伯昭为此地人，可知彭宠为何不辞而别？"

耿弇答道："我为上谷吏士，彭宠为渔阳太守，虽然两郡毗邻，却不甚了解，尤其跟随明公之后，更是不知渔阳内情。明公可以向幽州牧朱浮探听。"

刘秀觉得有理，秘密召见朱浮，问道："将军与渔阳守一起来蓟城犒军，如今彭宠不辞而别，独自离去，不知所为何事？"

朱浮忐忑不安地说："回大王，彭大人常与属吏谈论吴汉、盖延、王梁大功，说三人皆为渔阳旧属，奉命追随大王左右，所以自当共功。来蓟城时，又与下官说：'大王当至迎阁握手，交欢并坐。'如今不是这样，下官以为，彭大人一定很失望，所以不辞而别。"

刘秀听完，连声自责，说："怪我粗心，慢待了彭宠。不过，彭宠之功，自当别论，不可与吴汉、盖延、王梁等同。我一向赏罚分明，不可混为一谈。"

"大王圣明，是彭大人心胸狭窄，自寻烦恼。"

刘秀摆摆手说："此事我有错在先，明日即遣使携书至渔阳赔罪，让彭宠早日心安。"

朱浮退下，刘秀当即写书信一封，遣使赴渔阳，向彭宠表示歉意。随后他率军离开蓟城，继续南行。

耿纯、吴汉、马武等串联诸将，共思劝进。耿纯执笔，连劝进之表都写好了，正想寻个机会呈上。刘秀下令启程，诸将只好整装上路。

大军过范阳，来到顺水河边。顺水一战是刘秀北击诸部以来败得最惨的一仗，几千汉军将士战死，尸骨至今仍暴露在荒野之中。刘秀令大军停下，眼含泪水命将士收尸骨、埋棺木、起高陵、竖石碑，整整忙活了三四天。汉军营中，弥漫着悲愤的气氛。这种时候，当然不便向萧王上表，耿纯急得心头冒火。

汉军终于再次启程，行至中山城。耿纯受诸将之托，当众向萧王上表。刘秀接过细看，表曰：汉遭王莽，宗庙废绝，豪杰愤怒，兆人涂炭。王与伯升首举义兵，更始因其资以据帝位，而不能奉承大统，败乱纲纪，盗贼日多，群生危蹙。大王初征昆阳，王莽自溃，后拔邯郸，北州弭定；三分天下而有其二，跨州据土，带甲百万。言武力则莫之敢抗，论文德则无所与辞。臣闻帝王不可以久旷，天命不可以谦拒，唯大王以社稷为计，百姓为心。

刘秀看完，面露愠色，怒视耿纯。耿纯吸取马武的教训，不待他开口，便说道："大王龙虎之威不该对耿纯一人而发，此表乃诸将之意，耿纯只是代为呈上。大王若不信，可以当面质问他们。"

刘秀将目光转向诸将。马武、吴汉为首，诸将齐声说："耿将军所言极是，我等早有劝进大王之意，请以天下为念，早即尊位，以利征伐。"

刘秀怒容逝去，长叹一声，说："诸位的心意，我何尝不知。只是如今贼寇未平，赤眉势众，纵横三辅；绿林狡黠，挟更始号令天下。我四面受敌，为什么非要急欲称尊呢？"

耿纯一听，萧王之言有松动之意，如果再进一步相激，说不定就能成功，于是趋步上前，亢声道："耿纯一向奉君如父，君父面前不说假话。当初耿某率宗族宾客追随大王，就是指望大王能成大业，耿家可封侯拜将，光宗耀祖。如今大王婉辞众望，令宗族计穷，皆有去意。"

刘秀动容，是啊，当初耿纯焚烧宅院，令宗族宾客坚定信心跟随自己，那份忠诚之心足以令天下人感动。耿纯说的是大实话，耿氏追随左右，不就是为着光宗耀祖吗？

诸将见萧王沉默不语，知道耿纯的话起了作用，纷纷上前力劝。刘秀蹙额沉思，半晌才说道："诸位言之有理。不过，称尊之事，非同小可，请容我三思。我们现在还是赶路南归。"

诸将见萧王答应，便不再多说，准备起程。耿弇与耿纯、吴汉、马武私议，说："长安更始帝乃刘汉宗室，虽然为绿林诸将控制，且多有失政，但名正言顺。大王有称尊之意，忌惮名不正言不顺，所以决心难下。"

马武一听，着急地说："那怎么办？难道要等到打进长安，把刘玄拉下宝座，大王方能称尊？"

耿弇摇头："那倒不必。大王要三思而后行，言之有理。我们也不便再力劝，为今之计，只有请孟津将军冯异和前将军邓禹来劝大王。他们两个是大王最倚重的左膀右臂，大王每有大事必定请教二人。"

耿纯拍手叫道："不错，只有冯异和邓禹有办法劝大王称尊。伯昭，马上派人送信给两位将军。"

吴汉、马武也表示赞同。计议已定，由耿弇分别给冯异、邓禹各手书一信，派人悄悄送往孟津和河东。

邓禹正在与据守河东的比阳王王匡、襄邑王成丹、抗威将军刘钧激战。开始时邓禹的兵马都用在包围安邑的战场上，战线太长，来不及收缩迎敌，处于劣势。但邓禹凭借自己的智谋，将战局扭转，把王匡打得溃不成军，慌忙撤退。邓禹拜祭酒李文为河东太守，置属县令，加以镇抚。

邓禹正欲向萧王报捷，忽然，军卒亲报："启禀将军，萧王军中来人了。"

"人在何处？快快请进！"

军卒退出，不过多时，引领一裨将进来。邓禹迎上前去，施礼道："萧王有何训谕？"

裨将慌忙还礼，笑道："小人不是萧王使者，邓将军不要多礼。"

邓禹一怔，愠怒道："你到底是什么人？"

"小人是大将军耿弇麾下，奉耿将军之命特来下书。"说着，双手呈上书信。

邓禹疑惑不解，接过书信，细看之后，哈哈一笑，说："萧王之意，我自知之。回去告诉耿将军和诸将，让他们放心，我有办法让萧王如他们所愿。"

裨将告辞而去。邓禹在帐内思索良久，正欲召集探马行动，忽然，军卒又来报告："禀将军，营外来一位书生，自称叫强华特来拜见。"

邓禹又惊又喜，一拍几案道："看来是天助明公成此大业。"忙亲自出营相迎。

大营外，站着一位袍衣冠带的儒士，果然是强华无疑。只是岁月无情，当年的翩翩少年如今变成了儒雅的中年人。

邓禹未出营门，便施礼疾呼道："强兄，果真是你！"

强华看着衣甲鲜明的邓禹，显然已不敢相认，直到邓禹来到跟前，才恍然大悟，趋前迎上还礼，惊喜地说："仲华贤弟，真的是你。看这大将军的气派，哪儿看出当年太学生的影子，难怪愚兄一时认不出来呢。"

"强兄也是一样嘛，如今也是一代名家吧！"邓禹说笑着，请强华入帐细谈。

两位阔别多年的学友相逢，自然有说不完话，叙不完的情。邓禹命人端上酒菜，两人对酌。邓禹说："真是天助我也。小弟正要派人潜入长安打探强兄的下落，不想强兄就来了。"

强华笑道："大将军找我这一介腐儒，有何要事？"

"明公……"邓禹突然停住，笑吟吟地注视着强华，问道，"强兄专程来我军中，有何要事？"

强华狡黠地笑道："不是专程，而是巧遇。愚兄是从长安去河北投奔刘兄，不，应该是萧王，恰巧路过河北，听说贤弟驻军在此，便来相见。"

邓禹惊喜道："强兄去河北，是为明公？"

"贤弟派人寻我，也是为明公？"

邓禹点点头："诸将共请劝进，无奈萧王不肯。所以问计于我，我便想到强兄，不知强兄能否……"

强华笑道："愚兄正是为此去见萧王。天机不可泄露，贤弟无须多言。咱们喝过这杯酒，愚兄就动身去河北。"

邓禹满心欢喜，举觚说："来，为天下，为萧王，也为咱们今天的相逢，干！"

刘盆子被拥立为汉室天子，赤眉军果然军心稳定，士气复振。御史大夫樊崇传令向西再进。几十万大军挑着龙旗，浩浩荡荡，直扑高陵。

比阳王王匡败回长安，闻听赤眉军抵高陵，慌忙召集淮阳王张印、穰王廖湛、平氏王申屠建等绿林将领，私下相议说："如今河东已失，赤眉紧逼，长安孤困，不久必灭。咱们该想想退路方是。"

淮阳王张印长叹说："事到如今，哪里还有退路。除非投降樊崇或者刘秀，或许还有生路。"

穰王廖湛气呼呼地站起，愤然道："同为反王莽而起，咱们也是条汉子，凭什么要投降他们。谁再言投降之事，我第一个不答应。"

王匡一边劝解，一边责怪说："穰王何必动怒。同为绿林弟兄，所以我方把大伙召在一起，商议对策。更始帝这块招牌罩不住咱们了，咱们也没必要陪着他进棺材，宜另作打算。"

平氏王申屠建抱拳道："看来比阳王早有打算，不知可有良计？"

"良计算不上，不过，我有些想法，不知诸位赞同不赞同。"王匡说道，"我们不如纵兵掳掠城中，只要有钱财，到哪儿都可以立身。之后弃更始东攻南阳，还归绿林山。即便不能成功，还可以潜入湖池，做个逍遥自在的强盗。也比在这儿为刘玄陪葬强过百倍。"

王匡刚说完，廖湛第一个反对，说："我绿林军反莽而起，本为百姓。如今纵兵掳掠，等同贼寇，如何忍心。"

王匡笑道："廖兄弟真是憨直可爱。我们纵兵掳掠，抢的都是官宦、富足人家，为富不仁者。寻常百姓一无所有，抢什么？有什么忍心不忍心的。"

廖湛笑了，诸将纷纷表示赞同，申屠建说："比阳王所说固然是一条极好的退路。不过，弃更始帝而去不足取。不管怎么说刘汉的招牌名正言顺。以在下愚见，不如劝说更始帝随行。"

张印、廖湛及随王胡殷等一听，纷纷赞同申屠建的意见。王匡止住乱糟糟的议论声，说："你们不过是一厢情愿罢了。刘玄是刘汉宗室，好容易当上皇帝，岂肯舍弃皇位，跟着咱们上山为王、入水为寇？"

"形势逼迫，他亦无路可走。"申屠建坚持己见，说，"未曾一试，怎么知道行不通？"

张印等人支持申屠建的主张，王匡一人不便坚持。于是议定，共入宫劝说更始帝。

河东丢失，赤眉逼近，长安震动，更始帝再也无心在宫中享乐，慌忙召右大司马赵萌问计。赵萌说："长安危困，唯有诸将同心协力，共拒贼寇，方可转危为安，请召集诸将，商讨拒敌之计。"

更始帝临朝，召见诸将，共议御敌大计。王匡、张印等按照前议，齐劝更始帝放弃长安，退保南阳。更始帝勃然大怒，不等他们说完，便打断道："朕今日召见诸卿，本为共御贼寇，以保社稷。你们竟说出这种话。朕是汉皇天子，不是山贼水盗，即便战死，也不能对不起列祖列宗。比阳王，河东丢失，朕并未加罪于你，奈何今日也说出这种话？"

刘玄的言辞严厉，前所未有。诸将明白，皇帝当然是依仗赵萌的支持。王匡的脸上青一阵、红一阵，却不敢顶撞，跪地请罪说："为臣知罪，任凭陛下发落。但是，臣实为陛下和社稷安危着想，忠心无二，请陛下明鉴。"

张印、廖湛、申屠建等人见势头不妙，不敢多言，纷纷磕头谢罪说："臣等知罪，求陛下开恩！"

更始帝怒气不息，在他看来，这帮草莽出身的异姓王，终归贼性难改，遇到挫折，想到的就是亡命山林而不顾他这个天子和汉室社稷的安危。如今，赤眉西进，邓禹东逼，形势危急，必须杀一杀诸王的气焰，树立天子威严，方便于调动诸将，抵御贼寇。于是，他冷哼一声厉声道："比阳王丢失河东在前，妄言败逃，惑乱人心在后，立即斩首，以儆效尤，淮阳王、穰王、平氏王、随王消去王爵，夺去军功，交有司审押。"

王匡、张印等人大惊，张皇四顾，希望有人能站出来为自己说话，不料，朝臣竟无人出头。谁都明白，刘玄有赵萌做后盾，故意整治平日不把他这个皇帝放在眼里的诸王。

羽林军一哄而上，拉起五人，就往外走。忽然，有人高叫："陛下且慢，臣有言进谏。"

更始帝循声看去，不由一怔。说话的人不是绿林将领，却是御史大夫隗嚣。

隗嚣趋前施礼道："陛下，如今长安危困，正是用人之时。诸王久经沙场，屡立战功，为可用之将。何况，诸王所言，虽然不妥，但实为陛下安危着想，杀之，恐将士寒心，军心动摇，不利守城破敌。臣请陛下三思，让诸王戴罪立功，杀敌报国。"

更始帝闻听，醒悟过来。是呀，自己本是在绿林诸将的拥立下才登上尊位。如今危难之时，正需要他们出力拒敌。如果真把王匡杀了，必然动摇诸将之心，仅凭赵萌一人，恐保不住帝位。

他后悔了，忙目示赵萌，希望征求他的意见。赵萌一直站在群臣之首，一言未发。但满朝文武，谁都清楚他的话的分量。赵萌明白更始帝之意，便上前施礼，说："御史大人所言极是，臣也有此意，请陛下三思。"

赵萌的话对更始帝来说，才是真正的圣旨，刘玄忙说："来呀，推回来！"

羽林军又把王匡等人推回殿阶下。更始帝故意给赵萌卖人情说："若不是右大司马苦苦求情，朕不会饶过你们，还不谢过赵卿。"

王匡等人听说是赵萌放过自己，感到有些意外。但还是起身，走到赵萌跟前施礼道谢："右大司马再造之恩，我等感激不尽。"

赵萌谦恭还礼，诚恳地说："同为陛下臣子，如今长安危困，天子孤危，正是共力御敌之时，枝枝节节的事儿不提也罢。诸位请归班列，还有朝事相议。"

王匡有些感动，方知赵萌求情实为社稷，感叹道："大司马如此，王匡敢不以死效命朝廷。"

五王回到班列中，君臣共议军情。更始帝遣王匡、陈牧、成丹、赵萌屯兵新丰，与驻守掫城的李松兵马呼应，屏障长安门户，守关拒敌。

王匡、陈牧、成丹领兵而去。更始帝退朝回宫，私召赵萌，说："如今长安孤危，贼众势大，不得不请大司马出城拒敌，赵卿不会责怪朕吧！"

赵萌深施一礼，说："陛下何出此言？身为人臣，不效命人主扶保社稷，枉为人也。臣平日与朱鲔等人争斗，对陛下多有不恭。但臣由忠心无二，愿永保汉室，效命陛下。"

更始帝感激不尽："朕只身投奔绿林，虽贵为天子，却为诸将所轻视。唯赵卿一片忠心，扶保社稷。但是赵卿领兵在外，朕无实权，恐诸将难制，所以私召相议。"

赵萌点点头："陛下所虑极是。王匡，我可以监视。但张卬之辈留守长安，如有异心，我不能制，唯赖陛下之力。执金吾邓晔、侍中刘能卿皆忠于陛下，可为所用。险急之时，可召二人调用。"

更始帝闻听大喜，看来赵萌是真心辅助汉室。执金吾邓晔、侍中刘能卿都是他的心腹，平日在宫中专门监视皇帝。二人能为己所用，更始帝登基以来，总算有了点实权。

赵萌交代完毕，出宫领兵而去。更始帝一直送到东都门外。张卬、廖湛、申屠建、胡殷四王不甘心就此罢休，趁送行之时，与王匡相议，打算劫持更始帝，仍行前计。

王匡摇头叹息，说："诸君不听良言，悔之晚矣。更始帝、赵萌已有警觉，此计再不可施。"说完，挥手告辞引兵自去。

四王不听王匡劝告，仍欲施前计。申屠建说："比阳王已去，我们兵微势孤，如何是好？"

廖湛满不在乎地说："赵萌已引兵去新丰，刘玄有名无实。以我等之力，足以应付。"

张印摇头道："赵萌虽去，但宫内宫外俱为他的心腹，不可大意，一定要谨慎行事，保证万无一失，不然，我等恐有不测。"

随王胡殷倾听三人之言，起身说："今天的朝会上，御史大夫隗嚣敢逆昏君之意，为我等求情，说明他有接近我等之意，可引为我用，以策应内宫。"

张印点头说："不错，隗嚣久羁京师，早有归陇西之心，只是苦于没有机会。只要我们答应事成之后，帮他逃归天水，他一定愿为内应。"

四王议已定，当晚便悄悄去御史大夫府上拜会隗嚣。不料，守门的吏卒说："对不起，隗大人不在府中，请各位王爷明日再来拜访。"

廖湛一听，火冒三丈，大骂道："隗嚣算什么东西，也敢摆架子！"

门吏吓得连声赔罪："大人真的不在府上。王爷不信，请进府探问。"

张印、胡殷慌忙劝说廖湛："穰王何必动怒，也许隗嚣真的不在府上，咱们还是回去吧！"

廖湛只得罢休，四人失望，转身往回走。不料，刚走出十几步远，迎面一乘凉轿过来。廖湛眼尖，借着府门前的灯光，看清轿上之人正是隗嚣，高兴地叫道："看，隗嚣来了。"

张印等人一看，欣喜万分，四人大步迎上前去。凉轿上的隗嚣也看见了四王，忙命停轿迎上前来，抱腕施礼，问道："诸位王爷莫非从敝府出来？"

廖湛冷哼一声，说："听说大人不在，我们就没进府，正往回走呢。"

隗嚣忙赔笑道："真是失敬得很。下官刚刚有事外出，让诸位王爷白跑一趟。请问各位深夜造访，有何贵干？"

张印施礼，说："今日多亏大人求情，我等才被陛下免去罪过，所以过府拜谢。"

廖湛却没好气地说："隗大人，本王还要问问你深更半夜出府做什么事呢！"

隗嚣这方意识到自己问得唐突，慌忙赔罪说："穰王恕罪，下官失礼了。此处不是说话之处，请到府上细谈。"

四王跟随隗嚣进府，在客厅落座。等茶献上之后，隗嚣屏退左右侍从，低声说："各位王爷一定有大事与下官谋议。"

张印轻笑道："隗大人真是爽快人。本王也不必兜圈子了，请问上将军是否后悔来长安？"

隗嚣在陇西为上将军，可谓土皇帝，自来长安，被更始君臣羁留，仅封个有名无实的右将军，早已后悔不听方望之言。今见张印发问，不由得长长叹息一声，轻轻点头。

"上将军想重返陇西吗？"张印又追问一句说，"我等有一事想请上将军相助。如早能得将军一臂之力，助成大事。我部兵马可为将军让开一条逃归之路，以示感谢。"

隗嚣惊愕道："诸位王爷莫非还想劫持天子东归？"

张印等人惊讶不已，失声道："将军何以知之？"

"今日的朝会上，诸位劝天子弃长安东去，所以，下官猜测，诸王夜间造访，必为谋议前计。不瞒你们说，今晚下官去了宫中，为的就是劝说昏君避祸。可是，下官嘴皮磨破，痴迷尊位的昏君就是不听，看来，长安真的没救了。"

张印钦佩地说："将军料事如神，不愧为陇西豪杰，本王钦佩之至。"

廖湛不耐烦，直通通地问道："隗大人既然知道，就爽快点，到底愿不愿助我们一臂之力？"

隗嚣哈哈一笑，说："穰王真是爽快人，就凭你们开出的诱人条件，我能不答应嘛。不过，恐怕赵萌和昏君早有防备，不易成功。"

张印不悦，道："隗大人尽说泄气的话，凭我们五人之力还不能把一个有名无实的昏君劫走！"

隗嚣忙说："下官只是为了谨慎行事，既然诸位决心已定，下官是上定这条船了。"

于是，四王与隗嚣相议，决定由隗嚣入朝奏请更始帝出宫祭祀高祖，四王率兵劫持东归。

次日早朝，隗嚣上奏更始帝，言贼寇猖獗长安危困，请皇帝祭祀高庙，求列祖列宗保佑汉室天下，驱寇诛敌。刘玄正为形势危急而昼夜不安，当即准奏，命太常侍择定吉日，准备去高庙祭祀。

散朝之后，更始帝回宫，刚想躺在御榻上歇息，赵皇后突然走进来，愠怒道："陛下如此逍遥，难道不知灾祸将至吗？"

更始帝慌忙坐起，说："皇后何出此言？长安危困，朕已数日不得安寝，岂会不知亡国之危！"

赵皇后摇摇头："我说的不是外部之危，而是朝内的危险。"

更始帝吃了一惊，起身问道："难道朝中有人谋逆？"

"不错，淮阳王、穰王、平氏王、随王密谋，欲乘陛下祭祀高庙之际，劫持天子东归。还有御史大夫隗嚣，与四王串谋，共图叛逆。"

更始帝吓得变了脸色："皇后怎么知道的？"

赵皇后冷笑道："右大司马早就防着他们，派有耳目监视。"

"四王俱叛，京都无将，如何是好？"更始帝急得团团转。

赵皇后提醒道："右大司马临行前不是交代过陛下吗，何愁没人帮您对付四王？"

更始帝恍然大悟，慌忙传旨道："来呀，传执金吾邓晔、侍中刘能卿进宫！"

执金吾邓晔、侍中刘能卿俱为赵萌心腹，已从赵皇后那儿得到四王与隗嚣之谋，专等更始帝命。二人入宫，施礼之后，邓晔胸有成竹地说："臣已有应对之策。陛下可传旨召张卬等四王入宫议事，由刘侍中领甲兵埋伏在宫内，待四王进入宫门，可就地正法。臣则奉旨领兵围御史大夫府，缉拿叛臣隗嚣。"

更始帝始安，连称好计。邓晔、刘能卿依计而行，一个领兵包围隗嚣，一个引甲兵埋伏在宫内。

隗嚣一心只想着如何逃归天水，对张卬等人的计划能否成功并不关心。自从以告发叔父隗崔、隗义为代价，爬上御史大夫的高位，他就开始私蓄宾客死士，以备急用。今日早朝回府，他便命宾客死士做好厮杀的准备，寻机逃离长安。

一切准备妥当，众人正在耐心等待，忽然，府外传来嘈杂之声。一名门卒慌慌张张疾奔过来，老远就喊叫道："大事不好，大事不好……"

隗嚣大步走出，大声问道："怎么回事？"

门卒来不及跪倒，惶然道："回老爷，羽林军把府上包围了，声言要缉拿老爷。"

隗嚣知张卬等人之谋败露，忙命人紧闭府门拒敌。自己也披挂整齐，最后一搏。

御史大夫府外，执金吾邓晔率羽林军猛攻，无奈隗府院墙高大，府门牢固，加上隗嚣的宾客死士全力抵抗，羽林军一时竟攻不进去。

邓晔大怒，命羽林军抬来巨木，猛撞府门，眼见着厚重的桐木大门摇摇欲坠。忽然，一名小黄门飞奔而来，向邓晔叫道："邓将军，快、陛下命你回宫救驾！"

邓晔一惊："怎么回事？刘侍中没有得手？"

"是没完全得手。四王之中，申屠建先行被刘大人的甲兵杀死。三王生疑，转身奔出逃脱，如今正率兵抢劫东、西两市，恐怕马上就会进攻皇宫。请将军速去救驾。"

邓晔气得直跺脚："刘能卿真是没用。计策不成，恐招灭顶之祸。"不敢停留，忙命羽林军回宫救驾。

隗嚣正孤力难支，忽见邓晔引兵而去，忙率宾客纵马出府，直奔张卬所部驻守的东部门而去。行至西市，忽见张卬、廖湛正纵兵劫掠，隗嚣迎上，惊问道："两位王爷，难道事又不济？"

张卬咬牙骂道："昏君不知从哪儿听到风声，竟设伏兵谋害我等。幸亏我和穰王、随王多了个心眼，免遭毒手，可是平氏王却被昏君害死。反正豁出去，先抢些财物，再进宫杀昏君为平氏王报仇。"

隗嚣不听他啰唆，忙道："事不成功，但在下已经尽力。王爷答应的事总该兑现吧？"

张卬哈哈一笑："隗兄，何必非回天水呢！跟我们一起干吧，保你做一个草头王，如何？"

隗嚣摇头："人各有志，王爷请不要勉强在下！"

"天水有什么好。你我进宫共诛昏君，这长安城就是咱们的。"张卬仍不放过。

隗嚣恼怒："王爷莫非要失信于天下？"

张卬还想打哈哈，廖湛不耐烦地说："张兄何必强人所难。隗大人，平城门关守将是我旧部，我写一封书信可保你平安过关。"说完，命人取过纸笔，在马背上草书一封，交给隗嚣。

隗嚣大喜，双手接过书信，躬身致谢，率数十骑飞驰而去。

张卬望着隗嚣背影，埋怨廖湛道："隗嚣野心不小，你这是放虎归山哪。"

廖湛说："答应人家的事，难道反悔不成？快去进攻皇宫，迟了恐怕昏君要逃走。"

两人留下部分兵卒整理抢劫的财物，率大部兵马向皇宫扑来。

邓晔引兵回宫，迎见更始帝，更始帝啼泣道："三王反叛，京城危急，朕之安危，全仗邓卿了。"

邓晔安慰几句，叫来侍中刘能卿，来不及责备，吩咐道："三王兵马不久就要进攻皇宫，刘大人请随我率羽林军及宫廷侍卫把守宫门，抵御叛贼，保护陛下的安全。"

刘能卿遵命，忙带人去加固宫门，做好御敌的准备。

邓晔又向乱成一团的黄门、宫女命令道："快去准备车辆行装，万一守宫不住就保护陛下从后门逃走。"

刚刚布置完毕，宫外就传来人喊马嘶的声音，邓晔慌忙命侍卫、黄门护卫更始帝去后宫，自己则领羽林军防守宫门。

宫门外张卬、廖湛的声音在大叫："昏君，快滚出来饶尔狗命。若不然，攻进宫去，把你碎尸万段。"

骂了半天，里面毫无动静。张卬、廖湛的人马开始进攻，箭矢射在宫门上啪啪作响，兵卒则呼喊着架着梯子攀登宫墙。邓晔、刘能卿早有准备，命羽林军和宫中侍卫潜伏在宫墙下，待叛兵爬上墙头，即用箭射下。叛兵非死即伤，不敢再贸然上墙。

张卬大怒，一边命兵卒加紧进攻，一边命人搬来柴草，堆积宫门前，一声令下，柴草被点着，燃起熊熊大火。宫门被烧着，不消片刻，轰然倒地，叛军破门而入。羽林军、侍卫拥上去抵敌，双方在宫中厮杀起来。

邓晔料定皇宫必失，不敢恋战，慌忙拨转马头，向后宫冲去。更始帝与赵皇后等百余宫人已收拾好车辆行装，正准备逃走，更始帝见邓晔奔来，慌忙拉住不放，央求道："邓爱卿，朕全指望你了，快护驾逃走吧！"

邓晔沉着地说："陛下放心，只要臣有一口气在，叛贼休想伤着您。"忙命人打开后宫门，护着更始车驾落荒而逃。

暮夜沉沉，凉风习习，逃难的马蹄声在寂寥的旷野中传出多远。更始帝从车中探出头来，向护卫在车旁的邓晔问道："邓将军，这是去哪里？"

邓晔道："四王反叛，诸将皆不可信，陛下唯有去新丰，投奔右大司马。"

更始帝点头："眼下只有赵卿能救朕！"

天色微明，奔走一夜的更始帝君臣终于到了新丰赵萌大营。赵萌率军中将吏出迎，惊问其故。更始帝简略地把张卬等人反叛的经过说了一遍，哀叹道："三王反叛，长安尽失。汉室江山，唯仗赵卿。"

赵萌将更始帝迎入内帐，歇息片刻，屏退左右问道："陛下打算怎么办？"

更始帝说："京师总不能落在叛贼之手，爱卿速发兵长安，平灭叛逆，收复京城。"

赵萌为难地说："眼下赤眉贼众逼近，一旦回兵长安，新丰必然危急。"

更始帝哀叹道："顾不得这么多了，京城都丢了，还在乎新丰吗！"

"可是，新丰尚有比阳王王匡、襄邑王成丹、阴平王陈牧驻兵。三王得知张卬反叛，必有反叛之心，我若回兵，岂不腹背受敌？"

一提到王匡的名字，更始帝咬牙切齿道："王匡就是张卬反叛的主谋。朕当初不该饶他性命。如今他必有反叛之心，不如先下手为强，将他除去，免除后顾之忧，赵卿再发兵长安，平灭张卬。"

"还有陈牧、成丹，俱为王匡心腹，可一并除掉，免除后患。"赵萌亦咬牙切齿，与更始帝密谋起来。

驻守在新丰北大营的王匡尚不知长安张卬等人已反叛，闻听更始帝来到，还以为皇帝巡视，不以为意。但是，王匡却为眼前的困境忧愁，便与阴平王陈牧、襄邑王成丹相聚一处对坐哀叹。三人本为反莽而起的义军首领，对更始政权的存亡并不在意，却为以后的出路发愁。自立刘玄为帝，迁都长安之后，草莽出身的绿林将领渐渐失去农民军将领淳朴的本色，拥兵自重，暴掳地方，难以再形成合力，一旦更始政权被毁灭，势必被赤眉军或刘秀的兵马各个消灭。

前程黯然，三王正相对无计，忽然，军卒进来禀报说，天子使者到。

王匡、陈牧、成丹慌忙出迎。营门外，十几名校卒拥着一名黄门正等待焦急。内黄门见王匡三人出来，老远就喊道："比阳王、阴平王、襄邑王接旨！"

王匡、陈牧、成丹来不及施礼，忙跪倒在地，叩头说道："臣等听旨！"

"陛下口旨，命比阳王、阴平王、襄邑王前往右大司马营中，共议军事，不得有误！"黄门示完更始旨意，也不管三王同意不同意，自顾带领校卒而去。

陈牧冷哼一声说："陛下为什么不来咱们营中，非让咱们去赵萌那儿，分明不把咱们当回事。"

成丹也不满地说："就是嘛，天子巡视，也该到咱们营中看看，要不，将士们谁肯卖命？"

王匡轻笑道："右大司马的权势，谁人不知？咱们就别计较这些了，快去换上披挂，去见皇帝吧！"说着，起身去自己帐中。

陈牧却拉着成丹说："赵萌跟皇帝，本来就君不君、臣不臣，咱们还讲究什么，别换披挂了，就这行装去见天子，行！"

成丹也感到无所谓，两人不等王匡出来，便带着十几名亲兵奔赵萌营中驰去。王匡换好衣服，见陈牧、成丹已先行一步，便与几名亲兵乘马前去。

王匡军营距赵萌军营不过十几里地，骑马一会儿就到。王匡进了赵萌大营的营门，偶然回头，见营门关闭，心中生疑，忙勒住战马，侧耳细听，隐约听见赵萌营中传来厮杀声，顿时大惊，叫道："不好，快回去！"

亲兵们还不知道怎么回事，懵懵懂懂转辔回走。守营门的兵卒见他们想回去，突然亮出兵器上前拦截。王匡大怒，大叫道："昏君要谋害本王，谁敢阻拦？"纵马直冲，大刀一抡，砍倒几名兵卒，其余兵卒吓得往两旁一闪。王匡赶到营门前，奋起神力，大刀连劈带挑，把木制的营门推倒，十几骑飞驰而出，一口气逃回营去。

诸将士见比阳王大刀带血而回，无不惊讶。王匡长叹道："阴平王、襄邑王正遭赵萌和昏君毒手。"

将士们闻听，无不义愤，这时，探马来到禀报道："启禀大王，长安淮阳王张卬、穰王廖湛反叛，占据京师，天子出逃。"

王匡似有所悟："怪不得昏君和赵萌下此毒手，必是淮阳王之计不成，被逼反叛。事已至此，本王也只有与昏君血战到底了。诸将士，立即拔营还京与淮阳王合兵，共拒昏君。"

军令传下，将士们慌忙收拾行装启程，奔向长安。

王匡刚刚拔营而去，杀死陈牧、成丹的赵萌便率兵攻来。好险，若是迟了一步，必为赵萌所灭。

赵萌见王匡大军已去，便以更始帝的旨意收抚陈牧、成丹两营的兵马。随后兵发长安，向王匡、张卬发起进攻。

曾为反莽而起的绿林军开始内讧，孤城帝都处于战火之中，吏民逃离，宫殿焚毁，繁华热闹的京都之地顿成人间地狱。

萧王刘秀南行，大军进入鄗城。这时，前将军邓禹攻取河东和更始长安内乱的谍报传来，诸将再提称尊之事，大将军耿弇说："如今长安内乱，前将军大捷，正是攻灭长安的大好时机，可是，明公犹豫而不即尊位。将士疑惑，何以名正言顺攻伐长安？"

刘秀知众意难违，但一时又难以下定决心只得说道："我已答应称帝为尊，诸位请容我三思。"

"迟疑不决，恐失战机。"耿弇苦劝道。

刘秀推辞说："赤眉逼近，长安不久将灭，何须我劳师动众。"不等诸将再说话，慌忙抽身离去。

诸将多有怨言，但也无可奈何，大军驻扎鄗城，士卒议论称尊立帝，沸沸扬扬。

天近巳时，躲在内室苦思冥想的刘秀忽然听到门外传来军卒的禀报声："启禀大王，郭夫人从邯郸而来，已到营外。"

刘秀一听不是诸将苦谏之事，方才放心。但夫人郭圣通已身怀六甲，不在邯郸待产跑来鄗城干什么。他心里有些埋怨郭圣通，但还是走出内室，向军卒命道："快请夫人大厅相见！"

军卒出去老半天，才引着郭圣通及其兄郭况进来。刘秀迎出客厅门外，郭况走在前面，忙向妹夫施礼，说："见过大王！"

刘秀拉起郭况的手，亲切地说："想必是郭兄一路护送夫人，我可要多谢了。"

郭况谦恭地说："大王言重了，护送贤妹乃我分内之事。"

刘秀命人带郭况下去歇息，独领郭圣通进入内室，望着夫人高高隆起的肚腹，责怪说："夫人不在邯郸安心待产，来军中干什么，这一路颠簸，万一有个闪失，岂不害了我的骨肉！"

郭圣通好不容易来到，丈夫不出营迎接，她本已生气，闻听刘秀之言，委屈的泪水顿时奔涌而出，愤恨地说："你只知道心疼肚中的骨肉，难道就没有想过妾身吗？夫君北逐贼寇，妾身人在邯郸，心在军中，无时无刻不为你胜败安危担心。你得胜南归，我高兴万分。又闻听夫君欲在河北称尊，所以请兄长护送前来。"

刘秀自知无理，忙劝慰几句，问道："夫人也听到称尊的风声？"

郭圣通怨气稍解，说："河北到处传言萧王欲称尊，我在邯郸怎么会听不到风声？你可知，我即将临盆，所以前来，就是想让你亲眼看到龙子的降临。"

刘秀喜出望外，忙扶夫人在软榻上坐下，用手轻轻摸着那高隆的肚腹，欢喜地说："我刘文叔真的有后了，将来可承继大业，光大汉室。"

郭圣通也被他的情绪感染，兴奋地说道："夫君为何迟迟不肯称尊，难道还有所顾忌？"

刘秀叹道："诸将虽然屡谏，但帝王有命，我不敢妄自称尊。"

郭圣通还想细问，但刘秀似乎有意回避，问起夫人在邯郸的情况。夫妻私语良久，刘秀命人安排夫人歇息，加派女佣伺候。

送走了郭夫人，刘秀半躺在床榻冥思，不觉神思困倦，朦胧中身体飘荡，飞入天庭，低首俯视时，但见下面是波涛汹涌的江海，顿时骇然，正不知所措，忽听身后一个爽朗的声音说道："刘文叔，你体味到君临四海的感觉了吗？"

刘秀回头，惊讶地发现不知何时飘来一位白髯飘飘、身披鹤氅的老者，忙深施一礼，问道："老人家是何方高人，怎么认识在下？"

老者哈哈一笑："我乃火德真君是也，前世乃是你先祖刘邦。"

刘秀又惊又喜，慌忙行跪拜大礼："原来是皇祖驾到，晚辈有眼无珠。"

火德真君摇首说："不必如此，二百多年前，我是你先祖，如今位列仙班，与你刘氏无干。"

刘秀愕然，但依然恭敬地说："仙长有何指教？"

火德真君说："当年你高祖刘邦许诺蟒神平地（帝）还命，所以汉室中断。如今诺言兑现，蟒神归位，汉皇复兴，你当受命，承继汉祚。"

刘秀欣喜不已，却又担忧地说："如今长安刘圣公乃帝皇之胄，可承汉运，仙长缘何让我继承？"

"非也，刘圣公乃绿林草莽所立，不是天命所归，圣公驱莽，文叔承汉，此为天道。你要好自为之。"火德真君说完，飘然逃去。

"仙长且慢！"刘秀还想仔细询问，忽觉身体往下跌落，骇然大惊，一声大呼，翻身坐起，却是南柯一梦。

"天命所归？可是上天为什么不显谶符于天下？"他精神振奋，自言自语道。

诸将见刘秀闭门不出，托辞即尊位，皆有怨言，议论纷纷。这时，孟津将军冯异来到，耿弇等围住冯异，欣喜道："孟津将军来得正是时候，萧王不肯即尊位，我等正无计可施，就看你的了。"

冯异笑道："诸位莫急。萧王众望所归，帝室之胄，当受天命。请与我共入劝谏，不愁大王不答应。"

诸将精神振奋，便跟随冯异来到刘秀卧室门外，跪地齐呼："请大王升帐，我等有要事启禀。"

刘秀闻听，只得开门，看见冯异跪在最前面，不悦地说："孟津将军私离军地，倘若河内有失，我一定按军法从事。"

冯异辩解道："大王放心，军中事务属下已安排妥当，河内有子翼镇守，万无一失。何况，属下前来，虽然没有大王之命，却是诸将所请。大王若要治罪，需先治诸将之罪。"

耿纯代表诸将进言说："不错，正是我等请来孟津将军，共同劝谏大王。大王若要治罪，我等甘愿受罪。"

刘秀扫视诸将，但见人人脸上都有不满之色，不敢责怪，只得道："诸位请起，我马上升帐。"

鄗城衙署门外，鼙鼓擂响三声，萧王升帐，诸将披挂整齐，鱼贯而入，排列两侧。刘秀在正中龙虎堂前端坐。

孟津将军冯异上前禀命："长安内乱，三王反叛，更始必败，汉室危殆。欲保高祖帝室宗祠，唯仗大王。大王宜从众议，上为社稷，下为百姓。"

刘秀想起梦中情景，悠悠道："诸将屡有所请，我何尝不知众意。但是我常做噩梦，至今尚觉心悸，恐帝位不易居。"

冯异道："天命所归，大王所以心动。醒后心悸，是大王行为慎重，欲治天下的征兆。"

刘秀仍疑虑说："天命所归，可是天命何在？上天无谶符降示，我岂敢窃居天命？"

冯异与诸将愕然，方知刘秀辞不就位的顾虑所在。是啊，上天没有符命降下，一向行为谨慎的萧王岂敢居尊？可是，上天的符命到哪儿去找。大家面面相觑，无言以对。

这时，一名裨将趋步而进，向刘秀施礼道："启禀大王，有一位名叫强华的儒生，自称是大王的故人，特地从关中前来，求见大王。"

刘秀闻听，惊喜道："强华，我在长安游学时的同窗，共寝一榻。诸将请随我出迎。"

诸将一听，都有不满之意。一个儒生有多少才能，竟劳萧王亲自出迎。但见刘秀已起身出迎，只好尾随而出。

刘秀步出门外，见门口站着一个白袍高冠的儒生，果然是强华。他疾步上前，抱腕施礼道："果然是旧日同窗到了。强贤弟，还记得当年共追秦罗敷吗？"

强华脸上一红，想不到位至萧王之尊的刘秀还是那么风趣近人，便腼腆笑道："小弟时运不济，秦姑娘没追到，落魄长安。不如刘兄如今众望所归，当主天下。"

刘秀道："旧事不提也罢，请入大帐细谈。"

强华跟随进了大帐，与诸将相见落座。寒暄数语，刘秀询问来意。强华道：

"强某得一谶符，特地自关中赶来，献于大王。"

说着，从怀中掏出一个金黄帛轴，起身离座双手呈上。刘秀接过，见帛轴上写着"赤伏符"三个大字，心中惊异。展开细看，但见篆文书曰：刘秀发兵捕不道，四夷云集龙斗野，四七之际火为主。

刘秀惊讶地向强华道："此物从何而来，文中何意？"

强华正容答道："此物乃谶纬名家相传，辗转至某手。汉尚火德，赤为火色，伏有藏意，故曰《赤伏符》。自高祖斩白蛇起兵，至今计二百余年，正与四七相合。四七之际火为主，火德复兴。中兴之主，当为大王，请大王勿疑，早即尊位，以定人心。"

刘秀笑道："此言可信？强华为诸将做说客罢了！"

强华跪地拜道："谶文相传，天命所归，强华岂敢编造！新莽时，王莽国师公刘歆就得此谶文，还依据谶文改名刘秀，在王莽将灭时，阴谋发动政变夺取帝位。但被王莽识破，威逼自杀。"

将军邓晨也插言说："当年在新野，我与大王共赴穰人蔡少公府宴。精通谶纬的蔡少公也谈及此谶文，并言刘秀当为天子。大王当时应声说：'说不定就是我呢！'如今看来，天命所归，果然是大王无疑，请大王不要再犹豫了。"

刘秀沉思不应，冯异与诸将乘机上表，表曰：受命之符，人应为大，万里合信，不议同情，周之白鱼，曷足比焉？今上无天子，海内淆乱，符瑞之应，昭然著闻，宜答天神，以塞群望。

刘秀阅罢表文，肃然而立，感喟道："孔子曰，'畏惧天命，畏惧大人，畏惧圣人之言。'天命如此，我不敢婉拒。择日受命，以谢上天！"

"万岁！"诸将见萧王依议，欢呼雀跃。

强华却上前，说："天命已致大王，强华该告辞了。"

刘秀执意挽留，说："我将受天命，欲治理天下，正需贤弟相助，请留军中。"

强华辞谢说："大王知道我习学谶纬之术，于治国理政一窍不通，留之无益，不如省去一份俸禄。"

刘秀与诸将闻听，无不肃然起敬。强华千里奔来，竟是不为富贵。谶纬家如此，真是难能可贵。挽留不住，强华告辞而去。

更始三年（公元25年）六月初六，天清气爽，风和日丽，鄗城南千秋亭下筑起了六丈高的坛场。坛场垒叠三层，在五棵古柏的掩映下，巍然耸立。

坛场周围，旌旗飘飘，汉军将士排列整齐，盔甲鲜明，戈矛如林，肃然等待一个庄严时刻的到来。吉时已到，有司朗声高呼："恭请萧王登坛受命！"

钟鼓鸣响，黄门吹奏起庄严的乐曲，同时，火把点燃，浓烟滚滚而起。斧钺仪仗开道，羽林军殿后，刘秀头戴帝冕，身着龙袍，乘坐敞篷御车，由诸将拥戴着来到千秋亭下。然后，下御车缓步登上坛场的顶层，面色庄重，威然站立在绣着斗大的"汉"字的红色大纛旗下。

登基大典开始，在庄严的乐曲中，随着有司高呼，刘秀上祭苍天，焚香叩头，祭水、火、雷、风、山、泽六宗，望祭诸神。有司高声宣读祝文：皇天上帝，后土神祇，眷顾隆命，属秀黎元，为人父母，秀不敢当。群下百辟，不谋同辞，咸曰："王莽篡位，秀发愤兴兵，破王寻、王邑于昆阳，诛王郎、铜马于河北，平定天下，海内蒙恩。上当天地之心，下为元元所归。"谶记曰："刘秀发兵捕不道，卯金修德为天子。"秀获固辞，至于再，至于三。群下金曰："皇天大命，不可稽留，敢不敬承。"

祭祀礼毕，刘秀在御座上端坐。南面称尊，接受诸将朝贺。改元建武，宣布大赦天下，改鄗城为高城。

鄗城一时成为历史的亮点，被称为汉室中兴之君的光武帝刘秀从这里登上帝位，名正言顺地与更始帝展开争夺天下的战争。

登基大典结束，光武帝刘秀从千秋亭回城中，还没来得及换下帝冕龙袍，只见一名侍女跑过来，未及施礼，便喜洋洋地道："禀大王，啊，不，禀陛下，夫人生了。"

光武帝没明白过来："生了什么？"

"当然是龙子喽！"

光武帝惊喜道："夫人真的生了，我有儿子啦！"来不及重新系好龙袍，便大步奔出门外。

侍女奔跑带路，刚到郭夫人居室门外，就听见婴儿洪亮的啼哭声。光武帝兴奋得心都快跳出来了，三步并作两步，径直来到内帐，急不可待地问："孩子在哪儿？"

侍女引领他进了产房。郭夫人刚刚顺利地生下一个健壮的男孩，脸色苍白，疲惫地躺在床榻上。床头前，新生儿踢蹬着小腿，在"哇哇"啼哭。

光武帝看见婴儿，来不及安慰郭夫人，便上前抱起婴儿，乐呵呵地笑道："好乖乖，莫哭，你是我的儿子，刘文叔的儿子！"

婴儿哭声竟戛然而止，一对黑豆似的眼睛盯着父亲看，好像父子认识多年似的。

接生婆上前磕头道："陛下登极之时，喜得龙子，真是双喜临门啊！"

众侍女也齐声说："恭喜陛下，贺喜陛下！"

光武帝心花怒放，一改往日节俭的作风，爽朗地说："都起来，每人赏银二十两。"

众人喜得连连谢恩。光武帝抱着儿子亲个没够，短粗的胡子扎得孩子又啼哭起来。郭圣通嗔怪说："看你，把孩子吓坏了，快交给奶妈吧！"

光武帝这才罢休，把婴儿交给刚刚找来的奶妈，叮嘱小心喂养。奶妈诺诺连声，接过孩子。

光武帝转过身来，拉着郭夫人的手，感激地说："夫人为我生下龙子，大功一件。"

郭圣通嗔怒道："原来陛下只在意龙子，全不怜惜臣妾。"

光武帝方知失言，忙向夫人告罪："是我之过，夫人受苦了。"

郭圣通转怒为笑，挣扎着欲起身："陛下今日登基称尊，臣妾理当拜贺，行君臣大礼。"

光武帝慌忙阻止道："快躺下，夫人生下龙子就是最好的贺礼，我该向你拜谢才是。"

郭圣通刚刚生产，虚弱的身子如何起得来，只得躺下，因见刘秀身上的龙袍，笑道："夫君如今已是汉室天子，该称朕才是。"

"对，该称朕，朕还不习惯呢。不过，此为内室，不必拘礼。"

郭圣通又道："陛下刚刚即位，诸事待举，一定很忙，难得来看望臣妾母子。臣妾无所求，只请陛下给孩子取个名字吧！"

"对，应该取个名字了。"光武帝略一思索脱口而出，说，"朕就取'强'字，名刘强，夫人以为如何？"

郭圣通娇笑道："'强'何意？不仅仅是希望孩子长大强壮吧！"

"当然不是，不仅祝愿他生来强壮，还有更深的意义。自昭帝以来，宗室积弱，宦官、外戚专权，才有王莽篡汉自立的结果。强儿为朕之子，将来若承继大统，一定要振兴汉室才行。"

郭圣通闻听，美目放光，欣喜道："陛下要强儿将来承继大统吗？"

光武帝望见她迫切而兴奋目光，恍然一惊，自觉失言。自己才三十一岁，以后一定有很多的妃嫔，还会有龙子降生，孰优孰劣，可当大任，如今还言之过早。尤其是阴丽华，真心相爱，新婚不久即诀别至今，那份牵肠挂肚的爱，是对其他女人所没有的。也许将来阴丽华也会生下龙子，他该如何面对呢？

郭圣通见刘秀沉默不语，明白他在想着远在南阳的阴丽华，心里不快，但还是含笑道："陛下不必为难，臣妾不会认真。不过，臣妾劝陛下以后不要随便许诺他人。天子金口玉言，不可更改。"

光武帝听出讥讽之意，淡然一笑道："朕虽然即位，但海内汹乱，天下未定，一切还言之过早。军中要务繁多，朕要回去了，夫人多保重！"

"臣妾恭送陛下！"郭圣通话没说完，发现光武帝已走出门外。

新君登极，喜得龙子，双喜临门。汉军营中，喜气洋洋，诸将奔走相贺。但是，大家最关注的还是光武帝如何设置官爵，尤其是大司马、大司空、大司徒三公之职。虽然没有人明说，但人人都在度才量德。

光武帝登基，政治影响迅速扩大。驻守颍川的更始平狄将军孙成率部五万前来归降，孙成为汉室旧臣之后，因不满王莽而家道中落，孙成于是聚兵反莽，屡败莽军，后归降更始帝，因见长安必败，光武登基，所以归降高城。

光武帝召见孙成，问起治国用兵之道。孙成熟读兵法，通晓治国之道，应答起来，侃侃而谈。光武帝觉得是个人才，遂有以孙成为大司马之意。

消息传出，诸将交头接耳，私议纷纷，都不服气。尤其渔阳、上谷将领，自恃有功，时有怨愤之言。

冯异暗暗吃惊，独自入见光武帝，问道："臣听说陛下欲以平狄将军孙成为大司马，真有其事吗？"

光武帝答道："平狄将军有治国统兵之才，朕确有此意，孟津将军，有何不妥吗？"

"陛下一向知人善任，臣深为钦佩。但平狄将军刚刚归降，无尺寸之功，若委以大司马重任，恐诸将不服。"

光武帝笑道："朕也想到这一点了。孟津将军听到什么了？"

冯异直言说："将士们得知陛下之意，皆不服气，时有怨愤之言。"

光武帝不悦，说："朕为天子，难道不可以委任臣下？"

冯异直言劝谏道："不然。诸将一心跟随陛下，为辅助汉室屡立战功，陛下宜加以笼络，以服众心。若为大司马之职而使众心离散，实为不智。"

光武帝点点头说："你以为，诸将之中，谁可为大司马？"

冯异笑道："陛下尚难决断，何况为臣？臣以为陛下可以下诏，令群臣举可为大司马之人，以示公正，安抚众心。"

光武帝采纳冯异之言，当即下诏。他原想以孙成为大司马，固然是因孙成有才，但还有一个目的，就是借孙成之才，平抑北州诸将的权势。开国之君，虑事在先，只是不得如意。

群臣上表，所举唯有吴汉与景丹，这两位都是北州猛将。吴汉为渔阳突骑主将，景丹为上谷主将。两人平王郎，击铜马，荡河北，可谓战功赫赫。光武帝也想过这两个人选，但总觉得他们打仗还行，若论治国理政，则不敢恭维。尤其吴汉，性情暴烈，所部兵马军纪不严，时有侵暴吏民的事情发生。但群臣一致推举，皇帝也不便再说什么，刘秀升朝，当众宣布说："吴将军自发渔阳兵，建大策之勋，又有诛苗曾、平谢躬之功。而景将军为北州猛将，功劳亦大。旧制骠骑将军官与大司马相同，今以吴汉为大司马，王梁为大司空，邓禹为大司徒，景丹为骠骑大将军，耿弇为建威大将军，盖延为虎牙大将军，朱祐为建义大将军，杜茂为大将军。"其余诸将、吏士皆赐官位。群臣山呼万岁，齐声拜谢。

邓禹远在长安战场，无法受封。光武帝派遣奉车都尉持节捧诏，前往邓禹军营，宣诏册封：制诏前将军邓禹，深执忠孝，与朕谋谟帷幄，决胜千里。孔子曰："自吾有回，门人日亲。"斩将破军，平定山西，功效尤著。百姓不亲，五品不训。汝作司徒，敬敷五教，五教在宽。今遣奉车都尉授印绶，封为赞侯，食邑万户。敬之哉！

邓禹接诏，面向高城，口呼"万岁"，拜谢皇恩，受大司徒之职。

光武帝登极，封赏群臣。东汉政权建立，但四海纷乱，统一天下还要有一段艰难的路程。群臣上表，以为高城偏僻，非久留之地，帝驾宜南行，以利征伐。光武帝允准，于是大军起程南去。

行至怀地，途中歇息，时值初秋，天气炎热。阴凉的树荫下，光武帝召集吴汉、冯异、耿弇等主要将领围坐在地图旁，共议军情。冯异分析天下形势说："陛下虽即尊位，但仅拥有河北、河内之地。天下纷乱，愈演愈甚。公孙述逆天而行，妄称天子；梁王刘永也有称帝的野心，频频与东海王董宪、齐地枭雄张步来往。隗嚣逃归天水，割据陇西；窦融则招集酒泉、金城、敦煌、武威、张掖五郡太守，于河西拥兵自守；安定三水的卢芳不但广结豪杰，还与北地匈奴来往频繁。与我军相距最近是洛阳和长安之敌，即更始军与赤眉军，我军的主要战略方向是争夺关中。"

光武帝点头说："冯将军言之有理，我军下一步的行动是全力争夺关中。拥有关中，才是天下之本。目前，长安内乱，赤眉西逼，更始必败，我们的主要敌手将会是数百万赤眉军。诸卿都知道，赤眉军本是反莽的义军，但王莽已灭，这支人马就沦落为危及汉室、动乱天下的祸患，不除之，汉室复兴只是一句空话。但是赤眉军众至百万，势力强大，非铜马、大肜等贼寇可比。对付它不但要有强大的武力做后盾，更要靠正确战略战术。论兵力，我军不多赤眉，所以，打起仗要多用脑筋。"

光武帝侃侃而谈，又道："长安，赤眉军志在必得。我军为避其锋芒，可暂不与之争。但邓禹军必须进入夏阳，逼近长安，作出进攻的姿态，以牵制进入长安的赤眉军。而我军进攻的重点是这里。"

光武帝的龙拳重重落在画着红圈的"洛阳"二字，目光炯炯地说："占据洛阳，切断赤眉军出关的道路，使其势力得不到蔓延，是最终消灭这支劲敌的关键。而且，还可以弹压关东，威逼河东。更始迁都长安，使东方局面难以控制，帝命不得出关，前车之辙，不可不慎。"

冯异、吴汉、耿弇等将闻听，无不钦佩光武帝虑事周详，谋略过人，齐声叹道："陛下圣明，臣等不及，愿唯命是从。"

光武帝接过侍从递过的绢帕，擦干额上的汗水，谦逊地一笑，说："但具体的战略实施还需诸将的努力，甚至一场小小的战斗，都要机动灵活，将士们才是最了不起的英雄。"

计议已定，光武帝分遣诸将，命突骑将军王丰率两万突骑悄悄潜至河东，增援邓禹；令建威大将军耿弇率强弩将军陈俊驻防五津社，防备荥阳以东之敌，扼守要塞，阻挡更始帝可能援助洛阳的援军；使大司马吴汉率建义大将军朱祐、廷尉岑彭、执金吾贾复、扬化将军坚镡、右将军万修、骁骑将军刘植、积射将军侯进以及冯异、祭遵、王霸等十一位将军围攻洛阳的朱鲔。

分派已毕，诸将秉命，各自引兵而去。光武帝在怀地祭祀社稷高祖，然后，引军南行，向河阳进发。一路上，汉军军威严整，秋毫无犯，吏民箪食壶浆相迎，争看新天子的风采。

光武帝即位，统帅又被拜为大司徒，占取河东的邓禹军上下振奋，将士们欢喜不已。这时，王丰率两万突骑精兵悄然增援。邓禹迎王丰进入内帐，高兴地说："有突骑精兵相助，我军如虎添翼！"

邓禹即命全军饱餐之后，渡过汾阴河，向西进入夏阳，将近衙县，忽有探马驰报："禀将军，前方三十里处发现大批长安兵马，正向我军扑来。"

邓禹勒马问道："大概有多少兵马？主将是谁？"

"约有十余万，主将为中郎将左辅都尉公乘歙，其中还有左冯翊的兵马。"

邓禹沉思道："我军不过八万之众，如果力敌，即便获胜，也会伤了元气，不如避其锋芒，伺机进攻。"

王丰不以为然，笑道："兵不在众，而在于精，有我突骑精兵，何忧区区十万之敌。大司徒大可放心进攻，到时候，我突骑突然杀出，准保让来敌魂飞魄散。"

邓禹大喜，依王丰之言，传令疾进，迎战公乘歙。汉军锐气正旺，闻命争相向前，推进十几里地，果然与公乘歙军相遇。两军短兵相搏，厮杀一个多时辰，不见胜负。这时，汉军阵中突然鼙鼓擂响，埋伏在中军阵中的两万突骑突然杀出，在公乘歙军中横冲直撞，马踏刀砍，锐不可当。顷刻间，长安兵马伤之遍地，其余惊恐变色，仓皇后退。公乘歙呼喝不住，被败军裹挟着向后退。邓禹乘势挥师追杀，长安兵马或逃或降，顽抗者战死。邓禹一口气追杀五十里，占有了夏阳，直逼长安。

洛阳战场上，大司马吴汉会合原冯异与寇恂的河内兵马，十一名骁勇将军把洛阳团团围住，轮番攻打。寇恂则留在河内，专心致志为夏阳、河阳、洛阳三处军马筹集军粮辎重，确保后勤供应。

驻守洛阳的朱鲔见光武帝集中兵力进攻，自知不敌，不敢出战，只命将士据城死守，一边派出使者，向长安告急。

中原大地，群雄逐鹿，两个战场——洛阳、长安，三种力量——赤眉军、光武帝军、更始帝军，三个皇帝——刘盆子、刘秀、刘玄。

夏阳、洛阳的告急谍报如雪片飞到长安城外更始帝的行宫。刘玄正与赵萌全力进攻据守长安的王匡、张卬等叛将。无奈，王匡、张卬合兵，凭借坚固的城池，居高临下，一次又一次打退右大司马赵萌的进攻。更始帝心急如焚，看完告急文书更是焦头烂额，赶紧把赵萌从前线召集来，将告急文书送到他面前，着急地说："夏阳已失，洛阳告急，朕在坚城之下，进退无路，如何是好？"

赵萌也是急得火烧眉毛似的，但是，他已经尽力而为了，面对危急的形势，他也无回天之力了，只得叹息道："事已至此，臣也无能为力了！"

更始帝大失所望，但也不忍心再责怪赵萌，沉思半响，方道："赤眉势大，刘秀强盛，朕无力驱敌，眼下唯有赶走王匡、张卬两个叛贼，重回长安城中，凭借坚固的城池，尚可抵敌一时，朕以为召回掫城的丞相李松，共攻长安，必能成功。"

赵萌吃惊地道："新丰空虚，如果再召回掫城的驻军，长安门户大开，赤眉势必乘虚而入……"

"顾不得这么多了。"更始帝沮丧地说，"长安夺不回来，守住门户又有何益？王匡、张卬两个叛贼，毁我社稷！"

赵萌想想也对，只得点头道："请陛下拟旨，臣即刻派人去掫城调兵。"

使者驰往掫城，宣示更始帝诏旨。驻守掫城的李松只得兵发长安，与赵萌一同进攻王匡、张卬。王匡、张卬因赵萌屡败轻敌，引军出战，双方展开一场厮杀。李松督兵切断王匡、张卬回城之道路，赵萌则率兵攻城。王匡、张卬抵敌不住，大败而逃。长安城中叛军见主将败逃，军心离散，无心抵抗，开城迎接赵萌的兵马。

更始帝终于回到长安。前后不过两个月，帝都因战乱满目疮痍，惨不忍睹。未央宫被张卬叛军火焚，残缺不全。刘玄与赵皇后看见往日寻欢作乐的地方竟变成如此惨状，悲泣一阵只好迁徙长信宫居住。

与失魂落魄、焦头烂额、忙于内讧、忙于火并的更始帝相反，即位不久的光武帝刘秀却在诏谕远近，求访贤才。

汉宗室刘茂，自称厌新将军（当然是不满王莽新朝的人），曾在河南郡的宗、密两县之间聚兵抗击过王郎，攻下颍川、汝南，拥兵十余万人。他闻听光武帝登大位，领兵前来归降。

光武帝进驻河阳，在行宫召见刘茂，刘茂拜贺称臣。光武帝封其为中山王，褒奖忠义后，询问道："朕听说前高密县令卓茂爱民如子，颇有政声，刘卿久在密县，必知细情，请具告朕。"

刘茂闻听，满面惊喜，说："陛下也听说卓茂之名？卓茂，字子康，南阳宛人。元帝时游学长安，以儒学举为侍郎给事黄门，迁为高密县令，为政期间，教化大行，路不拾遗。王莽执政时，升卓茂为京都丞，调往京都，高密县老少皆涕泣相送。王莽居摄，卓茂看出奸臣窃命，便以病求归，不愿做篡权者的官吏。更始帝曾以卓茂为侍中祭酒。卓茂知其政化，以年老乞归故里。"

光武帝闻听，感叹道："卓茂，真千古义士。如果天下吏士都像他这样，奸臣何能窃命，汉室何以不兴。刘卿既知卓茂，朕就遣你为使，奉诏礼聘，公车征召卓茂来河阳，以便朕随时请教。"

刘茂深为感动："陛下思贤若渴，臣敢不效力。"

光武帝亲笔作诏，曰：前密令卓茂，束身自修，执节淳固，诚能为人所不能为。夫名冠天下，当受天下重赏，故武王诛纣，封比干之墓，表商容之间。今以茂为太傅，封褒德侯，食邑二千户，赐几杖车马，衣一袭，絮五百斤。

刘茂奉诏前往，数日返还，引白发飘飘的卓茂来河阳谒见。光武帝刘秀下殿相迎，执手赐座，谦恭地说："老人家乃儒学之士，为政历年，百姓拥戴，朕初临天下，不知所以，很多事都要仰仗您。"

卓茂拈须笑道："陛下经营河北，颇得人望，吏士归心，可见是有为之君，老朽自然乐于效命。无奈年逾七十，失眠健忘，难以治事，心有余而力不足。不过，老朽有一言劝谏陛下。"

光武帝有些失望，但还是急切地问道："老人家有何金玉良言，朕洗耳恭听。"

"马上得天下，但不能马上治天下。治理天下需用儒士，倡导儒学。教化大行，天下太平。今陛下称尊，但天下纷乱，尚未一统。陛下可在统一天下时，亦征伐，亦施政。攻取之地施仁政，倡儒学，怀附人心。一条宽柔的政策有时胜过十万雄兵，会有力地推进统一天下的进程。"

光武帝闻听，龙颜大悦，感叹道："果真是金玉良言，朕一定依言而行，多谢老人家指教。"

卓茂谦恭地施礼告辞，光武帝不便强留，当即厚赐金银财物，命人护送卓茂回乡，颐养天年。

与卓茂同县的孔休、陈留郡的蔡勋、安众县的刘宣、楚国的龚胜、上党郡的鲍宣，六人同心，不仕新莽，名重当时，光武帝封卓茂为太傅之后，即赐谷旌表孔休、蔡勋的子孙，刘宣袭封安众侯爵位，升迁龚胜之子龚赐为上谷太守，重鲍宣。

光武帝听从卓茂之言，一边指挥夏阳、洛阳的战争，一边颁诏大赦天下，施行宽柔之政招贤用才。他甚至对当时地位最为低的奴婢也颁布了一条诏令，诏曰：天地之性人为贵。杀其奴婢，不得减罪。这是前代帝王都没做到的。仅此诏令，足以慰暖人心。尽管只能在光武帝的辖区内实行，而且实施的程度也极有限，但光武帝的政治影响力迅速扩大，将士吏民凝聚在自己周围。

大司马吴汉率大兵围洛阳，大司徒邓禹屯兵夏阳，光武帝驻军河阳，三处兵马需要大批军粮。这一切军需供应均由河内所出，河内太守寇恂多方筹集，统筹安排，以辇车骊驾运输，军粮源源不断地送至各军，保证了后勤的供应，有力地支持了战争的顺利进行。光武帝深知寇恂之功，数次策书劳问，以萧何比寇恂，倍加褒奖。

忽一日，寇恂上表，言身体多病，不能料理太守事，请求辞去河内太守之职。光武帝吃了一惊。洛阳、夏阳正在激战，万一军粮出了差错，岂不误了军机大事！当即策书慰问，并遣御医携良药去河内为寇恂治病。但不久，寇恂又上表，言病体如故，坚持辞去太守职务。

光武帝放心不下，只好放下手上的公务，移驾河内，亲自探视寇恂。寇恂没想到天子亲临，慌忙率侄儿寇张、外甥谷崇等吏士出城迎驾。光武帝见寇恂红光满面，全无病态，心中释然，一进衙署，便传来御医，怒斥道："尔等身为御医，精通医道，竟不能治寇卿心病，留之何用？来呀，给朕推出去斩首，以儆天下庸医。"

御医想不到祸从天降，吓得脸色煞白，"扑通"跪倒，连连求饶道："陛下饶命，臣冤枉啊！"

"你有何冤？"

"臣为寇大人诊治，没发现大人有异常病情，何以诊治！"

光武帝轻笑说："寇卿多言不适，你却说没病，难道寇卿故意装病不成？杀！"

两边的羽林军不由分说，拖起御医就往外走，御医大呼求饶。

刚到门外，寇恂就忍不住了，上前道："陛下刀下留人。臣病体已愈，御医有功无罪。"

光武帝转怒为笑，传命赦免御医，问寇恂说："寇卿既已病愈，自然可以料理太守之事！"

寇恂跪地不起："诸将皆在前线立功，独臣在河内，做些烦琐之事，因而郁闷成疾。臣请从军征战，请陛下恩准！"

"不可！"光武帝断然拒绝，语重心长地说，"河内要郡，为各路军马的总后方，非寇卿无人能担此重任。供应军需，怎可说是烦琐之事？寇卿不能离开河内，河内需要寇卿。"

寇恂坚辞固请，说："陛下若不答应，臣就永远跪地不起！"

光武帝就是不允，极有耐心地说："朕不问国事，不吃不喝，在此陪你，如何？"

寇恂不敢坚持，只得退让，说："陛下不允臣从征，请让寇张、谷崇随驾从征，以遂臣愿。"

光武帝笑道："子翼之心，朕自知之，寇张、谷崇听旨！"

寇张、谷崇不知所措，慌忙跪拜道："小民在！"

"朕封你二人为偏将军，即日率突骑精兵从征。"

寇张、谷崇年轻勇武，曾在温邑之战中大败朱鲔部将贾强。闻听帝命，无不欢喜，慌忙磕头谢恩。

光武帝对寇恂笑道："只要寇卿留任河内，有什么要求，朕无不答应。"

寇恂感动不已，涕泣谢罪说："臣罪该万死！愿以死效命！"

光武帝亲手相扶，亲切地说："朕不希望你以死效命，朕要你以智效命。非君之智，何能御河内。"

光武帝回銮，寇恂恭送出城，反复叮嘱寇张、谷崇要杀敌报国，报效君恩。一路上，寇张、谷崇伴驾左右。光武帝相待友善，亲切询问河内的政情、民情。寇张心直口快，向光武帝说道："陛下可知寇大人为何坚辞固请吗？"

光武帝故作不知，问道："为什么？"

"太守府门生董崇为太守亲信，他劝谏太守说：'陛下新即位，四方未定。而君侯此时占据大都，内得人心，外破苏茂，威震邻敌，功名卓著。但功名卓著之日，也是奸人侧目怨祸之时。从前萧酂侯守关中，鲍生进言，说高祖暴衣露盖，论酂侯之功，有疑忌之心。劝萧酂侯遣子孙昆弟善战者从征。萧何感悟其言，高祖龙心大悦。今陛下喻太守为萧何，而太守所用将领都是宗族昆弟。太守当以前人为镜戒。'太守以为有理，遂有称病固辞之请。"

光武帝叹道："古来功臣权大易遭疑忌，寇卿之心，朕早知之，所以亲临河内，释其疑虑。二位只管用心杀敌，朕绝不会冷了忠臣之心。"

寇张、谷崇深受感动，纷纷表示愿以死效命，报天子知遇之恩。

有寇恂坐镇河内，保障军需供应。光武帝无后顾之忧，督令吴汉率十一位将军日夜围攻洛阳。朱鲔凭借城池坚固，粮草充足，拼死拒守。洛阳杀声阵阵，烟尘滚滚。城外的杀不进去，城里的不敢出战，双方胶着状地对峙着。

长安，徙居长信宫的更始帝面对赤眉军和光武帝军的进攻，完全丧失了信心。他索性不理朝事，只顾饮酒取乐。赵皇后原以为坐稳皇后的位子，便可以永远享受荣华富贵。见更始帝如此，忍不住出语讥讽道："同是高祖之后，你称尊在先，掌有天下玉玺，竟落得如秋后的知了，一天天地没了声响。瞧瞧刘秀，以河北之地称霸天下，如日中天。你甘心吗？"

更始帝饮干一觥酒，斜睨着眼睛，苦笑道："妇人之见。文叔身边，谋臣勇将云集，何业不兴。朕呢，不过挂个天子之名。郡臣皆为草莽之辈，谁把天子当回事，谁以辅助汉室为志。早知如此，朕就不该当这个皇帝。"

赵皇后吃惊道："怎么，如今后悔了？当初你为争夺皇位不惜杀死刘縯、压制刘秀……”

刘玄内心一阵刺痛，突然暴怒吼道：“滚！朕不想看到你。”

“啊，看不出你也长脾气。”赵皇后从没见过更始帝发这么大火，真的有些害怕了，嘟囔了一句，赶紧离开了。

刘玄自顾饮酒，喝得半醉时，忽有小黄门进来禀奏：“启奏陛下……”

刘玄不等他开口，挥手呵斥道：“滚！朕不是皇帝，什么事别跟朕说。”

黄门只好咽下后半句话，仓皇退出。

刘玄继续饮酒，忽听门外有人大声叫道：“陛下何故连臣也不肯见？”

更始帝听出是刘赐的声音，抬头一看，果然是宛王刘赐，忙摇晃着身子站起来，含泪道：“王兄，你怎么来了？”

刘赐上前施礼，难过地说：“臣在南阳，得知长安危困，放心不下，所以前来看望陛下。”

更始帝握着刘赐的手，感激地说：“群臣此时躲的躲，逃的逃，唯有王兄还惦记着朕！”

刘赐安慰道：“陛下放心，臣此来就是为保护陛下，与赤眉贼寇誓死血战。”

更始帝命人赐座，两人对面而坐，刘玄亲自为刘赐斟满一觥酒，说：“王兄之心，朕自知之。不过，大厦将倾，非王兄之力能挽回。朕有一件极重要的事要托付王兄，所以，先敬王兄一觥。”

刘赐慌忙起身，按住更始帝的手：“陛下何故如此？为君分忧，是臣之职责，何言拜托？陛下只管吩咐，臣愿以死效命。”

更始帝点点头，向贴身内侍吩咐道：“来呀，去后宫把两位皇子带来。”

内侍遵命而出，不过一盏茶的工夫，两名奶妈各抱着一个男孩进来。两个孩子均为韩夫人所生，长者五岁，名刘求，少者三岁，名刘鲤。韩夫人被赵夫人害死之后，更始帝多次向赵萌求情，并以辞去尊位相挟，才保住两个孩子的性命。

刘求、刘鲤因长期不得与父皇相见，见到刘玄，直往奶妈身后躲。更始帝泪落如珠，痛苦无言，刘赐也难过得直流泪。

刘玄只好命奶妈带孩子退下，羞愧地说：“朕无能，妻小尚无力保全，何况汉室。文叔称尊，复高祖之业，振兴汉室，唯仗文叔。”

刘赐见他说出这种话，便毫不掩饰地劝说道：“陛下何不弃长安归附文叔，与赤眉贼寇一决胜负，上可保高祖之业，下可保身家性命。”

更始帝连连摇头：“当年朕与绿林诸将谋害伯升兄，文叔岂能容朕？再说，诸将也不会容朕归降文叔。王兄昔有举文叔执节河北，行大司马事之功。文叔知恩图报，一定相待友善。朕就是要把求儿、鲤儿相托王兄，归附王兄。但愿文叔看在宗室的份上，饶孩子活命。朕死也瞑目了。”

刘赐点点头："文叔非气量狭小之人，一定不会为难求儿、鲤儿，只是，臣此去放心不下陛下。"

更始帝苦笑说："势已至此，朕只有听天由命了。王兄速带求儿、鲤儿逃出长安，不要以朕为念。"

刘赐含泪摇头说："不，臣愿留在长安护驾，皇子可由其他人带走。"

"孩子交给其他人，朕不放心，唯有王兄可以托付。"

两人正在争执不下，忽然一名小黄门神色惶然地奔跑进来，禀道："不好了，陛下，赤眉贼寇进占高陵，前锋已抵长安城下。请旨定夺。"

"什么？"更始帝虽然早有思想准备，乍听禀报，还是吃了一惊，"贼寇何以如此神速？快传赵萌、李松共议军情。"

"遵旨！"小黄门奔出门外。

相形之下，宛王刘赐镇定得多，扼腕叹道："新丰空虚，撤城无兵，京师门户洞开，贼寇长驱直入，所以进兵神速。"

更始帝忙命奶妈带求儿、鲤儿过来。父子三人一齐向刘赐施礼，刘玄拭泪道："王兄，孩子就交给你了。朕父子永远不忘大恩。"

刘赐扶起两个孩子，拥在怀里，含泪点头说："臣一定誓死保护孩子。可是，陛下您……"

更始帝挥挥手，哽咽道："王兄快走，迟了贼寇大军合围，恐难出城。"

刘赐深施一礼，只好抱起两个孩子，含泪离去。

比阳王王匡、淮阳王张印被赵萌、李松合兵打败，逃出长安。这时，赤眉军进占高陵，樊崇以高陵为大本营，调动大军，以万人为一营，共三十营。除少量兵马留守外，欲用大兵进攻长安。

王匡、张印面对强敌，进退无路，相议道："昏君无情，我们便无义。不如归降赤眉保全性命。"

于是，两人引兵至新丰，杀死赵萌留下的少量守兵，打开关门，迎接樊崇大军。樊崇令二人仍率旧部，一同进攻长安。王匡、张印为表忠心，也为了向更始帝报复，请命为先锋，率部直抵长安城下，向东都门发起进攻。

更始帝与赵萌、李松共议军情，赵萌愤然道："王匡、张印叛逆在先，投贼在后，着实可恨，臣愿出城杀此二贼以解心头之恨。"

更始帝也恨得直咬牙："若非二贼叛逆，朕何以至此，赵卿务必将其斩首，以谢天下。"

赵萌正欲出战，丞相李松劝阻道："目前长安孤危，军心动摇。大司马还是留在城里督率军士，保护陛下。臣愿出战，擒此二贼。"

更始帝与赵萌觉得有理，同意由李松出战。李松披挂上马，引万余将士出东都门迎战王匡、张卬。

王匡见是李松出战，钢牙紧咬，对张卬道："李松可恶，助昏君攻我，不杀此贼，誓不为人。你引军埋伏，断其后路，我引李松追击。"

张卬依计而行，王匡引军列阵，跃马扬刀，大骂李松道："昏君无道，恶贼助纣，王匡今日誓必杀进城去，诛无道，杀恶贼，看刀！"

李松接战，边战边回骂道："无耻逆贼，休得猖狂。李某今日必斩贼首，以谢陛下。"

两人刀来戈往，战马盘旋，战不过三十余合，王匡故作不敌，拨转马头败走。李松岂肯放过，长戈一挥，命令道："杀！"一马当先，追杀过去。部下兵马见主将获胜，军心大振，催动坐骑，挥舞兵器，追赶过去。

李松一口气追出二十里地，忽然惊觉，忙传令收兵。可是，已经迟了，身后伏兵四起，喊声震天，张卬率兵杀出，王匡回马杀来。更始军大惊，四散奔逃，李松呼喝不住，只得往回冲杀，正遇张卬。张卬大叫道："李松，你也有今天。速速下马受缚，与我共击昏君，可保性命！"

李松怒骂道："无耻叛贼，李松岂是无信无义之辈？休得多言，拿命来！"

李松挥戈来战张卬，无奈身边亲兵将士俱被冲散，孤身难敌。战不过十余合，战马中箭倒地，把主人摔落马下。张卬兵将一拥而上，把李松生擒。

这时，王匡、张卬合兵，追杀李松兵马，斩敌数千人，其余人马或逃或降。赵萌闻听李松兵败被俘，仓皇失色，不敢引兵相救。

更始帝尚不知李松兵败，独坐长信宫，等候李松擒王匡、张卬归来，便诛杀叛贼，以泄心中之愤。这时，小黄门入奏说："禀陛下，侍郎刘恭请求进见。"

刘恭原为赤眉军樊崇部下，更始帝定都洛阳后，樊崇与二十余名渠帅携刘恭进洛阳谒见更始帝，有归降之意。后因更始帝不作妥善安置，樊崇等人失望，降而复叛，偷偷逃归老营。绿林、赤眉两军的裂缝，再也无法弥合，终于酿成两大反莽义军之间的火并。但刘恭却留在洛阳，因为宗室的身份被更始帝用为侍郎，深受宠信。

更始帝传旨刘恭进见。但见刘恭双臂被缚，一进门，便跪倒在地，膝行到更始帝座前，羞愧地说："臣有罪，请陛下处罚！"

更始帝给弄糊涂了，起身离座，问："爱卿何罪？何故如此？"

"臣有大逆之罪，罪当诛灭。请旨处罚！"

"朕知道王匡、张卬等人叛逆，与你何干？"

"臣弟盆子被赤眉贼寇拥立为帝，围攻帝都，臣岂能无干！"

"刘盆子是你胞弟？"更始帝感到意外，但并无迁怒刘恭之意。

刘恭说："臣也是刚刚知悉。自知罪重，特来请罪！"

更始帝为其忠心感动，双手相搀，亲自解去绑绳，安慰道："卿有何罪？天下群雄，谁不以我宗室名义谋其私欲。盆子不过无知孩童，为赤眉所用，诚不得已，朕甚怜之。"

刘恭固执己见："陛下虽宽仁，但臣不敢逃罪，愿投狱待罪。"

"朕已说过卿无罪！"

"陛下不治臣罪，何能御众，以诛贼寇？请旨降罪，臣愿伏法，以谢天下。"

更始帝真拿他没办法，正不知如何劝说，城门校尉李泛大步走进门来，一见更始帝，哭倒在地说："陛下，丞相被俘，请速发大兵杀逆贼王匡、张卬，以救丞相。"

李泛是李松胞弟，闻听兄长被俘，悲痛欲绝，去求赵萌发兵出城救其兄。赵萌坚持据城固守，不敢出城攻王匡、张卬。李泛无奈，只得入宫求更始帝。

更始帝闻听，惊慌失色。内讧耗损，能征惯战的大将杀的杀、叛的叛、亡的亡、死的死。李松被俘，唯有赵萌拒敌，长安孤城能守得几天？

李泛见皇帝发呆，再一次哀求。更始帝只得劝慰说："不是朕不肯救丞相，大司马所言甚是，长安孤困，贼势正盛。贸然出城相救，不但救不了丞相，反而损兵折将，堕失军威。眼下，我军只能据城固守。丞相的安危，只有听天由命了。"

李泛失望，痛哭而去。更始帝再也顾不得刘恭，任其入狱。他忙召赵萌共议拒守之策。

王匡、张卬得胜回营，推出李松，历数其罪，欲绑缚营门斩首，以泄心中之愤。忽然，有人大叫："二位将军刀下留人！"

王匡、张卬一怔，想不到营中还有人为李松说情，却是部将陈彦。

陈彦本为樊崇部将。王匡、张卬归降，樊崇遣其相助进攻长安。实际上是专门监视王匡、张卬的。

王匡赔笑问道："李松屡次与樊大人厮杀，着实可恶，杀之犹难赎其罪，陈将军何以为敌求情。"

陈彦略施一礼，不以为然地说："不然，李松乃更始丞相，非同一般，既被生俘，理应交御史大夫亲自处置，二位将军不宜擅自做主，将其斩首。"

张卬不服，欲要发怒，却被王匡用眼色制止住。人在屋檐下，不得不低头。两人畏惧樊崇的权势，不敢不听陈彦之言，命人把李松暂时关押，等候樊崇的处置。

不一日，樊崇督率大军赶到，把长安围了个水泄不通。王匡、张卬出迎，樊崇赞扬其功，把李松带回自己营中看押起来。王匡、张卬不敢问如何处置。

赤眉军围困帝都，发起进攻。赵萌督率守军，凭借坚固的城墙全力抵抗。城门校尉李泛不知李松生死，为给兄长报仇，拼命杀敌，率兵多次打退赤眉军的进攻。

十多天过去了，长安依然稳如磐石。樊崇心急如焚，焦躁不安地踱来踱去。大军粮草缺乏，倘若长安久攻不下，军心动摇，势必前功尽弃。

这时，王匡进见，献计说："长安城门校尉李泛是李松胞弟，大人可以李松相要挟，迫李泛献城门投降，长安可破。"

樊崇大喜，连称好计，当即命人把李松带来，亲自押解着来到李泛防守的西都门。

李泛刚刚打退赤眉军的又一次进攻，正要命令士卒准备矢石，以备再战，忽听城下有人喊道："李泛听着，你兄长李松在此。若敢再抵抗义军的进攻，就砍下你兄长的狗头。"

李泛大吃一惊，攀城堞向城下仔细搜寻，果然看见兄长李松被五花大绑，走在进攻的赤眉军前。他不由心中一酸，失声叫道："哥哥，我一定要救你。"

樊崇厉声高喝："李泛听着，救你兄长容易。只要你打开城门，迎接义军进城，我便饶你兄长性命。"

李松犹豫难决。一名卒长见赤眉军逼近城门，请命道："大人，发飞石吧，迟了就来不及了。"

"混账，你没瞧见丞相在他们手上。"李泛喝退卒长，向城下喊道，"我愿献门归降，你们不可食言。"

沉重的西都城门吱呀呀被打开。李泛率士卒投降，赤眉军如潮水般涌进城去。长安城破，皇宫内一片混乱，郎中、黄门、宫人到处乱窜，各寻逃生之路。躲在长信宫的更始帝惊慌无措，急召赵萌护驾。派出的使者一个个出去，却没有一个回来，赵萌更是没有了踪影。更始帝如热锅里的蚂蚁，团团乱转，再唤宫人，却无人应声，走出宫外一看竟无一人。真是树倒猢狲散，宫人逃命而去，更始帝成了真正的孤家寡人。

总不能在宫里坐等挨刀，刘玄长叹一声，转身回宫，脱下龙袍皇冠，换上郎中的官服，然后抓过传国玉玺，这东西他还舍不得丢，小心翼翼，藏在怀里，孤零零一人出了皇宫。

宫外早已乱成一锅粥，远处杀声阵阵，近处逃命的官吏、士卒到处乱窜。更始帝捡到一匹无主的战马，凄惶惶上马独行，奔向长安城北。此时，赤眉军已进城，打击的对象是具有反抗能力的更始将士，对手无寸铁的文官、宫人及百姓并不为难。更始帝得以从东城门逃出，正欲打马奔逃，蓦然耳边传来女人的声音："陛下，快打马出城！"

更始帝惊愕，四下搜寻，并无一个人影，想想女人的声音极熟悉，好像韩夫人。莫非韩夫人在天之灵在保佑自己逃命。刘玄心中一阵酸楚，慌忙下马，对着长安城拜了三拜，起身上马，凄惶惶逃命而去。

刘秀初到河北，为王郎逼迫，也曾仓皇南奔。但身边聚集着一批英雄豪杰，更始帝落魄至此，身边竟无一人。

刘玄一路唉声叹气仓皇遁逃。因为道路不熟，也不知逃向何方，所以行走缓慢，黄昏时分，才逃到渭水河边。

一座四面漏风的茅屋矗立在河堤上，一把断柄的船桨挂在木柱上。显然，这是船家歇脚的地方。但因为战乱，摆渡的早已不知去向。刘玄凝视着奔流的河水，无计渡河，心里又是难过。想想自己贵为汉室天子，一旦势败，竟落魄无比，忍不住放声痛哭。

正哭得伤心，忽听身后传来稀落的马蹄声，刘玄只疑追兵赶到，慌忙止住哭声，连人带马躲进芦苇丛中。

马蹄声越来越近，到了河堤上停住。大概是来人在观察周围的可疑目标。刘玄伏在芦苇丛中，死死勒住马的嚼口，大气不敢出，唯恐被发现。

过了片刻，忽听河堤上有人大声呼喊："陛下，陛下？"

是刘恭的声音，刘玄紧张的神经松弛下来，牵马走出芦苇丛，连声应道："刘卿，朕在这儿！"

来人果然是刘恭，看见更始帝又惊又喜，慌忙下马，迎上前去，跪倒施礼："臣护驾来迟，让陛下受苦了。"

一句话没说完，已是泣不成声。刘玄双手相挽，君臣抱头痛哭。哭过，刘玄问道："刘卿，你怎么找到这儿？"

刘恭拭泪道："长安城破，臣担心陛下的安危，脱枷出狱，从宫人口中探知陛下行踪，便追来护驾。"

刘玄没想到封王列侯几十人，到头来，只有刘恭忠贞不贰，感激地说："刘卿如此忠心，朕不知如何感谢。"

刘恭宽慰道："陛下为天子，臣为宗室，理应效命。陛下欲逃往何处？"

刘玄摇摇头："朕如今众叛亲离，无处归依。"

刘恭想了想，说："逃生要紧，还是先设法渡河，逃出贼寇魔爪，再投奔汉中王或南阳太守王常。"

刘玄点点头。君臣二人相互挽扶，沿着河堤，寻找渡船。可是，直找到天黑，也没找到一条渡船。

君臣无奈，对坐长叹。正无计可施，忽然河堤上传来清脆的马蹄声。刘恭忙把更始帝推进芦苇丛中，低声道："陛下小心，可能是追兵到了。"

马蹄声越来越近，在两人头顶上停住。刘恭仔细观察，因为距离太近，天色还没完全黑下来，所以看得很清楚。大约十余骑，全是更始汉军的装束。为首之人，刘恭认识，是司隶右都尉严本。

刘恭见不是赤眉追兵，稍稍放心，但为了安全起见，没敢贸然相见。待严本缓缓而去后，他才与更始帝说明。刘玄听说是司隶右都尉，埋怨道："刘卿何不相见，也许右都尉可帮我们渡河。"

刘恭解释道："陛下落败，臣下心散。臣恐严本已投赤眉，不利陛下，所以不敢相见。"

刘玄摇头道："顾不得这么多了。天色已晚，你我投奔何处。快唤右都尉来见。"

刘恭无奈，只好扶更始帝登上河堤，听听严本的马蹄声尚未走远，便大声喊道："右都尉留步，陛下在此！"

连喊数声，马蹄声愈来愈近。不多时，十余骑来到跟前。严本跳下马，施礼问道："是刘侍郎吗？陛下在哪里？"

刘恭应道："在下刘恭，这就是陛下。"

严本命人点亮火把，认出更始帝和刘恭，倒身便拜："臣听说长安城破，想不到陛下落难至此，为人臣者不能解君危难，臣罪该万死。"

刘玄说声"免礼"，道："严卿不必自责，请寻找渡船送我君臣渡河南去。"

严本摇头道："天色太晚，过河危险。陛下不如暂在臣的营中屈栖一晚，明日臣护驾过河。"

刘恭不放心，欲推辞，但更始帝已答应道："既如此，有劳严卿了。"

严本满心欢喜，忙扶更始帝上马，刘恭尾随，一行人在暮霭沉沉的旷野中行进，不远处严本的营帐隐约可见。

建武元年九月底，赤眉军进入长安城，到处搜寻不到更始帝刘玄。樊崇总觉得一条祸根未除，对丞相徐宣说："更始虽败，但绿林势力尚存，若刘玄逃走，再为绿林拥立，我等岂不前功尽弃。"

徐宣以为有理，献计说："御史大夫可颁令，迫刘玄投降，越期不受。"

樊崇同意。于是，由丞相徐宣起草文书，御史大夫颁令天下，曰：圣公（刘玄字圣公）降者，封长沙王，过二十日，勿受。

长安被赤眉军攻破，更始帝下落不明，谍报传至河阳，光武帝刘秀立即下诏，曰：更始破败，弃城逃走，妻子裸袒，流冗道路。朕甚愍之，今封更始为淮阳王。吏人敢有贼害者，罪同大逆。

陷害刘縯，虽然是李轶、朱鲔等人进的谗言，但却是更始帝下的命令。更始帝杀了兄长，又排挤自己。杀兄之仇不报，反封仇人王爵。诸将不解，询问其故。光武帝慨然道："兄长之仇乃私仇也。圣公为宗室，虽被绿林挟持为君，不自专断，却是反莽复汉的汉室天子。今落败至此，是宗室的不幸，朕甚怜之！"

诸将闻听，无不为光武帝宽厚的胸怀所折服。

果然不出刘恭所料，右都尉严本见赤眉军势盛，遂有投敌之心，托词护驾，不送更始帝渡河南逃，把君臣二人监禁起来，等待时机。

御史大夫樊崇颁令，严本手持文书，劝更始帝主动请降。更始帝阅毕，泪流满面，泣不成声。刘恭则大骂严本背信弃义，不守人臣之道。严本不恼不怒，只劝君臣出降。

刘恭没有办法，最后也只好劝更始帝投降。刘玄犹豫着说："赤眉为贼寇，光武为宗室，宁降宗室，不降贼寇。"

刘恭劝说道："河阳路远，道路阻隔，陛下何以归降。何况，樊崇若知陛下之意，必然动怒，只怕到不了河阳就会为赤眉所害。"

"可是，樊崇守信义否？"刘玄此时只求保命。

刘恭安慰说："臣听说樊崇为人，最讲信义，也许不会食言。陛下若不放心，可令臣先去樊崇大营，若准令归降，陛下再离营归降不迟。"

刘玄只好同意。严本也高兴，因为这样做，他既可立功，又不用背上叛臣害主的罪名。遂为刘恭备上快马，亲自送出营外。

刘恭到长安，以刘盆子胞兄的身份进见。居于长信宫的皇帝刘盆子听说长兄来到，喜出望外，立即传旨召见，并请来哥哥刘茂、族兄刘孝共同会见刘恭。

刘恭入见，失散多年的手足兄弟终于相聚，那种感人的情景让周围宫廷侍从也流下了眼泪。兄弟互诉别后之情后，刘恭说出真实的来意。盆子年少，不知所措，刘孝说："朝中事尽由御史大夫做主，兄长请见樊大人。"

刘恭告辞出宫，求见樊崇。樊崇见他叛而复归，原本动怒。但听说刘恭是盆子胞兄，转怒为喜。因为自刘盆子称帝以来，刘恭是第一个来归降的刘汉宗室。樊崇为扩大盆子的政治影响，优礼有加，亲自迎刘恭进府。

刘恭拜见旧主，说明更始帝欲归降之意，樊崇闻听，喜出望外，满口应承，准予归降，并命右大司马谢禄前去迎接更始帝。

谢禄率千余名将士出城，跟随刘恭，来接更始帝。刘玄不知是祸是福，忐忑不安地上了马车，回到长安。

昔日的天子，今天的囚徒。刘玄赤裸着上身，跟随谢禄进了长信宫，肉袒跪伏金阙之下。丹墀上坐着冠冕衮服的刘盆子，十五岁的皇帝毫无天子的威严，一双黑豆似的眼睛惊惧不安地扫视着周围。大殿两旁，赤眉诸将杂乱无章地站立着，看见更始帝，无不露出得意之色。有人双手叉腰，有人怒目而视，有人指手画脚，有人唾沫四溅，有人按剑而起。

刘玄耳听诸将戏谑之声，不敢抬头，跪拜施礼，讷讷道："罪人叩见陛下，愿永远归顺吾皇万岁，万万岁！"说着，双手颤抖，捧上传国玉玺。

刘盆子何时见过玉玺，见这个玲珑剔透挺好玩，便伸手接过来，玩弄半天，竟忘记了刘玄还裸着上身跪在那儿呢。跪在刘玄身后的刘恭急得直使眼色，刘盆子方明白过来，说了声"免礼"。

刘玄松了一口气，颤巍巍刚刚站起，正与王匡、张印目光相遇，心中一害怕，竟又瘫倒。

张印恨刘玄伏甲兵杀人，大步上前，抽出佩剑，怒骂道："昏君，你也有今日。当年听信赵萌之言谋害我等。多行不义必自毙，上天有眼，今天不把你碎尸万段，难消我心头之恨。"

王匡亦上前，数落更始之罪，向刘盆子请命道："请陛下降旨，让臣杀了昏君，以谢天下。"

刘玄面如土色，惊恐无语，刘恭见状，慌忙上前劝说王匡、张印："两位将军曾为人臣，应守人臣之道。何况，更始已降，何必置之死地。往事不可再提，望二位宽仁为怀。"一边阻止张印，一边又向刘盆子苦苦求情说："御史大夫已准更始归降，望陛下快下旨，赦免其罪。"

刘盆子哪里见过这种争执的场面，见刚刚团聚的长兄向自己哀求，心中不忍，正要开口免罪。张印却不待君命，一手持剑，一手拖起刘玄，就往外走。刘恭大惊，爬起来追去。他忽然看见樊崇站在大殿旁，顿时，怒发冲冠，斥问道："御史大夫言而无信，何以信义于天下？"

樊崇羞愧满面，向张印怒斥道："大殿之上，不得无礼。张将军，快放手！"

张印听见樊崇的声音，只得丢开刘玄，却又不甘心，回身请求道："更始无道，谋害忠义。不诛昏君，何以告慰忠义之士的在天之灵？"

王匡也上前，请杀刘玄。樊崇不容分说，道："我已颁令，二十日内，准其归降。圣公归来未逾期，二位如此，是要失信义于天下吗？"

张印、王匡畏惧樊崇的势力，不敢顶撞，嗫嚅无语，刘恭忙恭维道："御史大夫乃开国元勋，一语千金，信义昭昭，安能因二将私愤，失信义于天下？"

樊崇果然爱听，当即斥退王匡、张印，命人扶起刘玄，当庭封为长沙王，使其归附右大司马谢禄居住。

长安战场上，以赤眉攻灭绿林，进驻长安，告一段落。洛阳战场，却是鏖战正酣，光武大司马吴汉率十一位将军围攻洛阳，从光武元年七月至九月，前后三个月，攻击不断。但是，洛阳城内，朱鲔久做战备，粮草充足，凭借坚固的城池，据城死守。吴汉累月不下，无计可施。

光武帝在河阳，得知洛阳难下，寝食不安，思索再三，遣使至洛阳，令岑彭前往招降朱鲔。岑彭原为王莽政权县吏，曾坚守宛城，直到城中粮尽，才投降更始政权。绿林诸将因而主张杀之泄愤。后被刘縯所救，至今仍对刘秀感恩不尽。刘縯遇害后，他在朱鲔手下任校尉，立有战功，被朱鲔荐为淮阳都尉。后辗转为太守韩歆幕宾，说韩歆归附大司马刘秀。

使者到洛阳，向岑彭宣示诏旨。吴汉得知帝命后，钦佩地对诸将说："主上圣明。更始已败，朱鲔孤守洛阳，军心离散，必有归降之意。岑彭与朱鲔有旧，派他前去是再合适不过了。"

岑彭受命，请吴汉令大军后退，单骑便服至城下，向城上守兵抱拳道："请回禀左大司马，故人岑彭前来拜访。"

时辰不大，朱鲔出现在城头，望见岑彭，抱拳道："君然别来无恙。"

岑彭还礼说："故人来拜，朱公为何不开城门相迎？"

朱鲔笑道："昔日良友，今日说客罢了。"

岑彭知其小心，遂用激情法，亢声道："故人来拜，此为朱公待客之道吗？岑彭一人尚不惧，朱公拥兵千万，独惧岑某吗？"

朱鲔哈哈大笑："我何惧君然？来呀，打开城门，迎接客人进城。"

守门校尉不敢怠慢，慌忙打开城门，朱鲔亲自迎接。岑彭进城，两人再次见礼，执手说笑，共入衙署。

朱鲔设筵，款待故人，主客饮酒叙旧，说往日故事，岑彭谦卑地说："往昔我执鞭侍从，蒙恩荐拔，常想寻机报答君恩。如今，赤眉已得长安，圣公已败，洛阳孤困，早晚城破，愿为朱公谋身后之计。"

朱鲔愠怒："君然果然来做说客。"

岑彭不顾安危，犯颜直言道："光武受命，平安燕、赵，尽有幽冀之地，百姓归心，豪杰云集，亲遣大兵，来攻洛阳。风水轮流转，天下大势，光武当兴。公孤城自守，为谁守？绿林大势已去，不如归降为上。"

朱鲔大怒，按剑而起，怒道："君然为说客，陷我于不义。我当斩你！"

岑彭面无惧色，坦然道："我为公之计，不顾安危，只身入城。公若不明大义，不识大势，大可斩岑某，我无怨言。"说完，引颈受戮。

朱鲔感动，拉起岑彭的手叹息道："君然为我，我岂能以怨报德。更始无能方有今日的下场。光武勃兴，我亦有归降之心。无奈刘縯被害，我参与谋划，又阻止司隶校尉执节河北，与刘秀结怨，自知罪重，不指望逃脱死罪。"

岑彭见他说出真心话，忧虑自在情理之中，心中高兴，宽慰道："我主心胸宽厚，有豁达之风。圣公出逃尚颁诏赦免，何况朱公！朱公若不放心，我可亲去河阳，为公请命。"

朱鲔沉思道："我姑且信君然一回。请速去河阳，三日内若请不来刘秀诏命，我便与洛阳共存亡。"

岑彭同意，告辞出城，与吴汉简单地说明劝降的经过，便快马急驰，还报河阳。光武帝正在河阳巡视，闻听岑彭奏报，笑道："朱鲔太小觑朕的胸怀。成大事者，不计小怨。朕岂敢以私怨而坏国家大事。朱鲔若降官爵可保，何有诛罚之说？河水在此，朕绝不食言。"当即指河为誓，将所佩玉圭祭于水中，并颁诏赦免其罪。

岑彭放下心来，怀揣诏书，驰还洛阳，向朱鲔展示诏书，并说明刘秀誓言。朱鲔无语可说，只得说道："我愿归降。"遂与岑彭议定受降之日。

到了受降日，朱鲔换上便装，临行前召集诸将，叮嘱说："你等坚守洛阳，等待消息。三天之后，我若不还，便遭了不幸。你们可领兵突围，投奔御王尹尊。"

诸将闻言，不知是祸是福，含泪答应。朱鲔出见岑彭，命部将把自己的双手捆绑起来。岑彭惊讶，问道："主上无诛罚之意，朱公何故如此？"

朱鲔羞愧地说："我乃罪人，自当面缚出降。"不听岑彭劝说，命士卒打开东城门的小门。两人出城，不见吴汉，径奔河阳。

光武帝闻听朱鲔来降，立即召见。朱鲔匍匐于地，惶然请罪，说："罪人朱鲔叩拜陛下！"

光武帝走下御座，亲手解开绑绳，亲切地说："将军献洛阳，减少多少人的兵祸之苦，当立大功，何罪之有？来呀，赐座。"

黄门摆上座位。朱鲔告座，羞愧难当，说："陛下以德报怨，罪人无地自容。"

光武帝宽慰道："往事已矣，将军不必介怀。请归洛阳，仍督旧部。"

朱鲔感激不尽，再拜谢恩。光武帝褒奖岑彭之功，令其护送朱鲔返洛阳。

翌日清晨，洛阳上空阴云飘散，天气晴朗，朱鲔领所有将士，大开四门，举城出降。吴汉率大军浩浩荡荡，进入洛阳。

至此，王莽末年，轰轰烈烈的两大农民起义军——绿林军和赤眉军，因为火并和光武帝的大军围困，绿林军先已消之殆尽，等待赤眉军的命运又将是什么？

建武元年十月，光武帝从河阳移驾洛阳。洛阳城门及主要街道彩灯高挂，彩旗飘扬，地面铺上一层黄土，洒上水，车马行人走过，连一点儿尘土都没有，百姓吏民夹道跪迎。

三年前，更始帝由宛城迁都洛阳。那时，王莽被杀，新朝灭亡，吏民怀着喜悦之情，欢迎他们衷心拥戴的皇帝——更始帝的到来。但更始群臣，多草莽出身，不知礼仪。诸将有的帻巾缠头，有的披衣束腰，有的甚至穿着女人的衣裙，大呼小叫，不成体统，着实让思汉心切的洛阳吏民失望。唯有司隶校尉刘秀的队伍依班列队，井然有序地行进着。汉宫老吏王老倔激动地说："司隶僚属，能复见汉朝官员的威仪。"

光武帝的臣下大多豪族官宦出身，皆知礼仪，有儒雅的风度，非绿林诸部可比。但刘秀对入城仪式还是非常重视，诏令吴汉提前做好充足的迎驾，以期充分体现作为汉室天子的风采和威仪。

其实，普通百姓对于谁做天子并不十分关心，他们关心的是新天子是否体恤百姓，施行仁政。所谓思汉之心，就是渴望回到西汉初，那种轻徭薄赋的安定生活。乱世之际，刘汉宗室称尊者，如同走马灯似的，令人眼花缭乱，无所施欤。先是翟义拥戴刘信，其后则有更始帝刘玄、钟武侯刘望、王郎，如今则有刘盆子和光武帝刘秀。百姓尽管都有思汉之心，但对后称帝的刘秀并无兴趣，热心的是王老倔等一帮汉官故吏。

吴汉派出大批士卒，一半是宣扬，一半是强令，让众百姓吏民出迎帝驾。

入城仪式开始，执金吾贾复率羽林军行进在最前面，旌旗、刀剑、执事遮天蔽日，黄门乐队奏起庄严的乐曲。刘秀端坐在御座上，缓缓而进，御车之后，群臣分班列队，僚属井然有序，神情庄重，目不斜视，正步向前。

跪迎的吏民中，鬓发斑白的汉宫老吏王老倔望见光武帝风采，得意地向同伴说道："当年更始帝进洛阳，唯有司隶校尉能见汉官威仪。老朽当时就说，汉室得兴，在司隶校尉府，如今果不其然。"

洛阳吏民熟识当年的司隶校尉刘秀，听王老倔之言，无不敬服，山呼万岁。

光武帝进宫殿，巡视当年自己修建的帝都。洛阳虽屡经战乱，但帝都未遭大的破坏，依然雕梁画栋、雄伟壮丽。建义大将军朱祐当年跟随司隶校尉修建帝宫，此时，感叹道："司隶校尉修洛邑，帝都归原主，此为天命所归。臣愚见，可定都洛阳。"

光武帝点头。次日，光武帝在南宫却非大殿升朝理政，下诏定都洛阳，拜朱鲔为平狄将军，封扶沟侯，群臣拜贺。

三日后，光武帝召见地方三老、乡官，询问社情民意，作为施政的根据。老吏王老倔亦在其中，奉旨谒见。三老争相歌功颂道，都说百姓归心，地方太平。唯有王老倔直言进谏说："陛下秉天命，恢复汉室，但地方并不太平。洛阳久经战乱，虽经陛下初定，仍是窃贼劫掠，强盗出没，再加部分将士违反军令，暴横民间，社会秩序十分混乱。百姓白天都不敢出门，街市冷冷清清。洛阳既为帝都，需严加整治，使街市繁华，人烟阜盛，天下瞩目，以取民心。"

三老乡官闻听，无不胆战心惊。老倔真倔，不知新君好恶，妄言乱语，恐有灾祸，都不敢去看皇帝的脸色。

光武帝面现忧虑之后，向王老倔赞赏地说："老人家说得对。洛都既为帝都，如此混乱，何以示范天下？但诸卿初到洛阳，不熟民情，老人家可否举荐可安兴洛阳之人？"

王老倔不假思索地说："整治洛阳，非杜公平不可！"

"杜公平是谁？"

"就是杜诗，字君公，河内人。少时就有才能。新莽时化郡功曹，以公平、公正之名享誉地方。后不满王莽苛政，隐居洛阳，人称'杜公平'。"

光武帝大喜，厚赏王老倔，遣使捧诏征召杜诗。

　　杜诗进谒。光武帝问洛阳政事，见其应对从容，便以其为侍御史，整治洛阳社会秩序。

　　杜诗跪谢："适逢明君，敢不效命。"

　　洛阳从西周以来或为帝都，或为陪都，经济发达，商贸繁荣，珍藏丰富，是当时世界上的富裕城市。即使战乱，也未伤着元气。但战乱却使街市萧条，寇贼出没。光武帝军占领洛阳，很多将士从贫荒之地初到经济发达的都邑，看见金银珠宝就眼红，却碍于令律条规，不敢妄动。但也有财迷心窍胆大妄为之徒，强行劫掠，暴横民间。钱财动人心，有一个开头的，便有更多的人效仿。吏民百姓怨声载道，敢怒不敢言。

　　侍御史杜诗奉诏，带僚属吏卒巡视街头。果然如王老倔所言，往日商贾云集、贸易繁忙的街市上冷冷清清，行人稀少。侍御史的巡行队伍经过，马蹄踏在青石上的声音惊动了惊魂不定的居民，有人偷偷打开窗户窥视，旋即又紧紧关闭。

　　杜诗巡视数日，法办了一批盗贼，查处了一些违纪将士。洛阳街头似乎平静了一些，深宅大院，店铺瓦肆再也听不到令人心惊的哭叫声，街市上渐渐有了行人。

　　一日，侍御史照常巡视，看见一家高大的宅院前围着一群人，里面传出吵声和叫骂声。随行吏卒驱开人群，但见一名汉军裨将正怒斥着一位老者。裨将的身后，十几名士卒抬着几只大礼盒，像是等待进府。裨将出语蛮横，咄咄逼人，老者则打躬作揖，连声哀求，阻在门口。

　　杜诗上前，向裨将问道："请问你们是哪位将军麾下，因何与老人争吵？"

　　裨将一看对方官位低微，眼睛没扫一眼，冷哼道："你是哪个衙门的，敢来过问萧将军的事？"

　　杜诗不亢不卑地答道："本官侍御史杜诗，奉诏安抚洛阳，因见士卒与民争执，自然要过问。"

　　裨将大概听说新任的侍御史的名头，态度谦恭了许多，还礼笑道："原来是杜大人驾到。不过，末将也是奉命行事，没做不法之事。请大人到别处执行公务吧！"

　　杜诗没理他，转向老者，询问道："老人家因何与这位将军争执？"

　　老者听说来人是侍御史杜诗，如遇救星，奔前去，跪倒磕头，哀求道："杜大人请为小民做主啊！"

　　裨将在旁，威吓道："胡老头，说话可要掂掂分量。"

　　老者满面愤愤之色，欲言又止。杜诗大怒，喝道："裨将妨碍公务，轰出去！"

　　部卒上前，正要动手，那裨将倒识趣，恨恨地说："杜大人，算你狠。我们走还不行嘛！"

　　说完，一挥手，十几位兵卒抬着礼品回去了。杜诗见他们走远，扶起老者，宽慰道："老人家不必害怕，一切有本官做主！"

　　老者壮壮胆说道："草民姓胡，几代人在洛阳经商，置下了一些家产宅院，刚才那群人是大将军萧广的人，不但天天在草民经营的酒楼白吃白喝，还敲诈勒索钱财。草民不敢得罪，只好取出祖上的积蓄以求免灾。谁知，他们从哪儿得知草民有一小女，便来强行求聘，要小女给萧大将军做妾。小女已许配人家，草民岂能答应？这帮人就硬往府里闯，还说要抢走小女，幸亏大人赶到，求大人为小民做主啊！"老汉说完，已是老泪横流，颤巍巍再次给杜诗跪下。

　　杜诗听完，义愤填膺，扶起胡老汉，慨然应道："老人家放心，本官一定亲自去萧大将军营中，让他约束部下，不再为难于你。"

　　"如此多谢大人！"胡老汉忧虑之色稍解，感激地道。

　　这时，周围的百姓闻听侍御史杜诗之名，纷纷围拢过来，你一言，我一语，控诉萧广部属不遵法纪，侵害百姓的罪行。杜诗面对激愤的人群，满口应承道："请各位父老放心，本官一定向萧大将军申明军纪，让其约束部下，保证不再有侵害百姓之事发生。"

　　众人得到侍御史的承诺，渐渐散去。杜诗重新上马，带部属直奔萧广营中，行至半道，一位僚属不安地说："大人真要去找萧大将军？"

　　杜诗愤然道："萧广无视诏命，放纵部属，为害百姓，有失察之责，我要向萧大将军讨个说法。"

　　"大人且慢，你可知萧大将军与当今天子的关系？"

　　杜诗一怔："什么关系？"

　　僚属上前，低声说："萧广是国舅郭况的妻弟，也算沾上亲戚的边。大人还是少问为妙。"

　　郭况即光武帝夫人郭圣通之兄，那么，萧广就是光武帝妻弟的妻弟，当然，算得上国戚。其实，郭况官位低微，但国舅爷的身份自有分量，这官不言而喻。而萧广则以军功被拜为将军，官位比姐夫郭况还高。

　　杜诗闻听，自然知道萧广的分量，但却坦然一笑，敛色正容，大声道："蒙圣明天子知遇之恩，杜诗只知秉公执法，报效陛下，不论其他。"

　　僚属闻言，不禁肃然起敬，便不再劝谏，侍御史一行很快来到萧大将军营前。恰巧，萧广出营巡视，与侍御史队伍遇个正着。杜诗下马，上前拦住萧广马头，先施一礼，谦恭地说："大将军且慢，下官有良言相告。"

　　萧广不认识杜诗，见对方官位低微，便骄横地斥道："你是什么人，拦截大将军去路，耽误军机大事，吃罪得起吗？"

杜诗不亢不卑地答道："下官是新任的侍御史。大将军军纪不严，部属横行不法，为害地方。请大将军约束部下，否则，有损将军威名。"

萧广一听，眼前就是奉旨安抚洛阳的侍御史杜诗，稍微收敛一下骄横之气，应承道："多谢侍御史大人相告，待我回营查明属实，一定严加处置。"

杜诗闻言，不便再说什么，但还是放心不下，再三叮嘱道："愿大将军言出必行。不可再为难胡家，否则，下官只好按律处置。"

萧广连声应承道："你放心，本将军自会处置。"

杜诗告辞而去。大将军队列中的那名裨将，跑到萧广面前，恨恨地道："大将军太客气，何不给杜诗一个下马威，让他识相点，少管咱们的事儿。"

萧广斥骂道："你们懂什么。他是奉旨的侍御史，有天子诏命。以后做事手脚要干净点。"

裨将碰了一鼻子灰，为难地道："那……那胡家的女儿，大将军还要不要。"

"当然要！"萧广冷哼一声，说，"本将军拼死拼活，为汉室立下大功，找个小妾还不应该。小小的侍御史能奈我何。不过，你们手脚要利索点，别让人家抓住把柄，明白吗？"

"大将军放心，属下明白。"裨将答应道。

杜诗离开萧广军营，又处理了几件汉军士卒扰民的事件，直忙到天黑才回到府里，草草用了晚膳，一天的忙碌使他疲惫已极，一挨床就睡着了。

次日天刚亮，杜诗尚在睡梦中，忽然，卧室门外传来僚属的喊叫声："大人，出事了。"

杜诗惊醒，披衣而起，问道："到底出了什么事？"

"胡老汉的女儿昨晚被一群蒙面人抢走了，老头一大早就来找大人救她女儿。"

杜诗吃了一惊，立即穿戴整齐，跟随僚属来到前厅，果然见胡老汉一脸愁容坐在地上。老人一见杜诗出来，跪爬到跟前，连连磕头，求道："大人快救我女儿，一定是萧广这个没有人性的干的。"

杜诗不解，问道："你怎么知道是萧大将军所为，无凭无据不可胡说。"

胡老汉愤恨地道："萧广早就打我女儿的主意了。使媒强聘，都没得逞。大人请想，不是此人所为还会是谁？"

杜诗一想，老汉说得有理。事情明摆着，是萧广指使人所为。但无凭无据，无法定罪，更不能去萧广营中搜查，当下宽慰老人说："老人家请放心，本官一定查明真相，若是萧广所为，一定将其绳之以法。"

胡老汉无奈，只好又给侍御史磕了几个响头，回家去了。杜诗不声不响，悄悄派人打入萧广营中，暗中调查，一旦获得证据，即拘捕萧广。

数日之后，果然查明，胡家女儿果然被萧广劫至营中。胡女不堪受辱，自缢而死，尸体被萧广派人掩埋在营后乱草丛中。

证据确凿，杜诗当机立断，亲率羽林军突然赶到萧广营中，下令拘捕。萧广想不到小小的侍御史竟敢在太岁头上动土，勃然大怒，大叫道："狗官无凭无据，竟敢对本将军无礼，大概活腻了吧！"

杜诗冷笑道："大将军要证据？好，来呀，把证据抬上来。"

侍御史僚属早已带部分羽林军去营后草丛中挖出胡女的尸体，放在营外，闻听杜诗之令，便把女尸抬入营内。时值深秋，天气渐凉，屈死的胡女，尸首完好。萧广一见，大惊失色，但事已至此，害怕也没用了，只得把心一横，哈哈大笑道："一具女尸能说明什么？你以下犯上，该当何罪？来呀，先把狗官给我拿下！"

萧广士卒闻令，上前要拿侍御史。侍御史的校卒则要捉拿萧广。两下剑拔弩张，空气顿时紧张起来。

杜诗见此情景，突然取出光武帝诏旨，大声喊道："我奉天子诏旨，整治洛阳秩序，敢有妨碍执法者，与案犯同罪。"

萧广士卒闻听，悚然动容，渐渐退下。萧广见无人听令，慌忙去摘身旁的宝剑，却被一拥而上的羽林军摁倒在地，绳捆索绑起来。

杜诗下令，拘捕夜入胡府，强抢胡府的裨将等十余人，当庭审问，裨将见萧广落网，不敢隐瞒，一一供认。

杜诗扫视萧广，冷笑道："萧大将军，人证物证俱在，你还有何话说？"

萧广自恃沾着国戚的边，根本没把官位低微的侍御史放在眼里，依然梗着脖力叫道："我不过抢个女人，能有多大罪？你敢怎样？"

杜诗心头火起，义正词严地说："你数度纵容部属敲诈勒索，抢劫钱财，弄得百姓怨声载道，还强抢民女，逼人致死，按律当处以斩刑。"

萧广哈哈一笑："姓杜的，你以为奉旨就可以随便杀人了，说不定陛下的赦免命令马上就送来了。"

一句话提醒了杜诗，是啊，萧广位高爵显，又是国舅的小舅子，肯定有人在皇帝面前为他求情，万一皇帝耳朵一软，要杀萧广平民愤就难了。

事不宜迟，侍御史当机立断，当众宣布萧广不遵法纪、侵害百姓、损坏军威的三大罪行，即令押赴市曹，枭首示众。

萧广的狂妄之言并非毫无根据，萧妻闻听丈夫被拘捕，大吃一惊，急忙领着两个孩子，哭哭啼啼直奔郭况的府上，来找萧广的姐姐萧夫人，萧夫人听完弟媳的哭诉，勃然大怒，找来丈夫郭况，说道："小小侍御史太狂妄了，根本没把皇亲放在眼里，夫君应亲赴侍御史府，让杜诗立即放人。"

不料，郭况反应冷淡，漠然道："萧广平日骄横跋扈，不遵法纪。我屡次劝说，他都不听，始有今日之祸。侍御史奉旨执法，我为国戚，岂可知法犯法。”

萧夫人没想到丈夫是这种态度，又难过又生气，责怪道：“人家骑在咱们头上拉屎撒尿，夫君竟忍得，枉为男儿。”

郭况只是不理，萧妻大失所望。这时，萧广的一名亲兵来找萧妻，失色道：“禀夫人，将军已被杜诗……正法了！”

萧妻、萧夫人闻听，如五雷轰顶，一阵眩晕，好半天才醒过来，一阵撕心裂肺的痛哭让郭况也跟着落泪。

萧妻哭过一阵，跪倒在萧夫人面前，苦苦哀求道：“姐姐，我夫君死得冤枉，求姐姐杀狗官为他报仇啊……”

萧妻身后的两个孩子也哭着喊爹爹，萧夫人不忍拒绝，拭去眼泪，回过头来，怨恨地看着郭况，说：“我兄弟死得这么惨，我一定要为他报仇，你不管，我要管。”说着，一手拉起弟媳，一手拥过两个孩子，异常坚决地说道：“走，跟姐姐进宫找皇上去。”

郭况左右为难，犹豫再三，终于作出让步开口道：“我陪你们进宫。”

萧夫人脸上怒意稍解。郭况主张先去找其妹郭圣通，探听一下皇帝的态度，再作进一步的打算。三人带着孩子进宫，直奔郭夫人房中。

郭夫人闻听，颇感为难。刘秀的秉性她最清楚，绝不允许后宫干政。何况，她还没有被册封为皇后，但萧广的孤儿寡妻的确可怜，再加哥哥、嫂子从旁央求。如果断然回绝，于情于理，也说不过去，只得道：“你们不要着急。我会向陛下陈说详情。至于能不能为萧将军报仇，还要陛下决断。”

郭况及夫人、萧妻母子只得回府，等待消息。

郭夫人在退朝之后，进见光武帝，陈说萧广被杀之事。光武帝一怔，皱眉道：“朕命杜诗治理洛阳秩序，难道他敢擅杀我大将？”

郭圣通谨慎地说：“萧广已被正法。但妾身只听到萧妻一面之词。真情如何，还请陛下派人查明实情，酌情处理。”

光武帝点点头：“此事非同小可，朕一定亲自过问。若是杜诗依仗职权，立擅杀之威，朕不会饶他。”

次日，光武帝升朝理政，还没问到萧广的事情，侍御史杜诗具状上奏萧广不法之事。光武帝平静地问道：“萧广不法，理应严惩，以儆效尤。但卿执法重证据，证据确凿，方可定罪。否则就是妄行杀戮，对稳定帝都人心不利。”

杜诗坦然道：“陛下圣明。圣明之言，臣铭记在心。”遂把件件证据展示在朝堂上。

群臣无不对萧广的暴横行为愤慨万端。光武帝始知萧广骄横，自取其祸，顿时龙颜大悦，亲自走下御座，扶杜诗站起，赞叹道：“杜卿执法如山，不避内外，不愧为'杜公平'。有杜卿执法，骄兵悍将，寇贼强盗，谁不敬惮，洛阳兴盛之日不远矣。来呀，赐杜卿棨戟！"

黄门遵命，取过一柄金光闪烁的棨戟，双手恭送到杜诗眼前。

群臣一见，无不惊讶。杜诗感慨万端，双手接过金色棨戟，含泪跪拜谢恩："臣何德何能，令陛下如此。"

大殿上，群臣高呼："万岁，万万岁！"

棨戟，仿古时斧钺，为前驱兵器。汉制唯有王公出巡时，方可用此仪仗。杜诗官为侍御史，官位低微，却得此殊荣。所以，群臣惊讶，杜诗不安。

杜诗谢恩出朝，更加恪尽职守。棨戟前驱，鸣锣开道，侍御史端坐马上，神色威严地巡行洛阳市井。军民人人敬服，盗贼个个胆寒。洛阳帝都，秩序井然，很快地繁荣起来。

光武帝退朝，见到郭夫人，正色道："萧广不法，为侍御史枭首示众，何来冤屈之辞？其眷属不得鸣冤叫屈。"

郭夫人忙谢罪道："臣妾知罪。但请陛下明白，臣妾并非为萧广鸣冤，只是念他撇下的孤儿寡母可怜。何况萧家几代为汉官，卓有政声。因反莽被逼得家破人亡，家道中落。如今的萧家，只有两个根苗。萧广之罪，罪不及妻子。望陛下念萧家世代辅汉之功，厚待萧广妻子。"

光武帝闻听，凄然动容："夫人言之有理，有多少人家被王莽逼得家破人亡。萧广当诛，但其眷属，朕一定妥善安置。"当即命黄门传旨下去，以厚抚恤萧广眷属。

郭夫人谢恩退出。光武帝却陷入痛苦的回忆，夫人的话使他想起自己破碎的家庭。大哥被更始君臣害死，二哥刘仲、二姐刘元战死，大姐刘黄下落不明。还有他最心爱的女人阴丽华尚在新野，不能团聚。如今，他已登上帝位，定都洛阳。虽然距离"复高祖帝业"的理想还有一段路，但该是一家人团聚的时候了。

光武帝终于按捺不住思念亲人之情，传旨招来傅俊。当年护送阴丽华去新野的校尉傅俊如今已官拜侍中，闻听皇帝召见，急忙进宫。

光武帝还沉浸在激动的情绪中，一见傅俊来到，便大步上前，急切地道："子卫，当年朕将执节河北，为解除后顾之忧，命你护送阴夫人回新野，如今朕要再派人去接人来京。"

傅俊闻听，也很感动，叹道："当年陛下为创大业，新婚与夫人离别。如今，大业初成，该是团聚的时候。臣一定不负君恩，把夫人安全送到洛阳。"

光武帝又拟旨征妻弟阴识、阴兴，再三叮嘱后，亲自送傅俊出宫。送走傅俊，他依然激动难抑，又遣使到南阳各地打听长姐刘黄的消息，同时遣密使潜入长安伺机救出叔父刘良一家。

【第十二回】

关中难当大树军，西北最称伏波将

光武帝建武元年腊月，长安寒风刺骨，滴水成冰，即便午时太阳照射大地，寒冷也丝毫不会减弱，街上偶尔有几个行人，也是匆匆而过。

但是，此时，长乐宫里却是春意融融。几十只火盆分散在宫内，燃烧着南山的优质木炭。宫殿正中，一字排开丰盛的宴席，置酒肉，摆珍馐。

今天不是寻常的日子，赤眉军进占长安的庆功大会正在召开。一向不出宫的傀儡皇帝刘盆子出坐正殿，中黄门持兵器在后。大殿两侧，公卿百官杂乱无章地并坐。

酒宴开始前，刘盆子按照樊崇的吩咐，命人取来竹册，逐个登记众人功劳。功劳最大的，当然是樊崇，排在首位，其次是徐宣、谢禄、杨音等原赤眉渠师、三老、从事等。樊崇、徐宣等首领尚且谦让，但其下将士则相互争功，喧哗吵闹，人声鼎沸。有人突然离座，上前夺过刘盆子手中的竹册，以刀作笔，刻下自己的姓名，以便留名史册。其余人争相效仿，抽出刀剑，抢夺竹册，乱成一团。

杨音大怒，按剑而起，厉声骂道："诸位既为人臣，宫廷设宴，当行君臣之礼，反而不知羞耻，混乱更甚，小孩嬉戏，尚不如此，皆当处死。"

但是，嘈杂的争吵声盖住了杨音的声音，也许有人听见也装作没听见，争抢如故，混乱更甚，竟至争斗起来，刀戈使出，有人负伤惨叫。

吵闹喊叫声惊动了宫外各营将士，有人因没能参加庆功宴而不满，于是，鼓噪兵卒闯进宫内，争抢酒肉，大吃大嚼。诸将争相召集部属，乱杀乱砍。

长乐宫顿时变为战场，刘盆子哪见过如此阵势，顿时慌作一团，幸亏中黄门机灵，趁诸将争斗之际，挟着他躲藏到后宫的御榻之下，躲过了这场灾难。

御史大夫樊崇没想到庆功宴竟变成一场混战。开始时，他以为这些跟随他征战多年的穷弟兄不知礼仪，所以，没放在心上。但后来的混乱局面越来越严重，他制止都没有人听，或是没有人能听见。

樊崇急得团团转，一边吼叫，一边大骂，杨音冲到他跟前，急道："我们既立朝廷，混乱如此，成何体统？请大人下令，诛杀暴乱者，以儆效尤。"

樊崇也想到过杀一儆百的办法，但侍卫不在身边，无法下令。见杨音过来，忙叫道："快传卫尉诸葛稚入宫平乱！"

杨音受命，好不容易冲出宫门，正遇卫尉诸葛稚带兵前来。诸葛稚闻听御史大夫之令，勒兵入内，一气格杀一百多人，宫内方才肃静下来。

长乐宫内外，死尸横卧，血流遍地，顿成人间魔窟。

赤眉军夺得政权，却不知如何巩固政权，如何治理天下，这是他们自身的局限造成的。

有能力掌握政权，顺应时代潮流的是士绅的代表人物——光武帝刘秀。他起用执法如山的杜诗，迅速改变了都城洛阳的混乱局面，稳定帝都的人心。但这仅仅是第一步。

他的目光看得更远，要顺应民心思汉、民心思定的时代潮流，必须征用贤良儒士，创造清明政治、稳定动荡的时局。

有人向他举荐了伏湛。伏湛是名副其实的名儒贤臣，字惠公，琅琊东武人，是大名鼎鼎的名儒伏胜之后（伏胜以传《诗》名震天下，号伏生）。父亲伏胜教授汉成帝《诗》，自成一家。伏湛承继家学，弟子满天下，官为平原太守。新莽灭亡后，各处兵起，天下动乱。伏湛不顾安危，教授不废。夫人请他出城避乱，他却说："乱世荒年，国君撤膳，百姓饥饿，奈何自己独饱腹？"不顾夫人劝阻，竟把所得的俸禄粮米尽数赈济乡里。伏湛门下督素有勇力，见天下群雄并起，也想借他的名望起兵。伏湛憎其惑众，亲自拘捕问斩，枭首示众。乱世之际，其他郡县尸横遍野，哀鸿遍地，只有平原郡境内，清静无事。东州吏民，敬重地称他为"伏不斗"。

博学尚儒的光武帝自然听到过伏湛的名望，特谕公车，遣使者持节前往征召。伏湛仰慕明主，欣然应召而来，谒见皇帝。

光武帝问治国安邦大计，伏湛说："治国安邦最重要的是施行礼乐教化，人心向善，奸邪不生，举止方有文德。"

光武帝深以为然，当即拜其为尚书，使其典定旧制。伏湛尽忠职守，制定朝廷礼信一丝不苟。光武帝以其才可任宰相，旬日之内，迁为司直。因大司徒邓禹西征关中，便使伏湛行司徒事。帝驾每出战，留伏湛镇守，总领群臣。

数月之后，富平告急。告急文书是偏将军冯孝遣使送来的。

富平渠帅徐少拥兵万余人，劫夺军粮，骚扰地方。偏将军冯孝前往镇抚。冯孝先是招降，徐少说愿归降，但只降司徒伏公，即伏湛。冯孝以为他轻视自己，顿时大怒，发兵进攻。徐少熟悉地形，据地固守，并派出人马袭击冯孝，使冯孝损兵折将，无功而返。冯孝见难以取胜，才向洛阳告急。

光武帝阅罢告急文书，知道伏湛德高望重，为青、徐吏民所信服。若遣其出使，可招降徐少。可是，伏湛年事已高，自己怎么忍心让年迈之人经受颠簸之苦。

伏湛看出天子之意，欣然请命，愿出使富平，招降徐少。光武帝大喜，褒奖一番，遣其前往。

伏湛一进平原境内，吏民百姓夹道跪迎，欢迎伏公重返平原。占据富平的寇兵将闻听伏公来到，军无斗志，皆愿归降。

伏湛到富平，徐少当天就自缚出城请降。伏湛晓以大义，历数其罪。徐少心悦诚服，伏地认罪，与伏湛同去洛阳谢罪。光武帝赦免不诛，褒奖伏湛之功。

大司徒邓禹大败更始帝中郎将左辅都尉公乘歙，乘胜向西推进。邓军军纪严明，所过之处，秋毫无犯，赢得长安吏民的拥戴，归降者日以千数，一时名震关西。光武帝非常满意，数次作书，嘉奖邓禹，并命其诏召已逃归陇西的隗嚣。

邓禹遵命，遣使奉诏至天水，命隗嚣为西州大将军，使其专制凉州朔方之事。

逃出长安的隗嚣，如虎归山，立即复旧部，占据故地，自称西州上将军。赤眉军攻占长安，更始帝失败，三辅士吏纷纷投奔陇西。隗嚣谦恭爱士，倾身相交，拜新莽时平河大尹谷慕如掌野大夫，赵秉、苏衡、郑兴为祭酒，申屠建、杜林为持书侍御史，杨广、王遵、周宗、王捷、王元、马援为大将军，班彪、金丹等前来的士大夫皆为幕宾。隗嚣之名，复震西州，闻于关东。

邓禹使者到陇西，隗嚣麾下将军、大夫纷纷表示，陇西愿归附光武帝。隗嚣见光武帝兵强马壮，政治清明，而陇西刚刚复兴，于是接受西州大将军的封号，称光武年号。

在隗嚣旁边是河西的窦融，如今已是武威、张掖、酒泉、敦煌、金城五郡的大将军，也就是说，上述五郡皆愿受其节制。

绿林、赤眉两大反莽义军火并时，匈奴铁骑趁长安激战、中原内乱，越过河水，劫掠犯边，河西危急。河西五郡，张掖属国都尉窦融、酒泉太守梁统、金城太守库钧、张掖都尉史苞、酒泉都尉竺曾、敦煌都尉率彤，见烽烟示警，共聚计议说："如今天下纷乱，示知所归，河西陿隘，处在羌胡包围之中，如果大家不同心协力，势难自守，大家权均力齐，互不节制，难以统一指挥御敌，应当推举一人为大将军，统领五郡兵马，逐退胡匪，靖边安民。"

计议已定，五郡互相谦让，窦融素来为众人所敬仰，遂共推其为河西五郡大将军。

于是，窦融自任五郡大将军，领都尉职，置以事吏监察五郡，修兵马，习战射，订立盟约，互为援助，共抗外敌。羌胡犯边，五郡兵马相互支持，合力出击，使羌胡遭受沉重打击，不敢轻举妄动。窦融为政宽和，上下同心，安定、北地、上郡吏士，纷纷归附，河西遂自据一方。

光武帝以武力作后盾，以清明政治作辅助，怀敌附远，归附者日多。但也有野心家欲争天下，不附洛阳。

更始帝失败，被封为梁王的刘永以睢阳为都城，使董宪的翼汉大将军、张步为辅汉大将军，自立为天子，割据东方，窥探天下。

更有人效法假子舆王郎，欲霸天下。这个人就是原更始帝大将卢芳，卢芳冒称汉武帝曾孙刘文伯，迷惑百姓，占据安定，自称西平王。无奈兵寡地少，便派使者与西羌、匈奴和约结亲。匈奴单于为利用卢芳图谋中原，便说："胡汉本为兄弟。历来匈奴称臣。今汉室中绝，刘氏来归我，亦当立之，令其事我。"于是遣句林王率领数千骑前来迎接卢芳。

卢芳一计成功，乃与兄卢禽、弟卢程进入匈奴，由匈奴拥立他为汉帝，卢程为中郎将。卢芳称帝后，率胡骑复还安定，一时势盛。

五原人隋昱、朔方人田飒、代郡人石鲔、闵堪，各拥兵自重，自称将军，扰乱地方。

时逢乱世，群雄争霸，称王称帝者又有几人。光武帝审视着地图，在一个个割据者的名字下用笔画上粗线。多年的军事、政治经验，使其从容不迫地思考着应对当前局势的策略。

建武元年年末，侍中傅俊把阴丽华接到洛阳，同时征召而至的还有阴夫人之弟阴识、阴兴。新婚一个月，便是漫长的等待，有情人望眼欲穿，终于盼来团聚的这一天。光武帝与阴夫人紧紧拥抱着，久久不肯分开，任幸福的泪水奔流。

郭圣通与阴丽华第一次相见。多少个日日夜夜，两个女人都在心目中想象着对方的模样，当然，这里面不会没有淡淡的醋意。但是，两人一个是大家闺秀，一个是小家碧玉，同样知书达理，贤淑大方，一见面便亲似姐妹。光武帝下诏，册封阴丽华、郭圣通同为贵人。

亲人的音讯一个个传来，叔父刘良在密使的帮助下，化装逃出长安，来到洛阳。长姐刘黄也被从南阳接来。

光武帝遣使持节征召镇守荆州的更始大将军李通。李通与妻刘伯姬来到洛阳，光武帝亲自下殿相迎，执手问候，先拜李通为卫尉，转即封为固始侯，拜大司农，居守京师，与伏湛同治洛阳。

自春陵起兵以来，飘零奔散的一家人，终于团聚在洛阳帝宫。

幸福的生活没过多久，魏郡的告急书到：檀乡渠帅董次仲，渡河入魏郡，与五校残兵会合，有十万余兵。打家劫舍，攻城夺邑，扰得地方鸡犬不宁。

檀乡兵原为力子都的部属，力子都被部曲所杀，余众转走檀乡，号檀乡兵。

光武帝深知，只有消灭檀乡兵，稳固后方，方可全力以赴攻打长安的赤眉军。当即命大司马吴汉率大司空王梁、建义大将军朱祐、大将军杜茂、执金吾贾复、扬化将军坚镡、骑都尉刘隆以及王霸、马武、阴识等九位将军出兵檀乡。

有吴汉等九将军前往，檀乡兵不久必败。光武帝了解自己的兵将，对他们充满信心。他的目光落在地图上的长安，落在邓禹军所在的位置上："仲华该对长安有所行动了！"

长安战场上，邓禹军驻地。大清早，营门就被越聚越多的三辅吏民围住，人们跪在地上，说着同样一句话："请邓将军发兵进攻长安，解民于倒悬。"

这就是民心所向。邓军师行有纪，秋毫无犯，深得吏民拥戴。而赤眉军横暴三辅，吏民怨怒。逃出长安的士大夫召集百姓前往邓禹军营，请求发兵进攻长安。

曾经因反莽而起，深得民心的赤眉义军竟完全失去了民心，而失去了民心，势必失去立足之地。

邓禹军营前的情形已经持续了几天，但邓禹就是不肯出兵。诸将皆有进攻长安、早立大功之意，也来劝谏。

邓禹拗不过，只得出营接见吏民，解释他不同意进攻长安的原因："赤眉新破长安，财富充实，锐不可当。我军虽然兵多，但能战者不及赤眉，何况，前无可御之积，后无转馈之资，一旦久攻不下，势必陷入困境。"

三辅吏民失望而归。邓禹却在当夜召集诸将，说："赤眉虽然占据长安，但无长久之计，财谷虽多，变故亦多，难能坚守。上郡、北地、安定三郡，地广人稀，谷丰畜旺，我等可取道北上，就粮养士，等待赤眉形势变化，再进取长安。"

诸将始知大司徒之意，多数人赞同。邓禹当晚悄悄拔营北去。次日午时，突然出现在枸邑城门前。守卫枸邑的赤眉将士猝不及防，来不及集合就被邓军攻进城来。

邓军乘胜前进，所过之处，连破赤眉别将诸营，一座座城邑开门请降。赤眉西河太守遣儿子捧印信归降，邓禹派人护送到洛阳，同时，亲书上奏。

光武帝阅读邓禹手书，深表赞同，当即作书嘉奖。对付强大的赤眉军，他早有长期打算，邓禹的谨慎与他的作战意图不谋而合。

邓禹一语中的，赤眉军在长安的形势并不稳定。他们的暴虐引起了京兆、左冯翊、右扶风三辅吏民的怨恨。

三辅吏民不堪其苦，比较起来，还是更始帝宽平一些。何况，更始帝的境况极易激起人们的同情之心。于是，有人秘密串联，暗中活动，打算组织一支敢死队，救出住在赤眉军右大司马谢禄府里的长沙王刘玄，把他拥戴起来，抗击赤眉军。孰料，这一来，反而害死了刘玄。

投降赤眉的王匡、张印一直怀恨刘玄，但慑于樊崇的势力而不敢妄动。恰巧，二人在一个偶然的机会里，发现了三辅吏民欲劫持刘玄的计划。二人如获至宝，立去见樊崇，陈述利害，请求处死刘玄，以绝众念。樊崇大惊，招来谢禄，命其从速动手。

　　谢禄回府，带上亲信，假意邀请刘玄一起到城外遛马。亲信故意横冲直撞，把刘玄挤下马。刘玄大惊，连声呼救。不料，一条白绫飞来，缠住他的脖颈。谢禄亲信勒紧白绫，不消片刻，曾经贵为天子的刘玄，就一命归阴了。

　　凄凄荒野，刘玄的眼睛瞪着，仿佛在诉说他辉煌的过去，诉说一段辉煌的历史。

　　荒寞的原野上出现了一个黑点，黑点越来越近，是一个人。他是刘恭，闻听更始帝死讯当即赶往郊外，收殓尸骸，草草掩埋。

　　更始帝丧命三天后，宛王刘赐西行武关，护送刘玄的儿子刘求、刘鲤来到洛阳，拜伏金阙下。刘赐当年有举荐刘秀执节河北、行大司马事之功。光武帝下殿相迎，当众赞扬刘赐忠诚，封为慎侯，又封刘求为襄邑侯、刘鲤为寿光侯，承刘玄遗祀。

　　建武二年春，长安饥荒，百姓吃光了草根树皮，只好四处逃荒。赤眉军存粮已尽，只得再行抢劫，各营争先恐后跑出来，肆意抢掠，吏民怨声四起。

　　此时，长安的赤眉军已逐渐陷入困境，抢掠使其已经失去民心，不用邓禹军攻打，赤眉军已经无法在这座城市立足。

　　御史大夫樊崇召集诸将商议大军去向，几乎众口一词，主张拔营西去。因为事实明摆着，光武帝切断了出关的道路，邓禹又移兵西来，唯有西路可行。

　　计议已定，樊崇遂命军卒把抢夺来的珍宝装上马车，然后纵火焚烧宫室，大军拔营西去，几十万人马如钢铁洪流涌出城去，其势力威猛令人惊叹。

　　邓禹虽然已知赤眉军粮尽，却没料到赤眉军突然弃城西去。当时还以为对方在采取什么重大行动，一时竟没敢发起向长安的进攻。

　　赤眉军自南山转掠城邑，途中只遇着更始旧将严春拦截，战于郿城。严春战败被杀，赤眉军进入安定北地。

　　得民心时，无往不胜；失民心时，无立足之地。邓禹轻而易举，进入长安，屯兵昆明池，犒赏将士。但是，长安已繁华不再，满目疮痍，狼藉遍地。就是高祖庙也被赤眉军毁坏。拥立刘氏的农民军内心并不拥戴刘汉，由此可见一斑。

　　邓禹不是农民军，自然尊崇刘汉列祖，忙率诸将斋戒，选定吉日，修复高祖庙，收集十一位汉帝的神位，派专使恭恭敬敬地送往洛阳。

　　光武帝闻报大喜。尽管邓禹兵不血刃，进入长安，但其政治影响却是深远的，遂予以嘉奖，并谆谆告诫说："赤眉虽然西走，但兵力无损。西去无路，我可使西州大将军隗嚣截击，逼其东归。将军目前可安抚百姓，扫荡长安外围。待赤眉东归，再行决战。"

　　诏旨到长安，邓禹遵命执行。

　　同一天，魏郡捷报又到，大司马吴汉率九位将军在邺城东大破檀乡兵，斩其渠帅董次仲首级。

捷报频传，光武帝龙颜大悦，为鼓舞将士决定大封功臣，功最高者，封四县食邑。

使者到长安，宣诏封邓禹为梁侯，食邑四县，令其为刘玄迁墓霸陵；到清河，封吴汉为广平侯，食广平、曲周等四县，令其出兵西山渠帅黎伯卿。其余诸将各有所封，各有所遣。

赤眉军西行，入安定，过北地，辗转数日进入陇西，天气一日比一日寒冷。

占据陇西的西州大将军隗嚣岂容赤眉贼寇进入自己的一亩三分地。何况，光武帝的诏令已到，已执汉节的隗嚣正想表现拥汉的立场，一举两得，何乐而不为呢？

隗嚣遂遣将军杨文率兵驻守险关隘口。杨文通晓兵法，熟识地形，引兵埋伏在赤眉军必经之路的险要地带，迎头截击，猛攻赤眉。几十万人马的赤眉军被阻在狭窄地带，无法展开队形，完全处于挨打的境地。队伍慌乱，马踏人挤，三十座大营不能统一指挥，伤亡惨重，只得将所掠财物抛弃殆尽，轻骑脱逃。

这一仗，是赤眉军起兵以来败得最惨的一仗，数十万大军一下子损失不少。樊崇召集渠帅商议对策，徐宣叹息说："隗嚣占据陇西，兵马精壮。而我人地两生，恐难取胜。"

诸将想起刚刚遭遇到的伏击，仍心有余悸，无不赞同徐宣的意见。

赤眉渠帅至此才知道西行的道路是不通的。既然西行不通，唯有复返旧路。

樊崇下令，取道阳城，东归长安。漫长的队伍行进在荒凉的旷野中，虽是初冬，但西北的风已是异常寒冷，身穿破旧单衣的将士冻得上下牙打架。

行至番须山，西北风更加刺骨，天上阴云翻滚，不多时，鹅毛般的雪片纷纷扬扬飘落下来。雪越下越大，天渐渐黑了下来，眼前白茫茫一片，脚下厚厚积雪。

到了下半夜，积雪没膝，行军已极为困难，气温更低。到处是积雪覆盖的山，连个躲避风雪的地方也没有。

将士们疲劳已极，他们不敢歇息，因为一停下来，就会被冻死在积雪中。但是，人体的承受力是有限的，疲劳、饥饿、寒冷终于使成群成群的士卒倒在积雪中再也爬不起来。

天亮时，队伍终于走出番须山。樊崇回首横道的尸骸，铁打的汉子终于流下热泪。赤眉军弟兄走到这一步，难道是天意吗？

大军踏上归路，为解决军粮军饷不足的问题，只得一路劫掠，甚至掘开诸汉帝陵墓，尽取宝藏。

邓禹探明赤眉军东归，挖掘诸陵，异常震怒，立即率军前往围攻。

此时，赤眉军已得给养，稍加休整，士气复振。西去的苦头，使樊崇恨透了邓禹的光武帝军。于是，他迅速展开队形，与邓军展开厮杀。

樊崇身先士卒，冲入敌阵，马踏刀砍，威猛无敌，赤眉军人人拼命，争相冲杀。邓军渐渐不支。

邓禹没料到长途奔波的赤眉军还有这么强的战斗力，急忙传令退兵。赤眉军穷追不舍，叮住邓军后翼，狠咬一口，邓军大败。

邓禹退守云阳，收集残兵，准备休整后，再与赤眉决战。恰在此时，汉中王刘嘉与妻兄来歙率部前来归附。

来歙，字君叔，南阳新野人。其母为刘秀的祖姑，甚亲相敬，少时与刘秀有交情。因新莽之乱逃难。后到汉中，投到妹夫汉中王刘嘉麾下。更始败，劝刘嘉用建武年号。来歙通史书，精兵法，颇有贤名。

邓禹大喜，有汉中王兵马相助，不难对付赤眉军。可是，他高兴得太早了。刘嘉的相国李玉不愿归附邓禹，密谋率汉中兵马叛逃，邓禹察知，斩之。其弟李宝获知兄长被杀，引部曲来攻邓禹，杀了前来迎战的赤眉将军耿䜣。邓禹兵力削弱，无力进攻赤眉军，赤眉军也没能攻破邓军的阻截，战争处于胶着状态。

邓禹上奏洛阳。光武帝此时正忙分遣诸将，出征各地，遣执金吾贾复征汝南，遣大司马吴汉征南阳，遣廷尉岑彭征黎立……

百忙之中，幽州牧朱浮送来告急文书：渔伯太守彭宠反叛。光武帝吃了一惊。

彭宠早有逆志。早在刘秀在河北平定铜马诸部时，彭宠在邺城谒见，因萧王未封其为王而耿耿于怀。光武帝定都洛阳，吴汉、王梁、景丹名列三公，消息传到渔阳，彭宠深以为耻。吴、王、景三人本为其部属，受其所遣，追随光武帝左右，位尊爵显，只有自己没有加封，彭宠遂有异志。

幽、翼之地，王郎自立，寇贼蜂起，战乱不断，虽经萧王平定，北州已破败不堪，唯有渔阳完整无损。渔阳有盐铁、粮谷，彭宠遂以盐铁、粮谷做贸易，招集四方商贸，积累财富，渔阳更加富强。幽州牧朱浮征集粮草，彭宠以种种措辞，缓发或拒发，彼此嫌隙日深，甚至不能共事。朱浮多次公开言彭宠的短处，彭宠更加怀有二心。

建武二年春，光武帝诏征彭宠入都。彭宠怀疑是幽州牧朱浮告发自己倒卖军粮，才有诏征之事。他上书表示愿与朱浮同去洛阳，又分别作书给吴汉等旧部，陈述朱浮谗言相害，请他们同去洛阳。光武帝不许，彭宠疑心更重。夫人陈氏性情刚愎，劝夫自立。光武帝见彭宠迟迟不肯动身，遣其弟彭兰御前往催促。彭宠竟扣留其弟，拜置将帅，兵出渔阳，攻打居于蓟城的朱浮，公开叛乱。因上谷太守耿况与他经历相同，也未得王封。遂遣使劝诱，企图两郡合兵。但耿况斩来使，闭关自守。

光武帝知道，以朱浮之力难敌渔阳突骑，即令游击将军邓隆驰往增援。邓隆去北州，与朱浮分守两地，并遣使捧驻防图上奏。光武帝看罢，大惊失色，对使者说："两军相距太远，一旦有事，来不及救援，易被各个击破。待你回去，此兵必败。"

未出宫门，能知晓战事，使者惊愕不已，半信半疑，驰返北州。

彭宠精通兵法，看出邓隆、朱浮布军的弱点，即陈重兵，临黄河，从正面挡住邓隆。他暗中发精兵突骑三千，潜伏到邓隆大阵后。鼙鼓擂响，彭宠率兵从正面冲杀过去，伏兵则从后面杀出来。邓隆腹背受敌，将士慌乱，抵敌不住，只得拍马逃脱，部属伤亡过半。朱浮急忙赶来救应，半路上被邓隆败军冲乱了队形，难以抵敌，只得退守蓟城。

使者回复光武帝的话，邓隆、朱浮无不佩服皇帝的才略。

彭宠大获全胜，又拉拢了涿郡太守加入叛乱的阵营，合两郡兵马反叛光武帝，气焰熏天。

光武帝注视着彭宠，但因各个战场上兵力吃紧，一时无力增援，只得命朱浮、邓隆固守，待腾出手来，再解决彭宠不迟。

他的目光重又落在长安战场，遣使奉诏告诫邓禹："赤眉军势大，你部不可力敌。可采用灵活战术，使其复入长安，与更始旧部决战，待其力疲，我方坐收渔利。"

邓禹奉诏，故意放开大阵一角，赤眉军见有隙可乘，遂穿过云阳，复入长安。马车拉着刘盆子，进入古都，但长安帝宫已被焚毁，只得居住在桂宫。

这时，汉中王刘嘉的叛将延岑引兵北出散关，占据杜陵，逼近长安，赤眉军逄安率军十万前往进攻杜陵。

邓禹得到谍报，决定乘逄安精兵外出，长安空虚之际，发兵偷袭。当晚，全军出动，马衔枚，人蹑足，突然攻进城去。

守军惊慌失措，仓促应战。顿时，城中杀声阵阵，火光冲天。

邓禹只想速战速决，以防赤眉援军赶到。但是，守军拼死抵敌，他们在长安数月，熟悉地形，与邓军逐街逐巷展开争夺，竟把邓军黏住。

半个时辰过去，邓军进展缓慢。邓禹暗暗心惊，已有退兵之心。正在这时，赤眉军右大司马谢禄的救兵赶到，向邓军发起反攻，邓军大败，溃退出城。谢禄一鼓作气，一直追至高陵才收兵回城。

这一仗，邓禹兵马伤害惨重，更严重的是军粮已尽，军心动摇。诸将满腹怨气，大司徒的威望迅速下降。

邓禹痛哭流泪，悔恨不已，但一切都无济于事。这个仗没法打下去了，只得向洛阳告急，急求接济。

光武帝阅罢邓禹上书，俯身凝视着地图，眉头凝成"一"字。赤眉、延岑相继暴乱三辅，郡县大姓拥兵自重，凭砦固守。关中难定，统一天下只能是纸上谈兵。

他没有责怪邓禹，邓禹长年征战在外，兵疲力尽，不堪再战，该是换将的时候。但是，关中的战略地位太重要，以邓禹之才尚不能平定，何人能担此重任呢？

他把麾下诸将一一掂量，能征惯战者大有人在。但仅凭能征惯战，能平定关中吗？很多将领不是不善打仗，然而治军不严，到处劫掠，结果使占领区平而复叛，费了他很大的精力。

思索半天，光武帝眼前忽然浮现出一个人来：冯异。冯异智勇双全，算得上最合适的人选。但是，冯异却不在洛阳。

阳夏侯冯异击败阳翟的贼寇后，奉诏归家上坟，尚在颍川。长安军情十万火急，往返征召颇费时日。何况，冯异十多年没回乡，何忍征召。光武帝进退两难。

恰在此时，心里牵挂国事的阳夏侯冯异提前回朝复命。光武帝立即召见，说明心意，叮嘱道："三辅吏民遭受王莽、更始之乱，又受赤眉、延岑祸乱之苦，生灵涂炭，无处倾诉。今遣你征战，并不要略地屠城，重在平定地方，安抚百姓。朕看到诸将不是仗打得不好，但军纪松懈，时有劫掠，丧失民心。卿称'大树将军'，平时善于治军，一定不负朕望。"

冯异牢记在心，当即领旨出征，光武帝直送到河南，赐以乘骑、宝剑。就在冯异奉诏西进时，长安战场又发生了新的变化。

屯兵杜陵的汉中王叛将延岑见逢安引十万人马来攻，自知难敌，连夜派人与更始将军李宝联络，两处合兵数万人共守杜陵。

逢安一边展开正面进攻的队形，吸引延岑、李宝的兵力，一边遣精兵万余，偷偷绕到敌阵后，发起突然袭击。杜陵守兵腹背受敌，军心动摇，溃不成军。延岑见势不妙，夺路奔逃，李宝晚了一步，被赤眉军围困，主动投降。

延岑收集残兵，不敢再战。这时，已投降逢安的李宝遣心腹私见延岑说："将军坚持再战，我将从内部反击，里应外合，一定能大败逢安。"延岑转忧为喜，鼓舞士卒再次出战。逢安不知有诈，倾营而出，亲攻延岑。李宝在后阵，突然回营，全部换掉赤眉军旌旗，换上自己的旗帜。延岑败退，逢安追击不止，疲惫回营，忽见到处是李宝旗号，大惊。将士惊慌乱走，跌落山谷者不计其数。李宝、延岑乘势杀来，赤眉军前后受敌，大败。十万大军损失将尽，逢安只与数人逃归长安。

冯异进入关中，沿途安抚百姓，宣扬威信，吏民畏服，弘农郡自称将军的盗贼如渑池的霍郎、陕城的王长、湖地的蜀惠、华阴的阳沈等辈，皆率部卒前来归降。

怀柔附远，这是武力加上怀柔的结果。

光武帝在殷切地关注着冯异，见其恩威并用，可胜重任，方下定决心，召还邓禹。邓禹接诏，诏旨虽无诘责之语，却令他羞愧不及。皇帝将平定关中的重任托付于己，如今劳师败绩，无功而返，何以回京面见天子和群臣。

他不甘心失败，企图挽回败局。乃以饥疲之旅数次出战，虽然没有一次取胜，还是不肯返归洛阳。

此时，长安赤眉军正如光武帝所料，已陷入困境。逢安一战，损兵近十万，军心怨沸，再加之军粮已尽，思乡的情绪弥漫全军。

樊崇等首领相议，军粮已尽，长安不过一座空城，守之无益。何况，地方百姓怨愤，大军没有群众基础，难以生存，不如东归故里，尚可徐图发展。

光武帝建武二年十二月，赤眉军三十余万人马主动放弃长安，踏上东归之路。此时，三辅之地，大饥荒尚在继续，人相食，城郭皆空，白骨遍地。豪强大户则聚为营堡，坚壁自守。赤眉军无从劫掠，军粮短缺的问题无法解决。

光武帝见赤眉军果如所料，大为欢喜。下一步便是断绝其东归之路，这是最关键的一步棋。如果赤眉军冲出堵截，东归故里，无异于放虎归山。再去平定，势比登天还难。

所以，他不敢掉以轻心，尽管各处兵力吃紧，还是抽调重兵设防堵截，遣破奸将军侯进驻防新安，建威大将军耿弇驻防宜阳，两路重兵阻断了赤眉军东归要道。同时，敕令诸将："赤眉军若东走，可引宜阳兵会新安；若南走，可引新安兵会宜阳。"

直到确信布置得天衣无缝，他方把目光又投向长安，落在冯异身上。口袋已张开口，下一步，就看"大树将军"如何把赤眉军逼进口袋。

冯异西进，与东归的赤眉军相遇，两军列阵对垒，交战数十阵，互有胜负。其间，因冯异宽厚诚信，收赤眉军降将刘始等五千多人马。从兵力上看，赤眉军尚处于优势，但士气却处于劣势。两军对峙六十余日。

岁月悠悠，又是一年过去。建武三年春，光武帝遣使拜冯异为征西大将军，全权节制西行兵马，正式把平定关中的重任交付给他。同时，督促邓禹尽快交接兵权，限期回京。

邓禹不得不引军东归，与冯异相会。他不谈交割兵符之事，却请冯异一同进攻赤眉军。冯异知其心有不甘，婉言劝谏说："我与赤眉贼寇屡战，仅俘获数千兵将，贼势尚众，可以剿抚并用，徐徐招诱。若用兵强攻，冀望速胜，贼寇困兽犹斗，势必两败俱伤。陛下已使诸将布阵，拒其东路，命我西击，彼此合力，一举获胜，不留后患，这是万全之计。"

邓禹不听，垂泪道："我为大司徒，执节关中，劳师败绩，不平寇贼，何以面见主上？今拼死一搏，可望成功。将军助我。"

冯异明白他的心情，不便拒绝，只得让他指挥兵权交接前的最后一仗。将军邓弘请命愿为先锋，邓禹依允。于是邓弘率万余人马离开大军，发起进攻。

赤眉军丞相徐宣向右大司马谢禄面授机宜，道："将军如此用计，可破汉军。"

邓弘杀来，赤眉军厮杀一阵，忽然败走，尽弃辎重粮车。汉兵大喜，欢呼雀跃，围住辕车，扔下兵器，争相抢夺。不料，车里装的全都是土，只在上面覆盖一层粮食。邓弘得报，方知有诈，急令退兵。哪里来得及，赤眉军返身杀回，喊声震天动地。邓弘大败，狼狈奔逃。一直在观阵的邓禹见状，慌忙招呼冯异，两人并驾驱驰，催动大队人马，截杀赤眉军。

赤眉军也是全军出动，人多势众，与汉兵展开厮杀。徐宣见不能取胜，向樊崇耳语几句，樊崇遂命后退，丢下无数尸首。

冯异见邓禹人马饥乏困顿，面有怯敌之色，忙向邓禹劝谏道："赤眉军未败先退，必然有诈。我军饥疲暂宜歇息，不可再进。"

邓禹不听，愤然说："贼寇败退，正可乘胜追击，雪我败师之耻。"遂率大军再进追击。

行不到四十里，两旁树林里突然一阵鼓响，杀出无数赤眉军，把汉军包围进攻。邓禹、冯异人马寡不敌众，先已怯战，狼奔豕突，四处溃逃，损失惨重。邓禹身边也只剩二十四骑亲兵将士保护着他，拼死杀开一条血路，逃往宜阳，总算保住了性命。冯异则边杀边退，连坐骑也受了伤，只得弃马步行，退到回溪阪。

回溪阪是一条狭窄、悠长的深谷，两边山壁陡峭，树木丛生，地势险要，易守难攻。冯异与部下数人，攀登山壁，躲进树林。赤眉军大军难以进山，他们也不敢出去。躲过几天，几个人终于在一天夜里，绕过赤眉军营地，逃脱回营。

这一仗，完全改变了关中的形势，汉军由主动变为被动。光武帝围困赤眉军，或决战宜阳，或决战新安的战略企图，恐怕难以实现，光武帝的浓眉又凝成"一"字形。

冯异逃回老营，下令关闭营门，坚守不战，派出专人收集溃兵，并招募士卒。半个月后，又聚集了七八万人马。但敌众我寡，如何破敌？

他针对赤眉军新胜生骄、急欲寻路东归的弱点，决定改变原来"敌势强盛，不可力取"的作战原则，定下破敌之计。

冯异不顾诸将劝阻，亲自手书战书，派人送往赤眉军大营，约定三日后决战。

赤眉军御史大夫樊崇要应战，丞相徐宣劝谏说："冯异新败，损兵折将，多日坚守不战，突然主动求战，必有奸计。"

樊崇笑道："丞相太小心了。冯异连坐骑都被俘获，就是用计，又奈我何。三日后出战，一定活捉他。"毫不迟疑地在战书上按上手印。他不会写字。

决战的前一天，冯异召集全营将士作战前动员："赤眉贼势虽众，但久战在外，军心离散，不足为惧。明日决战，便是报效国家的时候，诸将士务必人人奋勇，个个争先，誓杀贼寇。"

将士精神振奋，尤其新招募的兵卒，多是三辅子弟，皆受赤眉军侵暴之苦，人人摩拳擦掌，等待杀贼报仇时刻的到来。

当晚，全军三更做饭、喂马、做好临战准备。冯异挑选万名英勇善战的壮士，命他们饱餐战饭，带足干粮，全部换上赤眉军的衣服，乘着夜色悄悄出营，埋伏在道旁，准备会战时，以鸣金为号，夹击赤眉军。

天刚放亮，两军就列好了阵势，准备厮杀。赤眉军势众，黑压压一片，不见首尾，将士一个个杀气腾腾，傲气十足。而汉军则显得人数寥寥，兵力不足。樊崇打量着汉军，向身旁的徐宣笑道："冯异打了败仗，脑筋不好使了，就凭这点儿人马能抗住我十万大军？"

徐宣也在观察着汉军阵势，但看了半天，也没看出有什么高明之处，于是，放下心来，对樊崇道："冯异真的糊涂了。悉数冲过去，把他活捉，正好回营吃早饭。"

樊崇点头。赤眉军全军出动，杀向汉军。冯异早已待敌，传令出击。两军相向奔驰，越来越近。终于相遇，立即传来戈矛撞击声。

战尘蔽日，天昏地暗。杀声阵阵，地动山摇。时间在飞逝，流血在增加，越积越多的是尸体，是丢弃的刀戈。赤眉军势众，争相冲杀，恨不得一口吞掉汉军。

冯异身先士卒，冲杀在最前面，人和马身上沾满鲜血，分不清是敌人的血，还是自己身上的血。汉军受到鼓舞，人人拼命，誓死杀敌。人马虽少，却不落败势。

从拂晓杀到日上中天，未见汉军败退。赤眉军没吃早饭，拼杀半天，早已饥肠辘辘，士气渐渐衰落。冯异见时机已到，突然大声吼道："鸣金。"

铜锣声响起，传出老远。

古时作战，鸣金通常为收兵的信号，正在厮杀的赤眉军听到锣声，以为是自己一方收兵的信号，一个个跳出战圈，准备退走。这时，埋伏在道旁、养精蓄锐大半天早已憋足了劲的汉兵听到出击信号，个个跃马杀出。

赤眉军士卒以为来了援军接替他们，纷纷靠拢过去。没想到，这支"赤眉军"竟举起大刀，挥舞长矛，反而杀向自己。眨眼之间，真赤眉军死伤无数。樊崇方知中计，传令截杀。

两军搅在了一起，汉军以帽上白巾为识别，赤眉军不知，分不清谁是汉军，谁是自己人，无从厮杀，惊慌溃散。

冯异挥师追杀，同时谕令，降者免死。直追到崤底，大破赤眉军。此战俘敌八万多人，其中还有女眷在内。余众十万，向宜阳逃去。

汉军打扫战场，财物、兵器堆积如山。冯异一扫愁容，捷报上奏洛阳。

初闻邓禹、冯异败绩，光武帝对冯异能否平定赤眉军已无信心。看来，只有亲到宜阳，堵住赤眉军东归之路，再另谋良将，徐徐图谋。

光武帝车驾来到宜阳。只带二十四名亲兵逃奔宜阳耿弇大营的邓禹，满面羞愧，拜见光武帝，呈上大司徒、梁侯的印绶，自谢其罪。

光武帝没有责怪，坦诚地说："仲华长于治世，短于征伐。当年随朕执节河北，劝谏朕延揽英雄，取悦民心，立高祖之业，救万民之命。此汉室复兴大计，朕受益匪浅。仲华之功，在诸将之右。"

邓禹羞愧地说："臣有罪，何功之有！"

光武帝收敛笑容，正色道："功归功，过是过，功过各自一论。朕不会搅和在一起的。当即免去大司徒之职，收回侯印。"

"臣谢主隆恩！"邓禹如释重负，叩头谢恩退出。

光武帝正欲召集耿弇等将共议堵截赤眉军东归之计，冯异的捷报送到，顿时，喜气洋溢在上至皇帝下至士卒的每一个人的脸上。光武帝欣赏不已，说道："赤眉遭受重创，正向宜阳奔逃。我军可盛兵列阵，示以兵威，逼其归降。"

耿弇、吴汉等将深表赞同，立即调动兵马，遵旨执行。

被冯异杀得大败的赤眉军惶惶如丧家之犬狼狈东奔，逃到宜阳境内时，忽然，前锋慢了下来。一名裨将神色惶然，奔到御史大夫樊崇的马前，结结巴巴地说："禀大人，前方刘……刘秀阻住去路，怎……怎么办？"

此话一出，众皆失色，有人当时就掉落马下，身经百战的樊崇也变了脸色，半晌，方向徐宣、谢禄等人说："走，到前面看看！"

数十人策马向前，走了十几里地，来到一座小山前下马。裨将引领着他们刚爬到半山腰，已听到战马的嘶鸣声。

突然，裨将用手一指，颤声道："你们看……"

众人拨开一人深的蒿草，向东一看，全都骇然变色。山前的驿路上，整整齐齐，排满了汉军人马。前面的突骑精兵肃立，队首飘扬着"吴"字大旗，显然是大司马吴汉所率，紧接着是中军大营。当中黄色的大纛下，光武帝刘秀披甲执锐，威风凛凛地端坐马上，骁骑、武卫分列。

旌旗猎猎遮天蔽日，兵戈闪闪似竹如林。距离太近，赤眉诸将看得越清楚，越感到头晕目眩。

引他们前来的裨将，让他们靠近观看，自有一番用意。兵卒们久战力疲，军无斗志，早有投降之意。裨将让渠帅们亲眼见见光武帝兵威，以决定是战是降。

他的目的达到了。樊崇呆立半晌，一言不发，一屁股坐在蒿草丛中，双手抱头，连声叹息。

这是勇猛刚烈的樊崇从来没有过的表现。众人看在眼里，心里更加慌乱。你看看我，我看看你，谁也不敢说话。

好半天，樊崇才抬起头，说："你们都看到了，怎么办？有什么见解尽管说出来。"

诸将摸不准他的态度，都怕说错了话惹恼了他，不敢开口，还是一片沉寂。

最后竟是一向文弱的刘恭首先开口，试探着说："大军已陷绝地，将士们的性命方是最要紧的，不如投降，保全性命。"

话音未落，右大司马谢禄忽地站起，怒斥道："男儿大丈夫宁可战死疆场，岂有投降之理？姓刘的，你惑乱军心，我当斩之。"说着，拔剑在手。刘恭吓得脸色灰白。

樊崇上前，按住谢禄宝剑，劝说道："刘恭乃忠义之士，所言实为我赤眉弟兄着想，谢贤弟不必计较。"

谢禄只得恨恨收剑，丞相徐宣揣测樊崇之意，起身说："我赤眉大军自起兵以来，辗转征战在外，将士有思乡之情。如今兵败绝地，恐怕今生今世难回故土，难见亲人。"说着，泪洒衣襟，众人听着心酸，不约而同，放声大哭。

大司农杨音拭去泪水，沉沉道："思乡之情倒在其次。眼下，前有刘秀大军阻挡，后有冯异追兵，我军再也无路可走。刘恭说得对，这么多人的性命方是最紧要的，要保命，只有投降。"

谢禄软了心，顿足说："投降能保性命，可是却让刘秀笑话咱们赤眉军贪生怕死，名声更难听了。"

樊崇用充满感情的声音说："我出生入死，身经百战，什么阵势没见过，从来没怕过死，可是，为了十多万弟兄的活命，我同意投降，要那些虚名何用。"

他的话等于一锤定音，全军投降。但为了慎重，必须先派人向光武帝乞降，让汉军保证投降后将士们的安全。作为刘汉宗室的刘恭被任命为使者。

刘恭来到大军前，向光武帝跪拜施礼后，问："盆子将率赤眉将帅兵卒归降，不知陛下何以处置？"

光武帝威严答道："朕早有诏令，降者免死。愿从军者可留用，愿去者赠资返乡。"

刘恭返回，如实禀报。樊崇知道刘秀一向诚信，放下心来，便令刘盆子及丞相徐宣以下三十余名首领，皆袒肉归降。其余将士全部脱下甲衣，放下兵器，向汉军投降。

刘盆子跪拜光武帝，呈上象征权力和武力的传国玉玺和兵甲。赤眉军交出的器械兵甲堆积在宜阳城，高与熊耳山相齐。

投降的赤眉军将士已有多日没吃到东西，好多人走路都在摇晃。光武帝命县厨赐给食物，酒肉管饱，十万饥卒，总算吃上了一顿饱饭。

建威大将军耿弇私见光武帝，说："赤眉军降卒甚多，恐其叛乱，反复无常。如何是好？"

光武帝深思良久，轻轻点头："无妨，朕自有办法使其心服口服。"

次日，旭日东升，霞光万里，又是一个晴好天气。汉军在洛水岸排练大阵，朝阳下，戈矛熠熠生辉，闪烁寒光，透着杀气。光武帝检阅大军，令刘盆子与樊崇等随同观看。赤眉诸将见汉军严整有序，兵强马壮，无不惊骇，相视无语。

光武帝扫视盆子君臣，含笑说道："你们投降是否后悔？朕今日放你们回营勒兵，约期再战，以决胜负，绝不恃强压服。"

众人一听，慌忙跪倒叩头，樊崇直爽地说："败就是败了，我等心服口服。樊某本为草民，为王莽所逼方造反。如今陛下宽恩，准樊某归农，宁愿再当默默农夫。"

"说得好！"光武帝赞赏地说，"国家久经战乱，田园荒芜，民不聊生。百姓谁不盼着战争早日结束，早日建设家园。诸位主动放下兵器投降，实乃国家之幸，百姓之福。"

盆子君臣颇为感慨，伏地赞叹道："陛下胸怀天下，体恤万民，真是有道明君。"

回营之后，光武帝训谕降将，说："诸位干了很多无道之事，所过之处暴虐地方，污溺社稷井灶。不过，还有三大善处：攻城破邑，走遍天下，本故妻妇无所改易，是一善也；语能用宗室，是二善也；余贼立君，迫急皆持其首归降，自以为功，诸位能保全交付朕，是三善也。所以，朕法外施恩，诸位可与妻小居住洛阳，赐田宅一处，田二顷。但愿以后安心本业，共享太平。"

降将叩头谢恩。

光武帝信守前言，降卒愿归乡的，赠给盘缠钱，愿从军的，发给军饷。十万降卒山呼万岁，欢天喜地。赤眉已灭，光武帝车驾离开宜阳，踏上新的征程。

赤眉军虽降，但是关中之地远未平静。贼寇并起，各霸地方。延岑据蓝田，王歆据下邽，芳丹据新丰，蒋震据霸陵，张邯据长安，公孙守据长陵……拥有兵力多者万人，少则数千，相互攻击，永无宁日。

但这些零碎的割据势力已难成气候，有留守上林苑的冯异，平定只在早晚之间。光武帝审视的目光已从关中移到了关东。

定都洛阳之后，汉军也仅占有黄河南北的中原地区，周围是林立的割据势力。东都有梁郡的刘永、青州的张步、东海的董宪、庐江的李宪，其中，已称天子的梁王刘永势力最强；西部则有天水的隗嚣，占据陇右之地，毗连巴蜀，靠近关中，兵多将广，他的去向是守住长安的关键；西南有成都的公孙述，结交三辅豪强，窥视江陵；北有彭宠，占有广阳、上郡、右北平等郡，并和匈奴、张步等联合在一起；南有田戎，占据着南郡、夷陵。

这些势力形成了对中原地区的包围之势，威胁最大的是靠近洛阳的关东豪强，而其中刘永首当其冲。

光武帝欲讨伐关东，又恐天水的隗嚣、蜀地的公孙述图谋长安，冯异身后不稳，如何全力出兵关东？

建武三年二月，来歙与汉中王刘嘉来到洛阳。光武帝知来歙才能，在偏殿召见，拜为太中大夫之后，问道："朕欲征关东，但以陇、蜀为虑，君叔有何妙计赐教？"

来歙胸有成竹地答道："陛下可用联陇制蜀，西和东攻之策。"

果然才识过人，光武帝流露出赞赏的目光，进一步问道："何以联陇制蜀，西和东攻？"

来歙说："臣与隗嚣有旧。他起兵之初，即用汉室名号。如今陛下圣德隆兴，臣愿请旨去陇右，说服他心向洛阳。隗嚣归心，公孙述失去外辅，不足为虑。西方无忧，陛下可全力对付东方。"

光武帝欣赏不已，说："卿所言正与朕不谋而合。"当即遣来歙为使者，执节出使陇右。

来歙到陇右，极力说隗嚣与洛阳联合，共同对付巴蜀。隗嚣为割据陇右，也有防范公孙述之心，遂表示归心洛阳，不与巴蜀合谋。为示决心，便把公孙述派来的使者杀死，与公孙述彻底反目。

隗嚣与公孙述相互牵制，长安可保无事。联陇制蜀，西方已稳，光武帝全力以赴，对付关东。

第一个进攻的目标，当然是势力最强的刘永。

刘永在睢阳称帝后，以周建为内辅，佼强、董宪、张步为外屏，占据了济阴、山阳、汝南等二十八城，几乎占据青、兖、徐三州。早在建武二年三月，光武帝即派虎牙大将军盖延率始帝降将苏茂东征刘永。不料，苏茂反叛，杀了淮阳太守，引兵投奔刘永，被刘永封为淮阳王。盖延兵力削弱，无力进攻，只得据以上奏。光武帝当时因长安吃紧，无兵增援。如今形势不同，消灭刘永的时机已经成熟。

光武帝遣驸马都尉马武、骑都尉刘隆、护军都尉马成，率大军前往增援，接受盖延的指挥。汉军兵精粮足，一路向前推进，直逼睢阳城下。刘永据城固守，相持数月不下。

盖延决定智取，一边进攻睢阳城，一边派人收割城外的小麦，作为军粮。城中得不到给养，粮草用尽，守兵军心动摇。盖延在白天以酒肉犒劳将士，令其饱餐，养足精神，夜里突然发起进攻。

一击成功，汉军攻进睢阳城。刘永惊慌失措，带领败兵从东门逃出。盖延紧随追杀，直杀得刘永兵马尸横遍野，狼奔豕突。刘永只带少数亲兵逃进谯邑。

盖延乘胜前进，破薛城，杀鲁郡太守梁丘寿。归附刘永的彭城、扶阳、杼秋、萧邑闻风丧胆，不战而降。刘永的二十八城，已失去三分之一。

刘永逃进谯邑，征召救驾。苏茂、佼强、周建率军赶到，合兵反攻盖延，两军对垒。素以勇力闻名的虎牙大将军，取过三百斤的硬弩弯弓射落敌阵中飘动的"刘"字大旗，刘永军顿时溃乱。盖延乘机发起攻击，大破敌军。刘军溃败，伤亡过半，苏茂逃向广乐，佼强、周建保护着刘永，逃奔湖陵。

盖延收服众城，安抚百姓，修建高祖庙。

连战惨败，刘永已是强弩之末。光武帝为尽快瓦解其众，移文作书，讨伐刘永，并遣太中大夫、伏湛之子伏隆执节安抚青、徐二州。

青、徐兵众看到光武帝檄文，军心动摇，惴惴不安。获索渠帅古师郎引兵归降，极大地震动了刘永将士。辅汉大将军张步拜谒伏隆，并遣使随伏隆去洛阳谒见光武帝。光武帝迁伏隆为光禄大夫，授权拜令长以下官属。

伏隆受命，复使张步，拜张步为东莱太守。

刘永得知张步投降，极为恐慌。他深知其人贪欲极大，反复无常。为让张步继续为己所用，乃封为齐王，同时封翼汉大将军董宪为海西王。

果然，张步贪受王封，竟降而反叛，接受刘永的封号，并把伏隆拘捕，不久，将其杀害。

光武帝得知伏隆死难，急召其父伏湛，流泪说："伏隆有苏武之节，忠心赤胆。"厚恤伏隆家属。赐命伏湛为大司徒，加封阳都侯，旌表父子忠臣，同时派遣大司马吴汉率建威大将军耿弇、骠骑大将军杜茂等七位将军，共击刘永，为伏隆报仇。

精兵强将会聚，扫荡刘永的残兵败将。盖延与吴汉南北夹击，势如破竹，节节逼近，终于把刘永围困起来。部下斩其首开城迎献汉军。张步慌乱出逃，被马武追上，立斩马下，给伏隆报了仇。

刘永虽灭，但平定关东的战争远没有结束。光武帝俯视着地图，扫视着上面一个个草头王的名字，目光放出寒光。

高祖刘邦创立汉朝，曾经有约：非刘氏者，不得称王。然而，从王莽篡汉到更始政乱，拥兵自重称王者越来越多。延岑在汉中自称武安王；董宪在琅琊被刘永封为海西王；张步被刘永封为齐王；叛将彭宠在蓟城自封为燕王；秦丰在黎丘称为楚黎王……还有准备称王、称尊者，不知有多少。

武安王延岑在杜陵被征西大将军冯异打败，元气大伤，灭亡只在旦夕之间。刘永已灭，他所封的齐王张步已死，海西王董宪也难成气候，光武帝决定讨伐叛将燕王彭宠。

彭宠打败游击将军邓隆之后，兵围蓟城，进攻幽州牧朱浮。当时，光武帝忙于平定赤眉军，无暇顾及，朱浮岌岌可危。幸亏上谷太守耿况派遣几千突骑，冲破彭宠东南角防线，把朱浮救出。

彭宠攻占蓟城后，遣使以美女绢丝讨好匈奴，缔结盟约。匈奴单于使左南将军率七八千胡骑相助，为彭宠助威。

光武帝愤恨不已，意欲亲征，在大司徒伏湛的劝说下方取消亲征，遣征虏将军祭遵率建义大将军朱祐、骁骑将军刘喜，征讨彭宠。

祭遵率军进入涿郡境内。涿郡太守张丰已与彭宠共叛汉朝。张丰迷信方术，彭宠为拉拢他加入叛军，密遣一道士向其进言说，涿郡有天子气，并用五彩锦囊装上石块系在张丰的胳膊，说什么"石中有玉玺，石破玉玺出，贵人为天子"。张丰竟信以为真，梦想有一天能当上皇帝。于是，扣留了幽州牧朱浮派来搬取救兵的使者，举旗反叛，自称无上大将军，与彭宠相呼应。

祭遵决定先除张丰，去彭宠外屏，再行灭宠。他亲率前军，日夜兼程，突然出现涿郡城下，发起进攻。张丰毫无防备，汉兵由城门攻入。城中守军慌乱溃逃，张丰逃之不及，被汉军活捉。

祭遵当厅痛责其忘恩反叛，张丰竟举起胳膊上的五彩石，辩解说："天意我为天子，将军何必怪罪于我。"

祭遵冷笑一声，命人解开五彩锦囊，取出石块，当场击碎，只有碎石渣，哪有什么玉玺。张丰大呼受骗上当，祭遵即命推出枭首示众。

涿郡既得，汉军继续北进。光武帝注视着祭遵的进展，犹嫌太慢。因为彭宠反叛，气焰嚣张，影响极大。如果上谷兵马卷进去，此州必将大乱。思虑再三，遣建威大将军耿弇北收上谷未发之兵，平定渔阳彭宠。

耿弇奉命北去，招募上谷精兵，与祭遵合兵一处，在潞邑大败彭宠兵马，斩敌数千。

北方捷报频传，彭宠灭亡在即。可是，奉旨征讨秦丰的征南大将军岑彭数月不传佳音。光武帝放心不下，调建义大将军朱祐回师，增援岑彭，令耿弇进攻渔阳，留祭遵屯兵良乡，刘喜屯兵阳乡，互为犄角，为耿弇援军。

耿弇要进击渔阳，幕宾劝谏说："尊父为上谷太守，与彭宠功同。彭宠自恃功大，因不满陛下未封其为王而反叛。事涉嫌疑，况且耿家又无兄弟宗族留在京师，恐有灾祸。"

耿弇以为有理，便上书光武帝，请求与祭遵交换任务。

光武帝看完上书，顿知其意，为消除耿弇疑虑，乃亲书作诏，曰：将军出身，举宗为国，所向陷敌，功效尤著，何嫌何疑，而欲求征？

耿弇捧读诏书，放下心来。遣使作书耿况，请父亲出兵，夹击彭宠。

彭宠见汉军来攻，急忙调兵遣将，准备应战。他把人马分为两路：胞弟彭纯进击骁骑将军刘喜，自己引兵迎击征虏将军祭遵。

彭纯引军行至军都，人马困乏，席地歇息。忽然一彪兵马杀出，跃马挥戈，冲进营中，杀得叛军人仰马翻。彭纯不敢恋战，纵马逃走。叛军中两个匈奴王不知深浅，迎住一员青年将军拼斗。青年手上使槊，虎虎生风，不消两合，把两个匈奴王砸死槊下，余兵四散溃逃。

这位青年将军乃是耿弇二弟耿舒。原来，耿况得到彭宠离开渔阳迎击祭遵的谍报，立即派次子耿舒率突骑精突袭彭纯。

彭纯败回渔阳。耿舒乘胜进攻，夺取军都，正欲迎击祭遵的彭宠闻听彭纯兵败，军都丢失，大惊失色，唯恐渔阳有失，慌忙回兵。

征虏将军祭遵、骁骑将军刘喜、建威大将军耿弇、上谷太守耿况与次子耿舒，四路大军围困渔阳，燕王彭宠无路可走，日夜惶惶不安。

骁骑将军刘喜见彭宠不降，欲强攻入城，耿弇不许，说："渔阳部卒，多为彭宠相胁为乱。今渔阳危困，势难持久，必有杀叛贼献功者。"

果如其言，半月之后，彭宠夫妇为部将所杀，渔阳投降。

叛乱平息，此方遂定。

征南将军岑彭得到建义大将军朱祐的援助，战事进展顺利，很快攻破黎丘，楚黎王秦丰伏诛。虎牙大将军盖延、建威大将军耿弇移师南进，相继灭掉海西王董宪、庐江王李宪等地方势力。

关东已平，光武帝把统一战争的方向指向了陇、蜀。

洛阳西郊镌羌侯府，胡骑校尉隗恂多日来一直惴惴不安，他已经足足一月有余没有走出府邸了。尽管隗恂目前仍有行动自由，但随着形势的越来越紧张，光武帝已经暗中派人监视隗恂，他的一举一动都在光武帝控制之中。

晚饭后，隗恂习惯性地走进书房读上两个时辰的书，他刚坐下不久，管家隗安就匆匆走来耳语几句。隗恂一惊，急忙合起手中卷册说："快把来人带进来。"

不多久，隗安带着一陌生人走了进来，隗恂打量一下来人问道："你果真是从西州而来？"

来人一边掏出一封帛书，一边说："我叫李笑，奉上将军之命特来通知镌羌侯，火速逃离是非之地，一旦镌羌侯脱险后，上将军便举兵伐汉。"

隗恂取出帛书，凑近烛台仔细一看，果然是父亲手书，只见上面写道：恂儿见字如面，光武帝督虎牙大将军盖延等七人从陇道伐蜀，其意如同项庄舞剑，名义上借道伐蜀，实际上却是吞掉我西州之地，有一箭双雕之意。为父忍无可忍之际将起兵抗之，而今已命大将王元防守陇坻，并伐木塞道，一旦我儿得脱，为父即令王元兵出陇坻。望我儿得函后速逃西州，慎之，慎之。父嚣字。

隗恂读罢信函，沉思片刻，又询问李笑一些西州的情况及路上见闻："听说光武帝有招降西州之心，并派太中大夫来歙出使西州，不知此人是否到达冀城？"

"起初听说去西州的使节是来歙，不知何故，来歙突然中途而止，反派了一名下等随从去了冀城，上将军一怒之下准备将来人杀死，但考虑到侯爷尚在洛阳，这才放了刘秀使节，让我通知侯爷火速逃离虎口。"

隗恂沉吟片刻："如此说来，光武帝对西州已有警惕之心。"

李笑忙答道："正是这样，我一路上微服而行，不断遇到大队人马西去，估计是为西州之事而发的兵。因此，侯爷应尽快逃离此地，否则就来不及了。不瞒侯爷，我来洛阳已经三日，但我发现侯爷府周围有暗哨，就没敢贸然入府，直到今天晚才装成讨饭的混入府内。”

隗恂又是一惊："莫非光武帝知道我有潜逃之心，已经派人盯住我了。"隗恂说着，转身问隗安："近几日内你是否发现府外有形迹可疑之人？"

"小的本来没有在意，现在经李笑一提醒，小的也觉得近日府外确实有形迹可疑之人，要么明天派人将其捕获交给侯爷审问？"

隗恂摆摆手："那倒不必了，这样做只能适得其反，打草惊蛇，你先带李笑下去休息，然后密令家人收拾一些贵重物品，明天开城门后咱们就分头混出城去，然后再想法汇合，一同逃奔西州。"

天刚蒙蒙亮，隗恂正准备命家人分头出逃，突然看见隗安上气不接下气地跑来，急忙问道："隗安，到底出了什么事？"

"侯、侯爷、大、大事不妙，府上已经被包围了。"

"为首之人是谁？"

"可能是绥德将军马援。"

隗恂心中一喜："快，随我去见马援。"

隗恂来到府外，果然看见绥德将军马援横刀立马站在门前。隗恂上前抱拳说道："原来是绥德将军到此，快到府内一叙，我正有许多事想请你转告陛下呢。"

马援连马也没下，只把刀放在马背上，向隗恂施礼说道："在下奉命前来捉拿镌羌侯，有什么话就在此说吧。"

隗恂扫视一下马援身边的人："在此不便，还是请绥德将军到府内一叙吧。"

马援耐着性子说道："在下公务在身多有不便，你有什么话就在此说吧，否则……"

马援没有讲下去，隗恂也听出他的话意，隗恂只好说道："绥德将军，我隗家对你不薄，家父跟你如同手足，如今事有所变，你反而领兵围困我府，其良心何在？"

马援略有愧色，但马上正色说道："镌羌侯，并非我马援无情无义背主而仕，而是你父亲出尔反尔，不识时务，拥兵自恃，背叛汉室。如果你识大局，应以朝廷大业为重，随我面见皇上，征得皇上同意去函规劝你父亲悬崖勒马，臣服汉室，皇上一向仁义，待人宽厚，也许能免你一死，并能保住你父亲西州上将军的爵位！"

隗恂冷笑一声："马援，我父亲之所以臣服于刘秀就是听信了你的谗言，确切地说是中了你的圈套。"

马援立即反驳道："隗恂，你休要血口污我清白，我马援一向做事光明磊落，从来没有欺骗你父子，我规劝你父亲臣服光武帝是让你们弃暗投明早归汉室，实现天下一统，符合人心所向，大势所趋。"

隗恂见太阳已经出来，怕这样磨蹭下去更没有逃脱的可能，便打断马援的话，哀求说："绥德将军，事已至此，多说也无益，你如今归附刘秀我不反对，但请你看在昔日的情分上放我一条生路，你的大恩大德我日后一定报答！"

"隗恂，如果你有归汉之心我也许可以向皇上求情放你一条生路，你如今想从我手下逃路，那是休想！来人！"马援提高了嗓门，"把隗恂捆起来，然后入府捉拿隗恂全家，一个也不许逃脱。"

四个士兵不由分说，上前把隗恂按倒在地捆个结实，其余人冲入府中捉人。整个镌羌侯府一片哭闹。

隗恂虽然不能动弹，却不停地骂道："马援，你这个狼心狗肺的东西，你叛主求荣，无情无义，不得好死……"

宣德殿上，光武帝手持隗嚣写给隗恂的帛书，向五花大绑跪在地上的隗恂喝道："隗恂，你父背叛朝廷谋反，铁证如山，你知情不报，更不加以阻拦，反而有叛逃之举，该当何罪！"

隗恂知道自己必死无疑，也不求饶，索性哈哈一笑说道："说我父背叛朝廷，此话纯粹是无稽之辞，我父从来就没有臣服于你，当年助你讨伐吕鲔与公孙述，纯粹是为了天下黎民百姓安居乐业，并不是为了讨好你刘秀。我奉父王之命来洛阳是上了马援那贼子的诱骗，他吃里爬外，卖主求荣！"

"放肆！"光武帝猛拍御案喝道，"常言说：'识时务者为俊杰，知进退者为英雄。'马援投奔朕是明臣识真主，乃当今豪俊之士，而不像你父隗嚣离心离德，坐持两端，唯恐天下不乱！"

隗恂丝毫不退让地说："如今天下纷争、英雄四起、豪杰辈出，称王者不计其数、足见天下非一人之天下。早在秦末，陈胜吴广就喊出：'王侯将相宁有种乎？'刘氏天下也是布衣之身而得，上乘天运下得人心者得天下。我父拥兵西州，爱民如子，天下英雄归附如影随形，近年西州连降祥瑞之兆，这一切都预示我父当之无愧称王西州。"

光武帝立即驳斥道："王莽篡汉，上违天理，下背黎民百姓，英雄豪杰群起叛之，天下由此混乱不堪，百姓频遭战乱，受苦受难。人心思汉，盼望国泰民安，我刘文叔汉室之后，顺天意合民心，承先祖之业建立帝制，为正统天下之主，受命剿平各路反王，如今中原战火已熄，只有西北、西南两地未平。你父本已臣服，可如今听信蛊惑之言再生二心，欲做出百姓所不齿之事，等待他的只有死路一条，你若识大体，应当再劝你父早早束手来降，否则，你隗氏家族……"

光武帝话未说完，隗恂就嘿嘿一笑："刘三，什么帝王后裔，不过是拉大旗作虎皮，如果真的论资排辈，按汉室血亲关系划分，只怕有资格立为皇帝的不该是你。"

隗恂刚说到这里，侍立在旁边的大将军岑彭早已怒不可遏，上前就是一巴掌，打得隗恂几乎栽倒在地，随口骂道："皇上念你年轻，不与你斤斤计较，你却恬不知耻、竟在殿内说些不三不四的话，皇上宽厚仁慈不惩罚你，我却要修理你这不知天高地厚的家伙！"

岑彭说着，又抡起了胳膊，正要再打下去，光武帝急忙喝住了岑彭："岑将军不得无礼，朕以仁义服天下，怎与他一般见识，你先将他看押起来，朕将慢慢开导他，让他心悦诚服。"

光武帝现在还不想杀隗恂，他想在必要的时候利用隗恂要挟隗嚣投降。另一方面，西南的公孙述也没有平定，他要用自己的仁义之心感召天下，让天下人知道他的仁君风范。

岑彭将隗恂押下去后，光武帝知道不用武力不足以平定西州，于是召集大司马吴汉、征房将军祭遵、建威大将军耿弇、征西大将军冯异四人到宣德殿议事。四人到齐，光武帝举起一份军情谍报说："虎牙大将军盖延等人在陇西遭到西州大将王元、行巡两人的偷袭，伐蜀大军惨败，詹骏将军惨死，人马损失较重。"

众人对这事已有所耳闻，都难过地垂下头，吴汉揣摩一下光武帝的心意说："陛下，既然隗嚣率先不义，皇上何必再同这样反复无常的小人讲仁呢？应立即派大军西进，剿灭西州，招降之举早已行不通了，非武力镇压不足以成大事。"

光武帝点点头："朕也有此意，召集几位将军到此正是为了出兵平叛，究竟如何出兵请几位将军谈谈自己的看法。"

冯异主张大军进逼西州，直捣隗嚣老窝冀城，吴汉反对说："隗嚣陇坻初胜，士气正旺，再加上我们对西州兵力部署不了解，地形也欠熟悉，贸然派大军长驱直入实在冒险，不如先坐镇长安，暂时采取守势，由长安向西北推进，由几个小城步步为营，一步步向前进逼，然后相机歼敌。"

耿弇又建议说："马援曾是西州绥德将军，又是西州名流，曾深得隗嚣信任，与隗嚣的许多将领关系密切，不如派他暗中去游说隗嚣的守将，劝他们归降。"

冯异立即反对说："万万使不得，正因为马援曾深得隗嚣信赖才不能派他去劝降，我认为马援做事优柔寡断，他归降也是迫于无奈，倘若派他去西州，岂不是纵虎归山？"

耿弇反驳道："隗恂被抓不正是马援的功劳，马援为人机警，如今天下大势他岂能不知，怎会再做出于己不利的事呢？"

"怎么不会，马援是西州人，他虽然归附洛阳，但留在西州的亲人也很多，一旦回去，听到家人教唆……"

不等冯异说下去，耿弇又说道："马援若有背叛朝廷之举就不会留在洛阳了，何况如今隗恂被抓，马援就是去见隗嚣，隗嚣也不会相信他的。马援是何等明智之人，怎么把自己推向绝路呢？"

光武帝想了想说："为了安全起见，更为了顺利平叛，还是先取守势，伺机寻找歼敌机会。当然，派马援前去游说也必不可少，能多争取一人就减少一点战争的压力，有人背叛隗嚣归汉，就可能影响到隗嚣的其他守将，这其中的效果是不可估算的。"

吴汉一听光武帝采纳了自己的建议，心中一喜，忙把自己的方案说了出来："隗嚣陇坻取胜，一定企图东进抢占湃（陕西眉县北）和枸邑两地，这两城不大，但都是西进的咽喉之路，必须抢先占领这两地才可能保住守势，否则，隗嚣一听说儿子被囚，一定会不顾一切派兵东进抢占长安的。"

光武帝综合吴汉等人的见解，派大司马吴汉领兵西征、坐镇长安，派祭遵驻扎湃城、耿弇驻扎漆城，冯异火速赶往枸邑抢占军事要地，堵截隗嚣大军东进。同时，又派马援随吴汉出征，伺机劝降隗嚣的诸将领。

西州平乱正式拉开序幕。

隗嚣又喜又忙，喜的是陇坻一战打败刘秀大军，巩固了西州边防，这一仗也使隗嚣增加了称王的信心。在他心目中，刘秀也就那么回事，与自己半斤八两。忧的是儿子隗恂被抓，刘秀又派大军西征，用武力镇压自己。

隗嚣为了抢占有利地势阻挡刘秀大军，派王元乘胜攻占湃城，派行巡攻打枸邑。

两路大军派出后，隗嚣仍然有所顾虑，思虑再三，便召集亲信之人商讨对策。

班彪率先说道："自王莽篡汉，天下大乱，百姓屡遭罹难，刘秀以帝室之后举兵平叛，收绿林平赤眉，以武力建立帝业，如今又平定中原各路豪杰，深得人心，也恰符人心思汉这一历史大势。纵观天下，中原已定，唯西北与西南尚未并入版图，但刘秀早有收复这两地之心，只是迫于中原战事未休才没有能力顾及，从前线送来的情报分析，刘秀派吴汉坐镇长安，派祭遵、耿弇、冯异三路大军同时西进，是志在必得。而西州地狭人稀不足以成大业，主公不如暂时同刘秀讲和，向他表示臣服，先救回公子，等到天下有变，再伺机入主中原与刘秀争夺天下。"

郑兴也说道："叔皮说得有理，天下之势不可逆，主公举兵谋反，无异以弱抗强、以卵击石，实在不足取……"

不等郑兴说下去，隗嚣拍案斥道："我让尔等来此是商讨御敌大计，不是让你们来劝降的，我心已决，任何人不得更改，倘若谁再言'臣服'二字，我立即将他处死！"

郑兴与班彪互相对望一眼都垂首不语，张玄附和道："主公曾是更始帝重臣，与刘秀并列朝纲，刘秀不过是汉室远族，也为更始之臣，后来背叛更始帝自立为帝，实为叛臣一个。主公与他曾经称兄道弟，如今怎能臣服于他这样一个更始帝的叛臣呢？理当号令天下起兵讨伐。"

"说得好！"周宗站了起来，"自王莽篡汉以来，称王者不下百人，一些庸才鼠辈都可以称王，主公何尝不能呢？不如现在就打出王号，与刘秀割地划疆，与蜀王公孙述形成鼎足之势。"

隗嚣一听周宗提起称帝之事，当然高兴，但他知道此事非同小可，想听一听众人的意见，故意沉默不语，等待众人发表意见。

申屠刚想了想说："万万不可。"

"为什么不可？"周宗瞪着申屠刚问。

"称王称帝不能凭一时兴好，自古能登上九五之尊的人都是上应天心，下符人望，如引水浇灌，水到渠成。倘若在没有称帝的有利之机时妄自称帝，必遭天怒，报应必然祸及自身，古有秦穆公、齐桓公、陈胜、项羽，今有彭宠、王郎、刘永诸人。主公现在若仓促称王势必招妒树敌，引来祸患，只会加速西州灭亡，有百害而无一利，请主公三思而行。"

申屠刚是汉文帝时丞相申屠嘉的后人，汉平帝时就官至郡功曹，因见王莽专权才称病在家，后来王莽篡位时，他便悄悄来到西州躲避起来。隗嚣领兵退入西州后，便把申屠刚请到军中做幕僚。

隗嚣本来是满腹称王的心思，一听德高望重的申屠刚这么说，暗暗叹了一口气，有所不快地说："既然我没有称王的德性，称王一事从此就甭提了，现在还是讨论一下眼下局势，想一想如何打败刘秀的来犯之敌！"

周宗听隗嚣的口气中带着一丝不满，就问申屠刚："你说一说当今天下何人有称王称帝之德性，是刘秀还是公孙述，或者是其他什么人？"

申屠刚淡淡一笑："得人心者得天下，周将军若有让主公称王之心，必须先助主公收拢天下人心。"

"如何收拢天下人心？"周宗问道。

"屯兵停战，休养生息，轻徭薄赋，爱民如子，你现在能够做到吗？"

周宗颇不服气地说："只要刘秀撤兵东归，我就能做到这些！"

"可是，刘秀会轻易撤兵吗？"申屠刚反问一句。

周宗反问道："刘秀分兵四方，无故挑起事端，动辄以汉室正宗自居，把各路英雄豪杰骂为叛贼，他自己背叛了真正的汉室宗嗣更始帝才是一个地地道道的反贼，这样的一个人都可以称王称帝，难道也得到了天下人的心吗？"

申屠刚还没有反驳，张玄就说道："周将军言之有理，当今天下是乱世出英雄的时代，败者为寇，胜者为王，只要能打败刘秀来犯之敌，主公就可效法公孙述称王于西州。什么汉室后裔，当年高祖刘邦不过一小小亭长出身，凭武力击败对手建立汉室，如今主公比刘邦当年不知高贵多少倍，当然也有资格为王，关键是如何应付眼下的刘秀几路人？"

"这有何难？"隗嚣二儿子隗纯说道，"王元、行巡二人已经前去抢占战略要点。随后再派兵援助，吴汉等人能奈我何？"

隗嚣斥道："休说狂言！刘秀向来以善于揣度人心著称天下，极会用人，并能够各有其用各使其长。吴汉是刘秀最亲信之人，擅长征战，深谙兵术，打持久战更是他的拿手好戏，并且时常能够在危急关头反败为胜。如今他亲自坐镇长安，督导二十万大军分三路袭来，怎可轻敌？"

隗纯被父亲训斥一顿，仍不服气地嘟哝道："既然如此，你何必与刘秀断绝君臣关系，惹火烧身，干脆归降算啦。"

"放肆！你还没有资格来教训我！"

周宗立即打圆场说："主公不必生气，少将军不过说的是气话，但凭我西州的实力，刘秀想在三年五载之内打败我等也是痴心妄想。"

隗嚣不语，申屠刚摇头说道："要想真正在西州站稳脚，与刘秀形成鼎足之势，仅靠我西州的力量是不够的，必须对外联合公孙述、窦融等人。"

隗嚣有所顾虑地说："我曾数次奉刘秀之命伐蜀，公孙述对我恨之入骨，如今派人向他求援他怎会答应呢？"

申屠刚答道："公孙述为人虽然心胸有些狭窄，但眼下局势的利害关系他还是能够看清的，绝不会糊涂到坐视我西州灭亡而不救的地步。如果主公对此尚有疑虑，老夫愿意赴蜀地为主公求兵。"

张玄见申屠刚愿意去西蜀，也说道："至于窦融那里，我去游说他。"

班彪略一思忖说："我和窦融曾经相识，并有过一段私交，就让在下随张兄一同去见窦融吧！"

隗嚣觉得也只有这样才有胜算的把握，便答应了。

河西金城，是甘肃河西走廊和湟水一带的政治、经济、文化及商贸中心。由于这里地处偏远，自王莽篡汉以来渐渐脱离汉室统辖，如今成为张掖属国之都，是河西大将军窦融老巢。

窦融，字周公，本是扶风平陵人，论及亲缘关系算是汉室外戚，他的先祖窦广国曾是汉文帝皇后的胞弟，汉宣帝时举家从常山到达这里。窦融父母英年而逝，但他因受祖辈影响，自幼爱好武学，熟读兵法，在王莽执政时，因军功任强弩将军司马，随同王邑等人镇压翟义起义，屡建功勋，官拜伏波将军。

王莽政权垮台后，窦融归顺了更始帝，在大司马赵萌军中任校尉，赵萌曾举荐他到巨鹿任太守被他婉言回绝了。窦融说他曾祖父为张掖太守、祖父为护羌校尉、族弟为武威太守，熟悉河西一带的风土人情，想到那里任职。更始帝考虑再三便答应了，任命窦融为张掖属国都尉。

窦融得到任命后就匆忙率领所属人马离开了长安奔赴河西就任。他一再恳求到河西任职也是经过深思熟虑的。窦融审视天下局势及更始帝的为人风范，看出刘玄虽有皇帝之名却毫无实权，大权被绿林军所把持，而绿林军的掌权人王匡、王凤等人又胸无大志，不足以成大事，留在长安实在是凶多吉少。而河西一带物产丰饶，远离中原，又有重重山河阻隔，进可攻，退可守，再加上祖上世代在此为官，形成了庞大的地方势力，拥有此地后静观天下形势变幻，然后再相机作出选择，实在是明智之举。

果然，情况像窦融分析的那样，他到张掖后不久更始政权便覆灭了，刘玄被张卬与谢禄所杀。窦融立即把河西五郡军权抓到手，自任河西大将军，拥兵西部边陲，成为一个保境自守的政治军事集团，他俨然如同一个国君。

窦融也真的不负众望，把河西五郡治理得井井有条，民富兵强，政宽人和，呈现一派乱世之中的繁荣景象，令北方的匈奴不敢有丝毫进犯。一时之间，安定、北地、上郡等地的平民纷纷逃奔河西，那里成了许多百姓的避难所。

这天，窦融正在府邸处理政务，忽然接到属下报告，说西州上将军隗嚣使者来见。窦融询问使者是何人，属下报说是张玄与班彪。窦融拧眉沉思，张玄有西州第一辩士之称，又是隗嚣心腹之人，赶在隗嚣与光武帝剑拔弩张之时来此，显然是为了游说自己与隗嚣合谋对抗刘秀，有心不见又怕冷落了班彪。班彪是西州名士，犹以文史见长，名扬西北各地，更主要的，班彪与自己是同乡，二人曾经一同游学，交往甚厚。

何况班彪对他曾有接济之恩。那时，因为窦融父母早逝，家境败落，他在游学时经济窘迫，班彪时常慷慨解囊助他渡过难关。

窦融考虑再三，还是派人把张玄与班彪迎进府内，他也想从二人的口中了解一下隗嚣的处境，以便及时做出选择。

二人进入府内，窦融才出门相迎，简单地寒暄后把二人请到客厅，分宾主坐下后，窦融向班彪说道："叔皮兄别来无恙，小弟听说你最近新作一篇《王命论》甚得众人赞赏，可否带来让小弟拜读，以瞻仰兄的墨宝？"

班彪苦笑一下："周公调笑愚兄了，敖牙之辞，迂腐之论，不登大雅之堂，只会招致他人讥讽罢了。周公这样的英豪看后也一定与隗将军有同感，还是不看吧。"

"人各有志，我窦融可没有你家隗将军胸藏大志，我既无称王之心，也无自立之意，只想为官一任造福一方，把河西五郡治好，使百姓安居乐业，少有所托老有所养就是足够了，别无他求！"

张玄一听窦融借着同班彪闲谈之际把自己的态度亮了出来，看似无心实际上是有意，旨在堵住他二人的游说之口，急忙拱手说道："窦将军深谙兵法，又精通治国之道，可谓文武兼长，实在是天下难得的治世豪杰，就是刘秀统治的中原大地也难比河西五郡殷富，若论及百姓安居乐业，军民同心同德更是刘秀之辈所不能比。就才识而论，将军远胜刘秀，尽管将军偏执一隅，但论及德威却也不下刘秀，刘秀可以为帝，窦将军为什么不可以呢？"

窦融哈哈一笑："张学士抬举窦某了，刘秀是汉室之胄，他称帝正合人心之大势，窦某一介莽夫，怎敢与帝尊相提并论，何况我一向没有大志，只想偷安，苟且多活上几年算了。"

张玄紧盯着说："这话恐怕不是将军的真心话，将军一向深谋远虑，当初放弃巨鹿太守来河西任职就显出将军有争雄之心。将军选择河西进可攻退可守，又远离中原战乱之地，经过将军精心治理，河西五郡殷富一方，形成割据之势，这正是将军所经营的帝王之资，如果将军果真没有大志，刘秀已经称帝多年，却始终没有见将军俯首称臣呢？"

窦融一时语塞，旋即又说道："隔山阻水不说，中原未定，光武帝忙于平叛大事，我纵然有心归顺，他也无暇顾及呀！"

张玄嘿嘿一笑："窦将军，真人面前不讲假话，我和叔皮来意你也明白，如今我家隗将军正式和刘秀决裂，准备效法公孙述称王西州。窦将军也是不甘于人下之士，怎么甘愿向刘秀俯首低眉呢？如果窦将军愿意与隗将军共事，再联合公孙述和卢芳共同出兵，当今天下就是你等几位所共享的天下，将军难道没有此意吗？"

窦融不置可否，扫一眼张玄问道："以张学士之见，隗将军与王郎、刘永、彭宠等人比较如何？"

张玄当然明白窦融的意思，王郎、刘永、彭宠等人先后拥兵自立为王，结果都兵败被杀，暗示隗嚣也不是刘秀的敌手，最后的结果只能与这些人一样。

张玄并不恼，依然侃侃而谈，说不能以一时成败论英雄，王郎、刘永、彭宠等人虽然兵败，但毕竟是敢作敢为的英豪，他们的英名也将同陈涉、吴广、项羽、韩信、田横等人一样，名垂千古，光照后人，尽管为王之日如流星划过天宇，但毕竟在夜空中留下自己的轨迹，永远为世人敬仰。大丈夫生于天地之间，当立身之时当仁不让，应成名之际要名播声扬，哪怕称王只是一日，但必定为王号，正如苟苟且且残活百年不如轰轰烈烈潇洒一天，人活的是一口气，因而不能以时间去衡量。

张玄见窦融有所心动，又补充一句："窦将军应该知道，自古至今，窦姓为王者尚无一人，难道将军不想成为这窦姓王者第一吗？"

窦融本来拥兵河西有坐山见机行事之心，这许多年头他见众多无能之辈都称王称帝、称孤道寡，心里很不是滋味，众人也多次劝说他建立王号，但都被窦融婉言回绝了。这并不是说窦融不想称王，而是他一直心存顾虑。从大趋势上讲，人心思汉，天下一统是大势所趋，他不想背道而行。从个人实力讲窦融自惭形秽，总觉得自己就才能与威望比刘秀相差太远，自己偏执一隅，实力上也不如刘秀。正是考虑到这诸多因素，窦融才迟迟没有称王，因为一旦称王树大招风，自己将成为刘秀进攻的主要矛头，他只想继续观望下去，待隗嚣与刘秀分出胜负之后才作最后决定。

窦融也不想听张玄一面之词，他和班彪交情甚厚，尽管班彪也是来做说客的，但他相信班彪会同他讲实话，帮他合理地分析天下形势，让他作出合理的选择。

窦融转向班彪："叔皮，我想听一听你的见解，你是西州名流，对天下事定然有独到见解，绝不会令我失望。"

班彪笑了笑："周公你也取笑为兄吗？张学士刚才不是已经把话说得十分明白了，至于如何做那是周公你自己的事，我的见解再深刻恐怕也要败在张学士之下吧，你就听从他的规劝吧。"

窦融见班彪支吾不言，而且话中有话，估计班彪一定有什么话不便当面说，也不再多问，便对张玄说："我虽然执掌河西兵权，但河西五郡各有太守，许多事也不是我一人可以做主，这事须同他们商量后再定，请两位先生稍稍歇息几日，我同几位郡守碰碰面，协商一下再答复二位。"

张玄一听窦融这么说，估计有望，当然十分高兴，忙说道："应该，应该！"

窦融便吩咐属下摆上酒菜为张玄、班彪二人接风洗尘。

酒宴之后，窦融便命人安排二人休息，等到晚上，窦融悄悄来到班彪房间，掩门问道："今日见叔皮兄言语闪烁，避重就轻，似有难言之隐，众人面前不好明说，现在能否见告？"

班彪笑道："周公此来只怕不是询问我个人之言吧？"

窦融握住班彪的手："什么事也瞒不住叔皮呀，我此来正是询问一下隗嚣的实力，从而决定所向，在这个节骨眼上，一失足将成千古恨啊，弄不好身败名裂，累及子孙，就不会有那么多人铤而走险了，我特来请你说真心话。"

班彪点点头："窦兄，实言相告，我此来河西并不是为隗嚣做说客的，而是借故逃离西州，到将军这里避难。隗嚣是目光浅短的鼠辈，自以为是，骄兵西州，手持两端，在过去纷乱之时尚可拥兵自治，如今中原一平，光武帝怎会再允许他割据一方？隗嚣不听众人劝告，将来不会有什么好下场！"

窦融一时无语，沉思片刻又问道："叔皮兄何以说隗嚣必败呢？尽管刘秀统一了中原各地，但也只是刚刚统一，人心仍然不服，何况西部疆界不宁，南边蜀地有公孙述，中部有西州隗嚣，北有归降匈奴的卢芳，这三支势力结合在一起并不弱于刘秀的中原武力，何况……"

尽管窦融没有讲下去，但班彪仍然听出了他的话意，何况这河西五郡还有他窦融的强劲兵力。班彪也不点透窦融的心思，只装作什么也不懂地说："周公以为这三支势力能够真正拎合在一起吗？"

"倘若形势所迫，不结合在一起就会被刘秀各个击破，他们怎么不放弃各自的眼前利益，从长远出发团结一致，共同对敌呢？"

班彪不置可否地说："从大道理上确实这样，但具体到实际就远不是周公所说的那么简单，特别是公孙述、隗嚣、卢芳都是何等样的人，周公自然清楚，即使勉强联合在一起，也只能如装在麻袋中的果子，表面的联合并不能代替真正的联合，最终仍然会被刘秀各个击破的。"

窦融沉默不语，班彪了解他的心思，又说道："人心思汉这是大势所趋，再说刘秀也不同刘玄之辈，他谦和勤勉，乐于纳谏，知道关心百姓疾苦，所以才深得人心。同时，又坦诚对待下属，因此，将士甘愿为他驱驰。如今建立帝位，又实行三十税一，减轻刑罚，废除王莽时买卖奴婢的旧制，这一系列做法都为天下人心悦诚服。自古得人心者得天下。公孙述偏执一隅就骄奢纵情忘乎所以，实在不是成大事之人所为。隗嚣本来归顺刘秀，并以长子隗恂为质于洛阳，却出尔反尔，给人留下笑柄。卢芳假冒武帝曾孙刘文伯之名称王榆次，却又投降匈奴，在汉人眼中，卢芳早已为众人不齿，这样三种势力结合在一起又能成何大器？"

窦融终于忍不住问道："请叔皮兄略论一下我河西的情况，愚弟愿洗耳恭听！"

班彪稍稍呷一口茶："既然周公提及了河西，愚兄只字不说就不恭了，我只谈一点个人之见吧。周公将河西五郡治理得富甲一方，百姓安居乐业，老有所养，壮有所用，少有所托，并且匈奴望而生畏，只敢南下牧马不敢弯弓抱怨，实在是周公的功劳，这是事实所在，也不是我刻意恭维。周公当初辞去巨鹿太守而来到河西的心意我也明白，但此一时，彼一时，形势发展非人力所能左右。周公离开长安原是因为刘玄鼠目寸光又被绿林所掣肘，才回到这里，一是为了避难，二是想拥兵自治，静观天下局势，周公确实做到了这些。现在静观天下大势需要做出取舍与归顺或自立的时候，周公可要走好这一步棋哟，否则，一世英明都付水东逝。"

"难道真是天命不可违吗？"

班彪知道窦融此时的心情十分复杂，但更多的是不服气，上前扶着他的手说："尉佗之举实在不足取，鼎足之势也不可能久远。"

窦融考虑再三，最后有所顾虑地问道："我拥兵割据河西已经多年，虽然没有正式提出称王的封号，但也从来没有同刘秀有过任何交往，更没有向他称臣的表示。如今刘秀与隗嚣已经开战，我突然向他称臣刘秀会相信吗？他或许认为我与隗嚣串通好向他使诈呢？假如这样，隗嚣认为我归顺刘秀了一定与我反目成仇，而刘秀又不信任我，那才是骑虎难下呢。"

班彪点点头，认为窦融担心得有道理，便建议说："周公要想让刘秀释疑也不难，只要窦兄做出一两件让刘秀感激的事，公开表明你的立场，我想刘秀一定会对周公坦诚相待的。我虽然没有见过刘秀其人，但从他人的口中了解到刘秀是一个宽厚仁慈之人，善解人意，因此，手下将领都甘心为他驱使。在平定中原的叛乱中，刘秀除了武力平叛外，也始终以安抚怀柔为上策，像周公这样的贤才能够主动归附，对于刘秀是求之不得，怎会将周公拒之千里呢？"

班彪缓了缓又补充道："当然，对于你的突然归附，刘秀心生疑虑也是难免的，你在同隗嚣决裂的同时也可暗中派使臣携书到洛阳拜见刘秀，讨一讨刘秀的口风。"

窦融明白了班彪的意思，他知道自己应该怎么做。

窦融忽然想起了什么，他瞟一眼班彪，开玩笑地说："叔皮兄，愚弟怎么觉得你不像是隗嚣派来的说客，倒有点像刘秀所派来的人，莫非叔皮兄早已暗中归顺了刘秀，今来是奉诏行事。"

班彪哈哈一笑："我倒真希望能像你说的这样，只可惜我班彪手中无兵将无地盘，孤身一人，像我这样的穷酸书生投奔刘秀，只怕被当成讨饭的拒之门外呢！我可不像周公这样成为人人都想争取的对象。"

窦融收住了笑容，压低声音说："如果叔皮兄也有东归之心，不妨先去洛阳探一探虚实，顺便也为我探探口风，如果刘秀真心待我，我再臣服于他。"

班彪连连摇头："不合适，不合适。周公若有诚意应该亲自附书一封，并派亲密之人到洛阳献书表明心迹。人人都知我是隗嚣的幕僚，我入洛阳，在他人眼中我是为隗嚣还是为周公呢？"

窦融固执道："你是西州大儒，名满天下，又是你劝我归顺刘秀，我可以派亲信前往洛阳，但你也必须一同前往，凭你的声望，去面见刘秀就可以减少他对我的疑虑。"

班彪一再推托，窦融都坚持让他一同前往，最后只好笑道："那好吧，只怕我没有周公所说的那样的声望，周公要失望呀！"

窦融一见班彪答应为他奔走，立即说道："我回去后立即写一封亲笔信，派我的弟弟窦友随叔皮兄东去洛阳。"

班彪努努嘴，窦融会意，耸耸肩说："你担心张玄坏事？放心吧，你们一出发我就派人送他上西天，这也算我对刘秀的一个小小表示吧，当然，还有更大的表示，当你到洛阳后自能听到。"

第二天，张玄再次向窦融提及与隗嚣合作的事，窦融推辞说："合作一事关系到河西五郡存亡大事，非融一人能够做主，必须招来五郡太守共同协商后才能决定。"

张玄估计西州兵现在一定正和刘秀派遣的征西大军交锋，双方胜负如何不得而知，为了尽快得到窦融的援军，张玄催促窦融尽快召集五郡太守共商大计。窦融考虑到臣服刘秀一事也应当同五郡太守协商一下，便答应了张玄的要求，派人召集五郡太守来金城。

张玄和武威太守马期曾经相识，他在马期刚刚来到金城后便到马期住处登门拜访，询问马期对于同隗嚣合作持何意见。

马期一听张玄这么说，嘿嘿一笑，说道："窦融自立为王也好，保持现状也好，拟或归顺刘秀也好，我马期不喜也不忧，无论情况如何，我仍是我的武威太守，升不了，谁也把我赶不走。"

张玄一见马期持这种态度，有点急了，略一皱眉说："马大人，此言差矣！现在是关系你个人前途命运的关键之际，怎能说与你无关呢？如果窦融自立为王与隗将军合兵打败刘秀大军，天下将为刘秀、公孙述、隗嚣、窦融几人共有，窦融拥兵河西称王，马大人身为一郡之长理当封侯。相反，假如窦融归附刘秀，情况将大不相同。当然，窦融也许能够封侯，而马大人你就惨了。"

张玄故意卖个关子，惹得马期十分不解地问道："张学士，请你说个明白，我怎么会惨了呢？升官不敢保证，但武威太守的位子还是没有问题吧？"

张玄摇摇头："不见得，刘秀是怎样的人，他对中原各路归顺之人又怎样，前车之鉴后事之师，他怎么会相信后来归降的人。刘秀一定对窦融心存疑虑，但碍于情面又不能不用他，这样，刘秀唯一的做法就是断其左右臂膀，他一定会拿你们河西五郡的太守开刀，或撤职，或调离，换上他的亲信，从而监视窦融，架空窦融，让他空有其位却无其实。无论如何，窦融还有个空位，而你们几位太守恐怕连空位也没有，这不叫惨吗？"

马期沉思不语，张玄趁机说道："马大人，你联合其他几位郡守力主窦将军拥兵自立，并和隗嚣将军一同抗击刘秀入侵为上策。只有这样才能保住你的太守之位，也才能保证你武威郡子民免遭兵戈涂炭。"

马期略微点点头："明日聚在一起时先听一听其他几人的意见再说吧。"

正在这时，张掖太守任仲来访，任仲一见张玄在此，带着几分嘲讽的口吻说："张学士自诩西州第一辩士，伶牙俐齿，巧舌如簧，但来河西游说多日不仅没有说动窦将军的心，反而使他有心归汉，实在是可笑之至啊！"

张玄被说得满脸绯红，一时竟不知如何反驳。

马期并没在意张玄的反应，一听任仲说窦融要归附刘秀，急忙追问道："任兄，你从何处得知周公要归附汉室，只怕是你想归顺刘秀才四处散布谣言迷惑众人？"

任仲并不恼，哈哈笑道："马兄弟，你我做郡守的，归顺刘秀有什么益处？到头来还不是做他人刀俎上的鱼肉，任人宰割，我才不要归汉呢！"

任仲说到这里，幽幽叹息一声："不过，这自立与归顺的事是周公一人说了算，不是你我能当家的，他决定的事谁也更改不了，让我等到此不过是走走形式，行也行，不行也行。"

马期立即显出不满的表情："姓窦的也太过专横跋扈了，这河西之事也不能处处听他一人的，他是什么东西，没有我们弟兄们几个，哪来的河西今天？任兄，凭良心讲，这河西本是咱哥们的，自从窦融来到后却反客为主，我们反而处处受他挟制。说真的，我早就对他不满了！"

任仲知道马期的性子，劝慰道："别说气话了，我等不是看在他祖父有恩于我们的情分上，怎会容他在这河西指手画脚。事到如今，他要归顺刘秀也许有他的道理，我等先与其他几位太守通通气再说，如果大伙一致反对归顺，这事也由不得他一人说了算。"

"倘若他们三位都同意臣服呢？"

"那我们也只好顺从大势啦。"

"哼，无论谁去归降刘秀，我坚持不去，我佩服隗嚣的胆量和志气！"马期嚷道。

张玄趁机怂恿说："马大人，不是小弟说句奉承话，凭你的才华，不用说做一郡太守，整个河西五郡交给你也治理得井然有序，保证不会比窦融逊色。"

任仲白了张玄一眼，张玄只作没看见继续说道："如果窦融执意归降刘秀，马大人可以率武威一郡与隗将军合作，小弟可担保马大人得到好处一定优于刘秀所给的。隗将军知人善任，对马大人一直十分敬重，时常在众人面前称赞马大人的品行与才学，让众人向马大人学习……"

不等张玄说下去，任仲冷冷地嘲弄道："想不到张学士之所以深得隗嚣重用，原来凭借的就是给人戴高帽，拍马溜须。"

张玄嘿嘿一笑，回敬道："我说的可句句都是实话，任大人若不信，不妨随我走一遭，亲口问问隗将军。"

"我可没有那份闲心！"

张玄现在还不愿得罪任仲，他还想通过马期争取任仲，所以对任仲的冷淡与讽刺并不介意，反而进一步讨好说："任大人整日操劳张掖郡的大小事务，可谓日理万机，如果不是为着河西归属这等大事只怕也无暇到此，只可惜河西的前途堪忧，像任大人这样的河西元老也无济于事，只能眼看着河西五郡易手他人。"

这话确实点中了任仲的心事，他叹息一声，独自闷闷不乐地走了出去。

窦融似乎早就知道马期会反对，也不吃惊，淡淡一笑说："马大人的心情我可以理解，从心里说我也不想臣服刘秀，但这是大势所趋呀。隗嚣与刘秀已经打得难舍难分，凭隗嚣的实力目前还可勉强撑上一阵子，但从长远看，隗嚣最终一定要被刘秀所灭。隗嚣一灭，下一步就轮到我河西之地了，与其等到那时归附，不如趁早作出决定，也给刘秀等人一个深明大义知道进退的好印象。以我对刘秀的了解，我等现在臣服，不仅能保住河西的地盘，而且还能够加官晋爵呢！"

马期不待窦融说下去，就打断了他的话："哼，什么加官晋爵，你仅为你个人考虑，根本不顾及我等的利益，归顺刘秀你当然可以加官晋爵，而我们五人呢？只怕连郡守一职都保不住，我不管其他几人怎么想，我是坚决不投降，要降你们降好了。"

马期一把臣服说成投降，弄得窦融也很尴尬，他瞟一眼马期，颇为不悦地说："你不愿臣服，莫非你想随隗嚣一起与刘秀争战？"

马期嗡声说道："我马期不愿投降刘秀又怎会投降隗嚣，我只想保住武威一郡谁也不投降，自己保住一郡百姓不受兵灾。"

马期一口一个投降，惹火了窦融："投降，投降，谁投降谁？你能不能不说得那么难听！"窦融厉声斥道。

马期被训得垂首不语，但脸上却是气鼓鼓的，没有一点服气的样子。整个大厅里谁也不说一句话，大家都这么沉默着，各自想着心事，打着个人的算盘，气氛显得极不自在，可谁也不先开口，唯恐出言不当遭到他人反对。

任仲看看梁统、库钧、辛彤，见他们都面色平静，似乎刚才的争论与己无关，他又瞟一瞟窦融，见窦融铁青着脸，张了几次嘴，都没有说话，最后忍不住问道："主公，刘秀与隗嚣刚开战不久，一时还不知谁胜谁负，臣服一事能不能暂且不提，等上一段时间，等他们分出胜负时再决定呢？"

窦融瞪了任仲一眼："只怕到那时你主动臣服都来不及了，你以为刘秀是蠢材吗？我等拖到那时再归顺他，他还会相信我们吗？"

"可是……"

窦融不让任仲说下去，站起来挥一下衣袖走了出去，到门口时回头丢了一句话："今天先议到这里，都回去后认真思考一下，明天再作决定。"

窦融走后，其他四人互望一眼，都悄悄地走出军机厅。

马期刚回到驻地，张玄一见他的脸色猜到几分，试探地问道："马大人，今天的议事挺顺利，这么早就回来啦？"

马期气得往座椅上一躺，"都是一群软蛋。"

张玄火上浇油："马大人，你知道窦融为何爱投降刘秀吗？"

马期忽然坐了起来，瞪着张玄问道："什么原因？"

张玄见马期急切想知道，故意卖个关子："你知道我为什么来河西吗？"

"你不是和班彪一起来此游说窦融与隗嚣联合抗击刘秀吗？"

"马大人只说对了一半。"张玄故意神秘地说，"马大人也不是外人，我就把这个秘密告诉你吧。对外，我和班彪一起来游说窦融，其实，没来之前我就已经知道此行是瞎子点灯白费蜡，不可能游说成功。"

"那为什么，莫非你事先听到了什么消息？"

张玄点点头："我来之前隗将军的亲信周宗劫取了从洛阳刘秀那里派往窦融这里的一个信使，并从身上搜出一封密信，正是刘秀写给窦融的亲笔信，信的大意是窦融送给刘秀的信与贡品全都收到了，感谢窦融归顺的诚意，还说了许多夸赞窦融的话，什么心胸宽广、见识卓越、深明大义等，最后让窦融见信后召集五郡太守准备兵马，配合吴汉大军从后面偷袭隗嚣，两路夹攻打败隗嚣，一旦事成后封窦融为河西王。"

马期听到这里，勃然大怒，骂道："窦融小贼，原来早已背着我等投降了刘秀，找我们来此不过是做做样子，真正的意图是集结兵马与刘秀作后应，从而为自己换取封王的称号。不行，我要去找任仲揭穿他的阴谋！"

马期说着，站起来就向外走，张玄见马期满脸愤怒地走了出去，露出几分得意的笑容。

马期来到任仲住处，把张玄的话重说一遍，任仲连连摇头："不可能，绝对不可能，周公不是那样的人。"

"怎么不可能，常言说人心隔肚皮，谁知窦融心里打的什么鬼主意，从他到河西以来我就对他不满，瞧他那一副阴阳脸，好像我等都天生就该听他摆布一样，如果不是他到了河西，咱弟们几个保证比今天活得快活、自在！"

任仲递给马期一杯茶："马兄，你先别激动，我问你，你说周公早就与刘秀私通，暗中归顺刘秀的消息，你是从哪里知道的？"

"张玄刚刚告诉我的。"

任仲笑了："张玄是什么样的人，他的话你也相信？一定是他游说不成故意从中拨弄是非，挑拨我等内部矛盾，他好从中渔利！"

马期固执地说："张玄是怎样的人我当然明白，但这件事他绝对没有说谎，我武威郡为河西五郡最东一个郡，东去的行人一定从境内经过，前不久我也接到属下报告，说从金城方向有几位形迹可疑的人从境内经过，向东南而去，盘查时他们报说是窦融的亲信就放行了，现在想来一定是窦融派往洛阳向刘秀私通的密使。我一定将那几个人给抓住斩首，然后带着窦融的投降书前来问罪！"

任仲一听马期这么说，也将信将疑，沉思片刻问道："不论周公事先是否与刘秀有私通，但现在想臣服刘秀已是事实，你打算怎么办？"

"我还是那句话，宁可战死沙场，也绝不投降刘秀。"

任仲沉默不语，马期又问道："你是像梁统、库钧、辛彤他们一样随窦融投降刘秀，还是与他们决裂？"

任仲看一眼马期，稍稍迟疑片刻，说："让我再好好想想，等明天议事之后再决定吧。"

马期对任仲的回答十分不满，嚯声说道："人各有志，无论任兄做什么决定，我都不强求，明天的议事会也没有多大意思，我决定明天回武威，早早作好自立的准备。"

马期回来告诉张玄准备自立的事，张玄心中暗喜，忙说道："马大人果真是河西唯一的大丈夫，真正的威武不能屈的大英雄，武威百姓有马大人这样的郡守实在是武威的福气。不过，凭马大人一人自立窦融会答应吗，只怕大人自立的旗帜尚没有举起窦融的大军就到了，大人仅武威一郡之力怎能抵挡窦融的攻击？以在下之见马大人不如先和隗嚣将军联合打败窦融，然后再考虑自立的事也不迟。只要打败窦融，这河西一带也许都是大人你的地盘呢！那时大人自立就不是武威一郡了，而是整个河西五郡，只要大人高兴，做个河西王也未尝不可。"

马期一听张玄说得有些道理，点点头说："让我再好好考虑考虑吧。"

任仲考虑再三，悄悄找到窦融，密报马期拒不同意归顺刘秀，并有谋反迹象。窦融一听，嘿嘿冷笑道："谋反好呀，我还怕他不谋反呢！我早有撤去他武威郡太守的打算，正愁找不到借口呢？你回去告诉他，让他把人马准备得充足一些，免得不堪我一击。哼，谅他还没有这个胆量！"

任仲一听窦融把话说得如此满，又如此狂放，心里也有一丝不悦。从内心讲，他来报告马期谋反的事并不是想让窦融惩处马期，而是想让窦融警觉一下众人的态度，暂时放弃归顺刘秀的想法，静观一下目前局势变化。谁知窦融竟然是这种态度，任仲有些后悔，也不冷不热地说："主公也太托大了，你也应当想想马期为什么坚决反对归顺刘秀，一个马期反了也许无足轻重，倘若再有两个郡谋反只怕主公就不会把话说得如此绝情了，事事不能只给自己考虑，也应当为他人想想。"

窦融火了，一拍桌子吼道："我还用不着你来教训，如果你也想反尽管去反吧，我倒要看看阴沟里真能翻了大船！"

任仲好心来报告，没想到惹了一肚子火，一声不响地退了出去。

窦融之所以发火，一是今日在议事厅里任仲的态度让他生气，二是窦融怀疑任仲和马期串通好的，故意用谋反的口风来试探他，并试图胁迫他放弃归顺刘秀的做法。

任仲走后，窦友建议说："哥哥，我以为马期谋反一定与张玄有关，而马期与任仲关系一向要好，他来密报马期谋反，也许是二人定的苦肉计，或者让任仲来探一探你的口风的。无论情况如何，对马期这人不能不防，害人之心不可有，防人之心不可无。"

窦融点点头："你不必多虑，我自有分寸！"

窦融独自沉思片刻，便叫来两名心腹之人，低声吩咐几句，两人便匆匆离去。

晚饭后，张玄刚要休息，忽然有人悄悄来报，说马期有要事请他速去商量。张玄暗喜，估计是马期想归顺隗嚣的事，便独自匆匆来到马期住处，刚步入院内，还没来得及呼喊，就被两人上前堵住嘴拿下。张玄正不知是怎么回事，猛听院外有人大喊："有刺客，快拿刺客！"

马期正在室内考虑是否与隗嚣合作的事，猛然听到抓刺客的叫喊声，提着手中的剑就追了出来，见一个黑影正从眼前一闪而过，他匆忙追了过去。那黑影三拐两拐不见了踪影，正不知如何是好，又听到身后传来"抓刺客"的叫喊声。马期正要转身离去，身后八九个人一哄而上把他按倒在地，不由分说把他捆个结实。马期估计这些人可能误会了，忙争辩说："你们抓错了，我是马期，来抓刺客的，快把我放了，真正的刺客在前面！"

一人冷笑道："马期，你图谋行刺窦将军，人证物证俱在，还想抵赖，给我拿下！"

另一人附和道："前面就是窦将军的卧室，你深夜持剑到此，分明是想行刺窦将军，还嘴硬！"

几人不容马期辩解，便把他五花大绑押走了，马期边走边愤愤不平地喊道："带我去见窦融，带我去见窦融！"

第二天，马期昨夜行刺窦融的事在金城传开了，众人纷纷扬扬，说什么的都有。有人说马期早就对窦融不满了，曾多次扬言要对窦融图谋不轨。也有人说马期是受张玄的蛊惑，暗中投降了隗嚣，他见窦融要与隗嚣作对便动了歹心，并试图取而代之，不想聪明反被聪明误，如今成了窦融的阶下囚，只怕武威太守是当不成啦。当然，也有人为马期叫冤，估计其中有诈，任仲就这样以为。

议事厅内，任仲解释说："我与马期交往较深，他性情急躁，为人耿直，肚里藏不住话，虽然说出不同意归顺刘秀的话来，但他绝不会行刺主公的，要么有人陷害他，要么就是一场误会。"

窦融一听任仲当着这么多人的面说有人陷害马期，颇为不悦，拉长脸说："任大人，你说有人陷害马期，是谁陷害他呀？"

"我只是这么觉得，因为马期的为人我十分了解，他绝不会做出这种见不得人的事。"任仲说着，转向梁统与库钧，"我们几个与马期交往的时间最长，他的脾气你俩也知道，你们认为马期会做出行刺主公的事吗？"

梁统与库钧你望望我，我看看你，梁统瞟一眼窦融的脸色："马期火急火燎的脾气也最容易冲动，再加上受张玄的撺掇，做出过激的事也很难讲。"

任仲一听梁统这么说，气不打一处来："梁统，你这人也太卑鄙了，就是你不愿帮他也不能落井下石啊。当年，义渠率兵来攻你酒泉，不是马期舍命去救，只怕你现有的骨头都变成沙泥了！"

梁统老脸有些微红，厚着脸皮说："恩是恩，过是过，马期有恩于我，但他行刺的事我却不能为他掩饰。"

任仲火了："这么说我是在为他掩饰，你，你……"任仲气得说不出话。

窦融见任仲竟然不把自己放在眼中，而且说了那么多令他不开心的话，猛地站了起来，喝道："任仲，你有完没完，你是真想为马期掩饰罪过，还是另有所图，莫非马期是你同党，你也早已暗中投靠了隗嚣？"

任仲似乎是豁了出去，反唇相讥道："窦融，你投降刘秀我不反对，但你也不能用这种手段对付别人，我怀疑马期是遭到某些人的陷害！你明着召我们来议事，而实际上呢？你早已做好了投降刘秀的打算，不过是让我等来点个头罢了。不仅这一件事，自从你来到河西，什么事不都是你一个人说了算，比皇上还专权。这个太守我不干了，现在就辞职，你们谁想怎么着就怎么着好了。"

任仲把印向桌上一丢，气哼哼地走了出去。

窦融望着任仲的背影，唾了一声，铁青着脸说："不干更好，河西有的是人，能任太守的有一把。"

果然，任仲回张掖后不久便携带家小回乡去了。窦融也没有太为难马期，只是革去了他的武威太守一职。马期革职后，也效法任仲回乡耕种去了。但对于张玄，窦融却没有手软，枭首示众，公开与隗嚣决裂。

窦融又重新调整了河西五郡的人选，任命梁统为武威太守，原张掖都尉史苞为张掖太守，提升酒泉都尉竺曾为酒泉太守，辛彤仍为敦煌太守，库钧的金城太守职位也没变。这样，河西五郡统一了意见，窦融便派长史刘钧奉书与班彪，一起东去洛阳朝拜刘秀。

班彪与刘钧的到来使刘秀长长出了一口气，他一颗悬着的心终于落了下来。刘秀一直担心隗嚣南联合公孙述北结盟窦融，倘若这三人联合一起，他的统一大业只怕终生无望了。对西部地区的征讨不同于东部平原地带作战，这里地广人稀，山河险阻，交通极为不便，行军打仗的辎重难以运进去，不用说打，若地形不熟，硬拖就把一支大军拖垮了。

为了瓦解这三支势力的联合，刘秀考虑再三，认为最有可能争取的就是窦融。刘秀虽然没有和窦融见过面，但对于窦融他十分了解，此人擅长打仗，而且很有主见，做事老练果断。有多大把握争取到窦融刘秀也没有数，他在没有正式征讨隗嚣前就想派人去游说，无奈路途遥远，又必须先穿过隗嚣的辖区，稍不注意会打草惊蛇，适得其反。刘秀派吴汉领兵平叛隗嚣同时，派马援北上就是希望马援能说服为隗嚣驻守北地的耿定，从而打通与窦融河西五郡的往来，再伺机派马援平窦融，力争达到"不战而屈人之兵"的目的。在刘秀看来，只要窦融能够臣服，等于截断了隗嚣的后路。如果窦融能够同意出兵，就等于在隗嚣背后捅上一刀，那么平定隗嚣的战争就胜利在握。谁知马援还没有到达北地，窦融就主动派人前来朝拜了，刘秀怎么不高兴呢！这等于他的后顾之忧云消瓦解。

刘秀选定吉日，正式在宣德殿里用隆重的礼仪接见了班彪与刘钧。

刘钧献上礼单及窦融的亲笔信，只见上面写道：光武帝陛下：今遣臣长史刘钧随班彪叩拜皇上，口陈肝胆。臣乃汉室外戚之胄，对汉室赤胆忠心。自王莽篡汉以来，臣立誓效命汉室，曾几次东讨贼寇访寻汉室宗祧。无奈假冒者众多，臣下愚钝，不识真伪，遂领兵避难河西，等待明主复出。公孙述、隗嚣之流心怀叵测，数次怂恿臣自立，三分鼎立之势。臣思汉心切，惶恐不安。臣虽无识，犹知利害之际，顺逆之分，岂可背旧主而做奸佞之人，废忠贞之节，倾覆之事，弃已成之基，求无冀之利。幸而陛下登基洛阳，承袭汉室之业，此乃万民之福，臣为明主复出而欣喜，早有归汉之想，无奈山高水长、道路险阻，又有奸人作祟，迟迟没有面圣，甚悔，甚悔。今遣使奉书痛陈心愿，虽死无憾焉。若陛下有收纳臣之意，臣即刻奉旨听命，整顿军容，等待陛下号令，便奋起除奸铲逆，回应王师西征。臣与河西五郡百万之众万分，期盼，期盼。臣融云云，顿首，顿首。

刘秀合上窦融亲笔帛书，对刘钧说："窦将军以大局为重，心系汉室，率河西五郡民众归顺朕，朕焉有不接纳之理？河西距此有千里之遥，窦将军派遣刘长史到此叩拜朕，此情可嘉，请刘长史在此歇息数日再奉旨回奏窦将军，朕任其重任更有所封赏。"

刘秀知道班彪是西州名士，对班彪之名早已熟稔于心，如果班彪能够留下来任职，对于收复西州一定会产生重大影响。为此，刘秀专门在内宫宴请班彪。席间，刘秀问及西州之事，班彪回答说："隗嚣盘踞西州多年，他虽然曾一度臣服陛下，而暗中却首鼠两端，早有拥兵自立之心，他如今与陛下作对绝非偶然，而是早有预谋。因此，陛下如今派兵平叛，必须做好长期作战准备，平定隗嚣不同于中原各路自立为王者，大兵压境蹴而可就。"

刘秀对班彪的话虽然觉得有些夸大其词，但嘴上却说："以先生之见朕需要多少兵马用几年光景可以平定叛乱？"

班彪略一思忖："动用三十万大军也必须用五年的时间。"

刘秀暗暗发笑，却不动声色地问："怎样才能以最少的兵力用最短的时间结束这次平叛呢？"

班彪似乎看出刘秀对他的话并不信服，淡淡地答道："在下愚钝，确实想不出高明的办法能够用最少的兵力在短时间内结束对隗嚣的平叛。不过，在下成长于西州，对那里的山川地形及军事要塞较熟，皇上要想打败隗嚣，必须夺取略阳。"

略阳在甘肃庄浪西南，城池虽小，却是隗嚣的心腹要地，易守难攻，也是大军西进的必经之关隘，因此，班彪建议刘秀夺取略阳。刘秀也曾听中郎将来歙讲过略阳的战略意义，但他没有引起重视，如今听班彪再次提及略阳，刘秀才真正感到夺取略阳的重要性。

班彪又补充说："皇上若想尽快打败隗嚣，从隗嚣军中瓦解隗嚣也很必要，常言说堡垒最容易从内部攻破就是这个道理，皇上可派人到西州军中游说那些有心归汉的将帅，许以高官厚禄，劝说他们弃暗投明。"

此时，刘秀对班彪的话不能不信服了，点头说道："先生之言正合我意。"

刘秀想说朕已派马援去办理此事了，到嘴的话又咽了下去，忙改口说道："朕有心挽留先生在身边，早晚讨教，不知可否？"

班彪一时不知说什么好，稍稍迟疑片刻说："如果皇上不嫌弃在下愚钝，小民愿为皇上驱驰。"

刘秀便封班彪为司徒掾，掌握诏书拟定与文史编纂，早晚可以随时讨教。

不久，前线军中传来捷报，祭遵打败隗嚣大将王元，冯异打败行巡占领栒邑，征西取得首次大捷。

刘秀接报后立即与文武大臣商定，嘉奖前线将士，并责令吴汉火速派军攻打略阳，抢占西进的关隘，力争年底剿灭隗嚣叛军。

北地守将耿定刚回到府中，就听到属下回报有一旧友来访，早已等候多时了。耿定走进客厅，蓦地愣住了，吃惊地问道："文渊，你，你怎么来到这里？"

马援微微一笑："来看看老朋友么，怎么？不欢迎吗？"

耿定这才笑道："欢迎，欢迎，快请坐吧。"

耿定支退外人，这才小心翼翼地说道："文渊你好大的胆子，你不是在洛阳吗，怎么突然来到此地，若让隗嚣的亲信看见了，你还有命吗？"

马援莞尔一笑："有耿兄在此，我怕什么，除非耿兄想拿我到隗嚣那里领功请赏。"

耿定苦笑一下："我的处境你难道不知，隗嚣若真是信任我，就不会把我派到这荒凉的地方为他守边了。"

马援哈哈一笑："边防是国家的根本，隗嚣将你派往此地不正是对你的信任与考验吗？"

"你别拿我开心了，还信任呢，他在我周围安插不少耳目，所以，对你来此地我很不放心，你没见我刚才是支走了他人才同你讲话的，说不定端茶送水的人里都有他的耳目。"

马援有些气愤了："那你为何不查出来将他们一一废了。"

"唉，我也懒得过问这些无聊的事，俗话说，'心里无事不怕鬼敲门'，随他去吧。隗嚣这人的秉性你比我清楚，对谁都是疑神疑鬼。"

马援也感慨道："用人不疑，疑人不用，可他……就凭这一点就比不上光武帝。"

耿定似乎明白了马援的来意，装作不知地问："文渊弟冒着这么大的危险，不远千里来此该不会是说这些无聊的话吧？"

马援不置可否地说："早饭还没吃呢，我的肚子早已咕咕叫了。"

耿定这才歉意地说道："只顾说话了，竟把吃饭的事给忘了，这是为兄的过错，好，我现在就让人摆上筵席，咱们边饮边说。"

二人入席，三杯酒下肚后，马援这才低声说道："耿兄，实不相瞒，我这次来是奉光武帝之命特来劝说耿兄弃暗投明的。"

耿定并不吃惊，自饮一杯，然后放下杯子说："文渊弟，我也给你说句心里话，我早有离开隗嚣另投明主的想法，只是苦于找不到明主啊。公孙述虽然在蜀地称王，但此人心胸狭窄，鼠目寸光，拥有成都一隅之地就不思进取，作威作福，如何能成大事？卢芳距我最近，但他假冒汉室之胄引起天下英雄不满，如今又投靠了匈奴做个傀儡王，更为有识之士所不齿。原打算别无所去之际投靠河西窦融，可他也投靠刘秀了。"

耿定说到这里，幽幽叹息一声："唉，论及天下英雄豪杰，有资格有能力并且能威服天下为帝的也只有刘秀一人，我纵然有心投靠他，可他会容纳我吗，当初，我曾领兵攻打过他。"

马援明白了耿定的顾虑。耿定曾是王莽新朝一员战将，在刘秀起兵反莽时，耿定曾奉命镇压刘秀的义军，南阳郡宛城一战曾把刘秀打得丢盔弃甲，仓皇而逃。

马援为了打消耿定的顾虑，急忙掏出一封帛书说："光武帝向来宽厚待人，怎么与耿将军计较那点小事呢，何况将军只是奉命行事，其过应在王莽身上。耿兄尽管放心，光武帝为收大将军朱鲔，连杀兄一事都既往不咎，将军这点小事算什么。耿兄如果信不过我，这里有光武帝写给你的御书，你看后就明白了。"

耿定接过帛书一看，只见上面写道：刘秀致耿定将军书：久闻耿将军威名，宛城一战对将军战术更加信服，吾虽败无憾也。此事早已如过眼烟云，不足挂齿，提及此正是令将军释前嫌毋存虑。闻将军镇守北地，马精兵强，仓库有蓄，民庶殷富，数次挫败羌胡，令其不敢南下牧马。将军威德流闻，虚心相望，期盼归汉，望眼欲穿。将军若能明大理识大体，率众弃暗投明，乃秀之幸也，更为北地百姓之福。今遣文渊与将军会晤，望汝观书三思，静候佳音。道路隔塞，无以为赠，若能洛阳一见，定当面嘉赐，便宜相言。

耿定将帛书揣进怀中，暗自思忖朱鲔与刘秀有杀兄之仇，他曾数次为难刘秀，刘秀都不计前嫌接纳了他，还加封他为平狄将军、扶沟侯，我当年与他的那点小小过节又算什么。想至此，耿定说道："我决定归顺光武帝，但我一郡之兵归顺朝廷影响甚小，我想趁机策动几位领兵守将一同响应，也算是我耿定觐见刘秀的礼物，文渊弟以为如何？"

马援明白耿定的心意，十分高兴地举起杯："来，耿兄，为你有一个美好的前程干杯！"

耿定微微一笑："彼此，彼此，为我获得新生寻到明主干杯，也为举事早日成功干杯！"

二人豪爽地连干三大杯。

耿定将与自己交往甚密的几位守将反复琢磨一番，同马援商定后，挑选最有可能反叛隗嚣的几人分别派亲信前去联络。经过一段时间的精心谋划，吴宏、任禹、范逡三位将军与耿定一起举起反叛大旗，一时间震动西州，隗嚣气得大骂不止。刘秀得到奏报后欣喜异常，立即颁旨嘉奖各有封赏，封马援为伏波将军、新息侯，封耿定为北地郡守、扫北将军、忠义侯，封王遵为太中大夫、向义侯。

马援从北地回到冯异军中，恰逢冯异接到光武帝御旨，要求他相机夺取略阳，以便派大军直插隗嚣腹地，早日取得平叛胜利。

略阳地处西北崇山峻岭之中，是西州首府西城的门户，为隗嚣心腹要地，地势险要，易守难攻，又有重兵把守。如何才能夺取略阳呢？冯异正为此事发愁，一听马援到来，急忙找到他询问计策。

马援沉思良久才说道："夺取略阳实在不易，隗嚣为了拥兵自立苦心经营多年，无论是屯粮还是器械，就是略阳被围一年也足够支撑的，何况略阳与陇西、天水互成犄角，一地被攻其他二地便会响应，援兵三日之内一定到达，再加上它的地势险要，有一夫当关万夫莫开之险。"

马援见冯异眉头拧成一把，便没有再说下去，冯异沉思好久才抬头问道："难道就没有攻取略阳的办法吗？"

"那倒不是。"马援忙答道，"从我对略阳的防御了解，要想占领略阳，不能硬拼硬打，必须出神兵，以奇制胜。我早年从师学习时曾听家师讲过一件事，说略阳东南的山林中有一条小路，是采药人走的路，此路可达略阳东门。"

冯异眼睛一亮："马将军能找到此路吗？"

马援摇摇头："我只是听家师提及此路，就是家师在世也未必能找到此路，他之所以知道此路据他老人家讲纯属偶然。一次，家师外出，遭到了打劫，结果在山中迷了路，家师在山中三天都没有找到出山的路，后来遇到一位采药老人把他带出了山，他们走出山林的地方恰好在略阳东门附近。"

马援又补充说："自从隗嚣把略阳作为军事要塞修建后，就禁止人到这一带的山林中采药打柴，估计那条小路早已被丛林所掩盖，知道它的人就更少了。"

一直陪坐在旁边的来歙说："只要它存在就一定能够找到它，只要到那山脚下的百姓那里访一访，总会有人知道的。这条小道可能就是夺取略阳的唯一办法，不论付出多大代价都必须找到它。"

"冯将军，如果你信得过，就让我去吧。"

冯异见来歙如此急切，点头说道："派你去可以，但这事只能秘密进行，一旦被略阳守军发现，不但于夺取略阳的战事不利，还暴露了目标，将来攻打略阳就更难了。”

来歙坚定地说：“请冯将军放心吧，我绝不会令你失望的。”

来歙与马援扮成江湖郎中来到小道所在的大山的山脚下，马援先找到师父的后人，问及直通略阳的密林小道，根本无人知晓。他俩又走访了许多看林人，也毫无结果，就在他们几近绝望之时，打探出一个孤寡老人早年经常到山中采药，可能知道山中有这么一条路。二人大喜过望，找到孤寡老人。

孤寡老人姓张，至于叫什么名字谁也不知道，村里人都喊他张郎中。来歙与马援找到张郎中询问入山的小路，老人吃惊地瞪着他们，矢口否认有这么一条路。在二人的真诚恳求下，老人才问道：“你们询问这条路干什么？”

为了取得老人信任，二人便说出了真实用意。老人一听是光武帝派遣的大军来攻打略阳的，老人老泪纵横，好久才说出一句话：“应该打，只要你们是打略阳的，拼出我这条老命也要给你们带路。”

来歙一听老人答应给他们做向导，十分高兴，便问道：“老人家，你有把握能找到那条路，把我们带到略阳吗？”

老人自信地点点头：“能，能！就是闭上眼睛我也能到略阳，只是你们要能经得住山崖密林间穿行的苦。”

“老人家，只要你能受住这苦，我们再苦再累也是应该的，只是连累了您老我心里不安。”

马援也插嘴问道：“老人家，刚才见你提及攻打略阳的事十分伤心，莫非那里有你什么悲伤的事发生过？”

老人难过地点点头：“实不相瞒，我的全家就为这条山中密道而死呀。”

马援歉意地说：“老人家，没想到触及了你的伤心事，我向您老赔罪了。”

马援说着，深深一揖。老人连忙摆摆手：“只要能打下略阳，杀死守将金梁，我死也可以瞑目啦。”老人这才讲起他家的伤心事来。

原来，张郎中早年在略阳行医，时常到略阳正南这一带的山中采药，久而之发现了有一条常人罕至的小路，可以自由出入略阳，这条小路也许就是古人采药留下的。因为他外出采药一去多日，回来时常常赶在天晚，城门早已关闭，他便不能回家。一个偶然的机会，他发现略阳城东门附近有一个山崖，山崖上有一个洞，顺着洞可以进入城内。对于这个洞，有人说是天然的，也有人说是古人筑城时故意留下的，以防城中发生不测事件时能够逃出城来。但知道这个洞的人极少，张郎中就是这极少人中的一个。

隗嚣为了拥兵自立，把西城、天水、略阳三地作为军事要塞修建，特别是略阳，更是首府西城的门户，隗嚣便派亲信之人金梁来此做守将。

金梁来到略阳后，重新修筑了防御工事，加固加高了城墙，并在略阳外围通往四方的各大小关卡上派重兵把守。金梁不知从何处听到消息，也知道略阳有这么一个秘密出口，并得知张郎中知道出口的位置，他便带人来拘捕张郎中全家。恰逢张郎中外出采药未归，金梁一气之下杀了张郎中全家，并设下圈套诱捕张郎中，把所有知道那个出口的人全部杀掉灭口。

张郎中没有回城就听到全家被杀的消息，他便顺着山中的这条小路逃到现在的这个村子，从此隐姓埋名住了下来。

老人讲到这里，早已声泪俱下，来歙安慰说："老人家，我们一定要打下略阳活捉金梁，让您老人家亲手报仇。"

来歙为了不耽搁预定的进军行动，派祭遵率大军驻扎在番须，他和马援一起率三千精锐将士由张郎中带路抄小路偷袭略阳。

三千多人晓行夜宿，餐风饮露，在密林山崖间穿行。衣服磨破了，身体擦伤了，人也一个个累瘦了，所带的干粮也都吃光了，他们便饮泉水，食野果，吃兽肉，艰难摸索了近一个月才赶到略阳外围。当张郎中找到那个洞口时，发现洞口已经被封上，所幸的是封石并不厚，不知是金梁放松了警惕，估计不到有人会从这里杀进城，还是金梁为自己留条后路，以免城中发生不测时自己从中潜逃。总之，来歙等人仅仅用了一个时辰的时间就把洞口的大石清除了。

午夜时分，来歙、马援率领三千将士从洞口潜入城中，分头占领各个城门，略阳守军正在睡梦中还没有弄清怎么回事就做了刀下鬼。

略阳城内火光四起，杀声震天。金梁尚在酣睡中便被属下喊醒，说略阳失守了，光武帝的大军杀入城中。金梁根本不相信，还把报信人臭骂一顿，他估计是军营中争风吃醋引起的内讧，因为最近发生了几起类似的事件。

起初金梁并未放在心上，待他起来后一听喊叫不对，接连传来消息四个城门失守，并有汉军杀向他的住处，金梁这才惊慌起来，组织手下将士抵抗。兵败如山倒，守军不知有多少汉军杀来，都只顾四散逃命，谁还有心抵抗。金梁自己也弄不清有多少汉军，他估计大势已去，自己也赶紧逃命了，便带着四个亲兵从略阳城那个秘密出口外逃。当他刚爬出洞口，早有几名汉军等候洞外，四名亲兵被当场斩杀，金梁束手就擒。

金梁被带到张郎中面前，张郎中大喝一声："金梁，你这个狗贼还认得我吗？"

金梁摇摇头。

张郎中冷冷一笑："哼，你不认识我，我却认识你，你就是变成灰烬我也认得，我就是当年你追杀的张郎中！"

金梁明白了一切。

张郎中暴喝一声："血债要用血还！"

张郎中一刀刺了过去，金梁惨叫一声，倒在血泊中。

西州首府西城。隗嚣对公孙述大骂不止，出使西蜀刚回来的申屠刚垂首站在旁边，耷拉着脑袋，沉默不语。

隗嚣似乎骂累了，呷一口茶坐了下来，瞅一眼申屠刚，颇为不满地说："你也太没有用了，我派你出使西蜀，并不是让你代我向公孙述称臣的，而是以两国之礼交往，他派兵救援也是互惠互利，唇亡齿寒，没有什么谁保护谁的道理。"

申屠刚看着隗嚣的脸色比刚才平和多了，大着胆子解释说："主公，向公孙述称臣只是权宜之计，哄他借来援兵，一旦挫败刘秀大军，主公再与他翻脸，自立为王也不迟。何况公孙述封主公为朔宁王，也不比他的蜀王逊色，对外都是个王呀！"

隗嚣一听这话似乎又来了气："什么朔宁王，我与其向他公孙老儿称臣，不如向刘秀称臣了，没有我在此为他挡着道，只怕刘秀的大军早就打到成都了，他如今该向我称臣求援了。哼！公孙老儿就是狡猾，他是看到我孤立无援，故意在这节骨眼上卡我，令我向他臣服，待我打败刘秀……"隗嚣到嘴边的话又咽了下去，他向申屠刚挥挥手，"你下去吧，称臣就称臣吧，反正这个时间不会太长，只要他能及时派来援兵就行。"

申屠刚急忙答道："请主公放心，公孙述的援兵不日就到，我临来时他就令大将李育、田弇点兵待出了。"

隗嚣见申屠刚说得十分肯定，稍稍宽心一些，无论情况如何，申屠刚总比张玄强，张玄与班彪一同出使河西，不仅没有让窦融起兵反叛，反而促使窦融归顺了刘秀，自己的命也搭上了。一想起此事，隗嚣就对班彪大骂不止，他把一切罪责都推在班彪身上，特别是听说班彪奉窦融之命到了洛阳并成为刘秀的宠臣，隗嚣更是后悔自己应该杀了班彪，不该纵虎归山。现在，窦融归顺了刘秀，等于在自己背后放上一把利剑，对窦融的实力与军事才华隗嚣自然十分清楚，刘秀与窦融合击他是最可怕的。自从窦融归顺刘秀后，隗嚣一直为此事发愁，必须切断他们两军的汇合才能各个击破敌手，从而在西州站稳脚跟。

隗嚣正在冥思苦想，军师皇甫文匆匆走了进来，颇为惊慌地报告说："主公，大事不好，略阳失守，守将金梁被斩。"

隗嚣惊得半晌合不上嘴，好久才结结巴巴地问道："消……消息……可靠吗？"

"绝对可靠，从略阳逃出的将士都回来了，是他们亲口所说，听说偷袭略阳的汉军是中郎将来歙和马援。"

隗嚣一听有马援配合偷袭略阳，咬牙切齿地骂道："马援，马援，我当初对你不薄，想不到你竟如此待我，我只要抓到他，一定剥他的皮，抽他的筋。"

这时，隗嚣的次子隗纯也进来了，他上前说道："父帅，略阳失守，西城的门户已被打开，汉军便可长驱直入这里，西城危在旦夕，必须不惜代价把它夺回来。"

隗嚣点点头："对，必须夺回来，我要亲自统帅十万人马去夺略阳，一定要把来歙、马援活捉，我要用马援的尸首点天灯！"

隗纯见父亲盛怒之下要亲自带兵抢夺略阳，忙劝阻说："父帅不必着急，派一员大将率兵而去就可以了，您老人家年老体衰，又整日操劳军务，怎能再受鞍马之苦，何况，你走之后，这西城的大小事务……"

皇甫文也附和道："少主公说得极是，请主公息怒，让高峻领兵去吧。"

"不，我要亲自去夺略阳，其他人去我不放心。"

皇甫文见隗嚣语气不容更改，又建议说："略阳失守，能否夺回来尚在两可之间，为防止窦融背后偷袭，必须再派人向卢芳求救，令他也出兵与窦融对阵，这样可以钳制窦融，不至于我西州腹背受敌。"

隗纯也建议说："古人有围魏救赵之说，如今我西州担心窦融从背后偷袭，我等何不想办法从背后偷袭刘秀呢？他之所以全力以赴出兵我西州，是因为中原平静无后顾之忧，我等何不派人潜入中原，游说那些刚刚被镇压的反王呢？只要他们再次叛乱，刘秀后院起火，中原自顾不暇哪还顾得上西州，必然撤兵而去。"

皇甫文也认为这是好主意，但西州与中原相距甚远，与那些人早已多年不相往来，又能劝说谁冒着诛灭九族的危险出兵造反呢？隗纯提醒说："父帅当年与颍川郡太守张步、河东郡太守刘扬关系密切，父帅皆有恩于二人，何不修书一封，派人悄悄送去，劝说二人一同举事，事成之后共享天下。"

隗嚣也觉得儿子的提议有道理，能否奏效也不伤大碍，于是赶写两封帛书派心腹之人化装成商人携重金向东，又派人到卢芳那里去请援兵。安排就绪，隗嚣留儿子隗纯坐守西城，自己亲率十万大军来夺略阳。

来歙、马援早就预料到隗嚣一定会派大军前来抢夺略阳，早已做好了防御准备，但没想到隗嚣会亲自率军来夺略阳，一场生死存亡的争夺战在略阳城外展开了。

隗嚣知道略阳易守难攻。起初，他并不急于攻城，而是在略阳城外扎下营寨将略阳围住，命令将士挖山筑堤，积水灌城。由于来歙对隗嚣的计谋有所察觉，及时做好了准备，使隗嚣水淹略阳的计划落空。

隗嚣恼羞成怒，便下令强行攻城。来歙、马援同三千将士同生死共患难，顽强防守，弓箭用尽了，就拆屋断木作为兵器，从山上采来石头作为檑木滚石。尽管隗嚣有十万大军，但由于不占有利地形，军队死伤累累，困顿不堪，略阳城连一个豁口也没有攻开。相反，来歙与马援的军队却斗志高昂，人人抱着与城共存亡的决心等待着救援大军的到来。

来歙、马援攻占略阳的消息传到洛阳，光武帝喜不自胜，当着满朝文武的面把二人夸奖一番。

大司徒进言说："略阳被克，犹如一把锋利的尖刀插进隗嚣所占据的西州，此时派大军西征和窦融一起东西夹击，隗嚣必败无疑。请皇上再发大军，一鼓作气攻灭隗嚣，可去西州之患。机不可失，失不再来，请皇上三思。"

不待刘秀开口，左将军贾复急忙说道："陛下，大司徒之言在理，但当务之急是急令吴汉先派兵救援略阳，然后朝廷再派大军西进夹击。对于略阳的重要性隗嚣比任何人都清楚，如今略阳失守隗嚣一定又急又怒，必然不惜一切抢夺略阳，倘若不及时派兵救援，只怕略阳得而复失。"

光武帝点点头："左将军言之有理，不过，吴汉、冯异带兵多年，长期在外征战，怎会不晓得这个道理呢？他们也许派兵救援了。"

贾复见光武帝对自己的进言没有引起足够重视，又解释说："就是吴汉派人前去救援，一时恐怕也没有足够的兵力，因为冯异大军与隗嚣的大将行巡正在枸邑一带征战，耿弇也被叛军缠住，唯有祭遵所率一支人马驻扎在番须，但最近接到报告，祭遵重病在身，只能在军营料理一些日常事务，已经不能领兵征战。不怕一万就怕万一，皇上还是先下一道谕旨督促吴汉先派兵救援略阳，然后再发大军西征也不迟，因为大军行动迟缓，而略阳地处西州腹地，道路艰险，只宜轻锐部队行动。"

光武帝一听贾复分析得十分有道理，当即口授圣旨，让尚书令韩歆代笔，督促吴汉火速派兵救援略阳。

光武帝从时下战局似乎看到胜利在望，为了鼓舞士气，督促西征将士一鼓作气攻灭隗嚣，光武帝决定御驾亲征。消息尚未传出，光禄勋郭宪就匆匆入宫劝阻说："陛下万万不可轻易率军西征，因为中原各路叛军虽然平定，但人心仍然不稳，许多人是迫于朝廷大军威慑而降，口服心不服。一旦皇上西征，中原腹地有二心之人就可能造谣生事，从而图谋不轨，再次引起天下纷争。"

光武帝微微一笑："子横言重了吧，如今中原祥瑞迭出，吏治澄明，百姓安居乐业，盗贼较往年也稀少了，朕不敢妄称路不拾遗，夜不闭户，但呈现一派圣明景象还不为过吧，卿从何处说再次引起天下大乱呢？"

郭宪刚要开口讲话，光武帝又说道："相反，朕这次亲征隗嚣，不仅能鼓舞士气，而且也起到震慑西蜀公孙述和陇北卢芳的效用，这是一石三鸟之举，为什么不做呢？"

"可是……"

郭宪还要解释，光武帝抬手制止了他："卿不必多言，朕意已决，即日起程西征。"

郭宪知道不能再说什么，也许自己真的多虑了，只好告退。

光武帝静养几日，拜岑彭为大将，盖延、马成为副将，留李通、邓禹监国，自己亲率二十万大军西征隗嚣。

当光武帝所率大军到达略阳时，略阳之战已到了白热化的程度，双方投入的兵力总共已过三十万人。隗嚣除了所率的原有人马外，又从西城调来五万，再加上西蜀大将李育、田弇带来的八万人马，合在一起约有二十万人。而吴汉与来歙、马援两路人马总共不过十万。众寡悬殊，汉军打得有些吃力，渐渐有些支持不住，略阳危在旦夕。正当这时，河西窦融亲率六万人马与光武帝大军在高平（今宁夏固原）会师，两路大军接到略阳危急的消息后，星夜急驰，直扑略阳。

当增援大军抵达略阳时，汉军内外夹击，略阳形势急转，隗嚣担心腹背受敌退路被切断，急忙下令撤军，退守西城。西蜀李育、田弇见隗嚣撤退，也退守上邽（今甘肃天水西南），略阳围解。

来歙、马援率领所剩无几的众将士亲自出城迎接光武帝、吴汉、盖延、马成等人。光武帝下马扶起二人，一手拉着一个，握着他们的手说："你们率如此少的人马对抗叛军十万贼众，坚守略阳四个月之久，真难为你二位了，朕一定重奖你们！"

入城后，光武帝宴庆贺略阳之战大捷，让来歙与马援坐在自己身边，亲自为他们斟酒慰劳。

酒宴后，光武帝同众将商讨军情，询问下一步作战方略，马援主张先派大军西进，兵临西城，招降隗嚣手下大将，从而孤立隗嚣，然后再相机劝降隗嚣，这叫"不战屈人之兵"，为兵法上乘用兵之道。

光武帝接纳马援建议，他听说班彪和隗嚣谋士申屠刚关系密切，而今申屠刚又不受隗嚣重用，如果申屠刚能归顺自己，影响绝不在窦融、班彪归顺自己的影响之下。光武帝让班彪写一封密信，自己又亲自拟定一份诏书，派人送给已经暗中归降的西州大将王遵，由王遵入城递交申屠刚，并相机劝降。

王遵接信后，领命到西城拜会申屠刚。

申屠刚自从出使西蜀回来后遭到隗嚣的训斥，便称病在家，他早已看出隗嚣的末路到来，但隗嚣始终听不进自己的劝告他也没有办法，对自己的归宿他早有打算，如今称病休养就是为自己的隐退打下基础。如何隐退申屠刚还没有想好借口，现在见隗嚣从略阳败退回来，更坚定了自己隐退的决心。

这天，申屠刚正在花园内侍养花草，忽然听说王遵求见，他吃惊不小，王遵正驻守在天水防线，如今突然来访，必有要事。申屠刚把王遵请到书房相见，询问天水战事，王遵轻轻叹息一声："冯异兵临城下，天水危急呀。"

"既然天水形势如此危急，将军不在天水防守来西城有何贵干？"

"天水有牛邯防守，一时半时尚无大碍，我是受人之托专门给申先生送信来的。"

王遵边说边把信交给申屠刚，申屠刚接信一看，吃惊地瞪着王遵："你，你见到叔皮了？"

申屠刚自觉在王遵面前称班彪为叔皮不太好，忙改口说："王将军，你怎么见到班彪，他不是……"

申屠刚没有说下去，王遵坦然说道："我没有见到班学士，此信也是他人转交的，但我知道班学士如今正随刘秀大军住在略阳，如果先生想见，我可以为先生引荐一下。"

申屠刚更加吃惊，他不敢相信地盯着王遵："王将军，你……"

王遵笑了笑："申先生，人心思汉，这是大势所趋呀。现在人人都在寻找出路，先生也该为自己想想，马援、窦融、班彪、耿定都是理智之人，他们已经为先生作出了表率，先生何不效仿呢？"

申屠刚一时无语，王遵又说道："实不相瞒，牛邯、杜林、郑兴等人已经做好了归汉准备，隗嚣一意孤行已到了穷途末路，先生再不早下决心，将来后悔都来不及呀，光武帝对先生可是敬慕三分，先生若归汉必定委以重用。"

申屠刚抬起头，淡淡地说道："我已经这把年纪了，功名利禄早已如过眼烟云，只求平平安安了此一生足矣，还谈什么委以重用？早年没有遇到明主，而今再做二主之臣，我，我……"

申屠刚没有说下去。王遵明白他的心意，解释说："先生归附光武帝并不是什么背主之事，先生本为汉臣，因为王莽作乱避难西州，如今汉室已兴，先生归汉也是理所当然。"

申屠刚摇摇头："话虽这么说，但他人并不是这么认为的，就是归汉，刘秀对我也会耿耿于怀。与其这样，我不如归隐山林以求终老啦。"

王遵急忙掏出刘秀的诏书递上前："先生多虑了，刘秀心胸开阔，惜才珍士，对待属下将士情同手足，正是这样，才使得天下英雄豪杰归之如水流大海，从而得以重建汉室。光武帝思贤若渴，对先生这样的人才更是垂涎已久，怎会介意一些微末之事呢？何况先生是不得已而为之？"

申屠刚打开刘秀亲手所书谕旨，只见上面写道：先生先祖为汉宠臣，天恩浩荡，泽被子孙，后因汉室羸弱，奸佞篡谋，天下纷乱。先生能于乱世而不阿权贵，放弃事莽避乱西州，足见先生高义也，可敬可仰！秀虽蒙上天之赐承继宗祧，使汉室有续，每自省而惶恐不安，唯恐才浅智疏而负先祖之列又愧对黎民百姓。为补才缺，只好求贤若渴，借他人之力济天下苍生。幼闻先生高义大名，如雷贯耳，似月当空，可憾不能得先生之用，令秀寝食不安。今伐无道之人而出兵西州，更为慕先生东归也。望先生审时度势，早归汉室，秀不胜感激，当奉为上宾，用为权臣。随时会晤，不胜向往之至。

申屠刚合上谕旨，沉思许久才说道："既然如此，让我再去见一见隗将军，劝他弃暗投明，化干戈为玉帛，也致使西州百姓免受兵戈之灾。"

王遵急忙劝阻说："先生不可，一旦消息外泄，先生将死无葬身之地，那就是我的过错了。"

申屠刚解释说："让我去试试吧，如果隗嚣愿意归汉，也算我为刘秀尽一点微薄之力，对隗嚣来说，也许是另一番天地。只要隗嚣愿意归汉，就是杀了我也值得，一人之身能换取几百万百姓的安身，何乐而不为呢？"

王遵见申屠刚执意要去见隗嚣，再三叮嘱后先告辞了。

申屠刚拜见隗嚣。隗嚣从略阳败回来正窝着一肚子火无处发泄，一见申屠刚到来就没好气地说："你们这些人自诩博学多才，而实际上都是徒有虚名，除了读些迂腐无用的经书外，就是说一些无关痛痒的话，大事做不来，小事又不做。即使出点计策，也是成事不足败事有余。"

申屠刚还没开口，就被隗嚣一顿夹七夹八的臭骂训得蒙头转向，正要转身告辞，又听隗嚣冷冷地问道："有什么事快说吧，该不会又劝我罢兵休战归降刘秀吧？"

申屠刚张了张嘴想把到嘴的话咽下去，转念一想还是硬着头皮说道："隗将军，略阳失守，如今刘秀大军又从三面向西城逼来，西城危在旦夕之间，将军如今又新败，士气低落，不可再战。"

"那你说应该怎么办？"隗嚣十分不满地反问道。

"将军虽败尚有半壁西州，此时用半壁西州归顺刘秀仍可以封王封侯。而一意孤行与刘秀抗争到底，等待将军的只怕是……"

"放肆！"隗嚣不容申屠刚说下去就怒不可遏地吼道，"投降，投降，我的好事都是你们这帮无耻文人给搅的，什么班彪、郑兴之流没有一个好东西！"

隗嚣似乎余怒未消，过了好久又冲申屠刚斥道："有谁再敢提投降两字我宰了他全家！"

申屠刚知道隗嚣已经昏庸到听不进一句不同意见的话，什么也不愿说了，拱手告辞了，当他跨出隗嚣府门的刹那间已经打定了主意。

光武帝驻守略阳，正在军营中与众人商讨进军西城之事，忽然得到奏报，王遵、牛邯与申屠刚三人已经打出归汉反隗的旗号，正式举兵反叛隗嚣。

光武帝喜不自胜，王遵与牛邯的反叛，天水全城让给汉军，等于打通了兵进西城的最后一道设防，大军可以直抵隗嚣老巢西城。西州名士申屠刚的归顺，对隗嚣的打击更胜于王遵与牛邯的反叛。整个西州上自文臣下到将士的心全散了，人人心中的信念动摇了，再加上汉军威猛的气势，隗嚣手下的人都在暗自打着自己的小算盘。

光武帝抓住这个大好时机，挥师西进，一举打败公孙述派来的援军，逼退李育和田弇，占领上邽，和王遵、牛邯、申屠刚等人会师一处。光武帝询问申屠刚扫灭叛军主力的策略，申屠刚建议说："目前隗嚣主力军多在西城与翼城两地，领兵大将有王元、行巡、周宗、苟宇、赵恢、高峻等人，总兵力不在二十万人之下，皇上要想在短时间内消灭隗嚣只能智取，不可硬拼。"

"如何智取呢？"光武帝问道。

申屠刚略一思忖说："西城守将为隗嚣次子隗纯和大将高峻两人，隗纯守内城，高峻守城外。自从西州接二连三发生将士反叛的事后，隗嚣疑心更重，对谁都不相信，便把心腹之人皇甫文派到高峻营中作监军，名为军师，实际上是监视高峻，因此，高峻十分不满，但他也只是把不满放在心上，敢怒不敢言。如果能劝降高峻，西城唾手可得。"

光武帝喜出望外："先生一定有办法劝降高峻吧？"

申屠刚为难地摇摇头："高峻这人十分古怪，并有一股愚忠，尽管对隗嚣不满，但让他反叛隗嚣恐怕不可能，因为隗嚣曾有恩于高峻之父高连城，他之所以如此忠于隗嚣，也许正是为了报恩吧。"

光武帝一听申屠刚这么说，有些失望地问："难道就没有办法让高峻投降吗？"

申屠刚认真想了想说："办法倒有一个，但不知是否可行？"

光武帝急了："快快说与朕听一听。"

申屠刚正要开口，冯异急匆匆走进来粗声说道："皇上，大事不妙，京师送来八百里快奏，颍川暴乱，贼寇大队人马围攻洛阳。"

光武帝吃惊不小，仍然十分镇静地问道："何处贼寇竟敢如此大胆前去围攻京师，消息可靠吗？"

冯异答道："张步、刘扬二人图谋不轨，消息绝对可靠，请皇上明鉴。"

光武帝一听是张步、刘扬二人，深信不疑，一拍几案，暴喝一声："如此出尔反尔的卑鄙小人，竟敢乘人之危偷袭朕的后方，让朕亲自踏平这帮逆贼！"

光武帝吩咐冯异与申屠刚一起用计策反高峻，以便尽快平定隗嚣，又责令吴汉全权负责征讨大事，交代完毕，星夜领兵返回京师平叛。

光武帝回到洛阳，详细了解张步与刘扬的叛乱经过，原来张刘二人受了隗嚣的收买和挑唆，起了邪念。当初，他们二人的归降并不是真心诚服，而是迫于压力。这几年来，他们虽然外表唯命是从，安分守己，内心始终心存叵测，有伺机再起之想。自从收到隗嚣所派遣的密使送去的书信和珠宝器珍后，二人压抑多年的野心随之勃发，趁刘秀西征京师空虚之际，相约同时起兵谋反，一同杀往洛阳。

光武帝了解真相后，先向全国颁发一道谕旨，怒斥二人叛乱罪行，让各地百姓与将士同二人划清界限，传言天下人人可以诛杀反贼，号令被挟从谋反者只要脱离叛贼，一概既往不咎，有立功表现者论功行赏，同反叛一起顽抗到底者杀无赦！

讨逆檄文一出，各地郡守纷纷领兵堵截叛军西进，张步与刘扬叛军中的人也人心惶惶，悄悄逃散无数。

光武帝为了一鼓作气歼灭张、刘二人，派大司空李通、横野大将军王常、东光侯耿纯、执金吾雍奴侯寇恂和破奸将军侯进五人领五路人马分头围击张步与刘扬的叛军。

张步归降后被封为安丘侯，任颍川郡守，他这次叛乱就是挟持颍川郡的士兵，再加上两个弟弟张宏与张蓝的残余旧部，共有六七万人，号称十万大军进逼洛阳。自从光武帝讨逆檄文晓谕全国后，张步叛军中原有的汉军人马逃跑近半，因此张步叛军虽然来势凶猛，实际上不堪一击。李通与王常的平叛大军刚与张步叛军交锋，叛军就大败，李通与王常乘胜追击，张步只好率领残军逃奔临淮，张宏与张蓝也从徐州败退。

耿纯与寇恂各率一支人马攻打在东郡叛乱的真定王刘扬。刘扬本是昏腐无能之辈，更不堪一击，很快，刘扬叛军被摧垮。

张步一听到刘扬兵败被杀的消息，自知孤掌难鸣，便和弟弟张宏、张蓝一起率残余人马准备乘船逃往海上。这时，琅琊太守陈俊得到张步出逃的消息，悄悄率琅琊郡属一万人马堵住退路，配合王常大军把张步等人活捉。张步自思再无生还可能，与其去京师受辱，不如一死了之，便自刎而死，弟弟张宏与张蓝企图反抗，全部被杀。东郡与颍川叛乱大获全胜，光武帝为了弹压两地人心，令寇恂任颍川太守，耿纯为东郡太守。

光武帝刚刚平定张步、刘扬叛乱，就接到征西前线送回的报告，祭遵于前线军中病逝，冯异老将伤势太重，危在旦夕，请求另派几位大将前去接替二人职务。

光武帝十分吃惊，祭遵有病他是知道的，本来准备调他回京治病调养，因忙于颍川平叛，把祭遵治病的事给忘记了。如今听到祭遵死于军中的消息，光武帝有些过意不去，便下诏令吴汉派专人护送祭遵灵柩回京，特派使者西出长安持节迎接，加封祭遵为颍阳侯，谥号成侯，令其子补征房将军职衔。

令光武帝百思不得其解的是冯异为何身受重伤，生命处于垂危之际。

原来，光武帝东征后，冯异与申屠刚用计诱杀了皇甫文，逼降高峻，吴汉便率大军乘机包围了西城。自从西城被围后，隗嚣又气又怒，他自知西城不能坚守多久，便令王元、周宗、杨广、行巡、苟宇、赵恢等将前来救援。两军在西城外展开一场血战，正当汉军节节取胜之际，西蜀大将赵匡与田弇率援赶到，吴汉轻敌冒进，结果一败涂地。冯异与盖延为了护从大军撤退率一万人马断后，遭到叛军数万人围攻，冯异力战群敌阻挡了叛军东进，但他个人也因浑身多处受伤而病倒。

光武帝得知西线战事受阻，焦虑不安，思虑再三，决定再次御驾亲征，以马成、刘尚二人为将，率十万大军抄近路赶赴西城前线。

当光武帝大军到达西城前线时，正值寒冬十月，双方战事正处于相持阶段。

光武帝安置好所带兵马，先到军营探望老将军冯异。冯异一见光武帝亲率众将来探视自己，想挣扎着坐起来行大礼，光武帝急忙走上前按住他："冯将军不必多礼，你好好躺下吧，身子要紧。你我君臣多年，世俗礼节就免了。"

冯异握着光武帝的手泪流满面："皇上，臣有愧圣恩，臣无能没有攻克西城，皇上，您惩罚罪臣吧！"

冯异说着，早已泣不成声，众将也都陪着暗暗落泪。

光武帝见冯异已经病入膏肓，不久将离开人世，又听他说得如此恳切，也哽咽道："西城兵败是吴汉对敌力量估计不足，轻敌冒进，将军已经尽力了，并且为了掩护大军撤退将军身受重伤，何罪之有？"

吴汉急忙俯身下跪，谢罪说："西城惨败是臣的罪过，臣愿受罚，请皇上降旨治罪。"

光武帝扶起吴汉："胜败乃兵家常事，上次吃了败仗，下次打个胜仗，将功补过就是，朕不也吃过败仗吗，如今不是照样当了皇帝。大司马知过能改就是上好的将军。"

光武帝轻轻松松几句话就打消了吴汉心中的顾虑，吴汉十分动情地说："皇上如此待臣，臣愿意舍死再次领兵攻打西城，不攻破西城再不回军营！"

光武帝捻须含笑说道："吴将军有此必胜的信心朕就满足了，仗是要打的，但不是现在，你就是犯了急躁的毛病才打了败仗，至于何时出战，朕已经心中有数，回去后再议，先让冯将军休息吧，我等在此久留会耽搁他的静养。"

光武帝一面命人传唤太医给冯异看病，一面安慰冯异几句，这才率众人离去。

回到行宫，刘秀不顾长途行军疲劳，又召集众将商讨眼下战事。

光武帝先从众将口中了解一下敌我双方的情况，听听众将的意见，认真思索后说道："西城易守难攻，又有重兵防守，根据以前攻城失利的教训，不可强行攻城。采取强攻的策略，即使攻破城池，伤亡也太大，必须用诱蛇出洞的办法，把叛军主力引出西城，然后出其不意断其后路，相机集中优势兵力将其包围，进行各个击破，古人云'伤其十指不如断其肢'就是这个道理。"

众人都高呼皇上圣明，但如何诱蛇出洞呢？光武帝微笑道："如今正处冬令之际，天寒地冻，大雪封山，道路阻断，粮草等军需品运送吃紧。据朕了解，隗嚣因连年疲于征战，粮食奇缺，辎重补给也十分缺乏，我等可以在这方面做文章。"

光武帝说到这里，众将似乎明白了许多，光武帝准备设计用粮草等物引诱隗嚣派兵抢劫，从而引诱叛军出城，这确实是一条妙计。

略阳惨败后隗嚣退守西城，想凭借坚固的城防设施和雄厚的兵马与汉军对峙。谁知城外守将高峻投降，亲信皇甫文也被杀，致使西城处于汉军包围中。好在各路援军及时赶到，不仅解了西城之围，而且打败了吴汉大军，隗嚣的心稍稍安定一些。

令隗嚣坐立不安的是汉军败而不退，近日又传来消息，刘秀平定中原张步、刘扬的叛乱后又率军西征到此。可是，迟迟不见刘秀率军攻城令隗嚣十分纳闷。按理说，汉军人数现在超过自己，刘秀又是率大军远道而来，无论胜负如何，光武帝一定会主动攻城的，隗嚣早已重新布置了西城的城防，专门等待刘秀的到来，好让他乘兴而来败兴而归。可是，刘秀不来攻城，隗嚣的如意算盘落空了。

隗嚣正在考虑如何主动出击，彻底打败汉军以巩固西城的安全，隗纯进来报告说："父帅，城内的粮草越来越少，必须调集大队人马押运粮草，按眼下的粮草押运速度只怕不能撑到年终就会断粮断草……"

不等儿子说下去，隗嚣就为难地说道："除了周宗之外，我又派赵恢也去了，他们每次回来我都详细询问了粮草供给的情况，他们也难啊，现在不同过去，大雪封山，粮草很难筹集到。"

"筹集？"隗纯不解地问，"屯驻在城里的陈粮陈草呢？"

隗嚣苦笑一下，叹息说："纯儿，你是不当家不知柴米贵。这些年疲于征战，原先存贮的陈粮陈草早就用完了。由于连年作战，百姓不能正常生产，再加上近年天灾，粮食奇缺。为了筹粮，周宗与赵恢几乎是用兵强行到各地搜集，他们能筹集到这些已经不易了。"

隗纯吃惊地瞪着父亲："那，那不是抢粮吗？这几年老百姓的负担够重了，几乎把收成的十之八九缴了上来，现在又去抢粮，在这寒冬腊月青黄不接之时，百姓没有了养家糊口之粮还不造反？父帅，得人心者得天下，等周宗、赵恢回来您必须制止他们这样做。"

隗嚣无可奈何地摇摇头："是我让他们这样干的。"

"父帅，你，你好糊涂呀，如果西州的百姓也背叛了我隗氏，我们父子如何在西州立足？将来如何同刘秀争夺天下？"

隗嚣摆摆手："现在顾不了那么多了，先度过眼前的难关吧，将来，还有没有将来都难说啊！"隗嚣喃喃自语。

隗纯从父亲沮丧的表情中也理解眼下的处境，哪怕是抢也要多抢一些，以防汉军再次围城，不用说攻打，只要围而不打，困上三五个月，西城只要内部断粮，不攻自破。

这时，周宗与赵恢恰好赶到，隗嚣便询问这次搜集粮草的情况，他从周宗为难的表情中知道了几分。

周宗稍稍迟疑片刻，为难地说道："西城周围的城镇全部搜罗一遍，老百姓确实没有存粮了。"

"为了抢粮，我们这次与当地百姓发生了冲突，双方动起了武，伤了许多百姓，我们也死了几个士兵。"赵恢补充说。

隗嚣听了，过了许久才木然说道："今后尽量避免武力冲突，可以向百姓解释清楚，就说借，可以向他们出示借据。"

周宗与赵恢又汇报一些事，刚要回去，忽然想起了什么，周宗回身说道："主公，我二人最近在押运粮草中打探到一个消息，汉军大队人马来此也需要大批粮草，他们的粮草是马成与岑彭二人负责的，运粮的路线是从洛阳运到长安，然后由上邽转运至此。我军与其搜刮老百姓，还不如……"

隗纯眼睛一亮："父帅，这是个好主意，一旦偷袭成功，不仅解决我军粮草眼下之危，而且可以重创汉军。汉军几十万人马一旦中断了粮草还不乱了套，我军再从后掩杀，一定可以把汉军赶出西州地界。"

隗嚣沉默不语，思索着这件事。

隗纯急了："父帅，机不可失，失不再来，从汉军如此大规模运粮草看，刘秀是准备长期与我军对垒，以便拖垮我军，父帅必须当机立断与刘秀决战。拖得太久于我西州不利，我西州毕竟地少人稀，物资匮乏，不能久战呀！"

隗嚣有所顾虑地说："据我所知，刘秀一向以善于用兵与用人著称，怎会派有勇无谋的马成担当运输粮草的这等大事呢？再说，从长安运粮到此完全可以不走这条路，他们为什么选择这条十分危险的运粮道路呢？莫非其中有诈？"

隗纯解释说："父亲多虑了。常言说：智者千虑必有一失。更何况刘秀这样的凡夫俗子呢？说刘秀善于用人我相信，说他深谙兵法我是不敢赞成，他用马成与岑彭二人运粮用的是二人的猛劲，再说刘秀向来擅长铤而走险，险中取胜，他选择此运粮路就是尽快囤积粮草，然后对我西城围而不打，困死我西城，他想用持久战拖垮我西城。"

隗嚣对儿子的分析也认为有一定道理，考虑再三，终于同意悄悄派兵出城偷袭汉军运粮队及屯粮地点。

经过一番细致侦探和精密布置，隗嚣派王元与行巡领兵两万去上邽埋伏，伺机偷袭汉军运粮队，派周宗、杨广领兵五万到上邽西南的马池袭击汉军粮草据点。

隗嚣派出的两支军队都在汉军的秘密掌握之中，光武帝根据侦探报告的情况得知隗嚣已经中计，立即按原定方略进行，派盖延、耿弇领兵五万去上邽配合马成、岑彭所装扮的运粮军围歼王元与行巡的两万伏兵。又令马援、来歙领兵十万去马池迎击周宗与杨广的偷袭。其实，马池根本不是汉军屯粮据点，那里不过是光武帝布下的迷阵，故意让士兵扎些粮仓的形状诱骗叛军耳目。

一切安排就绪，光武帝与吴汉、景丹及窦融率领十万大军向西城发动突然袭击。

隗嚣正做着偷袭成功打败刘秀西征大军的美梦，忽然听到隗纯的报告，说汉军铺天盖地而来向西城发动威猛攻势，大有不攻下西城誓不罢休的形势，隗嚣知道中了刘秀调虎离山的计谋。

西城驻守兵马总共不过十万，如今派出七万有余，城中人马不过两万，如何能经得住刘秀十万大军攻击。隗嚣自忖西城难保，便与儿子隗纯一起开西门仓皇逃奔冀城。

隗嚣一逃，西城守将苟宇、赵匡、田弇无心死守，在汉军的强攻下仅坚守三天，也纷纷溃逃冀城。

光武帝占领西城后，其他派出的两路大军也传来捷报，叛军死伤无数，残兵败将都逃往冀城了。

光武帝大军虽然大获全胜，将士伤亡也不少，虎牙大将军盖延受伤。光武帝听说盖延受伤，亲自出城恭迎盖延，并赐太医治伤。

光武帝知道隗嚣这一惨败，主力丧失殆尽，虽然侥幸逃到冀城，但不足以为患，便犒赏三军，下令在西城周围安营扎寨，休整待命，等到来年春天冰雪融化道路畅通后再派精锐之师进攻冀城。

众将见天寒地冻无法出兵，又担心光武帝在漠北受了风寒，一致奏请光武帝班师回朝。光武帝考虑再三，便答应了众将的奏请，仍然令吴汉负责征西事务，全权调配征西各路兵马。一切安排妥当，光武帝便率领班彪、郑兴、申屠刚等人回师洛阳。

就在光武帝刚到洛阳时，便接到吴汉送来的噩耗，征西大将军冯异病逝。光武帝一面派人安慰冯异家属，一面着人责令吴汉派人运送冯异灵柩回京安葬，追封冯异为节侯，令长子冯彰袭冯异的阳夏侯爵位。

冀城（今甘肃天水西）是西州西部最大的军事重镇，也是隗嚣狡兔三窟所经营的最后一窟。城中虽有大量存粮和军需器械，但西城惨败，隗嚣主力所剩无几。当隗嚣仓皇逃到冀城时，又惊又吓，不久便病倒了。起初，众人以为隗嚣只是受了点风寒，息心调养一些日子就会康复的，谁知隗嚣从此一病不起，他只给儿子隗纯留下一句一定要称王的遗言，便瞪着一双昏暗的眼睛死去了。

隗纯安葬了父亲，按照父亲留下的遗愿自立为王，以冀城为都邑，封王元为大司空，周宗为大司马，其余众将各有封爵。

尽管隗纯把封王仪式做得有声有色，但汉军就驻扎在城外，众人心里明白，隗纯自己心里也明白，他这个西州王不过是早晨的露水维持不了多久。隗纯于是不思进取不说，反而自暴自弃，整日沉湎于花天酒地之中，得过且过，把军政大权交给王元与周宗。

一天，隗纯无意之中遇到一名貌美少妇，便动起了淫心，一打听是大将苟宇的妻子。隗纯为了能得到苟宇的妻子，便借口城防紧急，调任苟宇外出坚守城防不得随便回家。苟宇外出守城后，偶然回到家中，恰好遇到隗纯与自己的妻子在鬼混，他一怒之下回到军营，找到好友赵恢，认真商讨后发动了兵变，捉住隗纯、行巡、周宗等人开门纳降。

由于翼城内讧，隗纯党羽立即树倒猢狲散，王元等人逃奔西蜀，杨广负隅顽抗被杀，其余众将死的死，逃的逃，大部分人随苟宇与赵恢二人投降汉军。至此，西州分裂，势力土崩瓦解，平叛大获全胜。

消息传到洛阳，光武帝兴奋不已，一面嘉奖平叛将士，一面下令班师回京。刘秀考虑到苟宇、赵恢等降将都是西州强宗大姓，在西州势力大影响深，为了防止再生叛乱，便下令把苟宇、赵恢及隗氏家族迁徙到洛阳一带定居，其余降将也一一疏散到其他地方任职。

关西大地划归一统版图，光武帝便把目光投向西蜀。蜀地七月，正是一年中最炎热的季节，即使是夜晚也热得让人喘不过气来。

来歙巡视完军营，回到帅帐对盖延说："河地一战西蜀惨败，王元差点死于乱军之中，我军士气大振，我的心也稍稍安定了，不然，如何向皇上交代呀。"

盖延点点头："听说岑彭与臧宫在平阳一仗也打败了蜀将魏虎与延岑，这样，两路大军遥相呼应，很快就会围攻成都了，成都被攻克陛下的统一大业就彻底完成了，我们这些长年在外征战的老将也该享几天清福了。"

来歙颇有感触地说："是呀，我都有多年没有回乡探视一下老母了，她老人家今年已经八十有四了。常言说：七十三、八十四，阎王不请自己去。做儿子的不能在母亲跟前尽孝，我总感到心中有愧啊。"

"自古都是忠孝不能两全，待国泰民安之后，你我再解甲归田奉养双亲。"

来歙叹息一声："人有情刀剑无情，自古征战几人回，说不定哪一天……"

来歙没说下去，盖延就打断了他的话："中郎将别说不吉利的话了，早点休息吧，明日还要兵进下辩与蜀将史兴再进行一场大战呢？"

来歙略一迟疑说道："多日来将士连续作战已经困顿，再加上这鬼热的天气，士兵实在叫苦连天，我想让将士就地休息两天，调整一下再兵进下辩，你以为如何？"

盖延忙说道："我也早有此意，还怕中郎将不答应呢，就没敢提出此事。"

来歙哈哈一笑："你我何分彼此，还说什么敢不敢这种见外的话，今后可不许如此，有什么合理的建议要知无不言，言无不尽，早一天消灭公孙述是我们共同的目标。"

二人分手后，来歙回到卧室，脱去铠甲洗把脸往床上一躺就进入梦乡。

下半夜，月挂西天，整个军营一片寂静，只有偶尔传来的更鼓声和疲劳一天的士兵打鼾声。就在这时，帅帐后有个黑影一闪躲入帐中，两个哨岗也觉得有动静，急忙回身察看，恰好一只猫蹿了出来，两人这才放松一下走开了。

过不多久，帅帐里传出一声惨叫，接着传来惊叫声："抓刺客，抓刺客！"

整个军营一片混乱，最先赶到的两名卫士手持利刃堵住一个黑衣人去路。黑衣人夺路想逃，被及时赶到的盖延一剑刺倒，盖延厉声喝道："先把他拿下好好看押着，我回头亲自审讯！"

盖延跑进来歙卧室，早有两名亲兵扶起倒在血泊中的来歙，只见来歙左胸上正插着一把半尺长的雪亮匕首，殷殷的鲜血染红薄薄的内衣。

"来将军，来将军！"盖延连声喊道。

许久，来歙才抬起头，微声说道："快，快扶我入帐，我有书要写。"

盖延一面命人去喊军医，一面把来歙搀入帅帐中坐下，早有人准备好了绢帛，来歙强忍疼痛颤抖着手写道：臣夜入定后，为何人所贼伤，中臣要害。臣不敢自惜，诚恨奉职不称，以为朝廷羞，夫理国以得贤为本，太中大夫段襄，骨鲠可任，愿陛下裁夺。又臣兄弟不肖，终恐被罪，陛下哀怜，数赐教督。

来歙折起帛书，一边递给盖延，一边又说道："臣卿，我命绝在今日这是天意，望你不要因为我耽搁军情，稍稍歇息两日立即兵围下辩，下辩被克，成都将成为一座孤城。不能亲手杀了公孙述我虽死犹憾！"

来歙边说边伸手拔去胸上利刃，又一股鲜血喷出，来歙大叫一声，倒地而死。

盖延伏地大哭，许久，才在众将劝扶下站起，他一面命人给来歙成殓，一面派人飞报京师。

盖延命人把黑衣人押入帐中，满含泪水，两眼充血，拍案斥道："大胆贼子，受何人所使行刺我家主帅？"

黑衣人供认不讳，他是受公孙述收买特来行刺，以阻挡汉军南下挽回败局。

盖延一听是公孙述派来的刺客，早已怒不可遏，高声叫道："我先宰了你这贼子，再入成都生擒公孙老儿给中郎将报仇！"

说罢，不顾士兵拦阻，一剑穿透黑衣人的胸膛，黑衣刺客惨叫一声倒地而亡。

盖延立即下令三军戴孝，也不再歇息，立即整装出发，兵进下辩与史兴决一死战。

公孙述听到刺杀来歙成功的消息后，索性一不做二不休，派大批高手深入汉军行刺同时，又派人潜入京城洛阳行刺刘秀。

光武帝刘秀午睡起来已是日头偏西，大司马吴汉捧着一份折子匆匆走进殿内，躬身施礼说道："皇上，平蜀前线送来八百里快报，中郎将来歙被公孙述所派的刺客刺死。"

光武帝接过奏折，颤抖着双手打开折子，一时无语，两行清泪潸然而下。

过了许久，光武帝才悲愤地说："想不到公孙老儿在战场上无能，竟然会挖空心思想出这等卑鄙的伎俩，不灭此老贼不足以解朕心头之恨。"

光武帝为了表达自己的哀悼之情，下诏致哀：中郎将来歙，攻战连年，平定羌陇，忧国忘家，忠孝彰著。遭命遇害，呜呼哀哉！

光武帝命人把来歙灵柩运抵京师，亲自率文武百官赴灵堂祭奠送葬，追谥为节侯，让来歙之子来褒承袭父亲征羌侯爵位，加封来歙弟弟来由为宜西侯。

来歙丧事还没结束，前线战场又传来噩耗，征南大将军岑彭也遭到毒手，光武帝悲痛不已，宫廷内外笼罩着一片哀伤气氛。光武帝悲伤之余，决定御驾亲征，调大司马吴汉赴前线代替岑彭指挥作战，自己亲率诛虏将军刘隆、骁骑将军刘喜等人，发南阳、武陵、南郡兵入蜀讨伐公孙述，留太子刘强坐镇京师监国。

光武帝亲率大军入蜀平叛，三军将士备受感动，士气高昂。光武帝仍按原定的水陆两路大军东、北两面齐头并进，在指挥上稍稍进行了调整：吴汉与刘尚率水路军攻打武阳，进逼广都。令盖延与臧宫率陆路军攻打绵竹，指向涪城。光武帝自己率大军从陆路断后，为两路大军作后应，并负责补给两军的军需供给。

吴汉率水师乘船沿江西上，所到之处势如破竹，蜀兵一触即溃，一气打到武阳。

武阳是西蜀扼住长江的一个重要据点，公孙述的弟弟公孙永率五万大军驻扎。当公孙述得知吴汉攻打武阳时，又派女婿史兴领兵两万增援武阳，企图固守武阳阻挡吴汉大军西进。

吴汉为了鼓舞士气，下令全军将士穿孝服，自己也身着缟素，在将士前面誓师为岑彭报仇。全军将士果然义愤填膺，振臂高呼："打败蜀军，攻占武阳，直取成都，生擒公孙述，为征南大将军报仇！"

汉军同仇敌忾，猛攻武阳，公孙永与史兴尽管拼命顽抗，终于不能阻挡汉军的威猛攻势，败退广都。

吴汉占领武阳后，乘胜追击，直取广都。

公孙永因为武阳惨败，士气低落，蜀军一听汉军攻来纷纷败退，公孙永根本无法维持军纪，唯恐军中有叛将生擒他投降汉军，带着亲信之人逃回成都。将士一听公孙永逃走了，更无心守城，广都很快被汉军占领。

光武帝听说吴汉占领了广都，十分欣慰，也率兵赶到广都与吴汉会师。

吴汉立功心切，当光武帝赶到广都时，他率兵直取成都。光武帝听说吴汉攻打成都去了，大吃一惊。尽管蜀军连连败退，但主力之师尚在，成都为公孙述老巢，设防坚固之外，城内老兵足有十五万，加上各路败退的残兵，估计总人马约在二十万之上。吴汉与刘尚两军不过八万人，如何能抵挡蜀军围攻，如果吴汉急功近利，冒险攻城，必然兵败。

光武帝派人快马飞奔吴汉军中，通知他要么退驻广都，要么就地扎营，等待北路大军抵达成都后再作攻城打算。

吴汉接到光武帝诏书，只见上面写道：成都十余万众，不可轻也。可退而坚据广都，或就地安下营寨，待其来攻，勿与其争锋。若不敢来攻，乃转营迫之，须其力疲，会北路共击也。

吴汉面对光武帝的诏书只是淡淡一笑，对刘尚说："皇上一直在后方，并不了解敌情，蜀军虽多，都是惊弓之鸟，一触即溃，我军人数虽少，但兵勇将盛，可以一敌三，应该趁热打铁，一鼓作气攻下成都，若等到北路军到来，我军的头功白白让给他人不说，也给蜀军休整喘息的机会，只怕到那时攻打成都更难。兵法上不是云'一鼓作气，再而衰，三而竭'吗？怎能坐失良机让士气败落下来再攻城呢？这是用兵的大忌呀！"

刘尚告诫说："皇上征战四方，向来用兵如神，他的建议也有道理，不如等三路大军会齐后再攻城，胜算更大一些。如果我们违旨攻城，胜了还好说，若出了什么差错这个罪责可就大了。"

吴汉不耐烦地说："将在外君命有所不受，如果你怕担当责任，这个责任由我一人全权负责，但攻下成都击杀公孙述的头功你可不能与我争抢。"

刘尚一时也没有了主意，想了想说："那好吧，你我二人各率一支人马在江南江北两地安营，万一事情有变也好有个照应。"

吴汉领兵四万到江北扎营，刘尚在江南扎营，两营相距足有二十里地。

吴汉领兵走后，刘尚越想越不放心，急忙把这里的情况及扎营的位置及兵力部署写上折子，绘个草图，着快马送到广都光武帝军中。

光武帝接到刘尚的折子大吃一惊，拍案叫道："吴汉抢功害朕，该杀！该杀！"

光武帝急忙又下一诏：比敕公千条万端，何意临事勃乱，贪功冒进，既轻敌深入，又与尚别营，事有缓急，不复相及。贼若出兵缀公，以大众攻尚，尚破公即败矣。速合兵一处，退还广都待命，切切。

光武帝派人送出诏书，仍放心不下，又令刘隆、马成领骑兵五万火速赶往成都增援。

诏书尚未送到，公孙述就派谢丰、袁吉两员大将领兵十万，分作二十多个营盘围攻吴汉。吴汉后悔没有听从光武帝的意见，想派人向刘尚求救，得到的回报是刘尚被蜀将史兴牵制不得脱身。

两军不能互相救助，危在旦夕，吴汉与蜀军奋战一天也没有打退敌军，只好退入营寨，坚壁不出，等待援军。

谢丰与袁吉连攻两天，吴汉只是守闭营寨不出战，二人也攻不进去，只好退守军营等待时机。

吴汉思虑再三，知道在此相持下去凶多吉少，便下令将士在营中多张旗帜，多燃烟火，多点灯盏，把马牛羊打得嗥叫不止，以此迷惑蜀军，然后趁着夜色带兵悄悄潜回江南与刘尚会合。

当吴汉赶到江南时，刘尚与增援的刘隆、马成正与史兴混战。吴汉趁机率军攻入史兴营中，史兴见汉军突然增多，不知什么原因，也不敢恋战，仓促退回城中，三路大军随后掩杀，蜀军大败而走。

吴汉与刘尚、刘隆、马成三军合为一处，在江南扎下营寨，独自赶往广都向光武帝请罪。

吴汉跪在地上低头不语。整个大厅一片寂静，静得掉一根针也能听得清清楚楚。

光武帝坐在龙椅上，板着脸随便拨弄着手中的笔。过了许久，光武帝才干咳一声说道："好歹没有造成重大损失，还算罢了，万一有什么闪失，朕伐蜀功败垂成之际这个罪责你担当得起吗？"

"臣罪该万死，不该贪功冒进，险些败坏统一大计，请皇上治罪！"

光武帝叹息一声："朕伐蜀已折两员虎将，再将你治罪，朕于心何忍，你将功折罪吧，希望你能吸取教训，重新调整兵力部署，尽快攻克成都。"

光武帝说到这里，稍稍停顿一下："当然，如果在大军兵临城下能迫使公孙述出城投降更好，'不战而屈人之兵'是上上用兵之策啊！"

吴汉长长松了口气，连连点头说道："当然，当然，只怕公孙老贼利令智昏做垂死挣扎，那只有用武力攻城了。"

"朕已经草拟一份劝降诏书，你可派人送入城中，看看能否打动公孙述的心，使其迷途知返，出城迎降。"

吴汉双手接过诏书一看，只见上面写着：往年诏书比下，开示恩信，勿以来歙、岑彭受害自疑，只要纳城归顺，朕一定重用如常，诏书手记，不可数得，朕不食言……

吴汉正要读下去，奏事黄门急匆匆进来说道："特使从京师赶到，说有要事面奏皇上，见是不见？"

光武帝不假思索地说："既然是京师特使，又有要事求见怎能不见，快宣他进来。"

吴汉急忙插嘴问道："是哪位特使，受何人之命来此？"

"来人只说叫刘辑，受太子之命到此。"

吴汉看看光武帝，光武帝挥挥手，示意传来使入内见驾。

刘辑手捧一卷帛绢走进厅内，他瞥一眼坐在龙椅上的光武帝，纳头便拜，沙哑着嗓子说道："刘辑奉太子之命叩见皇上，这里有太子奉上的文书请皇上过目。"

"快呈上来吧。"光武帝点头说道。

刘辑刚要起身向前走去，吴汉忙说道："慢，让我来呈给皇上吧。"

吴汉说着，便来到刘辑跟前。刘辑瞟瞟吴汉，又看看光武帝，光武帝这才说道："你就交给大司马吧，由他上来呈递给朕。"

刘辑略一迟疑，不待吴汉伸手索拿，猛地一抖手中的帛绢抽出一把利剑，只身向光武帝扑去。

变故来得太突然，两旁的侍卫根本没有反应过来是怎么回事。只说是朝中来的使节，谁会想到大庭广众之下竟有人冒充使节行刺皇上。

光武帝也被这突如其来的变故吓呆了。就在那把淬了毒的利剑快要刺到光武帝胸膛的刹那间，吴汉飞身一跃，用手中的诏书挡住了那致命的一剑。

只听哗啦一声，吴汉手中的竹简断了几根，但刘辑手中的那把利剑却给挡住了。刘辑见自己一剑没有刺中光武帝，急忙抽剑来刺吴汉，想先杀死吴汉再行刺光武帝。

吴汉是久经沙场的老将了，什么惊险凶恶的场面没见过，他临危不惧，不容刘辑刺出第二剑，一个猕猴倒扣，伸手擒住刘辑持剑的手，另一只手以迅雷不及掩耳之势夺下刘辑手中的剑，随即一个反肘把刘辑打倒在地。

吴汉一脚踩在刘辑身上，用剑指着刘辑的鼻子喝问道："说，是谁派你来行刺皇上的？"

刘辑早已把生死置之度外，惨笑一下，凄然说道："我从洛阳一直追赶到这里，没有能刺死刘秀这是天意，但我也无愧于蜀王和家父了，我死无憾也！"

刘辑说着，猛一抬头，鼻尖恰好碰在那把利剑上，头一歪，立即身亡。

几名侍臣这才醒过神来，上前搀起愣愣的光武帝。闻讯赶来的大臣一起跪下谢罪，口称皇上命大福大，是上苍保佑皇上化险为夷。

光武帝稍稍平静下来，对吴汉说："多亏大司马眼疾手快，不然，朕命再大福再大也要见阎王了，他这把剑是淬了剧毒的，见血封喉。"

众人这才看清刘辑的尸体，仅仅鼻尖上破了一点皮，浑身却全部变黑了。

刚才负责通报的那个黄门早已吓得魂不附体，跪在地上叩头说道："奴才该死，奴才该死，奴才没有识破那人的真面目，差点坏了大事……"

光武帝向他挥挥手："你下去吧，此人有宫中令牌，浑身衣着也都是宫中装束，包裹那帛绢也都是朝廷专门传递书书之用，不用说你不识真伪，朕都给他唬住了。"

小黄门退出去后，光武帝问吴汉："吴卿似乎从开始对这刘辑的身份就有所怀疑，莫非你看出了些什么？"

吴汉如实答道："因为来歙、岑彭二人被刺，皇上御驾亲征，公孙述能行刺这二人，对皇上更不会放过。臣一听是京师派来的特使，心里就直犯嘀咕。太子若有什么事奏知皇上应该先送折子，为何没有先接到折子就有特使到此呢？这极不符合常理呀。另外，我见这人到来后眼神一直狐疑不定，所以主动要求代他递折子。"

光武帝赞许地点点头："许多人都说大司马只懂打仗是个武人，朕以为吴卿粗中有细，临危不乱方寸，可以大用。"

刺客虽死，但事情并没有结束。因为从他身上搜到除宫中令牌以外的几件随身所带物品都是宫中黄门所用，足见这些能表明身份的东西才使得他一路畅通无阻，径直闯入禁地，差点坏了大事。众人一致追问，这些宫中之物来自何人之手，特别令人百思不得其解的是，凶手竟有一份太子亲笔所书的奏折，这份折子从哪里来。尽管没有提及太子的折子，但光武帝心中明白，众人是怕事情扩大，不敢提及罢了。也令光武帝费解的是凶手死前说的那句话，他像是受公孙述所遣，可为何又说对得起"家父"呢？他父亲是谁？这一切的谜团令光武帝坐立不安。

这场行刺虽然有惊无险，但光武帝多少也受了些刺激，时常一人凝神沉思不语，众人见光武帝有所消瘦，都一致规劝他班师回京。光武帝考虑到攻陷成都迫在眉睫，想等到消灭西蜀乱军后再回师京城。

不多久，盖延、臧宫所率的北路大军也拔绵竹、破涪城，斩杀公孙恢的大军而抵达成都。

三路大军会师后由吴汉统一指挥，在成都城外与蜀军进行了八次交锋，汉军八战八捷，击毙了公孙述的弟弟公孙永、公孙光和女婿史兴等蜀将。

公孙述又气又恼，亲自出城作战，被吴汉护军高午一箭射伤跌落马下。尽管身边大将舍命把公孙述救入城中，但因伤势严重当天晚上就一命呜呼。

公孙述一死，成都群雄无首，一时大乱，蜀将延岑自知成都不保，举城投降。吴汉大军占领了成都，杀尽公孙述满门三百多口，又放火烧毁了公孙述的王宫，盘踞西蜀十二年之久的割据势力被彻底摧毁了。

在所有的割据势力中，公孙述势力最大，占地面积最广，割据时间最久，但光武帝仅用不到两年时间就埋葬了它，除了光武帝用兵有方、用人得当、武力占绝对优势之外，人心思汉，大势所趋也是关键的一个方面。

随着公孙述势力的土崩瓦解，盘踞在漠北的卢芳也看出自己的前景暗淡。

卢芳自称是汉武帝曾孙刘文伯，在更始政权失败后勾结匈奴，占有五原（今内蒙古包头市西北）、朔方（今内蒙古杭锦旗北）、云中（今内蒙古托克托东北）、定襄（今山西右玉）以及雁门（今山西代县西北）等地。由于光武帝一时无暇北顾，使得卢芳存在至今。卢芳一看公孙述在如此短暂的时间内被彻底打败，思虑再三，也派使节到洛阳觐见称臣。

至此，光武帝历时十多年的统一大业终于完成。

【第十三回】

祸言出废后更储，奇石现封禅祭天

光武帝留下吴汉率部分人马留在成都处理善后事宜，自己在众将簇拥下赶回京师，他决心彻底查清行刺事件的真相。尽管光武帝下令严加封锁自己被刺的消息，长子刘强还是在光武帝回到京师之前知道了，他一面上折请安，一面增派沿途的保卫人员。当光武帝来到京畿时，刘强率朝中文武大臣出城三十里跪迎圣驾。

建武二年时，刘强被立为太子，其母郭圣通被立为皇后，阴丽华退居其次，被封为贵人。

一见面，刘强就叩问圣安，扶父皇走下车辇。光武帝对儿子的殷勤似乎颇为反感，爱理不理地嗯啊两声就同其他王公大臣一起回城了。刘强以为父皇受到了惊吓，再加上一路鞍马劳顿，休息不好，情绪低落也是难免的，并没有放在心上。

入宫后，刘强再次前去问安便被挡驾了。刘强三天都一大早入宫跪安，光武帝都以龙体不适免见外人为由不与太子相见。刘强闷闷不乐，儿子探望父亲是情理之中，何来"外人"之说，他联想一下自从父皇回来对他的态度，觉得有点异常，便到后宫拜见母后郭氏，询问缘由。

郭皇后听完儿子的叙述，也委屈地说："我也正为这事觉得蹊跷呢？你父皇一回来就住进阴贵人宫中，半步也没离开，我几次派人前去问安，想让皇上幸临此宫都被回绝了。"

刘强见母后酸溜溜的，索性怂恿说："母后，以儿臣之见，您虽有皇后之名却无皇后之实，如此下去，只怕您的皇后之名也会失去。"

郭皇后叹息说："这些母后比你还清楚呢。看你整日不言不语，母后眼里也没揉沙子，我什么不清楚。当初立皇后时，你父皇本来就没打算立母后为皇后，他心中只有阴贵人，当初娶母后为妻纯粹是一场交易，我倒成了他们交易的物品。"

说到这里，郭皇后似乎有说不出的委屈，布满皱纹的眼角闪动着泪花，刘强怕母后伤心，急忙安慰道："无论父皇当初出于什么目的娶了母后，对于母后来说也是值得的，大汉朝皇后之位不就是给母后的补偿吗？"

郭皇后幽幽叹息一声："什么补偿不补偿，说起母后能被立为皇后，这个功劳还是我儿你的呢？本来你父皇已经决定立阴贵人为皇后，但朝中许多大臣认为母以子为贵，立后必须以子为标准，按照嫡长子世袭制，作为长子，我当然应该立为皇后。尽管你父皇一百个不情愿，但不能违背祖制，同时，也因为你舅外公真定王刘扬刚刚归附汉室，你父皇也想借着给我立后的份儿拉拢他，为统一大业免除后患。"

刘强笑道："如此说来父皇当初娶母后是一场交易，立母后为皇后又是一场交易。既然如此，舅外公后来为什么又举兵谋反呢？"

郭皇后长叹一声："这是男人之间的事，母后也想不通。你舅外公归汉被封为真定王，有享不尽的荣华富贵，可他听信隗嚣谗言起兵谋反，落个兵败被杀的下场。为此，你父皇很长一段时间对此事耿耿于怀，若不是母后两耳不闻窗外事，整日只知躲在宫内料理后宫之事，早就会因为真定王的事遭到贬斥了。"

刘强立即说道："母后，正因为你整日对朝中之事不闻不问，对权势不争也不抢，才使得舅家人在朝中无权无势，这样，儿将来承袭大宝后也就少了些靠山。"

郭皇后看看儿子："母后都这把年纪了，这个皇后当不当也没什么，只是你的太子之位——"郭皇后轻轻理一下发白的云鬓，又说道，"你也不必多心，你父皇当初能同意立你为太子，又有众多朝中大臣拥戴你，只要你不犯什么大错，我想他不会轻易废了你的太子之位的。"

刘强一听母后这么说，又说道："纵使父皇不废我的太子之位，一旦父皇龙驭上宾，我的皇位也未必就坐得牢稳啊。"

郭皇后惊问道："我儿何出此言？"

"母后真是对权术一窍不通，目前父皇已有十一个儿子，哪个不眼巴巴望着这太子之位。就外戚而言，阴氏明显胜过郭氏，一旦朝中有变，阴氏明显占优势。你不见阴氏所生的长子刘阳，长就一副会讨好人的嘴脸，父皇时不时在众臣面前夸他几句，还时常提醒我向他学习，在父皇眼中，我这个皇太子算什么。"

刘强越说越气，似乎满腹有说不完的委屈。

郭皇后似乎理解儿子的心，也提醒说："他能这样做，你也能这样做吗，这许多天来，我听宫女说，皇上不准许其他皇子探望他，但对刘阳似乎例外。"

刘强更气了："这还不是他娘的本领，有其母必有其子！"

郭皇后似乎听出儿子话中有几分责备她之意，喃喃说道："江山易改本性难移，母后都这把年纪了，性情想改也改不了啦，可你还年轻，可以向刘阳学学如何讨好你父皇。"

郭皇后刚说到这里，猛然觉得门前有个人影闪动，有人进来，抬眼一看，吓了一跳，皇上正走了进来。郭皇后与刘强急忙起身跪迎，光武帝摆摆手："这里也没有外人，就免了吧。"

郭皇后起身瞪了一眼站在门口的宫女，斥道："皇上到此，也不通报一声，这失礼之罪何人担当起？"

光武帝忙解释说："是朕不让她入内通报的。"光武帝明白郭皇后的意思，又反问一句，"朕来此难道也要通报不成？"

郭皇后一时语塞，忙改口说："可是，这国家大礼……"

光武帝不耐烦了："朕刚才在门外听见皇后在教诲太子，教诲得好呀，继续说下去。"

郭皇后听出光武帝话中隐有讽刺之意，加上这多日来的委屈，忘记儿子刚才的话，也尖酸地说道："皇上是不是在南宫待得憋闷，到此出气来了？有什么气尽管在我母子身上出吧。"

光武帝一听平素一向寡言少语的皇后今天突然说出这番话，又气又恼，估计刘强一定从中说了些什么挑拨的话，瞪了一眼儿子，怒声说道："对，朕就是来出气的！"

光武帝说着，把一份折子啪的一声掷在地上："看看，这都是你们干的好事，差点要了朕的命，朕不仅来出气，还要废了你的皇后之位！"

郭皇后大惊，刚才还和儿子说起此事呢！没想到这事真的发生了，而且来得如此快。

郭皇后老泪纵横，一改刚才的尖刻语气，哭诉道："臣妾虽然不才，自思入主后宫以来从来没有做过一件上对不起君下对不起臣的事，也从来没有做过一件有愧于列祖列宗的事。至于皇上说臣妾做出危及皇上安危的事，一定是皇上误听奸人之言错怪了臣妾。"

"哼，罪证确凿还想抵赖，朕问你，叛贼刘扬全家被杀，为何还有一个孽根活在世上？"

郭皇后更加吃惊，结结巴巴地问道："皇，皇上怎么知道的，难道行刺皇上之人竟然是他？"

刘强早已拾起地上的折子，也气愤地说道："不是他还能是谁！"

郭皇后一屁股瘫倒在坐床上，脸色惨白，过了许久才哭喊道："我好糊涂呀，刘辑，我好心护着你，为刘氏家族留一条根，你却害了我……"

真定王刘扬虽然口头上答应归附光武帝，实际上与他若即若离，直到光武帝定都洛阳后派兵征讨彭宠时，逼迫刘扬作出表态，刘扬才不得已归顺了光武帝。光武帝也知刘扬口服心不服，为了不给刘扬留下后路，光武帝调派刘扬到东郡任太守。谁知刘扬到东郡后称帝之心仍不死，在隗嚣挑唆下，他真的趁光武帝西征之际贸然起兵。光武帝一怒之下亲自领兵东征，打败刘扬，索拿刘扬全家。

郭皇后眼见舅舅全家被抄斩，从此姥姥门上就断了香火。思虑再三，主动开口求情又怕光武帝不答应，便暗自买通大牢狱卒，放出刘扬的小儿子刘辑，找一个相貌差不多的死囚补上。后来，刘扬全家被杀，反有刘辑一人幸免于难。郭皇后也怕事情暴露遭到光武帝怒斥，便把刘辑收在后宫之中做些杂务，早晚也能照看着他。

刘辑亲眼看见父兄全家二百多人被杀回房后偷偷哭了一夜，发誓报仇，他也曾几次试图谋害光武帝均没有得手，便勾结江湖异士企图行刺光武帝。正是通过这些江湖异士，刘辑被公孙述重金收买，更坚定了他行刺光武帝的决心。

刘辑本来打算放长线钓大鱼，一举行刺成功。随着光武帝平蜀大军的节节胜利，公孙述无法等待下去了，在公孙述的一再催促下，刘辑在宫中窃取了宫廷信使的金牌和太子上疏室上的一份折子等物，冒充太子特使亲自到广都前线行刺。

郭皇后知道自己被废无疑，痛哭流涕，扑通跪下祈求说："臣妾罪孽在身，被废毫无怨言，臣妾恳求皇上不要因为我的罪责迁怒强儿，废了他的太子之位，太子是国家的根本，动摇不得。"

刘强也跪了下来，搀扶着母亲哭道："母后，常言说母以子荣，子以母贵。巢都倾了，巢中的鸟蛋怎么还会完好如常呢？这种事是祈求不得的。"

光武帝听了他母子的对话，微微叹息一声，默默地走了。

光武帝要废皇后的消息不胫而走，满朝大臣哗然，各种议论都有。起初大家只是私下议论，渐渐地朝中大臣分为两派，以阴氏家族为首的大臣当然主废黜郭圣通的皇后位，而郭氏家族当然反对皇上这样做。

光武帝询问大司徒韩歆意见，谁知韩歆也反对废立皇后。韩歆和太子刘强关系密切，他知道郭皇后被废必然危及刘强的太子之位。

接着，又有骠骑将军刘隆也从西域送来折子，反对废去郭圣通的皇后位。光禄勋郭宪为郭皇后族弟，更是极力反对废后，在他的鼓动下，京城之中反对废后的人更多，就连光武帝的姐夫邓晨也不赞成废后。

光武帝十分恼火，回到南宫对阴丽华说："朕本来打算废去皇后之位立你为后，可是反对的人太多，朕孤掌难鸣。如今天下初定，朕正在进行度田，已经有不少地方引起暴乱，如果有人再利用朕废立皇后一事作乱，局面就难收拾了。反正皇后因为行刺一案留下罪责，早晚是要废的，你也不必心急。"

阴贵人深知光武帝的脾气，越是紧盯不放越是办不成，她又怕夜长梦多，光武帝更不可能再废皇后。她一听光武帝提到度田的事引起的各种地方动乱，有了主意："皇上，奴婢有句话不知当讲不当讲？"

光武帝笑道："你我夫妻恩爱多年，可以说无话不讲，有什么话尽管说吧。"

"那好吧，我就直言不讳了。奴婢知道皇权大如天，可如今政令不行，皇权旁落，这样长久下去只怕……"阴贵人故意不说下去。

光武帝微微一愣，挠挠头说："朕怎么没有感觉出政令不行，大权旁落呢？"

"皇上推行度田减免赋役，禁止奴婢买卖，恤贫救灾，这些政策都是效法先祖文帝、景帝，稳定大局，增强国力。可是，皇上的这些英明举措推行得怎样呢？尽管奴婢整日待在这深宫大内里，反从下人们的议论中也了解个八九不离十。奴婢照样买卖，恤贫赈灾钱粮被贪官污吏吞噬，度田推行不动，土地兼并较往年更甚。不用说各郡、县地方官反对度田，就连京城三公、台阁等极品大员也阳奉阴违，根本不把皇上的旨意放在眼里。就拿韩歆来说，他身为大司徒，奉命实行度田，皇上征讨蜀地前就一再告诫他要强行推行度田，可皇上一走他都干了些什么？整日和太子一起酗酒斗牌，寻欢作乐，他眼中只有太子哪还有皇上，皇上的告诫早已成了耳旁风。"

阴贵人说到这里，瞟一眼光武帝，见他面色沉重，知道自己话起了作用，又说道："奴婢生性快嘴快舌，肚里藏不住话，可不像皇后整日沉默寡言肚里有数，今天索性把知道的一切都说了，说个痛快。奴婢说句不中听的话，韩歆这人鬼着呢，他讨好太子是有目的的。"

光武帝铁青着脸，冷冷地问道："有什么目的？"

"皇上已是半百的人了，一旦皇上归天，这大汉的江山还不是太子的，韩歆讨好太子是想做不倒翁。还有刘隆、杜茂、戴涉、朱祐这些开国功臣，他们自以为皇上的江山是他们打下来的，居功自傲，骄奢淫侈，专横跋扈，现在就这样，将来不知做出什么出格的事呢？说不定——"

不待阴贵人说下去，光武帝就一拍案子暴喝道："不要说了！"光武帝一甩手走出南宫。

光武帝知道阴贵人夹七夹八说这些话是针对部分大臣反对废立皇后的事，带有个人的偏见，但阴贵人的话也确实说出某些事实。

光武帝越想越气，决定借度田之事抓个典型狠治一下个别权臣，来个杀一儆百，防微杜渐，以免自己真的皇权旁落，或者闹出什么意想不到的乱子。

光武帝深思熟虑之后，在宣德殿召集文武大臣，责问大司徒韩歆度田之事，韩歆哪里知道光武帝有拿他开刀的心思，径直说道："臣以为度田不合我大汉祖制，更何况度田有伤众王公大臣和地主士绅的利益。我等当年随圣上东征西讨平定叛乱打得天下，就是众人想跟随皇上享荣华富贵，多置些田地家产留给子孙后代。而皇上下令度田，却把我等占有的田地分给普通佃民百姓，违背众人心愿，我想皇上向来视众臣情同手足，该不会得罪这些有功之臣而偏向那些普通百姓吧。臣见皇上对度田一事的态度有所改变，就斗胆做主暂停此事。"

韩歆说到这里才看见皇上的脸色越来越难看，便硬着头皮说道："此事太子知晓，因皇上忙于征讨大事，臣不便劳烦皇上分心，就私下同太子商量一下决定了。"

光武帝瞪一眼，垂立旁边的太子："一切像大司徒所说的这样呢？"

刘强虽然感觉出父皇的话冰冷冷的，但也摸不清父皇的真正意图，忙躬身说道："完全如同大司徒所言。"

光武帝不置可否，又问两旁大臣："众卿以为度田一事是就到此为止还是继续开展下去？"

大臣你看看我，我看看你，一时猜不透皇上的真实想法，互相交头接耳议论起来，过了一会儿，几个心直口快的大臣出班说道："大司徒言之有理，度田一事不可再继续推行下去，否则，必然引起天下大乱。"

光武帝看一眼犀阶下的几位大臣，他们是骠骑大将军杜茂、虎牙大将军盖延和尚书令侯霸、建义大将军朱祐。

四人正要施礼退下，见光武帝猛地一拍御案站了起来，扫视一下群臣，斥道："尔等身为朝廷命官，拿着朝廷俸禄，食着民脂民膏，不思为百姓办事为朝廷出力，一心想着个人敛财为子孙后代置家产，如此下去，土地兼并，百姓流离失所，卖儿卖女，民不聊生，其后果是盗贼四起，天下大乱，割据者蜂拥而出。"

光武帝说到这里，似乎很动气，颤抖着手指着耷拉着脑袋的大臣说："你们自以为有功于国就骄横跋扈目无王法了吗？这度田一事必须推行到底，有再敢上书言反对度田者一律交御史台论处！"

光武帝顿了顿，扫一眼一直跪在旁边的韩歆，气又不打一处来，怒声道："韩歆身为大司徒，受命推行度田，阳奉阴违，私自中止朝廷谕旨，有负圣望，革去大司徒职务，贬为庶民，永不续用！骠骑将军杜茂、建义大将军朱祐、虎牙大将军盖延和尚书令侯霸四人罚俸一年，官降一品！"

光武帝不等其他大臣求情，便宣布退朝。

光武帝一不做二不休，又接连降旨把南郡太守、河南府尹，以及青州、徐州、幽州、冀州四州推行度田不力的地方官逮捕下狱。一时间全国哗然。许多人都认为当今皇上向来以宽和仁慈，体恤属下受到众人敬仰，谁也没想到光武帝竟然雷厉风行地惩处了一批位高权重的有功大臣，真是帝王之心深如海。

　　大司徒韩歆被免职后又羞又恼，一气之下悬梁自尽，又引起朝臣们议论纷纷，都说自古帝王只可同苦不可同甘，兔死狗烹、鸟尽弓藏是帝王本性。对韩歆的死光武帝多少有些内疚，为了震动其他朝臣，光武帝铁了心，虽然给韩歆家属一笔抚恤，但仍然下令只准薄葬。

　　果然，朝中大臣较往常收敛了许多，光武帝见自己的举措达到一定目的，也十分欣慰。

　　韩歆惨死，杜茂、盖延、侯霸、朱祐被降级，刘隆等人被查办，阴贵人暗暗高兴。等到度田事件稍稍平息后，她便支持阴氏家族的人再次提出废立之事，光武帝欣然接受了，其他支持郭皇后的人也都看着光武帝的眼色行事，明哲自保，谁也没有提出异议。

　　太子刘强当然想保住母后的皇后之位，但因为度田事件他也有责任，又怕父皇再迁怒于他，有心为母后讲情却不敢轻举妄动，唯恐起到反作用，既救不了母后又连累了自己。就在太子不知所措之际，废皇后诏书已下。

　　郭皇后被废之后不久，光武帝便正式颁诏立阴丽华为皇后，阴丽华如愿以偿，光武帝的心也安了，早年的凤愿终于实现。

　　郭皇后废弃，阴皇后怎会容忍刘强在太子之位上，她极力为儿子东海王刘阳登上太子之位铺平道路，提供足够的机会让刘阳在父皇面前献殷勤，展示自己的治国才华。

　　有一次，公孙述旧部蜀郡守将史歆造反，岩渠、杨伟等人趁机起兵响应，光武帝派吴汉、臧宫率领大队人马赴成都镇压，不仅没有取胜，而且连连遭到挫败。光武帝便召集众大臣商讨对策，听取方略。众人各抒己见，经过一番辩论，大多数人同意用重金收买，唯独刘阳主张武力征服，并要求领兵讨伐。刘阳认为，叛贼占有成都一城不足以成大事，而花重金收买只会助长叛贼气焰，对其他郡守影响恶劣。而派兵讨伐，可先围而不打，用攻心术分裂叛军，使其内讧，然后诱敌出城，一举歼灭。这样，既让城中百姓免遭兵刃之灾，又达到歼灭叛军的目的。

　　光武帝对刘阳的分析十分满意，便派刘阳带兵赴蜀地增援吴汉与臧宫，果然一切如刘阳所料，很快取得平叛胜利。光武帝对刘阳大加赞赏，产生了立刘阳为太子的想法。

　　太子刘强见父皇对东海王刘阳十分厚爱，每次与刘阳谈话总是满面春风，谈得融洽投机。可是，父皇和他在一起时总是板着面孔，刘强整日惴惴不安，满腹委屈却无处诉说。

　　太子太傅郅恽看出刘强的心思，但他也知道刘强之位不保，自己无可奈何，私下对刘强说："太子认为是太子之位重要还是生命重要？"

刘强不假思索地说："当然是生命重要，如果人都死了，什么权力、地位、金钱、美女、名誉一切都化为空有。"

郅恽点点头，赞许地说："太子明智，也深谙人生之理。既然太子能明白这些道理，为什么做不到这些呢？"

刘强恍然大悟："太傅是劝我主动辞去太子之位吧？"

"正是这样，鱼和熊掌不可兼得，舍鱼而取熊掌，这是智人所为。皇上一向谦和仁义，如果太子能主动请辞，皇上定认为太子有自知之明，会厚爱太子的。同时，太子这样做，也等于给皇上一个台阶，在国人心目中不是皇上废太子而是太子谦羞承让，父子均有个好名声，皇上一定认为父子情深兄弟重义，即使不让你为太子，也会给你封王的，还是退而求其次吧。"

郅恽一番话使刘强茅塞顿开："多谢太傅指点，太傅之恩刘强终生不忘。"

其实，郅恽这番话都是阴皇后授意他说的。阴丽华知道光武帝性情，一向心慈手软，废去郭皇后之位都是她一而再再而三揎掇的。尽管光武帝废去了郭圣通的后位，但内心总有一丝歉疚，在册封阴丽华为皇后时又封郭圣通为中山太后，在宫中的地位仅次于阴皇后。光武帝对郭圣通都这样不忍心，更何况自己的亲骨肉呢？阴丽华看出光武帝虽然喜爱刘阳，也偶尔流露出立刘阳为太子的念头，但真让光武帝做出决定时他又不忍，在刘强没有大错的情况下将其废黜也难堵天下人的嘴。阴丽华看出光武帝的矛盾心理，才暗中唆使郅恽规劝刘强主动让位。

刘强把郅恽的劝告说给母亲听，征求她的意见，郭太后含泪答道："娘已经被废，你的太子之位怎会巩固呢？娘无用斗不过她，也让我儿跟着你受屈了，娘对不起你呀！"

郭太后呜呜哭了起来。刘强扶起母亲，一边给她擦去苍老容颜上的浑浊泪水，一边安慰说："娘，儿不怪你，这也许就是命！不过，儿现在想通了，荣华富贵、皇权至尊不过是过眼烟云，生不能带来，死不能带去。儿懂得身外之物什么都是假的，只有活生生的生命是真的。"

郭太后赞赏地抚摸着儿子憔悴的脸："我儿真的长大了，比娘还能想得开，这就叫成熟吧。"郭太后脸上挤出一丝难得的笑意。

刘强主动上折向父皇辞请，要求让出太子之位给贤才的刘阳，这大出光武帝意料之外，但他对刘强的这一做法十分欣慰，因为刘强这样做正合了他的心愿，勉强几句也就答应了。于是光武帝诏告天下：《春秋》之义，立子为贵。东海王阳，皇后之子，宜承大统。皇太子强，崇执谦退，愿备藩国，行为可嘉。父子之情，重久违之。其以强为东海王，立阳为皇太子，改名庄。

光武帝认为刘阳和一度谋反被杀的真定王刘扬同音不吉，特给他改名为刘庄。

光武帝完成这一心愿，他还有另一个心愿，就是能在有生之年效法高祖皇帝，封禅泰山。

严光刚一下船就觉得眼花缭乱，一晃十多年没来洛阳，京师已经大变样。街道变宽了，旧有房舍早被一排簇新的楼阁殿堂所代替，经商做买卖的也较往年不知增添了几倍。就连街上行人的脸也白白胖胖的，很有京城大都市人的派头，街头巷口过去常有的饥民少见了。

严光几乎找不到上次来洛阳小路，心里暗一想：刘三之才不在我下。当初在太学攻读时关于治国方略时常向我讨教，可如今一个是九五之尊的大汉皇帝，一个是浪得虚名的山林隐士。就按隐士的级别而论，大隐隐于朝，中隐隐于市，小隐隐于野。自己在家乡会稽余姚溪畔渔耕垂钓，也只能算是小隐了。

严光穿过得月桥，刚走进仙人街，就看见一堆人围着一个告示议论不休，他也禁不住好奇围了上去，哦，是一张求贤告示，朝廷诏太子傅。严光心中暗想，当今天下最有资格做太子傅的人除了自己就是张佚与桓荣，二人都为太学博士，就在皇上眼皮底下，刘秀是真的不识人才还是另有所图，这告示能招到真才实学之人真是天大的笑话。

严光正在胡思乱想，猛听旁边一个老者说道："皇上真会愚弄人，这太子傅早已内定了，还大张旗鼓地对外招贤，略为有见识的也会一笑置之，除非骗一骗三岁孩童。"

另一个不服气地道："皇上招贤公开公平，怎会愚弄人呢？这可是天子脚下，说话要讲究点分寸，不然惹了杀身之祸还不知怎么死的呢？常言说'病从口入，祸从口出'，就是这个道理。"

不待老者答话，另一人就讨好老者说："余大爷的话绝对没错，他女婿就在国舅爷阴识府中当差，消息灵通得很，连皇上的许多活动都事先知道。余大爷，透个风吧，到底内定谁为太子傅？"

老者一听这年轻人的恭维话，得意了，摇了一下手中的芭蕉扇，慢条斯理地说："算你小子有耳福，我也是昨晚才听女婿说的，让我不能外传，看这里也没有外人，都是街邻，我就告诉你们吧，除了国舅，别人谁有这个资格，你们可不能乱说，时候不久就会对外公布的，那时大伙再外传不迟。"

周围几人一致附和："就是嘛，除了国舅爷谁也没有这个资格。"

严光想笑，心里想："刘三还不至于蠢到这种程度吧，阴识做官兼并土地是好手，让他当太子傅不把太子领到妓院才怪呢？"

严光忽然心中一动，甭管太子傅是真心招聘还是已经内定，他想做个恶作剧同刘秀开个玩笑。

严光上前揭下告示，边揭边说："我千里迢迢赶来就是想试一试能否应聘这太子傅。"

严光刚揭下告示就被两个御林军带走了。严光被带到太学，接待他的正是张佚和桓荣。严光认识这二人，他们却不认识严光，严光笑道："你们二位才是真正的太子傅呢，我不过是来凑凑热闹的，顺便替二位向皇上引荐一下，也不愧了二位之才。"

张佚见严光傻乎乎的，对朝廷礼节都不懂还想应聘太子傅，觉得可笑，故意说道："先生来得不凑巧，太子傅已经有了人选，如果先生真想就聘的话，必须由皇上亲自考问。"

严光高兴了，说道："我正想见一见皇上呢，多年不见也不知圣上可否记得我这个糟老头了。"

桓荣见严光越说越傻，也戏弄说："你不是说与皇上多年没见面了，可有什么信物，不然，皇上可不是那么随便接见外人的。"

严光摇头："信物倒没有，但我有诗一首，只要皇上见我的诗一定会召见的。"

严光说着，提笔写下一首诗：严寒冬日一把火，子曰诗云全点着。陵上沽酒盼旧人，到春开出花千朵。

桓荣哈哈一笑："这也叫诗？只怕皇上从来没读过如此有玄机的诗呢？"

张佚一怔，似乎看出了门道，悚问道："你，你是严子陵老先生？"

一听张佚这么问，桓荣也看出这是一首藏头诗，首字相连恰是"严子陵到"四字。

严光微微一笑："正是村夫严光。"

桓荣忙问道："严老先生真是来应聘太子傅的？你直接去见皇上就行了，何必……"

严光抹一把胡子："二十年前皇上想让我做太子傅，我都给吓跑了，现在更没有这份雅兴了。"

"那老先生揭告示……"

严光指指二人："我怕皇上不识货委屈了你们二位，特来点拨一下他，也给二位抛砖引玉。"

张佚叹口气说："老先生的好意我们领了，只可惜太子傅早有人选，皇上这样做不过是做给天下读书人看的。"

"莫非真让那阴识做太子傅？"

"老先生也早有耳闻？"

严光不置可否地说："我正是冲着这阴识来的，莫非皇上也像我一样老昏头了，我要当面斥责皇上去。"

严光转身就要向外走，张佚急忙拉住严光："老先生留步，你要想见皇上也不难，但不能硬往里闯，那样反而入不了宫，我托人把先生的这首打油诗递入宫中，即使先生不去皇上也会主动召见的。"

果然，三人正在叙谈中，就听门外一声沙哑的吆喝："皇上驾到。"

张佚与桓荣扑通跪下，严光还没来得及下跪，光武帝就走进室内，他上前拉着严光的手问道："子陵，什么风把你吹来的。为什么不派人捎个口信，朕派车驾去余姚接你？"

"区区草民怎敢劳顿圣驾，何况我这把老骨头也经不起官府车马颠簸，对于官府礼节一窍不通，稍一不慎招惹皇上的什么王侯显贵之人，不用说下狱坐牢，就是一顿小打也要了我这糟老头子的命。哈哈，还是我独自一人步行而来逍遥自在，一路上游山玩水，阅尽人间美色。"

光武帝笑笑："真是江山易改本性难移，子陵兄的脾气仍是一点儿也没改呀。"

"皇上，我可高攀不起你这位天子兄弟呀，一旦传扬出去，明明是皇上主动向我套近乎，可众人一定认为我严光谄媚皇上，我的声誉却被皇上一声亲昵的称呼给糟蹋了。"

光武帝了解严光的脾气，见他又和自己斗嘴，也开玩笑说："既然子陵怕朕糟蹋你的声誉，那朕就向天下发一道谕旨，告知天下是朕有心拉拢会稽名士严子陵，可结果是半夜三更抱石滚——一头热，但现在你先陪朕入宫饮酒。"

光武帝也不问严光是否答应，拉着他就向外走。二人来到宫中，分宾主落座后，光武帝命人备上酒菜，二人边吃边谈。光武帝问严光来京有何贵干，严光嘿嘿一笑："想你呗。"

"想我？"光武帝哈哈一笑，"想我怎么不直接进宫，却跑到太学去啦！"

"我听说皇上向天下人招聘太子傅，也想凑个热闹，不知皇上是否赏脸！"

光武帝一听大喜，有几分不相信地问："倘若子陵真的愿意走出山林来教导太子，那可是我汉室的洪福，朕立即责令国舅让贤给子陵。"

严光不置可否地问："外面传言太子傅早已被皇上内定给阴识了，原来真有此事？"

光武帝点点头："这哪里是朕内定，主要是皇后一手安排的，她对外人教诲太子不放心。当然，只要子陵愿为太子傅，我会责令阴识退让的！"

严光冷冷地反问道："皇上也认为阴识可以做太子傅！"

光武帝摇摇头："他那点墨水朕还不清楚，斗大的字不识两筐，让阴识做太子傅不过是给他脸上贴层金。朕想寻找一位德才兼备的人做太子少傅，由他真正负责教诲太子的事。子陵广交天下贤人雅士，可否举荐几位？"

"天下可为太子傅的人比比皆是，仅太学馆内就不乏其人，张佚、桓荣都是德才兼备之人，圣上为何不用，却以招聘的幌子欺骗天下文人学士，而让一个不学无术之人为太子傅呢？现在皇上寻找人辅导太子，是为大汉刘氏皇室着想？还是为阴氏外戚着想？皇上若是为了阴氏外戚，就让阴识为太子傅，若皇上为了刘氏天下着想，就应该任人唯贤。"

严光说到这里，猛地将一樽酒一饮而尽，然后把杯顿在案上，颇为气愤地说："皇上，你这样做是在断送大汉皇室的天下呀！"

光武帝被严光说得面红耳赤，急忙举酒致谢说："严兄一席话，朕茅塞顿开，不是你提醒朕，朕差点犯了大错，朕敬先生一杯，来，干！"

"这酒我不能喝，我要听听皇上准备如何处理这次太子傅招聘之事？"

光武帝见严光不给他留情面，略显尴尬地说："朕就按严兄举荐，由张佚为太子傅，桓荣为太子少傅，如何？"

严光摇头说道："皇上不要以为我是来为张佚和桓荣做说客的，直到今天我以前根本不认识二位，但对二人的才华是有所闻的，但也不能因为我一句话就轻易做出决定，皇上应该继续招聘下去，选贤择能，从中挑出有真才实学而又贤德的人做太子傅，若没有胜过张佚与桓荣的，再抽调二人做太子傅，然后从招聘中挑选一些贤才之人充实太学。"

光武帝连连点头称是，二人一直喝到掌灯时分才罢休，光武帝拉着严光的手说："子陵，自长安太学馆一别，你我再也没有同床共枕过，今日我二人就一床共眠，叙叙别后之情，如果你决意不愿留在京师辅助太子，只怕将来再见面的机会不多了，你我都是快六十的人了。"

严光见光武帝说得如此动情，点点头："恭敬不如从命。"

晚上，二人同床共卧，一直谈到深夜才入睡。

第二天，严光还没起床光武帝就先起身，当服侍太监进来时光武帝已经穿戴整齐，太监怕光武帝怪罪，急忙跪地求饶，光武帝摆摆手："朕出去进行早课，严先生醒来时你服侍他更衣就可以了，不得有半点马虎。"

所谓早课，就是每天早晨起来先打一套长拳，再舞弄几件兵器，或骑马跑上几圈，然后再坐下来读上几篇文章。当然，这必须是不上早朝之时。

光武帝上完早课回到寝宫，严光刚好起来，光武帝上前说道："子陵，朕今日恰好没有什么重要事处理，你陪朕外出狩猎吧？朕好久没有痛痛快快地乐一乐了。"

严光迟疑一下："可是，我不懂狩猎。"

"没关系，只是出去兜兜风，你不懂狩猎可以观看。"

光武帝命人准备车驾，他和严光同乘一辆车辇，并排而坐，从大街上穿行时引来众人非议。光武帝置若罔闻，严光也泰然处之，直到邙山行猎场，严光才说道：“我本来不想同皇上共乘一辇，更不应该并排而坐，但转念一想我必须这样做，只有这样才能进一步树立皇上在百姓心中的地位。”

光武帝笑道：“原来子陵效法侯嬴成就魏公子无忌之为，多谢多谢，朕请严兄同车而行只是想重温太学郊游时的放浪形骸劲儿，不受任何君臣之礼的约束，痛痛快快地乐上一乐，想不到子陵在言谈举止上都处处为朕考虑——”

光武帝说到这里，微微叹息一声，问道：“子陵，朕始终不明白，你为何不接受朕的邀请隐居山林呢？如果朕哪些方面做得不当，你尽管指出来，朕一定改正。”

严光目视前方幽幽说道：“皇上以挚诚之心待我，我理当为皇上驱使，以尽鄙薄之力，无奈我今生断绝仕官欲念，醉心山林水田，与自然同伴，因此屡屡没有奉诏。如今更是夕阳之年，江郎才尽，犹如点尽的蜡烛、熬干的药渣，心有余而力不足了，怎能再堪为皇上所用呢？只怕会贻误朝廷之命，也有辱皇上的圣明呀。”

“子陵自谦了，你早在太学时就博取百家之长融古今于一身，讲经论道，安邦治国，师傅也自惭不如，更何况这几十年的潜心攻读，只怕已经参破世理，有未卜先知之才了。满腹经纶而不用于治世，岂不类同于充栋之书而不被世人所读，白白遭虫蛀腐烂不成？可惜呀。”

严光连连摇头：“皇上过奖了，我在太学时所学的那点不登大雅之术早已取之于自然还给自然了。这多年来更是不求弥补，皇上是求贤心切抬高我啦。”

光武帝见严光直到现在仍然没有为他所用之意，开玩笑地说：“朕若强行把你留在朝中呢？”

严光不卑不亢地说：“皇上何必强我所难呢？皇上放我归山，沐浴圣化天日之中，醉享皇上歌舞升平之世，虽在江湖之远，心却念着皇恩。倘若皇上以强硬之法逼迫我，身在咫尺心在天涯，虽敢怒不敢言，但传之于世则有损皇上的德威。”

光武帝知道自己最后一次努力也无效，惋惜地说：“子陵，朕尊重你的选择，但这次千里迢迢来到京师就多住几天吧，今天游猎回去，朕还有许多事请教呢。”

光武帝唯恐严光再拒绝，不待他开口，便催马跑进猎场。

光武帝好久没有出宫这么痛痛快快地乐一乐了。今天，不知是因为有同学相伴，还是因为行猎时有了兴头，总之，光武帝的运气特别好，较往常捕到的猎物特别多，他也特别兴奋，中午又和严光等人在邙山脚下野炊一顿，下午接着行猎，一直打到天色已晚才依依不舍地离开邙山猎场。

当光武帝车驾仪仗回到洛阳西门时，城门已经关闭。光武帝命护驾御林军上前喊门。不久，御林军校尉张宗回来报告说，守门将官拒绝开城门。

光武帝见严光正坐在旁边，他觉得很没有面子，生气地斥道："你为何不说朕在此，急着回宫？"

张宗急忙施礼答道："回皇上，臣说皇上行猎在此，要他们立即打开城门，可他们推说看不清皇上是否在此，拒绝开门。"

"今日是何人负责驻守西门！"光武帝不满地问道。

"执金吾郅恽。"

光武帝看着严光，迟疑一下说："朕亲自到城门前让郅恽看个清楚，看他还敢不开城门！"

光武帝命人驱车来到城门前，然后对张宗说："你去上前喊门，让郅恽看得仔细一些，瞧瞧是不是朕在此！"

张宗上前高声喊道："郅大人，皇上在此，请你看仔细些，快开门让皇上回宫。"

谁知张宗话音刚落，郅恽就在城上大声说道："皇上以勤政著称于天下，怎会私自出城行猎呢？即使偶尔行猎也绝不会天晚而归。对于关城门的时辰皇上怎会不知而故意推迟入内呢？皇上曾经有令，城门一旦关上，除非重大军情，一般不许私开城门。"

张宗急了也大声说道："皇上就在城下，怎么叫私开城门呢？郅大人难道敢不奉诏令吗？"

郅恽仍然装糊涂说："天色已晚，看不清城下是何人，倘若有人冒充皇上来骗开城门，这个罪责何人敢当？"

郅恽的话光武帝听得一清二楚，他铁青着脸对张宗说："不要再同他多费口舌了，随朕到北门，入城后朕再收拾他！"

光武帝一言不发来到北门，北门守将崔进一听说皇上狩猎归来，急忙打开城门，亲自出城把光武帝迎入城内，光武帝的脸色这才缓和一些，向严光说道："崔进是朕一手栽培起来的年轻将领，值得信赖，可以大用，而郅恽则自以为有功，倚老卖老，朕一定好好教训教训他。"

一直沉默不语的严光这才说道："以草民之见，皇上应该严惩崔进而重奖郅恽才对。"

光武帝不解地问："这是为什么？"

"道理很简单，郅恽是听从皇上守城禁令，恪遵职守，一丝不苟，秉公办事。而崔进却是一听皇上之名也不详察就慌忙开门，这是徇私舞弊，趋炎附势，玩忽职守。"

光武帝一听严光说得有道理，频频点头，忽然又问道："子陵如何看待朕今日的游猎呢？"

严光说："皇上整日操劳于国事，偶尔在闲暇之际出宫游猎消遣一下疲劳也有利于身心健康，这是无可厚非的，也是百姓欣欣然有喜色而相告的事。可是，皇上一旦沉湎于游猎，乐而忘返，乐而忘却国家大事就不应该了，这就是过度吧。"

光武帝接受了严光的建议，第二天早朝上亲口向群臣致歉，并恳请众人监督，文武大臣也被光武帝的诚心所感动，齐声高呼万岁。

光武帝命人把郅恽宣上殿，对他大加赞扬，并赏赐他布帛百匹，良马十匹，以表示自己的致歉和厚爱。相反，光武帝也命人把崔进叫上殿，当着文武大臣的面把他训斥一顿，撤了他的北门侯一职，降为参封县县尉。

光武帝散朝回宫，严光就来向他辞行，光武帝不解地问："子陵，你刚来就这么急着要走，朕还有许多事要请教呢。莫非是朕慢待了你，还是宫中有人对你不敬？若是朕的过失朕一定改正，倘若是属下人对你不敬，朕一定严惩，绝不手软！"

"皇上误会了，皇上敬我如上宾，宫中侍从人哪敢对我不敬，我在山林草野间随便惯了，不习惯这宫中束缚，何况皇上也忙，我就不在此打扰皇上了，只想到洛阳市面上溜达溜达，然后就回余姚老家。"

光武帝挽留说："朕马上命小黄门传下话去，你可以随便在宫中走动，可以不受宫中的条条规规的限制。如果你想到京师各处走走，朕给你安排一乘车子，派四名御林军便衣侍从左右。"

严光摇手道："皇上折杀老朽了，宫中我不想走动了，京师也不想遛了，只想尽快回乡。"

严光走了，光武帝亲自把他送到郊外，临别时，光武帝感慨地说："子陵，我虽是帝室之胄，但其实是布衣一个，如今能承袭汉室宗祧，登上九五之尊，实出所料，每当想起此事总感到惴惴不安。卑微之躯承蒙上天垂青幸得大宝，如果稍一不慎做出愧对天下黎民百姓之事，实在应该受到天地神灵的惩罚。因此，自登基称王以来，朕都兢兢业业，严于律己，宽以待人，以和为贵，用仁爱治理天下。朕私下把自己同秦皇汉武作比较，无论史家如何评价朕，朕都不以为意，但朕至今仍有两大遗憾——"

严光不解地问："正如皇上所言，论功德，足以和秦皇汉武媲美，为帝者能做到这一点实在不容易啦，但不知皇上还有哪两大遗憾？"

光武帝注视着严光，叹息说："朕第一大遗憾就是没能请动你来辅佐汉室，如此大贤遗之山林，这是国家的不幸，更是朝廷的悲哀。"

严光摇摇头："皇上惜才之心实在令人折服，但皇上言重了，我不过是遗之山林的蓬蒿而已。希望皇上把待我之心投放到对待天下读书人的身上，汉室将更加兴隆。"

光武帝诚恳地点点头："请子陵放心，朕一定做得到！"

光武帝不待严光询问，又说道："朕的第二大遗憾就是仍然没有资格上泰山封禅。"

严光明白了光武帝的心思，光武帝自认为功德可以和秦皇汉武媲美，这两人均到泰山封禅，表功彰德，显然，光武帝也想效法古人让自己的业绩传播远扬，给历史留下一块丰碑。

可是，封禅泰山不是哪一个皇帝随便想去就去的，必须掂量自己的功德是否够格，否则必然贻笑大方。

当然，更重要的是天下必须出现祥瑞征兆，表示皇帝的功德惊动了天地神灵，从而显示出各种祥瑞征兆，只有各地祥瑞征兆连续出现时才可以上泰山封禅。

严光略一迟疑，附在光武帝耳边嘱咐几声，光武帝大喜，握住严光的手说："子陵真不愧为天下奇才啊！"

严光不待光武帝说下去，急忙登车而去。光武帝望着消失在烟尘中的马车回味着严光刚才的话，心中有了主意。

光武帝为了实现泰山封禅的夙愿，他暗中调集几位亲信之人进入皇宫亲授秘计。

数月后，几位出京办事的亲信一一归来，光武帝估计时机成熟，便在一次朝会上向群臣宣布，这些日子时常做梦，不知是吉是凶，群臣询问他都做些什么梦，光武帝说："经常梦见自己和众大臣一起来到一座无比高大的山上，只见山上云雾缭绕，怪石林立，又见龙吟虎啸，仙人缤纷，不知不觉中来到一高大无比的大殿，里面供奉着玉帝、王母、太白金星、女娲娘娘等天神圣像。许多大臣劝朕上前拜谢，谁知刚刚跪下就醒了。"

光武帝说到这里扫视了一下左右大臣："这类似的梦接连出现多次，朕惴惴不安，不知哪位大臣懂得周公解梦，给朕一解吉凶？"

光武帝话音刚落，光禄勋梁松就出班高声奏道："恭喜皇上，祝福陛下，万岁，可喜可贺呀！"

光武帝莫名其妙的样子问："梁爱卿，莫非你懂得解梦不成？"

梁松急忙答道："臣潜心研究周公解梦多年，无论什么梦一听便知吉凶，皇上这梦可是大吉大利之梦，千载难寻呀！"

光武帝摇摇头，颇带不悦地说："朕向来反对臣子故意掩盖真相取悦寡人，朕虽不懂解梦之理，但这众多大臣中也一定另有人深谙此道吧？"

光武帝看着其他大臣。尚书令丁邯上前奏道："对于解梦臣也略知一二，梁大人说得一点不错，皇上这梦确实是上上佳梦。"

光武帝将信将疑的样子问："既然二位爱卿都说朕的梦是上好之梦，但不知好在哪里，朕怎么一点也没有感觉到呢？"

丁邯说道："皇上所做的这种梦倘若落在一般百姓或者朝廷大臣们身上也算不得上好之梦，不过预示着升迁或发财，但对于皇上，就不同了。臣可以用性命作保，作为皇帝能做这样的梦千古稀少，因为陛下这梦预示着要到泰山举行封禅大典，这难道不是可喜可贺的特大喜事吗？"

其余的大臣一听丁邯这么说，立即交头接耳议论起来。

忽然，司空冯鲂、司徒冯勤、太尉赵熹三人同时走上前，异口同声说道："上苍昭佑陛下封禅泰山，臣等恭请吾皇早日举行封禅大典！"

文武大臣一看这三人率先奏请皇上到泰山封禅，谁还敢怠慢，都纷纷下跪山呼万岁，恳请光武帝早日封禅。

光武帝内心喜不自胜，表面上仍谦和地说道："这数百年来，除了秦皇汉武之外，没有第三人到泰山举行封禅大典。朕自思也只是一个平庸的帝王，哪有资格上泰山献丑呢？"

丁邯不急不慢地起身奏道："皇上自谦了，以臣私下愚见，皇上功德不仅可以同秦皇汉武媲美，而且有过之而无不及。"

光武帝不待丁邯说下去，一拍御案斥道："大胆丁邯，你，你敢诋毁孝武皇帝，奉承寡人！"

"皇上息怒！"丁邯深深一揖，"请皇上听臣把话说完，如果臣真的打半句诳语来奉承皇上，再请皇上治臣的罪也不晚。"

光武帝余怒未消："朕先饶过你，你快把话说完，若有诳语绝不饶恕！"

丁邯说道："皇上虽是汉室之胄，实为布衣起家，受天命于汉室垂危之际，舍家起兵征讨莽贼，救汉室于危难之中，使汉室帝祚断而又续，于国于民有社稷再造之功，类同于汉室高祖。吾皇白手起家后，棘阳一战，至亲死难数十人，昆阳鏖战，多亏陛下指挥有方才以少胜多，取得大捷，但胞兄死难。更始在位，皇上有功而不得重用，委自枉屈，忍辱负重，只身数百人持节河北，此时更显示出皇上的雄才大略与过人之处，联姻和刘扬，借兵灭王郎，独树一帜奠定帝业。慧眼独具，力排众议，建都洛阳，然后夺关中平河汉，降赤眉，踏平中原，征刘永，震慑江南。后来又逼降了张步，镇压彭宠，巩固中原。接下来御驾亲征隗嚣，击杀西蜀公孙述，使窦融、卢芳归顺，从而天下一统，在这统一大业的每次大的征战中，哪一次没有皇上您的身影？"

丁邯说到这里早已二目含泪，他只得举袖轻拭一下泪水，又动情地说道："常言道，'打江山难，守江山更难'。皇上时常用这句话告诫群臣更提醒自己，为了发扬光大汉室，皇上效法文景皇帝实行休养生息政策。先后多次颁诏天下减免徭役赋税。兴修水利，整治黄水。开荒垦田，修边安民，抚恤贫困，救济灾民。为了节省开支减轻百姓负担，皇上还下令将士守边屯田，裁并郡国，省减吏员。皇上轻刑省罚，下令核查土地、释放奴婢更是获得天下苍生称颂。若论及皇上的美德，更是千古独一无二。有人说自古君王只可同苦而不可同甘，皇上却是既能同苦又能同甘。全国统一后，许多大臣坐立不安，担心皇上鸟尽弓藏兔死狗烹，可是皇上却对有功之臣封侯拜相荫及子孙。皇上重孝尊道，表彰节义，显拔幽隐，对同党关怀备至，对严光更是厚爱有加，他一个布衣之身，皇上却不认为卑贱与他同饮同睡。皇上虽贵为天子，却勤俭节约，事必躬行。皇上为人谦和，宽厚爱人的美德更是天下人人皆知——"

冯鲂、冯勤、赵熹三人再次奏道："皇上，丁大人句句是实呀，请皇上早日作出封禅的决定吧。"

其他王公大臣也再次跪奏："皇上英明，理应泰山封禅，否则，不足以昭示皇上之功勋。"

光武帝还在犹豫。这时，丁邯以头击地，露出斑斑血迹，泣声说道："皇上谦恭仁爱之心百世无有，但皇上之功可与天地同寿与日月齐辉，如今又有神旨降临陛下，昭示皇上封禅泰山。倘若皇上不应天昭，只怕于国于民非祸而害，望皇上为天下苍生着想也应当封禅。"

光武帝大为感动，从御座上缓缓站起，赐众大臣平身，然后心情沉郁，面色凝重地说："朕听了丁爱卿一席话，又见这么多大臣再三跪请，朕内心感触颇深，知道众卿对朕的一片赤诚之心，朕之所以能有天下正是因为朕有这么多赤胆忠心的大臣啊！丁卿列举了朕的这么多功劳，但朕都认为这些功绩都是众朝臣的，至少是你们及那些死难的将士们与朕一起取得的。祭遵、来歙、岑彭，还有胞兄、大嫂、二姐等都在征讨中死难，许多将帅历经百战有幸存活，但也是伤痕累累疲惫不堪，没有随朕过上几天安闲的日子都一一舍朕而去，朕感到内疚啊！"

光武帝稍停片刻，也泪流满面地说："如果让朕封禅泰山，朕只是向上天奏报这些随朕东征西讨有功大臣的功勋，还有你们这些王公大臣，才是大汉朝的顶梁柱！"

光武帝话音刚落，就有快马送来的奏表说南阳郡白水乡前天突然风雨大作，天降五色奇石，上面刻有图谶。

光武帝命人打开送来的五色奇石，上面果然刻着一行字：河洛出，会昌符。

众人不理解五色奇石上的谶语是什么意思，梁松提醒说："河洛也许是上古留下的《河图》与《洛书》，只要找到这两书看一看可能会明白谶语上的暗示。"

梁松这一提示，众人都认为有道理，光武帝便命人取来《河图》《洛书》。

梁松先看看河图，见河图上的图案与五色奇石上的彩绘类似，再一看《洛书》上面果然有《会昌符》，只见上面写着：赤刘之九，会命岱宗。不慎克用，何益于承。诚善用之，奸伪不萌。

梁松立即向光武帝叩首说："皇上，数百年前就命定皇上要封禅泰山，近年来风调雨顺，国富民强，中兴之势触动了天地，再次降征兆于陛下，暗示皇上尽快封禅。"

光武帝慎重地点点头："既然上天这样指示，朕作为天之子，代天管理民事，只好听从上天的安排去泰山封禅，为百姓祈祷福祉。"

于是，光武帝下令梁松、丁邯、冯鲂、冯勤、赵憙等人负责封禅事宜，早早做好准备，并选定吉日去泰山举行封禅大典。

除了帝乡出现征兆外，接下来会稽郡出现鱼腹呈书，东海郡有鹦鹉暗语，代郡有一牛三犊等，这等征兆使百姓对上天要求光武帝泰山封禅深信不疑。

一切已经准备妥当，光武帝便率领王侯、公卿、校尉、将军、大夫等文武百官，摆着盛大的仪仗队，浩浩荡荡向泰山出发。

一路上，光武帝诚惶诚恐，遇到山就斋戒，碰到河就叩拜，直到二月十二日才到达奉高（今山东泰山东北）。

马上就要登临泰山亲近上苍，向神灵汇报自己的功德了，光武帝想起孔子"登东山而小鲁，登泰山而小天下"的话，心情十分舒畅，于是颁诏天下：许昔小白欲封，夷吾难之；季氏欲旅，仲尼非焉。盖齐诸侯，季氏大夫，皆无事于泰山。今予末小子，巡祭封禅，德薄而任重，一则以喜，一则以惧。喜于得承鸿业，帝尧善及子孙之余赏，恭应图箓，当得是赏。惧于过差，执德不弘，信道不笃，为议者所诱进，后世知吾罪深矣。

光武帝沐浴斋戒五日，于二月二十八日正式登山举行封禅大典，刻石记功彰表万世，并更改年号大赦天下，改建武三十二年为建武中元元年，即公元56年。

登封礼毕，光武帝在一片"万岁"的恭贺声中告别上苍，如愿以偿地下山而去。

不知是高兴过度还是一路劳顿，回到洛阳后就感到身体不适，不久就病倒了，太医悉心救治仍不见好转，病情反而一天天加重。光武帝知道自己不久就要离开人世，诏令梁松、冯勤、赵憙等大臣受命辅佐皇太子刘庄。

中元二年（公元57年），光武帝在洛阳南宫前殿溘然长逝，享年六十三岁。

皇太子刘庄即位，也就是汉明帝，拟定帝号：能光绍前业曰光，克定祸乱曰武，即光武帝，尊庙号为世祖，葬于原陵。光武帝刘秀崇礼义于交争，循道化于乱离，文治武功，使中断的汉祚再续宗祧，史称"光武中兴"。